Für Marie,
die das Herz als erste betrat.
Und für Florian,
der mir die Tür zum Herzen öffnete.
Diese Geschichte ist für euch.

Höhlen der Architekten
Das ewige M
Land des Vertrauens
Vertrauens schlucht
Wutland
Angstland
Angstpass
Hassland
Der große Strom
Neidland
Neidwald
Land der
Neugier
Gefühlssee

DAS HERZ
er Gefühle
Alter Leuchtturm
Trauerland
Lehmstadt
Rotgebirge
Mutland
dorf der Räuber
Stolzland
Der Kessel
Glücksland
Land der Liebe
Mandelrund
Orchideenwald

Prolog

Der Regen schmeckt nach Erdbeermarmelade. Er fällt von einem schwarzen Nachthimmel durch das geöffnete Dachfenster direkt auf Noëls Gesicht. Sein Kopf ruht auf der Sofakante und er versucht, die Stimmen zu ignorieren, die aus dem eingeschalteten Fernsehapparat zu ihm herüberdringen. Doch das Kichern der kleinen Insa durchschneidet seine Gedanken jedes Mal wie ein scharfes Messer.

»Guck mal, da läuft ein sprechender Bär««, schreit sie und ihre Schwester hat Mühe, ihr die Fernbedienung zu entreißen.

Noël schließt die Augen. Seine Brille ist so voller Tropfen, dass er das Gefühl hat, unter Wasser zu schweben. Schwerelos. Wie in dem Moment, in dem sie ihn ins *Herz* geholt haben. Der Regen schmeckt jetzt nach Erdbeersirup und Noël streckt die Zunge ganz weit aus, um jeden Tropfen zu erhaschen.

»Jetzt suche ich den Sender aus!«, ruft Maja und drückt wahllos auf die Tasten. Das Fernsehgerät gurgelt und im nächsten Moment ertönt eine Männerstimme.

»Sie glauben also daran, dass das menschliche Herz nichts weiter ist als ein fleischiger Zellhaufen, der das Blut durch unsere Adern pumpt?«, fragt die Stimme aus dem Fernseher. »Ich sage Ihnen, es ist weit mehr als das!«

»Das müssen Sie uns aber erklären, Mister Downwell. Wie sieht unser Herz Ihrer Meinung nach aus?«

»Was wäre, wenn ich Ihnen sagen würde, dass in unserem Herzen Gebirge wachsen und uralte Kastanien. Sonnenblumen und roter Klatschmohn. Städte und Metropolen aus Schiefer, aus Holz, aus senfgelbem Lehm. Würden Sie mir das glauben?«

»Nun, Herr Downwell«, hüstelt der Moderator, »das fällt mir wahrlich etwas schwer ...«

Noël hat den Mund geschlossen. Er starrt durch die Tropfen auf seiner Brille an die gekalkte Decke, auf der die Schatten des Fernsehbildschirms tanzen, als Insa plötzlich anfängt zu nörgeln.

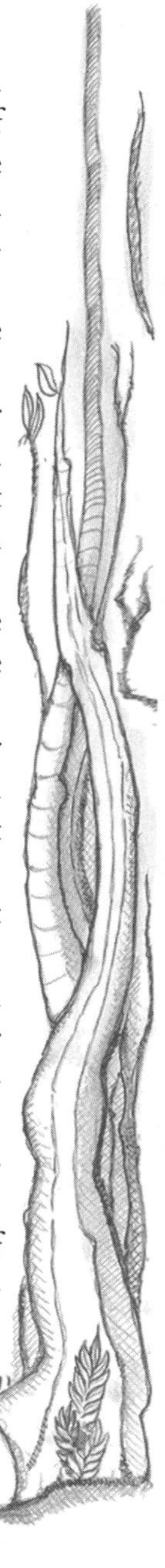

»Jetzt schalt endlich wieder zu dem Bären um, Maja. Noël! Sag ihr doch endlich, dass sie umschalten soll!«

»Jetzt erst recht nicht«, sagt Maja und stellt sich mit erhobenem Arm auf den Wohnzimmertisch, sodass Insas kleine Arme nur bis zu ihren Knien reichen.

Noël springt auf, geht vor dem Fernseher auf die Knie und starrt auf Mister Downwell, der einen feinen Anzug trägt und sich beim Sprechen immer wieder die dicke Hornbrille zurechtrückt.

»Mir ist wohl bewusst, dass Sie mich für verrückt halten. Ich habe selbst lange Zeit gebraucht, um dieses Wissen zu verarbeiten. Aber wir dürfen uns nicht länger vor der Wahrheit verstecken: Es gibt eine Parallelwelt. Und die befindet sich nicht etwa hinter verzauberten Spiegeln oder verzauberten Schränken, nein – sie befindet sich im menschlichen Herzen. Jeder von uns trägt diese Welt in sich. Jeden Tag. Zu jeder Sekunde.«

»Was ist das denn für ein Spinner?«, mault Maja und macht Anstalten, den Sender zu wechseln, doch ein böser Blick von Noël hält sie davon ab. Insa hat sich inzwischen neben ihn gekauert und ihren kleinen Kopf mit dem krausen Haar an seine Schulter gelehnt.

»In meinem Herzen wachsen Sonnenblumen?«, fragt sie leise. Noël antwortet nicht. Stattdessen greift er nach hinten in die Schüssel mit den gesalzenen Erdnüssen und schiebt sich so viele in den Mund, dass das Salz auf seiner Zunge brennt.

Der Moderator kratzt sich am Kopf: »Das klingt ja alles schon sehr abenteuerlich. Aber Sie haben eine weitere steile These, Herr Downwell. Wollen Sie sie uns präsentieren?«

»Sehr gerne. Es ist nämlich so, dass die Parallelwelt in unserem Herzen nicht unbewohnt ist. Das Herz wird bevölkert von lebenden Gefühlen. Sie haben einen Körper wie wir Menschen und ihr eigenes Herz, das in ihrer Brust schlägt und bestimmt, welches Gefühl sie sind. Es gibt sie alle: Stolz, Wut, Trauer, Ekel … Und wissen Sie, was ich besonders schön finde?«

»Nein, Herr Downwell, aber Sie werden es uns sicher gleich verraten.«

»Jedes ihrer Herzen hat eine Hülle aus Edelstein und eine einzigartige Füllung. Das macht die Gefühle so individuell. Freude ist nicht gleich Freude, wissen Sie? Und Liebe nicht gleich Liebe.«

»Sie wollen uns also wirklich erzählen, dass die Gefühle, die ich gerade empfinde, in meinem Herzen leben und dort eine riesige Party veranstalten?«

»Nun ja, vielleicht tun sie das. Vielleicht backen sie aber auch gerade Croissants aus saftigem Blätterteig oder sitzen in einem staubigen Büro oder in der Schule. Sie tun sehr viele Dinge, unsere Gefühle.«

»Ich geh ins Bett«, mault Maja und hüpft vom Tisch. Insa schließt sich ihr an und so sitzt Noël ganz alleine vor dem Fernseher, in dem sich der Moderator lachend zurücklehnt und Herrn Downwell beäugt, als habe er eine ansteckende Krankheit.

Während das Publikum über seine Witze lacht, schließt Noël wieder die Augen. Sofort sind sie da, die Bilder von goldberauschten Augen, der Schrei eines sterbenden Herzens, der Geschmack ihrer Lippen. Warum nur schmeckt sein ganzes Leben nach Erdbeeren, seitdem er sie getroffen hat?

»Noël?«, fragt Insa plötzlich, die in ihrem weißen Schlafanzug an der Tür zum Wohnzimmer steht. »Hat der Mann gelogen?«

»Geh schlafen, Insa!«

»Erst wenn du mir sagst, ob es stimmt. Dass Sonnenblumen in meinem Herzen wachsen. Stimmt das, Noël?«

Draußen platschen die Regentropfen bloß noch ganz sanft gegen die Fensterscheiben. Wie ein Hauch von Erdbeerzuckerwatte läuft das Wasser an den schwarzen Dachziegeln hinab und verfängt sich in der Regenrinne.

»Er hat nicht gelogen. In deinem Herz wächst ein ganzes Meer an Sonnenblumen. Sie riechen besonders gut im Sommer, nach einer heißen Gewitternacht, wenn die Tautropfen bei Sonnenaufgang noch an ihren Blättern hängen.«

Insa zieht an den Ärmeln ihres Schlafanzuges und schaut ihn lange an. »Und woher weißt du das?«

»Ich war schon einmal dort.«

Teil Eins

Suche!

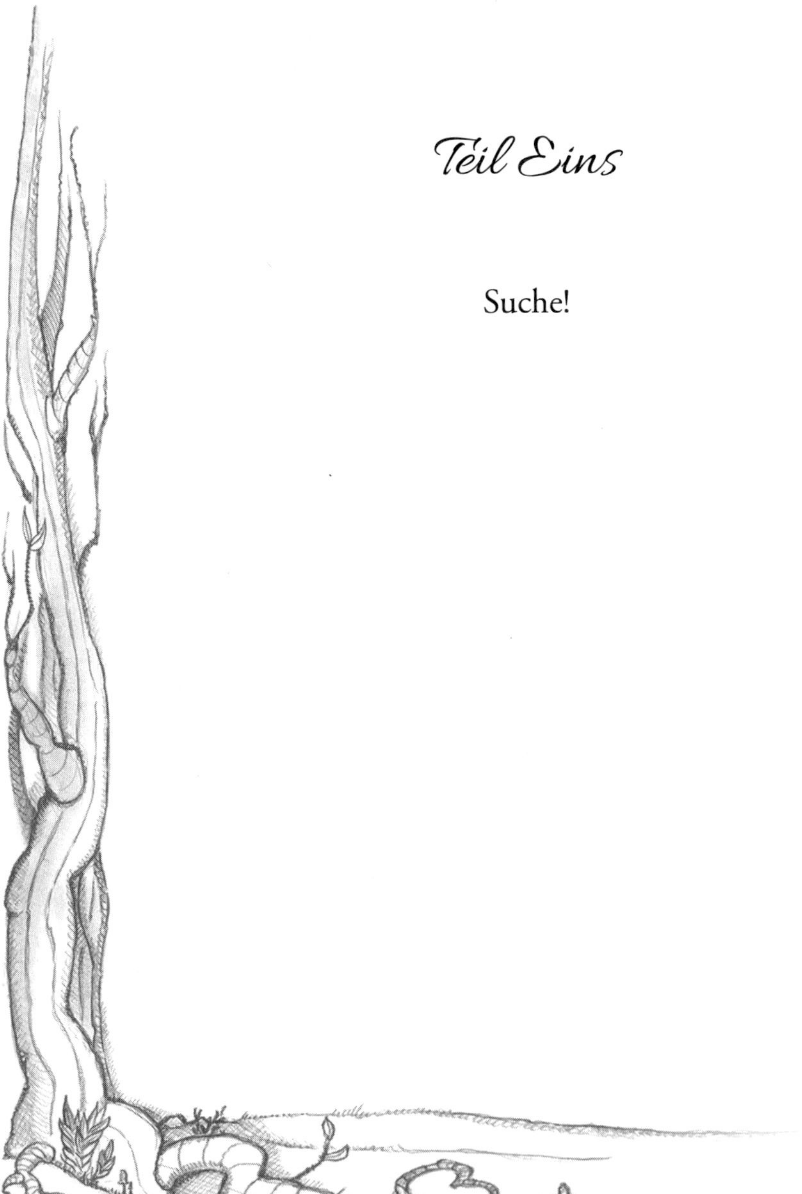

1. Kapitel

Neidland, tief im Westen des *Herzens.*

Es tobte ein Sturm in jener Nacht, in der Elmon in seiner einsamen Villa zum letzten Mal eine Tasse gelben Maikäfertee schlürfte. Er würde dieses Leben verlassen, er hatte viel zu lange nach Dingen gestrebt, die ihn in ein bodenloses Verderben gestürzt hatten. Doch dieser Albtraum würde heute sein Ende finden.

Die Welt vor dem Rundbogenfenster ächzte unter dem Druck des Nordwindes. Er erdrückte das Herz, so wie die Schuld es mit Elmon tat. Ziegelsteine prallten gegen die Hauswand, Bäume brachen unter Stöhnen in zwei Hälften, die Nachbarskatze krallte sich am Gartenzaun fest. Sie hatte keine Chance gegen den mächtigen Willen der Natur. Unter dem Tee zeigte sich bereits der Boden der Porzellantasse und Elmon hoffte noch immer, dass seine Söhne an die goldverzierte Eingangstür klopfen würden, um ihn zu verabschieden. Um ihm zu verzeihen. Doch das Klopfen blieb aus.

Ein plötzlicher Knall fuhr Elmon in die Glieder, kurz darauf spürte er den eiskalten Lufthauch, der seine nackten Knöchel zu umspielen begann. Die Kerzenflamme flackerte.

»Ist da jemand?« Ganz langsam hievte er seinen wuchtigen Körper aus dem Lammfellsessel und tastete nach dem Kerzenständer. Es fiel ihm schwer, nicht zu schnaufen, als er einen Fuß vor den anderen setzte. Die Eingangstür stand offen.

»Hallo?« In Elmons Stimme lag Angst. Seine eiskalten Finger klammerten sich an den Kerzenständer. Er wollte die Tür schließen, doch sie schlug ihm immer wieder entgegen, getrieben vom Wind. Das Schloss war beschädigt worden. Jemand war in sein Haus eingebrochen.

»Wer ist denn da?« Draußen schossen die ersten Regentropfen wie Pfeile vom Himmel herab.

»Sag bloß, du hast mich nicht erwartet.«

Elmon fuhr herum, der Kerzenständer fiel scheppernd zu Boden, das Kerzenlicht erlosch und die Villa war in tiefe Dunkelheit getaucht.

»Raven! Was tust du hier? Du besitzt nicht das Recht, einfach in mein Haus einzubrechen!«

»Du hast etwas, das mir gehört, Elmon.« Seine Stimme schnitt wie eine Klinge in sanfte Haut.

»Ich weiß nicht, wovon du sprichst.«

»Ach wirklich? Vielleicht sollte ich dir auf die Sprünge helfen?« Raven drängte Elmon auf die Treppe zu, die sich in die oberen Etagen schlängelte, und zog einen Dolch aus seinem Gürtel. »Kennst du den schon, Elmon? Ich habe ihn auf dem Schwarzmarkt unserer Hauptstadt erworben. Ignatz sagt, die Schnitte sind tief und schmerzvoll. Kostprobe gefällig?«

Elmons Stirn war schweißgebadet. Er saß in der Falle.

»Steck doch den blöden Dolch weg, Raven, wir beide sind Geschäftspartner!«

Sein widerliches Lachen hallte durch die Eingangshalle. Er roch nach Zigarettenrauch und billigem Schnaps.

»Ich will den Kristall.«

Elmon schluckte. Er hatte es geahnt. »Er gehört uns beiden!«

»Und du glaubst, das interessiert mich? Du gibst ihn mir jetzt, sonst …«

»Hör zu, lass uns im Salon Platz nehmen, dann koche ich erst mal einen Tee und …«

Ravens Hand schoss an Elmons Kehle und packte fest zu. Der dicke Mann rang nach Atem und spürte, wie sich das Blut in seinem Kopf staute. »Nicht, du brauchst mich noch, sonst findest du ihn nie«, krächzte Elmon mit letzter Kraft.

»Was soll das heißen?« Raven war außer sich. Elmon sah es an seinen Augen, die Iris funkelte golden zwischen blutroten Adern. Augen wie Feuer. Feuer wie Tod. Er musste sich etwas einfallen lassen.

»Der Kristall ist nicht hier. Ich musste ihn fortgeben. Sie werden ihn noch diese Nacht zerstören.« Es war eine Lüge, doch Lügen war er gewohnt. Zu oft hatte er in den letzten Monaten falsche Worte gesprochen. Und das ausgerechnet zu den Gefühlen, die er am meisten liebte: seinen Söhnen. Natürlich war der Kristall nicht fort. Natürlich würde er nicht zerstört werden. Wie sollte man auch einen Gegenstand zerstören, der durch keine Gewalt der Welt einen Schaden nahm? Der Kristall befand sich direkt an Elmons Brust gepresst, mit einer Schnur um den Hals gebunden, versteckt unter seinem dicken Pullover aus Hasenfell. Er würde ihn mitnehmen, in die Verbannung, in die er heute Nacht geschickt und aus der er nie wieder hervorkommen würde. Er würde büßen, für das, was er getan hatte. Und dafür sorgen, dass dieser Kristall in Vergessenheit geriet. Denn er war gefährlich.

Raven schnaubte und Elmon hatte das dumpfe Gefühl, dass sein Ende vor der Tür stand. Es hatte sich gewaltsam Zutritt zu seinem Leben verschafft. Es starrte ihm durch die Pupillen mitten in die Seele, die doch so frei war, endlich, nach all den Jahren, in denen der Kristall sie vergiftet hatte.

»Was hast du getan, du Schwachkopf?« Raven schleuderte Elmon durch den Raum. Er landete hart auf dem Rücken und blieb dort liegen wie ein hilfloser Käfer, der nicht mehr auf die Beine kam. Ja, so fühlte er sich, wie ein Maikäfer, dem nichts übrig blieb, als liegend auf den Tod zu warten. Sein dicker Bauch hob und senkte sich im Sekundentakt. Die große Standuhr aus Kirschholz schlug zwölf Mal.

Mitternacht.

»Ich habe den Kristall einem Vertrauten gegeben, der ihn gerade zu den Architekten bringt: Dort wo er geschaffen wurde, soll er auch zerstört werden. Damit er kein Unheil mehr anrichten kann. Es ist besser so, für uns alle«, wisperte er.

Die Eingangstür brach aus den Angeln. Ein Windstoß fuhr in die Halle, die alten Familienporträts an der Wand wurden zu Boden gerissen. Scherben überall, nichts als Scherben. Wie sein Leben. Raven tobte.

»Du undankbarer Schwachkopf! Du hättest reich werden können! Und mächtig! Und so viel besser als alle anderen! Wir hätten diese Welt regieren können, Elmon, du und ich, unbesiegbar. Und was machst du?« Raven beugte sich über ihn, den Dolch über dem Kopf erhoben.

»Es ist besser so, Raven. Wenigstens habe ich einmal das Richtige getan. Töte mich, oder lass mich am Leben, es ist gleich, denn so oder so werde ich heute mein altes Leben und alles, an dem ich hänge, zurücklassen. Damit ich niemandem mehr schaden kann.« Das Regenwasser suchte sich in Rinnsalen seinen Weg durch die Eingangshalle. Elmon spürte, wie das graue Nass durch seinen Pullover kroch. »Und obwohl ich nichts mehr besitze, besitze ich so viel mehr als du, denn meine Seele ist frei von diesem elenden Kristall. Ich komme endlich zur Ruhe. Und ich werde lernen, mir zu verzeihen.«

»Du bist ein Narr, Elmon. Du magst dir verzeihen, aber die anderen werden es niemals tun. Und du glaubst, ich würde den Kristall nicht finden, bevor er zerstört wird? Sag mir, wem du den Kristall gegeben hast!«

»Niemals!« Elmon richtete sich auf und versuchte, zum Ausgang zu robben. Seine Hände schnitten sich an den Scherben, dicke Blutstropfen mischten sich mit dem Regenwasser, doch Elmon spürte keinen Schmerz.

Raven folgte ihm nicht. Er stand noch immer mitten in der Eingangshalle, seine Lippen umspielte ein grausames Grinsen. Elmon hielt inne.

»Wenn du es mir nicht sagst, werde ich deinen Söhnen einen Besuch abstatten müssen …«

Aus der Ferne mischte sich Hufgetrappel unter die prasselnden Regentropfen. Elmons Herz schlug schneller.

»Es wird dir nichts bringen, meine Söhne anzurühren.«

»Ach ja? Willst du sie jetzt auch noch für deine gute Tat opfern?« Raven war ganz nah an Elmon herangetreten und hauchte ihm seinen hasserfüllten Atem ins Gesicht.

Über der Villa kreischte ein Adler, der Laut ließ Raven erstarren. Seine goldenen Augen blickten hektisch vom Ausgang zu Elmon und zurück. Die Blutadern schwollen an. Draußen hielt eine Schar Pferde und Stimmen näherten sich dem Haus. Sie kamen, um Elmon abzuholen.

»Du elender Verräter! Ich schwöre dir, das ist noch lange nicht das Ende!« Raven zischte die Worte in Elmons rechtes Ohr und presste ein letztes Mal seinen Dolch an dessen Kehle. Dann eilte er durch die Eingangshalle und sprang durch ein Seitenfenster hinaus in die unruhige Nacht. Die Stimmen traten ein.

»Heiliger Bimbam, was ist denn hier passiert?«

Elmon räusperte sich und antwortete, an die Wand gelehnt: »Der Wind, er hat heute eine unheimliche Kraft. Beinahe tödlich.« Er starrte durch die Personen hindurch zum Fenster, aus dem Raven entschwunden war.

»Wie auch immer, es ist Zeit zu gehen, Elmon. Der Neidwald wartet auf Sie!«

»Natürlich.« Sein Blick glitt ein letztes Mal über den Bilderrahmen auf dem Kaminsims. Dort stand er, umgeben von seinen zwei Söhnen. Sie alle strahlten um die Wette.

»Zeit zu gehen.«

2. Kapitel

Glücksland, siebzehn Monate später.

Lautlos rieselte der Staub. Er tat es jede Nacht, seit fünfzehn Jahren, seit Ava denken konnte. Er fiel in ihrem Herzen wie klebrig grauer Schnee und legte sich auf die Knospe der Sonnenblume, die so kümmerlich aus Avas Herzboden wuchs. Seit fünfzehn Jahren wartete Ava darauf, dass die Blume ihre Blüte öffnete und ihr Herz in Gelb erstrahlen ließ. Seit fünfzehn Jahren wartete sie vergeblich.

Draußen unter dem Küchenfenster zirpten die Zikaden zwischen dem trockenen Gestrüpp, als Ava die kalte Steintreppe hinunter stieg. Ihre heißen Fußsohlen brannten auf dem kühlen Stein und ihre Hand klammerte sich an das dünne Buch mit dem blauen Einband, wie an einen Rettungsanker. Die nächtliche Hitze hatte sich durch die Fensterscheiben in das Haus gedrückt und nistete jetzt in jeder Ecke. Ava hatte das Gefühl, zu schmelzen. Wie kleine Rinnsale liefen Schweißtropfen ihren Arm hinab und sammelten sich in der Kuhle ihres Ellbogens. An ihrem Handgelenk blitzte das Gefühlsband auf. Ein Armband, das in der Mitte so rund war wie das Ziffernblatt einer Uhr und das seinem Träger einen Blick in das eigene Herz gewährte.

Staubregen. Staubregen immer und überall.

Ava riss das Fenster in der kleinen Küche auf und suchte in der Dunkelheit der Nacht nach einem Fetzen Sauerstoff. Doch es war, als habe sich eine Wand aus schwüler Luft über den weiten Sonnenblumenfeldern Glückslands ausgebreitet, die keinen Platz ließ für Frische. Alles im Haus klebte, der steinerne Boden, das Glas, das Ava aus dem Schrank nahm und mit kalter Milch aus dem Kühlschrank füllte, ihr weißes Unterhemd, das an ihrem Bauch hing wie ein feuchter Lappen. Ava ließ Himbeersirup in die Milch tropfen und rührte mit ihrem Finger durch das Glas, bis sich die rubinroten Sirupfäden mit der bleichen Flüssigkeit zu einer rosafarbenen Milch verbanden. Dann leerte sie das Glas in einem Zug.

Es war nicht normal, dass in einem Herzen aus Neugier grauer Staub rieselte, der jegliches Licht schluckte und den gelben Edelstein, der das Herz umgab, in Dunkelheit hüllte. Es war nicht normal, dass eine Sonnenblume fünfzehn Jahre lang verschlossen blieb. Es war nicht normal, dass Avas Herz ergraute, obwohl sie doch alles dafür tat, dass ihr Leben farbig blieb. Sie rannte und sprang, durch Mauern, über Schatten und in Wälder. Im Herbst stellte sie sich in den kalten Regen, bis sie zitterte, im Sommer legte sie sich auf den rissigen Lehmboden, bis sie trocknete. Sie kostete von den süßesten Früchten, den bittersten Schokoladen und den schärfsten Chilis, die ihre Welt zu bieten hatte. Ava ließ nicht zu, dass ihr Leben ergraute. Ihr Herz aber tat es dennoch.

Sie stellte das Glas in die Spüle und wischte sich das grießblonde Haar aus der Stirn. Sie trug es gerne kurz. Wie ihre Hosen. Eigentlich mochte Ava alles, was kurz war. Kurze Sätze. Kurze Nächte. Kurze Sommer. Sie war kein sehr geduldiges Gefühl.

Im fahlen Mondlicht riss sie das Band von ihrem Arm und warf es auf den Boden, wo es liegen blieb und verblasste. Die Neugier war strahlend gelb und schrill. In einem Herzen aus Neugier musste das Leben blühen, wie bei Avas Mutter Debora. Sie trug einen honiggelben Citrin im Körper, in dem ein Apfelbaum wuchs, der seine fruchtigen Zweige immer weiter durch den Stein drückte, um das Licht der Welt zu erblicken. Die roten Äpfel an den Zweigen schwangen hin und her und wenn Debora das Armband trug, hörte man sie miteinander tuscheln. Wie sehr wünschte sich Ava, in ihrem Edelsteinherz möge sich die ganze Welt spiegeln. Die ganze Welt und noch viel mehr.

Plötzlich wurde ihr so schlecht, dass sie die Kühlschranktür aufreißen musste, um ihr warmes Gesicht einige Sekunden lang der kühlen Luft entgegen zu halten. Doch selbst die Lavendeltörtchen, die sich im Kühlschrank aneinanderreihten, vermochten Avas Laune heute nicht zu bessern. Und das, obwohl sie Zucker über alles liebte.

Der goldene Titel des Buches glimmte im Mondlicht auf. *Das dunkle Geheimnis unserer Welt: Der Neidwald.*

Ava ließ sich auf den Holzstuhl voller Stoffe und Lederfetzen gleiten, die Debora zum Schneidern verwendete, und zog das Buch zu sich heran. Seit Tagen trug sie es nun bei sich, seit es ihr bei einem nächtlichen Ausflug in Humberts Laden in die Hände gefallen war. In einem braunen Umschlag hatte es gesteckt, mit der Aufschrift *Verboten!*. Natürlich hatte es sofort ihre Neugier geweckt, obwohl sie eigentlich nur ein Geburtstagsgeschenk für ihre Urgroßmutter Babette hatte mitnehmen wollen. Sie hatte das Buch eingesteckt. Sie hatte es gelesen. Und es hatte sie seitdem nicht mehr losgelassen. Wahllos schlug sie es an einer Stelle auf.

Was dieser tödliche Wald wirklich verbirgt, weiß keiner, denn niemand, der in den letzten Monaten versucht hat, ihn zu betreten, ist am Leben geblieben. Tatsächlich tötet der Wald schon denjenigen, der auch nur versucht, einen Schritt in ihn hineinzusetzen. Seine tödliche Natur wird geheim gehalten von den Mächtigen, wie ein neues blutiges Geheimnis unserer Zeit.

Was wollen sie vor uns verbergen?

Wie konnte sich ein normales Waldstück innerhalb weniger Monate in eine Todesgrube verwandeln?

Finden wir die Antworten in den Akten und Schriften der Regierung, die in der Burg der Hauptstadt vor sich hinrotten? Oder bleibt uns am Ende nichts anderes übrig, als es selber herauszufinden, den Fuß auf dieses verfluchte Stück Land zu setzen, um wissend zu sterben?

Jeder von uns hat die Wahl, doch ich warne Sie: Einmal von seinem Geheimnis infiziert, gibt es kein Zurück mehr!

Avas Herz begann zu zittern. Sie hörte ihn bereits rufen, den Neidwald, der diejenigen tötete, die versuchten, ihn zu bezwingen. Aufgeregt sprang sie vom Stuhl und stützte sich mit den Händen auf der Fensterbank ab. Ihr kleiner Finger berührte einen Tontopf und ließ die Zweige von Basilikum und Koriander erzittern. Und in ihrem Herzen begann der Staub zu fliegen. Die Wurzeln der Sonnenblume bahnten sich ihren Weg durch die Staubschicht und rankten an dem gelben Edelstein empor. Sie wisperten ganz aufgeregt und schrill, dass sie wachsen wollten. Dass sie wachsen und wandern wollten, bis zu diesem Wald. Dass sie wissen mussten, was er vor den Augen der Welt verbarg und dass sie nicht eher ruhen würden, bis Ava ihre Beine in Bewegung setzte und dem Neidwald den Kampf erklärte.

Sie richtete den Blick nach draußen und nickte so kräftig, dass ihr die Ponysträhnen in die Augen fielen.

Sie würde ihn suchen, diesen todbringenden Wald. Sie würde ihm sein Geheimnis entlocken. Sie würde ihren Fuß auf dieses verfluchte Stück Land setzen und der Sturm, der sie dort erwartete, würde den Staub aus ihrem Herzen pusten, so kräftig und unwiderruflich, dass die Sonnenblume in ihrem Inneren blühen würde. Gelb und prächtig. Und wahrlich neugierig.

Ein Funkeln stahl sich auf Avas schmales Gesicht. Die Zeit des Wartens war vorbei, denn es galt, eine Waldbezwingerin zu werden.

Ava ertrug es nicht länger, in ihrem Heimatdorf Mandelrund zu bleiben und abzuwarten. Jeder Tag ihrer Sommerferien begann damit, dass ein paar Hähne krähten und sich die immer gleiche Sommerhitze über die Sonnenblumenfelder und die steinernen Dörfer legte. Die Bewohner gingen der immer gleichen Arbeit nach, trafen sich auf Gartenstühlen in staubigen Höfen und aßen Butterwaffeln mit Granatapfelschlagsahne, oder mit Knoblauch gefüllte Oliven, nippten an ihrem Anisschnaps und priesen die Gemütlichkeit. Wie sehr Ava *gemütlich* hasste … Immer wieder erzählte man ihr, dass es ihre Bestimmung sei, zu leben, damit die Menschen fühlen konnten. Das menschliche *Herz* war ihre Heimat und dennoch verweigerte sich Ava der Vorstellung, ihr Leben einem Fremden zu widmen. Sie wollte ihr Leben in die Hand nehmen und damit fortlaufen, fort aus Glücksland, fort aus Mandelrund, fort aus diesem grässlich staubigen Leben.

Während sie die Treppe zu ihrem Zimmer hinauf stieg, vertrieben die Farben der Natur langsam das Schwarz der Nacht. Ava blieb an der Tür zu dem Schlafzimmer ihrer Eltern stehen und lugte durch den geöffneten Spalt. Ihre Mutter nahm fast zwei Drittel des Bettes ein, weil sie Arme und Beine weit von sich gestreckt hatte, sodass ihr Vater Anatol ganz an den Rand gedrängt war. Seine Hand streifte den Fußboden und unter dem weißen Laken schaute sein schmales Gesicht hervor. Selbst beim Schlafen trug er dieses stumme Lächeln auf den Lippen. Es wirkte immer so, als hätte er tief in seinem Kopf eine eigene Welt, in der immer die Sonne schien und als ließe er alles andere an sich abprallen. In Anatols Herz wucherte die Freude. Sie tat es nicht wild und zügellos, eher sanft und butterfarben. Gräser aus cremefarbenem Orange wuchsen aus seinem Herzboden, in denen Marienkäfer flogen und Grillen zirpten, in denen Spitzmäuse ihre Schnauzen in die weiche Erde gruben und Blüten von Gänseblümchen in den Himmel stiegen.

Debora wälzte sich hektisch im Bett hin und her, sodass sich die weinroten Träger ihres Nachthemdes immer tiefer in ihre Haut gruben. Sie sah aus wie eine reife Kirsche. Wie sehr sie schimpfen würde, wenn sie wüsste, dass Ava sie heimlich beobachtete. Debora schimpfte und lachte eigentlich ständig, während Anatol schwieg und lächelte. Ava würde ihre Eltern vermissen.

Schnell löste sie sich von diesem Anblick, betrat ihr Zimmer und zog einen Rucksack aus dem Schrank, wobei sich zahlreiche Fotoabzüge über ihren Kopf auf den Boden ergossen. Aufräumen war gar nicht so einfach. Nach einigen Tagen machte sich doch alles wieder selbstständig.

In Avas Zimmer gab es kaum Platz zum Treten, denn die vielen Bücher, Kassetten und Schulhefte, die Jeans mit den Fransen und die verblichenen T-Shirts, die Kisten mit den Plastikfiguren und Stofftieren aus ihrer Kindheit, sowie die geöffneten und versiegelten Schachteln voller Pralinen, Zuckerbonbons und Kaugummis in den Geschmacksrichtungen Orange, Pflaume und Lavendel, sie alle quollen aus den Regalen und erstreckten sich bis auf den Fußboden.

Ava packte eine Jacke, eine Schachtel Schokoherzen, ein Kartenspiel und das Buch über den Neidwald in den Rucksack. Dann sprang sie schnell in eine lange Hose, denn der Kessel, die Hauptstadt des *Herzens*, lag nördlich von Glücksland. Genau dorthin würde Ava reisen, in die Hauptstadt ihrer Welt, um nach den Schriften und Akten der Regierung zu suchen, die ihr mehr über den Neidwald verraten konnten. Schließlich konnte die Regierung diesen Wald nicht ignorieren, wenn er wirklich existierte. Und da ihre Patentante Mirabelle als Mitglied der Regierung in der Burg des Kessels arbeitete, würde es ein Leichtes für sie sein, hinter die Burgmauern zu gelangen.

Als Letztes packte Ava ihren Lieblingspulli ein – er war ganz weich, aus milchigem Schafsfell, und roch so wunderbar nach dem Waschpulver ihrer Mutter. Dann steckte sie ein paar Silbermünzen in ihre Hosentasche, zog ein Blatt Papier aus ihrem Nachttisch und kritzelte einige Zeilen für ihre Eltern darauf. Ava kannte sie gut genug, um zu wissen, dass sie sich keine Sorgen machen würden. Sie wussten, dass Ava über kurz oder lang zurückkommen würde. Das hatte sie bisher immer getan.

Sie schulterte den Rucksack, verließ das Haus und lief los.

Ava liebte es, zu laufen. Selbst mit ihren fünfzehn Jahren hatte sie noch nicht verlernt, dem Leben und seinen Gesetzen davonzulaufen. Sie wollte immer weiter, immer höher, bloß niemals anhalten. Anhalten war tödlich.

Wenn Ava ins Dorf lief, dann am liebsten querfeldein, mitten durch die Blumen. Sie waren alle so groß wie sie und ihre gelben Blüten kitzelten ihre Wangen beim Laufen. Heute ließen sie die Köpfe hängen, ganz schlaff von der heißen Luft und der Sonne, die sich über den fernen Berghängen ankündigte. Ava drehte sich ein letztes Mal um. Das Haus ihrer Eltern leuchtete im Sonnenlicht vor den schroffen Felsen der Berge und der Holzzaun, den Anatol erst im Frühjahr neu gestrichen hatte, erstrahlte in frischem Rot. Es lag ein Friede über Glücksland, so sanft und zerbrechlich, dass seine Bewohner die Luft anhielten. Damit er über Tag blieb. Oder für immer. Nur Ava kümmerte er nicht, denn sie hatte ein Buch gestohlen, ein verbotenes Buch, und sie brannte darauf, nach Neidland zu reisen, wo ein tödlicher Wald sie erwartete.

In den Gegenden, in die die Eisenbahn noch nicht vorgedrungen war, verreisten die Gefühle mit der Kutsche. Es gab ein richtiges Kutschsystem, das das ganze *Herz* durchzog und die nächste Haltestelle befand sich nicht weit entfernt von Mandelrund an einer Platanenallee. Ava setzte sich an dem hölzernen Wartehäuschen auf eine Bank und schaute dabei zu, wie die ersten Sonnenstrahlen den Dunst der Nacht löschten. Bereits nach fünfzehn Minuten hörte sie Hufgetrappel in der Ferne und dann das Schnauben der Pferde, die immer näher kamen. Weitere drei Minuten später tauchten sie in ihrem Blickfeld auf. Es waren zwei kräftige Tiere mit großen Nüstern, im Morgengrauen glänzte ihr schwarzes Fell wie Seide. Ava stand auf und ruderte mit den Armen, bis der Kutscher die Zügel zog und die Pferde zum Stehen kamen. Sie ging auf ihn zu und hielt ihm ihre Silbermünzen hin: »Einmal zum Kessel, bitte.«

Er musterte sie kritisch, doch da sie seinen Blick trotzig erwiderte, reichte er ihr eine Fahrkarte. Im Inneren der Kutsche war es sehr voll, wie in jeder Sonntagnacht, in der viele Pendler in den Kessel zurückkehrten, um am nächsten Tag ihre Arbeit wieder aufzunehmen. Bestimmt zehn Gefühle quetschten sich auf den Lederbänken zu beiden Seiten, doch Ava hatte Glück, auf der rechten Seite war noch ein Fensterplatz frei. Sie stieg über die Füße der Mitreisenden und als sie sich endlich auf die harte Bank fallen lassen konnte, fuhr die Kutsche auch schon los. Die Luft war sehr verbraucht, es mischten sich der Duft von Füßen, Knoblauch und muffigen Klamotten, und der Fleischwurstmann, der Ava gegenüber saß, hatte die Beine unverschämt weit ausgestreckt, sodass sie kaum Platz zum Sitzen hatte. Trotzdem war sie froh, dass ihre Reise endlich losging.

Eine Weile lang fuhr die Kutsche durch ihr bekanntes Terrain, vorbei an Steindörfern und durch Pinienwälder, doch schon bald veränderte sich die Landschaft draußen – weite Felder zogen sich bis zum Horizont, eine monotone Ebene, die Ava ermüdete. Während sie gedankenverloren die Stirn gegen die Scheibe lehnte, gab der Fleischwurstmann ein lautes Schnarchen von sich und die Kutsche rumpelte weiter, immer weiter, in Avas riesengroßes Abenteuer.

3. Kapitel

Die Tannennadeln zerbrachen wie Streichhölzer unter Ravens Füßen. Es herrschte eine bodenlose Dunkelheit in diesem Wald, durch den er irrte wie ein Gejagter. Raven war schweißgebadet. Er spürte, wie die Tropfen auf seiner Stirn zu perlen begannen und dann in Strömen seine Schläfen hinabliefen, bis sie irgendwann von seinen knochigen Wangen auf den Boden tropften. Und das, obwohl die Temperatur in Hassland in dieser Nacht unter zehn Grad gesunken war. Äste schlugen ihm ins Gesicht, er bückte seinen langen Körper, taumelte, blieb an Wurzeln hängen und schützte seine Augen vor den spitzen Nadeln der Bäume. In Gedanken peitschte er sich voran, doch sein Körper wollte am liebsten zusammenbrechen, mitten in diesem dunklen Wald, auf die Knie gehen, das Gesicht im Moder vergraben und vor allem die Hände abwischen – am rauen Stamm einer Tanne, an den moosbewachsenen Steinen oder sogar an den Brennnesseln, die überall aus der Erde sprossen. Ravens Hände waren klebrig, sie fühlten sich schmutzig an, denn sie waren blutverschmiert. Es war das Blut eines anderen, das da zwischen seinen Fingern klebte, das Blut eines jungen Mannes, der nun tot in seinem Wohnungsflur lag. Wie all die anderen, die Raven in den letzten Monaten getötet hatte – weil sie es ihm alle nicht hatten verraten wollen. Ihr Schweigen, ihr elendiger Stolz machten ihn rasend. Sie alle hatten so getan, als hätten sie noch nie von dem Kristall gehört. Dabei hatten sie alle gewusst, was Raven jetzt eindeutig erschien: Dass Elmon ihn reingelegt hatte. Dass er den Kristall niemals weggegeben hatte. Dass er ihn mitgenommen hatte in die Verbannung, in den Wald, den zu betreten für jedes Gefühl auf der Welt unmöglich war: Den *Neidwald.*

Raven spuckte seine Verachtung zwischen die Bäume. Der Geschmack von Verwesung lag ihm auf der Zunge und lief seinen Rachen hinunter. Er wurde ihn nicht mehr los, egal wie viele Pfefferminzbonbons er lutschte: Sein Inneres schmeckte nach Tod.

Zwischen den Tannen tauchte eine Lichtung auf, auf der das Haus von Ravens Großeltern stand. Mitten im Wald, abgeschottet, weit weg von den umliegenden Dörfern und Städten. So hatte er schon als Kind hausen müssen, bis er sie alle vertrieben hatte. Jetzt gehörte dieses trostlose Haus ihm. Der graue Stein war porös und an vielen Stellen klafften Löcher, durch die kalte Luft ins Innere zog. Boden und Decke bestanden aus morschen Holzbalken. Schon vor langer Zeit hatten sich Holzwürmer eingenistet und zwischen den Balken wucherte der Schimmel. Raven fühlte sich beim Eintreten, als erdrücke ihn das Holz und nehme ihm die Luft zum Atmen und die altmodischen Möbel seiner Großeltern verstärkten diesen Effekt. Ein olivfarbenes Plüschsofa stand zwischen alten Kommoden und Tischen mit geschwungenen Beinen aus Walnussholz. Die biedere Einrichtung, die gehäkelten weißen Tischdecken, die goldene Tischuhr und die verblichenen schwarz-weiß Fotos an den Wänden, das alles löste bei Raven Übelkeit aus. Er entzündete eine Öllampe und schritt hastig zur Spüle. Dort drehte er den rostigen Wasserhahn auf, um sich endlich das Blut von den Händen zu waschen, doch heraus kam nur eine schlammige Brühe. Schlamm und Blut, das war alles, was noch von seinem Leben übrig war.

Wie besessen rieb sich Raven das Blut von der Haut, kratzte die rote Kruste unter seinen Fingernägeln hervor und erneut lief ihm ein kalter Schweiß über den Rücken. Er sah Lysanders schmerzverzerrtes Gesicht vor sich. Elmons ältester Sohn hatte sich lange vor Raven verstecken können, doch am Ende hatte er ihn aufgespürt wie alle anderen. Seine Worte gingen Raven nicht mehr aus dem Kopf.

»Du hast meinen Vater unterschätzt«, hatte er gesagt, »letztendlich hat Elmon dich zum Narren gehalten und unsere Welt davor bewahrt, dass ein Wahnsinniger alle Macht an sich reißt. Dafür verzeihe ich ihm alle Fehler!«

Raven schrie und fegte eine weiße Porzellanschale mit Rosenmuster von der Kommode. Sie zerbrach auf den Holzbalken am Boden und die Splitter verteilten sich im gesamten Wohnraum. Zitternd lief er ins Schlafzimmer, seine schweren schwarzen Stiefel zermalmten dabei die Überreste der Schale, und riss sich Mantel und Pullover vom Leib. Mit verschwitztem Körper stand er vor dem Spiegel seiner Großmutter. Einen blassen Mann sah er darin, der mit verkrampften Händen versuchte, aufrecht zu stehen und sich in die goldenen Augen zu schauen. Er sah viel älter aus, als er wirklich war. Seine Wangen waren eingefallen, die schmächtige Brust zierten vereinzelte Brusthaare und die roten Adern auf seinem Augapfel traten immer stärker hervor. Mit zitternden Händen kramte Raven ein Bild aus seiner Hosentasche. Es zeigte eine Frau mit langen, schwarzen Haaren, dunklen Augen und kirschroten Lippen. Es war die Frau, die er vor einem Jahr noch zu lieben geglaubt hatte, bevor auch diese Liebe in Hass umgeschlagen war. Raven zerknüllte das Bild und warf es in die hinterste Ecke des Zimmers. Sie sollte dort vermodern wie so vieles, das er nicht mehr in seinem Leben wissen wollte.

Raven würde gleich morgen in die Hauptstadt fahren und sich über den Neidwald informieren. Zur Not würde er die Informationen aus Wem-auch-immer herauspressen. Im *Herzen* lebten genügend dunkle Seelen, die nur darauf warteten, endlich aus dem Schatten treten zu können. Und er, der im Kessel lange Zeit nur als der *goldene Revolutionär* bekannt gewesen war, würde sie aus ihren Gefängnissen befreien. Sie hatten ihm mal Großes zugetraut, in den dunklen Spelunken, in denen er mit seiner schwarzen Maske aufgetreten war. Es war an der Zeit, wieder Größe zu zeigen. Elmon durfte dieses Spiel nicht gewinnen. Nein, er würde bluten müssen für den Verrat, den er an Raven begangen hatte.

Sein Magen gab ein lautes Knurren von sich, langsam beruhigten sich seine Nerven. Er ging zurück in die Küche, nahm ein altes Brot aus dem Schrank und schnitt dicke Scheiben ab. Dann füllte er eine Schüssel mit Rapsöl, tunkte die Scheiben in die dunkle Pfütze und stopfte damit seinen Magen. Draußen schwärzte sich die Nacht immer mehr, bis sogar das weiße Fell der Wölfe in der Dunkelheit verschwand.

4. Kapitel

Ava steckte ihre kalten Hände in die Hosentasche und blinzelte dem Regen entgegen, der durch die engen Häuserschluchten auf sie hinabtropfte. Die Gasse vor ihr führte steil den Hang hinunter, gesäumt von Häusern, die schon bessere Zeiten gesehen hatten (eine freundliche Umschreibung für bröckelnden Stein und Modergeruch), immer tiefer hinein in den Kessel, wie man das Zentrum des *Herzens* auch nannte. Denn die Hauptstadt von Avas Welt war eine Kesselstadt: Rund wie ein Krater erstreckten sich die bewohnten Steilhänge in die Tiefe. Ava befand sich auf halbem Weg in die Ebene, wo sich abermals ein kegelförmiger Berg mit tausenden Steinhäusern und Schieferdächern in die Luft erhob. Ganz oben, auf dessen Spitze, thronte schließlich die Burg der Regierung mit ihren elf Türmen. Wenn man auf dem Plateau am Rand des Kraters stand, wie Ava es bei ihrer Ankunft mit der Kutsche getan hatte, befand man sich auf Augenhöhe mit der Burg, zu Füßen die brodelnde Stadt, in der alles aufeinandertraf, was das *Herz* zu bieten hatte.

Die Gefühle, die Ava entgegenkamen, schauten alle zu Boden oder versteckten ihre Gesichter unter Hüten und Kapuzen. In der engen Gasse, in der es dunkel war, weil sich die oberen Etagen der schweren Steinhäuser beinahe berührten, sah Ava ab und zu bunte Armbänder aufblitzen - wenn sich die vorbeieilenden Gefühle die Nässe aus dem Gesicht wischten oder eine der Türen aufzogen, die sie in den Hutladen ihrer Wahl führten. Ava befand sich im Hutmacherviertel und wenn sie durch die beleuchteten Schaufenster der Geschäfte schaute, sah sie junge Damen in Baumwollkleidern, die sich farbenfrohe Hüte aufs Haupt setzen ließen und sich dann vor einem Spiegel drehten, bis ihnen schwindelig wurde.

Der Regen war aus dem Westen gekommen und wie immer, wenn er aus dem Westen kam, hatte er den Geruch von feuchtem Brennholz mitgebracht, der wie Sirup durch die Gassen des Kessels floss und sich in jede Nische legte. Ava hatte sich sagen lassen, dass an guten

Tagen der Duft von Pinienwäldern über die Stadt zog, und zwar immer dann, wenn der Wind aus dem südlichen Glücksland herüberwehte. Heute lagen die Steinhäuser des Kessels unter einer Glocke aus dunklen Wolken, welche die Moorwälder Hasslands ihnen herübergeschickt hatten und die Wäsche, die die Anwohner auf Leinen zwischen ihre Häuser gespannt hatten, sog die holzigen Regentropfen auf und wurde fleckig. Ava störte der Regen nicht, im Gegenteil, sie hatte schon als Kind die Geschichte von den einsamen Seelen geliebt. Angeblich spukten die Seelen derer, die einsam starben, durch die kalten Steinwände der Hauptstadt und ihre bitteren Tränen fielen im November wie Platzregen vom Himmel und verwandelten die steilen Straßen des Kessels in reißende Gebirgsbäche. Ava liebte diese Vorstellung. Viele Hauptstädter aber setzten bereits bei Nieselregen die Füße so schnell voreinander, als würden sie den Tropfen auszuweichen versuchen.

An der nächsten Abzweigung stiegen ein beißender Fischgeruch und ohrenbetäubender Lärm zu Ava hinauf. Als sie einen kleinen Platz betrat, musste sie die Hand vor die Nase pressen, um nicht zu würgen. Hunderte Fischhändler hatten hier ihre Tische aufgestellt, auf denen sich Fische mit toten Augen und aufgeschnittenen Bäuchen stapelten. Mindestens genauso viele Hauptstädter waren gekommen, um zuzusehen, wie die Fischhändler Schuppen abschabten, Gedärme entfernten und lebendigen Krebsen in Wassereimern die Scherenhände verknoteten. Der Boden war nass vom Regen und Fischwasser und hinter den Tischen stapelten sich die stinkenden Abfälle, an denen sich dürre Straßenkatzen labten. Ava hatte noch nie in ihrem Leben so viel Fisch auf einmal gerochen, daher versuchte sie sich abzulenken, indem sie in die Warteschlange eines Kiosks trat, der alles verkaufte, bloß keinen Fisch.

»Hast du's schon gelesen?«, fragte der Mann neben Ava den Kioskbesitzer, der ihm gerade drei Sesamstangen und eine Flasche Bier in eine Tüte packte. »Das Friedensfest soll dieses Jahr besonders prächtig werden.«

»Hör mir auf mit diesem Schwachsinn. Die verprassen unser Geld für eine riesen Party, die keinen mehr interessiert.«

»Also ich feiere immer gerne mit. Ist doch eine gute Sache, der Frieden. Nicht auszudenken, was passieren würde, wenn wir noch einmal einen Großen Krieg erleben müssten wie damals vor sechzig Jahren, als sich der Hass gegen den Rest des *Herzens* gestellt hat. Und all das bloß, um die anderen zu beherrschen …«

»Du redest auch schon wie die da oben. Seit Jahren tun wir so, als wär' alles in bester Butter. Hauptsache der Frieden ist da. Um die wahren Probleme kümmert sich hier keiner.«

»Und die wären?«

»Na, dass so Gefühle wie ich mit einem Herzen aus Hass immer noch als Aussätzige behandelt werden! Als wären wir der Buhmann, die Ursache allen Übels und so viel schlechter als der *Herr Liebe* oder die *Frau Mut.*«

»Aber nein«, versuchte der Mann den Kioskbesitzer lachend zu beschwichtigen, »wir feiern doch das Friedensfest, um uns alle zu versöhnen. Und wenn du ein Aussätziger wärst, würden die Gefühle wohl kaum bei dir ihre Sesamstangen kaufen. Hab ein bisschen mehr Vertrauen!«

»Da ist es schon wieder!«, rief der Kioskbesitzer dem Mann nach, der jetzt in der Menge verschwand. »Schon wieder versucht man, mich zu belehren! Ich rate euch doch auch nicht, ein wenig mehr Hass zu empfinden. Warum respektiert man mich nicht einfach, wie ich bin?«

Ava bestellte einen Becher Kastanienlimonade bei dem Mann, der sich nur langsam von seiner Rage erholte. Bei der Limonade handelte es sich um eine braune Flüssigkeit, die in einem großen Blechkessel schwamm und aus der in regelmäßigen Abständen Luftblasen an die Oberfläche ploppten. Sie wurde in den roten Bergen des Ostens hergestellt, wo Kastanien zwischen Tannen, Moos und Wölfen hausten. Das Beste an dieser Limonade war aber nicht ihr Geschmack, sondern die Tatsache, dass sie frischen Mut verlieh.

»Ich frage mich, warum sie alle diese bescheuerten Armbänder tragen«, knurrte der Kioskbesitzer an Ava gewandt, während er mit einem Schöpflöffel reichlich Limonade in einen Becher füllte, »man erkennt doch sowieso an der Nasenspitze, mit wem man es zu tun hat.«

Die Gefühlsbänder existierten erst seit einigen Monaten und hatten sich wie ein Lauffeuer unter den Gefühlen verbreitet. Plötzlich trugen sie alle ihr Herz am Handgelenk spazieren und man erkannte schon von weitem, um welches Gefühl es sich bei dem Armbandträger handelte. Als sei es auf einmal wichtig, aller Welt zu zeigen, wer man war. Als sei es auf einmal wichtig, den richtigen Edelstein im Körper zu tragen.

Ava warf dem Verkäufer zwei Kupferstücke zu, entfernte sich von dem Fischmarkt und nahm auf dem Rand eines Brunnens Platz, um ihre Limonade angemessen verzehren zu können. Von dort aus konnte sie durch eine kleine Straße hinab in den Kessel schauen und gleichzeitig drei Männer beobachten, die an einem roten Klapptisch unter einem Feigenbaum saßen und ein Kartenspiel veranstalteten.

»Karobube, damit seid ihr erledigt!«, rief der eine.

»Verfluchter Dickbauch, so leicht zieht man mich nicht ab! Ich bin der Meister des Kartenspiels, der Meister bin ich!«

»Dass ich nicht lache! Hat Katzenauge dich nicht letzte Woche abgezogen wie ein kleines Kätzchen? Und hast du nicht auch geweint, als habe man dir deine Zuckermilch unter der Nase weggeschleckt?«

»Halt deinen fauligen Mund, Dickbauch! Du stinkst! Sollen dich doch die einsamen Seelen holen kommen, wenn du deinen Wanst heute Nacht in dein dreckiges Laken wickelst. Sollen sie dich doch holen!«

Dickbauch schlug mit seinem fetten Arm auf den Tisch und war drauf und dran, dem Meister die Karten zu entreißen. Der dritte Mann im Bunde hatte bisher geschwiegen und streichelte mit seinen dreckigen Fingern über die Karten. Ava beobachtete, wie er den Blick unter den Augenlidern hektisch über seine Umgebung wandern ließ. Dann richtete er den krummen Rücken auf und sprach: »Bube, Dame, König, Ass. Damit hat Katzenauge euch wohl mal wieder beide abgezogen. Aber streitet ruhig weiter, das gefällt meiner schwachen Seele!«

»Katzenauge, du Ratte! Wie hast du das schon wieder angestellt?« Dickbauch schlug wieder den Arm auf den Tisch. Es war sehr lustig, zu beobachten, wie sich die drei beinahe gegenseitig an die Gurgel sprangen. Dickbauch und der Meister drohten, den armen Katzenauge fast zu erdrücken unter ihren schweren Leibern. Doch so arm war das Kätzchen gar nicht. Ava hatte genau beobachtet, wie er heimlich Karten aus seinem Ärmel gezogen hatte, während sich Dickbauch und der Meister piesackten. Er war gar nicht schlecht, doch Ava meinte, es noch besser zu können.

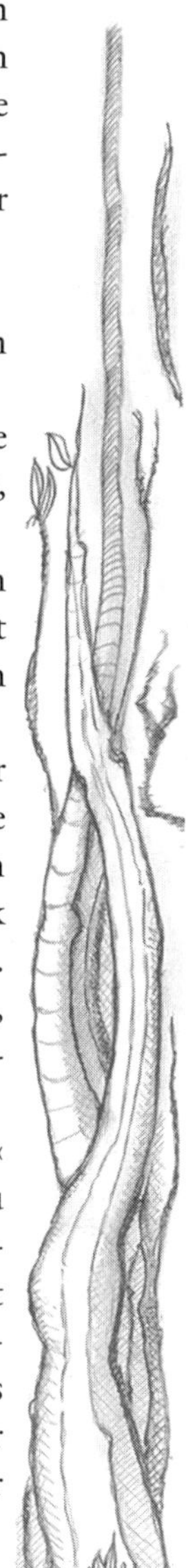

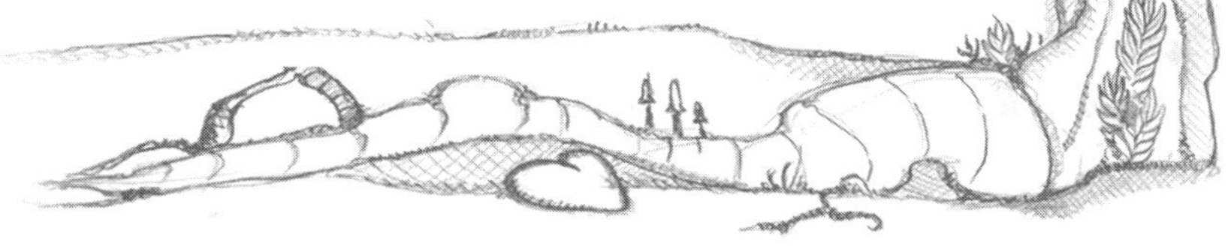

Sie leerte ihren Becher Kastanienlimonade mit einem Schluck. Die Kohlensäure schlug große Blasen, die sich in Hals und Bauch immer weiter ausweiteten, bis sie schließlich platzten. Dieses Platzen war durch ein Knallen im Magen zu vernehmen, bei dem Ava zusammenzuckte. Sie spürte Spätsommer auf ihrer Zunge, gemischt mit dem Geschmack nasser Erde und süßer Maronencreme, wie sie sie aus Mandelrund kannte. Als sie den Becher geleert hatte, fühlte sie sich gleich gestärkt und zu großen Taten bereit. Sie sprang vom Brunnenrand und tippte Katzenauge von hinten auf die Schulter.

»Nanu, was will der Knirps von mir?«

»Spielen«, sagte Ava und sah ihm fest ins linke Auge. Das rechte war gar nicht mehr da, an seiner Stelle steckte ein großer sandig schimmernder Edelstein. Tigerauge.

Dickbauch und der Meister brachen in grölendes Gelächter aus. »Hast du das gehört, Dickbauch? Der Knirps will mit Katzenauge spielen. Der ist ja lustig!«

Ava setzte sich Katzenauge gegenüber und reckte ihr Kinn in die Höhe: »Wir spielen um Gold.« Ihre Stimme war so entschlossen, als hätte sie tatsächlich die Taschen voller Münzen.

»Um wie viel Gold?«

»Der Gewinner bekommt zehn Goldmünzen.«

Und wieder tönte des Meisters Stimme über den Platz: »Zehn Goldmünzen! Katzenauge, schlag ein! Ich will sehen, wie der Knirps dich über den Tisch zieht! Oh ja, über den Tisch zieht, so weit, bis sich dein verräterisches Gesicht im Staub suhlt! Ein Knirps, der zehn Goldmünzen sein eigen nennt, lächerlich! Ein Lügner ist er, nichts weiter als ein Lügner!« Auch Dickbauch verzog höhnisch das Gesicht.

»Ich will die Münzen vorher sehen«, sagte Katzenauge und krümmte die Schultern wieder.

»Wozu?«, fragte Ava. »Ich habe nicht vor, zu verlieren. Aber wie mir scheint, bist du zu feige, um gegen ein Mädchen wie mich zu spielen. Sehr schade, ich hätte nicht gedacht, dass du den Schwanz einziehst, Katzenauge.«

Worte waren wunderbar. Man konnte sie einsetzen wie ein Gift, das den Geist manipulierte. Katzenauge presste die Lippen aufeinander, als wolle er verhindern, sich zu sehr aufzuregen, und begann, seine Finger zu verknoten. Sein lebendes Auge wanderte wieder hektisch über die Gesichter der Anwesenden. Es war, als fürchtete er, sich vor Dickbauch und dem Meister eine Blöße zu geben.

»Also gut, du hochnäsiger Möchtegern. Ich werde dir schon zeigen, wo deine Grenzen sind. Wir spielen um zehn Goldmünzen und ich schwöre bei meinem noch lebenden Auge, dass ich dich kalt machen werde, wenn deine Taschen am Ende leer sein sollten!«

Ein begeistertes Grinsen schlich sich auf Dickbauchs Gesicht: »Oh ja, kalt machen wird er dich, du Knirps. Das kann er, der Katzenauge.«

Dickbauch und der Meister nahmen auf zwei Holzstühlen zwischen den beiden Kontrahenten Platz und gafften aufgeregt auf die Tischplatte. Der Meister bestand darauf, die Karten zu mischen.

»Ihr spielt *Die Glorreichen Vier.* Wer als Erstes alle Glorreichen Vier einer Farbe gleichzeitig auf der Hand hält, also Bube, Dame, König und Ass, der gewinnt das Spiel. Bis dahin legt ihr die Karten abwechselnd in ihrer Reihenfolge auf den Tisch. Für jede erfolgreich abgelegte Karte darf man eine neue ziehen. Wer an der Reihe ist, eine der Glorreichen Karten zu legen, und er hält sie auf der Hand, der muss sie ablegen. Das sind die Regeln, alles verstanden?«

Sie nickten beide. Dann ging das Spiel los.

Zu Beginn war alles noch harmlos. Ava sah jede Karte, die Katzenauge in seinen Ärmel schob und jede, die er dafür herauszog und leichtfingrig in sein Blatt einordnete. Wie durch Zauberhand hatte er immer eine passende Karte, die er ablegen konnte und durfte ungefähr doppelt so oft eine neue Karte ziehen wie Ava. Doch er schien nicht zu bemerken, dass sie eine viel klügere Taktik verfolgte.

Dickbauch leckte sich hin und wieder genüsslich die Lippen und gab ein zufriedenes Grunzen von sich. Er stellte sich wohl schon den Eklat vor, der sich vor seinen Augen abspielen würde, wenn Katzenauge gewann und der Knirps kein Gold vorweisen konnte. Oh ja, der Gedanke schien ihm zu gefallen. Ava würde ihm aber ganz sicher nicht die Freude machen. Und der Ratte namens Katzenauge schon gar nicht, der hatte schließlich genug Gold, wenn er sich einen Edelstein in die Augenhöhle hatte pflanzen lassen können.

Flink tasteten Avas Finger nach dem Kartenspiel in ihrer Hose. Sie hatte das Spiel mitgenommen, als sie Glücksland verlassen hatte, und es in der Kutsche in ihrer Hosentasche verstaut. Man konnte nie wissen, wann man ein Kartenspiel gebrauchen konnte. Manchmal war es überlebenswichtig. Ava wusste noch ganz genau, dass sie Herzbube, Dame, König und Ass ganz oben auf gelegt hatte. Jetzt kam es nur darauf an, nicht erwischt zu werden. Katzenauge würde bestimmt selbst bald die Glorreichen Vier auf der Hand halten, so oft wie er ziehen durfte. Ihre kleinen Finger zählten die Karten ab und in einem Moment, in dem Katzenauge selbst in seine Betrügereien vertieft war, zog sie sie blitzschnell aus der Tasche und tauschte sie gegen vier Karten, die sie in der Hand hielt.

Es war gar nicht so schwierig, es kam nur auf den richtigen Augenblick an. Ein guter Betrüger musste, wie auch ein guter Dieb, nicht besonders einfallsreich sein. Die offensichtlichsten Tricks funktionierten, wenn man sich nur den richtigen Augenblick zunutze machte. Dickbauch und der Meister machten es ihr aber auch besonders leicht, denn wieder einmal hatten sie sich in einen Streit verwickelt, diesmal über die richtige Technik des Mischens.

»Du bist ein totaler Holzklops, Dickbauch. Hast gar kein Gefühl in den Fingern für diese wunderschönen Karten. Du musst sie fühlen beim Mischen und nicht betatschen wie Mortadellascheiben!«

»Halt's Maul, Philosoph! Ich sag dir, du bist 'ne Memme, wie du die Dinger mit den Fingern streichelst! Karten wollen von einem Mann gemischt werden! Du musst zupacken beim Mischen, zupacken, verstanden?«

Plötzlich hob Katzenauge den Blick. Es war fast unheimlich, wie sein lebendiges Auge sie pikste wie ein Stachel, während das andere so tot und sandig war und kalt wie ein Stein.

»Du bist an der Reihe, Möchtegern«, sagte er mit siegesgewisser Stimme. Bestimmt fehlte ihm bloß noch eine Karte. Doch, wie jammerschade für ihn, er würde nicht mehr dazu kommen, seine Sammlung zu vollenden. Nein, in seinem lebenden Auge würde nicht auch noch das Gold funkeln.

»Die Glorreichen Vier«, verkündete Ava und legte ihr Blatt offen auf den Tisch. »Der Knirps hat gesiegt und verlangt nach seinem Gold.«

Es war zu komisch, wie nacheinander Dickbauch und dem Meister die Kinnlade herunterklappte.

»Die Glorreichen Vier. Der Knirps hat die Glorreichen Vier«, rief der Meister, »Katzenauge, er hat dich abgezogen, du bist am Boden, besiegt, ein Verlierer! Hah, steig von deinem Thron, du eingebildete Ratte! Welch wundervoller Tag, die Ratte ist entmachtet!«

Er tänzelte von einem Bein zum anderen und schenkte Katzenauge ein genüssliches Grinsen. Dieser blieb auf seinem Stuhl sitzen und fixierte Ava mit seinem Auge. Als würde er in ihr nach dem Geheimnis suchen, dem ultimativen Geheimnis, von dem sich selbst der hinterlistigste Spieler des Kessels hatte austricksen lassen.

»Alle Achtung, Knirps«, der Ton seiner Stimme sagte das Gegenteil. »Sag nur, bevor ich dich mit Gold überhäufe, wie hast du das angestellt?«

»Ich hatte Glück, Katzenauge. Das Glück, das doch sonst dir auf den Schultern sitzt beim Spielen, oder sollte ich lieber sagen – im Ärmel?«

Ava stand auf und griff wie ein Wiesel nach dem Beutel um Katzenauges Gürtel. Erschrocken versuchte er, ihn aus Avas klammernden Händen zu reißen: »Und du meinst, ich verschenke mein Geld an einen vorlauten Knirps? Kein einziges Goldstück wirst du sehen, du Marder, du Dieb!«

Doch noch während er die Worte sprach, riss der Beutel entzwei und viele viele Goldstücke ergossen sich auf dem Boden. Ava sammelte zehn Stück, nur so viele wie ihr zustanden, und steckte sie in ihre Hosentaschen. So viel echtes Gold waren diese Taschen gar nicht gewöhnt. Katzenauge machte Anstalten, sie zu packen und zu treten, er war so aufgebracht, dass er die Spielkarten ganz vergessen haben musste, die noch in seinem Ärmel steckten. Genau wie das Gold purzelten sie aus seiner Kleidung und segelten alle hinab auf den Stein.

»Katzenauge, da sind gerade Karten aus deinem Ärmel gerutscht«, bemerkte Dickbauch.

Der Meister schlug ihm von hinten gegen den Kopf: »*Katzenauge, da sind gerade Karten aus deinem Ärmel gerutscht*«, äffte er ihn nach. »Du Dumpfbacke, weißt du nicht, was das bedeutet? Das bedeutet, dass die miese Ratte uns alle reingelegt hat! Getäuscht! Ausgenommen!

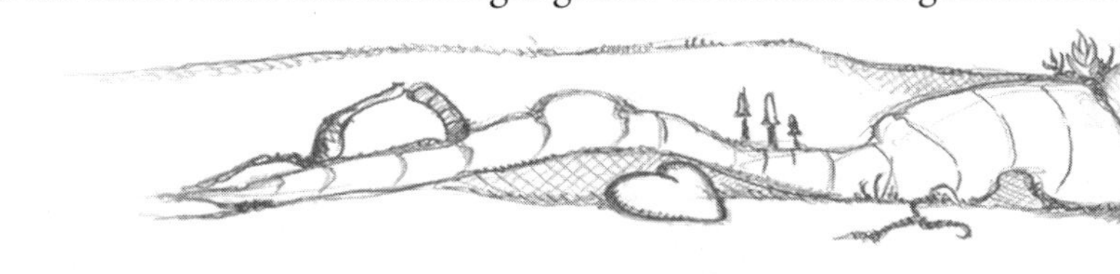

Bei jedem verdammten Spiel, das er und sein edles Auge gewonnen haben! Er ist gar kein guter Spieler, er ist ein BETRÜGER! Auf ihn, Dickbauch!«

Dickbauchs Kopf war rot angelaufen vor Wut und zum zweiten Mal an diesem Tag stürzte er sich auf Katzenauge. Und der Meister folgte ihm, die kleinen Fäuste schwingend.

Ava lächelte zufrieden und spazierte über die nächste Seitenstraße davon. Sie besaß nun echtes Gold. So viel wie niemals zuvor. Sie war eine reiche Frau, konnte sich kaufen, was immer sie wollte, anderen die Nase lang machen. Welch schöner Gedanke.

Als Ava den Boden des Kessels erreichte, fand sie sich auf dem großen Rathausplatz wieder. Der Sitz des Bürgermeisters war ein wuchtiges Gebäude aus demselben angefressenen Stein, der sich durch die ganze Stadt zog, und das einzig Besondere waren die breiten Treppen, die zu den großen Torflügeln hinaufführten und die Tatsache, dass eben diese Torflügel vergoldet waren. Der Platz selbst war quadratisch und wurde von Arkaden gesäumt, die viele Cafés, Pralinenläden und Karamellgießereien beherbergten. Wenn man den Kopf in den Nacken legte, dann hatte man den Eindruck, die Burg des Kessels throne hoch in der Luft, direkt über dem Rathaus, doch da die Regentropfen immer dicker vom Himmel kullerten, beschloss Ava, den Kopf nicht länger in den Nacken zu legen, sondern lieber Schutz unter den Arkaden zu suchen.

»Hallo«, sagte plötzlich ein junger Mann mit wildem, schwarzem Haar und noch viel wilderen, schwarzen Augen, der aus einer Häusergasse hinter Ava getreten war. Er lehnte lässig an einem Arkadenpfeiler und betrachtete Ava von oben bis unten. »Ich glaube, ich habe genau das, wonach du suchst.«

»Aha. Wonach suche ich denn?«, fragte Ava zurück.

»Nach etwas, das du nur im Zauberkessel bekommst.«

»Im Zauberkessel?«

»Ja, mein Laden dort drüben.« Er zeigte auf das Schild in der Seitenstraße, das in dem düsteren Licht beinahe verschwand, keine zehn Schritte entfernt. An seinem kleinen Finger blitzte ein Totenkopfring auf. »Ich glaube, er wird dir gefallen.«

»Ich glaube nicht, dass du weißt, was mir gefällt«, sagte Ava, doch sie beschloss, dass es nicht schaden konnte, einen Blick hineinzuwerfen, zumal gerade noch ein weiterer Kunde in den Laden trat.

»Ich heiße übrigens Jadon«, sagte er, die Hände entspannt in die Taschen gesteckt, während sie auf den Zauberkessel zugingen.

»Ava«, sagte sie.

»Ich weiß«, erwiderte er mit einem Grinsen, das ihm unheimlich tiefe Grübchen um die Mundwinkel verlieh.

»Das glaube ich kaum!«, sagte Ava und stieß energisch die Ladentür auf. »Also, was hast du Schönes für mich?«

Jadon beachtete den anderen Kunden gar nicht, der hilfesuchend vor einem Regal mit eingelegten Insekten stand. Stattdessen verschwand er durch eine Tür hinter der Kasse und ließ Ava alleine neben einem Korb voller Gummispinnen stehen. Doch gerade als sie ihre Hand in den Korb tauchen wollte, kam er mit einer kleinen Ampulle zurück, die mit einer durchsichtigen Flüssigkeit gefüllt war.

»Danach hast du gesucht«, sagte er. »Es ist ein Zaubertrank, der Leben retten kann. Man flößt ihn dem Sterbenden ein und wenn man Glück hat, erwachen seine Lebensgeister wieder.«

»Wenn man Glück hat?«

»Nun ja, es ist ein launischer Zaubertrank. Aber besser als keiner. Du wirst ihn brauchen, um jemanden auf deine Seite zu ziehen. Jemand, der sehr wichtig für dich werden wird. Wahrscheinlich sogar wichtig für uns alle.«

»Ist das deine Verkaufsstrategie? Wenn du mich fragst, nicht sehr vielversprechend. Es dürfte nicht allzu viele Kunden geben, die an solchen Hokuspokus glauben, oder?«

»Ich kann nicht klagen, was das Geld angeht.«

»Lass mich raten: Dieser Zaubertrank ist bestimmt sehr wertvoll und selten zugleich. Kostet bestimmt eine Menge, oder?«

»Einiges …«

»Gut, dann bin ich sowieso draußen. Ich gebe mein hart erarbeitetes Geld nämlich nicht für Dinge aus, von denen ich nicht überzeugt bin.«

Jetzt grinste Jadon wieder, während der andere Kunde mit leeren Händen den Laden verließ.

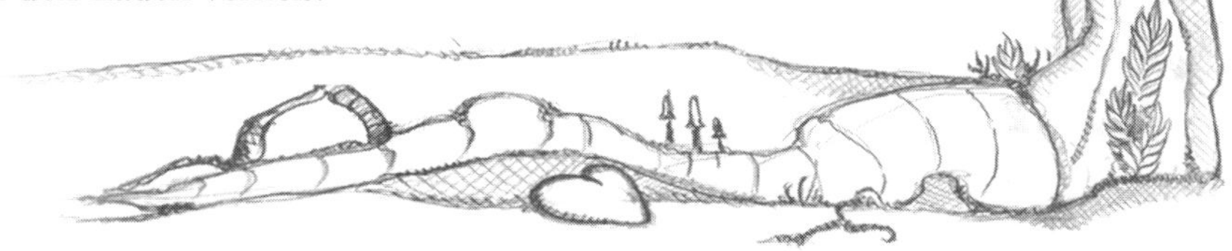

»Dann gib mir doch das Buch, das du bei dir trägst.«

Ava starrte ihn erschrocken an. Das konnte er unmöglich gesagt haben. Das einzige Buch, das sie bei sich trug, war das über den Neidwald und das steckte in ihrem Rucksack. Jadon konnte es unmöglich sehen.

»Was für ein Buch?«, fragte sie und versuchte, so gelassen zu wirken wie er.

In diesem Moment ging die Tür auf und ein weiterer Kunde trat ein. Es war ein Mann mittleren Alters, dessen Herrenparfum sich im ganzen Raum verteilte. Er trug einen hellen Trenchcoat und schüttelte sein blondes Haar, um den lästigen Regen loszuwerden.

»Jadon, versuchst du mal wieder, eine junge Dame über den Tisch zu ziehen?«, rief er und der warme Klang seiner Stimme legte sich über den Parfumgeruch.

»Das würde ich niemals wagen, Herr Graf!«

»Was hat er versucht, dir zu verkaufen?«, fragte der Mann und stellte sich neben Ava, sodass sie in seine hellgrünen Augen sehen konnte.

»Einen Zaubertrank, der Leben retten soll«, sagte sie und hielt ihm die Ampulle hin. Der Mann strich sich das Haar wieder glatt, als würde er es mit Pomade nach hinten kämmen. Es glänzte, als sei es mit Schneckenschleim benetzt worden.

»Lass mich raten, du verlangst dafür viel Geld«, sagte er zu Jadon.

»Natürlich, Herr Graf. Magie hat ihren Preis. Doch die junge Dame wollte grade selbst bezahlen. Ich habe ihr einen Tauschhandel angeboten.«

»Ach? Was soll sie dir denn geben, für deinen Zaubertrank?«

»Bloß ein Buch, das sie bei sich trägt. Du siehst, ich bin nicht unverschämt.«

»Ich kann einfach nicht mit ansehen, wie du die Leute betrügst, Jadon. Bitte schön, hier hast du das Geld«, sagte der Mann und legte zehn Goldmünzen auf die Theke. Dann reichte er Ava die Ampulle. »Der Zaubertrank gehört jetzt dir. Nimm ihn, probier ihn aus und stelle fest, dass er zu gar nichts taugt.«

»Natürlich taugt er was. Man muss nur den passenden Ort finden und wir wissen doch beide, Herr Graf, dass es Orte gibt, an denen Magie lebendig wird.«

»Und wir wissen beide, dass es Orte sind, die wir niemals zu Gesicht bekommen werden, mein lieber Jadon. Ich würde jetzt gerne meine Lieferung abholen.« Das Lächeln auf seinem Gesicht wirkte eisig, doch Jadon ließ sich davon nicht beeindrucken.

»Schade um das Buch«, sagte er und schaute Ava tief in die Augen. »Ich hoffe, du weißt es zu schätzen.« Dann verschwand er wieder im Hinterzimmer und Ava nutzte die Gelegenheit, um sich von dem Herrn Graf zu verabschieden und den Zauberkessel, zusammen mit der Ampulle, zu verlassen. Was sie von all dem halten sollte, wusste sie nicht, deshalb verstaute sie den Zaubertrank erst einmal im Rucksack und beschloss, nie wieder einen Fuß in Jadons Nähe zu setzen.

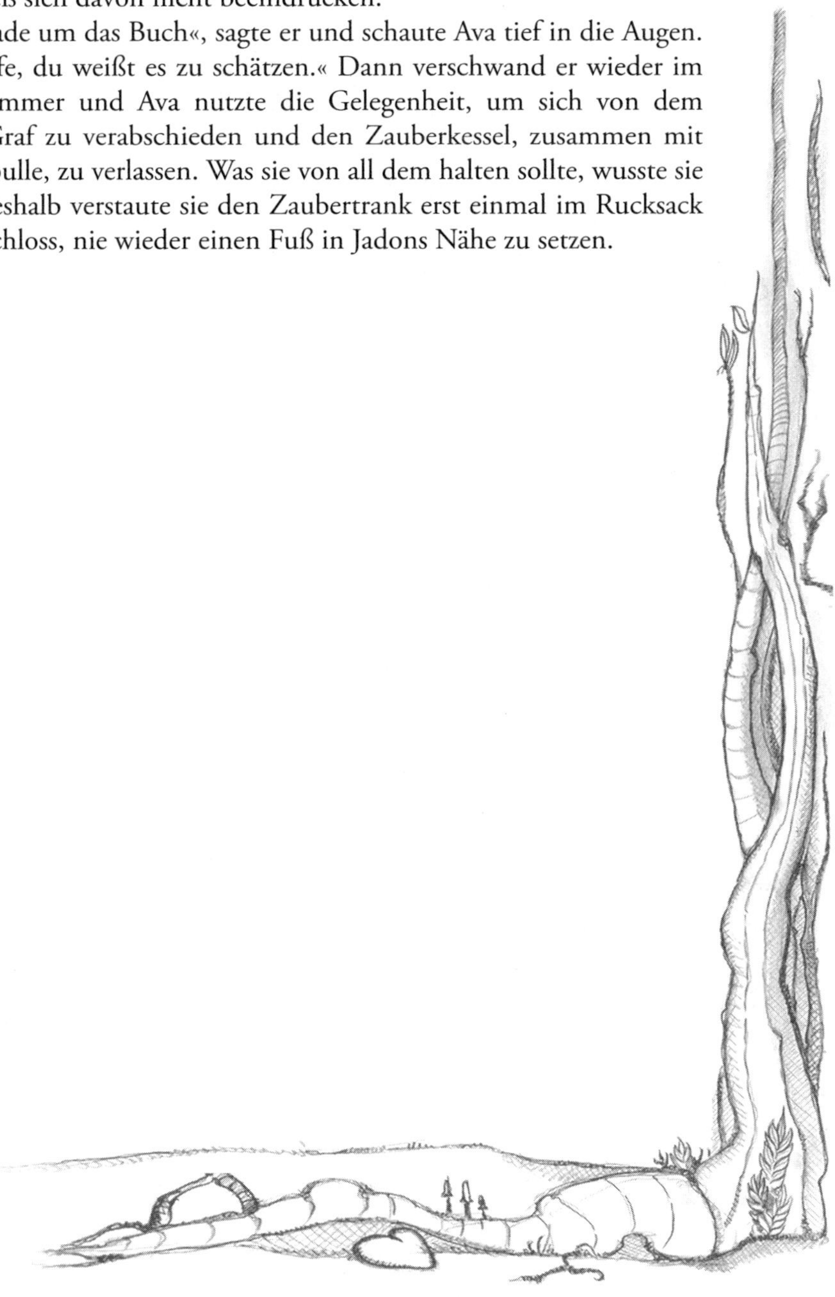

5. Kapitel

Da der Regen noch immer nicht nachlassen wollte und Ava in ihrem durchnässten Wollpullover zu frieren begann, entschied sie, sich in einem der vielen Cafés unter den Arkaden aufzuwärmen. So betrat sie das Café *Zuckerstückchen*, dessen Gastraum zum Bersten gefüllt war. Bereits vor der großen Kuchentheke drängten sich viele Gefühle, vornehmlich alte Damen und Herren, die begierig auf die Sahnetorten und Apfeltaschen stierten. Ava drängelte sich durch die Menge und entdeckte einen Ecktisch, an dem ein Mann saß und die Krümel von seinem leeren Teller pickte. Sie fragte ihn, ob sie sich zu ihm setzen dürfe, weil sie sich unbedingt mit einem Heißgetränk aufwärmen müsse und er war so freundlich, ihr diese Bitte nicht abzuschlagen. Als Ava eine heiße Schokolade mit Mandelsirup bestellt und sich die nassen Haarsträhnen aus dem Gesicht gewischt hatte, schaute sie neugierig auf das Blatt Papier, das der Mann neben seinen Teller gelegt hatte.

»Was schreiben Sie denn da?«, fragte Ava und rieb sich die kalten Hände.

Der Mann schaute auf, fuhr sich mit Daumen und Zeigefinger über seinen Dreitagebart und schmunzelte: »Ich habe befürchtet, dass du das fragen wirst.«

»Und werden Sie mir antworten?«

Die Kellnerin brachte die heiße Schokolade und während Ava ihre kalte Nase über die dampfende Tasse hielt, räusperte sich ihr Gegenüber und begann zu sprechen: »O Schöne du – Wenn der Mond erbebt – Und der warme Wein in den Gläsern des Morgen – So seicht wie das Rauschen deiner Lippen – In unseren Herzen klebt – Dann ist es wie ein Kitzeln – Ein Kitzeln, das durch meine Seele fegt.«

Seine braunen Augen waren süßlich wie der Mandelsirup in Avas Kakao und schauten sie erwartungsvoll an. »Ich bin ein Dichter«, fügte er noch hinzu, als Ava sich zu viel Zeit mit der Antwort ließ, »ich kann gar nicht anders! Sag ruhig, dass es schlecht war, es wird nichts daran ändern, dass die Worte aus mir herausfließen wie flüssige Schokolade.« Der Mann schob seinen Hut etwas nach hinten und massierte sich den Nacken. »Mein Herz ist so voller Liebe, dass es wehtut, weißt du? Und die Poesie ist so ein wunderbares Mittel, um überschüssige Liebe abzuladen.«

Ava nickte, obwohl sie von Liebe wahrlich nicht viel Ahnung hatte. »Kann man denn von der Poesie leben?«, fragte sie und rührte durch ihren Kakao.

»Aber Hallo!«, sagte der Mann. »Zwar nicht körperlich, aber geistig ist es das reinste Paradies. Ich lebe von nichts anderem als Luft, Liebe und Poesie. Und von meinem Job als Ratsmitglied natürlich.«

»Sie sind in der Regierung?«, fragte Ava und verschluckte sich fast an ihrem Kakao.

»Phineas mein Name, Vertreter der Liebe und Poet aus Leidenschaft, sehr angenehm!« Er reichte ihr die Hand und Ava schüttelte sie begeistert.

»Dann kenne ich Sie! Sie sind derjenige, der die ganzen Liebesratgeber schreibt, habe ich recht?«

Er nickte überschwänglich und zupfte seinen lilafarbenen Hemdkragen zurecht: »Genau der bin ich.«

Mit den Ratgeberbüchern hatte Phineas in den letzten Jahren viel Geld verdient. *Liebeskummer und andere Tragödien, Der Zauber der ersten Liebe und wie Sie ihn konservieren oder Liebesrituale leicht gemacht* waren nur einige Titel, die Ava in Erinnerung geblieben waren. Ihre Klassenkameradinnen hatten diese Bücher verschlungen, wahrscheinlich, so wurde Ava jetzt bewusst, nicht zuletzt weil sie Phineas wegen seines breiten Lachens und der schwarzen Bartstoppeln anhimmelten, die sich auf seinen gebräunten Wangen ausbreiteten wie Unkraut. Es war bezeichnend für das *Herz*, dass sich Liebesratgeber in den Buchhandlungen über ganze Regalreihen zogen, während Bücher, die einem sagten, was man tun sollte, wenn man sich vor seinen Füßen ekelte oder jeden Morgen Spaß daran fand, Regenwürmer mit der Papierschere zu zerteilen, als Einzelexemplare in dunklen Ecken ein trauriges Ende fristeten. Liebe, so fand Ava, wurde komplett überbewertet.

»Weißt du, mit der Liebe ist es wie mit der Frau im Allgemeinen«, fuhr Phineas fort, »sie ist so schön, dass es wehtut.« Während er die

Worte sprach, blickte er auf die Damen, die sich an den umliegenden Tischen über ihre Sahnetorten hermachten. »Siehst du die Haut dieser Dame, die aussieht wie die einer haarigen Aprikose? Ist das nicht wundervoll?« Besagte Dame war mindestens Großmutter und kämpfte gerade mit einem eingeweichten Löffelbiskuit. »Oder wie sich die Dame neben ihr immer wieder durch das dunkle Haar fährt, während sie mit der anderen Hand die Krümel aus ihrem Schoß fegt? Oder die rot geschminkten Lippen an Tisch sieben? Oder die wohlgeformten Waden der Kellnerin, die sich geschickt zwischen den Gästen hindurch winden? Ich liebe sie einfach alle!«

»Die Waden oder die Frauen?«

»Die Frauen und das Leben und die Poesie und diese Tortenkrümel. Die jetzt leider auch schon wieder alle aufgegessen sind … Ich glaube, der alte Dichter Silas hat den Mund nicht zu voll genommen, als er schrieb, das schönste Herz auf Erden sei das mit Liebe gefüllte. Ich möchte kein anderes in meiner Brust wissen.«

»Wie sieht es denn aus, das wunderschöne Herz aus Liebe?«

Phineas hielt kurz inne und schaute verträumt auf sein Blatt Papier. »Es ist zerbrechlich«, sagte er dann mit einer romantisch angehauchten Stimme, »es ist so zerbrechlich und kraftvoll zugleich. Es hat die intensivsten Farben und sein Inhalt schmeckt wie geschmolzener Zucker, der langsam aber unnachgiebig in die Meeresbrandung tropft und von dort in die Tiefen des Ozeans gespült wird.«

Ava leerte ihre heiße Schokolade und bemühte sich krampfhaft, nicht loszulachen, als eine junge Frau an ihren Tisch trat, deren elfenhafte Erscheinung Phineas nur noch mehr ins Schwärmen brachte. Und jetzt verschluckte Ava sich wirklich, denn diese Frau war niemand anderes als ihre Patentante Mirabelle.

Mirabelle war noch gar nicht so alt, wie es sich für eine Patentante eigentlich gehörte. Sie war sogar sehr jung mit ihren siebenundzwanzig Jahren, vor allem wenn man bedachte, dass sie sich benahm, als sei sie zehn Jahre jünger. Das hatte sie allerdings nicht daran gehindert, sich vor zwei Jahren als Vertreterin der Freude zur Wahl zu stellen und prompt in den Rat der Elf gewählt zu werden, der das *Herz* regierte. Sie war immer gut gekleidet, sie war immer gut gelaunt und sie war hübscher als jeder Mirabellenbaum ihrer Welt es je sein könnte. Das musste man wissen, bevor man sich in ihre Hände begab. Ava hatte keine andere Wahl, schließlich musste sie alles daran setzen, in der Burg ein- und ausgehen zu können. Für den Neidwald natürlich.

Wie sich herausstellte, hatten Mirabelle und Phineas eine Verabredung in diesem Café, weil der Besitzer damit beauftragt worden war, die Friedenskrapfen für die diesjährige Friedensfeier herzustellen. Und die mussten natürlich gekostet werden, bevor man sie auf die Gefühle losließ. Ava war aufgestanden, hatte sich kräftig von Mirabelle umarmen lassen und ihr erzählt, wie sehr sie sich in Glücksland gelangweilt hatte.

»Ich kenne das, meine Liebe, es gibt nichts Langweiligeres als Glücksland in den Sommerferien.« Dann wandte sie sich an Phineas: »Bis vor zwei Jahren habe ich selbst noch dort gewohnt, auf dem Mirabellenhof meiner Eltern, und glaub mir, ein Mädchen kann sich Spannenderes vorstellen, als täglich Einmachgläser mit Mirabellenkompott verschrauben zu müssen!«

»Das ist also der Grund, warum die schöne Mirabelle in die Politik gegangen ist?«, fragte Phineas zwinkernd.

»Nein, die schöne Mirabelle ist in die Politik gegangen, um das Lächeln hinaus in unsere Welt zu tragen, das weißt du doch, mein Schatz«, entgegnete sie mit rosigen Lippen, kniff Phineas in die Wange und strich sie sich dann das aprikosenfarbene Haar hinters Ohr. Es endete akkurat geschnitten über ihren Schultern, die von einem leichten Trägerkleid und einer durchsichtigen Bluse geschmückt wurden. Sie sah so zerbrechlich aus wie eine Puppe. »Es war auf jeden Fall eine sehr gute Idee, in den Kessel zu kommen, liebe Ava. Deine Eltern haben nichts dagegen?«

Ava schüttelte den Kopf.

»Sehr schön. Alleine die Mode hier ist ja unvorstellbar. Und das Essen natürlich. Es gibt nichts auf der Welt, was du nicht im Kessel bekommen könntest. Und das ist keine Übertreibung.«

Dann drehte sie sich um und bedeutete einem jungen Mann, an den Tisch zu treten, den Ava bis dahin gar nicht wahrgenommen hatte. Er wirkte sehr blass und in seinem Gesicht stachen Sommersprossen aus der weißen Haut hervor. Sie hatten die gleiche Farbe wie sein Haar: rot wie das Fleisch einer Blutorange. Er schaute über den Tisch hinweg an die Wand, als befände sich dort eine spannende Welt, die nur er alleine sehen konnte. Ava sah bloß Tapete. Und seine Mundwinkel, die er leicht nach unten gezogen hatte, um aller Welt zu zeigen, dass er lieber ganz woanders und alleine wäre.

»Ich habe dir Karim noch gar nicht vorgestellt. Er ist der Sohn von Auron, einem Ratsmitglied, und wohnt derzeit bei uns in der Burg. Er ist vielleicht zwei Jahre älter als du, aber das macht ja nichts. Ihr beiden werdet euch sicher wunderbar verstehen.«

Karim. Der Junge, der als Kind zu viel Blutorangensaft getrunken hatte. Der Junge, der sie abweisend ansah. Ava rang sich ein Nicken ab und auch er grüßte nur verhalten. Sie hatte gar keine Lust, sich wunderbar mit ihm zu verstehen.

Dann erschien der Cafébesitzer und lotste sie alle durch eine Seitentür in einen kleinen Raum, in dem es intensiv nach warmer Hefe roch. Vor ihnen breiteten sich an die hundert Friedenskrapfen auf einem Blech aus, einer runder als der andere.

Bei den Friedenskrapfen handelte es sich um frittierte Teigkugeln mit Puderzucker, deren Körper mit Fliedersirup gefüllt wurden. Denn weißer Flieder war das Symbol des Friedens. Damals, am Ende des Großen Krieges, hatten sich die Gefühle zur Versöhnung gegenseitig weiße Fliederblüten an den Hemdkragen gesteckt. Man hatte genug der Gewalt und so lud man den Hass ein, mitzufeiern. Man gab sich die Hand. Man senkte nicht den Blick. Man verzieh. Denn kein Gefühl ist perfekt, so sagten sie. Und seitdem glaubte man, die Gefühle hätten sich einigermaßen unter Kontrolle.

Ava mochte die Fliederbälle nicht, von Kindesbeinen an leckte sie nur den Puderzucker ab und schmiss die Teigkugel dann in die Ecke, was jedermann seltsam fand, da sie doch sonst alles verschlang, was aus Zucker bestand. Doch die Fliederbälle schmeckten klebrig.

Warum sie denn ausgerechnet den Frieden verschmähte, fragten alle. Mit dieser Frage konnte Ava nichts anfangen. Weil Frieden für sie so ein seltsames Wort war. Er war immer da und keiner konnte wirklich sagen, was Frieden war. Urgroßmutter Babette meinte, Frieden sei, wenn der Kühlschrank voll und die Kinderbäuche gestopft seien. Avas Onkel Landolin sagte, Frieden sei Freiheit. Debora sagte, Frieden sei, wenn man Streit mit Worten löst statt mit Waffen. Und Anatol lächelte bloß. Wie immer. In seiner Welt war Frieden sonnig.

Jetzt stand Ava also vor hundert Teigkugeln und beobachtete, wie Mirabelle, Phineas und Karim sich abwechselnd ein Exemplar in den Mund schoben und anerkennend nickten. Sie beobachtete Karims Finger, die gepflegt aussahen und die Kugeln ganz sanft umfassten, um sie dann kurz gegen seine Lippen zu drücken, bevor er sie in den Mund steckte. Sie beobachtete, wie er die Augenbrauen zusammenzog und dann wieder entspannte, während er kaute. Seltsamerweise waren sie gar nicht rot wie sein Haar, sondern dunkel wie schwarzer Tee. Genau wie seine Wimpern. Plötzlich schaute er auf, sein Blick traf Ava unerwartet. Und zum ersten Mal fiel ihr auf, dass seine Augen die Farbe von flüssigen Karamellbonbons hatten. Ungewöhnliche Augen.

»Möchtest du auch einen?«, fragte er nicht sehr freundlich. Sie schüttelte bloß den Kopf. Und schaute weiter zu, wie er kaute, während Mirabelle die letzten Details mit dem Bäcker besprach und sie dann aus der Backstube scheuchte.

»Wo wohnst du in den nächsten Tagen?«, fragte sie, als sie wieder in den Nieselregen auf dem Platz traten.

»Ich werde mir wohl ein Hotelzimmer nehmen müssen«, sagte Ava, bemüht, gleichgültig zu klingen.

»Aber nein, das kommt gar nicht in Frage! Ich werde natürlich veranlassen, dass du bei uns in der Burg wohnst. Normalerweise nehmen wir keine fremden Gefühle auf, aber mir kann niemand einen Wunsch abschlagen. Außerdem gehörst du ja quasi zur Familie!« Sie klimperte mit den Wimpern. »Wir haben doch genug Platz, nicht wahr, Karim?«

Er gab bloß ein Brummen von sich, während Mirabelle ihren pinkfarbenen Regenschirm in Blütenform öffnete.

»Und jetzt haben wir uns erst mal eine Stärkung in der Burgküche verdient!« Fröhlich schritt sie voraus und kämpfte ihnen mit dem Schirm den Weg durch die Menge frei.

Phineas verabschiedete sich an einer Buchhandlung, die Gedichtbände verkaufte, und Ava, Karim und Mirabelle machten sich gemeinsam an den beschwerlichen Aufstieg zur Burg. Zunächst führte sie ihr Weg durch ein endloses Gassenwirrwarr, bis eine kleine Treppe vor ihnen auftauchte, die zwischen Steinmauern hinauf zum Burgplatz führte. Überall wucherten Efeu und trockene Gräser aus der Mauer und streiften Avas Hände. Dann, auf dem Burgplatz angekommen, bot sich ihnen ein atemberaubender Blick über den ganzen Kessel. Von so weit oben sahen die Köpfe der Gefühle, die sich auf dem Marktplatz zu Füßen des Burgberges tummelten, aus wie kleine Stecknadeln.

Die Burg selbst wirkte noch mächtiger, wenn man direkt vor ihr stand und den Kopf in den Nacken legte, um zu einer der elf Turmspitzen aufschauen zu können. Wie alt sie war, konnte Ava nicht sagen, sie wusste bloß, dass sie den Herrschenden schon immer als Wohnsitz diente. Heute bestand die Regierung aus elf gewählten Vertretern der Regionen des *Herzens*. Glücksland war nur eine von ihnen, bei den anderen handelte es sich um die Provinzen Trauer, Wut, Vertrauen, Hass, Angst, Neid, Neugier, Liebe, Stolz und Mut.

Die drei betraten das Burggemäuer durch das hölzerne Eingangstor. Bereits die Empfangshalle entlockte Ava ein anerkennendes Pfeifen, denn der Kronleuchter, der den Raum erhellte, funkelte wie ein Meer aus Diamanten. Die Wände waren stuckverziert und beeindruckten durch Malereien – geflügelte Wesen schwebten in einem pastellgrünen Himmel auf rosafarbenen Wolken. Auf beiden Seiten der Halle führten große Treppen ins Obergeschoss, wo sich die Zugänge zu den elf Türmen befanden.

»Halt!«, ertönte plötzlich ein lauter Ruf. Eine hagere Gestalt löste sich aus dem Schatten unterhalb der Treppe und kam mit steifen Schritten auf sie zu.

»Wer ist diese Person?« Das Männchen, das diese Worte sprach, hatte so dünne Beine wie ein Storch und schaute durch ein Monokel auf dem rechten Auge streng auf Ava hinab. »Fremden Gefühlen ist es nicht gestattet, die Burg zu betreten.« Seine Glatze reflektierte das Scheinen des Kronleuchters. Er trug einen Frack und sah damit aus wie ein bösartiger Pinguin.

»Das ist Filunzius«, erklärte Mirabelle und legte Ava schützend die Hände auf die Schultern. »Er ist der oberste Sicherheitsbeauftragte der Burg. Ich glaube, er hat sich selbst dazu ernannt, aber das ist eine andere Sache …«

»Muss ich Sie ermahnen, Fräulein Mirabelle?«

»Nein, das müssen Sie nicht, Herr Filunzius.«

»Dann verraten Sie mir jetzt, warum Sie einem wildfremden *Kind* erlauben, die heiligen Gefilde des Rates zu betreten, ohne dies zuvor mit mir abzusprechen?«

»Dieses *Kind*, Herr Filunzius, ist weder wildfremd noch gefährlich.«

»Die Sicherheit des Rates muss stets gewährleistet sein.«

»Ich habe keinen Zweifel an der Wichtigkeit Ihres Berufes, mein lieber Filunzius«, sagte Mirabelle und lächelte. »Aber dieses *Kind* ist meine Patentochter Ava und wird in den nächsten Tagen im Gästezimmer dieser Burg wohnen.«

»Noch ein Kind?« Filunzius fischte ein Stofftaschentuch aus seiner Hosentasche und tupfte sich damit über die Glatze. »Das wird ja immer bunter … Dann muss ich aber darauf bestehen, Fräulein Mirabelle, dass dieses *Kind* eingehend auf potenzielle Schadensquellen untersucht wird. Jetzt gleich. In meinem Büro.«

»Natürlich, Herr Filunzius, Sie machen bloß Ihren Job«, schmeichelte Mirabelle mit honigsüßer Stimme. Dann zwinkerte sie Ava zu und alle drei folgten dem alten Mann, der mit seinen staksigen Beinen bereits die ganze Halle durchquert hatte.

»Ist er immer so?«, flüsterte Ava, während sie in den Ostflügel der Burg traten.

Mirabelle nickte. »Du musst dich vor ihm in Acht nehmen. Er kann es gar nicht leiden, wenn man grundlos durch die Flure strolcht.«

»Klingt sympathisch …«

Sie traten in einen Raum, der nach Abstellkammer aussah. In der Mitte stand ein leerer Schreibtisch, an den Wänden stapelten sich allerlei Gegenstände in metallischen Regalen. Von Farbtöpfen über Putzlumpen bis hin zu Brecheisen war alles vertreten.

»Setzen«, befahl der oberste Sicherheitsbeauftragte und deutete auf einen Stuhl. »Hast du ansteckende Krankheiten?«

Ava schüttelte den Kopf. Filunzius machte sich Notizen.

»Haarausfall?«

»Nein.«

»Haustiere?«

»Nein.«

»Gefährliche Waffen?«

»Welcher Art?«

»Messer, Dolche, Schusswaffen …«

»Ich denke nicht.«

»Magst du Schokolade?«

»Sehr.«

»Das ist gar nicht gut … Du wirst ein Dokument unterschreiben müssen, in dem du dich verpflichtest, unsere teuren Tapeten nicht mit deinen Schokoladenfingern zu ruinieren.« Er schrieb fleißig weiter. »Zu welchem Zweck hältst du dich im Kessel auf?«

»Langeweile bekämpfen.«

Filunzius hielt mit dem Stift inne und musterte sie streng durch sein dickes Monokel. »Langeweile? Du wirst doch nicht etwa Unsinn im Kopf haben, oder?«

»Jetzt reicht es aber!«, mischte Mirabelle sich ein. Filunzius schenkte ihr einen kalten Blick und sein Stift kratzte weiter unnachgiebig auf dem Papier.

»Nun gut. Dann muss ich noch deinen Rucksack durchsuchen.«

Heiße Panik stieg in Ava auf, als seine hageren Hände nach ihrem Gepäck griffen. Das Buch! Er durfte es auf keinen Fall in die Finger kriegen! Das Surren des Reißverschlusses hallte durch die Kammer und Ava überlegte fieberhaft, wie sie ihn ablenken konnte.

»Filunzius«, sagte Mirabelle plötzlich, als Ava gerade drauf und dran war, sich auf ihn zu stürzen und ihm den Rucksack zu entreißen, »ich unterbreche Sie wirklich nur ungern, aber ich könnte mir vorstellen, dass unsere liebe Köchin Ida bereits sehnsüchtig auf uns wartet. Ich hatte ihr versprochen, auf ein kleines Mahl in der Küche vorbeizuschauen.«

»Ida?«, fragte Filunzius und ließ den Rucksack fallen. »Ida wartet auf Sie? Warum sagen Sie das denn nicht gleich, Fräulein Mirabelle! Ich würde die liebe Ida doch niemals warten lassen!« Er drückte der verwunderten Ava den Rucksack gegen die Brust und schob sie beherzt aus der Abstellkammer. »Grüßen Sie sie von mir!«, rief er noch, während die drei zurück in die Eingangshalle eilten. Ava presste den Rucksack so feste sie konnte an ihre Brust, immer noch voller Angst, der hagere Storch könne ihn ihr entreißen.

»Keine Sorge, er ist kein bösartiger Kerl, er hat bloß ein sehr stolzes Herz«, sagte Mirabelle, die Avas bleichen Gesichtsausdruck bemerkt hatte. »Er hält nunmal viel auf gute Manieren. Wenn du ihn verärgert hast, sprich ihn einfach, wie ich, auf unsere Köchin Ida an. Die hat ihm nämlich den Kopf verdreht.«

Ava stellte sich dieses alte Monokelmännchen mit verdrehtem Kopf vor und ihre Laune besserte sich sogleich.

»Jedes Zimmer der Burg ist individuell gestaltet«, erklärte Mirabelle, während sie die Eingangshalle erneut durchquerten, »und ein besonderer Hingucker sind unsere Türen aus reinstem Edelstein.« Tatsächlich bestand die Tür, durch die sie in den Westflügel gelangten, aus eisfarbenem Bergkristall. Ava streckte die Finger aus und fuhr beim Hindurchgehen an der Tür entlang. Der Kristall war ganz glatt geschliffen und poliert worden. Es war, als spüre sie die Kälte von Eiswasser auf den Fingerspitzen.

»Du kannst dir gleich merken, dass sich die Küche im rechten Schlosstrakt befindet, liebe Ava. Du bist doch noch so vernarrt in Zucker, oder?« Mirabelle führte sie durch einen langen Gang mit goldenen Tapeten.

»Klar bin ich das! Ich hoffe, eure Köchin kann gut backen.«

»Nicht nur das«, sagte Mirabelle. »Du wirst alles von ihr lieben. Selbst die Suppe aus Hirschinnereien.«

»Das wollen wir erst mal sehen! Sie muss schon unglaublich gut sein, wenn sie mich dazu bringen will, die Niere eines Geweihträgers zu essen. Oder das Herz. Oder das Gehirn. Was davon würdest du lieber essen, Karim?«

Karim sah angewidert zu ihr herüber: »Ich esse kein Fleisch.«

Ava blieb überrascht stehen: »Wie jetzt? Gar nicht?«

»Du hast schon richtig gehört: Gar nicht.«

Ava versuchte, sich ein Leben ohne Fleisch vorzustellen, doch ihr Bauch rebellierte. »Was isst du dann den lieben langen Tag?«, stocherte sie weiter, während sie neben ihm herlief. »Spinat, Mohrrüben, Erdbeereis? Irgendwas muss man ja zu sich nehmen.«

»Wie du siehst, lebe ich noch.«

»Also für mich wäre das nichts.«

Karim murmelte etwas vor sich hin, das Ava nicht verstand, doch sein vernichtender Blick sagte ihr, dass es nicht nett gemeint war. Langsam verlor Ava jede Lust daran, noch weitere Zeit mit diesem schlecht

gelaunten Kerl zu verbringen. Wenn er sie nicht ausstehen konnte, sollte er ihr erst recht gestohlen bleiben.

Die Küche breitete sich hinter dem nächsten Türrahmen aus wie eine goldene Frühlingswiese. Der Boden war mit warmen Terrakottaplatten belegt und an den Wänden klebten Fliesen in verschiedenen Cremefarben. Pastellgrün wechselte sich mit einem Butterton ab, daneben ein Hauch von Blau und immer wieder leuchtendes Weiß. Es sah aus wie ein Mosaik. Dass alles so warm schimmerte, lag an der großen Fensterfront, deren Scheiben vergoldet waren. Im Gegensatz zu der herrschaftlichen Eingangshalle fühlte Ava sich hier gleich heimisch.

»Da hinten steckt ja unsere Ida«, sagte Mirabelle und deutete auf einen überdimensionalen Kühlschrank. Davor stand eine Leiter, auf deren Spitze man Schuhe, Beine und Rockzipfel einer Frau sah. Der Rest ihres Körpers steckte im Gefrierfach. Ava entdeckte auch einen zinnfarbenen Backofen, aus dem der Duft frisch gebackener Joghurtbrötchen strömte. Er war so groß, dass man mit ihm eine ganze Armee mit Brot hätte versorgen können. Überhaupt war die Küche so riesig, dass Ava das Ende gar nicht erkennen konnte und überall wirbelten kleine Gefühle mit Putzlappen, Kochlöffeln und Pfeffermühlen durch die Gegend, kletterten auf Podeste, Schränke und Leitern, um Dosen voller Sauerkraut, Lammgulasch und Pilzpüree in ihren kleinen Händen von einem Kochtopf zum nächsten zu transportieren.

Die drei näherten sich der Frau im Kühlschrank und Mirabelle zupfte an ihrem Rockzipfel.

»Idalein, ich habe Besuch mitgebracht.« Ida riss den Kopf aus dem Gefrierfach und wäre beinahe rückwärts von der Leiter gekippt, hätte sie sich nicht rechtzeitig mit ihren knochigen Fingern an der Tür festgekrallt. Sie war so winzig, dass sie die Leiter brauchte, um mehr als die drei untersten Kühlschrankfächer erreichen zu können. Ihre weißen Haare trug sie modisch kurz geschnitten und sah damit fast aus wie ein Junge mit vielen Falten.

»Mirabelle! Karim!« Ida strahlte von Ohr zu Ohr und offenbarte dabei ihr fast zahnloses Gebiss. »Oh, und was für einen netten Blondschopf haben wir hier?« Flink kletterte sie von der Leiter. Jetzt reichte sie Ava nur noch bis zur Brust.

»Ava mein Name, nett Sie kennenzulernen.«

»Bitte nenn mich einfach Ida, für dieses *Sie* bin ich zu alt.« Sie streckte ihr die Hand hin, die so klein war wie eine Rosenblüte und Ava schüttelte sie vorsichtig.

»Ava ist mein Patenkind und wird ein paar Tage bei uns wohnen«, erklärte Mirabelle.

»Das ist ja hervorragend, dann kann sie mir sicher etwas in der Küche zur Hand gehen. Zusammen mit Karim!« Ida zwinkerte Ava schelmisch zu. Karim schwieg eisern. Und Ava lächelte schief.

»Ihr drei habt bestimmt Hunger. Setzt euch schon mal, ich zaubere euch was Schönes.« Mit diesen Worten verschwand sie wieder im Kühlschrank und Ava setzte sich mit Karim und Mirabelle an den runden Holztisch, der in der Mitte des Raumes stand. Sie warteten keine zehn Sekunden, da tauchte Ida wieder auf, schwer beladen mit einem Tablett, auf dem sich allerlei Zutaten tummelten. Für so eine kleine Frau schien sie eine Menge Kraft in den Armen zu haben. Sie stellte das Tablett auf dem Tisch ab und hopste dann wie ein junger Grashüpfer auf einen der schweren Holzstühle. Ava wusste nicht, wie alt Ida war. Von außen sah sie aus wie hundert. Doch im Inneren musste sie viel jünger sein, so sehr funkelten ihre Augen noch wie die eines Kindes. Jetzt nahm sie drei Sandwichscheiben, bestrich sie mit Butter, belegte sie mit sauren Gurken, klatschte mehrere Löffel Mayonnaise drüber und vollendete ihr Kunstwerk mit einer weiteren Scheibe Weißbrot. Dann schob sie jedem ein solches Sandwich vor die Nase und befahl, zu essen.

»Ich züchte die Gurken im Schlossgarten. Das ist so ein dummes Hobby von mir … Und wenn ich einen Überschuss habe, dann lege ich sie in Essig ein, für gurkenarme Zeiten.« Sie gluckste vor sich hin.

Ava biss in ihr Gurkensandwich. Die Weißbrotscheiben waren so weich, dass sie mit den Fingern dicke Löcher in ihren Leib drücken konnte und die Gurken knackten wunderbar zwischen den Zähnen. Aus den Augenwinkeln sah sie, dass Karim lustlos an seinem Sandwich kaute. Ava war ganz froh, dass sie in den nächsten Tagen mit der Suche zum Neidwald beschäftigt sein würde, denn sie hatte ganz sicher keine Lust, ihre Nachmittage mit ihm in dieser Küche zu verbringen, so schön sie auch war.

Ida brachte ihnen als Nachspeise noch ein Wassereis aus Tomatensaft und erzählte von ihren Vorbereitungen für das Abendessen. Zu

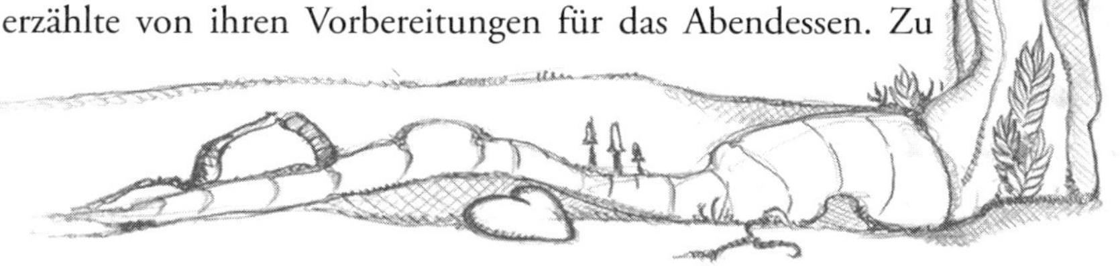

diesem war nämlich der Bürgermeister eingeladen und Ava würde mit ihm und den anderen Ratsmitgliedern an einer großen Tafel sitzen und speisen wie eine Erwachsene. Vor ein paar Tagen hätte sie sich das nicht einmal erträumen können. Und selbst jetzt konnte sie sich so einiges nicht vorstellen, was in den nächsten Wochen geschehen würde. Wie auch? Es überstieg jegliche Vorstellungskraft.

6. Kapitel

Katzenauge schlich durch die Dämmerung des Gerberviertels und ließ zu, dass der Gestank von Taubenkot, gelöschtem Kalk und aufgelösten Aasresten seine Sinne vernebelte. In den Hinterhöfen dieser Straßen stellten sie aus Tierhäuten Leder her, das feine Damen als Handtaschen spazieren trugen. In den Hinterhöfen dieser Straßen stampften Männer in Bottichen voller Färbemittel auf und ab, bis das Leder seine Schönheit erhielt. Sie taten das nicht besonders lange, denn sehr alt wurden Gerber im Kessel nicht. Die Luft war hier einfach nicht frisch genug.

Katzenauge stieß leise Flüche aus, denn mit jeder Bewegung schmerzte sein Körper von Dickbauchs Schlägen. Wie gerne er dem Knirps den Hals umdrehen würde, der ihn so schmachvoll hatte verlieren lassen. Wie hatte er es wagen könne, Katzenauge zu betrügen, den berüchtigtsten aller Spieler! Er zog sich den Mantel fester um den Körper und humpelte weiter die Straße hinauf, bis er zu dem Haus mit der kaputten Fassade gelangte. Die Fenster hingen zum Teil lose in den Rahmen, die Rollläden aus Holz waren zersplittert und Teile des Dachgiebels waren erst bei dem letzten Sommergewitter auf den Bordstein gestürzt. Gekümmert hatte es niemanden. Das Gerberviertel war verwahrlostes Land. Katzenauge fluchte noch lauter, als er die Tür aufdrückte und sich im schmutzigen Treppenhaus an den Aufstieg machte. Dieses Treppenhaus, diese Wohnung, so klein wie eine Hutschachtel, das war alles, was er im Leben zustande gebracht hatte – bröckelnder Putz, dunkle Flecken an den Wänden, nicht näher identifizierbar, morsche Stufen und Nachbarn, die mehr tot waren als lebendig. Sein ganzes erspieltes Gold hatte Katzenauge für das Auge ausgeben müssen und noch immer zahlte er monatlich eine hohe Rate an den Mann, der ihm den Edelstein beschafft und ins Auge gesetzt hatte – reinster Wucher! Und doch war es so tröstlich, beim Blick in den Spiegel nicht in ein hässliches Loch sehen zu müssen.

Draußen nahm die Dunkelheit Gestalt an und durch die Löcher in der Wand sah Katzenauge sogar einige Sterne aufblitzen. Der Regen verzog sich, doch die Wasserflecken und der Schimmel im Treppenhaus blieben.

»Katzenauge!« Die Tür im ersten Stock öffnete sich so plötzlich wie immer und eigentlich hätte er vorgewarnt sein müssen, doch er erschreckte sich jedes Mal aufs Neue.

»Was ist, alte Schachtel? Kannst du mich nicht in Ruhe lassen?«

»Du siehst aber gar nicht gut aus, Katzenauge«, sagte die kleine Frau im Türrahmen unter ihrer Dauerwelle, »du humpelst ja! Und hast blaue Flecken im Gesicht! Möchtest du nicht reinkommen? Dann koche ich dir einen Tee.«

Katzenauge hielt kurz inne und fasste sich an sein schmerzendes Knie. Die alte Schachtel war so erniedrigend, wie sie da in ihrem Bademantel stand und Katzenauge anschaute, als sei er ein Straßenkater, der kurz vor dem Verenden stand und dringend etwas Liebe brauchte.

»Ich trinke keinen Tee mit meiner Vermieterin, das kannst du vergessen!«, sagte er und vermied es, ihr in die Augen zu schauen. Sonst bestünde nämlich die Gefahr, dass sie ihn einlullte und er am Ende wirklich die Hilfe einer alten Schachtel annahm. Das hatte er nicht nötig.

»Ich weiß doch, dass du dich für deine Situation schämst. Du bist immer so einsam und hast bloß noch ein Auge …« Sie trat auf ihn zu und legte ihre dicke Hand auf seinen Arm. »Aber vor mir musst du dich nicht schämen. Ich will dir helfen, Katzenauge! Ich habe dir die Wohnung vermietet und wir werden gemeinsam dafür sorgen, dass es bergauf geht in deinem Leben.«

Katzenauge machte mehrere Schritte nach hinten und begann, rückwärts die Stufen hinaufzusteigen: »Dein Mitleid ist ekelhaft, alte Schachtel! Wie kann man nur so vollkommen mit Mitleid gefüllt sein? Wie kannst du meinen, jedermann lechze nach deiner Fürsorge? Wir brauchen dich nicht, merk dir das, verdammt!«

»Aber so bin ich nun mal«, entgegnete sie mit weinerlicher Stimme und zog sich in ihren Türrahmen zurück. »In meinem Herzen sitzt ein Spatz und füttert einen kranken Löwen. An manchen Tagen fliegt er fort und kümmert sich um durstige Nashörner und Antilopen. Doch am Abend kehrt er jedes Mal brav zurück, um dem Löwen eine Gutenachtgeschichte zu erzählen.«

»Dann soll der Löwe ihn fressen, den dummen Spatz! Das wäre sein rechter Lohn für all sein dummes Mitleid!«

»Du bist so bösartig, Katzenauge. Warum nur kannst du nicht lernen, dein vernarbtes Herz zu öffnen?«

»Weil ich dich nicht ausstehen kann, alte Schachtel! Darum!«, brüllte Katzenauge und lief so schnell er konnte hinauf ins oberste Geschoss, wo seine Wohnung lag, direkt unterm Dach. Dort stolperte er erst einmal über den Wassereimer, den er aufgestellt hatte, weil es durch die Decke tropfte. Die ganze Regenbrühe ergoss sich im Raum und Katzenauge musste sich zwingen, nicht wieder loszuschreien. Er war so erbärmlich. Sein ganzes Leben strotzte vor Erbärmlichkeit. Er sollte sich für immer in dieser Wohnung verkriechen und auf die Verwesung warten.

Doch dann fiel sein Blick auf das Loch im Fenster und den Stein, der auf seinem Bett gelandet war. Als er ihn in die Hand nahm, löste sich ein Fetzen Papier.

Ich bin zurück. Und ich werde deine Hilfe brauchen, also halte dich bereit. Raven

Katzenauges Herz begann schneller zu klopfen und plötzlich vergaß er all seine Schmerzen. Er wendete den Zettel in seinen spröden Händen und hielt ihn ganz dicht an sein gesundes Auge, bis sich jedes Wort unmissverständlich in seinen Kopf einprägte.

»Der Herr ist zurück«, flüsterte Katzenauge, »und er braucht meine Hilfe.«

Schnell kniete er sich in das Regenwasser vor das Fenster und lugte durch das Loch hinaus auf die verlassene Straße. Raven musste den Stein von dort aus hinauf geworfen haben. Wie auch immer er es angestellt hatte, er bewahrte Katzenauge vor dem Ertrinken, in dieser Brühe aus Scham und Selbstmitleid.

Er war wirklich ein guter Mann, der Herr. Und Katzenauge hoffte so sehr, dass er ihm nützlich sein konnte.

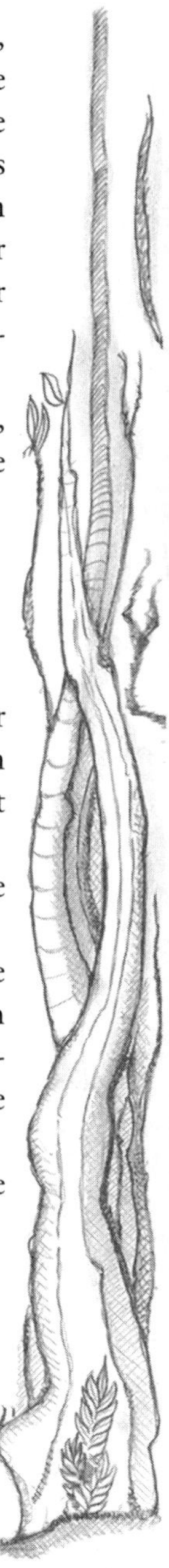

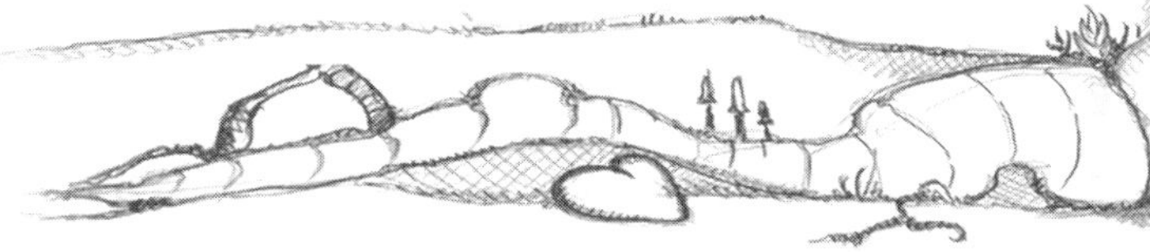

7. Kapitel

Der Abend kam schnell. Ava hatte den ganzen Nachmittag damit zugebracht, sich im großen Himmelbett ihres neuen Burgzimmers zu wälzen und durch das Buch zu blättern, das Jadon ihr hatte abnehmen wollen. Ihre Füße hatte sie dabei um den grünen Seidenvorhang des Bettes gewickelt und immer wieder hatte sie den Blick über ihr prachtvolles neues Zimmer schweifen lassen: Neben dem Bett thronte ein großer Kamin mit frischen Holzscheiten, um ihn herum rankten rosafarbene Blumen auf einer Seidentapete so grün wie der Bettvorhang. Am besten aber waren die Ledersessel, in denen man abends mit einer Tasse heißer Milch Platz nehmen und dem Kaminfeuer beim Knistern zuschauen konnte. Ava hatte mehrfach geseufzt und sich vorgestellt, wie schön es sein musste, in der Wärme des Feuers einzuschlafen und am Morgen mit einem opulenten Frühstück am Bett geweckt zu werden. Wenn sie aus dem Fenster sah, konnte sie über die halbe Stadt blicken und die Dächer aus Schieferstein bewundern, die vom Regen benetzt schimmerten wie Fischschuppen. Ava mochte ihr neues Zimmer, der einzige Nachteil aber war, dass Karim direkt nebenan wohnte und sie sich ein Badezimmer am Ende des Gangs teilen mussten. Bei dem Gedanken, ihm beim morgendlichen Zähneputzen zusehen zu müssen, schauderte es Ava. Sie würde ihre Körperwäsche in den nächsten Tagen auf das Nötigste reduzieren müssen.

Während sie durch die langen Gänge der Burg schlenderte, sah sie die Sterne draußen funkeln. Die Kälte der Nacht winselte, drückte sich durch die dünnen Glasscheiben der spitzen Fenster und ließ Ava die Haare zu Berge stehen. Sie war auf dem Weg zum Speisesaal, der sich, wie die Küche, im Erdgeschoss befand, doch sie hatte es nicht eilig. In einer Burg gab es zu viel zu sehen, als dass man den direkten Weg hätte wählen können. So wanderte Ava zunächst nach oben in den zweiten Stock, wo sich die Zugänge zu den elf Türmen befanden. Ava wusste, dass jedes Ratsmitglied einen Turm bewohnte und dass sie es nicht gerne sahen, wenn ihr Reich von einer Fremden betreten wurde.

Also begnügte sie sich wieder einmal mit dem Flur, dessen Wände auch in diesem Stockwerk mit einem Gold verziert waren, das im Schein der Feuerlaternen schimmerte. Die Laternen aus Gusseisen reihten sich zu beiden Seiten des Flures auf und ragten weit über Avas Kopf hinaus. Hinter den Laternenscheiben zuckten die rötlichen Flammen, als vollführten sie einen Tanz, und beleuchteten eine Wand, an der die Porträts zahlreicher Männer und Frauen hingen. Ava blieb stehen und trat näher an die Gemälde heran. Die Gesichter aller bisherigen Ratsmitglieder, in Ölfarbe getunkt, schauten von dieser Wand auf sie hinab. Ganz oben hingen die Ratsmitglieder aus der Anfangszeit, in der das *Herz* sich eine Verfassung und eine gewählte Regierung gegeben hatte. Wie griesgrämig sie alle dreinschauten! Dafür waren die Bilder der aktuellen Ratsmitglieder umso bunter. Ava kniete sich auf den Boden und ging sie der Reihe nach durch.

Das Porträt neben Phineas war rot. Rot wohin das Auge reichte. Ein knalliges T-Shirt, Erdbeerlippen und rote, lebensfrohe Locken. Wie gekringelte Chilischoten. Das war Zara, Vertreterin des Mutes und eine Frau, wie Ava sie liebte. Unerschrocken, stark und gerecht, so war die Frau, die in den roten Bergen des Ostens aufgewachsen war. In einem den Gefühlen feindlich gesonnen Gebiet ohne richtige Straßen, in dem tiefe Schluchten und Abhänge dem Leben ein Ende setzen konnten, wenn es nicht schon die Wölfe und Bären oder die giftigen Pilze zuvor erledigt hatten. Noch immer hielt Zara sich gerne dort auf. Es gab viele Geschichten über die junge Frau. Ava hatte gehört, sie hätte ganz alleine gegen zehn Wölfe gekämpft und gesiegt. Sie hatte auch gehört, Zara wisse, wie man Riesenadler zähmt und auf ihnen reitet. Und es hieß, sogar die alten Tannen, die ältesten aller Rotgebirgsbewohner, würden für sie ihre Zweige lichten. Ava wurde ganz aufgeregt und näherte sich dem Bild, bis ihre Nase gegen die Farbe stupste. Sie würde ihr beim Abendessen gegenübertreten. Vielleicht würde sie sogar ihre Hand schütteln. Und vielleicht könnte sie Zara sogar fragen, wie man es schaffte, Adler zu zähmen.

Ein Husten riss Ava aus ihren Gedanken. Es kam aus einem der Zimmer, die den Gang säumten. Sie erhob sich vom Boden und schritt langsam an der Wand entlang, bis sie zu einem Raum kam, dessen Tür offen stand. Als sie um die Ecke lugte, sah sie eine alte Dame, die an einem Schreibtisch saß und in ein Buch vertieft war. Sie hatte einen langen und schmalen Oberkörper, der in einem seidenen Stoff steckte. Es war ein schwarzes Kleid, das jeden Zentimeter ihrer Haut bis zum Kinn bedeckte, nur die Hände und das Gesicht schauten hervor, beide waren bleich und fleckig. Das Alter schien an dieser Frau zu nagen, nur ihr Haar leistete noch Widerstand. Es war zwar weiß, aber es war noch lang und voll. Sie hatte es zu einer Schneckenform auf ihrem Kopf drapiert und Ava stellte sich vor, wie schön sie wäre, wenn sie es offen über ihre Schulter hängen ließe. Dann würde sie aussehen wie eine zerbrechliche Schneekönigin. So wirkte sie eher wie eine Hausdame, die den Kindern auf die Finger schlug, wenn diese nicht angemessen grüßten.

Die Frau saß in einem Zimmer, das verdächtig nach Büro aussah. Der Boden bestand aus dunklem Stein, die schwarzen Vorhänge waren zugezogen und auf dem Schreibtisch brannte eine Kerze. Hinter der Frau türmten sich Regalreihen voller Bücher bis zur Decke. Sie selbst hatte in einem Lehnstuhl Platz genommen, dessen Stoff mit traurigen Rosen bestickt war. Traurig deswegen, weil ihre Blüten braun und beige waren. Glückliche Rosen waren nicht braun. Sie waren bunt.

Ava klopfte an den Türrahmen und trat dann ein. Die Frau hob den Kopf und starrte sie an.

»Hallo«, sagte Ava, »die Tür stand offen, da wollte ich nicht einfach vorbeigehen, ohne mich vorzustellen.«

Die Frau sagte nichts. Sie saß bloß kerzengrade in ihrem Stuhl, die Hände neben dem Buch auf dem Schreibtisch abgelegt.

»Ich bin Ava, das Patenkind von Mirabelle und ich wohne für ein paar Tage in der Burg.« Aus der Nähe fiel Ava auf, dass die Haut dieser Frau aussah wie rissiges Pergament. Ob sie wohl auch so leicht zerfiel?

»Und wer sind Sie?«, fragte sie dann.

Die Frau klappte das Buch zu. »Setz dich doch«, sagte sie schließlich und deutete auf den Stuhl vor ihrem Schreibtisch. Auch seine Rosen waren von dem traurigen Braun befallen. Als Ava ihr gegenüber saß und sie neugierig anblickte, fuhr sie fort: »Mein Name ist Esra und ich bin die Vertreterin des Hasses.«

Ava nickte und als Esra nichts weiter sagte, zeigte sie auf eine Schale mit lila Bonbons, die auf dem Schreibtisch stand. »Ich weiß, was das ist«, sagte Ava. »Das sind Veilchenbonbons. Die nähren den Hass. Stimmt es, dass es sich anfühlt, als tobe ein Gewitter im Kopf, wenn man sie lutscht? So richtig, mit grellen Blitzen und schwarzen Wolken, die man vor seinem inneren Auge sieht?«

»Du hast noch nie eins probiert?«

»Nein. Früher haben meine Eltern es mir verboten, weil sie meinten, Hass sei eine schlechte Sache. Da solle man die Finger von lassen. Seitdem sind sie mir nicht mehr untergekommen, sonst hätte ich sie bestimmt ausprobiert.«

»Und was denkst du über den Hass?«

Was für eine komische Frage. Wer machte sich schon Gedanken über Hass? »Ich mag grundsätzlich das, was meine Eltern nicht mögen! Aber über den Hass habe ich noch nie nachgedacht … Wahrscheinlich macht er mehr Spaß als die Langeweile, die empfinde ich persönlich als ziemlich überflüssig.«

Die Frau zeigte keine Regung, doch sie sprach: »In einer Sache verhält sich der Hass nicht anders als die anderen Gefühle: Wird er zum alles beherrschenden Gefühl, kann er sehr viel Schaden anrichten. Unsere Welt ist bunt: Sie braucht das Licht und den Schatten, aber vor allem braucht sie die Ausgeglichenheit. Denn nur wenn man den Schatten kennt, kann man das Licht scheinen lassen. Und ohne Licht wird Schatten beliebig. Aus diesem Grund stehen hier noch die beiden anderen Bonbonschalen.« Sie schob die Schalen links und rechts neben die Veilchenbonbons. Die Bonbons in der linken Schale waren gelb, die in der rechten perlmuttfarben. »In der rechten Schale befinden sich Bonbons aus den Blüten des Magnolienbaums, die Vergebung spenden«, fuhr sie fort. »In der linken siehst du Bonbons aus dem Saft der Butterblume. Sie wecken die Zuversicht in dir. Beide, Vergebung und Zuversicht, haben die Gabe, den Hass zu lindern, den die Veilchenbonbons säen.«

»Und wie machen Sie das genau?«, fragte Ava. »Stecken Sie sich alle drei gleichzeitig in den Mund?«

Esra hob die Augenbrauen: »Nein, auf eine solche Idee kann wahrlich nur ein Kind kommen. Wie würde das denn aussehen? Als wäre ich eine gierige Frau, die nicht weiß, wie sich wahrer Genuss gehört. Ich lutsche sie natürlich nacheinander.«

Ava ließ die Beine unter dem Stuhl vor- und zurückbaumeln und überlegte, mit welchem Bonbon sie anfangen wollte. Sollte sie zuerst den Hass kosten, um ihn dann mit den beiden anderen zu löschen? Oder sollte sie die Wirkung des Hasses im Voraus mit ein wenig Zuversicht abmildern? Gerade als sie sich entschieden hatte und nach den Veilchenbonbons greifen wollte, zog Esra alle drei Schalen zurück.

»Ich glaube, du musst ein anderes Mal wiederkommen, um meine Bonbons zu probieren. Jetzt ist es Zeit für das Abendessen«, sagte sie, blies die Kerze aus und erhob sich. Was hatte es nur mit dieser Marotte der Erwachsenen auf sich, jemandem die Nase lang zu machen, um ihm den Spaß im nächsten Moment zu verbieten? Ava zog einen Schmollmund und widerstand der Versuchung, einfach über den Schreibtisch nach den Bonbons zu langen. Dies wäre auch schwierig gewesen, da sie noch immer unter dem strengen Blick der alten Dame stand. Murrend folgte sie ihr nach draußen, durch den langen Gang und die Treppen hinunter in die Eingangshalle. Dort schienen zwei Gestalten bereits auf Esra zu warten.

Der kleinere von beiden wurde Ava als Zoran vorgestellt, Vertreter der Wut. Er trug einen wallenden Umhang und seine kleinen, schwarzen Augen wanderten hektisch durch den Raum. Wie die Augen einer Ameise, fand Ava und bewunderte seine sonnengebräunte Haut. In Wutland herrschten Trockenheit und Hitze. So erklärte sich Ava auch, dass Zorans Lippen ganz rau und rissig waren. Wie ein trockener Savannenboden, der Stück für Stück aufplatzte.

Zu Zorans Linken türmte sich Ignatz auf, der Bürgermeister des Kessels. Er hatte rostrotes Haar, allerdings war nicht mehr viel davon übrig. Ebenso rostfarben war der Schnauzer, der über seinem Mund zitterte, wenn er seine grollenden Worte von sich gab.

»Ah, Esra, da sind Sie ja endlich! Heute haben Sie den alten Rottweiler aber warten lassen!« Er hatte eine Stimme wie ein Rasenmäher und viel zu trübe Augen über viel zu tiefen Augenringen. Zum Glück beachtete er Ava kaum.

Gemeinsam machten sie sich auf den Weg zum Speisesaal.

»Gehst du jetzt endlich runter oder willst du den ganzen Abend im Weg stehen bleiben?«

Ava fuhr herum und fiel geradewegs in Karims Karamellaugen. Sie musste ihn so lange angestarrt haben, dass er seinen Blick senkte.

»Was ist? Warum starrst du mich an?«

Sie standen beide auf der Empore, die wie ein Balkon über dem Speisesaal ragte. Geschwungene Treppen führten an den Seiten hinab in die Tiefe, wo ein fensterloser Saal in den Stein geschlagen worden war. Über ihnen wölbte sich eine kuppelförmige Decke, in der ein großer Vollmond hing und ihre Köpfe in silbernes Licht tauchte. Zu ihren Füßen erklangen Musik und Gelächter, und trotz alledem sah Ava bloß Karamell.

»Eigentlich mag ich Karamell«, sagte sie plötzlich.

Karim hob die Augenbrauen.

»Ja, ich habe früher beim Karamellwettessen immer gewonnen. Wir waren zu fünft und ein sechster war Schiedsrichter: Er hat die ganzen Karamellbonbons angelutscht und sie dann in Sand oder Erde oder dreckigen Pfützen gewälzt und danach mussten wir die panierten Bonbons aufessen. Ich habe jedes Mal gewonnen.«

»Das ist wirklich widerlich«, sagte Karim und schob Ava vorwärts in Richtung Treppe.

»Panierte Bonbons schmecken gar nicht so schlecht, das müsstest du echt mal ausprobieren!«

»Klar …«

»Aber vielleicht magst du es gar nicht, Karamellbonbons zu lutschen, weil sie dich an deine Augen erinnern. Das könnte ich gut verstehen!« Ava blickte kurz über das Treppengeländer in die Tiefe und geriet ins Schwanken. Sie stieß leicht gegen Karim und musste sich mit einer Hand an seiner Brust abstützten, um nicht über die nächste Treppenstufe zu stolpern. Erschrocken wich er zurück, dann schaute er sie wütend an.

»Kannst du nicht aufpassen?«

Sein Pullover hatte die dunkle Farbe seiner Augenbrauen und leider musste Ava zugeben, dass Karim ziemlich gut aussah im Silberlicht des Mondes. Als er schnaubend an ihr vorbeieilte, spürte sie noch immer die kratzige Wolle seines Pullovers auf ihren Handflächen.

»Idiot«, murmelte sie und fuhr sich verstohlen durchs Haar, um es einigermaßen glatt zu streichen.

Ava fühlte sich ein wenig beklemmt, als sie den Fuß der Treppe erreichte, denn sie ahnte, wie tief sie sich bereits im Burgberg befand. Wer war bloß auf die Idee gekommen, dieser Burg einen unterirdischen Speisesaal zu bescheren? Die Ratsmitglieder schien diese Tatsache nicht zu stören, sie erfreuten sich an der Musik des Lautenspielers oder naschten von den kleinen Silbertellern, die von hochgewachsenen Kellnern durch den Saal getragen wurden. Mirabelle trug ein lindgrünes Sommerkleid mit bauschigen Ärmeln. Ihre Wangen glänzten rötlich, trotz des kalten Mondlichtes, das von dem Schieferstein an den Wänden reflektiert wurde. Sie hatte einfach auf der langen Tafel Platz genommen und plauderte mit zwei älteren Damen. Die eine war klein und grauhaarig, trug eine Brille so rund wie ein Kugelfisch sowie einen Faltenrock in altrosa und rief immer wieder »Ach du heiliger Bimbam!«. Die andere hatte glänzend schwarzes Haar, das ihr fast bis zu den Kniekehlen reichte, ihre dunkle Haut wurde bedeckt von einem wallenden, blauen Kleid und als sie sich umdrehte, sah Ava die Traurigkeit in ihren olivgrünen Augen.

»Das ist Océane, Vertreterin der Trauer, und die Dame neben ihr heißt Dorette, die Neugier in Person.« Karim stand plötzlich wieder neben ihr. Er hatte eine Hand in der Hosentasche vergraben und wich Avas Augen so schnell aus wie auf der Empore. »Ich dachte mir, du würdest vielleicht gerne von den Ahornkeksen probieren, die mein Vater Auron aus unserer Heimat mitgebracht hat?« Er hielt ihr einen der Silberteller entgegen, auf dem zwei goldbraun gebackene Kekse in der Form eines Ahornblattes lagen. Ava wusste genau, was passierte, wenn sie die aufaß.

»Du meinst wohl, mir könnte ein wenig mehr Vertrauen nicht schaden?«, fragte sie.

»Quatsch! Die schmecken einfach nur besonders lecker.«

Ava schaute sich um und zeigte auf den Silberteller eines anderen Kellners: »Und was ist, wenn ich jetzt lieber Lust hätte, wütend zu sein? Würdest du mir dann so ein Schälchen Kakteenmarmelade bringen?«

Karim verdrehte die Augen: »Ich wollte nur nett sein …«

»Oder wenn ich jetzt Lust hätte, mich in dich zu verlieben? Würdest du mir dann einen Teller mit Orchideenchips bringen?«

Jetzt hatte es Karim die Sprache verschlagen. Mit leicht geöffnetem Mund starrte er Ava an, während sie nach einem Ahornkeks griff und ihn mit einem Bissen verschlang.

Was all die hochgewachsenen Kellner auf ihren Tellern spazieren trugen, war nichts anderes als das, was man im *Herzen* gemeinhin als *Gefühlsnascherei* bezeichnete. Jede Region stellte ihr eigenes Produkt her und wenn man dieses Produkt zu sich nahm, spürte man einen kurzen Moment lang bestimmte, künstlich erzeugte Emotionen. Wer Ahornkekse aß, spürte Vertrauen, wer Kakteenmarmelade löffelte, wurde wütend, wer vom Mirabellenkompott naschte, wurde fröhlich und wer an Marzipanrosen kaute, dem schwoll die Brust vor Stolz. Dann gab es natürlich noch die Veilchenbonbons aus Hassland, die Kastanienlimonade aus Mutland, die Rosenmilch aus Trauerland, den Maikäfertee aus Neidland (der aus dem Maikäferhinterleib gewonnen wurde), den Möhrenkuchen, der die Neugier weckte, die Trüffelpralinen, die jeden zum Angsthasen werden ließen und zu guter Letzt – die Orchideenchips, die denjenigen, der sie verspeiste, in den siebten Himmel beförderten, ob er es wollte oder nicht. Auf einem der vielen Geburtstage ihrer Urgroßmutter hatte Ava mal ein junges Mädchen beobachtet, das den Orchideenstaub von mindestens zwanzig Chips abgeleckt hatte, die überall auf den Tischen verteilt waren. Ihr armer Sitznachbar, den sie als Opfer auserkoren hatte, wusste gar nicht, wie ihm geschah. Sein Armband hatte Ava verraten, dass er ein Herz aus Trauer in sich trug. In dem blauen Saphir tippten die Zweige einer Weide auf die Oberfläche eines Sees, sodass sich immer wieder kreisrunde Wellen über das seichte Wasser zogen und ein Mosaik malten. Als sich das Mädchen dann nach vorne warf und ihm einen dicken Kuss auf die Lippen drückte, wurde das Wasser von immer größeren Wellen aufgewühlt und das Mosaik verschwamm.

»Keine Sorge, ich will mich gar nicht in dich verlieben«, sagte Ava zu Karim, der noch immer keine Stimme wiedergefunden hatte. »Stell mir lieber deinen Vater vor, damit ich ihm zu diesen köstlichen Keksen gratulieren kann.«

Karim deutete auf einen kräftigen Mann mit Vollbart und schlammbraunem Haar, das ihm bis zu den Schultern reichte. Gerade schüttelte er die Hand des rostroten Bürgermeisters. Ava fand keine Ähnlichkeit zwischen Vater und Sohn. Auron legte Ignatz die Hand auf die Schulter, während er mit ihm sprach, berührte ihn am Rücken und nickte interessiert bei jedem Wort, das Ignatz von sich gab. Und was tat Karim? Der flüchtete bereits, wenn Ava ihm beim Stolpern zu nahe kam.

»Ist deine Mutter auch hier?«, fragte Ava, doch als sie sich umdrehte, war Karim nicht mehr da. Seltsamer Kerl …

Plötzlich trat eine andere Person neben Auron, es war Zara, die Mutige. Ava erkannte sie sofort. Sie trug nicht nur den kurzen roten Lockenkopf wie auf dem Gemälde, sondern auch eine rote Bluse, die in einer ebenso roten Lederhose mit schwarzem Gürtel steckte.

»Hast du schon von Lysander gehört?«, fragte sie leise. Ava griff nach einem Teller mit einer blauen Schale Rosenmilch und schlich sich näher an die beiden heran.

»Von Elmons Sohn? Nein, was ist mit ihm?«

»Er wurde tot in seinem Wohnungsflur aufgefunden.« Zaras Blick war ernst. Sehr ernst.

»Tot?« Auron ließ die Hand sinken, die er eben noch in die Hüfte gestemmt hatte. »Aber … Es kann doch nicht sein, dass …«

»Es kann alles sein, Auron. Ich glaube mittlerweile nicht mehr an den Zufall. Wir müssen der Sache nachgehen.«

»Natürlich.« Auron wischte sich eine Haarsträhne hinters Ohr, die ihm ins Gesicht gerutscht war. »Aber Lysander wusste nichts von Elmons Verbleib. Er kann also auch nichts verraten haben.«

»Wie gesagt, wir müssen der Sache nachgehen.«

Ava versteckte ihr Gesicht hinter der Schale und nippte einmal an der Milch. Sie schmeckte ganz seifig. Plötzlich stand Zara direkt vor ihr.

»Du musst Mirabelles Patenkind sein, habe ich recht?« Mit einem Lächeln reichte sie Ava die Hand und drückte kräftig zu. Avas Herzschlag setzte für eine Sekunde aus und gerade, als es wieder anfing zu schlagen und Ava Zara fragen wollte, wie man Riesenadler zähmt, rauschte diese schon wieder fort, zu der großen Speisetafel, die sich mit immer mehr Ratsmitgliedern füllte.

Ava grummelte, stellte die angetrunkene Rosenmilch beiseite (Wer wollte schon freiwillig traurig werden?) und nahm neben Mirabelle

Platz. Mit Schrecken stellte sie fest, dass sich der rostrote Bürgermeister auf den anderen Stuhl zu ihrer linken Seite fallen ließ. Er keuchte.

»Na, mein Mädchen, bist du schon hungrig?«

Ava blickte in seine müden Augen und überlegte, warum dieser Mann sich ausgerechnet neben *sie* setze. »Nein«, erwiderte sie, »aber ich werde trotzdem speisen wie ein Löwe. Sie glauben gar nicht, wie dehnbar mein Bauch ist.«

Ignatz bellte wie ein Hund. Ava deutete es als Lachen.

»Nicht auf den Mund gefallen, die Kleine!« Er nickte Esra zu, die ihm gegenüber saß. Sie verzog keine Miene. Na prima, dachte Ava, das wird sicherlich ein lustiger Abend …

Als ein weiterer Mann den Speisesaal über die großen Treppen betrat, musste Ava zweimal hinschauen, doch dann war sie sich ganz sicher. Es war der Graf, der ihr Jadons Zaubertrank geschenkt hatte. Gerade wollte sie Mirabelle nach ihm fragen, doch eine Stimme von hinten kam ihr zuvor.

»Galahad«, sagte sie, und als Ava sich umdrehte, blickte sie in Zorans Ameisenaugen. »Das einzige Ratsmitglied mit Adelstitel.«

»Für welche Provinz?«, fragte Ava.

»Stolz«, sagte er und es wirkte, als spucke er es Ava vor die Füße. »Ich würde mich von ihm fernhalten.«

Ava beobachtete, wie Galahad den Bürgermeister begrüßte, der bei seiner Ankunft sofort aufgesprungen und zu ihm geeilt war. Er trug nicht mehr den Trenchcoat sondern ein weißes Hemd mit hochgekrempelten Ärmeln.

»Sie mögen ihn wohl nicht, Herr Zoran.«

»Ich traue ihm nicht, das ist etwas ganz anderes. Aber keine Angst, es beruht auf Gegenseitigkeit. Der Herr Galahad meint, ich sei ein Gefühl, das man wieder in die Wüste schicken müsse, weil es außer von Kamelen und Kakteen nicht viel Ahnung habe.« Zoran ließ sich auf dem Stuhl des Bürgermeisters nieder und nahm die Augen nicht von Galahad. »Es gibt Gefühle, bei denen ist man sich nicht sicher, ob sie das sind, was sie vorgeben zu sein. Das wirst du auch noch lernen, eines Tages.«

»Der Bürgermeister scheint das anders zu sehen.«

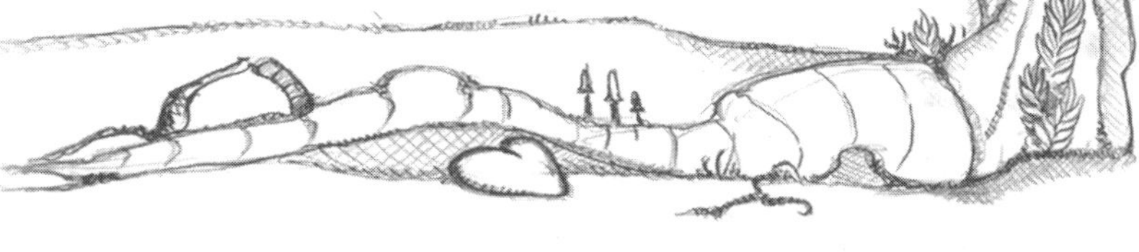

»Jeder darf sich seine Meinung bilden. Ich wollte dir nur meine präsentieren, weil ich das Gefühl habe, damit ziemlich alleine zu stehen in dieser Burg. Sie verstehen nicht, dass ein Mann aus der Wüste nun mal den Durchblick hat, der anderen fehlt.«

Damit erhob sich Zoran. Avas Augen folgten Galahad, der sich am anderen Ende der Tafel niederließ und mit dem jungen Phineas zu plaudern begann. Wirklich gefährlich sah dieser Mann nicht aus.

Als alle Platz genommen hatten, erhob sich Auron, läutete eine kleine Tischglocke und hieß die Gäste Ignatz und Ava willkommen. Während er weiter sprach, blieb Esras kalter Blick einen Moment zu lang an Ava hängen.

»Wir wollen heute Abend zusammen speisen und die letzten Vorkehrungen für das diesjährige Friedensfest treffen«, sagte Auron. »Wie wir alle wissen, feiern wir in einem Monat das sechzigste Friedensjubiläum, aus diesem Grund soll das Fest noch größer und bunter ausfallen. Uns bleibt noch zu klären, wer in diesem Jahr die Festrede hält und wer den großen Umzug durch die Stadt anführen wird. Doch zunächst wollen wir das Mahl genießen, das unsere bezaubernde Köchin Ida für uns zubereitet hat.«

Gerade als er das Menü des Abends verlesen wollte, erklang ein lautes Poltern. Ein kleiner Mann war wohl bei dem Versuch, sich unbemerkt die Treppen hinunterzuschleichen, auf der untersten Stufe ausgerutscht und lag nun wimmernd auf dem Steinboden. In Zeitlupentempo richtete er sich auf und öffnete nach einigen Sekunden Stillstand die Augen. Es war ein Zwerg, der in einer kurzen Hose und einem grauen Pullover steckte. Sein strohblondes Haar stand in alle Richtungen ab, sein Kopf schien viel zu groß für seinen Körper. Er steckte sich die linke Hand in den Mund und begann, an einem Fingernagel zu kauen. Das Geräusch des brechenden Nagels hallte durch den Saal. Vorsichtig näherte er sich dem Tisch und nahm auf dem noch freien Stuhl neben Auron Platz. Es dauerte eine Ewigkeit, bis er es geschafft hatte, auf den Stuhl zu klettern und als er schließlich saß, ragte nur seine Nase über der Tischkante hervor.

»Entschuldigung, meine Beine sind zu kurz zum Laufen«, sagte er kaum hörbar und seine Augen wanderten dabei nervös über die Gesichter der Anwesenden.

»Ava, darf ich dir Fridolin vorstellen? Er ist die Angst in Person und immer ein bisschen aufgeregt, wenn wir fremden Besuch haben.« Auron tätschelte Fridolins Kopf und Ava versuchte, ein freundliches Gesicht aufzusetzen, damit der Zwerg nicht mehr länger an seinen Fingernägeln kauen musste. Er lächelte ihr schüchtern zu.

Sobald Auron das Menü verlesen hatte, öffnete sich ein Tor in der Wand zum Speisesaal und Ida stürmte den Raum mit mehreren Servierwagen. Doch sie war nicht alleine. Ihr folgte eine Schar bunter Schmetterlinge, die fleißig Teller, Gläser und Besteck auf dem Tisch verteilten. Sie waren so groß wie ein Fußball und schienen eine unglaubliche Kraft in ihren dünnen Beinen zu besitzen. Sehr akkurat, ohne auch nur einen Tropfen zu verschütten, setzte ein kobaltblauer Falter den Teller mit einem wohlriechenden Eintopf vor Avas Nase ab. Ida stand vergnügt neben den Servierwagen und dirigierte ihre Helfer mit dem Zeigefinger. Ava entging nicht, wie sie dem Monokelmännchen Filunzius zuzwinkerte.

Auf der Tafel türmten sich nach und nach riesige Platten beladen mit Lammhaxe, Hähnchenkeulen, gefüllten Chilischoten, Rosenkohl und Salzkartoffeln. Dazu gab es verschiedene Soßen, Karaffen voller Kastanienlimonade, Fruchtsaft aus roten Beeren, Wein und durchsichtigem Quellwasser sowie dampfendes Kürbiskernbrot. Ava schaute einem Zitronenfalter nach, der zu allerletzt eine übergroße Schüssel Vanilleschaum zwischen ihr und dem Bürgermeister abgesetzt hatte. Sie war im Schlaraffenland.

Die Erwachsenen langten kräftig zu. Karim pickte sich bloß Chili und Rosenkohl heraus. Und Ava lud sich sogleich einen Teller mit Fleisch und Vanilleschaum voll.

»Nimm von dem Gemüse, Mädchen! Passt besser zum Fleisch als dieses süße Zeug«, grunzte Ignatz.

»Ich esse grundsätzlich ungern Gemüse«, sagte Ava. Ignatz bellte wieder. »Wenn überhaupt«, Ava hob den Zeigefinger, »esse ich die Paprikaschoten, die meine Mutter kocht. Aber auch nur, wenn ich einen guten Tag habe.«

»Du bist mir ein Schlawiner!«

Ava nickte, riss beherzt mit den Schneidezähnen an ihrer Hähnchenkeule und schob sich sofort einen Löffel Vanilleschaum hinterher.

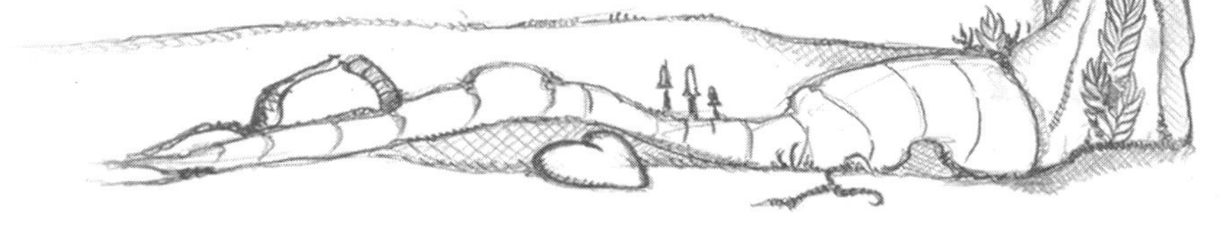

Karim schaute mal wieder abfällig von der Seite. Darin war er Weltmeister.

Als alle gesättigt waren, machte sich ein zufriedenes Murmeln im Raum breit. Ignatz tätschelte sich den Bierbauch, der zu platzen drohte, nachdem er die halbe Tafel fast alleine geleert hatte. Dann erhob sich Auron erneut. Was folgte, war eine hitzige Debatte über das kommende Friedensfest. Alle redeten durcheinander und es entbrannte ein heftiger Streit zwischen Zoran und Galahad darüber, ob Galahad wirklich geeignet sei, die diesjährige Rede zu halten. Zoran argumentierte, Galahad spiele sich selbst zu sehr in den Vordergrund. Galahad argumentierte, Zoran sei ein ungehobelter Bolzen, der nicht mit Worten umgehen könne. Daraufhin flogen einige Gabeln durch die Gegend, bevor Esra sich erhob und mit schneidender Stimme bestimmte, dass Auron die diesjährige Rede halten würde. Karims Vater schaute bekümmert, doch Esra schien Respekt zu genießen, denn kein Ratsmitglied wagte es, zu widersprechen.

»Du wirst das großartig machen«, sagte Mirabelle und tätschelte Aurons Schulter. »Wir werden dich richtig schön einkleiden und vielleicht schneidest du für diesen Anlass ja mal deinen langen Bart ab.«

Die Tafel wurde aufgelöst und alle strömten über die Treppen zurück ins Erdgeschoss der Burg. Ava schlurfte hinauf in ihr Zimmer, wo sie vornüber ins Bett fiel. Was für ein Tag!

Bisher hatte sie ihren Entschluss, Glücksland zu verlassen, mit keiner Sekunde bereut. Und in den nächsten Tagen würde sie die Informationen über den Neidwald finden, die sie brauchte, um dieses tödliche Ungetüm zu bezwingen. Als Erste. Als Einzige. Der Staub würde nicht mehr lange rieseln.

8. Kapitel

Raven legte die Hand auf den kalten Stein. Er befand sich im Graphitsaal des Rathauses, ganz alleine zwischen den weißen Marmorstatuen und dieser metallisch schimmernden Wand, die vom Boden bis zur Decke mit Graphit bedeckt war. Raven spürte die Kanten und Spitzen des Steins auf seiner Haut. Die kleinen grauen und schwarzen Kristalle, die sich in ihm verbargen, ließen sich nur erahnen. Der Raum war kalt und unbeleuchtet und Raven wartete darauf, dass Ignatz heimkehrte. Es war ein Leichtes gewesen, in das Rathaus des Kessels einzubrechen, schließlich war Raven nicht zum ersten Mal hier. Er wusste genau, dass Ignatz diesen Raum durchqueren musste, um zu seinen persönlichen Gemächern zu gelangen. Also würde er hier auf ihn warten.

Raven zückte das Messer, das er bei sich trug und ließ es zwischen seinen Fingern spielen. Er wusste nicht, was er vom Kessel halten sollte. Lange Jahre war diese Stadt sein Revier gewesen, lange Jahre hatte er ihre Nächte beherrscht, als *goldener Revolutionär*, doch wenn er jetzt durch ihre Straßen lief, erwachten bloß Bilder, die ihn stolpern ließen. Er lehnte das Gesicht an den Graphit und zwang sich, an seine Mission zu denken. Sie war das Einzige, was zählte. Das Einzige, was ihn am Leben hielt. So war das schon immer gewesen.

Als sich die Tür öffnete und Ignatz eintrat, stand Raven neben einer Marmorstatue mit Engelsgesicht. Ignatz übersah ihn zunächst, blieb dann aber ruckartig stehen und atmete schwer.

»Raven!«, sagte er eine Spur zu hastig. »Dich habe ich hier am allerwenigsten erwartet!«

»Wirklich?«

»Ja, aber ich freue mich, zu sehen, dass du wohlauf bist!«

»Das finde ich gut, Ignatz. Dann solltest du mir jetzt einen Scotch anbieten. Oder soll ich gleich zur Sache kommen?«

Ignatz stand unschlüssig im Raum und schaute sich hilfesuchend um. »Vielleicht wäre es besser, wenn du gleich zur Sache kommst«, sagte er dann.

»Gut.« Raven ließ sein Messer aufblitzen. »Ich muss in den Neidwald.«

Ignatz suchte mit der rechten Hand Halt an einem Marmorsockel, sein Schnurrbart bebte, so schwer atmete er: »Du weißt genau, dass ich dir dabei nicht helfen kann.«

»Ja, das hast du bereits gesagt, Ignatz. Du scheinst zu vergessen, dass es mich langweilt, immer wieder dasselbe zu hören.« Er schritt zu der Wand aus Graphit und starrte in ihre schwarze Seele. »Es verwundert mich, dass Gefühle wie du immer bereitstehen, wenn eine Beute in greifbarer Nähe liegt, sich aber verstecken, wenn es darum geht, die Beute aufzuspüren.«

»Ich kann dir nicht helfen! Ich bin nicht in Kenntnis gesetzt worden über das Projekt Neidwald, Raven! Ich bin hier nur der Bürgermeister, dem kein Ratsmitglied über den Weg traut! Wenn es anders wäre, hätte ich dich damals warnen können, schließlich hing ich mit drin in der ganzen Sache. Aber Elmon hat uns hintergangen. Und damit müssen wir uns abfinden.«

»Das ist deine Stärke, Ignatz, nicht wahr? Dich mit den Dingen abzufinden. Glaubst du, ich mache es dir so einfach?« Raven ging mit gezücktem Messer auf Ignatz zu.

»Steck das Ding weg«, bellte er, »ich bin nicht eines deiner Opfer, Raven. Mich wirst du nicht klammheimlich abstechen, in meinem eigenen Rathaus.«

»Dann sag mir, dass du dich um die Angelegenheit kümmern wirst. Denn wenn ich mir den Kristall erst mal zurückgeholt habe, wirst du auf meine Gunst angewiesen sein.«

Ignatz heftete seine trüben Augen auf Ravens goldenen Blick und sagte mit bebender Stimme: »Ich werde dir etwas anderes sagen, Raven. Ich sage dir, dass du besessen bist und dass deine Besessenheit dich zerstören wird, wenn du sie nicht in den Griff bekommst. Schau dich doch mal an: Du bist nicht mehr der junge Mann, den ich kennengelernt habe. Damals warst du kräftig und gepflegt, deine Augen waren wie reine Goldmünzen, jetzt sind sie explodiert. Du hast den Zeitpunkt verpasst, abzuspringen.«

»Wovon? Von meinem Leben?«

»Von deiner Besessenheit!« Ignatz schrie beinahe.

»Du bist genauso wie er«, Ravens Worte stießen gegen die Marmorstatuen, »genauso schwächlich wie Elmon und wie mein Großvater. Euch allen fehlt der Wille zum Sieg. Ihr alle müsst eines Besseren belehrt werden.« Das Messer schnappte auf und zu. »Und ich bin derjenige, der die Welt belehren wird.«

Ignatz wischte sich mit der Hand den Schweiß aus dem Gesicht, dann gab er ein Stöhnen von sich und stützte sich wieder am Marmorsockel ab. »Wenn du nicht bereit bist, aufzugeben, musst du wohl oder übel eine Dame aufsuchen, die uns schon einmal geholfen hat. Ich kann zurzeit nichts für dich tun.«

»Du sprichst nicht von Priscilla.«

»Doch, von dieser Dame spreche ich.«

»Ich werde nicht noch einmal vor ihr zu Füßen kriechen!«

»Ich dachte, du würdest alles tun für diesen Kristall?«

Raven drehte sich weg und ballte die Fäuste. Seine Augen suchten Halt an dem schwarzen Graphit. Er wünschte sich, der kalte Stein möge in sein Herz kriechen und es zu einem Panzer formen, den niemand zerstören konnte.

Außer er selbst.

»Gib mir den Schlüssel zu deinen Gemächern!«, sagte er dann und hielt Ignatz die offene Hand hin. Es war keine Bitte, es war eine Drohung und Ignatz war klug genug, um zu begreifen, dass er Ravens Drohungen ernst nehmen sollte. Widerwillig reichte er ihm den Schlüssel und musste mit ansehen, wie Raven die Treppen hinauf stürzte und sein prächtiges Wohn- und Schlafzimmer innerhalb weniger Minuten in ein Schlachtfeld verwandelte. Er suchte wie ein Besessener nach Hinweisen, die er nicht finden konnte. Teure Porzellanvasen und Silberschalen gingen zu Bruch und Ravens Stiefel rieben das Schokoladenkonfekt, das auf dem Esstisch im Salon auf den Bürgermeister gewartet hatte, in den weißen Teppich aus Pferdehaar. Erst nachdem er den Schlüssel gegen einen Spiegel geworfen hatte, dessen Scheibe in Scherben zu Boden ging, ließ Raven von den Gemächern ab. Ignatz hatte die ganze Zeit im Salon gestanden, ohne ein Wort zu sagen, doch jetzt entfuhr ihm ein verächtliches Brummen. Raven ging auf ihn zu und sagte: »Ich werde auf jeden Fall wiederkommen, Ignatz. Du solltest dich also niemals in Sicherheit wägen.«

»Ich werde den Scotch bereithalten«, knurrte der Bürgermeister und deutete auf die Tür. »Du kennst den Ausgang, nicht wahr?«

Als Raven das Rathaus über die großen Treppen verließ, brannten seine Augen. Er fegte eine letzte Marmorstatue vom Sockel, ihr Körper prallte gegen eine Wand aus lieblichen Muschelschalen und hinterließ ein großes Loch. Ein Loch wie ein unerfülltes Herz. Raven verschwand durch die Arkaden in den Schatten der Nacht.

9. Kapitel

Die Sonne erhob sich blass über der Stadt, langsam erwachten sie alle aus dem Schlaf, die Gefühle, die abertausenden. Mut öffnete die Fensterläden und ließ frische Morgenluft in die stickigen Steinzimmer ein. Überraschung schlenderte durch die Gassen, den Bastkorb mit dampfenden Joghurtbrötchen und Rosinenkuchen um den rechten Arm geschlungen. Trauer füllte blaue Porzellantassen mit heißer Rosenmilch, während Liebe eine Melodie unter dem seichten Wasserstrahl der Dusche trällerte. Und Verzweiflung zog sich die Decke aus Gänsefedern noch etwas weiter über den Kopf, um den Morgen zu vertreiben, der allerorts die Augen öffnete.

Ava saß auf einem harten Holzstuhl in der Burgbibliothek, wo sich die vergoldeten Regale voller Bücher vom Boden bis hinauf zur Decke zogen. Sie liebte den muffigen Duft der Seiten, die gefüllt waren mit den abenteuerlichsten Geschichten und den größten Lügen ihrer Welt, doch heute waren ihre Arme schwer und sie hätte den Kopf am liebsten auf einem der Buchdeckel abgelegt, um die Augen zu schließen und alles um sie herum zu vergessen.

Staubregen, so stand in dem Lexikon, das vor ihr lag, habe viele Ursachen. Unter anderem Vulkanausbrüche, Sandstürme, Pollenflug, Waldbrände oder Bergbau. Doch nichts stand in all diesen Büchern über den Staubregen, der in einem neugierigen Herzen fiel. Nichts konnte Ava finden über eine ominöse Staubkrankheit, die das Herz ganz dunkel und schwer und trocken machte. Sie vergrub die kleinen Hände in ihrem hellen Haar und beobachtete das matte Licht vor dem Burgfenster, das die dreckigen Fensterscheiben erleuchtete. Es schien alles so aussichtslos.

Seit Tagen suchte sie nun nach einem Hinweis, nach einem Brief oder nach einer Akte, in welcher der Neidwald erwähnt worden wäre. Vergeblich. Jeden Morgen hatte sie sich vor Sonnenaufgang aus dem Bett geschält, sich einer Katzenwäsche unterzogen und bei Ida ein Nougatcroissant verspeist, das hervorragend krümelte.

Sie hatte es jeden Tag aufs Neue vermocht, dem hageren Filunzius davonzulaufen, sich in dunkle Kellerlöcher und Büros zu schleichen und Berge von Papier zu wälzen. Einmal hatte sie sich in einem Einbauschrank verstecken müssen, weil das alte Monokelmännchen plötzlich ziemlich schnell im Türrahmen aufgetaucht war. Bestimmt zwei Stunden musste sie zwischen grünen Regencapes und schwarzen Mänteln aus Robbenfell ausharren, weil sich Filunzius auf einem Stuhl vor dem Schrank postiert hatte. Das Kribbeln in ihren tauben Beinen war am Ende so unerträglich geworden, dass sie beinahe aufgeschrien hätte, doch sie hatte die Schmerzen ertragen und Filunzius ein weiteres Mal hinters Licht geführt.

Ava hatte zahlreiche Dokumente gefunden, natürlich, doch die regelten bloß, wie viel Kastanienlimonade ein Fünfjähriger trinken durfte, ohne allzu übermütig zu werden, wie breit die Wege zu sein hatten, damit Bauern ihre Ochsenkarren bequem durch die Lande ziehen konnten und dass am Festtag des Großen Friedens keine Wäsche in den Gärten hängen durfte. Schließlich hatte Ava ein Blatt Papier in den Händen gehalten, auf dem Elmon, Vertreter des Neides, für mehrere Jahre von seinem Regierungsamt beurlaubt und von all seinen Pflichten entbunden wurde. Seine Vertretung übernahmen abwechselnd die restlichen Ratsmitglieder. Unterschrieben hatten sie alle, in unterschiedlichen Farben, und ganz zum Schluss Elmon persönlich, ziemlich krakelig wie Ava fand, und einem Ratsmitglied gar nicht angemessen. Das war vor siebzehn Monaten geschehen. Und es interessierte Ava nicht die Bohne. Sie hatte in dunklen Kellerräumen gefroren, hatte stapelweise Bücher gewälzt, die sie von wackeligen Leitern aus hohen Regalen hatte klauben müssen, sie war abends mit Staub im Herzen eingeschlafen und morgens ebenso staubig wieder aufgewacht.

Sollte sie doch noch einmal zu Jadon in den Zauberkessel gehen? Schließlich hatte er von dem Buch über den Neidwald gesprochen, als Ava das letzte Mal bei ihm gewesen war. Vielleicht konnte er ihr weiterhelfen. Doch Ava traute diesem unheimlichen Kerl keinen Meter über den Weg. Also schüttelte sie den Kopf und begann, mit dem Stuhl nach hinten zu wippen.

Wie gut, dass Karim sich in den letzten Tagen kaum in ihrer Nähe hatte blicken lassen. Ava hätte es nicht ertragen, wenn er sie in einer solch misslichen Lage, wie vor dem Einbauschrank, gesehen hätte, wo sie sich erst mal von Krämpfen geplagt auf den Boden hatte legen müssen, alle Viere weit von sich gestreckt, bis wieder Leben in ihre Beine zurückgekehrt war. Während all die Ratsmitglieder der täglichen Politik nachgingen - manche waren zurück in ihre Provinz gefahren, andere verzogen sich in ihre Arbeitszimmer, mussten wichtige Leute empfangen und tausende Hände schütteln - spazierte Karim manchmal um die Burg, die Hände oftmals in den Hosentaschen vergraben und den Blick fast immer auf die eigenen Schuhspitzen gerichtet. Manchmal, abends, hörte Ava, wie er im Zimmer nebenan die Sessel verschob, oder sich auf sein Bett setzte. Wenn sie ganz still horchte, konnte sie sogar das Knistern seiner Bettdecke hören, wenn er sich schlafen legte. Wenigstens schnarchte er nicht.

»Staubteilchen können, wenn sie aufgewirbelt werden, lange Zeit in der Luft schweben und sich zu regelrechten Staubwolken zusammenfinden.«

Die Bedeutung der Wörter fügte sich nur noch zäh in Avas Kopf zusammen. Sie hatte schon viel zu lange in dieser Bibliothek gesessen. Energisch klappte sie das Buch zu und pfefferte es auf den großen Stapel, den sie auf dem Marmorboden zu ihren Füßen angehäuft hatte.

Was würde sie dafür geben, wenn dieser elendige Staub in ihrem Herzen so rot wäre wie Karims Haar. Blutrote Funken, die ihr Herz in Flammen setzen könnten. Wie viel besser wäre es, zu brennen, anstatt zu verstauben. Es war zum Verzweifeln!

Bevor einem die Verzweiflung das Herz auffrisst, sollte man in Zucker baden, davon war Ava überzeugt. Die Verzweiflung reagiert nämlich allergisch auf Zucker, bekommt Herzrasen und Atemnot und verzieht sich schneller als man »Schokoladensahnetorte« sagen kann. Also machte sich Ava auf den Weg in die Burgküche und massierte dabei ihre pochenden Schläfen. Da in der Küche niemand anzutreffen war, außer einer Tüte voller Zuckerkringel aus weichem Butterteig, beschloss Ava, die Tüte einfach an sich zu nehmen und nach diesem erfolglosen Vormittag in der schattigen Bibliothek ein wenig Sonne im Innenhof der Burg zu tanken. In der Eingangshalle öffnete sie eine

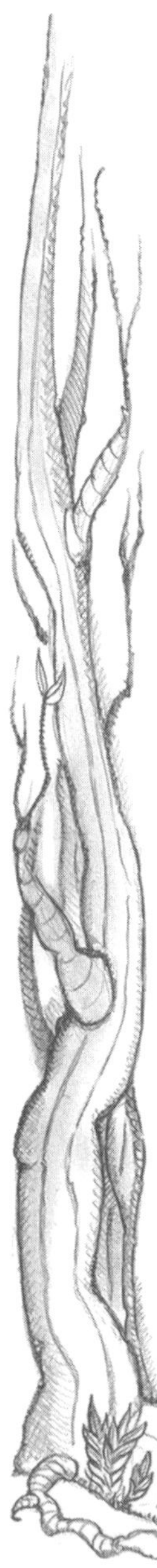

kleine Tür aus himbeerfarbenen Edelsteinen und trat hinaus in das helle Licht.

Der Innenhof war kein Hof im eigentlichen Sinne, vielmehr war er ein bunter Burggarten, der allerlei Pflanzen und Getier beherbergte. Ein weiches Grasbett bedeckte den Boden, an den Innenmauern der Burg rankte wilder Efeu empor und wand sich um die spitzbogigen Fenster. Darunter zogen Beete ihre Kreise, in denen Ringelblumen, feuerrote Astern, zarte Malven und Brombeersträucher zu Hause waren. In einer anderen Ecke quollen dickbäuchige Kürbisse aus der Erde, neben Zucchini mit dottergelben Blüten und in der Luft lag das Surren von Bienen.

Ava entdeckte Fridolin, den ängstlichen Zwerg, der in der Mitte des runden Gartens auf einer Steinbank unter dem großen Kastanienbaum saß und die Hände auf den Knien abstützte. Ava setzte sich neben ihn.

»Hallo«, sagte sie. »Was machen Sie denn hier?«

Fridolins Gesichtsausdruck hellte sich auf, als er das Mädchen sah. Die Blätter der Kastanie säuselten, Wind war aufgekommen und trieb Schäfchenwolken über den Himmel, die ab und zu das Sonnenlicht verschluckten.

»Hallo Ava«, sagte er erfreut. »Ich mache Pause.«

»Pause von was?«

»Pause von allem.«

Ava öffnete ihre Tüte und zog zwei Zuckerkringel hervor: »Die sind super zum Pausemachen!« Sie reichte Fridolin einen klebrigen Kringel und biss beherzt in den ihrigen.

»Haben Sie denn schon so viel gearbeitet, dass Sie eine Pause machen müssen?«, fragte Ava weiter.

»Nein, so ist es nicht«, entgegnete Fridolin, »aber es ist so, dass ab und zu die Angst zu groß wird.«

»Welche Angst?«

»Die Angst, die kommt, wenn ich in meinem Büro sitze und Dinge tun müsste, die sich wie ein unbezwingbarer Berg vor mir aufbauen. An manchen Tagen klappt die Arbeit ganz gut, dann bezwinge ich den Berg. An anderen Tagen kommt die Angst, die mich glauben lässt, dass ich es nicht schaffe. Und dann bezwingt der Berg mich. Die Angst lähmt. Wenn sie kommt, mache ich Pause.«

»Das ist ärgerlich«, sagte Ava. »Können Sie die Angst nicht einfach vergessen? Dann könnten Sie den Berg bezwingen und müssten keine Pause machen.«

Fridolin lächelte: »Manchmal ist Pausemachen etwas Schönes.«

Ava nickte. »Vor allem mit Zuckerkringeln!«

»Vor allem mit Zuckerkringeln«, sagte Fridolin, kicherte und griff ein zweites Mal mit seinen dicken Fingern in Avas Tüte.

Ava dachte kurz über Fridolins Worte nach. »Wenn Ihnen schon Ihre Arbeit Angst macht«, sagte sie, »dann würden Sie sich wahrscheinlich niemals trauen, ein echtes Abenteuer einzugehen. Und ich meine ein wirklich gefährliches, mit Todesgefahren und unbekannten Kreaturen.«

»Du meinst wie in den Büchern, wo die Helden gegen Piraten, Drachen und böse Hexen kämpfen müssen?«, fragte Fridolin begierig. »Wo sie das Einhorn finden müssen, um die todkranke Prinzessin heilen zu können, der böse König aber all seine schwarzen Ritter losschickt, um dem Helden den Weg abzuschneiden?«

Ava schaute erstaunt in Fridolins große, graue Augen. Sie waren so plauschig wie ein Novemberhimmel, doch als er von den Helden sprach, lichtete sich das Grau und helle Blitze zuckten über seine Iris.

»Genau solch ein Abenteuer meine ich. Aber woher kennen Sie denn solch spannende Geschichten? Sie sind doch ein Angsthase!«

Fridolin nahm Ava die Worte nicht übel. Im Gegenteil, er nickte zustimmend. »Ja, das ist ganz kurios! Ich bin der größte Angsthase der Welt. Und doch lebe ich in Angstland in einer alten Burg, in der es nachts spukt. Jede Nacht höre ich die bösen Geister mit ihren Ketten rasseln, irgendwo in der Burg fallen dann Rüstungen um oder wertvolle Goldkelche, aus denen man früher gegorenen Wein getrunken hat. Ich verkrieche mich dann immer unter meiner Decke, schnappe mir ein abenteuerliches Buch und zittere bis zum Morgengrauen. Du magst mich vielleicht für sonderbar halten, aber ich liebe diese Art von Angst. Sie ist so viel besser als die Angst vor dem Berg, den es alltäglich zu bezwingen gilt … Am schönsten ist der Moment, in dem man vor Schreck erstarrt und das Herz an Fahrt aufnimmt. Dann fühle ich mich erst lebendig, Ava, wenn das Herz pocht, so laut, dass du meinst, es breche dir die Rippen.« Er blickte angestrengt auf seine Knubbelfüße. »Ja, ich mag es, wenn das Herz pocht.«

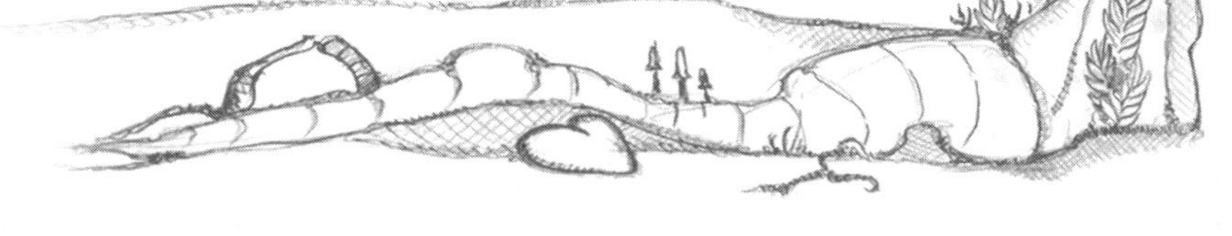

Ava zog die rechte Augenbraue hoch und musterte Fridolin wie ein seltenes Insekt. »Sie würden also auch im echten Leben gerne so ein Abenteuer erleben wie die Buchhelden?«

Er schüttelte lachend den Kopf: »Oh nein, ich glaube, das würde mein Herz nicht überstehen. Dann würde es explodieren. Wenn ich einem echten Drachen gegenüberstehen müsste, der mich bei lebendigem Leib rösten möchte oder einem Magier mit einem bösartigen Zauberspruch auf den Lippen … nicht auszudenken! Schau mich doch an, ich bin viel zu klein und ungeschickt für echte Abenteuer.«

»Das können Sie doch gar nicht sagen! Sie haben es nicht mal ausprobiert.«

Fridolin schwieg für eine Weile und beobachtete den Himmel durch die Lücken, die die Kastanienblätter schufen.

»Sie ist schön, diese Vorstellung, man könne alles schaffen, solange man nur fest genug daran glaubt. Vielleicht ist das wirklich so. Vielleicht auch nicht. Und wenn es so ist, dann glaube ich, will ich einfach nicht feste genug Held werden. Ich bin wohl ganz zufrieden damit, ein Angsthase zu sein.«

Ava kaute heftig und nuschelte mit vollem Mund: »Ich würde so gerne etwas richtig Spannendes erleben und ich werde Ihnen beweisen, Fridolin, dass die Vorstellung, man könne alles schaffen, wenn man nur daran glaubt, nicht bloß eine Vorstellung ist, sondern die Wahrheit.«

Sie streckte ihre Hand mit den verklebten Fingern aus und Fridolin schlug ein. Sie hatten eine Abmachung: Ava würde ihm beweisen, dass nichts unmöglich war.

Fridolin erhob sich. Er war so unglaublich klein für einen Mann. Er hätte nicht einmal durch die Fenster im Erdgeschoss in die Burg einbrechen können. Und doch, fand Ava, war Fridolin ein ganz Großer. Er hatte ein großes Herz.

»Also dann, Ava«, sagte er zum Abschied, »ich werde mich jetzt an meinen Schreibtisch setzten und mit dem Bergaufstieg beginnen. Und ich werde mich nicht von ihm lähmen lassen: Du hast mir wieder Mut gemacht.«

Ava hätte gerne noch länger mit ihm auf der Steinbank gesessen und das Gefühl genossen, eine Seele gestärkt zu haben. Diese Form des Glücks war ihr neu, sie fühlte sich nicht so schrill und bunt an wie die Freude, die sie empfand, wenn sie in einen Schokoladenkeks biss. Sie klopfte nicht lautstark an die Tür, sie tippte, sie schlich durch den engen Türspalt und legte sich wie eine wärmende Frotteedecke um ihr Herz. Sie machte es auf eine schöne Art schwer. Ava kannte bisher bloß Freude, die das Herz leicht machte.

»Wenn du dich so sehr für Helden interessierst«, rief Fridolin noch im Gehen, »solltest du mal in der Stadtbibliothek vorbeischauen. Dort gibt es eine Unmenge an spannenden Büchern.« Dann verließ er den Garten durch die kleine Tür und ließ Ava alleine mit den vielen Blumen und Bienen und dem eingewickelten Herzen.

Die Stadtbibliothek. Daran hatte Ava noch gar nicht gedacht. Vielleicht gab es dort Bücher, die den Neidwald wenigstens erwähnten? Das würde sie in den nächsten Tagen unbedingt herausfinden müssen.

10. Kapitel

In Glücksland sagte man sich, der Kessel sei eine gefährliche Stadt, denn dort floriere der Waffenmarkt: Wut, Hass, Neid, Angst und Verzweiflung waren gute Abnehmer für Messer aller Art, oder Dolche mit wunderbar verzierten Diamantgriffen, oder gar für Schusswaffen.

Man erzählte sich auch, nirgendwo im *Herzen* würde so viel gezetert und gestritten, geprügelt und gepoltert wie im Kessel, der Stadt der Rekorde. Nirgendwo sonst, flüsterte man hinter vorgehaltener Hand, hätten sich so viele Gefühle zu Tode gelacht. Nirgendwo war der Liebeskummer so groß, der Gefühle zugrunde richten konnte, lang gezogen und quälend. Im Kessel kam es angeblich nicht selten vor, dass jemand vor Angst erstarrte, steif wurde und kein Glied mehr rühren konnte oder aus einer übermäßigen Zufriedenheit aufhörte zu sein.

»Es tut mir leid, dass ich in den letzten Tagen so wenig Zeit für dich hatte«, sagte Mirabelle, die mit Ava durch die Straßen spazierte. »Was hast du denn die ganze Zeit getrieben?«

»Ich habe die Burg erkundet. Und sehr viel gelesen.«

»Ich wusste gar nicht, dass du so eine Leseratte bist.«

»Doch, doch, das bin ich.«

Sie waren auf dem Weg zur besten Schneiderin im ganzen Kessel, denn Mirabelle konnte nicht mehr länger mit ansehen, wie Ava immerzu in derselben Kleidung herumlief. Ava hätte klar sein müssen, dass dies früher oder später passieren würde, da Mirabelle selbst kein Kleidungsstück zweimal trug. »Da werde ich doch nicht zulassen, dass mein Patenkind aussieht wie ein Landstreicher!«

So liefen sie an diesem Nachmittag durch die stickige Stadt. Zwar waren die letzten Sommertage hier bei weitem nicht so heiß wie in Glücksland, doch heute lag eine Glocke aus feuchtwarmer Luft über dem Kessel, geschwängert von den süßen Düften überreifer Erdbeeren und Melonen, die aus den vielen Parfümboutiquen in die Gassen strömten, sowie von dem Geruch öliger Brathähnchen, die in Öfen am Rande der Straße ihre Kreise zogen. Jedes Mal, wenn Ava einen solchen passierte, spürte sie die glühende Hitze auf ihren Wangen und wenn sie sich in diesem Moment über die Lippen leckte, meinte sie, die fettige Haut der Tiere zu schmecken.

Sie war immer noch begeistert vom Kessel. Wie viele verschiedene Gefühle hier auf engstem Raum lebten! Manche sprudelten vor Freude, während sie ihren Hausflur mit einem Strohbesen fegten, andere begafften neidisch die Hüte der Passanten, in einem der vielen Straßencafés sitzend, die nicht selten bloß aus zwei Tischen mit Klappstühlen und einer rot-weiß gestreiften Markise bestanden. Andere ließen sich die Haare in einem Friseursalon grün färben, weil sie meinten, damit die Angst übertünchen zu können, die man schon aus weiter Ferne riechen konnte. Und einige waren bloß Backwarenverkäufer geworden, um den neusten Klatsch und Tratsch im Kessel zu verbreiten.

»Ist das nicht ein ganz herzerfrischender Tag?«, fragte Mirabelle und sog die schmutzige Luft hörbar ein und aus. Ava überlegte, ob es wohl etwas gab, was Mirabelle nicht *herzerfrischend* fand. Vielleicht eine Knoblauchfahne. Oder ein unförmiger Schokoladenfleck auf einem ihrer weißen Satinkleider. Das würde sie unbedingt herausfinden müssen.

Sie liefen über breite Treppen, gesäumt von schwarzen Steinhäusern, an denen bunter Oleander hinaufrankte, vorbei an jungen Liebespärchen, die sich Bonbons und schüchterne Küsse zusteckten, und bogen über einen dunklen Arkadengang in eine weitere Gasse ein. Ava wäre beinahe mit einer jungen Frau zusammengestoßen, die in einer Schlange vor einem Gebäude mit der Aufschrift »Herzklinik« stand.

»Was wollen all diese Gefühle hier?«, fragte Ava und bestaunte das Gedränge vor dem Eingang. Dort stand ein Tisch unter einem Banner mit der Aufschrift »Seelenfärber«. Mirabelle wollte weitergehen und in einer Häuserschlucht verschwinden, doch Ava hielt sie zurück.

»Was ist das für eine Veranstaltung?« Durch die Menge sah sie Gefühle, die neben dem Tisch auf Stühlen Platz genommen hatten. Ihnen wurde ein Schild um den Hals gehängt, doch Ava konnte die Aufschrift aus der Entfernung nicht erkennen.

»Das ist keine Veranstaltung, das ist ein Unding«, sagte Mirabelle und ihre Stimme klang plötzlich gereizt. »Ich setze keinen Fuß da rüber.«

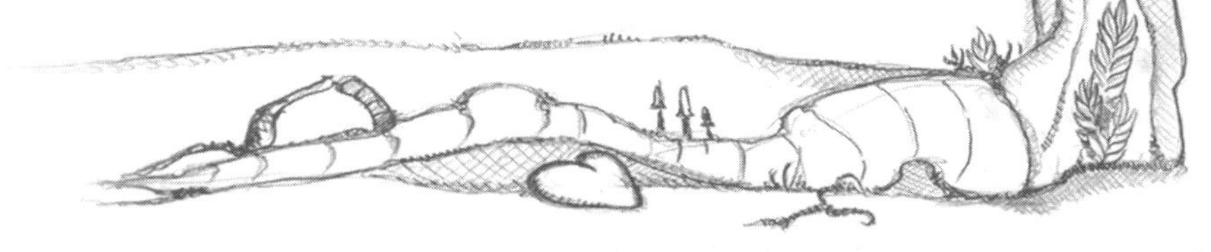

»Worauf warten all die Gefühle mit den Schildern?«

»Darauf, dass man ihnen das Herz herausschneidet, um es durch ein neues zu ersetzen.« Als Ava sie erschrocken ansah, stöhnte Mirabelle auf und blieb stehen. »Da du sowieso keine Ruhe lässt, will ich es dir erklären, obwohl ich das wahrlich nicht gerne tue, weil es für schlechte Stimmung sorgt. Und schlechte Stimmung lässt Falten sprießen.« Als Ava ungeduldig mit dem Fuß auf den Boden tippte, verdrehte sie die Augen und fuhr fort: »Es ist ein Trend, der sich viel zu schnell im Kessel verbreitet. Gefühle werden, wie dort drüben, von Kliniken angeworben, die ihnen ein neues Herz versprechen.«

»Wozu brauchen sie ein neues Herz?«

»Sie brauchen es nicht wirklich. Sie sind unzufrieden mit ihrem Wesen und wünschen sich einfach nur, ein anderes Gefühl sein zu können: Der Hass will plötzlich Liebe sein, die Liebe wäre gerne mal einen Tag lang Trauer und die Trauer lässt sich ein Herz aus Fröhlichkeit einsetzen.«

»Das ist doch unmöglich!«, sagte Ava und starrte weiter entgeistert zu der Menge.

»Ist es nicht. Die Wissenschaft macht es möglich. Theoretisch können wir alle zu dem werden, was wir im tiefsten Inneren schon immer einmal sein wollten. Diese Ärzte färben unsere Seele neu. So steht es ja auch auf dem Banner.«

»Warum theoretisch?«

»Es ist nicht ganz ungefährlich, jemandem das Herz aus dem Körper zu schneiden. Es können Komplikationen auftreten. Den Rest kannst du dir ja denken.«

Aus den umliegenden Werkstätten ertönten das Quietschen einer Säge und Schläge auf heißem Eisen und Avas Gedanken rotierten. Ein neues Herz. Ein gelbes. Ein wundervoll staubfreies. Eines, gefüllt mit den prächtigsten Blumen und den prächtigsten Vögeln und den prächtigsten Brunnen voll sprudelnder Schokolade – wie wundervoll das doch wäre.

Ein böser Blick von Mirabelle holte sie zurück in die Wirklichkeit.

»Ich muss mir das ansehen«, sagte sie und lief los. Bevor Mirabelle sie aufhalten konnte, stand sie in der Menge. Jedes Gefühl, das sich für eine Seelenfärbung entschied, musste sich in eine Liste eintragen und dann auf einem der Stühle Platz nehmen, wo man ihm ein Schild um den Hals hängte, auf dem sein Wunschgefühl stand. Als Ava sie überflog, stellte sie fest, dass Trauer und Angst kein einziges Mal vorkamen. Sie setzte sich unauffällig neben einen alten Mann, der sich ein Herz aus Neugier in den Körper pflanzen lassen wollte.

»Warum ausgerechnet Neugier?«

Er schaute verängstigt von der Seite und antwortete: »Ich habe gelost, es hätte genauso gut Stolz werden können. Hauptsache, ich werde diese Angst los.«

»Aber Ihr Herz ist doch Ihre Seele«, sagte Ava vorsichtig, »Sie können Ihre eigene Seele unmöglich gegen eine andere eintauschen wollen, oder?« Sie konnte sich nicht erklären warum sie auf einmal so nervös war. Vielleicht, weil sie selbst in der ein oder anderen Nacht bereit gewesen wäre, ihre Seele zu verraten? Sie gegen eine neue, bessere, schönere einzutauschen?

Der Mann wollte von ihr abrücken, doch da kein anderer Stuhl mehr frei war und er fürchtete, seinen Platz in der Warteschlange zu verlieren, seufzte er und sagte: »Weil es schrecklich ist, das zu sein, was ich bin. In dieser Welt bist du ein Niemand, wenn dein Herz randvoll ist mit Angst.« Er sprach leise und mit gesenktem Blick, sodass seine Sitznachbarn ihn nicht hören konnten. »Die Angst hat keine positiven Eigenschaften, sie ist nutzlos, keiner will sie haben. Wer etwas zählt, ist der Mut, oder die Liebe, oder der Stolz. Ja, selbst die Neugier bringt es heute zu etwas. Aber die, die ängstlich sind, haben in dieser Welt keine Chance. Sie verstecken sich bloß noch. Und das will ich nicht mehr.«

»Sie glauben wirklich, den anderen Gefühlen geht es besser?«

Der alte Mann ballte die Faust und sagte mit zittriger Stimme: »Ich habe ein Herz aus grauen Seifenblasen, zwischen denen dünne Eisblumen wachsen und jedes Mal, wenn eine Seifenblase gegen eine Eisblume stößt, zerplatzt sie und mein Herz zieht sich vor Angst zusammen. Glaube mir, junges Mädchen, es kann nur besser werden.«

Dann wurde er aufgerufen und ging davon, ohne Ava noch einmal anzuschauen, geradewegs in das Gebäude mit der Aufschrift »Herzklinik«.

»Es wird nicht besser«, rief Ava ihm hinterher, »wir werden immer das sein wollen, was wir nicht sind, egal ob wir ein Herz aus Angst oder aus Neugier haben!« Sie war sich nicht sicher, ob ihre Worte wirklich

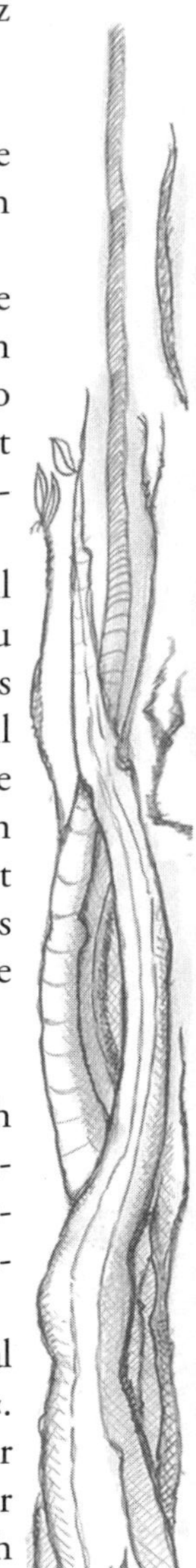

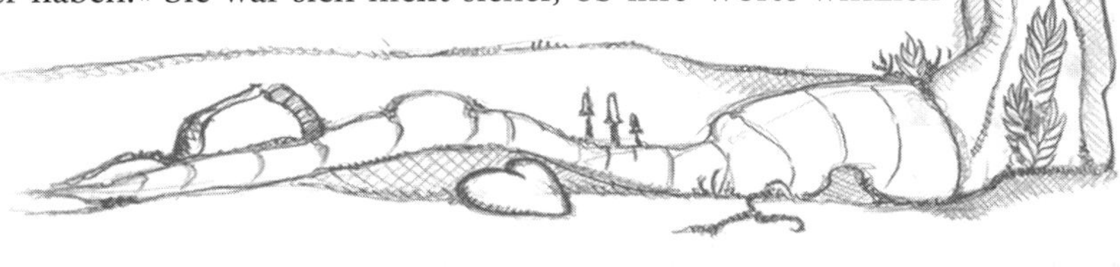

dem alten Mann galten oder doch eher ihr selbst. Ob sie versuchte, ihn von dem Eingriff abzuhalten oder ihre eigenen Gedanken totzuschlagen, die in ihrem Kopf sprossen wie kleine, grüne Schlangen und zischten, wie wunderbar doch ein staubfreies Leben sein könnte. »Nein«, flüsterte Ava, »ich kann ihn alleine bekämpfen. Ich brauche keine Seelenfärber.«

Dann eilten zwei Mitarbeiter in weißen Kitteln herbei, packten Ava an den Armen, befahlen ihr, sich von den Patienten fernzuhalten und zerrten sie gewaltsam aus der Menge hinaus in die Straße. Dort saß Mirabelle auf dem Boden, den Rücken an eine Hauswand gelehnt, die Beine angezogen, das hübsche Gesicht noch immer versteinert vor lauter Gram.

»Warum verbietet der Rat diese Kliniken nicht?«, fragte Ava keuchend.

»Weil der Rat sich nicht einig ist. Es gibt Mitglieder, die sagen, wir müssten mit dem Fortschritt gehen, andere sagen, wir dürfen die Freiheiten unserer Bürger nicht beschränken. Wer anders werden will, soll anders werden dürfen.«

»Aber das ist Wahnsinn!«, rief Ava.

»Ich weiß. Aber ich kann es nicht ändern.« Sie erhob sich und klopfte den Staub von ihren Beinen. »Manchmal bezweifle ich wirklich, dass ich den richtigen Beruf ergriffen habe, Avalein. Bei den vielen Problemen, die das *Herz* hat, werde ich spätestens in zwei Jahren komplett von Falten befallen sein. Zu viel schlechte Stimmung, sage ich dir …« Mit diesen Worten zog sie Ava mit sich und erst als sie in die Straßen des Künstlerviertels mit ihren vielen Galerien, bunten Haustüren und blumenbewachsenen Fassaden traten, besserte sich ihre Laune wieder. »Deswegen ist es umso wichtiger, dass wir beide uns einen schönen Nachmittag machen. Du wirst sehen, ein bisschen hübsche Mode und schon kehrt das Glück zurück und sagt den Falten den Kampf an!«

Sie lächelte Ava aufmunternd zu, doch deren Gedanken kreisten die ganze Zeit nur um den alten Mann und die Herzklinik. Sie fragte sich, ob er den Eingriff überleben würde? Wie verzweifelt er sein musste, wenn er zu einem solchen Schritt bereit war? Und ob sie selbst ihre Seele liebte, bedingungslos und einfach so, wie sie war? All diese Fragen spukten ihr im Kopf umher, wanden sich von rechts nach links, vollführten Vorwärtsrollen, setzten zum Salto an und landeten schmerzlich krachend auf ihrem Gehirnboden, bis sich endlich das Haus der Schneiderin vor Ava auftat. Es befand sich in einer engen Straßenkurve und war komplett mit Efeu bewachsen. Das Begrüßungsschild am Eingang weckte ihr Interesse, denn dort stand in großen Druckbuchstaben: »SCHNEIDERIN WALBURGA. MÄNNER MÜSSEN DRAUSSEN BLEIBEN.«

»Sie mag keine Männer, seitdem sie mit vierzehn Jahren zum ersten Mal einen geküsst hat«, erklärte Mirabelle und betätigte den Klingelknopf. »Sie sagt, Männer schmecken meist nach bitterem Grünkraut und das kann sie gar nicht ausstehen.«

»Aber sie muss die Männer doch gar nicht schmecken, um ihnen Hosen und Pullunder zu nähen.«

Mirabelle sah Ava mitleidig an: »Na ja, so ganz stimmt das nicht …«

Die Tür wurde vorsichtig geöffnet und vor ihnen erschien eine Frau mit grauen Haaren, die Wellen bis zum Fußboden schlugen. Die erste Frage, die Ava in den Sinn kam, war, wie sie es schaffte, beim Gehen nicht auf ihre Haarspitzen zu treten. Die zweite, wie sie durch ihre dicken Brillengläser überhaupt sehen konnte, was sie mit der Nähnadel anstellte.

Walburga führte sie in einen großen Salon mit dunkelgrüner Tapete und bodentiefen Fenstern, die sich zu einem kleinen Hof öffneten, auf dem sie große Blumenkübel aufgestellt hatte – Ava sah Orangen- und Zitronenbäume sowie Hibiskusblüten, rote Farbkleckse auf der schwarzen Mauer des gegenüberliegenden Hauses, das sich keine zehn Schritte entfernt von Walburgas Haus wieder in den Himmel schob. Walburga nahm sie bereits in Augenschein. Die Frau umkreiste sie mehrmals, wobei Ava ihr Armband betrachten konnte – es zeigte ein Herz voller Zufriedenheit: Weiße Tauben saßen auf einem Ast mit Magnolienblüten und ließen sich von dem hellen Licht der Rosenquarzwand bescheinen, als sei sie eine Sonne.

Walburga griff in ihre Schürze und holte ein Kästchen heraus, in dem sich kleine lilafarbene Pillen befanden, die Ava nur zu gut kannte. Es handelte sich um Präparate, die das Herz in Schach halten sollten. Kleinen neugierigen Mädchen gab man sie gerne, wenn man ihrer ständigen Fragen überdrüssig war.

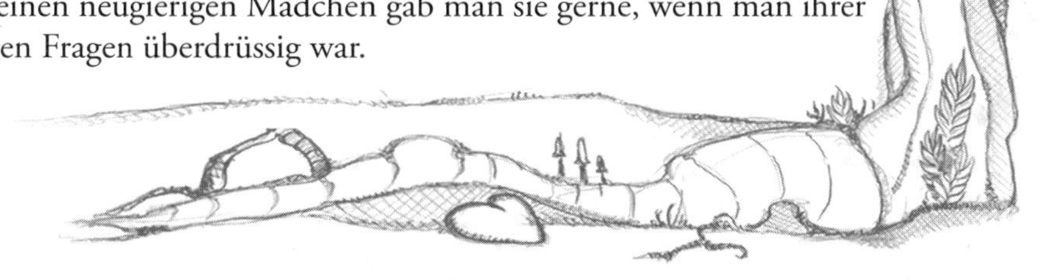

»Für meine Arbeit ist es nicht von Vorteil, wenn meine Zufriedenheit übermächtig wird. Sie sorgt dafür, dass ich mich mit weniger als dem Ideal zufrieden gebe und das ist nicht das, was meine Kunden von mir verlangen«, erklärte Walburga mit sanfter Stimme. »Die Pillen sorgen dafür, dass mich kein Ausbruch an Zufriedenheit heimsucht.«

Ava konnte sich nicht vorstellen, wie es möglich sei, dass Zufriedenheit ausbreche, doch Walburga widersprach: »Du kannst dir gar nicht vorstellen, wie es ist, wenn ich meine zufriedenen fünf Minuten habe.« Ihre Stimme klang noch immer so, als sei sie tiefenentspannt. »Dann glüht der Rosenquarz, als läge er in der Wüste, das Gefieder der Tauben färbt sich rosa und sie schließen die Augen vor lauter Genuss.«

Ava blieb nicht länger Zeit, sich dieses Bild vorzustellen, denn Walburga drehte sie jetzt im Kreis, bis ihr schwindelig wurde, schüttelte dann ihren rechten Arm, riss an ihren Haaren, schnupperte an ihrem Hals, brach ihr fast den Zeigefinger, so sehr zerdrückte sie ihn in ihrer Hand mit den wohlgefeilten Fingernägeln, und biss schließlich in ihr Ohrläppchen. Ava wäre am liebsten aufgesprungen, wenn sie nicht so besorgt gewesen wäre, ihr Ohrläppchen könnte dann in Stücke reißen. Was sollte das? Walburga stand jetzt vor ihr und stierte ihr in die Augen, als wolle sie bis in ihre Zehenspitzen hinabblicken. Vielleicht hoffte sie, darin einen Goldschatz zu finden. Oder den magischen Schlüssel zu ihrem Herzen, der es endlich wieder für Männer öffnen würde. In dem Fall würde sie Ava wohl den Zeh absägen. Keine schöne Vorstellung, doch Ava würde es ertragen. Schließlich diente es einem guten Zweck. Zwei Minuten später schien sie endlich gefunden zu haben, wonach sie suchte.

»So ist das also«, sagte sie in singendem Tonfall und die Pupillen ihrer Augen verkleinerten sich, bis sie wieder normal aussahen. »Ich sehe nicht viel Spielraum für Weiblichkeit: Röcke, Kleider, Strumpfhosen und Blusen aller Art werden gestrichen. Wir setzen auf Jeans und Leinenhosen, karierte Hemden, weite bequeme Pullover und Schnürstiefel. Die, die sich so schön um den Knöchel schmiegen. Außerdem ist sie ein Mädchen für geflochtene Lederarmbänder.« Walburga drehte sich zu Mirabelle um: »So wird es gemacht.«

»Um das herauszufinden, mussten Sie mich so quälen? Das hätte ich Ihnen doch alles gleich sagen können!«

»Du hättest mir lediglich gesagt, was du meinst, zu sein. Bei Vielen entspricht diese Vorstellung nicht dem, was sie wirklich sind. Die Wahrheit kann man nur herausfinden, indem man in ihnen liest.«

»Und zu diesem Lesen gehört das Schmecken?«

»Allerdings. Das Schmecken ist besonders wichtig.« Walburga strich liebevoll mit den Fingern über ihre Schere. »Bei dir hat es mir allerdings nicht weitergeholfen.«

»Warum?«, fragte Ava neugierig. »Nach was schmecke ich?«

Walburgas Augen blieben lange auf dem Tisch haften: »Das kann ich noch nicht sagen.«

»Aber Sie haben doch grade an meinem Ohrläppchen gelutscht!«

»Es schien mir, als habest du dich noch nicht entschieden … Du hast deinen Geschmack noch nicht gefunden.« Sie kam jetzt auf Ava zu und legte ihre warme Hand auf ihre Wange. »Aber das sollte dich nicht sorgen, jeder findet seinen Geschmack – die einen früher, die anderen später. Es ist bloß wichtig, sich irgendwann zu entscheiden.«

Die Frau war verrückt. Wie sollte man sich für einen Geschmack entscheiden, den man selbst gar nicht wahrnahm? Wenn Ava die Zähne in ihrem Arm vergrub, dann schmeckte sie bloß Haut. Aber Haut konnte doch unmöglich das sein, was ein Gefühl ausmachte! Ava entschied, dieser Frau kein Wort zu glauben und sich stattdessen auf ihre neue Kleidung zu freuen. Schließlich wusste sie nicht, welche Bedingungen im Neidwald vorherrschen würden, da konnte eine große Garderobe nicht schaden. So schlüpfte sie in den nächsten Stunden brav in jeden Mantel und Pullover, den Walburga für sie aus ihrem Fundus holte, ließ sich Stofftücher um den Hals wickeln und hielt still, während Walburga fleißig die Ärmel eines Leinenhemdes für sie kürzte.

»Wie geht es ihr?«, fragte sie plötzlich Mirabelle, mit Augen und Händen noch ganz in die Arbeit vertieft.

Avas Patentante brauchte einige Sekunden, um zu verstehen, was Walburga meinte und antwortete dann: »Gut, denke ich. Aber du solltest wirklich aufhören, dich um sie zu sorgen. Sie sorgt sich nämlich kein bisschen um dich.«

»Sie ist doch meine Schwester«, sagte Walburga, eine dicke Nadel zwischen die Zähne geklemmt. Zum ersten Mal klang ihre Stimme belegt.

»Das scheint sie anders zu sehen«, sagte Mirabelle. »Sie hat mich noch nie gefragt, wie es dir geht. Sie gestattet dir ja nicht einmal, sie auf der Burg zu besuchen!«

»Ich wollte bloß wissen, ob alles in Ordnung ist. Lass uns das Thema wechseln.«

Ava musterte Walburga unverhohlen und fragte sich, welche Burgbewohnerin wohl ihre Schwester sein könnte. Doch als die beiden Frauen anfingen, über Gurkenmasken und Gesichtspuder aus Kirschkernextrakt zu plaudern, erlosch ihr Interesse und sie verließ den großen Salon, um sich ein wenig in Walburgas Haus umzusehen.

Eine Treppe mit geschwungenem Geländer führte ins Obergeschoss und Ava blieb auf jeder Stufe stehen, um die Bilder an der Wand zu betrachten. Sie alle zeigten Walburga mit einflussreichen Kundinnen, die sich von ihr Kleidung nähen ließen. Auf einem Bild stand sogar Phineas in einem Hauch aus violettfarbenem Satin, das über der Brust von weißen Perlmuscheln zusammengehalten wurde. Bei ihm hatte Walburga wohl eine Ausnahme von ihrer Regel »Männer müssen draußen bleiben« gemacht. Ava konnte sich lebhaft vorstellen, wie Phineas sie mit all seinem Charme umgarnt hatte. Sie schritt durch die oberen Räume, die alle von der bereits tief stehenden Sonne mit goldenem Licht gefüllt wurden, und fühlte sich dabei, als schwebe sie auf Wolken. Überall lag der Duft von Leder und frisch gewaschener Kleidung und in jedem Raum türmten sich die Stoffe und die Kleiderstangen, voll mit Walburgas kreativen Einfällen. Ava trat an ein rundes Fenster und ließ sich die Sonne ins Gesicht scheinen. Sie schaute tief hinab in die kleine, kurvige Straße und direkt über das Schieferdach gegenüber hinauf zu der Burg und erinnerte sich daran, wie gerne sie sich als Kind zu Hause verkleidet hatte.

Gedankenverloren setzte sie sich in einen Sessel und griff nach einem blauen Hut mit rotem Band und silberfarbenen Federn. Er hatte auf dem Boden gelegen und als Ava ihn angehoben hatte, war darunter ein Kästchen aus geflochtenem Bast zum Vorschein gekommen. Ava hob das Kästchen auf ihre Knie und klappte den Deckel auf. Ganz oben lag ein Foto, das zwei junge Frauen zeigte. Das Foto musste schon sehr alt sein, doch die beiden Frauen erkannte Ava sofort. Es waren Walburga und Esra, die strenge Schneekönigin mit den Veilchenbonbons, und jetzt wo Ava sie nebeneinander auf dem Foto sah, bestand für sie kein Zweifel daran, dass die beiden Schwestern sein mussten. Schwestern, die sich anscheinend nichts mehr zu sagen hatten und das, obwohl sie sich auf diesem Foto so harmonisch in den Armen lagen.

Sie hatten die Stirnen aneinander gelegt und Walburga schielte zu Esra hinüber, die offen in die Kamera lachte. Ava konnte sich nicht vorstellen, dass die Vertreterin des Hasses heute noch so lachen konnte, doch bereits auf dem Foto kaufte sie ihr die Fröhlichkeit nicht ganz ab. Denn Esras Augen blieben beim Lachen kalt wie Mondstein.

In der Kiste befanden sich noch viele weitere Familienfotos und zu Avas Verwunderung auch einige Bilder in schwarz-weiß, die keinen geringeren als den größten Kriegstreiber zeigten, den das *Herz* je gesehen hatte. Obadja hatte das ganze *Herz* mit Gewalt an sich reißen und der Herrschaft des Hasses unterwerfen wollen und es hatte lange gedauert, bis es den Gefühlen gelungen war, sich zusammenzufinden und sich am Ende siegreich von ihm zu befreien. Obadja hatte sich in den Stunden seiner letzten Niederlage das Leben genommen und obwohl dies nun schon sechzig Jahre her war, kannte jeder sein Gesicht. Doch warum bewahrte Walburga sein Foto bei ihren Familienerinnerungen auf? Es konnte doch unmöglich sein, dass dieser Kriegstreiber zu ihrer Familie gehörte? Oder doch?

Am Boden der Kiste stieß Ava auf ein Stück Pergament. Sie zog es heraus und faltete es auseinander. Es war beschrieben, doch viele Stellen waren nicht mehr lesbar, als wäre die Tinte von Wasser verwischt worden. Adressiert war der Brief an Walburga, unterzeichnet hatte ihre Schwester Esra. Die Datierung zeigte Ava an, dass er vor zwei Jahren verfasst worden war. Sie überflog die Stelle, die sie noch entziffern konnte.

… und darum, weil ich nicht weiß wohin mit meinen Gedanken, muss ich es auf Papier bannen und meiner Schwester, der einzigen, die weiß, warum ich all dies tue, auf die Schwelle legen, damit sie es liest und in der nahen Zukunft versteht, dass ich mich noch immer auf unserem gemeinsamen Weg befinde. Ich habe die Frau aufgesucht, die unser Schicksal kennt und nun bin ich gewiss, dass er kommen wird, der Krieg, der das Herz erneut entzwei reißen wird und es ist ein Wissen, das mich mit Wohlwollen erfüllt, denn es ist schon lange an der Zeit, dass uns eine Tat aus dem dämmrigen Zustand der Unsicherheit reißt. Wir müssen ertragen, dass Dinge geschehen werden, die uns tief im Inneren verletzen, doch wir müssen diesen Dingen ihren Lauf lassen und nur die Aufgabe wahrnehmen, die uns das Schicksal zugedacht hat. Du vermagst dir vielleicht vorzustellen, dass die meine keine angenehme sein wird. Doch ich werde sie annehmen, damit das Versprechen, das wir uns damals im Regenschutz der Kirschbaumäste gegeben haben, eingelöst werden kann. Ich möchte auf unserem Weg weitergehen, Schwester, und dieser Weg verlangt, dass ich dich hier und jetzt verlasse – und warte bis zum Schluss …

Ava hörte Schritte auf der Treppe und stopfte das Pergament und die Fotos schnell zurück in die Kiste. Dann setzte sie sich den Hut auf den Kopf und tat so, als betrachte sie sich im Spiegel. Während eine lächelnde Walburga Ava bei der Hand nahm, sie hinunter in den Salon führte und ihr die neue Ava-Kleiderkollektion präsentierte, wälzte sie Esras Worte zwanzig Mal im Kopf hin und her, ohne sich einen Reim darauf machen zu können. Was immer Esra ihrer Schwester da geschrieben hatte, es wirkte bedrohlich. Denn ein erwarteter Krieg sollte niemanden mit *Wohlwollen* erfüllen. Ava schüttelte sich, um das Frösteln loszuwerden, und entschied, dass Esra fantasiert haben musste. Schließlich gab es keinen Anlass für die Gefühle, einen Krieg zu führen. Und an das Schicksal glaubte Ava sowieso nicht. Trotzdem fühlte sie sich seltsam beklemmt, als Walburga ihr zum Abschied einen Haufen brauner Papiertüten voller Klamotten in die Hand drückte und sie selig lächelnd in die Arme schloss.

Als Mirabelle und Ava die Burg über eine kleine Seitentreppe erreichten, ging die Sonne unter. Ava blieb auf dem Platz vor der Burg stehen, setzte sich auf den Boden und sah zu, wie sich ein warmes Orange über den Schieferdächern ergoss und den Lärm des Tages löschte. Sie blieb, bis die Sonne endgültig hinter der Stadtmauer verschwunden war, dann trug sie ihre Tüten hinauf in ihr Zimmer.

Karims Tür war angelehnt. Ava lugte durch den Spalt, konnte ihn aber nicht sehen.

»Karim?«, fragte sie, und als sie keine Antwort erhielt, schlüpfte sie in das Zimmer. Dumpfes gelbes Licht trat von außen in den Raum und beleuchtete die Staubkörner, die in der Luft tanzten. Karims Zimmer war genauso eingerichtet wie das von Ava, nur dass bei ihm überall Bilder an einer Wand mit einer tiefblauen Seidentapete hingen. Ava schritt an der Wand entlang und begutachtete die Zeichnungen und Malereien. Sie alle zeigten ein und dasselbe Motiv. Das Meer und eine rothaarige Frau, die entweder im Wasser versank, engelsgleich in den Himmel schwebte oder in einem Boot in die unendliche Weite des Horizonts trieb. Ihr Haar wurde vom Wind fortgerissen und ihr Gesicht war auf allen Bildern leer. Keine Augen, kein Mund. Bloß diese Haare: Leuchtend rote Ölfarbe und dicke Pinselstriche. Während das gelbe Licht draußen schwächer wurde, sah Ava Farbtöpfe, Pinsel, Papier und Leinwände in einer Ecke liegen. Karim musste all das selbst gemalt haben. Er war randvoll mit Sehnsucht, das war nicht zu übersehen. Wahrscheinlich wünschte er sich in seine Bilder hinein. In das große, stille Meer, in dem er alleine schwimmen konnte und niemals ein Ziel erreichte.

Gerade als sie den Arm ausstreckte, um mit dem Finger über die Konturen eines Bildes zu streichen, fiel die Zimmertür mit einem Knall ins Schloss.

Zunächst sagte er kein Wort. Er schaute sie nur mit seinen karamellfarbenen Augen an, wie man jemanden anschaute, der einem den Finger ins Herz gebohrt hatte.

»Warum hat sie kein Gesicht?«, fragte Ava vorsichtig.

»Halt den Mund.«

»Aber … ich finde die Bilder wirklich schön! Ich wusste gar nicht, dass du malst.«

»Das verwundert dich? Du weißt doch rein gar nichts über mich.«

Ava hob wieder den Arm, um auf ein Bild zu zeigen, da sprang er vor und packte ihr Handgelenk. »Finger weg! Wenn du es wagst, auch nur ein Bild zu berühren, sorge ich dafür, dass du aus der Burg fliegst.«

Ava stieß ihn zurück. »Und wenn du es wagst, mich noch einmal anzufassen, sorge ich dafür, dass deine Bilder im Feuer landen! Was hast du überhaupt für ein Problem?«

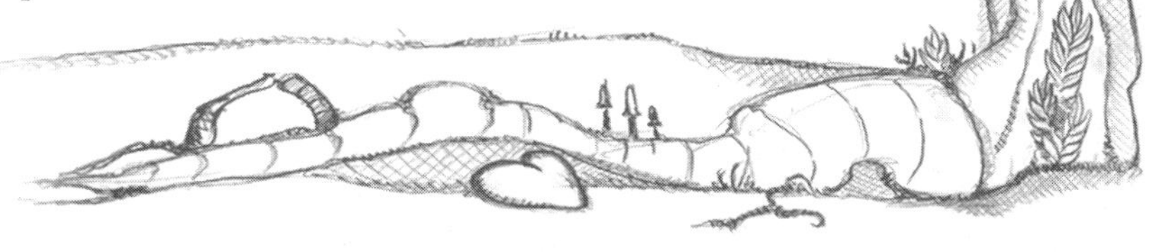

Sie ging auf ihn zu, bis er mit dem Rücken gegen die Tür stieß. »Vergraulst du jeden, der versucht, nett zu dir zu sein?«

»Du hast dich in mein Zimmer geschlichen.«

»Die Tür stand offen.«

Jetzt trat er einen Schritt vor, sodass Ava seinen Atem auf ihrer Nasenspitze spürte: »Halt dich aus meinem Leben raus. Das ist alles, was ich will. Alleine sein. Meine Ruhe haben. Verstanden?«

Sie hielt die Luft an, um den Duft seiner Haut nicht einatmen zu müssen. Er roch nach warmer Milch und irgendwie machte das Ava nervös.

»Kannst du gerne haben«, fauchte sie, »ab jetzt würdige ich dich keines Blickes mehr. Dafür sind mir meine Blicke nämlich zu schade.«

Sie stieß ihn zur Seite, lief aus dem Raum und knallte ihre Tür so fest hinter sich zu, dass das ganze Stockwerk zu beben schien. Verloren stand sie in ihrem Zimmer und sah, wie draußen der letzte Rest gelben Lichtes verschwand und von dem bleiernen Grau der Nacht abgelöst wurde.

Was war bloß in ihn gefahren? Wie konnte ein Gefühl mit so schönen Augen bloß so verletzend sein?

11. Kapitel

Die Villa am Ende der Straße schien höhnisch auf Raven herabzublicken. Jede Säule, jede Rosenranke, ja selbst der silberne Briefkasten gaben ihm das Gefühl, minderwertig zu sein. Er konnte sich gut vorstellen, wie sie alle in den umliegenden Häusern durch die Gardinen spähten und diesen fremden Mann auf ihrer Straße für einen Arbeiter oder einen Räuber hielten. Oder noch schlimmer: Für einen Bettler.

In dieser Straße ganz im Norden, auf dem Plateau des Kessels, eingebettet in einen Grüngürtel aus hochwertigen Eichen, Linden und Haselbäumen, lebte das Geld. Keines der Gefühle in den Marmorpalästen dieser Straße brauchte auch nur einen Finger zu krümmen, denn sie waren so reich, dass sie bis ans Ende ihres Lebens ausgesorgt hatten. Raven hätte große Lust gehabt, auf den Kiesweg zu spucken, der vor ihm zur Villa hinaufführte, doch er unterdrückte sein Verlangen. Schließlich war er hier, um Hilfe zu erbitten. Da war Spucken nicht angebracht.

Er öffnete das Gartentor, durchquerte den Vorgarten und lief die Treppen zu der säulenumrahmten Eingangstür hinauf. Dort betätigte er die messingfarbene Klingel und wartete. Nach kurzer Zeit ertönten Schritte aus dem Inneren und eine große Frau in schwarzem Nadelstreifenanzug öffnete die Tür. Sie sah mal wieder hervorragend aus: das blondierte Haar zu einem Dutt zusammengesteckt, jede Strähne fein säuberlich über ihren Kopf gewölbt, die Haut so rein wie Quellwasser und der Duft eines teuren Parfums auf ihrem weit ausgeschnittenen Dekolleté.

»Hallo Priscilla«, sagte Raven. Sie erwiderte nichts, zog bloß die linke Augenbraue hoch und versperrte ihm den Zugang zum Haus.

»Ist dein Mann da?«, fuhr Raven fort. Er würde sich durch ihr Gehabe nicht aus der Ruhe bringen lassen.

»Nein. Mein Mann zieht es vor, nachmittags mit seinen Freunden Golf zu spielen. Mir ist das sehr recht, du weißt ja, ich kann ihn nicht ertragen.«

»Sehr gut! Dann kannst du mich ja reinlassen.« Sie griff nach seinem Hemd, zog ihn in die Wohnung und ließ die Tür ins Schloss fallen. Und wieder einmal stand er in der kalten Eingangshalle unter dem Kronleuchter, an dem hunderte Diamanten funkelten.

Priscilla umkreiste ihn. »Wer hätte das gedacht?«, fragte sie. »Wer hätte gedacht, dass du dich noch einmal hier blicken lässt.«

»Er hat mich reingelegt, Priscilla! Er hat den Kristall niemals weggegeben.«

Sie lachte schmerzlich schrill: »Sag bloß! Das ist ja unverschämt! Aber mach dir keine Sorgen, so etwas soll vorkommen.« Sie machte sich mit wiegenden Schritten auf den Weg in Richtung Küche. Dort angekommen, nahm sie ein scharfes Messer aus der Schublade und begann, auf ihrer Arbeitsplatte aus schwarzem Marmor Erdbeeren zu zerteilen. Roter Fruchtsaft floss ihr dabei über die Finger und tropfte auf den weiß gekachelten Boden.

Raven trat ganz nah an sie heran, damit sie seinen Atem riechen konnte.

»Das ist nicht lustig, Priscilla. Du weißt ganz genau, dass ich mir das nicht gefallen lasse.«

Sie ließ das Messer sinken und steckte sich eine Erdbeere in den Mund: »Was willst du von mir? Ich habe dir doch klar und deutlich gesagt, dass du nie wieder um mein Haus schleichen sollst.«

»Weil ich den Kristall verloren habe.«

»Ganz genau. Weil ich dich ziemlich lange mit ziemlich viel Geld gefüttert habe, damit du uns diesen Kristall sicherst. Und du hast versagt.« Sie nahm das Messer wieder in die Hand und fuhr Raven damit sanft über die Wange. Er packte ihr Handgelenk und wünschte, er könnte sie mit seinen goldenen Augen erdolchen.

»Jetzt habe ich die Möglichkeit, ihn zu finden und zurückzuholen. Ich werde in den Neidwald gehen und Elmons minderwertigem Leben ein Ende setzen! Ich brauche nur noch einmal deine Hilfe …«

Priscilla stieß ihn weg: »Du glaubst doch nicht, dass ich mich wieder auf dich einlasse? Und mir die Hände beschmutze?« Mit erhobenem Messer kam sie auf ihn zu: »Wie viele Gefühle hast du in den letzten Monaten getötet, Raven, wie viele? Drei? Vier? Oder waren es vielleicht noch mehr? Du bist unberechenbar geworden.«

»Du wirst mir helfen, das weiß ich ganz genau. Spätestens wenn ich dir den Kristall vor deine hübsche Nase halte, wirst du angekrochen kommen und mich um Vergebung bitten. So wird es doch laufen, Priscilla. So läuft es immer …« Sie standen sich feindselig gegenüber, beide Gesichter entstellt vom Hass und dem Verlangen, der Stärkere zu sein. Priscilla ließ das Messer sinken, strich ihren Hosenanzug glatt und stützte sich mit der linken Hand auf der steril geputzten Arbeitsplatte ab.

»Es ist unmöglich, diesen Wald zu betreten.«

Raven lachte: »Ich bitte dich! Du glaubst doch nicht etwa, dass die Architekten keine Möglichkeit eingebaut haben, die Sperre zu umgehen? In dieser Welt ist alles möglich!«

Sie tat, als hätte sie seine letzte Bemerkung nicht gehört, fischte einen Rührbecher aus einem der gläsernen Hängeschränke, füllte die Erdbeerstücke und zwei Gläser flüssige Sahne hinein und zerdrückte all das zu einem trinkbaren Brei. Dann goss sie die Erdbeermilch in zwei Becher aus purem Gold und bedeutete Raven, ihr in den Salon zu folgen. Er konnte sich ein triumphierendes Grinsen nicht verkneifen, schließlich war sie ihm soeben erlegen. Davon war er überzeugt. Mit gestärktem Selbstbewusstsein ließ er sich in einen der cremefarbenen Ledersessel sinken und nippte an seinem Erdbeergetränk. Priscilla saß mit überschlagenen Beinen auf dem Sofa, das unter einem riesigen Ölgemälde mit Goldrahmen stand, und musterte ihn von oben bis unten.

»Du siehst schäbig aus«, sagte sie.

»Danke«, erwiderte er.

»Wenn du möchtest, dass wir Geschäftspartner sind, musst du dich zusammenreißen.«

»Ach, Geschäftspartner? Sieh mal einer an!« Raven provozierte sie mit seiner spitzen Zunge. Sie hatte es nicht anders verdient.

»Bis du den Kristall hast, wirst du dich in dieser Gegend nicht mehr blicken lassen. Niemand, ich betone, NIEMAND, wird bis dahin erfahren, dass wir jemals miteinander gesprochen haben. Ich werde dir zu keinem Zeitpunkt zur Hilfe kommen, solltest du in Schwierigkeiten geraten. Und sobald sich deine dreckigen Finger um dieses Stück Kristall schließen, wirst du ihn zu mir bringen. Solltest du versagen, musst du um dein Leben fürchten. Das sind die Bedingungen, verstanden?«

Raven zerquetschte langsam den goldenen Becher in seiner Faust. Priscilla war eine Natter. Eine hungrige, durchtriebene Natter. Raven hätte es damals schon wissen müssen, bevor er sich auf sie eingelassen hatte. Doch ihr Geld hatte seinen Stolz begraben, unter einer funkelnden Schicht Gold mit Aussicht auf einen Kristall, der ihn, den *goldenen Revolutionär*, zum König gemacht hätte. Zum goldenen König, mit dem schwarzen, verdorbenen Herzen.

»Was hast du mir zu bieten, Priscilla, für deine unverschämten Forderungen?«

Sie lehnte sich zurück, fuhr sich mit den langen Fingernägeln den Hals entlang, legte den Kopf schief und streichelte ihn mit ihrem Blick, als wäre er ihr Schoßhündchen. »Ich werde dir eine wichtige Information geben, die dich ein ganzes Stück weiter bringt. Doch zuvor wirst du meinen Bedingungen zustimmen.«

Raven grummelte ein Ja, doch das reichte ihr nicht. Sie wollte es laut und deutlich hören. »Ja, habe ich gesagt«, schrie Raven und schwor sich insgeheim, keine ihrer Bedingungen jemals einzuhalten. Was konnte sie ihm noch anhaben, wenn er den Kristall besaß? Was wollten sie ihm alle noch anhaben, wenn er der mächtigste Mann des *Herzens* wurde?

Ein Knistern fuhr durch seine Brust, wie das Knistern von Schokoladenpapier, das er früher so oft unter der Bettdecke gehört hatte, wenn sein kleiner Bruder im Bett neben ihm heimlich genascht hatte. Raven hatte so etwas als Kind nie getan. Er hatte lieber den Himmel beobachtet und sich gewünscht, er könnte Sterne regnen lassen, die seine Welt in Brand setzten. Schon damals hatte er sich geweigert, den Lügengeschichten seines Großvaters zu glauben. Darüber, dass niemand im *Herzen* so allmächtig werden könnte wie die Architekten. Darüber, dass ein Gefühl niemals in der Lage sein würde, Herzen zu formen, zu verbiegen, in den Himmel zu heben oder in den Tod zu stürzen. Lügen, nichts als Lügen. Sie hatten ihn sein Leben lang belogen.

»Gut, dann hör mir jetzt genau zu«, fuhr Priscilla fort. »Derzeit hält sich ein alter Historiker namens Sophus in der Stadt auf. Er hat sich in den Kopf gesetzt, die Geschichte des Kristalls zu erforschen, natürlich im Geheimen. Vielleicht kann er dir etwas über den Neidwald erzählen? Du solltest ihn dir so schnell wie möglich schnappen, er wohnt in einer Stube über einem Vogelladen mit dem Namen *Geflügelte Exoten*.

Ich denke, du kennst genug Männer und Frauen, die sich die Hände für dich schmutzig machen?«

Raven nickte.

»Gut«, Priscilla erhob sich, »dann ist alles geklärt. Du hältst dich an die Bedingungen und bringst mir den Kristall. Alles andere wird dir nicht gut bekommen.« Sie wies ihm den Weg zum Ausgang. Er warf einen letzten Blick durch den Salon, der vor Geld stank und ging an Priscilla vorbei, ohne sie eines weiteren Blickes zu würdigen. Kurz bevor er aus der Villa trat, tönte noch einmal ihre Stimme hinter ihm.

»Ach, Raven?« Er drehte sich genervt zu ihr um. »Deine kleine Freundin ist vor kurzem in die Stadt gezogen. Wie hieß sie doch gleich? Ramona? Rumina? Die Hübscheste ist sie ja nicht …«

Er knirschte mit den Zähnen und spürte, dass seine Augen wieder anfingen zu glühen. Warum tat sie das? Warum konnte sie nicht einfach ihren teuflischen Mund halten?

»Sie ist nicht meine Freundin.« Er schlug die Tür so fest hinter sich zu, dass die ganze Villa wankte. Sie war nicht seine Freundin. Er hasste sie. Er hasste sie alle.

12. Kapitel

Die nächsten Tage zermürbten Ava. Sie hatte sich in den Kopf gesetzt, den Neidwald zu bezwingen, doch sie musste jeden Tag aufs Neue feststellen, dass sich in der Burg keine Informationen versteckten, die ihr weiterhelfen konnten. Auch ihr Besuch in der Stadtbibliothek hatte sie nicht weitergebracht. Dafür war sie sich jetzt sicher, dass der Neidwald ein Geheimnis verbarg, denn sonst hätte sie wenigstens im »Großen Lexikon der Wälder des *Herzens*« einen Eintrag über ihn gefunden. Doch zufälligerweise war die Seite mit dem Buchstaben N in allen zehn Exemplaren des Lexikons, die es in der Stadtbibliothek gab, herausgerissen worden.

Ava war viel alleine, weil Mirabelle und die anderen Ratsmitglieder von früh bis spät arbeiteten. Immerzu mussten sie Versammlungen abhalten, Petitionsschreiben lesen und beantworten, über Gesetzesänderungen abstimmen, Podiumsdiskussionen organisieren, Hände schütteln und durchs Land reisen. Von Karim wollte Ava gar nicht erst reden, denn der war seit ihrem Streit unsichtbar geworden. Ava hatte keine Ahnung, ob er überhaupt noch lebte, und ehrlich gesagt war ihr das auch ziemlich egal. Ihr einziger Trost war die kleine Ida, die versuchte, sie mit Leckereien wie Marzipanschnecken und Himbeerkeksen aufzumuntern.

Als Ava eines Nachmittags in der Burgbibliothek versuchte, eines der langweiligen Bücher über Regierungslehre in hohem Bogen aus dem Fenster zu schmeißen, wurde ihr bewusst, dass es an der Zeit war, die Suche in der Burg aufzugeben. Sie hatte versagt. Also fand sie sich erneut in der Küche wieder und rührte lustlos in einem Kakao.

Sie hatte nichts erreicht, ihre Träume, in denen sie glorreich geheime Dokumente entdeckte, die ihr zeigten, wie sie den Neidwald überlisten konnte, schmolzen dahin. Was sich in der Theorie so einfach angehört hatte, schien schwieriger als gedacht und war auch nicht sonderlich spannend.

Ava hockte in der Küche und blies Trübsal. Von draußen fielen schwache Sonnenstrahlen in den Raum und die gedämpften Laute der Stadt durchschnitten die Stille, die Ava so schläfrig machte. Wenn sie sich in den dicken Gemäuern der Burg aufhielt, hatte sie immer das Gefühl, taub zu sein, besonders dann, wenn niemand da war, mit dem sie sprechen konnte. Ava wurde traurig, wenn sie zu lange alleine war. Oder wenn sie nicht wusste, was sie mit ihrer freien Zeit anstellen sollte. Wenn ihr Körper dazu verdammt war, herumzulungern und ihr Geist sich im Kreise drehte und keinen Ausweg fand. Wenn sie ehrlich war, musste Ava zugeben, dass sie jetzt gerne in Glücksland gewesen wäre. Dort hätte sie wenigstens den Nachbarn Humbert ärgern, oder seiner Frau Rosine beim Schlafen Hände und Füße zusammenbinden können, sodass sie beim Aufwachen wie eine dicke Raupe durch die Wohnung robben musste. Dort war die Luft frischer und der Schmutz verklebte einem nicht die Gehirnfäden. Dort roch der Regen nach Hoffnung. Ava seufzte. Warum war das Leben nur so ungerecht?

Sollte sie es wagen, ohne Informationen zum Neidwald zu gehen und ihren Fuß zwischen die Bäume zu setzen, die ihn begrenzten? Was würde dann passieren? Würde sie bei lebendigem Leib verbrennen? Oder tief in den Wald hineingelockt und nie wieder freigelassen werden? Vielleicht würde sie den Gefühlen begegnen, die ebenfalls versucht hatten, den Neidwald zu bezwingen und danach nie wieder gesehen worden waren. Ava beschloss, dass das Risiko zu groß war, schließlich wollte sie den Wald bezwingen, den Staub aus ihrem Herzen verbannen, und keinen Selbstmord begehen. Also blieb ihr nichts anderes übrig, als den jungen Mann aufzusuchen, der ihr jetzt als einziger weiterhelfen konnte. Sie musste sich erneut in Jadons Zauberkessel wagen. Morgen. Oder übermorgen. Verdammt, warum war sie so feige? Das war doch sonst nicht ihre Art!

Mit dem Abend kam der Regen.

Ava war in einen der Türme gestiegen und hatte sich auf der Wendeltreppe niedergelassen, um aus dem vergitterten Fenster schauen zu können. Sie sah dem Regen dabei zu, wie er in Fäden vom Himmel fiel und kleine Teiche auf dem Burgplatz hinterließ. Plötzlich stand Karim vor ihr.

»Was machst du hier?«, fragte er leise.

»Ich schaue dem Regen zu«, antwortete sie ebenso leise.

»Kannst du das nicht in deinem Zimmer machen?«

»Ich kann mein Zimmer nicht mehr sehen.«

»Und warum sitzt du ausgerechnet im Turm meines Vaters?«

»Zufall.«

»Es gibt keine Zufälle«, sagte er und setzte sich neben sie.

»Natürlich gibt es Zufälle«, widersprach sie. »Sonst hätte es ja eine Bedeutung, dass wir beide uns hier treffen. Nicht auszudenken.«

»Da hast du recht«, sagte er und starrte auf seine Fußspitzen. Es verging einige Zeit, in der sie beide schwiegen und in der man das leise Platschen des Regens durch die Turmmauer hörte. Karims Gesicht leuchtete weiß wie ein Mond. Ava spürte, dass ihm etwas auf der Seele lag.

»Nun sag es schon«, fuhr sie ihn an. »Du willst dich doch bei mir entschuldigen, oder?«

Karim schaute zunächst überrascht, doch dann zogen sich seine Augenbrauen zusammen und Ava fürchtete, er würde sie im nächsten Moment wieder angiften.

»Nein, ich will mich nicht bei dir entschuldigen. Ich will dir erklären, warum die Frau auf meinen Bildern kein Gesicht hat.«

Jetzt war es Ava, die nicht mehr wusste, was sie sagen sollte. Sie fuhr mit dem Zeigefinger auf dem Fensterglas entlang, als könne sie so die Tropfen verwischen, die sich von außen auf die Scheibe gelegt hatten. Sie traute sich nicht, Karim jetzt in die Augen zu sehen, denn sie fürchtete, dass er es sich wieder anders überlegen könnte. Und sie niemals erfahren würde, was es mit dieser Frau auf sich hatte.

»Es ist eine traurige Geschichte«, fuhr er fort. Ava nickte und kam sich blöd dabei vor. Warum fehlten ihr in solchen Situationen immer die passenden Worte?

»Ich kenne diese Frau ziemlich gut. Ich könnte jede Strähne ihres Haares malen. Ich weiß, welche Schattierungen es schlägt, wenn die Sonne hinter den Wolken verschwindet. Ich könnte jedes Kleid malen, das sie jemals in ihrem Leben getragen hat. Ich würde die Farbe haargenau treffen.«

»Du hast wohl Talent fürs Malen«, warf Ava ein.

»Aber ihr Gesicht«, sagte Karim und starrte ins Leere, »ihr Gesicht habe ich vergessen. Ich weiß nicht mehr, welche Farben ihre Lippen haben oder ob sie Sommersprossen auf den Wangen hat, wie ich. Ich sehe ihren Blick nicht mehr. Ich weiß nicht, wie sie mich angesehen hat, wenn sie wütend war. Wenn sie fröhlich war. Ich weiß nicht mehr, wie es aussieht, wenn Tränen über ihre Wangen laufen.«

Draußen rissen die Regenfäden ab. Jetzt fielen nur noch vereinzelte Tropfen auf den Boden und ließen das Wasser in den Pfützen kreisen.

»Es ist das Schlimmste, was mir je passieren konnte«, endete Karim. »Ich dachte, durch das Malen würde sie zu mir zurückkommen. Doch ich habe bloß noch eine Mutter ohne Gesicht.«

»Ist sie tot?«, fragte Ava vorsichtig.

»Ja«, sagte Karim, »sie ist tot. Schon seit zwei Jahren.«

»Wie ist es passiert?«

Ava sah, dass er gegen etwas ankämpfte, bevor er es aussprechen konnte: »Sie war glücklich an diesem Abend. Sie kam aus der Stadt, wo sie sich am Theater für eine Hauptrolle beworben hatte. Sie hätte in einem bodenlangen Kleid mit vielen Rüschen auf der Bühne stehen sollen. Blau wäre es gewesen, ein rostiges Blau, es hätte so gut zu ihrem roten Haar gepasst. Sie musste sich sehr gefreut haben, denn sie lief durch den Wald nach Hause, eine Abkürzung, um schneller bei uns zu sein. Auron und ich hatten ein Überraschungsessen vorbereitet, Papa hatte sogar ihr Lieblingsgericht gekocht: Eierpfannkuchen mit Kirschkompott. Auron kann gar nicht kochen. Aber an diesem Abend hat er es getan, für sie. Und wir haben gewartet. Ziemlich lang. Bis sie an der Tür geläutet haben. Zwei Jäger waren es, die ihren toten Körper in unser Haus getragen haben. Sie haben sie auf der Küchenbank abgelegt, direkt neben den Pfannkuchen, die natürlich kalt waren. Das Blut, das aus ihrem Körper tropfte, hatte die Farbe des Kirschkompotts. Sie sah aus wie immer, nur noch etwas blasser und auf ihren Lippen lag ein Lächeln. An dieses Lächeln kann ich mich noch vage erinnern. Sie hat gelächelt, als sie starb.«

Ava schluckte. »Es tut mir leid«, sagte sie und griff nach Karims Hand. Sie war eiskalt.

»Es war ein Jagdunfall«, fuhr Karim fort. »Sie ist ihnen direkt vor die Flinte gelaufen. Da kann man nichts machen.«

Jetzt wusste Ava, an wen Karim dachte, wenn er so abwesend in die Ferne blickte, als würde sich ein Tor zu einer anderen Welt öffnen, wenn er nur lang genug ausharrte. Sie sprang über ihren Schatten, schlang die Arme um Karim und drückte ihn fest an sich. So saßen sie eine Zeit lang da und hörten weiter dem Regen zu, der für einen kurzen Moment sogar den Staub aus Avas Herzen spülte.

Die Luft wog schwer auf ihren Schultern, als sie die Burg verließen und in die Dunkelheit der Nacht eintauchten. Es hatte aufgehört zu regnen, doch von den holprigen Steinen am Boden stieg Dampf auf und füllte die Gassen des Kessels mit Feuchtigkeit.

Ava ließ die Arme baumeln und schaute immer wieder zu Karim hinüber. Er schwieg schon die ganze Zeit, seit sie die Burg gemeinsam verlassen hatten, um bei einem kurzen Abendspaziergang auf andere Gedanken zu kommen. Er schwieg und kniff die Lippen aufeinander und Ava fragte sich, ob er es wohl bereits bereute, sie in die Arme geschlossen zu haben.

»Man sagt, in den Orchideenwäldern ganz im Süden, im Land der Liebe, gibt es ein Karussell, das das Herz fliegen lässt. Das Herz eines jeden, der eine Runde auf diesem Karussell reitet, wird in den Himmel katapultiert und dort hat der Karussellreiter die Möglichkeit, all die Gefühle wiederzusehen, die er liebt. Und die er verloren hat.«

Ava hüpfte jetzt ein wenig beim Gehen und nahm den Blick nicht von Karim. »Wenn du möchtest, fahren wir gemeinsam dorthin«, sagte sie dann.

»Im *Herzen* gibt es viele solcher Geschichten. Und keine einzige entspricht der Wahrheit.«

»Ich kenne einen Mann, dessen Vater das Karussell mit eigenen Augen gesehen hat. Es dreht sich immerzu im Kreis und leuchtet in ganz warmen Farben und man kann sich aussuchen, ob man auf einem der gesattelten Pferde Platz nimmt oder auf einem Hasen mit langen Ohren, oder …«

»Lass gut sein, Ava.«

»Und während man fährt, ertönt die ganze Zeit lustige Klaviermusik aus rauschenden Lautsprechern und der Duft von Zirkus und karamellisierten Äpfeln liegt in der Luft und …«

»Ava! Ich habe gesagt, du sollst aufhören!«

»Aber es ist *die* Möglichkeit, deine Mutter wiederzusehen, Karim!«

»Nein Ava, ich werde sie nie mehr wiedersehen! Und damit muss ich mich abfinden, okay?« Er war jetzt stehen geblieben und sah aus wie ein begossener Pudel. Sein Hemd klebte an seinem Körper und an seinen Hosenbeinen kroch das Wasser aus den vielen Pfützen hinauf, in die er bei ihrem Abstieg in den Kessel getreten war. Selbst sein volles Haar lag heute leblos auf seinem Kopf und duftete gar nicht mehr nach der Lavendelseife, mit der er sich beim Duschen immerzu den Kopf einrieb. Ava widerstand der Versuchung, ihm in den Bauch zu boxen. Wie konnte er sich seinem Schicksal so kampflos ergeben?

»Hätte ich dir bloß nicht von ihr erzählt«, sagte Karim, schüttelte den Kopf und stiefelte weiter. Ava zog eine Grimasse, biss sich auf die Zunge (die einzig effektive Möglichkeit, sich selbst zum Schweigen zu bringen – diese Erfahrung hatte Ava schon häufiger gemacht) und lief mit etwas Abstand hinter ihm her.

Ein Fenster reihte sich über ihren Köpfen an das andere, während sie durch eine weitere leere Straße liefen. Es gab in den Wohnungen des Kessels Lichter in allen Farben. Manche waren weiß, andere gelb, ein paar rote und sogar blau-violette fanden ihren Weg hinaus in die Nacht. Andere Fenster waren dunkel. Das waren die traurigen Flecken in einem Meer aus Wärme und Leben. Mit der Dunkelheit erwachten die schroffen Häuserfassaden des Kessels jedes Mal aufs Neue. Ava liebte es, genau in diesem Moment durch die Straßen ihrer Hauptstadt zu schlendern und sich vorzustellen, was für ein Leben die Anderen führten. Wie bunt und schön das Leben sein könnte, welchen Duft Leben haben könnte, wie es schmecken könnte. Was für ein Gefühl Leben auf der Haut hinterließ, wenn man sich hineinwarf, mitten ins Getümmel, ohne auch nur einen Augenblick zu zögern.

Ava bemerkte nicht, dass Karim vor ihr stehen blieb und überlegte, ob er den schmalen Pfad betreten sollte, der in einer scharfen Kurve steil zwischen den Häuserwänden hinabführte. Sie prallte von hinten gegen ihn und fluchte.

»Kannst du nicht aufpassen?«, zischte Karim und das Rot seiner Haare färbte auf sein blasses Gesicht ab. »Wenn das so weitergeht, verzichte ich das nächste Mal auf einen gemeinsamen Spaziergang mit dir.«

»Ich habe dich nicht gezwungen, mitzukommen«, erwiderte Ava und verschränkte die Arme vor der Brust.

»Stimmt. Du hast regelrecht gebettelt.«

Entrüstet schrie Ava auf und versuchte, Karim von hinten in die Fersen zu treten. Doch er schlüpfte durch den Häuserspalt auf den schmalen Pfad und lief den steilen Weg hinab. Ava folgte ihm und beschwor alle Rachegeister, die sie kannte. Sie quetschte sich an den stinkenden Mauern vorbei. Zu beiden Seiten wucherte Efeu und schon nach kurzer Zeit war der Weg so zugewachsen, dass Ava beide Arme benutzen musste, um sich durch das Dickicht zu kämpfen. Gerade wollte sie einen weiteren Fluch ausstoßen, da lief sie Karim ein zweites Mal in den Rücken. Doch anstatt zu schimpfen, legte er den Zeigefinger auf seine Lippen und bedeutete ihr, sich nicht mehr von der Stelle zu rühren. Stimmen bahnten sich ihren Weg durch die Efeuranken. Zwei Frauen sprachen miteinander, gleich hinter dem schmiedeeisernen Gartenzaun, dessen spitze Zacken weit in den Himmel reichten.

»Du bist wirklich mutig, meine Liebe. Triffst deine schwarze Cousine, obwohl sie doch so abgrundtief böse ist. Und gar kein guter Umgang für ein Ratsmitglied wie dich … Was tust du bloß, wenn man uns zusammen sieht?«

»Ich muss mich nicht dafür rechtfertigen, eine Freundin zu treffen.«

»Freundin! Dass ich nicht lache … Du hast einen köstlichen Humor, Cousinchen.«

»Hör mir zu, Rumina. Die Lage ist ernst. Ich brauche deine Hilfe.«

»Ach. Dann nenn mir doch mal einen Grund, warum ich dir helfen sollte. Vielleicht weil du eine so gute *Freundin* bist? Vielleicht weil du so nett zu der kleinen Rumina warst, die immer nur die zweite Geige spielen durfte? Vielleicht weil du so ein tolles Ratsmitglied bist?«

Karim machte Anstalten, umzukehren, doch Ava hielt ihn am Ärmel zurück.

»Es gehört sich nicht, andere Gefühle zu belauschen. Haben dir das deine Eltern nicht beigebracht?«, flüsterte er.

»Nur ganz kurz! Lass uns wenigstens nachsehen, wer sich in diesem Garten versteckt, zu einer solchen Uhrzeit.«

»Wozu? Was bringt es dir, fremde Leute zu belauschen?«

»Ich hab ein Herz aus Neugier, schon vergessen? Ich muss solche Dinge tun!«

»Du bist eine Zumutung …«, seufzte Karim, doch er ließ sich von Ava weiter ziehen, näher heran an den Gartenzaun.

Die Frauenstimme hinter dem Zaun ertönte erneut: »Natürlich, du bist ein hohes Tier, so mächtig und so viel besser als alle anderen! Da bleibt einer armen Straßenkatze wie mir gar nichts anderes übrig, als sich in deinen Dienst zu stellen, nicht wahr? Ich ziehe die Krallen ein, ich schnurre, ich lasse mir sogar den Bauch kraulen. So hättest du es doch gerne, oder?«

Ava und Karim schlichen ganz nah am Zaun entlang, bis zu einem Tor aus Gitterstäben, das angelehnt im Torrahmen lag. Hier war der viele Efeu beiseite gerissen worden, sodass sie einen Blick in den kleinen Garten werfen konnten, aus dem die Stimmen kamen.

Ava konnte ihren Augen kaum trauen, doch es war tatsächlich Zara, die dort auf einem morschen Klappstuhl im wuchernden Grün saß. Ihr gegenüber, an einem Gartentisch mit drei Beinen, saß eine Frau, die vollkommen in Schwarz gekleidet war. Schwarze Schnürstiefel zogen sich bis zu den Knien, darüber trug sie einen kurzen Rock und einen schwarzen Kapuzenmantel, auf den sich ihre Locken bis zur Mitte ihres Rückens ergossen. Wildes, ungekämmtes Haar. Sie sah aus, als habe sie nicht viel geschlafen in der letzten Nacht, tiefe Augenringe ummalten ihre Augen und ließen sie aussehen wie schwarze Löcher. Das einzige, was an dieser Frau strahlte, waren ihre kirschrot geschminkten Lippen. Zara hingegen loderte so rot wie ein Feuer und ebenso eifrig redete sie auf ihre Cousine ein.

»Du würdest es mir sagen, wenn du etwas über den Mord an Lysander wüsstest? Ich flehe dich an, Rumina. Dieser Mörder darf nicht ungestraft davonkommen. Alleine wegen Nicolas …«

Ruminas Stimme wurde lauter: »*Nicolas.* Natürlich, der arme kleine Nicolas! Wie konnte ich bloß eine Minute lang nicht an deinen Liebhaber denken … Lysander ist derjenige, der tot in seinem Wohnungsflur aufgefunden wurde, Zara. Es geht nicht immer um dich und Nicolas!«

»Das weiß ich doch. Aber Nicolas ist Lysanders Bruder. Und wenn es der Mörder auf Lysander abgesehen hat … warum dann nicht auch auf Nicolas? Beide sind Elmons Söhne!«

»Meine Güte, vielleicht hat dem Mörder einfach Lysanders Gesicht nicht in den Kram gepasst. Soll vorkommen!«

»Und was ist mit all den anderen ungeklärten Morden der letzten Zeit?«

»Ich seh da keine Verbindung.«

»Du würdest es mir sagen, wenn doch?«

Rumina schien nun ziemlich wütend zu sein. Sie zog sich die schwarze Kapuze ihres Mantels tief ins Gesicht, krallte ihre langen Fingernägel in den Tisch und beugte sich zu Zara vor. Ava konnte ihre Lippen glitzern sehen.

»Wie oft soll ich es dir eigentlich noch sagen? Ich mach bei solchen Dingen nicht mehr mit! Ich habe mich verändert. Ich lebe jetzt mein eigenes Leben und ich will nie wieder, hast du verstanden, *nie wieder* solche Verdächtigungen aus deinem Mund hören! Ich stehle nicht mehr. Ich töte nicht mehr. Ich lebe jetzt in vier Wänden und koche jeden Tag schrecklich bitteren Tee aus Wegerich und Löwenzahn. Ist das nicht langsam Beweis genug?«

Ava konnte sehen, wie ihr Körper vor Erregung zitterte.

»Und außerdem: Vor was hast du wirklich Angst, Cousinchen? Davor, dass jemand deinem Nicolas den Hals umdreht oder davor, dass euch jemand auf der Spur ist? Dir und deinem lieben Rat? Hast du Angst, euer kleines waldiges Verlies könnte gestürmt werden?«

»Natürlich nicht!« Zara schaute sich hektisch nach allen Seiten um. »Du weißt, dass ich es nicht gerne sehe, wenn du in aller Öffentlichkeit so redest, Rumina! Du hast doch keine Ahnung von dieser ganzen Sache!«

»Nein, natürlich nicht … Niemand hat auch nur einen blassen Schimmer von dieser Sache. Niemand kennt das große Staatsgeheimnis. Bis auf den Rat natürlich. Warum also bist du so in Panik? Es hat nichts zu bedeuten, dass Lysander ermordet wurde. Du und deine Regierung, ihr habt alles im Griff!« Sie lehnte sich zurück und grinste.

Es verging eine Zeit, in der beide Frauen schwiegen. Zara schien in Gedanken versunken, die ihr Kopfzerbrechen bereiteten. Immer wieder vergrub sie die Hände in ihrem Lockenschopf und schaute grübelnd in den dunklen Himmel. Karim wollte wieder etwas sagen, doch Ava hielt ihm den Mund zu.

»Als Kind habe ich mir mal eine Geschichte ausgedacht«, sagte Rumina plötzlich in die Stille hinein. Sie hatte die Ellbogen auf ihren

Knien abgestützt und das lange Haar fiel ihr in Strähnen ins Gesicht und berührte ihre purpurnen Lippen. »An einem dieser Abende, in denen ich alleine in meinem Bett lag und wusste, dass Großmutter vor dem Einschlafen niemals an mich dachte, sondern immer nur an dich.«

»Das stimmt doch nicht, Rumina …«

»Natürlich stimmt es! Es ist die ganze verdammte Wahrheit! Aber diese Geschichte hat mich jedes Mal getröstet und mir geholfen, ohne tränendes Herz einzuschlafen. Willst du sie hören?«

Zara starrte auf den Boden und schwieg.

»Es war einmal ein junges Mädchen, das wurde nicht geliebt.« Rumina sprach laut und deutlich. »Das Herz in ihrem Körper wurde deshalb ganz schwarz und modrig und das Mädchen tat böse Dinge, die es für einen kurzen Augenblick glücklich machten. Doch die schöne Cousine des Mädchens, die mit dem guten Herzen, hörte einfach nicht auf, immer schöner zu werden, immer besser zu werden, immer mehr geliebt zu werden. Und so schwor sich das Mädchen mit dem modrigen Herzen, es ihr irgendwann heimzuzahlen. Die Zeit verging und fast schien ihr Plan schon vergessen, doch er kam, der eine Moment, in dem das böse Mädchen alles in der Hand hielt und das gute Mädchen stand und zitterte und hoffte, von dem bösen Mädchen gerettet zu werden. Das böse Mädchen zögerte. Warum sollte es der Cousine den Kopf aus der Schlinge ziehen, die es jahrelang gequält hatte? Es zögerte und zögerte und zögerte noch etwas länger.« Rumina begann wieder zu lächeln. Es wirkte unheimlich, in dieser Gartenlaube, umgeben von all der wilden Natur und der pechschwarzen Nacht. »Und das ist der Moment, an dem ich jedes Mal eingeschlafen bin«, beendete sie ihre Erzählung. Dann erhob sie sich, warf die Haare in den Rücken und ließ Zara einfach alleine im Garten zurück. Sie rauschte durch das Tor, an Ava und Karim vorbei, die sich erschrocken tiefer in die Efeuranken kauerten, und verschwand in der engen Häuserschlucht.

Zara saß wie versteinert da und irgendwie tat sie Ava leid. Solche Worte hatte eine so mutige Frau nicht verdient! Ava lief ein kalter Schauer über den Rücken, wenn sie an Ruminas bleiches Gesicht zurückdachte und an ihr verrücktes Grinsen. Warum hatte sich Zara nicht gegen ihre Worte gewehrt? Warum hatte die mutigste Frau des *Herzens* all das über sich ergehen lassen?

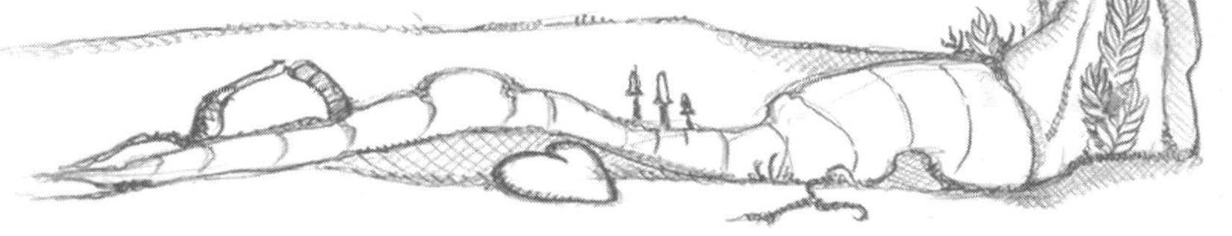

»Lass uns gehen«, flüsterte Karim und berührte Avas Arm. »Wir haben schon viel zu viel gehört.«

Ava ließ sich von ihm durch die Efeuranken zurück auf die große Straße ziehen.

Ihre Schritte hallten zwischen den Häuserwänden wider, in dieser von Stille getränkten Nacht. Ava schaute auf die unförmigen Steine am Boden, zwischen denen das Regenwasser und der Schmutz des Tages klebten, und grübelte darüber nach, was es mit dem Mord an Elmons Sohn auf sich haben könnte.

»Kennst du diese Rumina?«, fragte sie Karim plötzlich.

»Nicht wirklich. Ich kenne bloß das Gerede über sie. Man sagt, sie ziehe mit Männern durchs Land, denen sich Frauen normalerweise keinen Meter nähern. Sie soll die beste Diebin im ganzen *Herzen* sein und jeder rechtschaffene Bürger des Kessels vermeidet es, ihr im Dunkeln zu begegnen.«

»Klingt abenteuerlich.«

»Im Kessel wird viel zu viel geredet. Ich glaube den Leuten mittlerweile kein Wort mehr.« Karim kickte einen Stein beiseite und vergrub die Hände wieder in den Hosentaschen.

»Na ja, sehr sympathisch wirkte sie nicht. Vielleicht ist ja doch etwas dran am Gerede. Auf jeden Fall verbirgt sie ein Geheimnis, das habe ich sofort gespürt.«

»Du fantasierst.«

»Sag bloß, du fandest diese Unterredung nicht seltsam!«

»Im Gegensatz zu dir, liebe Ava, habe ich sie schon längst aus meinem Kopf gestrichen. Was Zara und ihre Cousine bereden, interessiert mich nicht.«

Ava stemmte die Hände in die Hüften und war drauf und dran, Karim vorzuwerfen, er sei der langweiligste Rothaarige, den sie je getroffen habe, als plötzlich etwas ihre Hand streifte. Kalt und glitschig fühlte es sich an und hüpfte plötzlich von ihrem Handrücken zu ihrem Nacken. Sie stieß einen spitzen Schrei aus und duckte sich. Karim blieb stehen und schaute sie besorgt an. »Da ist irgendwas! Um uns herum!«

Auf einmal fielen kleine Tropfen auf Karim herab. Zuerst dachte Ava, es wäre Regen, doch die Wolken des Abends hatten sich mittlerweile gelichtet. Der Himmel gab sogar einige Sterne preis. Karim berührte einen Tropfen mit der Zunge.

»Salzig«, sagte er, »das ist gar nicht gut ...«

»Was meinst du?« Ava hörte jetzt Stimmen. Tiefe, von Trauer geschwängerte Stimmen, die in ihrem Kopf immer lauter wurden. »Hörst du das?«, fragte sie. »Da singt jemand.«

»Die einsamen Seelen«, sagte Karim. Er drehte sich im Kreis und schaute besorgt zu den Straßenlaternen, deren dreckiges Licht die Straße erhellte.

»Die einsamen Seelen?« Ava konnte es nicht glauben. »Ich dachte, die sind bloß erfunden!«

»Komisch, du glaubst doch sonst jeden Quatsch. Die einsamen Seelen sind nicht erfunden. Es handelt sich um die Seelen derer, die einsam sterben. Sie sind dazu verdammt, nachts durch die Straßen dieser Stadt zu spuken und ihre bitteren Tränen fließen ewig. Sie tun alles, um dein Mitleid zu erregen, sie wollen getröstet werden, sie wollen von deiner Wärme und deiner Nähe kosten, endlich nicht mehr einsam sein. Wir haben sie schon viel zu nah an uns herangelassen!«

Karim versuchte, Ava mit sich zu ziehen, doch sie schüttelte seine Hand ab und blieb stehen.

»Wir können sie doch nicht alleine lassen!« Ava spürte das zarte Streicheln auf ihrer Haut, von allen Seiten schienen sie ihr Worte einzuflüstern, wunderschön traurige Worte. »Wir müssen ihnen helfen, Karim!«

»Nein Ava, wir können ihnen nicht helfen. Wir müssen uns im Schatten verstecken, damit sie uns nicht mehr sehen können. Du darfst kein Mitleid mit ihnen haben!« Karim kämpfte sich mit ausgefahrenen Ellbogen durch die unsichtbaren Seelen, doch als er sich umschaute, bewegte Ava sich noch immer nicht. »Jetzt komm endlich«, rief er, »sonst versauerst du dein Leben lang zwischen irgendwelchen dunklen Mauern und kannst nichts anderes mehr tun, als Tränen zu trocknen!«

Doch Ava wollte nicht. Sie konnte diese Seelen nicht einfach zurücklassen. Sie brauchten sie doch mehr als alles andere auf der Welt. Ihre unsichtbaren Körper spannen ein Netz um sie, ein Netz aus schwerem Leid, das es ihr verbot, einfach davonzulaufen. Eine Stimme, so verstörend wie ein ausklingendes Geigenspiel, drang in ihre rechte Ohrmuschel ein und erzählte von der Angst, die in den Nächten kam, in denen sie so ganz alleine der Kälte und der Gleichgültigkeit ausgesetzt war. Ava hätte am liebsten geantwortet, beruhigende, tröstende Worte gespendet. Ihre Hände wollten streicheln und umarmen, doch sie sah ja nichts, keine Körper, keine Wesen. Sie hörte nur und fror, fror so sehr, dass sie glaubte, ihre Haut verwandele sich in zerbrechlich dünnes Eis.

Plötzlich stand Karim direkt vor ihr. Er hob den Arm und verpasste ihr eine Ohrfeige. Dann lief er davon. Ava war starr vor Schreck. Bis die Wut in ihr aufstieg. Hatte er sie gerade ins Gesicht geschlagen? Sie spürte seinen Handabdruck auf ihrer Wange. Er hatte es tatsächlich gewagt, sie zu ohrfeigen.

Na warte, dachte Ava, das wirst du noch bereuen. So schnell sie konnte, rannte sie ihm hinterher, durchbrach mit aller Kraft die glitschige Seelenmauer und presste Karim einige Meter entfernt im Schatten gegen eine Hausmauer. Dann schlug sie mit ihren Fäusten auf seine Brust ein: »Warum hast du mich geschlagen?«

Er hielt ihre Handgelenke fest: »Ruhig, Ava! Ich musste das tun. Sonst wärst du doch nie von diesen Seelen losgekommen. Beinahe hätten sie dich mitgenommen, das konnte ich nicht zulassen.«

Sie ließ die Arme sinken. Ihre Brust hob und senkte sich, sie atmete stoßweise, als habe sie gerade einen Langlauf hinter sich gebracht. Sie stand ganz nah vor ihm und spürte seinen Atem auf ihrem Gesicht. Er hatte sie gerettet. Wie hatte das bloß passieren können? Sie suchte nach den passenden Worten.

»Puh, du stinkst nach Lavendel«, sagte sie schließlich lachend, um die angespannte Stille zu durchbrechen. Er stimmte zum Glück mit ein. Sie trat einige Schritte zurück und schaute betreten auf ihre Fußspitzen. »Danke«, sagte sie dann.

Als sie die Burg erreichten und Ava ihre Zimmertür hinter sich schloss, spürte sie eine bleierne Müdigkeit, die von ihrem großen Zeh aus durch ihren ganzen Körper kroch. Als sie in ihrem Kopf ankam, dachte sie, im nächsten Moment vornüber fallen zu müssen, doch sie schaffte es gerade noch, in ihren neuen Schlafanzug zu schlüpfen und unter die weiche Decke zu krabbeln.

Bevor ihre Augen zufielen, stellte sie sich vor, dass auf der anderen Seite der Wand ein Junge mit den Haaren einer Blutorange genau dasselbe tat wie sie. Und irgendwie war es ein schönes Gefühl, nicht so einsam zu sein, wie die Seelen dort draußen in den feuchten Gassen des Kessels.

13. Kapitel

Am liebsten hätte Ava in die fliederfarbene Seife gebissen, doch sie beherrschte sich im letzten Moment und nahm lieber auf dem Rand der Badewanne Platz.

Sie war zuversichtlich in den neuen Tag gestartet, hatte sich eine Handvoll kaltes Wasser ins Gesicht gespritzt, aus dem Fenster im Badezimmer in den Innenhof geschaut und die Morgenluft eingesogen, die so schön nach Jasmin und frischem Kaffee duftete. Gerade hatte sie beschlossen, dass es ein guter Tag werden würde, um die Geheimnisse des Neidwalds zu lüften. Gerade hatte sie sich auf den Weg machen wollen, zu Jadon und dem Zauberkessel, von dem sie sich noch Antworten erhoffte, da hatte es an der Tür geklopft.

Ava hatte sie geöffnet und nun stand kein anderer als Karim vor ihr im Badezimmer, in der Hand ein Buch mit dunkelblauem Einband und goldverzierter Schrift und der Frage, ob Ava tatsächlich glaubte, in dieser Burg den Schlüssel zum Neidwald finden zu können.

Schnell zog Ava die Badezimmertür wieder zu, legte die Seife beiseite und setzte sich auf den Rand der Wanne. Sie konnte es einfach nicht fassen, dass er in ihr Zimmer eingebrochen war und in einem Buch gelesen hatte, das niemals für seine Augen bestimmt gewesen war.

»Wie passt das zu deiner Moral?«, knurrte sie. »Gestern hast du mich noch verurteilt, weil ich Zara und ihre Cousine belauscht habe. Was wolltest du überhaupt in meinem Zimmer?«

»Mir ist schon lange klar, dass du nicht grundlos hier bist. Und da ich wusste, dass du es mir niemals erzählen würdest, habe ich selbst nachgeschaut.«

Er lehnte grinsend am Waschbecken und hielt ihr erneut das Buch zum Neidwald vors Gesicht. »Also, was hat es damit auf sich?«

Ava fluchte innerlich, dass sie sich am Abend zuvor mit ihm versöhnt hatte. Hätte sie ihn doch bloß weiterhin mit Ignoranz gestraft, dann wäre er sicher nicht in ihr Zimmer geschlichen. Sie schaute an den rosafarbenen Marmorfliesen hinauf zu der Deckenmalerei, die

Schwäne auf einem Teich zwischen Seerosen zeigte. Sie konnte sich nicht entscheiden, was schlimmer war: dieses kitschige Bild oder die vergoldeten Wasserhähne in Schwanenform, die sowohl die Waschbecken als auch die Badewanne zierten.

»Also gut, wenn du es unbedingt wissen willst«, blaffte sie Karim an. »Ja, ich will in diesen Wald und ja, ich hatte gehofft, hier die nötigen Informationen zu finden. Aber ich kann dich beruhigen, bisher wurden meine Hoffnungen auf ganzer Linie enttäuscht!«

»Weil das, was in diesem Buch steht, totaler Schwachsinn ist. Es mag diesen Wald geben, aber er beherbergt ganz sicher kein Staatsgeheimnis. Warum willst du da unbedingt hineinspazieren?«

»Und warum bist du dir so sicher, dass dieser Wald vollkommen unbedeutend ist?«

»Mein Vater hätte es mir erzählt, wenn es anders wäre.«

»Natürlich«, sagte Ava und verdrehte die Augen. »Dein Vater und du, ihr erzählt euch alles …«

Darauf antwortete Karim nicht. Stattdessen öffnete er das Buch und tat so, als würde er darin lesen. Ava beobachtete, wie die Sommersprossen auf seinen Wangen ruhten, während er auf das Blatt schaute. Sie stellte sich vor, es seien Zuckerkrümel, die in Mandarinensaft getränkt worden waren und in ihrer Fantasie pickte sie diese mit der Fingerspitze auf, bis Karims Gesicht nur noch weiß war. Und irgendwie leer.

»Auf jeden Fall ist es Selbstmord, diesen Wald zu betreten. Vorausgesetzt das, was in diesem Buch steht, stimmt. Bist du vielleicht lebensmüde?«

»Ganz und gar nicht, lieber Karim«, sagte Ava, stand auf und riss ihm das Buch aus der Hand. »Im Gegensatz zu anderen Gefühlen gebe ich mich bloß nicht mit der Langeweile in meinem Leben zufrieden. Das Ganze hier, dieser Marmor, die kitschigen Schwäne und die schrecklich duftende Fliederseife, das hängt mir langsam zum Hals raus! Ich finde schon einen Weg, in diesen Wald zu kommen und dann wollen wir mal sehen, was der Rat vor uns versteckt.«

Karim hob die Hände in die Höhe: »Tu, was du nicht lassen kannst, ich werde dich sicher nicht aufhalten. Wo suchst du als nächstes?«

»Das geht dich gar nichts an«, sagte Ava betont freundlich und ließ ihn dann im Badezimmer stehen.

Ava lief schnell, das half gegen die schlechte Stimmung, die Karim in ihr ausgelöst hatte. Wie freundlich von ihm, sie nicht aufhalten zu wollen. Er glaubte doch nicht ernsthaft, dass ihm das jemals gelungen wäre?

Ava befand sich in einer Straße, in der Treppen hinunter in den Kessel führten. Sie nahm gleich zwei Stufen auf einmal, war aber nicht schnell genug, um den Mann im Trenchcoat zu übersehen, der vor ihr ein Edelsteingeschäft betrat. Galahad, der Mann mit der Vorliebe für seltsame Läden. Sie erinnerte sich noch genau an Zorans Warnung, sich von ihm fernzuhalten, doch er hatte ihr einen Zaubertrank geschenkt, also beschloss Ava, ihm zu folgen.

Als sie in den Laden trat, saß er auf einem Barhocker an einem Tisch und musterte durch eine Lupe einen kleinen, blaugrünen Stein. Der Verkäufer beriet ein Ehepaar, das sich für einen Diamantring in der Vitrine interessierte.

»Guten Morgen«, sagte Ava und trat an Galahad heran. »Sie müssen wirklich ein sehr vielseitiger Mann sein.«

Er schaute auf und als er Ava erkannte, lächelte er einnehmend. »Ava, nicht wahr?«, fragte er und als sie nickte fuhr er fort: »Vielseitig? Wie soll ich das verstehen?«

»Ich habe Sie im Zauberkessel getroffen und nun begutachten Sie Edelsteine.«

»Einen Smaragd, um genau zu sein.«

»Sie haben ungewöhnliche Leidenschaften für ein Ratsmitglied.«

»Wie ich sehe, bist du ein aufmerksames Mädchen. Und ein wenig vorlaut, aber das sei dir verziehen.« Sein Lächeln war ungewöhnlich. Es hatte etwas Wölfisches, fand Ava.

»Ich glaube, ich kann mit Fug und Recht behaupten, ein leidenschaftlicher Mann zu sein. Meine Leidenschaft gilt drei Dingen: Meiner Herkunft, meiner Position als Regierungsmitglied und der Forschung. Es ist die Forschung, die mich in diese Geschäfte treibt.«

»Was forschen Sie denn?« Galahad bot ihr einen Hocker an und sie nahm ihm gegenüber Platz. Seine hellen Augen waren sehr wach und fixierten sie, während er sprach.

»Ich erforsche die Gesetze unserer Welt. So könnte man es formulieren. Ich möchte dem Fortschritt dienen.« Als Ava ihn herausfordernd ansah, setzte er hinzu: »Dinge wie die Elektrizität, neue Fortbewegungsmittel, die Beschaffenheit unserer Herzen und vieles andere mehr.«

»Und warum sitzen Sie hier und bestaunen einen Edelstein?«

»Ein Edelstein ist so viel mehr, als seine leuchtende Hülle vorgibt zu sein. Wenn du ihn dir anschaust, wirkt er ganz klar und leer. Aber in Wahrheit verbirgt er in seinem Körper große Kräfte.«

Ava nahm den Smaragd unter die Lupe, konnte aber nichts erkennen außer geschliffenes, grünes Glas. »Was für Kräfte?«, fragte sie nach.

»Das ist von Stein zu Stein unterschiedlich. Wir wissen bloß, dass sie eine Spannung in sich tragen, die freigesetzt werden kann, wenn man den Stein richtig schleift. Zu einem Diamanten oder einem Kristall zum Beispiel. Die Edelsteine kommen aus den Felsen und wir wissen alle, dass das menschliche *Herz*, und damit unsere Welt, am Anfang nichts anderes war als raues Gestein. Es war kalt und leer und unbewohnt und es hatte nicht die Kraft, zu schlagen. So ging es lange Zeit, bis eines Tages die Architekten kamen und Kerben in den Fels schlugen. Sie schliffen und begrünten das *Herz*, ließen die Sonne scheinen und den Regen fallen und sie bargen die Edelsteine aus den Felsen, die die Grundlage für die ersten Gefühle bildeten. Du weißt, dass die ersten Gefühle ein Herz aus Edelstein hatten? Und dass auch heute noch die Hülle eines jeden Herzens aus einem solchen Stein besteht?« Ava nickte. »Du siehst, diese Steine sind ungeheuer wichtig. Und ungeheuer mächtig.«

»Wo erforschen Sie all das?«

»Ich habe ein großes Labor in meinem Haus im Osten. Mitten in der Provinz des Stolzes steht es zwischen Feldern, auf denen Rosen gezüchtet werden. Das Anwesen befindet sich bereits seit Jahrhunderten im Besitz meiner Familie.«

»Und haben Sie auch erforscht, wie es möglich ist, einem Gefühl ein neues Herz einzupflanzen? Seine Seele zu färben?« Ava hielt seinem Blick stand, während sie diese Worte sprach. Für einen kurzen Moment schien es, als habe Ava ihn überrumpelt, doch er fing sich sehr schnell und setzte Lupe und Smaragd auf dem Tisch ab.

»Das habe ich in der Tat.«

»Und sind Sie stolz darauf?«

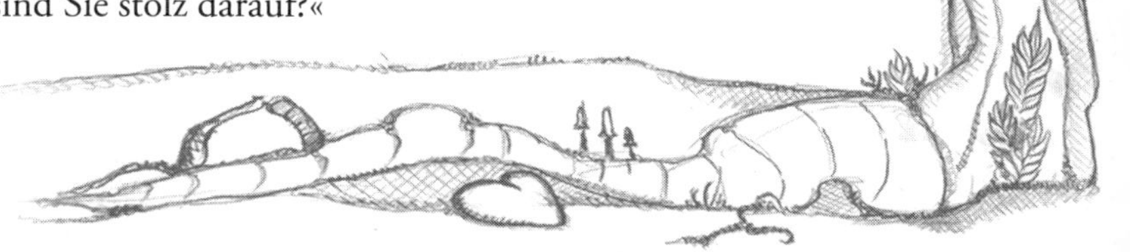

Galahad schmunzelte. »Du bist ein sehr gescheites Mädchen«, sagte er leise und faltete die Hände, »wirklich sehr gescheit. Und voller Neugier. Ich würde dich gerne zum Mittagessen einladen, bei meinem alten Freund Levi, der ebenfalls ein sehr gescheiter Mann ist. Ich glaube, er könnte dir gefallen.« Der Wolf in ihm lächelte und zeigte seine weißen Zähne und Ava beschloss, dass sie diesem Angebot nicht widerstehen konnte.

Levis Haus lag am Ende einer Sackgasse, abgeschirmt von einem mannshohen Palisadenzaun und dem dichten Blätterwerk einer Kastanie. Das Viertel bestand aus alten Herrenhäusern, die man völlig hatte verfallen lassen, bis sie von Liebhabern aufgekauft und restauriert worden waren. Levi war laut Galahad ein solcher Liebhaber, ein Mann, der das Alte und Brüchige liebte, genauso wie guten Wein und ausschweifende Gedanken. Levi war Philosoph und lehrte seinen Studenten an der Universität das Denken.

»Männer wie er glauben oftmals, durch das Philosophieren könne man die Welt verändern. Sie meinen, wenn sie erst einmal die Ursachen für Gut und Böse, für Glauben und Fortschritt in Gedanken aufgedeckt haben, sind sie in der Lage, das *Herz* durch Worte in die richtigen Bahnen zu lenken und zu optimieren. Dann reden sie und reden, sie träumen und sie schwadronieren, ihre Waffe ist die Argumentation, ihr vermeintliches Ziel die Wahrheit. Nichts als die Wahrheit. Glaub mir, in dieser Rolle sieht er sich gerne, der alte Levi.«

Ava folgte Galahad zum Zaun. Eine Viertelstunde lang war es ihr schwergefallen, mit ihm Schritt zu halten, während sie bergauf durch die kleinen, verwinkelten Gassen des Viertels geschritten waren, jetzt, wo er stehen blieb, lief sie im fast in die Fersen.

Sie traten in den Garten und schlossen den Zaun hinter sich. Struppiges Gras wuchs aus der Erde um das Haus herum, das bewohnbar, aber noch immer ziemlich alt, aussah. Neben den Stufen, die hinauf zum Eingang führten, stand eine Holzbank, die nicht einmal mehr das Gewicht eines Singvogels hätte tragen können, so morsch waren ihre Beine. Ava lief quer über den Rasen und seitlich am Haus vorbei. Hier gab es keinen Zaun, der das Grundstück absperrte und so schaute sie über die Millionen Hausdächer, die sich zu ihren Füßen hinab in die Tiefe erstreckten und auf der gegenüberliegenden Hangseite wieder hinaufkletterten. Der Lärm aus dem Kessel stieg nach oben und waberte zwischen den Steilhängen. Sie spielten ihn sich zu wie einen Gummiball und sobald ein Lärmball aus dem Kessel in den freien Himmel entweichen konnte, rückte von unten bereits ein neuer nach.

»Dies ist eine unerträgliche Stadt«, sagte Galahad plötzlich, der hinter Ava getreten war. »Es ist nur eine Frage der Zeit, bis der Kessel explodiert.«

»Warum sollte er explodieren?«

»So grundverschiedene Gefühle auf engstem Raum, und jeden Tag werden es mehr. Die Stimmung ist gereizt, die Luft verschmutzt, der Lärm macht nicht mal mehr vor den Fensterläden halt. Ein einziger Zwischenfall reicht aus, dann gehen sie aufeinander los.«

Ava schaute ihn kritisch an. Was für ein Zwischenfall?

»Sie sollten lärmabweisende Fensterläden einbauen lassen, an jedem Haus, dann explodiert hier sicher nichts«, sagte Ava und wartete gespannt auf seine Reaktion. Doch er zeigte keine Regung im Gesicht. Er behielt sein aufgesetztes Lächeln bei, wie bereits seit Stunden. Langsam fragte Ava sich, ob man ihm das schon als Kind auf die Lippen geritzt hatte.

Sie stiegen die Treppen zum Hauseingang hinauf und läuteten die Glocke. Recht bald wurde die Tür von einem beleibten Mann geöffnet, der Galahad in die Arme schloss und ihm dreimal kräftig auf den Rücken klopfte.

»Ich habe einen Gast mitgebracht, alter Freund. Eine junge Dame mit großem Appetit. Du wirst deine Freude an ihr haben.«

Ava ließ sich die Hand schütteln und folgte den Männern ins Haus. Levi war älter als Galahad, das Haar auf seinem Haupt lichtete sich bereits und schimmerte silbergrau. Auch konnte er die Falten auf den Händen und um die Augen nicht verbergen. Doch es war nicht zu übersehen, dass Levi mal ein Mann gewesen war, dem die Frauen zu Füßen gelegen hatten. Ein großer Mann mit breiten Schultern, die sich jetzt ein wenig nach vorne krümmten, elegante Handbewegungen wenn er sprach und türkisfarbene Augen, die das ganze Gesicht erstrahlen ließen. Sie nahmen im Salon an einem langen Tisch Platz und Levi verschwand in der Küche, um das Mittagessen zu servieren. Ava bewunderte die vielen Teppiche, die den Boden im gesamten Raum zierten. Sie hatten alle verschiedene Muster in verschiedenen Farben und gaben dem ansonsten dunklen Salon ein wenig Freundlichkeit.

In den folgenden zwei Stunden servierte Levi ihnen ein echtes Dreigängemenü, bestehend aus Muschelsuppe, Lamm an geschmorten Datteln und Bananen, so wie einem Schokoladensoufflee. Als Ava ihren letzten Teller geleert hatte, bereute sie gleich, so schnell gegessen zu haben.

»Wie läuft die Forschung, Galahad?«, fragte Levi und tätschelte sich zufrieden den Bauch.

»Es geht voran. Wir planen, das Stromnetz auszubauen, doch unsere Kapazitäten reichen noch nicht aus für das ganze Land. Außerdem arbeite ich weiter an unserer Waffensammlung.«

Levi schüttelte lachend den Kopf und wandte sich an Ava: »Er ist schon ein Schlimmer, nicht wahr? Versucht mit aller Macht, den Menschen nachzueifern.«

»Die Menschen sind uns um so Vieles voraus«, sagte Galahad, »wir müssen zusehen, dass sie uns nicht vollkommen abhängen. Wenn uns das nicht gelingt, stoßen sie uns vielleicht irgendwann ab. Wer braucht schon ein solch rückständiges *Herz*, wenn er über intelligente Technologie verfügt?«

»Jetzt übertreibst du es aber gehörig, Galahad! Wie sollten uns die Menschen jemals abstoßen können? Wir sind ein Teil von ihnen, ohne den sie nicht überlebensfähig sind.«

»Du bist einer von der altmodischen Sorte, Levi. Einer, der die Erfindungen der Menschen belächelt und ganz froh ist, dass seine Welt noch so überschaubar ist. Du kannst dir nicht vorstellen, zu welcher Leistung die Menschen in der Lage sind. Ich kann es schon und ich sehe die Gefahren für uns, für das *Herz*.«

Ava hatte den beiden gespannt gelauscht, doch jetzt wurde es ihr zu viel: »Woher wissen Sie überhaupt, wie es in der Menschenwelt aussieht? Woher wissen Sie von all diesen Erfindungen und Fortschritten?«

»Die Regierung hat ihre Möglichkeiten«, versuchte Galahad sie abzuspeisen, »und diese Möglichkeiten bleiben Regierungsgeheimnis. Es ist nicht die Aufgabe von normalen Bürgern unserer Republik, sich einzumischen.«

Ava protestierte lautstark, doch Levi legte seine Hand auf ihren Arm und sagte: »Bei diesem Mann erreichst du nichts durch Lautstärke. Diesen Mann packst du bei seiner Eitelkeit. Aber ich glaube, das weißt du bereits, sonst säßest du ja gar nicht hier.« Er leerte sein Glas Rotwein, während Galahad noch immer lächelnd aus dem Fenster blickte und Ava trotzig schwieg.

»Dir ist schon klar, mein Lieber, dass nicht jedes Gefühl im *Herzen* deine Arbeit schätzt, oder?«, setzte Levi das Gespräch schließlich fort.

»Wie steht es mit dir, alter Freund? Kann ich dich auf meiner Seite wissen?«

»Nun ja«, Levi fuhr sich ausgiebig durchs Haar, »wir sind nicht immer einer Meinung, aber du weißt, wie neugierig ich bin. Zu gerne würde ich mal wieder in deinem Labor schnüffeln.«

»Das *Herz* braucht meine Forschung. Du weißt selbst, welche Probleme es im Land gibt. Das Märchen von Toleranz und Eintracht erweist sich immer mehr als Lüge.« Als er Avas hochgezogene Augenbrauen sah, fuhr er fort: »Die Gefühle haben sich jahrzehntelang eingeredet, sie könnten friedlich zusammenleben und einander respektieren, eine gemeinsame Regierung wählen, die sie alle gleich vertritt und so fort. Doch diese Lebensform ist unnatürlich, sie entspricht nicht unserem Wesen. All das ist erwachsen aus den Schrecken des Großen Krieges, die Gefühle waren der Gewalt und Unterdrückung überdrüssig …«

»Was auch mehr als überfällig war!«, warf Levi ein.

»… doch es hat dazu geführt, dass sie ihr wahres Wesen unterdrückten. Ihr wahres Wesen ist die Konkurrenz. Hass und Freude können nicht miteinander, genauso wenig wie Verzweiflung und Zuversicht. Ich merke es jeden Tag auf der Straße, das Klima untereinander wird rauer, die Vorurteile und Schuldzuweisungen werden größer, gleich und gleich gesellt sich gern.«

»Oh, er ist ein wahrer Pessimist!«, rief Levi, doch sein Versuch, unbekümmert zu klingen, misslang. Ava sah die Anstrengung auf seinem Gesicht.

»Darf ich dich daran erinnern, dass du es warst, der nach dem Krieg gesagt hat, das *Herz* sei dem Tode geweiht, weil sich die Gefühle niemals unter Kontrolle haben könnten?«

»Das waren schlimme Zeiten, Galahad. Wir waren eine junge, hoffnungslose Generation, die die Schrecken des Krieges miterlebt hatte. Da sagt man solche Dinge. Heute sehe ich das anders, schließlich funktioniert unser politisches System gut und ich kaufe mein Brot gerne bei der Liebe, meine Teppiche wurden in Wutland gefertigt und ich sitze mit einem der stolzesten Männer des *Herzens* in meinem Salon und serviere ihm ein gutes Essen. Was, bitte schön, funktioniert daran nicht?«

Ava blickte von einem zum anderen und rutschte unruhig auf ihrem Stuhl hin und her. Die Stimmung war plötzlich sehr unangenehm und sie wünschte sich, die beiden einfach sitzen zu lassen, das dunkle Haus zu verlassen und durch die Gassen des Kessels zu spazieren, ohne sich solch düstere Gedanken machen zu müssen. Sie rief sich die letzten Tage in Erinnerung, die Gefühle, die sie getroffen, mit denen sie gesprochen hatte. Die einen waren sehr nett gewesen, die anderen abweisend, wieder anderen war es vollkommen egal, wer oder was Ava war. Dann dachte Ava an die Armbänder, die neuerdings alle trugen, mithilfe derer man auf einen Blick erkennen konnte, welches Gefühl vor einem stand. Und an die Herzkliniken, die aus einem wütenden Mann einen fröhlichen machen konnten, aus einem liebenden einen hassenden. Ava hatte den Andrang vor der Klinik mit eigenen Augen gesehen. Und selbst eine Sekunde zu lang mit dem Gedanken gespielt, sich die Seele färben zu lassen.

Aber bedeutete das alles wirklich, dass die Bewohner des *Herzens* nicht friedlich miteinander leben konnten? Dass die verschiedenen Gefühle auseinanderstrebten? Ava wollte nicht an diese große Theorie des Untergangs glauben, wie Galahad es tat. Überhaupt fragte sie sich, warum er Teil der Regierung war, wenn er sie eigentlich gar nicht unterstützte? Sollte Zoran mit seiner Warnung am Ende doch Recht behalten?

Während die beiden Männer weiter diskutierten, ob das politische System nun brüchig sei, die Spannungen zwischen den Gefühlen auffangen und ausgleichen konnte oder nicht, sprich, ob es demnächst kollabieren würde und was denn die Alternativen wären, verabschiedete Ava sich mit der Begründung, einem Bekannten einen dringenden Besuch abstatten zu müssen. Levi reichte ihr wieder die Hand und als er sagte, sie könne ihn jederzeit besuchen kommen, wenn sie Fragen philosophischer Art hätte, meinte er es ernst. Doch trotz seiner Freundlichkeit war Ava froh, als sie den Garten durch den Palisadenzaun verlassen konnte.

14. Kapitel

Das klebrige Spinnennetz wackelte im Schaufenster, als Ava die Tür zum *Zauberkessel* vorsichtig hinter sich schloss. Der Laden war leer, nur die toten Augen von ausgestopften Ratten und Eulen starrten Ava aus allen Ecken an. Wie Jadon hoffen konnte, diesen Plunder zu verkaufen, war ihr schleierhaft, denn in ihren Augen waren Tüten voller Froschlaich, konservierter Ochsenzungen (alle von schrecklich blauen Adern durchzogen) oder Knoblauchparfum zu nichts zu gebrauchen. Aber vielleicht verschenkte manch einer solchen Plunder an Gefühle, die er nicht ausstehen konnte, sozusagen als Beleidigung. Vorsichtshalber ließ Ava eine vakuumverpackte Stinkmorchel in ihre Hosentasche gleiten.

Weshalb sie eigentlich hier war, lag auf der Hand: Jadon war der Einzige, der ihr noch helfen konnte. Der Einzige, der vielleicht mehr über den Neidwald wusste. Und auch wenn die Gefahr bestand, dass er sie bloß hinters Licht führen wollte, musste Ava dieses Risiko eingehen.

Sie umrundete den Verkaufstresen und horchte in den Gang, der sich hinter einer Tür mit der Aufschrift »Privat« auftat. Nichts. Wo versteckte sich dieser Bursche bloß? Sie blickte ein letztes Mal auf den Laden und all die toten Tiere, deren versteinerte Augen sie zu verfolgen schienen, und trat in den dunklen Korridor. Eine enge Holztreppe führte sie hinauf in die oberen Räume, allesamt so klein, dass zwei Personen nur schwerlich darin Platz gefunden hätten, und obendrein vollgestopft mit noch mehr Plunder. Die Treppe schien sich derweil unendlich weiter nach oben zu schlingen, alt und brüchig und voller Holzwürmer, sodass Ava bei jedem Schritt bettelte, die Stufen mögen so nett sein, nicht lautstark zu knarzen.

In einem der Räume fand sie einen Lichtschalter und prompt begann eine nackte Glühbirne an der Decke zu surren und ein milchiges Licht auf die vielen Regale und Schränke zu werfen. Auf dem Boden vor Avas Füßen stapelten sich dunkle Hexenhüte bis zur Decke, dahinter schauten präparierte Drachenköpfe aus Pappkartons hervor. Sie waren lila, orangefarben und blau und Ava überlief ein Schauer, als sie über ihre harten Schuppen strich. In den Regalen tummelten sich Zauberstäbe aus Bernstein und Rosenquarz, neben Reagenzgläsern voller Zaubertränke, die den Tod, das Geld oder die Schönheit versprachen, sowie vergilbten Büchern und losen Blättersammlungen, die ins Reich der dunklen Magie entführten. Ava schritt weiter ins nächste Zimmer und machte sich an einem Schränkchen zu schaffen, aus dem ein beißender Gestank quoll. Als die Tür aufsprang, entfuhr ihr ein spitzer Schrei, denn in dem Schrank befand sich ein Karton und in dem Karton saßen drei dicke Fliegen und machten sich über die Gebeine einer toten Kröte her. Es stank so sehr nach Verwesung, dass Ava die Tür würgend zuknallte und aus dem Raum stolperte – geradewegs in Jadons Arbeitszimmer.

Er war nicht da. Der Stuhl an seinem steinernen Schreibtisch war leer. Auf der Arbeitsplatte lagen ein weißes Blatt Papier und eine Feder, eben noch in frische Tinte getunkt. Ava griff nach dem Zauberwürfel auf der Schreibtischkante, als ihr Blick auf eine Pinnwand fiel.

»Orte der Magie« stand dort in schwarzen Buchstaben über einer Liste, die genau drei Einträge enthielt: *Die Höhlen der Architekten, Der Hafen der Muse, Der Neidwald.* Hinter letzterem befand sich ein Ausrufezeichen, außerdem hatte Jadon den Neidwald mit einem roten Stift umkreist und in kleinen Buchstaben folgende Notiz hinterlassen: Ava!

»Das wirft dich jetzt ganz schön aus der Bahn, oder?«

Als Ava sich erschrocken umdrehte, lehnte Jadon im Türrahmen, das rechte Bein lässig vor dem linken überkreuzt.

»Ich wusste, dass du wiederkommen würdest«, fuhr er fort, »aber ich bin etwas enttäuscht: Du hast das Buch nicht mitgebracht.«

»Wenn du wirklich so gut hellsehen könntest, müsstest du bereits wissen, dass dir das Buch nicht weiterhilft«, entgegnete Ava und musterte ihn von oben bis unten. Wie bereits bei ihrer ersten Begegnung trug er nur schwarze Kleidung und einen silbernen Ring mit Totenkopf am kleinen Finger der rechten Hand.

»Ach, tut es das nicht?«

»Nicht im Geringsten.«

»Jetzt bin ich am Boden zerstört«, sagte er, doch sein Grinsen wurde immer größer. »Tee?«, fragte er und verschwand, ohne Avas Antwort abzuwarten. Als er wiederkam, trug er zwei Tassen mit einer giftgrünen Flüssigkeit bei sich.

»Willst du mich verhexen?«, fragte Ava und setzte sich auf den Schreibtisch neben einen Stapel Puppen, deren Körper von Nadeln durchbohrt wurden.

»Das würde ich niemals wagen.« Jadon zog einen Hocker heran und reichte Ava ihre Tasse. »Ich bin süchtig nach Waldmeistersirup. Und kann es nicht ausstehen, wenn Tee nach abgestandener Brühe schmeckt. Deswegen übertreibe ich es wohl immer ein wenig.«

Ava tauchte ihre Lippen in die süße Flüssigkeit und ließ Jadon nicht aus den Augen. Sein Haar wirkte heute besonders wild, als sei er gerade erst aus dem Bett gefallen.

»Du trittst auf der Stelle, oder? Du hast keine Ahnung, wie du in diesen Wald kommen sollst, habe ich recht?«

Ava verzog keine Miene. »Was weißt du schon von diesem Wald …«

»Mehr als du denkst.«

»Aha?« Sie musterte ihn verstohlen über den Rand ihrer Tasse. »Dann erzähl doch mal!«

Jadon grinste immer noch und sah Ava so lange in die Augen, bis sie wütend den Blick senkte.

»Dieses Buch über den Neidwald ist ein schlechtes Buch«, sagte er dann. »Genauso schlecht wie sein Autor. Er ist eines Tages in meinem Laden aufgetaucht und hat mir einen Haufen Kohle versprochen, dafür, dass ich ihm was Spannendes erzähle.« Jadon schüttelte den Kopf, sodass seine schwarze Mähne wieder nach allen Seiten abstand. Seine Augen wanderten schelmisch über Avas Gesicht. »Ein bisschen Kohle hat noch niemandem geschadet. Ich wusste, dass diesen Wald eine magische Aura umgibt und dass man ihn nicht unbeschadet betreten kann, also habe ich diesem Schnösel erzählt, die Regierung verstecke dort etwas Ungeheuerliches.« Jetzt warf er den Zauberwürfel von einer Hand zur anderen. »Du hättest mal sehen sollen, wie er angefangen hat zu schwitzen vor Aufregung!«

»Du hast das also nur erfunden? Die Regierung will gar nichts vor uns verbergen?«

»Das dachte ich. Zumindest, bis sie das Buch verboten und den armen Schnösel kräftig zusammengestaucht haben. Er hat jetzt Berufsverbot, darf keine Feder mehr anrühren – wenn du mich fragst, ist das auch besser so. Ich glaube, er hat sich an irgendeinen verlassen Strand in Trauerland zurückgezogen und lebt dort in einer Hütte aus Schilf und Stroh.«

»Also versuchen sie doch etwas vor uns zu verbergen!«

»Recht hast du, kluges Mädchen.« Er grinste wieder und offenbarte dabei den Blick auf seine schiefen Schneidezähne.

»Und was machen wir jetzt?«

»Wir?« Jadon lachte. »Wir machen gar nichts. Ich habe keine Lust, noch einmal verkohlt zu werden.« Er schlüpfte aus seinem Schuh und zeigte Ava seinen großen Zeh. Er war schwarz angelaufen und voller Brandblasen. Es sah ziemlich ekelhaft aus. Und schmerzhaft.

»Du hast also schon versucht, seinen Zauber zu brechen?«

»Ich habe alles gegeben, das kannst du mir glauben, schließlich ist ein solcher Zauberwald für einen Mann wie mich äußerst attraktiv. Ich habe es mit Beschwörungsformeln versucht, mit Zaubertränken, die mein Herz in eine Rauchwolke verwandeln und mich somit unsichtbar machen für diesen Wald, mit Knallfroschattacken und uralten Hexengesängen … Es hat alles nicht funktioniert.«

»Was ist genau passiert, als du ihn betreten wolltest?«, fragte Ava begierig.

»Wenn ich das noch alles genau wüsste … Mal kamen die Äste von Nadelbäumen auf mich hinabgesaust wie wilde Furien, haben mir den Rücken verprügelt oder mich in den Bauch geboxt, mal stieg ein Nebel aus dem Boden, der meine Lunge so sehr mit Feuchtigkeit gefüllt hat, dass ich meinte, nicht mehr atmen zu können, und ja, beim letzten Mal –«, er hielt ihr wieder seinen nackten Fuß entgegen, »beim letzten Mal hat plötzlich alles angefangen zu brennen.«

Ava war vom Tisch gehüpft und lief jetzt in dem Arbeitszimmer auf und ab. »Aber es muss doch eine Möglichkeit geben!«, rief sie.

Jadon schaute ihr von seinem Hocker aus zu. »Wen willst du eigentlich beeindrucken? Dich selber oder irgendeinen Kerl, der mit dir gewettet hat, dass du dich nicht traust, in diesen Wald zu gehen?«

Ava funkelte ihn wütend an: »Ach, das fragst du? Komisch, du weißt doch sonst alles über mich.«

Er sprang auf und kam ganz nah an sie heran. »Stimmt, ich weiß vieles über dich. Doch eines irritiert mich.« Er steckte die Hände in die Hosentaschen. »Ich kann dein Herz nicht sehen.« Ava wich ein wenig

zurück, doch er folgte ihr und seine schwarzen Murmelaugen suchten nach ihrem Blick. »Das ist seltsam, weißt du? Ich sehe normalerweise jedes Herz. Nur du, du weißt es zu verstecken.«

Er war nicht viel größer als sie und jetzt, wo er so nah vor ihr stand, konnte sie den Ansatz von Bartstoppeln auf seinem Kinn sehen. Seine Kleidung roch etwas muffig und seine Hände versprühten den Duft von Paprikachips. Wahrscheinlich war das sein Grundnahrungsmittel.

»Wenn du glaubst, mich mit deinem Gerede beeindrucken zu können, hast du dich getäuscht«, erwiderte Ava trocken und konnte doch nicht verhindern, dass ihre Hände zitterten.

Er blieb einfach vor ihr stehen und musterte sie von oben bis unten. Dann zuckte er mit den Achseln, löste sich von ihr und verließ plötzlich den Raum.

Zunächst stand Ava wie festgewachsen da, doch dann lief sie ihm hinterher. Er war schon auf halbem Weg nach oben, als sie ihn einholte, immer begleitet von dem Knarzen der Stufen.

»Warum läufst du einfach weg?«, fragte sie ihn aufgebracht.

»Ich habe noch etwas, das ich dir nicht verheimlichen will, solltest du dich wirklich auf den Weg zum Neidwald machen.«

»Daran besteht kein Zweifel!«

»Gut«, entgegnete er und trat im oberen Stockwerk angekommen in eine kleine Kammer, die ein Bett und eine Kommode beherbergte. Das kleine Fenster in der Wand war so schmutzig, dass man nicht einmal hinaus schauen konnte. »Dann solltest du dir das mal anschauen.« Er griff in eine Schublade und zog ein Pergament daraus hervor. Ava nahm es entgegen und überflog es eilig. Es trug den Titel »Akte 1063« und auf der Unterseite befand sich ein Fahndungsfoto. Es zeigte Rumina, Zaras Cousine mit den Kirschlippen.

Frau Rumina wird vorgeworfen, in der Nacht zum dreißigsten Mai unerlaubt in das abgesperrte Gebiet namens Neidwald eingedrungen zu sein. Die Angeklagte wurde bewusstlos vor dem besagten Waldstück aufgegriffen und verweigert seitdem jede Aussage mit der Begründung, sie könne sich an nichts erinnern. Bei einer Durchsuchung ihrer Wohnung konnten keine verdächtigen Gegenstände oder sonstige Indizien sichergestellt werden, allerdings fand sich in ihrem Haar Blütenstaub einer Blume, die außerhalb des

Waldes nicht existiert. Frau Rumina wird aus diesem Grund dem Richter vorgeführt werden und muss mit einer langjährigen Haftstrafe rechnen.

Avas Herz setzte für eine Millisekunde aus. Da war er, der Beweis, nach dem sie so lange gesucht hatte. Der Strohhalm, an den sie sich klammern konnte. Je öfter sie den kurzen Text las, desto klarer wurde ihr, dass sie gerade auf einen wertvollen Schatz gestoßen war. Sie kannte eine Frau, die den Wald überlistet hatte. Rumina kannte das Geheimnis und Ava würde es ihr entlocken. Plötzlich war das Leben wieder leicht wie eine Seifenblase. Unter dem Text war abermals handschriftlich vermerkt, dass das Verfahren gegen Rumina aufgrund mangelnder Beweise eingestellt und der Verdacht gegen sie niemals öffentlich gemacht worden war.

»Warum hat man sie laufen lassen?«

»Sie ist Zaras Cousine«, sagte Jadon und schaute amüsiert zu, wie Ava, die sich auf das Bett hatte plumpsen lassen, mit den Beinen zu baumeln begann.

»Und woher hast du diese Akte?«

»Du scheinst zu vergessen, dass ich ebenfalls auf der Suche nach dem Geheimnis dieses Waldes bin. Ich habe nicht monatelang untätig herumgesessen. Ich habe mich umgesehen, zum Beispiel in Galahads Labor.«

»Du warst in Galahads Labor?«

»Ich habe ihm persönlich eine Lieferung in den tiefen Osten gebracht. Du glaubst gar nicht, wie groß sein Anwesen dort ist. Ich habe mir gedacht, es sei bloß mein gerechter Lohn, ein wenig in seinen Räumlichkeiten herumzuschnüffeln.«

»Und dort hast du diese Akte entdeckt?«

»Sie lag in einem Schrank voller Reagenzgläser und Notizblöcke.«

»Und du hast sie einfach mitgenommen?«

»Natürlich. Ich konnte mich ja schlecht dabei erwischen lassen, wie ich in seinen Schränken herumwühlte. Er kam plötzlich durch die Tür und die Akte wanderte ganz schnell unter meinen Pulli. Aber bevor deine Augen vor lauter Übermut herausfallen, sollte ich noch etwas anmerken.«

»Tu, was du nicht lassen kannst«, sagte Ava und schaute glücklich auf das Papier in ihrer Hand.

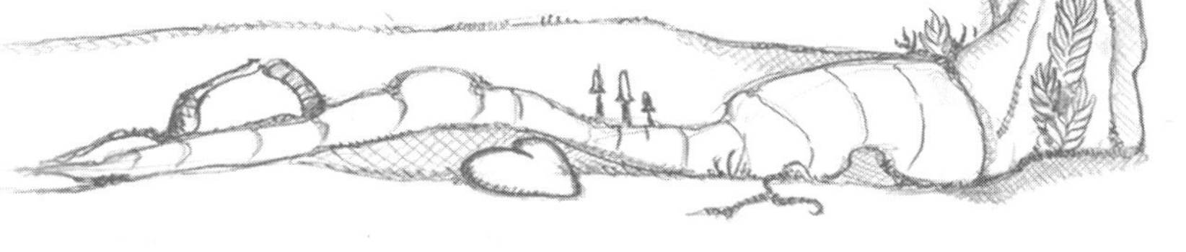

»Sie bestreitet, jemals in diesem Wald gewesen zu sein. Du kannst sie gerne aufsuchen und ausquetschen, aber du kannst dir denken, dass ich das schon das eine oder andere Mal versucht habe. Ihre Lippen sind versiegelt.«

»Vielleicht hast du es bloß nicht richtig angestellt«, sagte Ava zuckersüß und sprang vom Bett. »Glaub mir, ich stehe so kurz vor dem Ziel, da werde ich nicht nachgiebig sein!«

»Vielleicht könntest du mir Bescheid sagen, wenn du das Geheimnis gelüftet hast. Du weißt ja, für einen Mann wie mich …«

»Ist die Magie dieses Waldes von größter Bedeutung, schon klar. Ich werde dich gleich aufsuchen, wenn ich als Waldbezwingerin in den Kessel zurückkehre.«

Ava faltete das Pergament und steckte es in ihre Hosentasche. Dann leerte sie ihren Waldmeistertee und drückte Jadon die Tasse zum Abschied in die Hand. Dabei berührte sie seinen Ring mit dem Totenkopf und für einen kurzen Augenblick verschwamm das Bild vor Avas Augen. Dann meinte sie, eine dicke braune Schlange zu sehen, die immer näher kam. Ihre ledrige Zunge zischte vor und zurück und raunte Worte, die Ava nicht verstand.

Als sie wieder zu sich kam, rüttelte Jadon an ihren Schultern. Er schaute von seinem Ring zu Ava und zurück und wühlte angestrengt durch sein Haar, bis es noch wilder über seinen Kopf fiel als zuvor.

»Hast du grade etwas gesehen?«, fragte er.

Ava fasste sich an den Kopf und entschied, dass die ganze Sucherei sie langsam verrückt machte. »Nein, rein gar nichts«, antwortete sie. »Ich glaube, dein Tee war doch verhext.«

Er glaubte ihr kein Wort. »Hast du meinen Zaubertrank noch?«

»Du meinst das Wasser, das du mir als magisches Gebräu verkaufen wolltest? Ja, das habe ich tatsächlich noch.«

Jadon wich ihr nicht aus dem Weg, auf seiner Stirn lagen Sorgenfalten: »Ich meine das ernst, Ava. Du wirst ihn brauchen.«

»Jetzt hör aber mal auf mit deinen Spielchen!«

Er trat zur Seite, griff aber nach ihrem Handgelenk: »So langsam mache ich mir wirklich Sorgen um dich! Vielleicht solltest du dir das noch mal gut überlegen mit dem Neidwald. Du setzt dein Leben aufs Spiel.«

»Du bist doch bloß neidisch, weil ich das Geheimnis lüften werde, an dem du dir den Zeh verkohlt hast«, entgegnete Ava und lief lachend und winkend aus dem Raum, die Treppe hinunter und hinaus aus dem Laden.

Als Ava in die Burg zurückkehrte, wurde sie von lauten Stimmen aus der Küche angezogen. Dort bot sich ihr ein seltsamer Anblick. Am Tisch saß Karim vor einem Teller voller runder Kekse, einem Krug warmer Milch und einem Schälchen Tannenhonig und schaute Filunzius dabei zu, wie er mit der kleinen Ida bei den Kochtöpfen am Herd schäkerte, sie auf ihrem Schemel stehend, damit sie den Kochlöffel durch die Suppe schwingen konnte, er mit seinem langen Gänsehals daneben, ab und zu ein paar Pfefferkörner ins Gebräu werfend. Sie kicherten wie kleine Kinder und irgendwie fand Ava das peinlich. Sie setzte sich neben Karim und griff nach einem Keks. Dann faltete sie das Pergament auseinander und hielt es ihm unter die Nase. Er las den Text und verstand sofort.

»Ich habe doch gleich gesagt, dass sie ein Geheimnis verbirgt«, flüsterte Ava.

»Wann willst du zu ihr?«

»Noch heute Abend, wenn es dunkel ist.«

»Du weißt, dass ich nichts von deinen Plänen halte?«

»Ja, das hast du mir bereits gesagt.«

»Gut. Ich komme mit.«

Als im Radio eine schwungvolle Melodie erklang, drehte Filunzius den Lautstärkeregler auf, ganz spontan, was eigentlich gar nicht seine Art war, packte Ida an den kurzen Armen und tanzte mit ihr durch die Küche. Die Sonne hinter den Fensterscheiben ließ ihre Gesichter schimmern wie Goldstaub und ihr Lachen übertönte die fröhliche Klaviermusik. Ava staunte, wie dehnbar Filunzius auf einmal war. Während er und Ida ihre Runden in der Küche drehten, aßen Ava und Karim die Kekse bis zum letzten Krümel auf und hingen beide ihren Gedanken nach, in denen der jeweils andere eine nicht unbedeutende Rolle spielte.

15. Kapitel

Katzenauge duckte sich in die Schatten der Häuserwände. Die Nacht war dunkel, sie hatte den Mond gefressen. So wie Katzenauge das Schweinekotelett gefressen hatte, das der Fleischer ihm als Sonderangebot angepriesen hatte. Jetzt lag es ihm schwer im Magen, wie ein Haufen Abfall, der mit seinen modrigen Armen gegen die Magenwand drückte, dass es schmerzte. Das hatte er nun von seiner Gier.

Katzenauge bewegte sich vorsichtig. Man musste die Straßenlaternen meiden, wenn man nicht die Aufmerksamkeit der einsamen Seelen auf sich ziehen wollte. Seit einer halben Stunde wartete er nun schon und langsam wurde er ungehalten. Am liebsten hätte er sich wieder in sein Loch namens Wohnung zurückgezogen, aber sein Herr Raven brauchte ihn heute Nacht. Und wenn sein Herr ihn rief, dann folgte er.

Er konnte es gar nicht mehr abwarten, den Tag heraufziehen zu sehen, an dem Raven endlich diese Burg niederbrennen würde. Diese Spielzeugburg, in der der Rat gute heile Welt spielte. Er würde eine schwarze Burg errichten, mit mächtigen Wehrtürmen, einer Zugbrücke und Schießscharten für die Kanonen. Und einem Kerker. Einem schwarzen Kerker, in dem all diejenigen vor sich hinwelken würden, die sich heute noch über Katzenauge lustig machten. Oh ja, Dickbauch und der Meister würden noch ihr dunkles Wunder erleben, wenn der Herr erst einmal wiederkam. Büßen würden sie, für ihre hämischen Worte, für ihre Witze über sein kaltes Auge, für ihre Schläge … Und der Knirps natürlich. Dem Knirps würde er das freche Gesicht schon austreiben. Alles würde so viel besser werden, bald, bald, er musste nur ein wenig Geduld haben.

Eine dunkle Gestalt näherte sich den Häuserwänden. Sie ließ ein Streichholz aufflammen. Das Zeichen. Katzenauge vergewisserte sich, dass die Straße leer war und schlich zu ihr herüber.

»Du bist zu spät. Wo sind die anderen?«, zischte er.

»Spiel dich nicht so auf. Du bist hier nicht der Boss«, entgegnete Scarlett. Sie hatte eine schwarze Kapuze über ihr kurzes, violettes

Haar gezogen. Der Mantel schlotterte um ihren Körper. Katzenauge mochte Scarlett nicht, weil er ihre Krampfadern am Hals fürchtete, die immerzu anschwollen, wenn sie sich aufregte. Sie war ein Tier. Heute roch sie süßlich nach Kirschwasser.

»Da drüben sind sie«, sagte sie. Und tatsächlich näherten sich noch zwei weitere Gestalten – Holm, der Trinker, der seinen Bierbauch spazieren trug und Vico, der Sohn des Weißbrotbäckers, der sich für etwas Besseres hielt, weil er studiert hatte. Doch Katzenauge musste sich eingestehen, dass Vico sehr nützlich war. Er konnte am besten mit dem Messer umgehen. Und er hatte keine Skrupel, es einzusetzen.

»Wir legen los«, sagte er sodann in bestimmendem Tonfall, als er und Holm Katzenauge und Scarlett erreichten. Und das taten sie, genau so wie Raven es ihnen befohlen hatte. Sie brachen die Tür zu dem Laden *Geflügelte Exoten* mit einer Eisenstange auf, die Holm mitgebracht hatte. Vico übernahm diese Aufgabe und erledigte sie sauber und schnell, sodass kein Gefühl hinter den Fensterläden der umliegenden Häuser etwas merkte. Wahrscheinlich schwelgten sie alle in ihren Träumen, die nichts anderes waren als Verräter. Katzenauge hasste die Träume, die im Schlaf kamen. Er hatte keine Kontrolle über sie. Sie versuchten regelmäßig, ihn zu erdolchen.

Sie durchquerten das Erdgeschoss des Ladens. Die Vögel hingen alle träge in ihren Käfigen und gaben keinen Laut von sich. Hinter der Kasse führte eine Tür zum Treppenhaus, auf dessen rechter Seite winzige Wohnungen lagen, die der Vogelverkäufer an Gefühle vermietete, die sich ein paar Wochen in der Stadt aufhielten. Katzenauge hatte sich sagen lassen, die Wohnungen seien sehr dreckig und das Vogelgeschrei dringe unerträglich laut durch die Wände – Sophus musste ein knauseriger Mann sein. Gleich im ersten Stock befand sich seine Bleibe und auch hier kam die Eisenstange zum Einsatz. Auf Zehenspitzen schlichen alle vier in die dunkle Wohnung, wobei Holm Probleme hatte, seinen dicken Bauch durch den engen Türrahmen zu zwängen. Als er es geschafft hatte, stellte er sich viel zu dicht hinter Katzenauge, sodass dieser seine Bierfahne ertragen musste. Sie mischte sich unangenehm mit dem Aroma des verdorbenen Schweinekoteletts, das in seinem Bauch säte wie eine Horde Pusteblumen im Frühjahr.

Wie erwartet, hatte der alte Historiker sich bereits schlafen gelegt. Er sei ein Frühaufsteher, so erzählte man sich. Und er verlasse seine Wohnung nur selten. Gut für uns, dachte Katzenauge, es wird lange dauern, bis jemand merkt, dass er verschwunden ist. Scarlett ließ wieder ein Streichholz aufflammen, damit sie sich ein wenig umsehen konnten.

Die Wohnung bestand bloß aus einem einzigen Zimmer. In der Mitte stand ein Tisch, darauf lagen fein säuberlich gestapelt viele Blätter, die mit einer Schreibmaschine beschrieben worden waren. An den Rändern waren Anmerkungen mit blauer Tinte gemacht worden und zwischen all dem Papier entdeckte Katzenauge eine Schachtel Trüffelpralinen. Es waren die guten aus Bitterschokolade mit einer Träne geriebenem Schwarztrüffel, den die Schweine in Vollmondnächten aus der Erde buddelten. Sie war halb leer gegessen.

Sehr gut, er wird reden wie ein Wasserfall, dachte Katzenauge, der wusste, dass Trüffelpralinen Angst verstärkten. Und Angst löste die Zunge. Um den Tisch herum stapelten sich Bücher mit langweiligen Einbänden in olivgrün, grau und dunkelbraun. Sie waren allesamt dick und vergilbt und bei dem Gedanken, all diese Bücher lesen zu müssen, graute es Katzenauge. Wie konnte man bloß einen solch langweiligen Beruf ausüben? Katzenauge hatte keinen richtigen Beruf. Er war Spieler. Und wenn man nicht allzu feige war, konnte man damit einen Haufen Kohle verdienen. Dreckiges Geld fühlte sich am schönsten an, fand Katzenauge. Es gab einem das Gefühl, unbesiegbar zu sein.

Sie entdeckten Sophus in einem Bett, das aus vier Holzkisten, einer Holzplatte und einer grauen Matratze bestand. Er war in ein kratziges Wolllaken gewickelt und sein weißer Schnurrbart hob und senkte sich im Takt seines Atems. Um seinen Körper schmiegte sich ein Schlafanzug so blau wie ein Vergissmeinnicht, der ordnungsgemäß bis zum Hals zugeknöpft war. Kein Wunder, dass sich bereits Schweißperlen unter seiner Lippe bildeten.

Dieser Mann würde nicht mehr viel Freude an seiner Arbeit haben, wenn sie mit ihm fertig waren, das war sicher. Er würde sich wünschen, niemals mit der Erforschung des Kristalls begonnen zu haben. Irgendwie grausam, aber so war es nun mal, das Leben. Man musste sich nehmen, was man kriegen konnte, da gab es keinen Raum für Sentimentalitäten. Das hatte Katzenauge schnell gelernt.

Holm schritt zum Bett und presste seine große Hand auf Sophus' Mund. Der alte Mann schreckte natürlich gleich aus dem Schlaf und versuchte, sich aus Holms Griff zu befreien, doch gegen Holm hatte kaum jemand eine Chance. Sein Griff war so fest, dass man meinte, er zerquetsche einem die Eingeweide. Scarlett trat neben ihn und wickelte ein Seil um Sophus' Hände und Füße. Vicos Aufgabe bestand darin, dem alten Mann ein paar Gemeinheiten ins Ohr zu flüstern, Drohungen, erschreckende Worte, die ihm deutlich machen sollten, dass jeglicher Fluchtversuch zu unnötigen Schmerzen führen würde. Und Katzenauge? Katzenauge stand bloß neben diesem Geschehen und schaute zu. Er war immer derjenige, der die weit aufgerissenen Augäpfel begucken musste. Die Augäpfel, in denen Wellen aus Panik und Verzweiflung brachen. Beim nächsten Mal würde er mit Scarlett tauschen. Er konnte einfach keine Augäpfel mehr sehen.

Sie warfen Sophus einen Kapuzenumhang über und schleppten ihn aus der Wohnung, in den Laden und schließlich raus auf die Straße. Der alte Geschichtsschreiber zitterte, doch er versuchte nicht, Widerstand zu leisten. Das Klebeband über seinem Mund, das Scarlett noch in ihrer Tasche gefunden hatte, tat sein Übriges. Vico stellte die Ladentür wieder her, sodass der Vogelverkäufer am nächsten Morgen gar nicht auf die Idee kommen würde, dass bei ihm eingebrochen worden war. Dann zogen sie davon, die fünf schwarzen Gestalten in der mondleeren Nacht, und für einen kurzen Moment fragte sich Katzenauge, ob es in dieser Welt wohl jemanden gab, der Sophus vermissen würde. Doch seine Grübeleien verflogen, sobald das Quartier vor ihnen auftauchte.

Als Ava aus dem Schloss trat, fiel ihr auf, dass der Mond verschlafen hatte, was entweder an einer Überdosis Beruhigungstee liegen konnte oder an der Tatsache, dass der Mond es satt hatte, von all den Romantikern dieser Welt angeschmachtet zu werden.

Karim hatte darauf bestanden, Ava zu begleiten, also sprach sie ihn gleich darauf an, ob er auch ein Mondsüchtiger sei, sie habe nämlich gehört, das seien viele mit einem Herzen aus Sehnsucht. Karim bejahte diese Frage mit einem ironischen Unterton und damit war das Thema erledigt. Ava stellte sich noch eine Minute lang vor, wie Karim sich nachts aus seinem Fenster lehnte und sein weißes Gesicht dem Mond entgegenreckte und dass sich dann eine dünne Eisschicht auf das warme Karamell seiner Augen legte, doch bald kehrten ihre Gedanken zu Rumina zurück, die, so war sich Ava sicher, das Geheimnis des Neidwalds kannte. Es würde nur schwierig werden, es ihr zu entlocken. Ava richtete den Kragen ihrer grünen Lederjacke auf, um den Wind abzuwehren. Sie war Walburga sehr dankbar, dass sie ihr ein solches Exemplar geschneidert hatte, denn diese Jacke war für Ava wie ein Panzer, in den sie sich zurückziehen konnte, wenn es ungemütlich wurde. Zu Avas Leidwesen trug Karim bloß einen karierten Wollpullover über einem Hemd, dessen weißer Kragen akkurat seinen Hals zierte, was ihn aussehen ließ wie einen Spießer und was Rumina sicher nicht gefallen würde. Das sagte Ava Karim auch und er bedankte sich freundlich für die Lorbeeren. Seit er sie im Badezimmer überführt hatte, fühlte er sich überlegener als je zuvor und es ärgerte Ava gleich zweifach, dass er sich nicht mehr von ihr provozieren ließ.

Sie liefen schweigend nebeneinander her, als Ava plötzlich dunkle Gestalten in einer Seitenstraße sah. Sie waren mit Kapuzen vermummt, doch eine von ihnen drehte sich für eine Sekunde in ihre Richtung – und da blitzte es auf, das Auge unter der schwarzen Kapuze, so schimmernd wie – Katzenauge. Ava schloss kurz die Augen und schüttelte ihren Kopf und als sie wieder in die Straße blickte, waren die Gestalten fort.

»Was machst du denn da?«, fragte Karim.

»Nichts«, antwortete Ava, »ich dachte nur, ich hätte jemanden gesehen …«

»Nun komm schon, je schneller wir diesen Besuch hinter uns haben, desto besser!«

Karim zog Ava mit und sie tauchten wieder ein in das Gassengewirr des Kessels, bis sie vor der Schönen Straße standen. Hier wohnte Rumina, die Schwarze, Zaras Cousine, Kirschlippenfrau und Waldbezwingerin. Ava atmete ein letztes Mal tief ein und setzte dann den ersten Fuß in die dunkle Gasse.

Das Quartier war ein schmuckloses Haus, so grau und angefressen wie alle Häuser dieser Stadt und nichts ließ von außen vermuten, dass hinter den Mauern eine Intrige gesponnen wurde. Die größte Intrige, die das *Herz* je gesehen hatte.

Katzenauge klopfte wie vereinbart an die Tür und als sie sich öffnete, schoben Holm und Vico den Gefangenen hinein. Bevor Katzenauge ihnen folgte, schaute er sich noch einmal um. Hatte sich am Ende der Straße nicht gerade etwas bewegt? Jetzt halluzinierte er auch schon! Dummes Kotelett! Er stieg die morschen Stufen in den ersten Stock hinauf, wo sie alle im Kreis bei Kerzenschein saßen. Ihre Gesichter lagen im Schatten, als wollten sie vor den Blicken ihrer Sitznachbarn verborgen bleiben. Vor den Fenstern spannten sich schwere Brokatvorhänge, die Möbel in diesem Raum waren allesamt mit Gold verziert und in den Stuhllehnen der Wartenden steckten runde Rosenquarze. Der Herr hatte einen guten Geschmack.

»Na, wen haben wir denn da? Ist das etwa unser Herr Geschichtsschreiber?« Raven hatte sich erhoben und sah sehr zufrieden aus. Heute überwog das Gold in seinen Augen. Katzenauge liebte es, dieses Gold, es ähnelte ein bisschen seinem Edelsteinauge, fand er und das war prima. Der Herr umkreiste Sophus, dessen Mund noch immer mit Klebeband bedeckt war. Vico hatte ihm die Kapuze vom Kopf gezogen, sodass alle sein fahles Gesicht und die Augäpfel aus Angst bestaunen konnten.

»Du wirst ihn am Leben lassen, Raven!« Ignatz, der Bürgermeister mit dem vielen Fleisch auf den Knochen, trat an Raven heran. Ein breitkrempiger Hut bedeckte sein schmieriges Haar und sein Blick lastete streng auf dem Herrn. »Du weißt, ich war schon immer dein Verbündeter, aber ich werde mir nicht die eigenen Finger blutig machen! Dieser Mann ist Gast in meiner Stadt.« Die Runde hielt die Luft an. Raven lächelte ein eingefrorenes Lächeln, und starrte dabei durch Sophus hindurch.

»Natürlich, Ignatz. Mach dir keine Sorgen. Ich werde dir erlauben, die Augen zu schließen, wenn ich ihn töte. Dann hast du nichts gesehen, dann wusstest du von nichts, dann sind deine Hände rein. So läuft das doch in der Politik, oder?« Ravens Augen brannten, als sie sich langsam über Ignatz' wurstige Wangen zu seinen kleinen Augen bewegten. Sie loderten, sie spien Funken, die nichts lieber taten, als Leben zu vernichten. Draußen war wildes Hundegebell zu vernehmen, dann ein klägliches Jaulen, dann wieder Stille. Ignatz ging rückwärts und ließ sich auf seinen Stuhl fallen. Sein Gesicht war rot angelaufen vor Wut, doch die Feuerfunken hatten ihm die Stimme genommen.

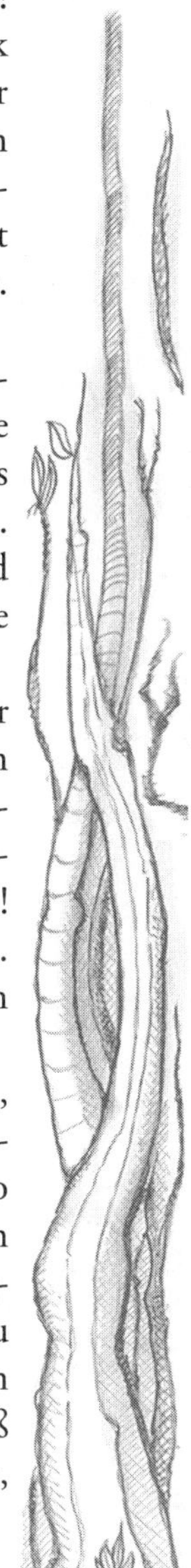

»Sonst noch jemand, der mir etwas zu sagen hat?« Niemand regte sich, die Schattengesichter waren alle Richtung Boden gewandt. »Traut euch ruhig, ich bin ganz offen für eure Vorschläge!« Ignatz schluckte, als klebe ein Brocken Haferschleim an seinem Gaumen. Katzenauge hingegen gab sich Mühe, seine Wirbelsäule durchzudrücken, als Ravens Blick bei ihm ankam. Er schob den Brustkorb nach vorne und presste die Lippen aufeinander, um Entschlossenheit zu signalisieren.

»Ihr habt mir also nichts zu sagen?« Raven überging Katzenauge einfach und blieb stattdessen bei Vico hängen. »Gut, dann wollen wir den alten Mann mal verhören.«

Er bedeutete dem Sohn des Weißbrotbäckers, ihm zu folgen, packte Sophus unsanft am Arm und verzog sich mit ihm ins Nachbarzimmer. Katzenauge blieb zurück. Genau wie all die anderen. Sein Brustkorb sackte wieder ein. Warum tat sein Herr das? Warum liebte er Vico und nicht ihn?

Im Raum machte sich leises Getuschel breit. Ignatz starrte wie hypnotisiert ins Leere. Jeder wusste, was passieren würde. Wenn Raven Vico mitnahm, dann machte er kurzen Prozess. Dann bekam er alles, was er wollte. Sophus würde reden wie ein Wasserfall. Gleich schon würde Raven aus dem Zimmer hervorkommen, ein böses Strahlen auf seinem Gesicht. Die Muskeln gespannt unter dem schwarzen Hemd. Er würde sich das Haar von den Wangen streichen und zwischen den dünnen, blutleeren Lippen würden die Worte hervorkommen, auf die alle sehnlichst warteten: »Wir brechen auf. Wir gehen in den Neidwald. Wir holen uns den Kristall.«

Das Prinzip war einfach aber logisch: Mit Gewalt erreichte man alles. Ein bisschen Gewalt, alleine schon die Androhung, und die Wesen aller Welten plauderten, taten Dinge, abscheuliche Dinge, wurden zu Geiseln, zu Marionetten, zu Verrätern … Das war das Prinzip. Und es war garantiert nicht Katzenauges Schuld, dass er sich diesem Prinzip beugte. Das hätte jeder getan. Schließlich wollte keiner auf der falschen Seite stehen. Auf der, die weh tat.

Raven hockte auf dem Boden, den Kopf zwischen den Knien vergraben. Er hatte Vico rausgeschickt, er sollte den alten Mann irgendwo auf dem Dachboden an einen Stuhl ketten und dafür sorgen, dass man ihm täglich Wasser und Brot brachte. Natürlich hatte er geredet. Das taten sie alle irgendwann. Er hatte bestätigt, was Raven schon immer gehofft hatte, seit er von dem Kristall wusste: Er gab seinem Besitzer alle Macht dieser Welt. Wer den Kristall besaß, der besaß die Fähigkeit, Herzen zu führen. Er konnte sie dazu zwingen, eine andere Gestalt anzunehmen. Er konnte sie dazu zwingen, trauriger zu werden, oder ängstlicher, oder voller Hass. Er konnte sie dazu bringen, schneller zu schlagen. Zu explodieren. Zu ertrinken. Zu vertrocknen. Zu sterben. Wer den Kristall besaß, besaß die Welt der Gefühle. Denn er alleine entschied, welche Gefühle es im *Herzen* überhaupt noch geben sollte. Und damit gebot er über das Werk der Architekten. Und damit war er mächtiger, als die Architekten es je sein konnten.

Der alte Mann hatte gesagt, er sei überzeugt, dass sich der Kristall im Neidwald befände. Er hatte auch gesagt, was Raven tun müsste, um den Wald betreten zu können. Und genau da lag das Problem. Probleme. Warum nur taten sie sich immer wieder vor Raven auf wie große schwarze Löcher, die gestopft werden wollten? Warum war dieses Leben ein einziger Kampf, in dem man sich behaupten musste, bis man verblutete? Wer siegen wollte, musste durchhalten. Doch in manchen Nächten war Durchhalten für Raven schlimmer als Sterben.

Sein Körper verkrampfte sich und er stieß einen Schrei aus. Dann langte er nach einem Rosenquarzstuhl und schmiss ihn mit aller Kraft gegen die Tür. Der Stuhl zerbrach und die Rosenquarze fegten in alle Richtungen. Einer fiel in Ravens Schoß. Er umschloss ihn mit der Faust, bis die Lieblichkeit des Steines begann, den Hass in seinem Blut zu kühlen.

Er würde auch dieses Problem lösen. Und dabei würde Ignatz endlich einmal nützlich sein.

16. Kapitel

Aus der Nähe betrachtet, sah Rumina noch ungepflegter aus als auf dem Fahndungsfoto. Und die Schöne Straße, in der sie wohnte, hatte ihren Namen nicht ansatzweise verdient. Es handelte sich um eine enge Passage, in die kaum Licht drang. Die Türen der Häuser waren mit Graffiti beschmiert und Müll lag herrenlos auf der Straße. Vor Ruminas Nachbarhaus saß ein alter Mann im Unterhemd, der wie hypnotisiert auf den Boden starrte und hin und wieder Beleidigungen aus seinem Hals presste wie Abfall. Armer Teufel.

»Was wollt ihr?« Rumina sah Ava und Karim abfällig an, als seien sie noch weniger Wert als die Bananenschalen, die sich auf dem Boden bereits zu zersetzen begannen. Ava stand selbstbewusst vor ihr und zog das Buch aus ihrer Tasche, das sie Humbert gestohlen hatte. Sie hielt es Rumina direkt vor die Nase, sodass diese den goldenen Titel sehen konnte: *Das dunkle Geheimnis unserer Welt: Der Neidwald.*

»Kennen Sie dieses Buch?«, fragte Ava.

Rumina schnaubte auf. »Seh ich so aus, als würde ich lesen?« Sie begann, ihren Ohrring zu drehen, es handelte sich um eine schwarze Kreole mit einem silbernen Anhänger in der Form einer Messerspitze.

»Es ist ein sehr gutes Buch. In einer Sache bin ich allerdings nicht ganz zufrieden …«

Rumina verdrehte die Augen und machte Anstalten, sich wieder ins Haus zu verziehen und den beiden die Tür vor der Nase zuzuschlagen.

»Dieses Buch lügt nämlich!«, fuhr Ava fort und stellte schnell ihren Fuß in die Tür. »Es behauptet, kein Gefühl sei lebend aus dem Neidwald herausgekommen. Dabei stehen Sie doch vor uns und obwohl Sie sich kleiden wie eine Tote, sehen Sie doch recht lebendig aus.« Aus den Augenwinkeln erkannte Ava, dass Karim nervös seine Finger knetete. Rumina aber schien bei Avas Worten wie von einer Wespe gestochen. Ihr schläfriges Gesicht erwachte zum Leben, indem es noch bleicher wurde und hässliche Worte schienen sich ihre Gurgel hinaufzukämpfen, doch sie schluckte sie rechtzeitig hinunter. Dann blieb ihr unheimlicher Blick für eine Weile an Karim hängen, bis sie zur Seite trat und den beiden bedeutete, einzutreten.

Obwohl Rumina und die Schöne Straße wenig vertrauenswürdig wirkten, freute Ava sich, einen Blick hinter die Häusermauern werfen zu können. Ihre Wohnung bestand aus einem einzigen großen Zimmer, das von einer nackten Glühbirne erhellt wurde und einer Kammer, die eine Toilette und ein Waschbecken beherbergte. Keine Dusche. Kein Kühlschrank. Kein Bett. Keine Fenster. Bloß eine Matratze, die auf dem Boden lag, umgeben von leeren Flaschen (die verdächtig nach Rum rochen) und Mäusekot. An einer Kleiderstange hingen Röcke und Mäntel – allesamt schwarz. Und darunter standen fünf Paar schwarze Stiefel – säuberlich aufgereiht. Dies schienen die einzigen Gegenstände zu sein, die Rumina hegte und pflegte. Während sie Wasser in einer zerbeulten Blechkanne aufsetzte, fuhr Ava mit der Hand über die Beine eines Tisches aus schwarzem Holz, in die Tierköpfe geschnitzt worden waren. Unter Avas Fingern erwachten Löwenmähne, Tigerzähne und Bärenklaue zum Leben und sie fragte sich, wer Rumina einen solch herrschaftlichen Tisch vererbt hatte.

»Was für einen Tee bereiten Sie denn zu?«, fragte sie, während Rumina drei Becher unter der Spüle hervorkramte.

»Brennnesseltee. Mit dem im Bauch überlebst du wenigstens ein paar Tage.« Sie füllte die drei Becher lieblos mit der braunen Brühe. Bei dem Gedanken, einen davon austrinken zu müssen, wurde Ava übel. Doch Rumina schien ihre Gedanken erraten zu haben.

»Leg den Kopf in den Nacken und kipp ihn mit einem Mal runter, dann schmeckt es nicht ganz so widerlich«, sagte sie mit einem süßlichen Lächeln auf den Lippen und fügte hinzu: »In dieser Welt musst du nehmen, was du kriegen kannst. Bei mir gibt es auch keine Sonderbehandlung für reiche Ratsmitgliedssöhne.« Sie ging auf Karim zu, die Hüfte schwingend, und als sie vor ihm stand, hauchte sie ihm die Worte ins Gesicht: »In Wahrheit sind Ratsmitglieder nämlich machtlos! Sie wollen es nur nicht einsehen!«

»Und schwarze Gefühle, die in solchen Bruchbuden hausen, nicht?«, konterte Ava. Rumina lachte, ein schrilles Lachen, das einem einen Schauer über den Rücken jagte.

»Oh nein, meine Schöne, schwarze Gefühle sind die mächtigsten von allen. Egal wie schäbig ihre Buden aussehen. Hat dir das deine Mirabelle noch nicht beigebracht?« Sie nahm den Becher Brennnesseltee und leerte ihn in einem Zug. Dann stützte sie die Hände auf der Tischplatte mit den Tierköpfen ab und verharrte einen Augenblick, als müsse sie den bitteren Tee erst mal verdauen. Ava tauschte derweil einen Blick mit Karim, dem die Situation gar nicht behagte. Warum wusste Rumina so viel über sie? Hatte sie sie heimlich beobachtet? Oder hatte ihr Zara etwas erzählt?

»Nun Rumina, Sie sind ohne Zweifel eine mächtige Frau. Sie haben es geschafft, lebend aus dem Neidwald rauszukommen. Wie haben Sie das bloß angestellt? Ich meine, Sie müssen großartig sein!«

Rumina lehnte sich an die Tischkante und ihre kirschroten Lippen kräuselten sich: »Da hast du recht, Kleines, ich bin durchaus großartig. Und wenn ich dir einen Tipp geben darf: Vergiss es! Der Neidwald ist kein Spielplatz für kleine Mädchen.«

»Warum? Was haben Sie dort erlebt?«

Rumina fuhr sich mit der Hand durch das filzige Haar und nahm auf der Tischplatte Platz, direkt neben Karims Teebecher. Dann begann sie, mit ihrem Zeigefinger in seinem Tee zu rühren und Ava unter ihren dunklen Augenlidern anzuschauen.

»Die erste Nacht war noch ganz harmlos. Doch in der zweiten kamen die Wölfe. Also bin ich auf einen Baum geklettert und als ich erwachte, lag ich in einem Meer aus brennenden Butterblumen.« Sie wandte sich an Karim, der die Arme vor der Brust verschränkt hatte. »In meinen Träumen habe ich einen roten Mond gesehen und Stimmen gehört, von meinen Eltern, die ich nie gekannt habe, von meiner Großmutter, die mich nie geschätzt hat, von meinem Mann, der mich nie genug geliebt hat. Sie haben mir alle gedroht, weil sie neidisch waren, dass ich es geschafft hatte und sie nicht. Weißt du eigentlich, dass du die gleiche Haarfarbe hast wie deine Mutter oder kannst du dich schon nicht mehr an sie erinnern?«

Karim schaute entsetzt auf Ruminas Kirschlippen, dann sprang er plötzlich auf sie zu und fegte den Becher vom Tisch. Die braune Brühe lief über einen Tigerkopf und tropfte auf den dreckigen Steinboden, während Karim versuchte, Rumina festzuhalten. Doch sie wand sich aus seinen Händen und lachte. Lachte, bis ihr die Puste ausging und sie sich vor Erschöpfung an die Wand lehnen musste.

»Es muss grausam sein, wenn einem die Mutter auf eine solche Art genommen wird«, hauchte sie. Ava hatte Karim an den Schultern gepackt und hinderte ihn daran, auf Rumina loszugehen. Sie spürte die Verletzungen unter seiner Haut, Ruminas Worte, die ihn innerlich bluten ließen, doch sie lockerte ihren Griff nicht.

»Hör nicht auf sie«, sagte Ava, »sie ist bloß verbittert.«

»Aber natürlich«, rief Rumina, »das sagen sie alle! Vor allem diejenigen, die wissen, wer deine Mutter Anais wirklich war und es nicht zugeben wollen! Die sagen immer, ich sei bloß einsam und verbittert!«

»Sie wissen gar nichts über meine Mutter«, fauchte Karim. »Und wenn Sie nicht sofort aufhören, so über sie zu reden …«

»Was dann? Willst du dich dein ganzes Leben lang belügen lassen? Das tun sie nämlich, Karim, sie belügen dich, genauso wie sie uns alle belügen.« Rumina ging mit kleinen Schritten auf Karim zu, der jetzt am ganzen Körper zitterte.

»Was reden Sie da?«, schrie er. Sie wollte ihre Hand ausstrecken, um seine Wange zu berühren, doch Ava stellte sich dazwischen und schlug Ruminas Arm zur Seite.

»Hören Sie sofort auf mit dem Theater«, sagte Ava mit drohender Stimme. »Sagen Sie uns einfach, wie Sie in den Wald gekommen sind, dann werden Sie uns nie wiedersehen. Das verspreche ich bei allem, was mir lieb ist.«

»Du solltest den Mund nicht zu voll nehmen«, sagte Rumina und grinste, »nicht, dass du dein Versprechen eines Tages einlösen musst!«

Ava spürte Karims Verzweiflung im Nacken, sie schlug ihr entgegen, mit jedem Atemzug den er tat. Sie griff hinter sich nach seiner Hand, in der Hoffnung, das würde ihn beruhigen. Doch Rumina hatte noch nicht genug mit seinem Schmerz gespielt.

»Du musst verzeihen, dass ich so grob bin«, sagte sie und suchte Karims Blick. »Ich hätte wissen müssen, dass es so nicht funktioniert. Er muss wohl wirklich den langen Weg auf sich nehmen, um es zu begreifen.«

»Welchen Weg?«, fauchte Ava, die Ruminas Andeutungen langsam nicht mehr ertrug.

»Den durch den Neidwald. Und damit er auch am Ziel der Erkenntnis ankommt, solltest du ihn begleiten. Denn so schwächlich wie er dreinblickt, zerfetzen ihn die Wölfe sonst bereits in der ersten Nacht.«

Jetzt wusste Ava nicht mehr, was sie sagen sollte, dafür war Karim nicht mehr zu halten. Er warf Rumina zu Boden und schrie auf sie ein, sie solle es nicht noch einmal wagen, den Namen seiner Mutter in den Mund zu nehmen, doch Rumina zog ein Klappmesser unter ihrem Kleid hervor und schaffte es so, ihn auf Abstand zu halten.

»Ein Kuss, ein einziger Kuss und du kannst selbst herausfinden, was uns alle Welt verschweigt«, sagte sie mit heiserer Stimme. Strähnen ihres schwarzen Haares hingen in ihrem Gesicht und sie hielt noch immer das Messer in der ausgestreckten Hand.

»Ein Kuss?«, fragte Ava.

»Ein Kuss von einem Menschen, genau in dem Moment, in dem man den Fuß über die Baumlinie setzt, und schon ist man drin. Nicht gerade einbruchssicher, der wichtigste Wald unserer Welt.«

»Sie lügt«, sagte Karim mit schneidender Stimme. »Wie soll sie bitte einen Menschen ins *Herz* geholt haben? Das kann nur der Rat.«

Jetzt war es Karim, den Ava mit offenem Mund anstarrte. Das durfte doch nicht wahr sein! Er wusste von einer Möglichkeit, einen Menschen herzuzaubern und hatte ihr nicht davon erzählt?

»Und wieder etwas, an das du glaubst, mein lieber Karim, obwohl es augenscheinlich eine Lüge ist«, flötete Rumina. »Denn ich habe einen Menschen geküsst. Und ich war im Neidwald. Langsam solltest du dir überlegen, ob du nicht lieber mir vertraust statt deinem Vater? Wie wäre es, wenn du einfach selbst herausfindest, was wahr und was falsch ist? Ich habe dir gesagt, wie du in den Wald gelangen kannst, damit habe ich meine fürsorgliche Pflicht wirklich mehr als erfüllt.« Rumina verschränkte die Arme vor der Brust und ihre Augen brannten Löcher in Karims weiße Haut: »Aber tu bitte nicht länger so, als würdest du diese Welt kennen, Karim! Ihr habt nämlich beide keine Ahnung von dem, was im Neidwald gespielt wird.«

Es schien, als habe Karim jede Kraft verloren, um weiter gegen Rumina ankämpfen zu können. In seinen warmen Augen sah Ava Verunsicherung, denn genau wie sie stellte er sich die Frage, welche Worte

Rumina ernst meinte und welche bloß aus ihr heraussprudelten, weil sie all diese Flaschen Rum geleert hatte.

Sie klappte ihr Messer wieder zusammen, füllte ihren Becher erneut mit Tee und nach einer kurzen Pause, in der nur das Geräusch von Mäusefüßen auf kaltem Steinboden zu hören war, sagte sie: »Ihr müsst nun gehen. Aber lasst mich noch einmal mein Glas auf euch erheben, nur für den Fall, dass ich euch nicht mehr lebend wiedersehe!« Sie prostete ihnen zu und leerte ihren Becher mit einem Schluck. Dann öffnete sie die Haustür und als Ava Karim mit sich zog und mit wütenden Schritten an ihr vorbeistapfte, sagte sie, er müsse sich nicht bei ihr bedanken. Sie habe ihm gerne geholfen.

Dann standen Karim und Ava wieder in der Schönen Straße neben dem alten Mann im Unterhemd, der sich nicht bewegt hatte, während sie in Ruminas Wohnung gewesen waren. Jetzt brummte er einige unverständliche Worte, hievte sich auf die Beine und stapfte im Zeitlupentempo davon.

»Unglaublich«, stellte Ava fest, »die Frau ist schlimmer als gedacht.« Karim schaute abwesend auf die lange Straße vor ihm, die Fäuste noch immer geballt.

»Hast du irgendeine Ahnung, was sie meinte, als sie von deiner Mutter gesprochen hat?«, fragte Ava vorsichtig. Er schüttelte bloß den Kopf. Es tat fast weh, ihn so hilflos zu sehen.

»Warum sagt sie, du solltest in den Neidwald gehen?«

»Weil sie eine Hexe ist!«, fuhr es aus Karim heraus. »Nichts als Lügen hat sie erzählt, wahrscheinlich, weil es ihr Spaß macht, andere zu quälen!«

»Dann willst du also nicht in den Wald gehen und herausfinden, ob etwas dran ist an ihrem Gerede?«

»Natürlich nicht!« Seine Augen funkelten Ava böse an und sie wünschte, sie könnte etwas tun, um ihn zu beruhigen.

»Aber … du weißt, wie ich in den Wald kommen kann, oder? Du weißt, wie man einen Menschen ins *Herz* holt?« Sie bewegte sich auf sehr dünnem Eis. Sie konnte jederzeit einbrechen und in einem Strudel aus Anfeindungen aus Karims Mund untergehen. Oder sie schaffte es über den Teich bis zum Ende, zum Neidwald, der sie jetzt noch mehr interessierte, da sie überzeugt war, dass Rumina sie nicht bloß angelogen hatte.

»Ja«, sagte Karim irgendwann. »Aber es ist nicht so einfach, wie du es dir vorstellst, Ava. Und ich hasse dich schon jetzt dafür, dass du auch nur einem Wort von Rumina Glauben schenkst.«

»Tue ich doch gar nicht!«, protestierte sie lautstark. »Du weißt genau, dass ich schon in den Neidwald wollte, bevor ich sie überhaupt kannte.« In die Augen sehen konnte sie ihm dabei allerdings nicht.

»Es gibt einen Rubin«, sagte Karim dann, »ein Einzelstück, hergestellt von den Architekten unserer Welt. Er erlaubt seinem Träger, Menschen ins *Herz* zu holen. Der Rubin befindet sich im Besitz des Rates, sie verstecken ihn jeden Monat an einem anderen, geheimen Ort.« Er hob den Kopf und seine Karamellaugen verschmolzen mit Avas himmelblauer Iris. »Ich weiß, wo er jetzt ist.«

Eigentlich hätte Ava jubeln müssen. Doch der Besuch bei Rumina hatte eine Menge beunruhigender Fragen in ihrem Magen hinterlassen. Und mit einem durchlöcherten Magen jubelt es sich nicht besonders gut.

17. Kapitel

Galahad drückte sich tiefer in den Schatten des Türbogens, als zwei Gestalten aus Ruminas Wohnung traten. Seine Hände, die in Lederhandschuhen steckten, pressten sich in seinem Rücken gegen die Tür aus morschem Holz, während er einen zweiten Blick riskierte. Er erkannte die beiden sogleich: Es waren Ava und Karim, das Mädchen mit dem vorlauten Mundwerk und Aurons misslungener Sohn. Galahad zog den Hut tiefer über sein helles Haar und kniff die Augen zusammen. Das tat er immer, wenn er nachdenken musste. Und die Tatsache, dass sich diese beiden Kinder in Ruminas Wohnung aufgehalten hatten, bot tatsächlich einigen Anlass zum Nachdenken. Was hatte sie mit ihnen vor?

Während die beiden verschwanden, öffnete sich die Tür zu Ruminas Wohnung erneut. Die Frau in Schwarz blickte hektisch in die Gasse, warf sich ein Tuch über den Kopf und verriegelte ihre Wohnung. Dann verließ sie die Schöne Straße eiligen Schrittes.

Nun gut, liebe Rumina, dachte Galahad und zog einen braunen Umschlag aus der Innentasche seiner Jacke, dann wollen wir den Stein mal ins Rollen bringen.

Er blätterte ein letztes Mal durch die Seiten, die er eigenhändig aus einem der Lexika über die Wälder des *Herzens* gerissen hatte. Sein Blick blieb einen Moment lang an dem Bild mit der Rose hängen, dann steckte er alles zurück in den Umschlag, rieb sich die Hände, die trotz Handschuhe ganz kalt waren, verließ den schattigen Türbogen und begab sich gemäßigten Schrittes zu Ruminas Wohnung. Dort angekommen, schaute er sich ein letztes Mal um und als er sicher war, dass ihn niemand beobachtete, schob er den Umschlag unter ihrer Haustür hindurch.

Mögest du ihn finden und seinen Inhalt lieben lernen, dachte er, während er sich mit einem wölfischen Grinsen von ihrem Zuhause abwendete und ebenso unbemerkt verschwand, wie er gekommen war.

Teil Zwei

Springe!

18. Kapitel

Ava ließ den Kakteensaft in ihrem silbernen Becher kreisen und beobachtete die Gefühle am Nebentisch. Sie saßen alle auf Kissen am Boden und beugten sich tief über ihre dampfenden Teller. Draußen färbte der Sonnenuntergang die engen Gassen aus Lehm und Staub in ein beruhigendes Rot. Alles, was am Tag noch senfgelb geleuchtet hatte, wurde von Schatten übermalt, die von kalten Nächten kündeten. Ava zog sich ihren braunen Umhang tiefer über die Schultern, als sich die Tür zum Lokal öffnete und Karim eintrat. Er brachte einen Schwall kühle Abendluft mit sich. Noch vor ein paar Stunden hatten sie sich den Schweiß aus dem staubigen Gesicht gewischt, den Sand der Wüste und den Geruch von Ziegen und Muskat. Jetzt, nach der Dusche, roch Ava bloß noch nach süßer Dattelseife.

Im Morgengrauen hatten sie den Kessel verlassen, auf zwei sahnefarbenen Pferden, die eigentlich dem Rat gehörten. Sie ritten in Richtung Norden, vorbei an Feldern, auf denen Roggen, Raps und Rauke wuchsen, bis sich der Boden unter den Pferdehufen in die trockenen Savannenböden Wutlands verwandelte. Sobald sie die Grenze zu Wutland überschritten, klebte die Sonne unbarmherzig am Himmel und erhitzte ihre Köpfe. Sie passierten Plantagen aus Dattelpalmen, an denen sie Rast machten, ihre Brote aßen und die Nasenspitzen in das kühlende Nass der Wasserflasche steckten. Am Abend schließlich erreichten sie Lehmstadt, die größte Metropole Wutlands, eingekeilt zwischen den todbringenden Sandhügeln der Wüste. Als Kind hatte sich Ava immer vorgestellt, dass die Bewohner Wutlands ihre Gewürze aus dem Sand ihrer Wüste gewannen. Vor ihrem inneren Auge hatte sie Sandhügel gesehen, die safrangelb leuchteten, zwischen solchen, in denen Füße in Kreuzkümmel und Zimtpulver versanken. Und dann diese Dünen aus Chilisand, die den Barfüßigen die Fußsohlen verbrannten! Heute staunte sie vielmehr über die Städte aus senfgelbem Lehm, in denen der Staub in den engen Gassen die feilgebotenen Teppiche und Stoffe bräunlich färbte, und über die Bewohner Wutlands, die so viel geschäftiger schienen als die Gefühle in der Hauptstadt. An jeder Ecke hatte man ihr Fladenbrot, Taschenmesser, Gewänder oder Ledergürtel verkaufen wollen, und das bei dieser Hitze, die die Straßen und Münder unbarmherzig austrocknete.

Karim ließ sich neben Ava in die weichen Kissen sinken und bestellte ebenfalls Kakteensaft, sowie ein Kichererbsenmus mit gebratenem Gemüse für ihn und ein in Zitrone eingelegtes Huhn mit Oliven für Ava. Er hatte ihr nach dem Besuch bei Rumina von dem Menschenrubin erzählt, den die Architekten in einem Felsspalt gefunden und zurechtgeschliffen hatten. Ava wusste, dass die Architekten jeden Tag aufs Neue daran arbeiteten, die Welt der Gefühle zu erweitern. Sie stutzten Gebirge zurecht, schütteten Erde auf, legten Seen an und pflanzten Samen. Das *Herz* blieb niemals gleich, das *Herz* wuchs und wandelte sich stetig. Und die Architekten taten ihre Arbeit, ohne dafür einen Lohn zu verlangen, nicht einmal einen Ruhetag gönnten sie sich. Man erzählte sich, sie seien unermüdlich und leer. Sie fühlten nicht und das sei auch der Grund, warum sie keinen Unterschied machten zwischen den Gefühlen ihrer Welt: Sie waren ihnen alle gleich, der Hass, die Liebe, die Eifersucht oder die Schuld. Sie waren gleich gut und sie waren gleich schlecht. Keiner wurde bevorzugt.

Karim erzählte, durch das Schleifen hätte der Rubin seine magische Kraft erhalten. Die Architekten hätten ihn gehütet wie einen Schatz, bis sie sich sicher waren, dass der Rat seine Kraft nicht missbrauchen würde. Jetzt befand sich der Rubin in Trauerland, einer Region ganz im Norden des *Herzens*, die an das Große Meer grenzte und die Ava und Karim, wenn alles gut ging, am nächsten Tag erreichen würden. Mit dem Rubin in der Hand könnte Ava dann zum Neidwald reiten. Ava. Ganz alleine. Denn, das wurde ihr immer klarer, je länger sie neben Karim ritt: Er würde nicht mitkommen. Sein Vater brauche ihn, er könne nicht einfach sein Leben aufs Spiel setzen, hatte er gesagt. Er glaubte nicht an Ruminas Gerede und schon gar nicht glaubte er Avas Worten, die ihm immer wieder versicherten, dass ein spannendes Abenteuer auf sie wartete. Es müsse schließlich jemand da sein, falls Ava nicht mehr wiederkam. Jemand, der ihr Hilfe schickte, argumentierte er immer wieder. Karim hatte eine wundervolle Art, immer gleich vom Schlimmsten auszugehen. Wenn er Ava ansah, dann lag in seinem

Blick bloß die eine Sorge und es ärgerte ihn ungemein, dass er sie nicht von ihrem Vorhaben abbringen konnte. Wenigstens hatte sie ihm ausreden können, seinen Vater nach dem Neidwald zu fragen, denn als sie von dem Besuch bei Rumina in die Burg zurückgekehrt waren, wäre er am liebsten gleich zu ihm gerannt. Nur die Drohung der endgültigen Freundschaftskündigung hatte ihn davon abhalten können. Seitdem dachte Ava ununterbrochen darüber nach, was das denn war zwischen ihr und Karim. War er wirklich ein Freund? Oder doch nur ein Junge mit ziemlich süßen Augen?

Während sie schweigend ihre Teller leerten, beobachtete Ava das bunte Blitzen an den Handgelenken der Gefühle, die sich durch das belebte Lokal schoben. Während das Abendrot hinter den schmutzigen Fenstern immer blasser wurde, leuchteten die Armbänder umso heller im matten Licht der Öllampen. Gerade folgte Avas Blick fasziniert einem langhaarigen Mann mit einem wütenden Herzen voller kleiner Skorpione, die in einer runden Bernsteinkugel auf und ab liefen wie in einem Rad, als sie Karims Händedruck aus ihren Gedanken riss. Schnell zog sie ihre Hand unter seiner weg und steckte sie zwischen ihre Knie.

»Es ist schon seltsam, dass wir hier zusammen sitzen, oder?«, fragte er leise und sein Blick lag schwermütig auf Avas Gesicht.

»Stimmt«, sagte Ava, »eigentlich sind wir so unterschiedlich, dass ich gar nicht sagen kann, warum ich es überhaupt mit dir aushalte.«

»Wahrscheinlich nur, weil ich dir den Rubin beschaffen kann. Wenn ich dir nicht nützlich wäre, würdest du mich nicht einmal aus den Augenwinkeln ansehen.«

»So wird es sein«, sagte Ava eine Spur zu barsch. Schnell machte sie sich an ihrem Umhang zu schaffen und kratzte mit dem Finger den letzten Rest Zitronensoße aus ihrer Schale. Karim hatte den Blick noch immer nicht von ihr genommen.

»Wünschst du dir auch manchmal, du könntest anders sein?«

Jetzt wurde es Ava zu viel. Genervt drehte sie sich zu ihm um: »Wenn du damit fragen willst, ob ich gerne so wäre wie du, kann ich dir eine eindeutige Antwort geben: Nein!«

»Was ist so schlimm daran, wie ich zu sein?« Er hatte den Kopf an die Lehmwand gelehnt und seine Hände ruhten in seinem Schoß. Ava verfluchte seine Augen dafür, dass sie es schafften, ihren Magen flimmern zu lassen.

»Ich könnte es nicht ertragen, jeden Tag aus Neue in meinem Kummer zu ertrinken.«

»Du glaubst, das tue ich?«

»Ja, genau das glaube ich.«

Er schaute sie weiterhin von der Seite an, Ava meinte ein schwaches Lächeln auf seinen Lippen erkennen zu können. Sie hatte mittlerweile jeden Rest Zitronensoße aus ihrer Tonschale gekratzt und wusste nun nicht mehr wohin mit ihren Händen.

»Ich würde die Welt gerne einen Tag lang durch deine Augen sehen«, fuhr Karim fort. Wie konnte sie ihn bloß endlich zum Schweigen bringen?

»So toll, wie du es dir vorstellst, ist es nun auch nicht, ich zu sein.«

»Wer sagt denn, dass ich es toll finde?« Sie warf ihm einen bösen Blick zu, doch er zeigte keine Regung. Er schaute sie bloß weiterhin unverwandt an mit seinen klebrigen Karamellaugen. »Aber vielleicht würde ich dich besser verstehen, wenn ich einen Tag lang dein Herz in mir tragen könnte.«

»Was verstehst du denn an mir nicht?«

»Ich verstehe nicht, warum du in den Neidwald gehen willst.«

»Von dir hätte ich auch nichts anderes erwartet! Du bist ein echter Langweiler, Karim!«

»Und ich verstehe nicht, warum du mich die ganze Zeit anbettelst, mitzukommen.«

Jetzt schnappte Ava nach Luft. »Ich brauche dich als Futter für die Wölfe«, sagte sie eilig, »und wie du ja bereits festgestellt hast, denke ich immer bloß an meinen eigenen Vorteil. Such also bitte nicht nach einem tieferen Sinn!«

Karim nickte und leerte seinen Becher Kakteensaft. Es schien ihn gekränkt zu haben, dass Ava ihn als Wolfsfutter bezeichnet hatte. Zumindest schloss er die Faust beim Trinken so fest um den Becher, dass sich seine Knöchel ganz weiß färbten.

»Kein tieferer Sinn, keine Geheimnisse und Leidenschaften«, sagte er launisch, »es ist wohl wirklich nicht so spannend, du zu sein. Ich glaube, ich verzichte freiwillig auf dein Herz, liebe Ava!« Er erhob sich und ging ohne ein weiteres Wort davon, hinaus aus dem Lokal, hinein in die verlassenen Straßen und die kalte Nacht. Ava saß wie versteinert da. Wie konnte er sie einfach sitzen lassen?

Um sie herum begannen ein paar Gefühle, ein Lied anzustimmen, sie saßen im Kreis und ihre Worte und Stimmen klangen wie Wehklagen. Sie besangen den Morgen, der sich nicht mehr über dem Horizont erhob, sie besangen die Nacht, die wie Gift im Himmel lag und jedes Leben zunichtemachte. Sie sah noch, dass die Sänger in bunte, wallende Kleider gehüllt waren wie die Gefühle in Trauerland und als eine junge Frau elfengleich zu singen begann, wurden Avas Lider schwer und die Müdigkeit zwang sie, sich der Nacht zu ergeben. Ava verstand nicht, warum gerade Karims letzte Worte sie so verletzten. Und sie verstand nicht, warum sich ein Gefühl der Leere in ihr ausbreitete, jetzt, wo er nicht mehr bei ihr war.

Als Karim einige Stunden später das Zimmer in der Herberge betrat, das er sich mit Ava teilte, war von ihr keine Spur zu sehen. Der Gedanke, dass sie sich ganz alleine in der nächtlichen Lehmstadt herumtrieb, bereitete ihm Kopfschmerzen, also legte er sich den Umhang aus Kamelfell wieder um, den ihm die Herbergsbesitzerin geliehen hatte, und betrat erneut die Gassen der Stadt. Noch immer überraschte ihn die Kälte, die sich nachts über die Wüste legte, und er versuchte krampfhaft, das Geräusch seiner aufeinander schlagenden Zähne zu ignorieren, das als einziges Geräusch weit und breit in den engen Gassen hallte. Stundenlang war er bereits durch die Stadt gewandelt und hatte doch keine Ruhe gefunden. Er hatte die Feuerküchen auf dem Gauklerplatz passiert und sich am Rauch der Öfen und Grillplatten, auf denen Fleischspieße geröstet wurden, die Hände gewärmt. Er hatte die Geschichtenerzähler in den Ecken des Platzes murmeln hören, eingewickelt in Felle und umringt von Gefühlen aller Altersklassen, die an ihren Lippen hingen, trotz der Kälte. Er hatte gesehen, wie Besitzer die Türen zu ihren Läden verriegelten, in denen sich kandierte Früchte neben Honiggebäck stapelten. Und doch war sie ihm nicht aus dem Kopf gegangen. Und aus dem Herzen. Er sah die Strähnen ihres hellen Haares, das ihr immerzu über die zarten Wimpern fiel, wenn sie sich bewegte. Wie oft hatte er es schon beiseite streichen wollen, um in dem kühlen Blau ihrer Augen versinken zu können. Vielleicht hatte sie recht und er war nichts anderes als ein Ertrinkender. Und vielleicht war es so, dass sein Herz sich nur deshalb an sie klammerte, weil er aus dem Wasser gezogen werden wollte, das ihm Tag für Tag bis zum Halse stieg. Aber war es richtig, sich an ein Mädchen zu klammern, das in ihm niemals etwas anderes sehen würde als Wolfsfutter?

Karim erreichte das Lokal, in dem sie gegessen hatten, und tatsächlich brannte im Inneren noch Licht. Einige wenige Gefühle saßen im Schatten einer Ecke und rauchten Wasserpfeife, im hinteren Teil entdeckte er Ava, die an der Wand lehnte, den Kopf auf der Schulter hängend. Sie musste eingeschlafen sein. Vorsichtig ließ er sich neben sie auf den Boden sinken und betrachtete ihre gold schimmernde Haut. Dann strich er ihr über das Haar und als sie langsam den Kopf bewegte, hielt er die Luft an. Sie sah so verloren aus, wie sie in das Licht der Öllampe blinzelte, doch fast schien es so, als freue sie sich, ihn wiederzusehen. Er half ihr auf die Beine und stützte ihren frierenden Körper, während sie durch die leeren Gassen zu der Herberge gingen. Dabei lehnte die ganze Zeit ihr Kopf an seiner Schulter und er spürte ihre Atemzüge auf seinem Hals, an der Stelle oberhalb des Kamelfells. Als er sie die Treppe hinauf gehievt hatte, setzte er sie auf dem Bett ab, zog ihr die Schuhe von den Füßen und da sie noch immer so stark zitterte, befahl er ihr, sich mit all der Kleidung unter die Decke zu legen. Als er aufstehen und sich selbst auf eine Matte am Boden legen wollte, griff sie nach seinem Handgelenk und bat ihn, zu bleiben.

»Ich müsste etwas ausprobieren«, flüsterte sie mit schläfriger Stimme, »aber ich glaube, das wird dir nicht gefallen.« Er schaute sie fragend an und als er nicht antwortete, richtete sie sich auf, strich sich das Haar aus den Augen, beugte sich zu ihm vor – und biss vorsichtig in sein Ohrläppchen. Zuerst wollte Karim erschrocken zurückweichen, doch dann versuchte er, weiter ruhig zu atmen und das Kneifen in seiner Brust zu ignorieren. Er spürte, wie ihre Zunge leicht gegen sein Ohr stieß, dann ließ sie von ihm ab und schaute ihn traurig an.

»Du schmeckst gar nicht nach bitterem Grünkraut«, sagte sie, »du schmeckst nach einem Orangenlutscher mit Vanillekern.«

Er musste sie angesehen haben, als sei sie übergeschnappt, denn sie erklärte, dass jedes Gefühl seinen eigenen Geschmack habe.

»Und warum macht dich mein Geschmack traurig?«, fragte er. Seine Zunge war belegt und bewegte sich nur schwer.

»Er macht mich nicht traurig. Was mich traurig macht, ist, dass ich keinen Geschmack habe. Probier selbst!«

Karim zögerte, doch sie zog ihn an sich und so grub er seine Zähne in ihr Ohr. Sie ließ es über sich ergehen, ohne ein Wort zu sagen.

»Nun ja«, sagte er dann, »ich kann bei dir wirklich nichts herausschmecken. Du schmeckst irgendwie nach … Gewirr.«

»Nach Gewirr?«

»Ja, nach einer Mischung von allen möglichen Sachen. War es denn bei mir wirklich so eindeutig?«

Sie nickte niedergeschlagen, legte sich zurück und zog die Decke bis ans Kinn. »Ich bin ein Niemand«, murmelte sie in die Matratze, drehte sich dann auf die andere Seite und ließ Karim alleine.

Nach einiger Zeit erhob er sich, griff nach einer Decke und setzte sich mit angezogenen Beinen in den Fensterrahmen. Von dort schaute er zwischen den Lehmmauern hinauf auf den vollen Mond und lauschte Avas regelmäßigen Atemzügen, die davon kündeten, dass sie wieder eingeschlafen war.

»Du bist kein Niemand«, flüsterte er dann, »für mich bist du alles.«

19. Kapitel

Am nächsten Morgen verließen sie Lehmstadt in Richtung Trauerland. Karim erwähnte die Ereignisse des vergangenen Abends mit keinem Wort und das war Ava auch ganz recht. Sie hatte sich aufgeführt wie ein Kind!

Sie ritten so lange nebeneinander her, bis sich der Wüstenstaub unter den Hufen der Pferde in elfenbeinfarbene Gräser verwandelte, die kniehoch wuchsen. Der Weg führte die beiden hinauf auf ein Plateau, das sowohl Wutland als auch das Meer überragte. Als sie oben ankamen, blickte Ava noch einmal zurück auf das Land zu ihren Füßen: Millionen kleiner Sandkörner hingen in der Luft und hüllten die Türme der Städte in einen wehenden Schleier. Die Bürger Wutlands wurden in den anderen Regionen oft Sandmänner genannt. Jetzt wusste Ava warum.

Vor ihnen breitete sich die Weite Trauerlands aus, ein Land aus Blau und Baiser. Blau waren der Himmel und das Meer, das immer wieder in der Weite aufblitzte, baiserfarben die Gräser und die wilden Pferde. In dieses Farbspiel mischte sich das zarte Rosa wilder Rosenbüsche, die wie mit einem Pinseltupfer in die Landschaft gesetzt worden waren. Hier auf der Hochebene wehte ein beißender Wind, der Avas Ohren schmerzen ließ. Er peitschte die Gräser auf den Boden und ließ die Mähnen der Pferde tanzen.

Karim ritt zielstrebig voran, bis vor ihnen eine Stadt auf einer Klippe über dem Meer auftauchte. Unten schlug das Wasser gegen die weißen Kreidefelsen, bis es schäumte, oben lag majestätisch der Ort, dessen Häuser die Farbe von Nusseis hatten. Besonders schön fand Ava, dass alle Türen und Fensterläden in einem leuchtenden Blau gestrichen waren. Die Stadt selbst, so merkte sie schnell, stand ganz im Bann des Windes. Der Wind war der tägliche Lebenshauch, der den Alltag bestimmte. Er bestimmte, wann die Fischer aufs Meer zu fahren hatten. Er bestimmte, ob die enzianblauen Blümchen auf den Fensterbänken ein paar Regentropfen abbekamen, er entschied, ob die

Damen die Haare offen trugen oder nicht, ob die alten Männer ihren Gehstock benötigten und ob die Kinder Verstecken am Strand unterhalb der Felswand spielen durften. Doch für die Bewohner Trauerlands war der Wind mehr als ein Bestimmer. Er war Geschichtenerzähler. Er war Musik. Er war Leben.

Trauerland schien wie geschaffen für Karim. Keiner der Bewohner hier hatte Haare in der belanglosen Farbe von Grießbrei. Sie trugen mandarin, mohnrot, pflaume oder mahagonibraun. Karim trug blutorange. Er passte gut nach Trauerland. Wahrscheinlich weil seine Mutter aus dem elfenbeinfarbenen Grasland stammte. Sie sei groß gewesen, eine Frau mit langen Beinen, erzählte er. Und sie habe immer Kleider getragen, bodenlange, die sich im Wind aufbauschten. Als Kind habe sie gerne in der Brandung gebadet, ganz alleine, weil sie gerne alleine war, in ihrem roten Badeanzug mit den weißen Punkten. So rot wie ihr Haar, das immerzu nach Rosen duftete. *Rosen.* Sie liebten sie hier, besonders ihre Tränen, aus denen sie Rosenmilch zubereiteten. Rosenmilch war ein trauriges Getränk.

Karim zügelte sein Pferd erst, als sie einen kleinen Trampelpfad direkt am Felsvorsprung erreichten. Dort ließ er sich aus dem Sattel gleiten und band das Tier an einem Zaunpfahl fest. Ava tat es ihm gleich und trat neben ihn, den Oberkörper auf das Geländer gestützt, um nach unten in das Tosen der Wellen schauen zu können. Sie spürte Schaumtropfen auf ihrer Nasenspitze und schaute dem Meer dabei zu, wie es den kreischenden Möwen die Fußsohlen kitzelte. Alles hier roch nach Seetang, Fisch und Freiheit.

»Schau es dir gut an«, meinte Karim, »bald siehst du nur noch Bäume.«

Während Ava aufs Meer blickte, stellte sie sich vor, wie seine Mutter in einem Boot hinaus in die Weite segelte, mit brennend rotem Haar, immer dem Horizont entgegen, genau wie auf den Bildern, die Karim ständig malte.

»Das Meer ist sowieso langweilig«, sagte sie dann. »Auf Bäume kann man wenigstens klettern. Im Meer kann man bloß ertrinken. Was hat deine Mutter an diesen Wassermassen fasziniert?« Als eine Welle gegen den weißen Fels krachte, flogen ein paar Möwen zeternd in die Luft.

»Wahrscheinlich ihre Kraft«, antwortete Karim. »Jeden Tag aufs Neue donnern sie gegen die Felsen und geben sich niemals geschlagen.«

Ava rupfte einen Grashalm aus dem Boden und begann, ihn zwischen ihre Finger zu flechten. »Du bist sicher, dass du mich nicht in den Neidwald begleiten willst?«, fragte sie ein letztes Mal ohne aufzublicken.

»Ja, Ava, ich bin mir sicher. Du musst selber sehen, wie du mit den Wölfen klarkommst.«

»Das war doch gar nicht so gemeint …«

»Trotzdem habe ich in diesem Wald nichts verloren. Es tut mir leid.« Er starrte auf den Horizont und vermied es, ihr in die Augen zu schauen.

Ava warf den Grashalm über das Geländer und sah zu, wie er langsam in die Tiefe segelte, an dem kreidigen Fels vorbei, bis er irgendwann von einer schaumigen Welle verschluckt wurde. »Gut«, sagte sie, »dann zeig mir jetzt, wo ich den Rubin finde.«

Während die Sonne im Meer baden ging, lösten sie sich von ihrem Aussichtspunkt, tauchten in die gepflasterten Straßen der Nusseisstadt ein und kauften an einem Imbissstand zwei Fischbrötchen. Dann führte Karim sie zu einem alten Aussichtsturm am Rande der Stadt, dessen Fensterläden mit blauen und roten Karos bemalt waren. Er überragte alle anderen Häuser und ganz oben unter dem Dach befand sich eine kleine Plattform, die sich um den ganzen Turm zog. Von dort, sagte Karim, könne man bis in die Unendlichkeit des Meeres der Gefühle schauen. Wenn er glaubte, Ava damit beeindrucken zu können, hatte er sich getäuscht. Das einzige, das sie interessierte, war der Rubin, wie er funkelte, wie es sich anfühlte, ihn in der Hand zu halten. Und am allermeisten: Wie es sein würde, einen Menschen in ihre Welt zu zaubern.

Auf einer Wiese etwas entfernt vom Turm banden sie die Pferde an einen Baum und machten sich dann auf den Weg.

»Ist es nicht gefährlich, den Rubin unbewacht zu lassen?«, fragte Ava, während sie zum Himmel hinaufblickte, der in diesem Moment die Farbe von Heidelbeergelee annahm.

»Warum? Nur der Rat weiß, wo sich der Rubin befindet und sein Aufenthaltsort wechselt jeden Monat.«

»Wir wissen es auch.«

»Das war eine Ausnahme. Mein Vater wollte mir eine Freude machen, deswegen hat er mir den Rubin gezeigt. Er glaubt, ich komme nicht damit klar, dass meine Mutter gestorben ist, dabei leidet er in Wahrheit mehr als ich.«

»Er wird sicher sauer sein, wenn er erfährt, dass du mir geholfen hast.«

Karim zog einen eisernen Schlüssel aus seiner Tasche, den er seinem Vater bei ihrer Abreise entwendet hatte, und machte sich am Turmeingang zu schaffen: »Ja, das wird er. Vor allem, wenn du bei der Aktion mit dem Neidwald draufgehst. Dann bin ich nämlich Schuld an deinem Tod.«

»Ach, so ein Quatsch«, sagte Ava und schob sich durch die geöffnete Tür an Karim vorbei hinein in den Turm. Im Eingangsbereich fanden sie eine Öllampe und eine Schachtel Streichhölzer, sodass Karim sie im Schein der Flamme die eiserne Wendeltreppe hinauf führen konnte, bis ins letzte Turmzimmer. Das Licht warf flatternde Schatten an die kalte Turmwand und Ava musste sofort an die gruseligen Geistergeschichten denken, die sie früher so gerne gelesen hatte. Zum Glück war sie nicht alleine.

Das oberste Zimmer wurde von runden Fenstern gesäumt, die in verzierten Holzrahmen steckten. Auf ihrem zartgrünen Untergrund rekelten sich champagnerfarbene Rosen mit spitzen Dornen. Sie streckten ihre Köpfe alle in Richtung Fensterscheibe, als würden sie dem Licht entgegenwachsen. Der Raum war leer.

»Was ist los?«, fragte Ava. »Ist er fort?«

Karim schüttelte den Kopf und ging zur Seitenwand, die aufs Meer hinauszeigte. Ava beobachtete, wie er einen speziellen Stein in der Mauer suchte. Als er ihn gefunden hatte, zog er eine Tüte aus seiner Tasche. Darin befand sich ein olivgrünes Halstuch, das er auseinanderfaltete und leicht gegen den Stein rieb.

»Was machst du da? Was ist das für ein Tuch?«

»Das Halstuch meines Vaters. Er legt es nur zum Schlafen ab, die restliche Zeit hängt es immer um seinen Hals. Hast du das noch nicht gemerkt? Es war ein Geschenk meiner Mutter.«

»Und wozu reibst du es an diesem Stein?« Gerade als Ava ihre Frage beendet hatte, ertönte ein lautes Knirschen. Der Stein, den Karim herausgesucht hatte, löste sich aus der Mauer und fiel heraus. Einfach so. Karim griff in das Loch, das entstanden war, und holte eine kleine Kiste daraus hervor. Sie war aus schwarzem Holz geschnitzt und butterkeksfarbene Ornamente zogen sich um ihren Körper.

»Die Mauer öffnet sich erst, wenn sie den Geruch eines Ratsmitglieds erkennt«, erklärte Karim, »und dieses Halstuch hat Aurons Geruch mittlerweile aufgesogen wie kein anderes Kleidungsstück.« Er schaute nicht triumphierend oder stolz. Er schaute ernst und traurig. Und Ava schämte sich. Karim hatte so viel für sie getan: Er belog seinen Vater, er brach mit ihr in einen Turm ein, er erzählte ihr von seiner Mutter. Letzte Nacht hatte er sogar auf dem Boden geschlafen, damit sie sich auf der weichen Matratze im Bett erholen konnte. Und sie tat nichts dergleichen. Sie nahm bloß, was er gab. So auch jetzt, als er das Kästchen öffnete, den Rubin herausnahm und ihn in ihre Handfläche legte.

»Jetzt gehört er dir«, sagte er, »hüte ihn, als wäre er dein eigenes Herz.«

Ava schluckte und schwieg. Ein »Danke« wäre irgendwie zu wenig. Also griff sie mit der freien Hand nach der seinen und drückte sie ganz fest. Und hoffte, dass er verstand.

Das Licht der Öllampe brach sich in dem roten Rubin. Er fühlte sich ganz glatt an auf Avas Haut. Er war majestätisch geschliffen, als warte er bloß darauf, einer Königin um den Hals gelegt zu werden. Doch er war kein Schmuckstück. Er war ein Zauberer. Und seine Magie breitete sich wie ein Kribbeln über Avas Handgelenk im ganzen Körper aus. Sie besaß den Menschenrubin. So mächtig hatte sie sich noch nie gefühlt.

Das Geräusch von Füßen auf einer eisernen Wendeltreppe ließ sie aufhorchen. Und als ihre Augen Karims hektischen Blick trafen, verstand Ava, dass sie nicht mehr alleine waren.

Ava schloss die Faust um den Rubin und drängte Karim an die Wand hinter der Wendeltreppe. Mit zitternden Fingern erstickte er die Flamme der Öllampe, dann waren ihre pochenden Herzen komplett in Dunkelheit gehüllt. Die Schritte kamen näher - sie waren aufgeflogen. Ein Turmwächter musste bemerkt haben, dass sie in das Gebäude eingedrungen waren. Wenn er die obere Plattform erreichte, würde sein Blick sofort auf das Loch in der Wand fallen. Er würde hineingreifen und die Kiste herausnehmen. Er würde sie öffnen und sehen, dass der Rubin fehlte. Er würde verstehen, dass er gestohlen worden war. Und dann würde er sie entdecken, wie sie mit panischen Gesichtszügen hinter der Treppe kauerten. Wie sie sich auf die Finger bissen vor Aufregung. So weit durfte es nicht kommen.

Zuerst sahen sie den goldenen Schimmer seiner Öllampe, dann seinen Hinterkopf, volles Haar, das sich bis in seinen Nacken zog. Es war ein Mann, groß und hager, in schweren Stiefeln. Er nahm die letzte Stufe. Ava bemühte sich, ruhig zu atmen, doch es kam ihr vor, als schnaube sie wie ein Nashorn. Karim drückte ihre Hand. Seine war eiskalt.

Jetzt oder nie.

Ava packte Karims Arm und zog ihn mit sich, Millimeter für Millimeter nach vorne Richtung Treppe. Er sträubte sich kurz, doch ihm blieb nichts anderes übrig, als ihr zu folgen. Sie standen nun so nah hinter dem Mann, dass sie sein Rasierwasser riechen konnten. Oder war es sein Mundgeruch? Jedenfalls roch es, als hätte er vor seinem Kommen in einem Feld aus Pfefferminzblättern gebadet. Ava fürchtete, er könne die Vibration ihres Herzschlags im Boden spüren, sie wusste nicht, wie lange ihr Körper die Spannung noch halten konnte. Vorsichtig setzte sie den ersten Fuß auf die oberste Treppenstufe, ganz sachte, damit ihre Schritte nicht im Turmkörper hallten. Der Mann stand noch immer nur zwei Meter von der Treppe entfernt, als er das Loch entdeckte. Eilig ging er darauf zu. Ava und Karim nutzten diesen Moment. So schnell wie möglich stiegen sie hinab, um dem Leuchtkegel der Lampe zu entkommen, doch ungefähr auf der Mitte der Treppe blieb Ava mit dem Fuß an einer Stufe hängen, ihr Knie donnerte gegen das Geländer und verursachte einen dumpfen Knall. Sie unterdrückte ein Fluchen. Das war's, dachte sie. Über ihnen wurden die Schritte lauter, hektischer. Ava sah sich und Karim bereits in Handschellen. Die Rubindiebe. Man würde sie von oben bis unten mustern, mit anzüglichen Blicken, ihnen hinterherspucken, johlen und buhen.

Plötzlich zischte Karim an ihr vorbei wie ein Feuerblitz. Auch Ava vergaß alle Vorsichtsmaßnahmen und polterte die Treppe hinunter, so schnell sie konnte. Sie wurden verfolgt. Sie fühlte es. Als würde eine fremde Hand von hinten nach ihr greifen. Sie lief wie ein gehetztes Reh, wagte es nicht, sich umzuschauen, das hätte bloß wertvolle Sekunden gekostet. Karim preschte vor ihr gegen die Turmtür, sie liefen hinaus auf die Straße, weiter, immer weiter durch die bedrohliche Nacht Trauerlands, die mittlerweile die Farbe von Schießpulver angenommen hatte. Endlich, nach einer gefühlten Ewigkeit, erreichten sie die Pferde und banden sie hastig los. Karim hieb die Füße so feste in den Pferdekörper, dass das Tier sich aufbäumte und einen Schrei von sich gab. Dann galoppierten sie los, Ava hatte keinen blassen Schimmer wohin, doch Karim führte sie. Wie eine Feuerkugel, die Ava den Weg durch das Labyrinth der Nusseishäuser wies. Schnell hatten sie die Stadt hinter sich gelassen und donnerten über die Gräser, die selbst im Dunkel der Nacht noch wie verzaubert glitzerten. Erst nach einer halben Stunde wagten sie es, anzuhalten und abzusteigen. Sie horchten in die Nacht hinein und hörten nichts als Wind, der mit den Gräsern spielte. Sie waren entwischt.

Während sich Karim die Schweißperlen von der Stirn wischte, öffnete Ava ihre Faust. Der Rubin lag unversehrt an seinem Platz. Karim hatte gesagt, es reiche aus, ihn in der geschlossenen Hand zu halten und sich einen Menschen herbeizuwünschen. Für einen kurzen Moment spielte sie mit dem Gedanken, es gleich auszuprobieren, doch dann riss sie sich zusammen und verstaute den Rubin in ihrem Rucksack. Sie hatten großes Glück gehabt. Der Pfefferminzmann wäre sicher nicht zimperlich gewesen.

Im Rauschen des Windes sah Ava in Karims Gesicht, wie in ein verschlossenes Buch. Er hatte die Lippen aufeinander gepresst und stand breitbeinig da, um dem Wind standzuhalten, der sich vom Meer aus über das Grasland drückte. Sie wussten beide, dass der Moment gekommen war. Und eigentlich hätte Ava einfach auf ihr Pferd steigen und losreiten sollen, denn sie wusste, dass Karim sie nicht begleiten würde. Dass sie von nun an ganz auf sich allein gestellt war. Und dennoch hoffte ihr Herz auf ein befreiendes Wort von ihm. Auf eine Geste. Doch die kam nicht. Karim blickte einfach nur an ihr vorbei in die Ferne und ließ sich das rote Haar in die Stirn wehen.

»Also dann«, räusperte sie sich schließlich. »Ich reite sofort gen Westen.« Sie sprach fast zu leise im Konzert der pfeifenden Gräser.

Karim nickte. Er hielt sich am Zaumzeug seines Pferdes fest und hatte die Augen wegen des Windes zusammengekniffen. »Bist du sicher, dass du nachts alleine reiten willst?«

»Ich werde mir auf dem Weg eine Herberge suchen. Aber zunächst muss ich so weit reiten, dass der Mann aus dem Turm mich nicht mehr finden kann.«

Karim nickte erneut, dann machte er Anstalten, auf sein Pferd zu steigen.

»Willst du dich nicht von mir verabschieden?« Ava hatte nicht so verletzlich klingen wollen, doch sie konnte nichts dagegen tun, dass ihre Stimme zitterte. Karim hielt in seiner Bewegung inne und ließ dann von seinem Pferd ab. Etwas unbeholfen trat er auf Ava zu und schloss sie kurz in die Arme. Sie spürte seinen warmen Handabdruck in ihrem Rücken und kämpfte gegen den Kloß an, der sich in ihrem Hals festsetzte. Als Karim seine Arme von ihrem Körper löste, wand sie sich schnell um und stieg auf ihr Pferd.

»Ich hoffe wirklich, dass du es schaffst«, sagte er noch, als Ava sich bereits einige Schritte entfernt hatte.

»Was?«, fragte sie und drehte sich ein letztes Mal zu ihm.

»Diesen Wald zu bezwingen.«

Sie schwieg, während sich Karim in den Sattel hievte, und als die Pferde bereits nervös mit den Beinen tänzelten, fügte er noch hinzu: »Ich will noch so oft mit dir aufs Meer schauen.« Dann zog er an den Zügeln, wendete sein Pferd und ritt davon. Ava sah ihm nach, bis das weiße Fell des Tieres bloß noch als Punkt in der Ferne zu sehen war.

»Ja«, flüsterte sie schließlich, als die Dunkelheit jeden Hauch verschluckte, der noch von Karim übrig blieb, »ja, das wäre wirklich schön.« Die Kälte kroch unter ihrer Jacke die Arme hinauf und Ava biss sich auf die Zunge, um die Gedanken zu vertreiben, die durch ihren Kopf schossen wie Feuerkugeln. Sie hatte ihn verloren. Er war einfach aus ihrem Leben geritten und vielleicht würde sie ihm nie wieder begegnen. Wie hatte es nur so weit kommen können, dass diese Tatsache ihr Herz aus den Angeln hob? Es fiel und stürzte immer weiter ab und wenn Ava es nicht auffing, würde es am Boden zerschellen, in tausend kleine Scherben. Gelbglitzerndes Glas und ein Haufen staubiger Sand.

»Ich verstehe nicht, warum du in den Neidwald gehen willst.«

Der Neidwald hatte sich in Avas Kopf gesetzt, viel früher als Karim. Und wenn Ava sich etwas vornahm, dann brachte sie es auch zu Ende. Sie streckte ihren Rücken und gab ihrem Pferd die Sporen. Es war an der Zeit, nach vorne zu schauen. Sie würde den Neidwald betreten und den Staub aus ihrem Herzen verbannen, und wenn es das Letzte war, das sie tat. Während das Pferd unter ihr immer schneller wurde, streckte Ava die Arme aus, fing ihr Herz auf und rückte es wieder an den rechten Platz. Sie musste Karim vergessen.

Einige Stunden später, als sie das Gefühl hatte, sich nicht länger auf dem Rücken des Tieres halten zu können, erreichte sie einen kleinen Ort am Rande Trauerlands. Sofort fiel ihr die große Scheune ins Auge, die ihr wenigstens ein paar Stunden sicheren Schlaf bescheren konnte. Ava trat ein, band das Pferd an einen Balken und legte sich selbst, eingewickelt in ihre Lederjacke, auf einen Haufen Stroh.

In dieser Nacht fiel sie in einen unruhigen Schlaf und träumte unangenehm: Sie sah Feuerbälle, die durch die Lüfte zischten, bis sie vom Himmel geschossen wurden. Der Mann mit dem Gewehr lachte höllisch. Er roch nach Pfefferminz. Die abgeschossenen Feuerbälle rasten auf den Boden zu, doch kurz bevor sie auftrafen, explodierten sie und schleuderten rote Tropfen durch die Nacht. Die Tropfen schmeckten nach Blutorange.

20. Kapitel

Der Mann aus dem Turm hieb die Sporen in den schwarzen Körper seines Pferdes, aus dessen übergroßen Nüstern grauer Dampf quoll. Sein Name war Raven und er war ungehalten. Er konnte nicht akzeptieren, was geschehen war. Dass jemand den Rubin entwendet hatte, kurz vor seinem Kommen. Dass er nun mit leeren Händen zurückkehrte, in den Kessel, und die Suche von vorne beginnen musste. Dass es in dieser Welt ein Geschöpf gab, das ihm eine Nasenlänge voraus war.

Ravens Goldaugen waren bloß noch Schlitze in der Dunkelheit der Nacht. Sein Pferd trampelte über die Dünen Wutlands, grollende Wolkentürme im Rücken, aus denen Blitze schossen, die das Land für Sekundenbruchteile in ein grelles Licht tauchten.

Ignatz hatte alles in die Wege geleitet. Er hatte herausgefunden, wo sich der Rubin befand. Er hatte dem eitlen Phineas das Duftwasser klauen lassen, hergestellt aus einer geheimen Rezeptur, die bloß der Herr der Liebe selbst kannte. Einmalig im Duft. Es wäre der Schlüssel zum Rubin in der Wand gewesen. Doch die Wand war bereits überlistet worden. Donner krachte auf Ravens Haupt hinab. Ein böses, staubtrockenes Gewitter.

Die Sandkörner um ihn herum schnitten in seine Haut auf Händen und Gesicht. Er verfluchte sie, jedes einzelne Korn, das es wagte, ihn zu berühren, ihn zu peinigen. Dann begann das schwarze Pferd plötzlich langsamer zu laufen. Es tänzelte unruhig, als lauerte eine Gefahr hinter dem Schleier aus Sand und tatsächlich schälten sich die Konturen eines Wesens immer deutlicher heraus, je weiter Raven ritt. Die schwarze Gestalt machte keine Anstalten auszuweichen, obwohl Raven nicht das Tempo zügelte. Der Sandsturm zischte und fauchte um sie herum, wölbte sich auf, ebbte nieder und zerrte an dem schwarzen Tüllschleier, der ihr Gesicht versteckte. Das Pferd raste auf sie zu, als der Tüll auf ihrem Gesicht plötzlich vom Wind mitgerissen wurde, sich krümmte und streckte zwischen den Körnern der Wüste und in der Wolkenwand

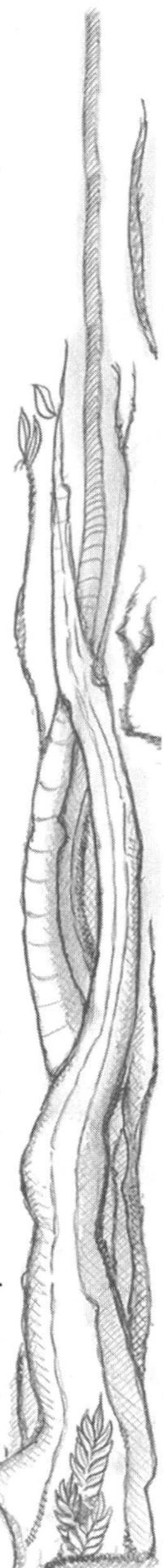

verschwand. Das Pferd schrie, bäumte sich auf, die schweren Hufe über dem Körper des Fremden und warf seinen Reiter ab. Dann galoppierte es davon, hinein in die undurchsichtige Wüste und ward nie mehr gesehen.

Raven rappelte sich auf. Er war so hart auf den Boden gefallen, dass sein Rücken schmerzte. Sand verklebte ihm die Augenlider. Wer war die schwarze Gestalt, die ihn vom Pferd gestürzt hatte? Er tastete nach dem Messer an seinem Hosenbund. In diesem Moment erleuchtete ein weiterer Blitz die Szene und Raven sah auf Lippen, rot und prall wie reife Kirschen. Er kannte diese Lippen. Er hatte sie berührt mit den Fingerspitzen, mit den eingefallenen Wangen, mit dem Mund, der eine solch süßliche Frucht nicht gekannt hatte. Sie lachte. Bösartig und unerträglich lang, bis er das Messer aus dem Gürtel zog und auf sie losging. Sie wich ihm aus.

»Was tust du hier?«, schrie er. »Was willst du von mir, Rumina?«

»Ich bin hier, um deinen Zorn zu lindern, mein lieber Raven«, sagte sie. Ihre schwarzen Locken flogen in die Luft. »Ich bin hier, weil du nicht ohne mich kannst.«

»Schwachsinn! Du redest Schwachsinn! Ich habe dich noch nie gebraucht. Du gehst mir jetzt sofort aus dem Weg, sonst …«

»Sonst was? Behandelt man so eine Dame, die die Lösung all deiner Probleme ihr eigen nennt?«

»Ich habe keine Probleme!« Raven versuchte, gegen das Tosen des Gewitters anzukommen, doch seine Worte gingen unter im Sandmeer, wurden erstickt, begraben.

»Ich weiß alles, Raven«, sagte Rumina, »du hast dem armen alten Teufel das Geheimnis entlockt. Du weißt Bescheid über den Menschenrubin, dein Ticket in den Wald, in dem sich derjenige versteckt, der dich zum Narren gehalten hat. Wie gerne würdest du ihn noch einmal wiedersehen. Und wie gerne würdest du ihm das Stück Kristall nehmen, das an der alten Kordel um seinen Schweinehals hängt. Doch, was für ein Pech, du bist nicht der einzige, der diesen Wald jagt, Raven. Du hast nicht bedacht, dass es jemanden geben könnte, der es auf deinen Schatz abgesehen hat. Wie tragisch.« Rumina kam ganz langsam näher, Schritt für Schritt in ihrem Tüllkleid mit den langen Ärmeln. »Ja, du bist wirklich eine tragische Figur. Ein ausgezehrtes Männlein in einer nicht enden wollenden Wüste voller todbringendem Sand. Soll es so kläglich enden, dein zu Außergewöhnlichem auserkorenes Leben? Soll er hier zu Boden gehen, der Raven, die Krähe mit dem zähen Geist und dem Herzen voll schwarzer Schlingpflanzen?« Rumina berührte Ravens Oberkörper, ihre Lippen kreischten im Blitzlicht. »Oder soll er den kleinen, weißen Finger nehmen, der ihm wie ein Rettungsanker im Ozean der Bösartigkeiten angeboten wird? Was meinst du?«

»Wovon sprichst du?« Raven fauchte. Er war gefangen in ihrem Netz aus klebrigen Worten. Er würde von seinem Messer Gebrauch machen, wenn sie es so weiter trieb.

»Ich spreche hiervon.« Rumina öffnete ihre Faust, darin lag ein Rubin. Er fing das grelle Licht des Gewitterhimmels ein und begann zu strahlen. Für Raven brach die Welt aus den Angeln.

»*DU* hast den Menschenrubin?«

»Nicht *den* Menschenrubin, sondern einen der beiden. Den offiziellen Rubin aus dem Turm hat dir wohl ein Unbekannter vor der Nase weggeschnappt. Aber diesen hier«, Rumina warf den Rubin von einer Hand in die andere, »diesen hier besitze ich ganz alleine, seit einigen Monaten, seit ich herausgefunden habe, dass er mich in den Wald führt. Ich war bei den Architekten, in ihren Gruben und Mienen in den Verbotenen Bergen. Es gibt unter ihnen einige, die alles tun würden, um auch nur einen Tag lang fühlen zu können. Und es gibt kleine verbotene Mixturen, die das möglich machen. Und so kommt es, dass ein zweiter Menschenrubin in die Welt gesetzt wurde. Du siehst, ich weiß mir zu helfen, Raven. Und wenn du es zulässt, werde ich auch dir helfen. Bei allem, was du verlangst. Bei allem, was du begehrst. Es gibt bloß eine einzige Bedingung.«

»Welche?«

»Wir gehen gemeinsam in diesen Wald. Was dein ist, wird in Zukunft auch mein sein. Wir teilen diesen Kristall, er wird uns beiden gehören, zu gleichen Teilen, und niemand sonst wird ihn jemals berühren oder gar ansehen dürfen. Wir werden unzertrennlich sein, Raven. Mein Schicksal wird das deine sein. Und diesen Pakt werden wir heute Nacht in dieser donnernden Wüste beschließen, mit dem Blut unserer Lippen.«

»Nein«, schrie Raven, »nein, niemals!« Sein Körper sträubte sich, seine Augen rosteten, doch er wusste, dass es zu spät war. Dass er bereits ihr gehörte. Dass sie mit ihm spielte wie mit dem Rubin zwischen ihren zarten Fingern. Doch war es nicht auch so, dass sie ihn um Hilfe bat? Dass sie nicht ohne ihn in den Neidwald gehen wollte? Auch sie musste ihre Freiheit aufgeben, sich an ihn binden. Auch sie machte sich verletzlich. Und auf einmal krabbelte die Stärke wie eine Armee aus schwarzen Würmern wieder durch Ravens Körper, er machte sich groß und golden und sprach: »Abgemacht, doch zuvor musst du mir beweisen, dass der Rubin funktioniert.«

Und so erhellte ein weiteres Licht in dieser Nacht die Wüste Wutlands, ein unheilvoll scharlachrotes, und brachte zum ersten Mal seit langer langer Zeit wieder einen Menschen ins *Herz*. Raven und Rumina ritzten sich zur gleichen Zeit die Lippen blutig und pressten sie aufeinander. Der Blutkuss hatte alles besiegelt.

21. Kapitel

Die Köpfe der Fichten wankten im regennassen Wind, als Ava den Neidwald erreichte. Sie zügelte ihr Pferd vor der Baumreihe und schaute durch den Regen auf die Nadelbäume, die von steilen Felsen begrenzt wurden. Ein unwegsames Gebirge, das zu erklimmen nur den besten Bergsteigern des *Herzens* gelingen wollte. Ava schluckte. Warum war sie enttäuscht? Etwa weil sie einen bunten Zauberwald erwartet hatte und nicht ein dunkles Waldstück voller eng stehender Fichten, die kaum Licht auf den Boden fallen ließen? Avas Haar klebte mittlerweile auf ihrer Kopfhaut wie ein nasser Lappen und sie fror trotz Jacke, als sie sich aus dem Sattel gleiten ließ und ihrem Pferd einen Schlag auf den Hintern gab. Wiehernd trabte es davon und ließ sie alleine vor dem Neidwald zurück. Zwischen den engen Fichten würde sie ohne Pferd schneller vorankommen, auf ihren eigenen zwei Beinen. Betrübt schaute sie dem Pferd hinterher, das über die Gras- und Strauchebene galoppierte, aus der sie gekommen war. Schon wieder ein Abschied. Ava massierte ihren Nacken und hing sich den Leinenbeutel, den sie in der Hauptstadt von Neidland erworben hatte, um den Oberkörper. Ihr ganzes Gold hatte sie dort gelassen, in der *Straße der Unbegrenzten Möglichkeiten*, um sich zu besorgen, was im Neidwald überlebenswichtig sein würde: Zwei Thermodecken, die nachts die Wärme hielten, eine blaue Plane, Seile, ein Messer, dessen Griff mit grünen Drachenopalen bestückt war, Streichhölzer, zwei gefüllte Wasserflaschen und Papiertüten voller Proviant. Nüsse, Rosinen, getrocknete Feigen, Aprikosen und Apfelscheiben, Kastanien und sogar Hagebutten befanden sich darin. In der Straße, in der Ava all dies gekauft hatte, wurde einem jeder Wunsch von den Augen abgelesen. In einem Laden namens *Axtstube – Abenteuerzubehör für Jedermann* hatte man ihr sogar Hiebwaffen wie Beil und Morgenstern anbieten wollen. Als Ava gefragt hatte, was um Himmels willen sie denn damit anstellen sollte, hatte der narbige Verkäufer bloß gegrinst und gesagt, man wisse nie, was einen bei einem Abenteuerurlaub alles erwartete. Ava hatte sich dann doch für das Messer entschieden, mit dem man Hasen die Kehle durchtrennen konnte. »Und die Eingeweide herausschneiden!«, hatte der Verkäufer hinzugefügt. Warum er ihr dann ausgerechnet Juckpulver in das Proviantpaket gepackt hatte, war Ava schleierhaft, doch der Mann behauptete, man könne alles essen, wenn man am Verhungern sei. Als sie ihn daraufhin fragte, ob er darin Erfahrung habe, bejahte er und sagte: »Wenn du Galle spuckst, wird's brenzlig! Aber es gibt durchaus Abenteurer, die auf ihren Reisen niemals verhungert sind. Es besteht also Hoffnung.«

Langsam ging Ava auf die Fichten zu. Sie hatte den Menschenrubin aus ihrem Rucksack geholt, wo er zwischen ihren Hosen und Pullovern, dem Zaubertrank von Jadon und einer Schachtel Birnenpralinen mit weißen Schokoladenflocken gereist war, die sie auf ihrem Weg zum Neidwald fast völlig geleert hatte. Es kam ihr vor, als habe sie sich bereits vor Wochen von Karim verabschiedet, dabei war es erst drei Tage her, dass er in der Nacht Trauerlands von ihr geritten war. Ava hatte sich ihren Weg durch das *Herz* gesucht, über die trockene Erde Wutlands am Meer vorbei, wo die Anwohner im Morgengrauen auf ihren bunten Fischerbooten hinaus aufs Wasser gefahren waren und Netze ausgeworfen hatten, um Thunfisch zu fangen. Sie war auf den Klippen der Vertrauensschlucht geritten und hatte die großen Schiffe beobachtet, die das Holz der Tannen von Hassland den großen Strom bis zum Meer hinauf zogen. Von oben hatten sie ausgesehen wie winzige Flöße. Dann hatte sie sich nach Süden gewandt: In Angstland war sie durch Schafsherden geritten, die das grüne Gras aus den fruchtbaren Böden rupften, in Hassland hatte sie Sumpfwälder passiert, in denen nur vereinzelt Holzstädte aus dem Boden wuchsen, die von mannshohen Palisadenzäunen vor den wilden Tieren des Waldes geschützt wurden, bis sie schließlich Neidland erreicht hatte, mit seinen prächtigen Straßen voller cremeblütenfarbener Herrenhäuser, in denen die Bewohner ihre Gartenhecken mit der Nagelschere zurechtschnitten und die Bürgersteige mit feuchten Lappen auf Hochglanz brachten. Neidland war ein Meisterwerk des Villenbaus, der Opernkunst, der barocken Gärten und weiß gekachelten Manufakturen, in denen aus Maikäfern Tee hergestellt wurde, der das ganze Land mit elfenbeinfarbenem Neid überschwemmte.

Der Neidwald aber lag in einer verlassenen Gegend, in der es nichts gab als verwilderte Grasflächen und raues Gebirge – das Ende der Welt. Ava öffnete die Faust und ließ zu, dass der Regen an den fein geschliffenen Ecken des Rubins hinabrann und sich auf ihrer Handfläche sammelte. Wie lange hatte sie auf diesen Moment gewartet. Wie oft hatte sie sich schon vorgestellt, wie es sein würde, den Neidwald zu betreten. Was erwartete sie hinter den dunklen Fichten? Welchen Schatz verbargen sie vor den Augen der Welt? Ava ballte erneut die Faust und schloss die Augen. Sie zwang sich, an einen Menschen zu denken, an einen Jungen, an ein fremdes Wesen, das sie in den Wald führen würde. Doch seltsamerweise drängte sich stets ein allzu bekanntes Gesicht von der Seite in Avas Gedanken, ein bleicher Junge mit fruchtigen Haaren, der nicht aufhörte, sie anzusehen, so vorwurfsvoll wie nur Karim es konnte. Ava fluchte. Was sollte das? Konnte er nicht einmal trotz Abwesenheit aufhören, sich in ihr Leben einzumischen?

Sie presste die Augenlider fester aufeinander und probierte es erneut. Dieses Mal tanzten andere Bilder in ihrem Kopf Pirouetten, Bilder eines Steinhauses, umringt von einem roten Gartenzaun in einem Meer aus Sonnenblumen. Die Blumen lächelten Ava zu. Sie winkten im Sommerlüftchen und sangen Lieder über Zitronen und Lavendel. Nein, dachte Ava, nein, das ist nicht der richtige Zeitpunkt. Diese Gedanken mussten sterben!

Sie blinzelte in den Regen und schaute fest auf die Fichten. Dann schloss sie die Augen erneut und atmete ruhig ein und aus. Sie spürte die Kanten des Rubins, die sich in ihre Haut gruben. Die Gedanken in ihrem Kopf begannen zu laufen, schneller und schneller, sie sprangen und flogen, bis sich alles drehte und Ava glaubte, ohnmächtig zu werden. Dann blieben sie stehen. Ruckartig. Und im nächsten Augenblick schoss ein scharlachroter Blitz aus dem Rubin in Avas Hand, riss ihre Finger auseinander, sodass der Stein in die Luft flog, und schlug einige Meter vor ihren Füßen in den Boden ein. Das farbige Leuchten blieb noch wie Rauch in der Luft hängen, während sich auf dem Boden vor den Fichten eine Gestalt krümmte und wand, wie ein riesiger Wurm. In Ava kroch die Panik herauf. Irgendwo in den Untiefen ihrer Eingeweide hatte sie sich eingenistet und geschlafen. Sie in Ruhe gelassen. Und ausgerechnet jetzt war sie aufgewacht, hungrig, gierig. Was hatte sie bloß getan?

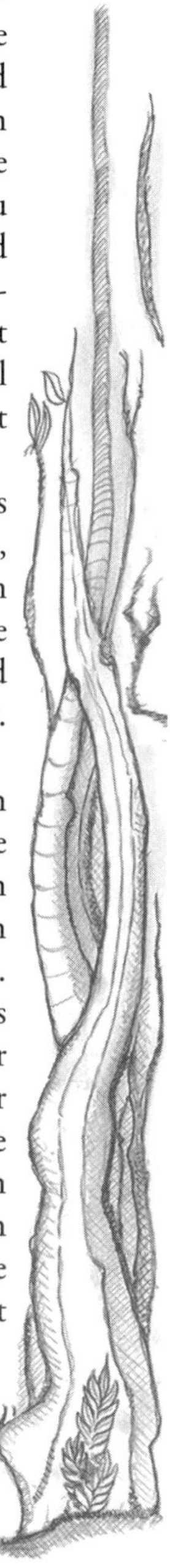

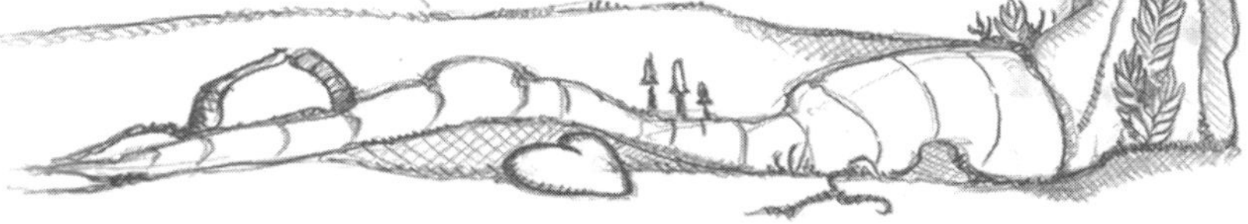

Das Wesen auf dem Boden rollte hin und her, Ava erkannte nur schemenhafte Umrisse durch den roten Rauch. Dann hörte sie Stimmen.

»Was hast du gemacht, du Schwachkopf?«

»Ich? Was ich gemacht habe? Du hast angefangen mit deinen blöden Sprüchen!«

»Halt die Klappe und lass mich los! Wo sind wir? Warum regnet es plötzlich? Igitt, ich bin total nass! «

»Meinst du ich nicht? Die Hose war neu. Jetzt ist sie voller Schlamm!«

»Ach komm, die war doch eh billig. Was anderes kannst du dir gar nicht leisten! Und damit du es weißt, Noël Davis: Ich hasse dich, ich hasse dich jetzt noch mehr als zuvor! Wenn wir deinetwegen in Schwierigkeiten sind, dann …«

»Was dann? Jetzt hör auf mit deinen Sprüchen und geh von meinem Arm runter, damit wir uns umsehen können.«

Ava trat ganz langsam näher. Der Rauch löste sich unter den Regentropfen stetig auf. Der Wurm am Boden zerteilte sich und richtete sich zu seiner vollen Größe auf. Dann starrte Ava direkt in zwei Gesichter. Es waren junge Männer. Der Linke schüttelte sich die schulterlangen Locken aus dem fahlen Gesicht. Seine Augen waren so grau wie der Regen, doch seine Haare mussten im trockenen Zustand die schöne Farbe von Mandelbutter haben. Ava musterte ihn wohl eine Spur zu lange, denn sein dicker Adamsapfel zuckte unbehaglich und sein langer Körper begab sich in Lauerstellung. Der Zweite war kleiner und stämmiger. Durch den Rahmen seiner schwarzen Brille lagen seine Augen schon seit geraumer Zeit auf Ava, der Blick immer wieder getrübt vom Regen, der seine Spuren auf dem Glas und den Poren seiner braunen Haut hinterließ. Er hatte gekraustes, kaffeebraunes Haar, in dem sich die Regentropfen fingen wie kleine Perlen und unter seinem karierten Hemd spannte sich seine Brust, wenn er ein- und ausatmete. Avas Blick wanderte über seine dunkle Hose, auf der sich braune Matschflecken ausbreiteten und blieb auf seinem nackten Unterarm hängen, der von langen, dunklen Haaren bedeckt war. Eben dieser Arm schob sich langsam auf sie zu und die Hand des jungen Mannes blieb nur einige Zentimeter von Ava entfernt in der Luft hängen.

»Hallo«, sagte er mit malziger Stimme und seine Augen wichen noch immer nicht von ihrem Gesicht. »Wer bist du?«

Der Lange mit der fahlen Haut schlug ihm den Arm zur Seite und herrschte ihn an: »Bist du irre? Du willst ihr doch nicht etwa die Hand schütteln? Wir wissen nicht mal, wo wir sind und was sie mit den anderen gemacht hat!«

»Halt die Klappe, Leon«, sagte er und schaute Ava weiter an.

»Hast du grad gesagt, ich soll die Klappe halten? Niemand sagt zu Leon Berg, er soll die Klappe halten, schon gar nicht einer wie du, Muttersöhnchen!«

Ava begann, nervös vom rechten auf das linke Bein zu tippeln. Sie war überfordert. Diese Menschen sahen nicht anders aus als die Gefühle, die das *Herz* bevölkerten und doch waren sie Fremde. Aber warum waren es gleich zwei? Sie hatte sich doch nur einen herbeigewünscht!

»Warum tust du das immer?«, fragte nun der Junge, der Noël hieß.

»Was?«

»Mich Muttersöhnchen nennen.«

Ava wischte sich die nassen Hände am Hosenbein ab und versuchte, sich den Pony aus den Augen zu pusten. Dann befahl sie sich, ihr klopfendes Herz zu ignorieren und ihre Entscheidung zu treffen. Für Noël sprach, dass er nicht so wild mit den Armen fuchtelte wie Leon, außerdem, dass die Haare auf seinem Unterarm ganz weich aussahen und seine Nase nicht lang sondern breit war. Das war wichtig beim Küssen. Die Nase durfte nicht im Weg stehen. Allerdings konnte seine Brille zum Hindernis werden. Für Leon sprach eigentlich nichts. Außer vielleicht, dass er schönes Haar hatte für einen Jungen. Selbst im nassen Zustand ließ sich erahnen, wie sich die Locken geschmeidig in seinem Nacken kringelten. Aber Leon war viel zu groß. Ava hätte auf einen Schemel steigen müssen, um seine Lippen richtig zu treffen. Und wenn es um den Neidwald ging, durfte sie kein Risiko eingehen.

Die beiden belauerten sich feindselig, als würden sie erneut aufeinander losgehen wollen. Ava nutzte diesen Augenblick, packte Noël am Arm und zog ihn mit sich, ganz nah heran an die Baumgrenze. Er stolperte überrascht hinter ihr her, doch er hatte keine Zeit, sich zu wehren. Ava griff beherzt zu, nahm sein Gesicht zwischen ihre Hände, spürte dabei kleine Bartstoppeln unter ihren Fingern, presste die Augenlider fest aufeinander, um ihn nicht ansehen zu müssen, torkelte auf die Fichten zu und genau in dem Moment, in dem ihr Fuß die Waldgrenze überschritt, drückte Ava ihre Lippen auf seine.

Ihr erster Kuss.

So unromantisch.

Und ziemlich nass.

Noëls Lippen waren vom Regen benetzt und schlugen hart auf Avas Zähne. Die ganze Szene glich mehr einem Ringkampf. Sie fielen vornüber und landeten unangenehm auf dem matschigen Waldboden, Tannennadeln bohrten sich in Avas Handgelenk, Noël hatte sich den Ellbogen aufgeschürft. Als sich sein Mund von ihrem löste, schmeckte sie Blut. Ungläubig starrte er Ava an und tastete nach der kleinen Wunde auf seinen Lippen.

Sie waren drin.

Um sie herum dunkles Fichtenland.

Ava spürte ein Kribbeln auf ihren Lippen. Wie eine Horde kleiner Ameisen wanderte es über ihren Mund.

Noël lag noch immer auf ihr, stützte sich mit den Händen vom Boden ab. Die Kette, die er um seinen Hals trug, war unter seinem Hemd hervorgerutscht und baumelte nun über Avas Brust. Es war eine Goldkette, an der eine Clownsfigur hing.

Ava schnappte nach Luft.

Das Kribbeln wollte nicht von ihr weichen.

Sie spürte Noëls Herzschlag in ihrem Bauch.

Es war ihre Welt, die da pochte.

Es war sie, die in ihm lebte.

Erst als er sich langsam erhob, bemerkte Ava, dass kaum noch Regen auf sie hinabfiel. Der Blick zum Himmel war versperrt von Ästen und dicken Nadeln.

»Warum hast du …?«, fragte Noël, doch er kam nicht dazu, seinen Satz zu vollenden, denn sogleich ertönten Schreie und zwei weitere Gestalten stürzten zwischen den Bäumen hervor. Ava konnte sich gerade noch zur Seite rollen, doch Noël wurde begraben unter dem Körper eines Jungen – mit den Haaren einer Blutorange.

»Verdammt, dieser Kerl hat mich geküsst!«, schrie Leon angewidert. »Er hat mich gepackt, er wollte mir seine Zunge in den Hals stecken!

Wir müssen hier weg, Noël, wir sind in der Hölle! Das ist die Strafe, die Strafe für alles, was du schon angestellt hast, du Schwachkopf!« Er war vollkommen außer sich und krabbelte auf allen Vieren tiefer in den Wald hinein, als versuche er, Karim zu entkommen. Der rollte stöhnend von Noëls Körper und hielt sich den linken Knöchel. Sein Gesicht war schmerzverzerrt.

»Karim!«, Ava robbte zu ihm und strich ihm Schmutz und Tannennadeln aus dem Gesicht, »Karim, was machst du denn bloß? Warum bist du hier?« Sie wusste nicht, ob sie weinen oder lachen sollte. Sie war verzweifelt, weil er sich vor Schmerzen krümmte und gleichzeitig so glücklich, dass er bei ihr war. Noël hockte sich neben sie und zog Karim den Schuh vom Fuß.

»Vielleicht ist er nur verstaucht«, sagte er. Dann tastete er die geschwollene Stelle ab. »Ich glaube, er hat Glück. Wahrscheinlich wird er sogar auftreten können. Gibt es hier irgendwo einen Arzt?«

Ava sah ihn fassungslos an: »Nein. Wir sind im Neidwald. Hier gibt es nichts außer Bäume.«

»Und was machen wir hier?«, fragte er weiter. Jedes Mal, wenn seine dunklen Augen sie ansahen, nahmen sie Ava gefangen. Dann schmeckte sie wieder sein Blut. Und spürte die Ameisen auf ihrem Mund. Und in ihrem Magen.

Ava biss sich auf die Lippen: »Nun ja, das ist etwas kompliziert … Ich denke, es ist das Beste, wenn du und dein Freund schnell zurückkehrt, in eure Welt, dort wo ihr hingehört.«

»In unsere Welt? Was meinst du? Wo sind wir hier?«

Ava suchte nach Worten, als Leon aus der Ferne angeeilt kam. Sein Gesicht war jetzt puterrot. »Da sind Tiere!«, schrie er. »Es hat sich was bewegt, in den blauen Pflanzen zwischen den Fichten! Wir müssen hier weg!«

Ava zog den Rubin hervor, den sie in ihre Hosentasche gesteckt hatte und drückte ihn wieder in ihrer geschlossenen Faust. Hilfesuchend sah sie zu Karim. »Was muss ich tun, um sie zurückzuschicken?«

Karim schüttelte bloß den Kopf: »Ich weiß es nicht. Vom Zurückschicken hat mein Vater nie erzählt …«

Ava zwang sich, nicht laut zu werden. Leon war auf dem feuchten Boden ausgerutscht, noch immer fuchtelte er wild mit den Armen und Worte kamen wie ein Wasserfall aus seinem Mund. Sie schloss die Augen und wünschte sich, die beiden Menschen würden verschwinden. Sie stellte sich vor, wie ein zweiter Blitz aus dem Rubin schoss und sie verschlang wie eine gierige Schlange. Sie wollte es so sehr. Doch nichts passierte. Noël saß noch immer vor ihr und starrte sie an.

»Wo sind wir?«, fragte er ein zweites Mal. »Und wie sind wir hierhergekommen?«

Karim setzte sich auf und nahm den Rubin aus Avas Hand. Dann probierte auch er, Noël und Leon zurückzuschicken. Es gelang ihm ebenso wenig. Der Rubin zeigte keine Regung. Ava schlug ihn genervt aus Karims Hand, sodass er vor Noël auf dem Boden landete.

»Nein! Nein! Nein!«, schrie sie, während Noël den Edelstein aufhob und wie einen seltenen Schatz begutachtete.

»Sie kommen! Sie sind hinter uns her!«, kreischte Leon plötzlich, taumelte auf sie zu und kauerte sich hinter seinen Mitmenschen. Ava erkannte Schatten zwischen den Baumstämmen, die sie umrundeten und sich hinter ihnen postierten – am Waldausgang. Plötzlich glimmten hellblaue Augen auf, mit kleinen goldenen Pupillen – Ava zählte mindestens acht Augenpaare. Was für Kreaturen auch immer hinter ihnen her waren, sie zwangen sie zur Flucht in die Tiefen des Waldes. Ava und Noël stützten Karim, der auf einem Bein zwischen ihnen herhumpelte. Leon eilte voraus, im Zickzackkurs um die Baumstämme. Sie liefen ohne Unterlass, bis sie die blauen Pflanzen erreichten, von denen Leon gesprochen hatte. Es handelte sich um Schlingpflanzen, die aus einem Tümpel wuchsen, über dem Insekten schwirrten. Sie wateten hindurch und fanden sich in einem blau wogenden Meer wieder. Die Schlingpflanzen wuchsen so hoch und dicht, dass sie für die Kreaturen, die sie verfolgten, nicht mehr zu sehen waren. Ava versuchte, so vorsichtig wie möglich durch das flache Tümpelwasser zu waten, damit sie nicht zu hören war. Es hatte sich eine unheimliche Stille um sie gelegt, die nur durch Karims schweren Atem durchbrochen wurde. Seine Hand krallte sich in Avas Schulter, noch immer schien er Schmerzen zu haben, wenn er den Fuß belastete. Ava wagte es nicht, ihren Arm um ihn zu legen, zu sehr fürchtete sie, dabei Noël zu berühren, der Karim ebenfalls stützte.

»Ich kann nicht mehr«, keuchte Karim irgendwann.

»Wir müssen noch ein bisschen weiter«, flüsterte Ava, »wenigstens bis zum anderen Ende dieses Tümpels.«

Dann schwiegen sie wieder, doch Ava entging nicht, wie Noël sie immer wieder heimlich von der Seite beobachtete. Manchmal fuhr er sich auch unauffällig mit der Zunge über die Lippen. Ava erschauderte jedes Mal. Schnell konzentrierte sie sich wieder auf Karim, dem bereits Schweißperlen auf der Stirn standen. Als sie den Tümpel endlich durch die dichten Pflanzen verließen, horchten sie in den Wald und da sie keine glimmenden Augenpaare mehr in der Dunkelheit erkennen konnten, wagten sie es, eine Pause einzulegen. Karim ließ sich stöhnend auf den Boden sinken und rieb seinen Knöchel. Leon lehnte bleich an einem Baumstamm und blickte sich immer wieder hektisch um. Um sie herum wuchsen wieder Fichten aus dem Boden, die Erde zu ihren Füßen war bedeckt von modernden Nadeln. Um einige Baumstämme hatten sich Pfützen gebildet, aus denen abermals blaue Blätter wuchsen, die sich um die Rinde schmiegten. Es sah aus, als würden sie an den Fichten kleben.

»Solche Pflanzen habe ich noch nie gesehen«, sagte Noël und berührte eines der blauen Blätter, »sie fühlen sich glitschig an, als seien sie mit Schleim benetzt.«

Ava drehte sich um und beobachtete ihr Umfeld aufmerksam. Immer wieder meinte sie, zwischen den Baumstämmen ein helles Licht aufblitzen zu sehen.

»Lasst uns weiter gehen. Wir müssen ein geeignetes Versteck finden«, sagte sie.

»Versteck?«, echote Leon und kam mit einem Ast in der Hand auf sie zu. »Du glaubst doch nicht etwa, dass ich noch eine Minute länger in diesem Wald bleibe? Wer bist du überhaupt, dass du uns in diese Situation gebracht hast?« Noël versuchte, ihn zurückzuhalten, doch Leon war nicht bereit, zu schweigen. »Sag uns endlich: Wer seid ihr? Und wo zum Teufel habt ihr uns hingebracht?«

»Es hat keinen Sinn, euch das zu erklären«, erwiderte Ava trotzig, »ihr würdet mir sowieso nicht glauben. Es ist das Beste, wir suchen nach einem Versteck und versuchen noch einmal, euch zurückzuschicken.«

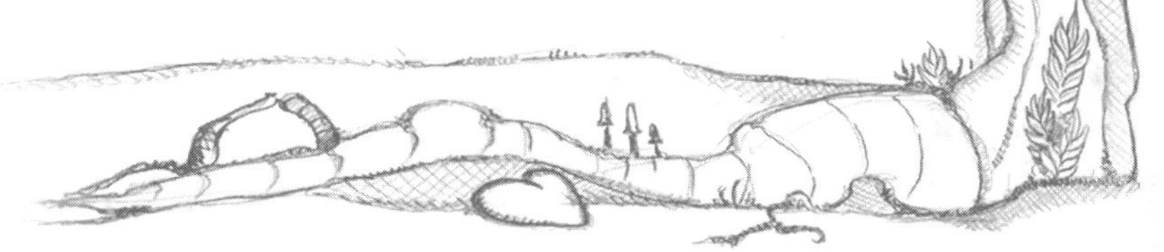

»Du könntest wenigstens versuchen, uns alles zu erklären«, sagte Noël. »Zumindest wüsste ich gerne den Namen des Mädchens, das mich geküsst hat.«

Ava spürte, wie rotes Feuer in ihre Wangen schoss. Noël lächelte sie hinter seinen Brillengläsern an. Die Wunde, die Ava ihm zugefügt hatte, verschwand in den Grübchen um seinen Mund. Er schien nicht zu bemerken, dass Karim ihn abfällig musterte.

»Sie heißt Ava«, blaffte Karim plötzlich und sie sah erschrocken auf seine Hand, die sich erneut in ihre Schulter gegraben hatte. Er hatte sich auf die Beine gezogen und aus seinen Karamellaugen war jede Wärme gewichen. »Sie heißt Ava und obwohl sie aussieht wie ein Mensch, ist sie nicht das, was ihr denkt. Sie ist ein Gefühl, genau wie ich und wie alle anderen Bewohner des *Herzens*. Denn das *Herz* ist der Ort, an dem ihr euch gerade befindet. Jawohl, ihr habt richtig gehört: Ihr befindet euch im *Herzen* des Menschen, in der Welt der Gefühle, in eurem eigenen Körper. Und wenn ihr das nicht glaubt und meint, ihr kommt alleine zurecht, dann soll es uns recht sein. Wenn ihr aber in eure Welt zurückkehren wollt, folgt ihr uns, denn wir haben den Rubin, eure einzige Möglichkeit, das *Herz* wieder zu verlassen. Wir ziehen jetzt weiter und suchen nach einem Versteck.« Mit diesen Worten ließ er Ava los und begann, durch den Fichtenwald zu humpeln. Noël und Leon sahen sie entgeistert an.

»Sein Name ist übrigens Karim«, sagte sie dann, »und alles, was er gesagt hat, entspricht der Wahrheit. Es tut mir leid, dass ich euch in diese Sache hineingezogen habe.«

»Welche Sache?«, knurrte Leon. In seinen wassergrauen Augen sah Ava die Angst, die er zu überspielen versuchte.

»Ich brauchte den Kuss eines Menschen, um diesen Wald betreten zu können.« Sie beobachtete die Tannennadeln auf dem Boden, die unter ihren Schuhen zerbrachen. Sie wollte nicht wissen, wie Noël bei ihren Worten reagierte. »Wir befinden uns im Neidwald. Und ich bin hier, weil ich ihm sein Geheimnis entlocken werde.«

Leons Adamsapfel schwappte auf und ab, während er hörbar die Luft einsog und wieder ausstieß. »Du hast uns also aus unserem Leben gerissen, weil du durch einen bescheuerten Wald spazieren willst? Du riskierst unser Leben für ein dämliches Geheimnis? Das ist doch alles ein reinstes Lügenmärchen! Ich glaube eurem Geschwafel kein Wort, von wegen Herz und Gefühle! Das ist Schwachsinn!« Seine Locken baumelten um sein langes Gesicht, das sich schon wieder rot färbte vor Wut.

Noël aber war ganz ruhig geblieben. »Welches Gefühl bist du?«, fragte er plötzlich in Leons Worte hinein. Ava zögerte.

»Das tut nichts zur Sache«, erwiderte sie nach einigen Sekunden der Stille und machte sich daran, Karim durch die Baumreihen zu folgen. Sie hörte, wie Noël und Leon sich hinter ihr beratschlagten, immer wieder erhob Leon die Stimme und gestikulierte wild mit den Armen, doch am Ende ließ er sich von Noël breitschlagen und folgte Ava. Sie sah Karims Rücken vor sich, er war nicht weit gekommen, so sehr humpelte er mittlerweile. Sie mussten unbedingt einen Rastplatz finden, wo er seinen Fuß schonen konnte. Ava zog die Unterlippe zwischen die Zähne und kaute darauf herum. So einen Schlamassel hatte sie nicht erwartet! Ohne die drei Männer wäre sie wesentlich besser dran! Es machte ihr nichts aus, sich selbst in Schwierigkeiten zu bringen, doch wenn sie die Verantwortung für drei weitere Leben tragen musste, hörte der Spaß auf! Da hatte sie es tatsächlich geschafft, den Neidwald zu betreten, sie könnte sich endlich in die gefährlichsten Abenteuer stürzen, um den Staub in ihrem Herzen loszuwerden, und dann war es so anders, als sie es sich vorgestellt hatte. Ava zog den Leinensack fester um ihren Körper und stapfte mit großen Schritten durch den Wald.

Je weiter sie liefen, desto dunkler wurden die Stämme und Äste der Bäume, bis sie schließlich so schwarz waren, als sei ihre Farbe von einem Feuer gefressen worden. Zwischen den blauen Schlingpflanzen flogen weiße Schmetterlinge, die sich hin und wieder auf den schwarzen Nadeln am Boden absetzten und ihre Flügel zusammenpressten, als horchten sie auf die Schritte der Waldbezwinger. Das Blitzen zwischen den Stämmen wurde immer intensiver und nach wenigen Gehminuten leuchtete es direkt vor ihnen auf. Es handelte sich um einen Spiegelwald – spiegelndes Glas hing in langen Streifen von den Ästen und drehte sich zwischen den Fichten. Dabei reflektierte es das wenige Licht, das vom Himmel fiel, genauso wie die weißen Tupfer der Schmetterlinge. Ava traf Karims Augen in seinem Spiegelbild, drehte sich schnell um und tauchte selbst in einen der Glasstreifen ein. Sie sah ihren zusammengekniffenen Mund, das helle Haar, das platt und dreckig auf ihrem Kopf hing, die geröteten Wangen und die lederne Jacke, unter der sich keine Rundungen abzeichnen wollten. Sie sah aus wie ein Strich in der Landschaft. Ava hob ihre Hand, um sich Erde von der Wange zu reiben und ihre Augen blieben an den Schrammen und der abgerissenen Haut um ihre Fingernägel hängen. Wer sollte ein solches Mädchen küssen wollen? Hastig riss sie sich von diesem Anblick los und lief weiter. Doch die Spiegel blieben und sie zwangen sie jedes Mal, einen Blick auf ihre erbärmliche Gestalt zu werfen. Zunächst sah Ava immer nur sich selbst, doch nach einigen Sekunden wechselte das Spiegelbild und die Gesichter und Körper anderer Mädchen tauchten im Glas auf. Es waren Mädchen, die sie aus Glücksland kannte. Es waren Mädchen, deren volles Haar über den Rücken fiel und die ihre bunten Fingernägel immer an die Lippen legten, wenn sie lachten. Ava sah ihre schwingenden Kleider, die sich um die Hüften bauschten und ihren Ausschnitt aus schwarzer Seide. Sie spürte ein Gift in ihrem Magen, das schäumte und an ihrer Kehle zu nagen begann. Es war wie eine kalte Hand, die an ihrem Hals zerrte und in die Haut unterhalb ihres Kinns ritzte, wie wunderschön all die anderen waren. Und wie wenig sie ein Mädchen war, in das sich ein junger Mann verlieben konnte. Ava wünschte sich in diesem Moment so sehr, sie könnte den anderen Mädchen das Gesicht zerkratzen und die Welle aus Rachegelüsten endete erst, als Karim sie mit einem Schulterschlag zurück in die Realität holte. Sie glitt aus dem Spiegel, zurück in den Wald und sah sein mit roten Flecken bedecktes Gesicht.

»Wir müssen aufhören, in die Spiegel zu sehen«, sagte er, »sie wollen uns bloß schwächen. Sie füllen dein Herz mit Neid und wiegeln es gegen dich selbst auf. Komm jetzt!« Er machte eine Handbewegung, die ihr bedeutete, ihm zu folgen.

»Was war es bei dir?«, fragte Ava, ohne sich von der Stelle zu rühren. Sie rieb sich die Arme, als friere sie. Sein Blick blieb lange an ihr hängen, bevor er antwortete. Wieder wischte sie sich über die Wange, um die Erdflecken loszuwerden. Warum schämte sie sich, in diesem Zustand vor Karim zu stehen?

»Die Lippen eines anderen«, sagte er schließlich und drehte sich weg. Ava blieb verwirrt zurück und beobachtete, wie er Noël und Leon aufsammelte. Auch sie hatten sich in den Spiegeln verloren. Was hätte Ava dafür gegeben, ihre Bilder sehen zu können!

Als sie weiterzogen, achteten sie darauf, den Glasstreifen auszuweichen und nach einer Stunde Fußmarsch, in der keiner ein Wort sprach, lichteten sich die Bäume ein wenig und die Spiegel verschwanden. Stattdessen tauchte ein großes Baumhaus vor ihnen auf, gebaut aus schwarzem Holz, zwischen den Ästen einer Fichte. Ein langes Seil mit mehreren Knoten hing von der Hütte auf den Boden hinab.

»Was ist denn das schon wieder?«, ächzte Leon. »So langsam bin ich dafür, aus diesem Albtraum zu erwachen! Überhaupt finde ich es unerträglich, in einem Traum mit dir gefangen zu sein, Noël Davis.«

»Je eher du einsiehst, dass du nicht träumst, umso besser für deine Gesundheit«, herrschte Ava ihn an. »In diesem Wald musst du kämpfen, Leon Berg. Wenn du es nicht tust, bezahlst du vielleicht mit deinem Leben. Und dann erwachst du niemals mehr.« Sie nahm das Seil in die Hände und zog einmal fest daran. »Ich klettere jetzt da hoch und schaue nach, ob wir unser Nachtlager gefunden haben.« Sie überhörte Karims Einwände, klammerte die Füße um das Seil und zog sich in die Höhe. Oben angekommen, kletterte sie durch die Öffnung und blieb einen Moment lang mit klopfendem Herzen im Eingang stehen. Im Inneren der Hütte bewegte sich nichts. Vorsichtig setzte sie einen Fuß vor den anderen und musterte jede Ecke des Raumes. Er war verlassen. Doch im hinteren Teil stand eine Kiste, auf der eine Öllampe, ein Leib Weißbrot, eine Schale Orangen und eine geöffnete Dose Wildschweinpastete standen. Ava drehte die Lebensmittel ungläubig zwischen ihren Fingern. Wer hatte hier ein Mahl zu sich nehmen wollen? Und vor allem: Was hatte ihn davon abgehalten?

Sie rief nach den Jungs, die sich einer nach dem anderen an dem Seil hinaufzogen. Sie breiteten ihr Gepäck auf dem Boden aus, holten das Seil ein und hockten sich alle vor die Kiste.

»Meint ihr, es ist vergiftet?«, fragte Noël. »Ich meine, wer lässt solche Leckereien in einem gottverlassenen Wald liegen? Oder gibt es hier doch Bewohner?«

»Soweit ich weiß, lebt hier niemand«, erwiderte Ava, »aber was weiß man schon über den Neidwald … Vielleicht gibt es sie ja wirklich, die Gefühle, die ihn betreten haben und danach niemals mehr gesehen wurden.« Sie streckte den Arm aus und tauchte den Finger in die Wildschweinpastete. Als sie die Fingerspitze in ihren Mund steckte, ging ein Aufschrei durch die Hütte.

»Hör auf mit dem Quatsch, Ava«, schimpfte Karim und schaute sie drohend an.

Ava wartete einen Augenblick, dann brach sie ein Stück von dem Brot ab und tunkte es tief in die Dose. »Ist nicht vergiftet«, sagte sie schmatzend und bedeutete den anderen, sich ebenfalls zu bedienen. Erstaunlicherweise war Leon der erste, der zugriff. Sein Hunger musste übermächtig sein, denn er überwog sogar die Angst, die immer wieder in seinen grauen Augen aufschwappte. Nach kurzer Zeit saßen sie alle kauend um die Kiste. Karim hatte die Schale einer Orange aufgerissen, sodass der frische Zitrusgeruch die modrigen Düfte der Fichten überlagerte. Wer hätte mit einem solch köstlichen Abendmahl gerechnet!

Als sie gesättigt waren, entzündeten sie die Öllampe und breiteten ihre Decken und Planen auf dem Boden aus. Draußen war es mittlerweile stockdunkel. Ava musterte Noël und Leon ungeniert. Sie hatte so viele Fragen, dass sie gar nicht wusste, mit welcher sie beginnen sollte. Doch die beiden schienen nicht weniger unschlüssig zu sein. Sie konnten immer noch nicht glauben, dass sie zwei waschechten Gefühlen gegenüber saßen. Besonders Leon hielt ausreichend Abstand zu ihnen und wiederholte zum zehnten Mal, dass das der irrsinnigste Traum sei, den er jemals geträumt habe.

»Warum seht ihr so menschlich aus?«, fragte Noël irgendwann. Er hatte seine Brille abgelegt und rieb sich über den Nasenrücken.

»Warum nicht?«, erwiderte Ava. »Wie stellt ihr euch denn eure Gefühle vor?«

Er zuckte ratlos mit den Schultern. »Wir stellen sie uns nicht vor«, sagte er dann. »Sie sind einfach da, irgendwelche chemischen Verbindungen, die unser Hirn produziert und die uns Dinge tun lassen, die wir oftmals gar nicht tun wollen …«

Ava spitzte die Lippen und dachte kurz über seine Worte nach. »Das klingt nicht sehr schön.«

»Nein. Aber die Vorstellung, dass unser Herz von menschenähnlichen Gefühlen und dunklen Fichtenwäldern bevölkert wird, ist auch sehr gewöhnungsbedürftig.« Er zeigte ihr wieder seine Grübchen beim Lächeln und brachte sie dazu, es zu erwidern.

»Es gibt durchaus etwas, das uns von euch unterscheidet«, sagte Karim. Er griff in seinen Rucksack und zog etwas daraus hervor. Als er es ins Licht hielt, erkannte Ava das Gefühlsband.

»Warum schleppst du dieses Ding mit in den Neidwald?«

»Ich überlege schon seit längerem, ob ich es tragen soll.«

»Aha! So einer bist du also! Willst du auch der ganzen Welt präsentieren, was für ein tolles Herz du hast?«

»Warum regst du dich so auf, Ava?«

»Ich rege mich nicht auf!«

»Gut, dann kannst du es ja jetzt umlegen und unseren Gästen zeigen, was uns Gefühle so besonders macht.«

»Nie im Leben werde ich das tun!« Sie sprang auf und funkelte Karim wütend an. »Leg dein blödes Armband doch selbst um, wenn du es so toll findest!«

Er schüttelte den Kopf und tat wie geheißen. Sobald sich das Gummi an seine Haut geschmiegt hatte, färbte es sich blasslila und offenbarte in der Mitte einen fast wässrig schimmernden Kreis, der von fliederfarbenen Adern durchzogen wurde. Einen solchen Edelstein hatte Ava noch nie gesehen. Er umschloss eine Burg aus tiefrotem Sand, die so weit entfernt schien, dass die lilafarbene Gischt des Meeres sie niemals erreichte. Auch Noël und Leon starrten fasziniert auf Karims Handgelenk. Ava hatte sich wieder auf den Boden sinken lassen und nahm den Blick nicht von seinem Herzen. Sie meinte, das Schäumen der Wellen spiele traurige Klänge wie auf einer Harfe.

»Was ihr seht, ist mein Herz«, erklärte Karim, »es ist ein Herz aus Sehnsucht, das ich in mir trage. Jeder Bewohner unserer Welt hat sein eigenes und dieses Herz bestimmt, welches Gefühl wir sind.« Er schaute Ava unter seinen dunklen Augenbrauen an. »Manche von uns sind mit ihrem Herzen vielleicht unzufrieden und würden es gerne vor aller Welt verstecken. Doch man muss sich mit dem abfinden, was man ist. Denn es gibt kein Herz, um das man sich schämen müsste.« Sie war sich sicher, dass seine letzten Worte alleine ihr galten. Sie wollte etwas Passendes erwidern, doch ihre Gedanken waren wie gelähmt.

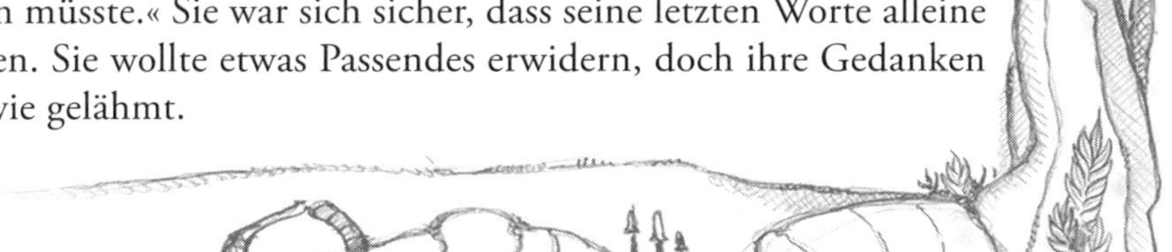

»Ein wirklich schönes Herz hast du«, sagte sie, als sich die Stille wie zäher Kaugummi in lange Streifen zog, »passt richtig gut zu dir!« Dann wandte sie ihm demonstrativ den Rücken zu und begann, Leon und Noël über die Welt der Menschen auszufragen. Sie spürte, dass sie die beiden noch immer nicht ganz überzeugt hatten, doch zumindest Noël zeigte unverhohlenes Interesse für das, was sie zu erzählen hatte. Ava erklärte ihm, dass die Zeit in seiner Welt eingefroren war, während er sich im *Herzen* befand. Dass er nichts versäumte und dass ihn niemand vermissen würde. Sie tat es mit den gleichen Worten, die Karim genutzt hatte, als er ihr in der Wüste Wutlands davon erzählt hatte. Noël schien erleichtert.

Als die beiden in die Decken gewickelt einschliefen, lehnte Ava noch neben Karim an der Holzwand und lauschte ihren regelmäßigen Atemzügen. Er spielte mit seinem Armband, das er sofort von seinem Handgelenk gezogen hatte, nachdem Ava ihm den Rücken gekehrt hatte.

»Und? Ist der Neidwald das, was du erwartet hast?«, fragte er schließlich.

»Ich habe noch nicht viel gesehen. Mal schauen, was er noch zu bieten hat.«

Er kniff die Augen zusammen und zog den Verschluss des Bandes auf und zu.

»Und du?«, fragte sie dann. »Warum bist du zum Neidwald gekommen, Karim? Ist es doch wegen Ruminas Worten? Ist es wegen deiner Mutter?«

»Ich bleib nicht lange«, sagte er und verschränkte die Arme hinter seinem Kopf. »Morgen schnappe ich mir die beiden Menschen und führe sie aus dem Wald, damit der Rat sie endlich zurückschicken kann. Wenn du Glück hast, lassen sie dir noch ein paar Stunden für dein *Abenteuer.*«

Ava schnaubte. »Wie nett …«

Sie schauten beide ins Licht der Öllampe. Eine Mücke zog ihre Kreise um den Flammenschein und setzte sich schließlich auf Leons Nacken.

»Kannst du dir vorstellen, dass wir in ihnen leben?«, fragte Ava leise.

»Nein«, antwortete Karim barsch. Er schaute nicht zu Noël und Leon hinüber. »Und ich will es auch gar nicht.«

»Warum?«, fragte sie überrascht.

»Weil das *Herz* für mich immer ein und alles war. Ich will mir nicht vorstellen müssen, dass ich bloß ein Diener im Körper dieses Menschen bin. Er ist nicht bedeutender als ich.«

»Das sagt doch keiner! Ich sehe mich auch nicht als Dienerin der Menschen und trotzdem ist es faszinierend, sie vor mir zu sehen.«

»Wir müssen sie zurückschicken, Ava!«

»Ich weiß …«

»Wir werden nicht zögern, wenn sich die Möglichkeit ergibt.«

»Nein, das werden wir sicher nicht …« Ava blickte auf Noëls schlafenden Körper. Sie spürte seinen Kuss, sie schmeckte sein Blut und sie fühlte die Ameisen, die durch ihren ganzen Körper krabbelten wie durch aufgewühlte Erde.

»Gute Nacht«, sagte Karim irgendwann, schlüpfte in seinen zweiten Pullover und legte sich auf den Boden.

»Gute Nacht«, wisperte Ava und lehnte gedankenverloren den Kopf an das duftende Holz der Hütte. Sie war im Neidwald. Doch der Staub in ihrem Herzen rieselte unaufhörlich weiter. Sie hatte ihr Ziel noch nicht erreicht, sie konnte diesen Ort nicht gemeinsam mit Karim verlassen. Sie musste weiter. Bloß noch nach vorn. Bis der Wald ihr sein großes Geheimnis offenbarte.

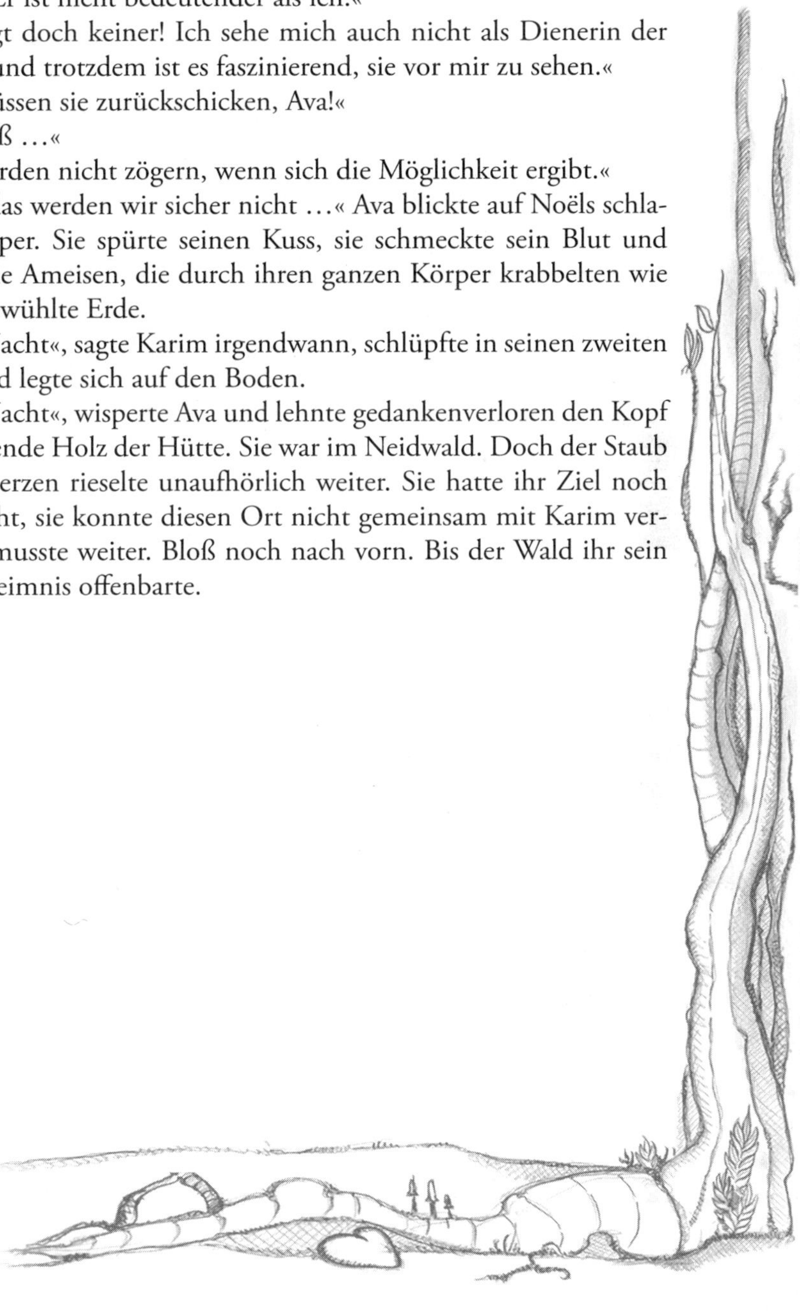

22. Kapitel

Katzenauge zog angewidert die Finger unter der Plane hervor. Ein beißender Gestank von altem Käse stieg von der klebrigen Paste um seine Finger in seine Nase empor und verursachte einen Würgereiz. Wenn Katzenauge eines hasste, dann war es alter Käse, der ihn an Fußschweiß erinnerte. Doch sein Magen knurrte so sehr! Er hatte gehofft, in dem Ziehwagen unter der Plane etwas Essbares zu finden, etwas, das sich in seinen Magen schmiegen und ihm etwas Ruhe gönnen würde nach diesem wahrlich anstrengenden Tag. Doch dieser Käse war eine Zumutung! Verbittert wischte Katzenauge seine Hand an den Fichtennadeln auf dem Boden ab und kroch in der Dunkelheit der Nacht weiter zum nächsten Wagen. Wieder wanderten die diebischen Finger hinein in die Ungewissheit und ertasteten kleine, schrumpelige Kugeln. Kartoffeln, schoss es ihm durch den Kopf, er schloss die Faust um drei Körper und zog sie hinaus. Tatsächlich! Sie waren an manchen Stellen schon nicht mehr ganz so fest, ihre Haut hatte modrige Löcher und aus einem Exemplar schaute noch das rosa Hinterteil eines Wurmes heraus, doch diese Goldstücke waren bei weitem besser als der Käse. Also stopfte Katzenauge sie sich nacheinander in den Mund, lutschte ihnen die Haut vom Körper, kaute auf dem Kartoffelfleisch wie auf einem Stück Kohlrabi und genoss die wurmige Fleischeinlage. Er hätte sich niemals als anspruchsvollen Esser bezeichnet. So lange etwas nicht nach Käsefüßen stank, war es essbar. Meistens zumindest.

Katzenauge saß ganz alleine in der Dunkelheit hinter dem Ziehwagen und starrte auf die endlosen Baumreihen. Diesen Neidwald hatte er sich irgendwie anders vorgestellt. Edleres Holz, vielleicht Eibe oder Nussbaum. Satteres Grün, vielleicht eine Wiese, aus der bunte Blumen sprossen. Prächtige Alleen. Leuchtende Beeren. Nicht bloß diese Fichten, die ihre stechenden Nadeln überall herumliegen ließen. Katzenauge hatte auch nicht gedacht, dass jemand sterben musste, damit er diesen Wald betreten konnte. »Wirklich nicht«, flüsterte er in die Einsamkeit hinein.

Er hatte es gar nicht erwarten können mit Raven, Rumina und den anderen aus dem Kessel loszuziehen. Es war ein Siegeszug gewesen, die Karawane, die sich auf den Weg gemacht hatte zu dem Wald, der seinem Herrn alles bedeutete. Sie hatten getrunken und gesungen, Späße gemacht, sein Herr war gut gelaunt gewesen. Er hatte ihre Hand gehalten. Sie war nun seine schwarze Königin.

Dann hatten sie Katzenauge als ersten losgeschickt. Und Katzenauge hatte gesehen, was sie die ganze Zeit in einem der vielen Wagen mitgeführt hatten. Einen Menschen. Einen jungen Mann, den es zu küssen galt, wollte man von diesem Wald beim Eintreten nicht zerfetzt werden. Natürlich hatten sie Katzenauge ausgelacht, als er das Kerlchen geküsst hatte. Doch Katzenauge erinnerte sich kaum mehr an ihre grinsenden Gesichter. Er erinnerte sich nur noch an das Gesicht des jungen Mannes, als Raven ihm in eben diesem Wald einen Dolch durchs Herz gebohrt hatte. Und daran, wie rau seine Lippen gewesen waren.

»Wir brauchen ihn nicht mehr. Wir sind drin«, hatte Raven gesagt, den Dolch herausgezogen und an Vicos Pullover abgewischt. Dann hatte er Rumina einen Kuss gegeben und sich an die Spitze des Zuges gesetzt. Sie hatte keine Miene verzogen. Bloß einige Sekunden blieb sie so verloren stehen, dann verschwand der Körper des Toten plötzlich, liegen blieb nur ein goldener Ring, den er am Finger getragen hatte und den Rumina aufhob und in ihre Tasche steckte. Katzenauge wusste nicht, was mit Menschen passierte, die im *Herzen* starben. Er wagte es auch nicht, zu fragen, denn manche seiner Weggenossen reagierten auf blöde Fragen gerne mit höhnischem Gelächter oder Magenschlägen.

Katzenauges Magen knurrte noch immer. Etwas weiter entfernt saßen einige Gefährten um ein Lagerfeuer, Raven und Rumina hatten sich bereits in ihr Zelt zurückgezogen. Katzenauge zog die Beine näher an seinen Körper und umschlang sie mit den Armen. Er fühlte sich elend. Nicht bloß wegen des Kerlchens, das würde vergehen. Es war vielmehr eine Beobachtung, etwas, das Katzenauge ganz plötzlich klar geworden war und all seine Freude und Begeisterung für die Mission hatte verfliegen lassen.

Sein Herr sah ihn nicht.

Wenn sich seine Goldaugen auf ihn legten, dann sah er nicht seine Treue, seine Bewunderung und Ergebenheit. Er sah bloß den schäbigen Spieler, er roch bloß seinen fauligen Mundgeruch, er hörte bloß das Stottern, das ihn überfiel, sobald er Raven gegenüberstand. Katzenauge war wertlos. Ein billiges Stück Fleisch, das sich einen Edelstein ins Auge gepflanzt hatte, um wenigstens ein bisschen zu glänzen. Wie lächerlich! Es blieb ihm bloß noch eine Chance, seinen Herrn zu beeindrucken. Er musste derjenige sein, der Elmon fand. Und mit ihm den Kristall. Koste es, was es wolle. Nur dann würden ihn die Goldaugen seines Herrn sehen. Und bewundern können.

23. Kapitel

Esra stand am geöffneten Fenster ihres Zimmers, in der Spitze des Burgturmes, und spürte, wie der Nachtwind Strähnen ihres weißen Haares über ihre knochigen Schläfen strich. Sie schaute hinaus in die Dunkelheit, die sich an diesem Tag mit einem schreienden Rot über den Kessel gelegt hatte, als die Brieftaube elegant auf dem Fenstersims landete. Esra blickte lange auf das schlanke Tier mit dem bräunlichen Gefieder, bevor sie den Zettel nahm, der um das Bein der Taube gebunden worden war. Sie faltete ihn auseinander und fügte die Buchstaben zusammen, die wie ein geheimer Code die Ränder des Blattes zierten.

Zwei Menschenlandungen binnen weniger Stunden

Esras Hände hätten zittern müssen, doch sie taten es nicht. Stattdessen schien die Haut auf ihren Handgelenken noch rauer zu werden, noch zerbrechlicher, noch älter.

»Es ist so weit«, flüsterte sie, »so lange habe ich gewartet, dass ich dachte, ich würde es nicht mehr erleben.«

Die Gefühle, die in den Messstationen auf den Bergspitzen des Herzens arbeiteten, machten keine Fehler. Sie erfassten jeden Wetterumschwung, jede Schwingung und Vibration in der Atmosphäre. Sie entdeckten die Luftlöcher, durch die die Menschen kamen. Sie machten keine Fehler.

Zwei Menschenlandungen binnen weniger Stunden. Der Kampf um das Herz hatte begonnen, in eben diesen Stunden, in denen die Menschen es betreten hatten. Ganz so, wie die Prophezeiung es vorhergesagt hatte.

Esra ging langsam zu ihrem Nachttisch, auf dem eine schwarze Kerze brannte. Das Wachs floss wie Blut am Kerzenständer hinab und erkaltete sogleich auf dem dunklen Holz des Tisches. Esra riss den Zettel mit der Nachricht in kleine Fetzen. Dann hielt sie jeden einzelnen in die Flamme der Kerze, bis nur noch Ruß übrig war. Als sie diese

Prozedur beendet hatte, stellte sie sich wieder der kühlen Nachtluft am Fenster entgegen und atmete ruhig ein und aus, bis sich die raue Haut auf ihren Händen entspannte. Im ganzen Zimmer roch es nach verbranntem Frieden. Niemand würde von dem erfahren, was sich in den nächsten Tagen und Nächten im Neidwald zutrug. Niemand würde das Blut aufhalten können, das aus Herzen floss, die verletzlich waren. Das Schicksal forderte eine Straße aus Blut, die bis zum Ende zu gehen ein jeder bereit sein musste, der siegen wollte.

Als Esra in der Dunkelheit des Kessels Hufgetrappel vernahm, drehte sie sich mit wehendem Nachtkleid vom Fenster weg und stieg die Treppen ihres Turmes hinab. Sie eilte, so schnell ihre alten Beine sie trugen, bis sie die Stallungen erreichte, in denen der Rat seine Pferde hielt. Gerade als sie das kieferngesäumte Gebäude erreichte, stieg Auron von seinem Wallach und drehte sich abrupt zu ihr um. In seinem Blick lagen Müdigkeit und Verzweiflung.

»Ich habe sie nirgendwo gefunden«, stieß er hervor, ohne dass sie einen Satz gesagt hätte. »Mein Junge ist verschwunden und niemand kann mir sagen, wo ich nach ihm suchen soll. Hast du inzwischen eine Nachricht erhalten?«

»Nein, Auron, das habe ich nicht«, sagte sie in nüchternem Tonfall. »Du solltest aufhören, dir Sorgen zu machen. Karim ist erwachsen. Er ist mit einem Mädchen fortgeritten und vergnügt sich mit ihr, irgendwo am Strand oder in den Bergen. Hatten wir nicht vereinbart, dass du endlich beginnen musst, dem Schicksal zu vertrauen?«

Er stieß einen keuchenden Laut aus und stierte sie unter seinem ungewaschenen Haar an. »Dass gerade du es wagst, von Schicksal zu sprechen …«

»Nichts anderes gilt es zu akzeptieren.«

»Du verlangst von mir, Dinge zu akzeptieren, die ein Mann nicht akzeptieren kann! Man hat mir meine Frau genommen!«

»Dass Anais sterben musste, war in der Tat nicht geplant, doch wir können es nicht rückgängig machen.«

»Hörst du dir eigentlich selber zu?«, herrschte Auron sie an. Seine Nasenflügel bebten. »Du sprichst wie eine eiskalte Hexe! Aber eines sage ich dir: Was auch immer hier gespielt wird, ich werde nicht zulassen, dass meine Familie ein weiteres Opfer bringt.«

»Du wusstest, worauf du dich einlässt, als du Anais geheiratet hast. Du wusstest, dass sie immer gefährlich lebte.«

»Aber mein Sohn hat mit dieser ganzen Sache nichts zu tun! Und hättet ihr Anais besser geschützt, wäre sie noch am Leben!«

»Darf ich dich daran erinnern, dass es meine Idee war, sie unter Beobachtung zu stellen und dass du derjenige im Rat warst, der dies kategorisch abgelehnt hat? Hör auf, einen Schuldigen zu suchen, Auron. Und hör auf, durch das ganze Land zu reiten, um deinen Sohn zu finden. Wie du bereits sagtest, hat er nichts mit dem Kristall zu tun. Was soll ihm also geschehen? Finde dich damit ab, dass er dir nicht mehr wie ein Schoßhündchen hinterherläuft und dich um Erlaubnis fragt, wenn er den Kessel verlässt. Was ist mit deinem Vertrauen geschehen, Auron?«

»Ich weiß es nicht«, murmelte er und zog sich in den Schatten seines Wallachs zurück, »mit Anais' Tod hat das Leben mich in einen tiefen Abgrund gestürzt, seitdem fließt das Vertrauen aus meinem Herzen wie Treibsand und ich kann es nicht aufhalten. Bald wird mein Herz leer sein und dann bin ich bloß noch eine fleischliche Hülle, die durch diese Welt wandelt wie ein Gespenst meiner selbst.«

Esra legte die Hand auf seine Schulter und befahl ihm, sich schlafen zu legen. »Wir als Regierung können es uns nicht leisten, eine solche Schwäche zu zeigen, Auron. Wir wurden für unsere Herzen gewählt. Also sieh zu, dass du deinen Sand wieder aufsammelst und das Loch verschließt, das Anais in dir hinterlassen hat. Und fass endlich wieder Vertrauen! Karim wird wohlbehalten zurückkehren.«

Sie schaute ihm nach, als er mit hängenden Schultern in den Stall schlurfte. Wie leichtgläubig er doch noch immer war! Esra war es gleich, ob Karim wohlbehalten zurückkehrte. Wenn sich ihr Verdacht bestätigte, war er nichts weiter als ein Werkzeug des Schicksals, das den Neidwald nicht lebend verlassen würde. Sie würde nicht den Lauf der Dinge beeinflussen, um seinen labilen Vater zu retten. Sie würde einzig und allein die Aufgaben wahrnehmen, die das Schicksal ihr zugedacht hatte. Selbst wenn daraus folgen sollte, all die Seelen in den Tod gehen zu sehen, die ihr etwas bedeuteten. Esra war stark genug für diesen Krieg. Sie verließ die Pferdeställe, stieg die Stufen hinauf in ihr Schlafzimmer, schloss das kleine Gitterfenster, legte sich in ihrem schwarzen Nachtkleid auf das Bett und schloss die Augen.

Zur gleichen Zeit klopfte Zara an Ruminas Tür in der Schönen Straße. Als sich im Inneren nichts regte, brach sie die Tür auf und trat in die dunkle Wohnung. Sie suchte nach dem Lichtschalter und schaute sich um. Ruminas Stiefel waren fort. Auf dem Herd stand noch ein Teekessel, die grüne Suppe darin roch nach Brennnessel. Der Tee war kalt.

»Wo bist du, Rumina?«, flüsterte Zara. »Was treibst du bloß?«

Wieder einmal überkamen sie Zweifel. Sie hatte nicht genug aufgepasst. Sie hatte ihrer Cousine glauben wollen, sie hatte sich eingeredet, dass sie ihr vertrauen konnte, dass Rumina sich nicht wieder kaputt machen würde, wie sie es schon so häufig getan hatte. Jetzt war sie fort, trieb sich in der Nacht herum, mit Männern und Frauen, die ihr nicht gut taten. Wahrscheinlich hatte sie bereits die nächste Dummheit begangen. Und Zara hatte sie nicht daran gehindert.

Erschöpft ließ sie sich auf einen Stuhl fallen. Das Licht der nackten Glühbirne an der Decke flackerte. Zara verbarg ihr Gesicht in den Händen. Sie hielt es nicht länger aus, dieses Elend einer jungen Frau, die mal großartig hätte werden können. Und glücklich. Was hatte sie bloß falsch gemacht?

Als Zara die Hände vom Gesicht nahm, entdeckte sie das Foto, das auf dem alten Holztisch ihrer Großmutter lag. Sie nahm es in die Hand, es zeigte einen Mann mittleren Alters mit dünnen Lippen und vollem Haar, das ihm in Strähnen ins Gesicht hing. Zara meinte, diesen Mann schon einmal gesehen zu haben, doch sie konnte sich nicht an seinen Namen erinnern. Seine Aura wirkte geheimnisvoll und gefährlich zugleich, seine Lippen umspielte ein Lächeln, doch seine Augen waren besitzergreifend und berechnend. Ihre Farbe war pures Gold.

Als Zara das Foto zurücklegen wollte, entdeckte sie Ruminas Schrift auf der Rückseite.

Du kannst mir nicht entkommen. Weder tot noch lebendig.

Ein Schauer jagte über Zaras Rücken. Sie steckte das Foto in ihre Hosentasche und verließ Ruminas Wohnung.

24. Kapitel

Ava öffnete ein Auge und brauchte einige Sekunden, um sich zu erinnern, wo sie war. Ihre Hände glitten über rauen Stein, der sich unangenehm in ihre Wange grub. Sie richtete sich ein wenig auf und starrte auf die Bäume, die um sie herum aus dem Boden wuchsen. Weit und breit waren keine Fichten und keine blauen Schlingpflanzen mehr zu sehen. Geschweige denn ein Baumhaus. Ava war umringt von Laubbäumen mit langen Ästen, an denen braun-grüne Blätter in Herzform hingen. An den Stamm der Bäume klammerten sich riesige Waben, die von innen goldgelb leuchteten – Bienennester. Ava legte sich wieder auf den rauen Stein, sie konnte Arme und Beine kaum bewegen, als wären sie festgebunden und ihr Nacken war ganz steif. Waren sie aus dem Baumhaus gefallen? Warum sah der Wald heute so anders aus? Über den Himmel trieben dicke Wolken, die sich an den Rändern schlammbraun färbten. Und Ava wünschte sich so sehr eine heiße Dusche.

Plötzlich durchschnitt ein gellender Schrei die Stille und als Ava gleichzeitig mit Karim hochfuhr, sah sie Leon, der verängstigt am Boden kauerte, zu seinen Füßen ein Tier mit ausgemergeltem Körper und schmutzigem Fell. Es war fast so groß wie ein Wolf, doch sein Fell war braun mit schwarzen Flecken und auf seinem dürren Kopf standen einige Haare zu einem Büschel geformt zwischen den löchrigen Ohren.

»Tötet dieses Vieh!«, schrie Leon. Seine Stimme war so hoch wie die eines Mädchens. Das Tier streckte plötzlich seine lange, braune Zunge aus dem Maul und fuhr damit über Leons nackte Füße. Er jaulte auf und schlug mit der Faust auf den Boden ein. Da er es nicht wagte, seine Beine wegzuziehen, nahm sich das Tier alle Zeit der Welt und drückte die Zungenspitze zwischen jeden einzelnen Zeh, leckte sich die Lefzen und begann dann, Leons Fußsohlen zu bearbeiten. Avas Blick ging sofort zu Karim. Er schien das gleiche zu denken wie sie. So schnell sie konnte, sprang Ava auf die Füße und begann zu schreien und wild mit den Armen zu wedeln, um das Tier zu vertreiben. Noël kam ihr mit einem Ast zu Hilfe, doch erst als Karim mit einem Stein nach ihm warf, gab es ein Knurren von sich, legte die Ohren an und setzte langsam einen Fuß hinter den anderen, bis es zwischen den Bäumen mit den Herzblättern verschwand.

»Was war das?«, fragte Noël und kniete sich neben Leon, der noch immer keuchend am Boden lag.

»Es gibt da ein Märchen …«, sagte Karim und schaute dabei besorgt auf Ava hinab, die versuchte, Leons Aufmerksamkeit zu erregen, indem sie sein Gesicht in beide Hände nahm. Er reagierte nicht. Vielmehr stieß er wirre Laute aus und seine Augen rollten, als habe er Fieber.

»Was für ein Märchen?«, fragte Noël scharf.

»Das Märchen, in dem Hyänen Gefühlen die Füße lecken …«

»Leon ist aber kein Gefühl!«

»Das scheint diesem Wald egal zu sein«, stöhnte Ava und ging in Deckung, denn Leon ruderte nun immer stärker mit den Armen. »Ich schaffe es nicht, ihn zurückzuholen. Was müssen wir tun, Karim? Wie läuft das in dem Märchen?«

Sie hatte kaum ausgeredet, da sprang Leon plötzlich auf und begann zu schreien. Er verpasste Karim einen Kinnhaken und trat Noël in den Bauch, dann wandte er sich zu Ava um, doch sie duckte sich rechtzeitig zur Seite, um nicht von seiner ausgefahrenen Hand getroffen zu werden. Sein Gesicht war rot angelaufen, sein ganzer Körper verkrampft und seine sonst so blassen Augen glühten wie flüssiges Eisen.

»Ein Wutausbruch wie er im Bilderbuch steht«, keuchte Karim, der sich von seinem Kinnhaken erholt hatte. Gerade wollte er sich auf Leon werfen, um ihn am Boden zu halten, als dieser nach einem Ast griff und auf eines der Bienennester einschlug. Der Stock bohrte sich tief in die Waben, riss sie auseinander und als Leon ihn wieder herauszog, machte sich ein ohrenbetäubendes Summen im Wald breit.

»Oh nein«, flüsterte Ava und schaute entsetzt auf die Bienenhorde, die wie angestachelt aus dem Nest strömte und sich auf Leon stürzte. Im nächsten Moment warfen Karim und Noël ihn zu Boden und versuchten, ihre Köpfe vor den Bienen abzuschirmen.

»Du musst seine Füße kitzeln, Ava! Beeil dich!«

Sie hastete zu ihnen und begann, mit ihren Fingern über Leons nackte Füße zu streichen, bis er vor lauter Lachen nach Luft schnappte. Dann lag er erschöpft am Boden, die rote Farbe wich aus seinem Gesicht und seine Augen waren wieder matt wie Quellwasser. Währenddessen waren die Bienen überall. Ava schlug verzweifelt um sich, spürte einen schmerzhaften Stich in ihrem Nacken, biss sich auf die Zunge, um den Schmerz zu ertragen und zog die anderen auf die Beine. Sie mussten laufen, wenn sie diesen Angriff überleben wollten. Karims Fuß schien glücklicherweise nicht mehr zu schmerzen. Er griff nach ihrem Gepäck, dann liefen sie über den unebenen Felsenboden zwischen den Bäumen hindurch davon. Die Bienen folgten ihnen und auf einmal meinte Ava, einen Ruck im Boden zu spüren. Als sie aufblickte, sah sie gerade noch wie sich die Äste der Bäume streckten und dann wie Peitschen auf sie niederzusausen begannen.

»Vorsicht!«, hörte sie Karim rufen und im nächsten Moment schlug ein Ast gleich neben Ava ein. Er hinterließ eine tiefe Kerbe im Fels und einige Herzblätter, die tot und zerquetscht am Boden haften blieben, während der Ast selbst wie ein Gummiseil zurück in die Luft schleuderte. Der Wald war wütend. Er wehrte sich gegen die Eindringlinge und gegen Leon, der es gewagt hatte, die Bienennester zu zerstören.

Ava lief auf eine Lücke zwischen den Bäumen zu, durch die weißes Licht in den Wald drang. Sie verließen die Baumreihen mit den peitschenden Ästen und kamen mit einigen Schrammen und blauen Flecken davon. Doch was sich nun vor ihnen ausbreitete, ließ sie sogar für einen Moment den Bienenschwarm vergessen, der sie noch immer verfolgte. Ein reißender Fluss stürzte vor ihren Augen eine Bergkuppe hinab, donnerte zu ihren Füßen über das Felsplateau und wurde einige Meter entfernt erneut in den Abgrund gerissen. Dieser zweite Abgrund schien kein Ende zu nehmen, denn sie befanden sich in einer zerklüfteten Bergwelt, in der sich Felsgipfel bis hinauf in die Wolken drückten und ebenso steil wieder in die Tiefe fielen. Das Summen der Bienen ging beinahe unter im Rauschen des Wasserfalls, dennoch riss es Ava aus ihren Gedanken.

»Wir müssen auf die andere Seite des Flusses«, schrie sie.

»Wie willst du das anstellen?« Noël blickte panisch zu den Bäumen, unter deren Blätterdach sich die Insekten formierten.

»Wir waten durch das Wasser.«

»Du spinnst«, schrie Leon und entfernte sich einige Schritte vom Fluss. »Die Strömung wird uns mitreißen! Ich will, dass ihr mich auf der Stelle zurückschickt!«

»Das können wir nicht, verdammt noch mal! Wie oft soll ich dir das noch sagen?« Ava hätte Leon am liebsten gepackt und mit ins Wasser gezerrt.

»Ich gehe ab jetzt keinen Schritt mehr weiter. Ihr seid doch alle irre! Ich will sofort nach Hause!« Seine Stimme war schrill vor Panik und tatsächlich zitterte er am ganzen Körper. Ava beobachtete, wie sich seine Locken voll Wassertropfen sogen und schlaff an seinem Hals baumelten, während er sich immer wieder hektisch umschaute. Er war ein solcher Feigling! Wie gerne hätte sie ihn zurückgeschickt. Sofort. Wenn sie es recht bedachte, fiel ihr nichts ein, was sie in diesem Moment lieber tun würde. Doch der Rubin tat nicht mehr, was sie ihm befahl. Also mussten sie Leon rüberschaffen, ob er es wollte oder nicht.

»Die Bienen werden uns nicht über das Wasser folgen, die Luft hier ist viel zu feucht. Sie würde ihre Flügel schwer machen und dann würden sie ertrinken.« Ava sah Karim hilfesuchend an.

»Und weil ich so viel Erfahrung mit dem Ertrinken habe, soll ich den Anfang machen?«, fragte er, ohne mit der Wimper zu zucken. Ava nickte.

Sie zogen sich die Schuhe von den Füßen und packten sie in den Leinensack, den Karim erneut schulterte. Dann machte er einen großen Schritt und setzte seinen ersten Fuß ins Wasser. Als er das Gesicht verzog, hielten alle die Luft an.

»Ich dachte nicht, dass es so kalt ist«, rief er und es wirkte, als spreche er durch eine Scheibe, so sehr schluckte der Dunst des Wasserfalls seine Worte. Langsam tastete er sich voran, mittlerweile hingen auch seine Knie im Wasser, denn er stützte sich mit allen Vieren auf dem rutschigen Fels ab. Das Wasser war an dieser Stelle nicht tief, doch die Strömung riss mit ganzer Kraft an Karims Körper, immer wieder trafen ihn tosende Wellen von der Seite und Ava konnte die Anstrengung in seinem Gesicht sehen, als er sich ein letztes Mal zu ihr umdrehte, bevor er endgültig im Wassernebel verschwand. Es vergingen schmerzhaft lange Minuten, ehe sie seine Stimme von der anderen Seite hörten. Er hatte es geschafft.

Plötzlich setzte sich eine Biene auf Avas Hand. Sie hatte den Schwarm in der Sorge um Karim aus den Augen gelassen und nun waren die Insekten dabei, sie zu umzingeln. Leon begann wieder zu wimmern und zu schreien, während Noël wild um sich schlug.

»Ins Wasser!«, schrie Ava, befreite sich von der Biene und packte Leon unsanft an den Armen. Aus den Augenwinkeln sah sie, dass Noël ihr folgte. Leon stemmte sich gegen Ava, doch sie gab ihm einen Schubs und zusammen landeten sie im kalten Wasser. Eine Welle erfasste seinen Kopf, er gurgelte und spuckte Wasser und war unfähig, Ava weiter zu beschimpfen. Sie klammerte ihre nackten Füße so gut es ging um die Felsspalten, die unter dem rauschenden Wasser kaum zu sehen waren, und griff mit einer noch freien Hand nach Leons Oberkörper. Vor lauter Angst, zu ertrinken, stemmte er sich nicht mehr gegen sie, sondern versuchte, so gut wie möglich das Gleichgewicht zu halten und sich durch den Wasserfall zu kämpfen. Dabei klammerte er sich wie ein Kind an Avas Hand und zog sie so manches Mal mit seinem Gewicht ins Wasser. Ihre Kleidung war durchtränkt und auch sie hatte bereits eine gehörige Portion Wasser geschluckt. Warum nur tat sie sich das an? Warum zerrte sie Leon durch den Fluss, anstatt dafür zu sorgen, dass sie selbst heil das andere Ufer erreichte? Das hatte er gar nicht verdient! Schließlich hatte er den Bienenschwarm auf sie gehetzt. Sie keuchte und sah nichts mehr durch den Wasserschleier, der ihre Augen und Lider benetzte. Sie konnte sich nicht über das Gesicht wischen, da sie mit einem Arm Leon hielt und mit dem anderen sich selbst. Vielleicht wollte sie nicht, dass er starb, weil sie sich sonst schuldig fühlen musste? Sie hatte ihn in den Neidwald geholt, also musste sie auch dafür sorgen, dass er ihn am Stück, mit allen seinen Gliedmaßen und all seinen dicken Engelslocken, wieder verließ. Sie schrie auf, als er gegen sie taumelte und sie tiefer ins Wasser drückte. Er landete mit all seinem Gewicht auf ihr, sodass sich ihr Oberschenkel in den spitzen Fels am Boden bohrte. Ava wollte aufheulen, doch eine Welle trieb ihr das Wasser in die Kehle. Sie spürte, wie ihre Hose entzwei riss und wie sich der Stein in das Fleisch ihres Beines bohrte. Es brannte, als reiße man ihr die Haut vom Leib. Leon schaffte es nicht, wieder Boden unter den Füßen zu gewinnen, und so drückte er sie immer weiter unter Wasser. Dann rief er unter dem Tosen des Wasserfalls um Hilfe. Von Noël war weit und breit nichts zu sehen, doch Karims Rotschopf tauchte plötzlich zwischen den schäumenden Wassermassen auf. Er griff beherzt nach Ava und zog sie zurück auf die Beine, dann manövrierte er sie und Leon durch die Nebelwand und schob sie nach wenigen Schritten an das rettende Ufer.

Ava blieb auf dem Bauch liegen und hörte auf das Rauschen in ihrem Kopf. Dann drehte sie sich um und starrte auf das Wasser, das sie beinahe begraben hätte.

»Wo ist Noël?«

Karim zuckte mit den Schultern.

»Hast du ihn nicht gesehen, als du uns aus dem Wasser gezogen hast?« Avas Stimme überschlug sich.

»Nein«, sagte er. »Ich habe bloß dich gesehen.«

Ava hievte sich vom Boden und wankte in Richtung Wasserfall. Plötzlich griffen Karims Hände von hinten nach ihr.

»Du wirst nicht noch einmal reingehen!«

»Und wie ich das tun werde!«

»Ava, du wärst eben fast ertrunken!«

»Und das bedeutet, dass ich Noël jetzt im Stich lassen darf?«

»Ja! Was bringt es ihm, wenn du stirbst?«

Avas Gesicht war ganz nah an seinem, sodass sie die Wassertropfen auf seinen Lippen sehen konnte. Er meinte es tatsächlich ernst.

»Du widerst mich an, Karim!« Sie wand sich aus seinem Griff und rannte so schnell sie konnte ins Wasser. Seine hilflosen Rufe kümmerten sie nicht. Sie kämpfte sich durch die Strömung, obwohl ihre Wunde im eiskalten Wasser brannte wie Feuer, und immer wieder schrie sie Noëls Namen. Ihm durfte einfach nichts zugestoßen sein! Sie hatte ihn doch gestern erst geküsst!

Ein Glitzern im Wasser nahm ihre Aufmerksamkeit gefangen. Ava kämpfte sich zu der Stelle, wo ein Felsstück aus dem Wasser ragte, und fischte eine Kette aus den Fluten. Der Clown, der an dem Stück Gold baumelte, lächelte ihr höhnisch ins Gesicht. Ava zerdrückte ihn beinah in ihrer Faust. Dann schrie sie ein letztes Mal seinen Namen.

Sie wollte schon aufgeben, als sie seine schwache Stimme hörte. Er klammerte sich mit allen Vieren an den Abgrund, wo ihn der Wasserfall hinabzureißen drohte. Ava sah bloß sein dunkles Haar und die geweiteten Augen, die zwischen der Gischt auftauchten wie glänzende Murmeln. Sie musste nicht darüber nachdenken, was zu tun war. Sie ließ sich von der Strömung tragen, bis sie ihn erreichte. Dann stemmte sie die Beine fest gegen den felsigen Boden und schlang die Arme um Noël. Sie zog ihn so weit wie möglich vom Abgrund weg und vermied es, in die tosenden Tiefen zu schauen, die sie beide verschlingen konnten, wenn sie auf dem nassen Stein abrutschten und jeden Halt verloren.

»Gib nicht auf, Noël! Gib nicht auf! Bitte! Wir schaffen es zurück ans Ufer!«

Er tat sein Bestes, doch Ava merkte, wie seine Kräfte schwanden. Sie entfernten sich quälend langsam vom Abgrund und als Ava das rettende Ufer zwischen der dunstigen Luft zu erkennen glaubte, tauchte Karim wieder vor ihr im Wasser auf und wollte sie stützen. Schnell schubste die Noël in seine Arme, sodass er gezwungen war, den Menschen aus dem Wasser zu ziehen. Sie verzichtete auf seine Hilfsbereitschaft. Sie ertrug es nicht mehr, in diese Augen zu sehen. In diese Augen, die von ihr verlangt hatten, Noël beim Sterben zuzusehen. Ava schlug sich mit eigener Kraft bis zu der Felsböschung durch, an der sie sich hinaufzog und auf der sie zu Boden sank, als sie trockenen Boden unter den geschundenen Knien spürte. Karim wollte sich über sie beugen, er sagte etwas, doch Ava drehte den Kopf so weit zur Seite, dass er ihr Gesicht nicht sehen konnte. Dann robbte sie zu Noël, der ebenfalls erschöpft am Boden lag. Er stotterte ein paar hilflose Sätze und während er sich aufrichtete, wanderte seine Hand über Avas nasse Wange und verfing sich in einer ihrer blonden Strähnen, die er so zwischen seinen Fingern verknotete, dass Wassertropfen herausquollen und über seine Hand hinab auf den Boden tropften.

»Einerseits wünsche ich mir nichts sehnlicher, als dass all dies ein Traum ist und ich gleich in meinem Bett erwache«, sagte er mit rauer Stimme, »aber genauso will ich, dass es echt ist. Deine nassen Haare zwischen meinen Fingern. Das Blut an meinen Lippen von unserem Kuss. Deine Welt, die mein Herz am Schlagen hält. Und du. Du mit deinem Herz aus buntem Stein, das einem wie mir das Leben rettet. Ist das nicht alles verrückt?«

Avas Reaktion ging in einem Hustenschwall unter, der seinen Körper schüttelte, bis er wieder erschöpft am Boden lag. Vielleicht war das ganz gut so. Denn Ava hatte keine Antwort auf seine Worte. Sie hatte bloß ein Herz mit Wasserschaden. Als hätte der Fluss die schützende Hülle hinfortgerissen, die Avas Herz bisher so stark gemacht hatte. Jetzt lag es brach und sie fühlte sich so verloren wie nie zuvor.

Sie richteten ihr Nachtlager nahe des Wasserfalls ein, denn ganz wie Ava es vermutet hatte, waren ihnen die Bienen nicht gefolgt. Abwechselnd zogen sie sich die nasse Kleidung vom Leib und trockneten sie neben einem Lagerfeuer, die Körper in Decken gehüllt. Ava hatte versucht, ihre Wunde zu säubern, der Schnitt war nicht so tief wie befürchtet. Jetzt saß sie in der frischen Hose und einem karierten Wollhemd, die sie aus dem Kessel mit in den Wald genommen hatte, vor dem Feuer und schaute dabei zu, wie Karim drei dicke Fische über den Flammenspitzen briet. Der Geruch der silberverbrannten Haut lag in der Luft, genauso wie das Tosen des Wassers. Sie hatten sich eine kleine Lichtung am Rande des Abhangs gesucht, die es ihnen ermöglichte, über die weiten Bergklüfte zu schauen, und jetzt zeichnete sich immer stärker ein leuchtender Halbmond vor dem dunkelblauen Nachthimmel ab. In der Tiefe der Wälder unter ihnen sahen sie einen breiten Fluss zwischen den Laubbäumen aufblitzen, gespeist von den Wassermassen, die ihnen an diesem Tag beinahe das Leben gekostet hätten. Es hatte Ava erstaunt, wie geschickt Karim und Leon sich dabei angestellt hatten, die Fische aus dem Wasser zu ziehen. Mit spitz gefeilten Ästen hatten sie in den Wasserfall gestochen, wann immer sie das Glitzern der Fischschuppen zu erkennen geglaubt hatten. Ganze drei Mal war der Ast in einem Fischkörper hängen geblieben.

»Dein Haar macht hungrig«, sagte sie zu Leon, der schweigend neben ihr saß. »Es hat die Farbe von Mandelbutter. Wenn du mir jetzt eine Scheibe Zimtbrot schenkst, greife ich mir deine Locken und schmiere sie mir aufs Brot!«

Leon rückte etwas von ihr ab und ließ sein Kinn hängen. »Hör auf, dich über mich lustig zu machen. Das kann ich gar nicht ausstehen.«

»Tue ich doch gar nicht.« Ava hob beschwichtigend die Hände. »Wenn ich so etwas sage, ist das ein riesiges Kompliment.«

»Klar. Und gleich nennst du mich Lockenköpfchen …«

»Wenn du mich so nett darum bittest.« Ava umfasste ihre Knie und wippte grinsend vor und zurück. »Was hast du eigentlich gesehen, als die Hyäne an deinen Füßen geleckt hat?«

»Was soll ich bitte schön gesehen haben? Ein widerliches Vieh, das mich mit einer Kugel Stracciatellaeis verwechselt hat!«

»Sonst nichts?«

Leon fuhr sich genervt durchs Haar und schluckte kräftig. »Du nervst.«

»Du musst noch mehr gesehen haben. In dem Märchen mit der Hyäne wird es nämlich ganz genau beschrieben: *Und als die feuchte Zunge der Hyäne über seine raue Fußsohle glitt, erhob sich der Stier in seinem Kopf und begann zu brennen. Er streckte seinen Kopf in die Höhe und begann zu galoppieren, bis seine Hörner die Augäpfel des Jungen von innen durchbohrten und hinaus in die düstere Welt liefen.* Hast du ihn gesehen, den Stier?«

»Nein verdammt! Du etwa?«

»Du bist wirklich nicht gesprächig«, seufzte sie.

»Ich hasse Märchen«, entgegnete Leon, »und ich hasse Wälder. Habe ich schon immer. Und ich glaube, in Zukunft werde ich jedes Gefühl in meinem Körper hassen, das versucht, mich zu manipulieren. Und weißt du, wer schuld daran ist? Du!«

Er sprang auf die Füße und setzte sich in ausreichender Entfernung an den Klippenrand, wo Ava ihn nicht weiter belästigen konnte.

»Mach dir nichts draus«, sagte Noël hinter ihr und nahm Leons Platz ein. »Er ist immer so unfreundlich.«

Ava war froh, zu sehen, dass die Farbe in sein Gesicht zurückgekehrt war. Jetzt glänzte seine Haut wieder schokoladig im Feuerschein.

»Dich scheint er auch nicht zu mögen«, sagte sie.

»So würde ich das nicht bezeichnen. Leon lässt einfach seine schlechte Laune an anderen aus. Und ich bin wohl das ideale Opfer.«

»Warum ist er so schlecht gelaunt?«

»Wahrscheinlich kann er sich selbst nicht ausstehen …«

Ava nickte und bohrte einen Stock in die Felsspalte zu ihren Füßen. »Und warum bist du das ideale Opfer?«

»Vielleicht weil ich zu nett bin.« Das Feuer spiegelte sich in seinen Grübchen und Ava sah seine Augen durch die Brillengläser wie schwarze Edelsteine funkeln. »Vielleicht sollte ich ihm mal mit der Faust ins Gesicht schlagen. Dann hätte er mehr Respekt vor mir.«

Ava stellte sich eine solche Szene vor und musste wieder grinsen. »Was habt ihr in eurer Welt gemacht, als ich euch ins *Herz* geholt habe?«

»Nun … ich glaube, ich stand kurz davor, mit meinen Prinzipien zu brechen und ihm tatsächlich ein blaues Auge zu verpassen.«

»Ihr habt euch geprügelt?«

»Wir haben uns auf dem Schulhof im Dreck gewälzt und uns Verwünschungen an den Hals geschrien. Das heißt, das hat vor allem Leon getan. Ich habe bloß versucht, mein Gesicht so gut wie möglich vor ihm abzuschirmen.«

»Wie seid ihr auf dem Boden gelandet?«

»Er hat mal wieder meine Familie beleidigt. Dann habe ich gesagt, dass ich lieber gar keine Mutter mehr habe als eine wie seine. Die hält nämlich gar nichts von ihrem Sohn.«

»Oh.«

»Allerdings. So wütend hatte ich ihn bis dahin noch nie gesehen.«

»Ich meine oh, weil du keine Mutter mehr hast.«

»Ach«, Noël winkte ab, »das hört sich schlimmer an, als es ist. Sie hat uns im Stich gelassen, nachdem meine zweite Schwester geboren wurde. Ich bin der Älteste in unserer Familie und irgendwie hat mir die Wut über ihre Flucht geholfen, drüber wegzukommen. Ich kümmere mich um die Mädchen so gut es geht und mein Vater versucht, uns ein sorgenfreies Leben zu ermöglichen, indem er Tag und Nacht zur Arbeit geht.«

»Dann bist du wohl viel alleine.«

»So weit man das sein kann, mit zwei Mädchen, die wollen, dass man ihnen Schokoladenpudding oder Eierpfannkuchen kocht.«

Ava lächelte schon wieder. Wie schaffte er es, dass sie sich in seiner Gegenwart so leicht und glücklich fühlte?

»Was hat es mit der Clownskette auf sich?«

Er zog das Schmuckstück, das Ava ihm nach seiner Rettung zurückgegeben hatte, unter seinem Hemd hervor und hielt es ins Licht. »Insa, meine kleinste Schwester, hat es mir geschenkt. Sie hat das Ding auf irgendeinem Flohmarkt gekauft, weil sie meinte, der Clown erinnere sie an mich.« Er drehte die Figur gedankenverloren zwischen den Fingern. »Alleine deswegen muss ich wieder zurück, verstehst du?«

Ava hielt seinen Blick und verstand. Doch sie schaffte es nicht, ihm ein Versprechen zu geben. Denn im Moment wusste sie genauso wenig wie er, ob sie den Neidwald je wieder verlassen konnten. »Ich tu mein Bestes«, presste sie hervor und robbte näher ans Feuer, wo Karim mit dem gebratenen Fisch wartete.

Sie aßen schweigend und als sie gesättigt waren, legte Ava sich gleich unter die blaue Plane, die Karim zwischen den Bäumen aufgespannt hatte, um zu schlafen. Die beiden Menschen taten es ihr gleich, nur Karim blieb am Feuer sitzen, um Nachtwache zu halten. Ava würde ihn später ablösen. Sie konnten es sich nicht leisten, unbewacht in einem Wald zu schlafen, der über Nacht sein Aussehen änderte. Ava stellte sich vor, wie Karim jetzt traurig in die Flammen schaute. So wie er auf die Regentropfen geschaut hatte, als er ihr im Burgturm von seiner Mutter erzählt hatte. Sie drehte sich auf die andere Seite und presste die Augenlider fester aufeinander. Ihr Herz tat weh.

25. Kapitel

Wenn Karim ins Feuer blickte, musste er an die Nacht denken, in der sie den toten Körper seiner Mutter verbrannt hatten. Ihre Asche war überall in dieser Welt.

Er war voller Vorfreude gewesen, als er sich entschieden hatte, sein Pferd zu wenden und zum Neidwald zu reiten. Er hatte keine Angst verspürt, vor dem, was ihn im Wald erwarten könnte. Er hatte bloß diese eisblauen Augen vor sich gesehen, die ihn morgens aus dem Schlaf und abends aus dem Leben ziehen sollten. Er hatte sich gewünscht, noch einmal ihren warmen Atem an seinem Hals zu spüren, so wie in Wutland. Ihr wieder die Haare aus der Stirn zu streichen, wenn sie schlief. Und das Glück auf ihren Lippen zu sehen, in dem Moment, in dem sie verstand, dass er sie nicht mehr alleine ließ. Es hätte alles so schön werden können zwischen ihm und Ava, wenn Noël nicht aufgetaucht wäre. Ihre Begeisterung, ihre Angst, ihre Beschimpfungen hätten alleine ihm gehört. Stattdessen hatte sie die Lippen eines anderen geküsst. Stattdessen verfärbten sich ihre Wangen rosa, wenn dieser Mensch sie anlächelte. Karim grub die Finger fester in seinen Handballen. Der Schmerz fraß Löcher in sein Herz, durch die kalte Luft schlüpfte und den Schaum auf den Meereswellen in Eisschollen verwandelte.

Karim hatte Angst, zu teilen. Er beherrschte es nicht gut, seitdem seine Mutter fort war. Denn er wünschte, er hätte auch sie niemals teilen müssen. Mit der Welt. Und dem Tod.

»Er ist so viel besser als du.«

Karim fuhr herum. Eine kratzige Stimme hatte zu ihm gesprochen, irgendwo zwischen den Blättern der Bäume.

»Sie mag ihn. Wenn du nicht Acht gibst, wird sie ihn lieben.«

Karim suchte die Lichtung ab, doch er konnte nichts finden. Die Herzblätter hatten begonnen zu zittern und ein schwarzer Schmetterling kreiste plötzlich gleichmäßig über dem Feuer. Dann landete ein Wasservogel mit langen Beinen neben Karim und sah ihn an. Die Stimme ertönte erneut.

»Du musst ihn loswerden. Jetzt!«

Während Karim den Kopf zwischen den Händen vergrub und ihn kräftig schüttelte, krabbelte ein Eichhörnchen vom Baum und setzte sich auf seine rechte Schulter. Mit seinen kleinen Pfoten griff es nach seinem Ohrläppchen und hauchte ihm seinen warmen Tieratem in die Ohrmuschel.

»Wenn du es nicht tust, wirst du sie verlieren. Das willst du doch nicht, Karim!«

Karim wagte es nicht mehr, sich zu rühren. Seine Hände zitterten und er meinte, der Abgrund zu seinen Füßen beginne sich im Kreis zu drehen. Das Eichhörnchen sprang wieder auf den Baum und kletterte davon. Als Nächstes huschte eine graue Maus über die Lichtung.

»Sag es, Karim, das willst du doch nicht, oder? Du willst nicht, dass sie seine Augen schöner findet als deine. Du willst nicht, dass sie mit ihm lacht. Du willst nicht, dass sie daran denkt, wie gut seine Lippen schmecken. Und dass sie ihre Geheimnisse mit ihm teilt. Und ihn mit sich nimmt, immer tiefer in den Wald, um das Abenteuer zu erleben, nach dem sie sich schon ewig sehnt. Nein Karim, das willst du nicht!«

Die Blätter bebten jetzt. Es war, als würde die kratzige Stimme aus allen Poren des Waldes zu Karim sprechen. Sie schwoll an und fegte ihm um die Ohren. Er spürte, wie sie in ihn eindrang und wie ihre Worte seine Gedanken veränderten. Sie griff nach seinen Ängsten und jonglierte mit ihnen wie mit kleinen Bällen, bis Karim nicht mehr wusste, was wahr war. Und was falsch. Die Stimme hatte recht. Noël musste verschwinden. Er durfte nicht in Avas Nähe bleiben.

»Dann tu es, Karim. Tu es und deine Sorgen sind Vergangenheit. Was kümmert dich das Schicksal dieses Menschen? Schick ihn zurück, dahin wo er hingehört! Du musst ihn bloß töten, er wird hier sterben, doch in seiner Welt wird er weiterleben.«

Die gelben Augen eines Fuchses leuchteten zwischen den Baumstämmen. Er starrte Karim an, mit gefletschten Zähnen.

»Worauf wartest du noch? Er ist böse! Er hat es verdient!«

Der schwarze Schmetterling schwebte mit flirrenden Flügeln vor Karims Gesicht und setzte sich auf seine Stirn. Karim spürte die klebrigen Beine und die dünnen Flügel, die wie schwarze Tinte in seine Haut sickerten. »Ja, er hat es verdient«, sagte Karim, stand auf und umrundete das Feuer. Wie durch eine unsichtbare Kraft gelenkt, führten ihn seine Beine zum schlafenden Noël.

»Sehr gut! Du machst das hervorragend, Karim! Hab keine Angst. Du musst mutig sein, wenn du willst, dass sie dir gehört. Nimm dir, was du begehrst. Alles andere zählt in diesem Wald nicht!«

Als sich Karim über Noël beugte, streifte sein Blick die Gestalt, die neben ihm am Boden lag. Sein Herz begann unregelmäßig zu pochen. Es hüpfte und taumelte, als wolle es sich gegen die Hand wehren, die es brutal umklammerte und immer wieder zu Noël trieb. Er sah ihr grießblondes Haar. Sie hatte den Daumen einer Hand zwischen ihre Lippen gesteckt, wie ein kleines Kind lag sie da, die Beine fast bis zum Kinn herangezogen. Karim erinnerte sich an ihre erste Begegnung. Wie abfällig sie ihn angesehen hatte. Dann erinnerte er sich an ihre Umarmung, als er ihr von Anais erzählt hatte. Und er erinnerte sich an ihre spitzen Zähne, die an seinem Ohrläppchen gekaut hatten.

»Tu es endlich! Oder willst du mit ansehen, wie er sie ein zweites Mal küsst? Und wie sie seinen Kuss mit Wohlwollen erwidert? Sie wird dich verlassen, wenn du jetzt Schwäche zeigst! Und dann bist du so allein, so allein wie zuvor …«

Karim spürte, wie der Schmetterling unter seiner Haut auf der Stirn zu flattern begann. Der Schmerz machte ihn fast blind. Seine Hände wanderten zu Noëls Hals und schlossen sich um seine Kehle. Ein letztes Mal hörte er auf dessen regelmäßigen Atem, dann verkrampften sich seine Finger und begannen, zuzudrücken. Die kratzige Stimme heulte auf, überall raschelte es in den Herzblättern und Nachtvögel begannen so laut zu kreischen, dass Karim glaubte, der Wald würde explodieren.

»Karim! Was machst du denn bloß? Warum bist du hier?«

Plötzlich sah er ihr Gesicht, das sich über ihn gebeugt hatte, als er in den Neidwald gestolpert war. Wie sie ihn angesehen hatte! Sie hätte beinahe geweint vor Freude! Sie hatte ihm über das Gesicht gewischt mit ihren feuchten Händen und sich so besorgt auf die Lippen gebissen, dass er fast gelächelt hätte, trotz Schmerzen.

»Ava«, flüsterte Karim, seine Kehle war trocken. Zitternd kämpfte er gegen das Flattern unter seiner Stirn und zwang sich, die steifen

Finger zu lösen. Stück für Stück öffnete er die Hände und gab Noëls Hals frei.

»Nein, was tust du? Mach weiter! Bring es zu Ende! Töte ihn!«

Karim starrte auf Noëls Hals. Er meinte, seinen Handabdruck darauf erkennen zu können. Doch sein Atem ging noch so regelmäßig wie zuvor.

»Es ist noch nicht zu spät! Drück noch einmal fest zu und dieser Mensch wird sie nie wieder anfassen! Sie wird weinen und sich in deine tröstenden Arme schmiegen. Und dann wird sie ihn irgendwann vergessen und bloß noch dein sein. Worauf wartest du, Schwächling?«

Karim hielt sich mit zitternden Armen die Ohren zu. Er wollte das Geflüster dieses Waldes nicht länger hören. Dieser Wald erzählte Lügen! Er würde Ava nicht an Noël verlieren, weil er um sie kämpfen würde. Karim glaubte, sein Trommelfell würde platzen, so viele Stimmen kreischten plötzlich in seinem Ohr. Er kauerte sich zwischen Ava und Noël auf den Boden und biss die Zähne zusammen.

»Geht fort!«, schrie er innerlich. »Lasst mich in Ruhe! Ich glaube euch kein Wort!«

Plötzlich huschten Ratten und Kaninchen über die Lichtung und verteilten sich in alle Himmelsrichtungen. Gleichzeitig erhob sich ein Schwarm Vögel aus den Bäumen und flog davon. Die Herzblätter hörten augenblicklich auf zu zittern und Karim sank endgültig zu Boden. Er spürte, wie sich der Schmetterling aus seiner Haut schälte und lautlos hinfortsegelte. Die kratzige Stimme kam nicht mehr zurück. Und Karim atmete erleichtert auf. Sein Körper fühlte sich schwach, doch sein Geist war hellwach. Er hätte beinahe einen Menschen getötet! Sein Herz schlug ihm bis zum Hals. Vom Boden aus blickte er zu dem schlafenden Noël. Und war froh, dass er noch da war.

Ava spürte eine Hand auf ihrem Rücken und als sie die Augen öffnete, sah sie auf die Mondsichel, die über dem Abhang zu schweben schien. Karim nickte ihr zu und legte sich ohne ein weiteres Wort unter die Plane, mit genügend Abstand zu Noël und Leon. Er hatte so bleich ausgesehen im Mondlicht, dass seine Sommersprossen sich wie dunkle Male von seiner Haut abgehoben hatten.

Ava seufzte und krabbelte zum Feuer. Nun war es also an ihr, Nachtwache zu halten. Sie machte sich daran, abgebrochene Äste aufzusammeln und sie ins Feuer zu werfen, das bei jeder Berührung eine Handvoll Funken und Ruß in den Himmel stob. Dann setzte sie sich ganz nah an den Flammenschein und ließ sich die Wangen wärmen. Ihr Blick glitt über die tiefe Ebene mit dem breiten Fluss, der wie eine Straße aus Silbermünzen glänzte. Gegenüber schoben sich die steilen Berghänge wieder hinauf in den Himmel, so weit, dass auf den Bergspitzen selbst die knochigen Bäume mit den Herzblättern zu wachsen aufgehört hatten. Bloß noch kalter Stein. Bloß noch ein paar Disteln, die sich durch Felsspalten kämpften. Ava griff nach kleinen Steinen am Boden und begann, sie über das Feuer und den Abhang zu werfen. Sie hörte nicht, ob sie aufschlugen, dafür war das Rauschen des Wasserfalls noch zu laut, doch sie stellte sich vor, wie sie endlos die Felshänge hinabrollten und dabei immer mehr Geröll mit sich zogen, sodass irgendwann eine Steinlawine die Ebene überschwemmen würde. Viel zu viele Gedanken kreisten durch ihren Kopf, wirres Zeug, das sich nicht ordnen ließ. Sie dachte daran, dass sie eine Leiter mitnehmen musste, wenn sie mit ihrem Vater Pinienkerne ernten ging, dass Jadon jetzt vielleicht in der Dunkelheit seines Ladens stand und eine Tasse Waldmeistertee trank, dass sie noch immer keine Veilchenbonbons probiert hatte und dass Karims Lippen sicher nach gezuckertem Orangensaft schmeckten. Sie stellte sich vor, wie Auron betrübt in seinem Zimmer saß und innerlich seinen Sohn anflehte, zurückzukommen, sie sah eine Frau mit rotem Haar in einem gepunkteten Badeanzug in einer stürmischen Brandung leblos gegen die Felsen schlagen, sie roch den Duft von frischen Ahornkeksen im Backofen ihrer Mutter und dazwischen spürte sie immer wieder Noëls Lippen, die hart auf ihren Mund trafen. Ava hätte schreien können. Sie hatte sich noch nie so hilflos gefühlt. Warum bloß wankte sie? Warum wusste sie nicht mehr, wohin ihr Herz sie trug?

Der Mond war der einzige Beobachter in dieser Nacht. Sein Augenlicht folgte Avas Fingern, als diese in Karims Rucksack wanderten. Sie hielt den Atem an, um die Jungs nicht zu wecken, und zog vorsichtig das Armband zwischen Karims zerknüllter Kleidung hervor. Sie stand einen Moment reglos da, einzig die Feuerschatten tanzten auf ihrem Körper. Dann legte sie das Armband um ihr Handgelenk und zog es kräftig zusammen.

Langsam ging Ava auf die Knie und betrachtete lautlos ihr Herz. In der Mitte wuchs noch immer die Sonnenblume empor. Ihre Knospe war wie eh und je verschlossen. Der Staub, der von oben auf sie hinabrieselte und Blume und Herzboden wie eine Schneeschicht bedeckte, glitzerte beinahe, so nah hielt sie ihr Handgelenk ans Feuer. Doch Ava wusste, dass er grau war. Und dass jedes neue Staubkorn das Licht schluckte, das die Sonnenblume brauchte, um endlich zu erblühen. Wenn sie es nicht schaffte, ihn zu stoppen, würde sie niemals leuchten. Und das war etwas, vor dem sich Ava wirklich fürchtete.

26. Kapitel

Als Ava aus dem Schlaf schreckte, nahm ihr der Duft von Rosen jede Luft zum Atmen. Sie musste bei der Nachtwache auf dem Gebirgsplateau eingeschlafen sein. Um sie herum wuchsen Rosenranken aus der Erde, um Torbögen und verfallene Mauern, die wie die Ruinen einer alten Festung einen Garten säumten. Schnell schaute sie sich um und entdecke Noël, zusammengekauert unter tiefroten Blüten, die seinen nackten Hals streiften, sobald sich der milde Südwind in Wellen erhob und durch den Garten zog. Ava blinzelte in die warme Sonne – es musste bereits Mittag sein. Wo steckten Karim und Leon? Sie zog sich die Jacke vom Körper und ließ zu, dass die Sonnenstrahlen die Haut auf ihren dünnen Armen zum Brennen brachte. Dann schüttelte sie Noëls Schulter und schaute lächelnd zu, wie er sich von Seite zu Seite wand und knurrte, es sei noch viel zu früh zum Aufstehen.

»Du würdest es fertig bringen, den ganzen Tag durchzuschlafen, habe ich recht?« Ava zog ihn am Arm, sodass er sich aufsetzen musste. Sein Haar krauste sich wie filzige Wolle auf seinem Kopf und Ava stellte sich vor, wie es wäre, mit den Fingern hindurchzufahren und die Knoten zu lösen.

»Ich habe das Langschläfergen«, sagte Noël mit belegter Stimme und rieb sich die Augen. Sie waren bloß Schlitze und die Sonne beleuchtete die Augenringe, die sich tief über seine braune Haut zogen. Wenn er sich bewegte, nahm Ava zwischen dem Rosenduft den Geruch von warmer, verschlafener Sommerhaut wahr.

»Und außerdem kriege ich nachts kaum ein Auge zu in diesem Wald …«, fuhr er fort. »Wie lange soll das so weitergehen, Ava?«

Sie nahm den Blick von seinen dunklen Augen, die jetzt wieder hinter seiner Brille verschwunden waren, und richtete ihn auf die baumelnden Rosenköpfe. »Ich weiß es nicht«, sagte sie dann. »Selbst wenn ich den Neidwald hier schon verlassen wollte, wüsste ich nicht wie. Er ist wie ein Gefängnis und ich habe noch nicht einmal herausgefunden, wo sich die Tür zur Freiheit befindet.«

»Wie auch? Er wechselt ständig sein Aussehen. Als würde er uns nachts hin- und herschubsen.« Noël musterte Ava von der Seite und sie tat so, als würde sie es nicht bemerken. »Glaubst du überhaupt, dass man ihn wieder verlassen kann?«, fragte er dann.

Ava seufzte und riss ein paar weiße Blüten von einer Rosenknospe: »Ich glaube gar nichts mehr, Noël. Es ist alles viel zu kompliziert … Wir sollten uns lieber darauf konzentrieren, eine Wasserquelle zu finden.« Ihr Blick ging nach oben zu dem tiefblauen Himmel. »Es wird heiß werden heute.« Mit diesen Worten erhob sie sich und begann, den Garten zu erkunden. Zu Füßen der Rosenstöcke wuchsen duftende Kräuter aus der Erde, Anis und Salbei, und die Wiese war bedeckt mit Löwenzahn und blauen Distelblüten. Das Festungsgemäuer zog sich in einem großen Viereck um die Rosenbeete und hier und da meinte Ava, die Umrisse eines Fensters oder einer Tür zu erkennen. Plötzlich trat Karim hinter einer der Festungsmauern hervor und blieb so nah vor ihr stehen, dass sich in ihrem Kopf sein Milchgeruch mit dem der Rosen mischte. Er trug die beiden Wasserflaschen bei sich, randvoll gefüllt mit einer klaren Flüssigkeit.

»Hinter den Ruinen gibt es einen kleinen Bach und einen Springbrunnen«, erklärte er. »Das Wasser ist wunderbar kühl.« Er reichte ihr eine Flasche, doch sie zögerte. »Nun trink schon! Ich habe bereits eine ganze Flasche geleert und wie du siehst, lebe ich noch.«

»Wo ist Leon?«, fragte Ava, ohne auf seinen gereizten Tonfall einzugehen. Karim lehnte sich an die Mauer.

»Ich weiß es nicht. Seit zwei Stunden suche ich bereits nach ihm. Er muss weggelaufen sein.«

Entsetzt nahm Ava die Wasserflasche von den Lippen und starrte Karim an. »Das kann doch wohl nicht wahr sein!«, rief sie. »Der Kerl überlebt in diesem Wald keine fünf Minuten ohne uns!«

»Du bist bei der Nachtwache eingeschlafen, Ava.« Karims Blick war erbarmungslos. »Das hätte nicht passieren dürfen.«

Wütend klatschte sie ihm die Flasche vor die Füße, sodass seine Schuhe in einer Pfütze aus kristallklarem Wasser versanken. »Sag es ruhig«, fauchte sie, den Tränen nahe, »sag ruhig, dass es alles meine Schuld ist. Dass wir in diesem Wald feststecken. Dass wir Noël und Leon nicht mehr zurückschicken können. Dass wir alle hier drinnen sterben werden. Dass du schlechte Laune hast. Das ist schließlich alles meine Schuld, nicht wahr?« Der Milchgeruch wurde schwächer, als er von ihr abrückte. Ohne seine Antwort abzuwarten, lief sie davon, packte ihre Sachen zusammen und befahl Noël, ihr zu folgen. Karim steckte Wasserflaschen und Decken in den Leinensack und ging mit etwas Abstand hinter ihnen her.

»Wir müssen Leon finden, und zwar lebendig«, erklärte sie Noël und wischte sich heimlich eine Träne aus den Augenwinkeln, »wenn wir seine Eingeweide in irgendeinem Tümpel finden, hat das auch für dich unangenehme Konsequenzen.«

»Inwiefern?«

»Ihr seid zusammen hergekommen, in einem Rutsch, und wahrscheinlich könnt ihr auch nur zusammen zurückkehren.«

Sie liefen Rosenbeete auf und ab und riefen nach Leon. Immer wieder stießen sie auf Mauersteine, alte Brunnen, Reste von gepflasterten Pfaden, auf denen das Gras wucherte, doch sie fanden keine Spur von ihm. Irgendwann ließ Noël sich zurückfallen, bis er neben Karim ging. Obwohl Ava bereits durch den nächsten Torbogen gegangen war und auf eine Wiese zuging, an deren Ende sich meterhohe Hecken mit Rosenbüschen ausbreiteten, hörte sie seine Stimme.

»Hör auf, ihr Vorwürfe zu machen. Sie ist genauso verzweifelt wie du.«

»Ich wüsste nicht, was dich das angeht«, sagte Karim wenig freundlich.

»Ich dachte, du bist für sie in den Wald gekommen? Um sie zu beschützen? Dann zeig ihr das auch, verdammt noch mal!«

»Warum? Weil sie sich sonst bei dir ausheult? Das müsste doch ganz in deinem Interesse sein.«

Ava blieb hinter dem Torbogen stehen und ließ die beiden an sich vorbeiziehen. Sie belauerten sich so sehr, dass sie Ava gar nicht mehr beachteten.

»Er ist nicht hier, um mich zu beschützen«, sagte sie dann eiskalt. Karim und Noël drehten sich wie ertappt zu ihr um. »Er ist hier, weil er niemandem vertraut. Nicht seinem Vater, nicht Rumina und auch nicht mir. Karim traut nur dem, was er mit eigenen Augen sieht, deshalb ist er in den Wald gekommen: Um herauszufinden, ob Rumina nicht doch ein Körnchen Wahrheit gesprochen hat. So ist es doch, Karim, oder? Aber eins sage ich dir: Ich lasse mir von dir nichts vorschreiben. Ich tue was ich für richtig halte und wenn dir das nicht passt, darfst du uns gerne hier und jetzt verlassen!«

Gerade als sie das letzte Wort gesprochen hatte, sprang Karim vor und presste ihr die Hand auf den Mund. Sie war im ersten Moment so erschrocken, dass sie stillstand, doch dann versuchte sie, sich aus seinem Griff zu winden und zu schreien. Karim aber ließ sie nicht los, sondern stieß ihr seinen Ellbogen in die Rippen und deutete mit hochgezogenen Augenbrauen nach vorne, über Avas Kopf hinweg durch den Torbogen, und als sie sich langsam in seinem Arm umdrehte, sah sie das Rudel weißer Wölfe.

Ihre Zungen fuhren über die Rosenblüten, als leckten sie ihnen die Süße aus den Knospen, und aus ihren Schnauzen trat ein Geruch von Verwesung, der die Blütenblätter zerknittert und staubtrocken zurückließ. Als nähmen die Wölfe ihnen das Leben. Sie hatten ein zottiges Fell, das in der Sonne leuchtete, und als sie näher kamen, sah Ava die Gier, die in ihren eisblauen Augen stand. Die Pupillen schimmerten wie Goldpapier. Es waren die gleichen Wesen, die sie bei ihrer Ankunft im Neidwald schon einmal umzingelt hatten.

»Was machen Wölfe in einem Rosengarten?«, fragte Noël, der ebenfalls hinter Ava getreten war. Er nahm ihren Arm und sie spürte, dass seine Hand zitterte.

Die Tiere kamen durch den Torbogen, Ava zählte fünf weiße Rücken, die mit jedem Schritt auf und ab wogten.

»Wir müssen uns langsam rückwärts bewegen«, flüsterte Karim, »und auf mein Kommando lauft ihr um euer Leben.«

»Nein, wir dürfen nicht laufen, sie sind doch so viel schneller«, protestierte Ava, doch Karim und Noël zogen sie bereits mit sich über die Wiese, bis sie die meterhohen Hecken aus Rosenbüschen erreichten. Die Augen der Wölfe zuckten keine Sekunde. Sie fixierten Ava, als warteten sie bloß darauf, dass die Jagd begann.

»Jetzt!«, rief Karim und sie preschten los, in unterschiedliche Richtungen, hinein in die Gänge zwischen den Hecken.

Ava rannte so schnell sie konnte und verschwand hinter der nächsten Abzweigung, doch auf einmal blieb ihr Pulli an den Dornen der

Blumen hängen. Sie versuchte verzweifelt, ihn von den Sträuchern zu lösen, hinter sich sah sie Bewegungen zwischen den Hecken – ein Wolf mit gebleckten Zähnen war ihr auf der Spur. Sie riss kräftig an den Dornen und stolperte weiter vorwärts – rechts, links – bis sie nicht mehr sagen konnte, wo sie war. Karim hatte sie in ein Rosenlabyrinth geschickt. Sie rief nach ihm und Noël und in der Ferne meinte sie eine Antwort zu hören, dann ein Schrei und immer wieder das Rascheln von Wolfsbeinen zwischen den Hecken, ihr hechelnder Atem und der Geruch von Verwesung, der sich um die Blüten legte und sie austrocknete. Avas Herz schlug zum Zerbersten, sie stolperte über ihre eigenen Füße, fiel zu Boden, schürfte sich die Handgelenke an den dornigen Ästen auf, stemmte sich sofort wieder hoch und rannte weiter.

Plötzlich tauchte ein Wolf auf der Geraden vor ihr auf, sie nahm die nächste Abzweigung nach rechts, spürte, wie er ihr folgte, nur getrennt von den Rosenbüschen, welche die Gänge voneinander abschirmten. Die Sonne brannte vom klaren Himmel auf sie hinab und Ava wollte schreien, so sehr verzweifelte sie in diesem Labyrinth, in dem die Gefahr an jeder Ecke lauern konnte. Als sie meinte, ihre Lunge würde platzen, blieb sie kurz stehen und stützte die Hände auf den Oberschenkeln ab. Eine unheimliche Stille hatte sich über die Wiese gelegt. Ava stellte sich ganz nah an die Rosen und hielt den Atem an. Da war nichts? Oder doch?

Gerade als sie ein weiteres Mal nach Karim rufen wollte, sprang ein Wolf durch die Hecke und landete hinter Ava auf den Füßen. Die Hecke zerbarst, als würde sie explodieren, und wie bei einem Dominospiel riss sie alle Rosenbüsche im Labyrinth mit sich. Millionen bunter Rosenblüten flogen in die Luft und verdeckten das Sonnenlicht. Ava sah nichts mehr, bloß noch die zarten Blütenblätter, die vor ihren Augen tanzten und sie einwickelten. Sie wusste nicht ob vor oder zurück, wo der Wolf lauerte und was mit Karim und Noël geschehen war. Plötzlich spürte sie filziges Fell an ihrem Handrücken, sie gab einen lauten Schrei von sich und lief los, gegen eine Wand aus segelnden Rosenblättern, immer weiter ohne anzuhalten. Sie kämpfte sich den Weg mit ausgestreckten Armen frei und versuchte, die Panik herunterzuschlucken, die ihre Gurgel hinaufkroch.

»Karim, Noël! Wo seid ihr?« Ihre Stimme war so schrill, dass sie einige Blütenblätter zerfetzte, doch sie erhielt keine Antwort. Sie hatte die anderen verloren.

Ava wusste nicht mehr, wie lange sie schon lief, doch als sich der Rosenregen langsam lichtete, brach sie auf einer Lichtung im hellsten Sonnenschein zusammen und war unfähig, auch nur einen klaren Gedanken zu fassen. Sie presste die Hand auf ihr klopfendes Herz und als sie die Augen schloss, flossen Tränen ihre Wangen hinab.

27. Kapitel

Raven saß ihr gegenüber, in den Fensteröffnungen eines ehemaligen Kreuzganges, und steckte eine weiße Rose in ihr schwarzes Haar. Die Trümmer um sie herum waren überwuchert von wilden Dornsträuchern und die Blüten der Rosen hingen von den Steinbögen über ihren Köpfen wie korallenfarbene Lampions. Rumina tastete mit den Fingerspitzen nach der Blüte und schob sie tiefer in ihre Locken. Ihre roten Lippen formten einen Kuss und Raven berührte sie mit dem Zeigefinger.

Das erste Mal hatte er eine solche Rose im Alter von vierzehn Jahren in den Händen gehalten. Seine erste Flucht war die aus dem Haus seiner Großeltern in Hassland, auf die Rosenzuchtplantagen des Stolzes, gewesen, ganz im Osten des *Herzens*. Er hatte seine Familie nicht um Erlaubnis gefragt, er hatte sie verlassen, mit dem Vorsatz, nie wieder in dieses Haus zurückzukehren, in dem man sich gewünscht hatte, er wäre nie geboren. Sechs Jahre hatte er in der Rosenzucht gearbeitet, sechs Jahre mit anderen Arbeitern in einer schäbigen Kajüte geschlafen, während sich die Plantagenbesitzer in ihren herrschaftlichen Anwesen eine goldene Nase verdient hatten. Dass man ihn so lange durchgefüttert hatte, verdankte er einzig und allein der Tatsache, dass die Rosen unter seinen Händen am besten gediehen. Von seinen Kollegen war er derjenige gewesen, der die prächtigsten Beete in die Höhe gezogen hatte und so mancher hatte es ihm mit Neid und Missgunst vergolten, doch das hatte Raven nicht gekümmert. Alles was zählte, waren die Rosen, die einzigen Geschöpfe, die unter seinen Händen nicht verdorrten und die er mit Hingabe aufgezogen hatte. Bis zu der Nacht seines zwanzigsten Geburtstags, als er gespürt hatte, dass die Zeit gekommen war, Großes zu vollbringen.

Raven ließ zu, dass Rumina nach seiner Hand griff und sie an ihre Wange zog. Sie blinzelte in das Sonnenlicht, das durch die alten Säulenmauern auf sie hinabfiel und lächelte.

Der Kessel war eine Verheißung gewesen! An keinem anderen Ort konnte man so einfach zu Macht und Ansehen gelangen wie dort. Und zu Wissen aller Art: Raven hatte das nachgeholt, was er all die Jahre auf den Rosenfeldern verlernt hatte. Lesen, Lügen und Hoffnungen schüren waren genauso zu seinen schärfsten Waffen geworden wie das Anstacheln derer, die wie er keine Skrupel hatten, das Messer auf den Feind zu werfen. Bis er in den dunkelsten Spelunken des Kessels, wo er stets mit einer schwarzen Maske aufgetreten war, bloß noch als der *goldene Revolutionär* bekannt gewesen war.

Raven zog die Hand von Ruminas Wange weg. An seine dritte Flucht wollte er nicht denken. Es war die aus Elmons Haus gewesen, als der Rat eintraf, um ihn in den Neidwald zu bringen. Hätte er ihn doch nur getötet, in dieser Nacht! Der Kristall wäre von da an sein gewesen.

Doch diesen Fehler würde Raven korrigieren. Egal wie viele Fallen ihm dieser Wald noch stellen würde, er konnte nicht mehr verhindern, dass Raven den Kristall fand. Er hatte in der letzten Nacht zwei Männer an ein hungriges Moor verloren, doch es gab noch genügend treue Seelen in seiner Truppe, die er vorschicken würde, sollte der Wald nach einem weiteren Tribut verlangen. Wenn Raven die Augen schloss, dann spürte er das Pulsieren des Kristalls in seinen Ohren. Er war so nah bei ihm wie die Rosenköpfe, als müsste er bloß die Hand in die Höhe strecken und nach dem glitzernden Stück Macht greifen, das Elmons Hals durchtrennen würde.

»Woran denkst du?«, fragte Rumina und streichelte über eine Rosenknospe.

»An dich, mein Engel«, antwortete Raven und zog sie auf die Beine. Gemeinsam stiegen sie über die Rosenranken am Boden, deren Blüten sich vor ihnen verbeugten. Während sie den Kreuzgang verließen, meinte er in der Ferne einen Schrei zu hören. Er schaute verwirrt in die sommerliche Ferne, doch Rumina zog an seiner Hand und holte ihn zurück in den Garten. Er musste sich getäuscht haben. Oder vielleicht, dachte Raven, war es auch nur das Rufen des Kristalls, so tief in meinem Herzen.

28. Kapitel

Die Blätter der Bäume leuchteten feuerrot. Der Wald stand in Flammen und an manchen Stellen lag das Holz schon ganz tot am Boden und zerfiel, vermoderte, wurde zersetzt von Würmern und Käfern und Ameisen und die Igel verzogen sich langsam in ihre Winterhöhlen. Der Wald brannte wie Avas Herz. Es tat weh und leuchtete doch so intensiv. Es war ganz warm und pulsierend und sie wünschte, sie könnte ihre kalten Hände daran wärmen. Ava kannte nur einen Gedanken: Sie musste ihre Freunde wiederfinden. Ihr Herz würde nicht aufhören zu brennen, bis sie wieder vor ihr auftauchten. Bis sich die Gewissheit an ihre Seite legte, dass sie alle noch lebten. Dass Karims Herz sie noch nicht aufgegeben hatte. Dass sie ihre kalten Finger wieder in seinen würde verschränken können, bis ihre Knöchel knackten. Denn jetzt, da er nicht mehr bei ihr war, war jede Wut aus Ava gewichen. Jetzt vermisste sie ihn bloß noch. Ihr Herz war nicht dafür gemacht, alleine zu sein.

Tief im Inneren wünschte sie, ihnen ginge es wie ihr. Sie wünschte sich, dass Karim nicht mehr schlief vor Sorge. Sie wünschte, dass Leon nicht mehr fluchte. Dass Noël nicht stehen blieb, bis er sie fand. Ava wünschte sich, vermisst zu werden. Gesucht zu werden. Und am Ende gefunden zu werden, unter einem Haufen gelber Blätter, deren rote Adern bereits verblassten und vom kalten Winterwind eingewickelt wurden.

Zwischen den bunten Bäumen tauchte eine Mauer auf. Als Ava näher trat, blickte sie an der Mauer nach oben bis zu der Spitze eines Turmes. Sie stand vor einem alten Schloss, in dessen Haut riesige Löcher klafften. Das große Eingangstor war zerschossen worden, sodass sie in den Innenhof klettern konnte. Efeu und Moos klebten an der Fassade, in einem Turm hing noch ein Fensterrahmen in den Angeln. Glassplitter auf dem Boden. Ein zerfetzter Vorhang, der im Herbstwind auf und ab gezerrt wurde. Die hohen Türme reflektierten das rote Leuchten des Waldes und Ava suchte sich einen Weg über das Geröll in das Innere des Schlosses. Sie stieg durch eine Fensteröffnung und landete auf einem zerrissenen Holzboden. Der Raum war noch einigermaßen intakt. Samtüberzogene Sessel mit goldenen Armlehnen standen um einen kleinen Holztisch. Der Staub tanzte in den dünnen Sonnenstrahlen, die durch die Löcher in der Wand fielen. Eine Tasse Tee stand auf dem Tisch, halb voll, der Abdruck von rotem Lippenstift am Tassenrand. Wo war die Frau, die hier gesessen und getrunken hatte?

Ava durchquerte den Raum und verließ ihn durch eine schwere Holztür. Auf der anderen Seite stieß sie auf eine riesige Halle. Vielleicht ein Tanzsaal? Ein schwerer Kronleuchter war auf den Boden gestürzt. Wie glitzernde Murmeln hatten sich die Kristallkugeln über den ganzen Boden verstreut. Ava ging in die Knie und sammelte einige auf. Sie steckte sie in ihre Jackentasche, wo sie weiter glitzerten, als wären sie niemals gestorben.

Ava stand unentschlossen da. Dann setzte sie einen Fuß vor den anderen. Vorsichtig, dann immer schneller. Sie stellte sich vor, ein Pianist spiele für sie ein trauriges Stück, zu dem sie tanzte, als halte sie jemand in den Armen. Ava drehte sich und schwang durch den ganzen Saal, blieb auf den Zehenspitzen stehen, lehnte sich nach hinten, riss den Oberkörper von rechts nach links, sodass ihr das Haar ins Gesicht peitschte, ließ sich in die Arme eines anderen fallen, schmiegte sich an seinen Körper und ließ sich tragen, über die Kristallmurmeln, über den Staub, hinaus aus diesem Leben, diesem entsetzlich einsamen Leben.

Erst als sie über einen Kristall stolperte, öffnete sie die Augen. Sie sah ihr Gesicht in dem gläsernen Kristallkörper, ganz verzerrt, ganz verzweifelt.

»Ich habe schon immer gesagt, tanzen wird überschätzt«, flüsterte sie, ballte die Faust, stieg auf ihre Beine und verließ den Tanzsaal, ohne sich noch einmal umzublicken.

Das Schloss war ein kalter Ort voller Schätze. Wandteppiche gewebt aus Wolle, die in Blut, in Gold, in Indigoblau gebadet worden war, zogen sich die Treppen hinauf bis in die Turmspitzen. Ava betrat Zimmer, deren Tapeten glitzerten wie der Abendmond über dem weiten Meer. Sie schaute in Porzellanvasen und Goldkrüge, sie fand ein Diadem auf einer alten Holzkommode und dicke Diamantringe in einer Schublade voller Schmuck. Nur von der Trägerin war keine

Spur. Hier und da hatten sich Tierspuren in den Staub gegraben und an einer Stelle meinte Ava den Abdruck einer Hand auf dem milchigen Fensterglas zu erkennen. Daneben getrocknete Spuren von Blut. Eine Kruste aus vergangener Zeit. Was verbarg dieses Schloss?

Nach einigem Suchen stieß Ava auf die Schlossküche und für einen kurzen Augenblick erlag sie der kindischen Vorstellung, die kleine Ida würde sie erwarten, wenn sie um die Ecke bog, in einer vom Ofen gewärmten Küche voller Gurkensandwiches und Geborgenheit. Stattdessen waren die Regale von den Wänden gerutscht und hatten einen Haufen Ton- und Glasscherben auf dem Boden hinterlassen. Der alte Kamin, der einmal ein ganzes Reh gefasst hätte, war tot. Nichts als kalte Asche war noch übrig. Ava öffnete ein Kästchen und fand getrocknete Kräuter, unter anderem Lavendel und Brombeerblätter. Die Lebensmittel, die hier gelagert hatten, waren alle verfault und den Ratten und Siebenschläfern zum Opfer gefallen.

Ava ging wieder nach draußen, fischte im Wald einen Topf Wasser aus einem Bach und sammelte Holz, das sie im Kamin anzündete. Sie wärmte endlich ihre Hände und brachte den Topf Wasser über dem Feuer zum Kochen. Dann rührte sie die Kräuter hinein und schöpfte daraus mit einer Schüssel mehrere Tassen Kräutertee, die sie langsam und regelmäßig trank. Ihr Magen knurrte. Sie musste ihn ignorieren.

Als die Sonne unterging, stand Ava in der Turmspitze und sah aus dem Fenster, wie der flammende Wald ein letztes Mal heftig aufloderte, bis seine Farben von der Dunkelheit gelöscht wurden. Der Wald erstreckte sich in alle Richtungen in eine Unendlichkeit, die Ava schwindelig werden ließ. Wie sollte man in einem solchen Zauberwald verirrte Seelen wiederfinden? Wie sollte man es schaffen, sich nicht selbst zu verlieren? Sie setzte sich das Diadem auf und stützte die Arme auf dem Fensterbrett ab. Vielleicht sollte sie einfach hier bleiben. Als Prinzessin des Waldes. Als Herrscherin über Feuer und Füchse. Der Gedanke machte sie so traurig, dass sie sich von dem Fenster abwendete und auf den Weg in den Keller machte. Den hatte sie bei ihrer Besichtigung bisher ausgespart – absichtlich natürlich. Keller waren schließlich nicht ungefährlich. Dies galt besonders für den Keller eines verfallenen Waldschlosses.

Auf der dunklen Treppe huschten Mäuse. Ava hatte eine Kerze entdeckt und hielt sie nun in den Abgrund, der sie ins unterste Gewölbe des Schlosses führte. Die Flamme tanzte wie ein kleiner Tupfen Hoffnung vor ihren Augen, viel zu schwach um die Dunkelheit zu verdrängen und dennoch so tröstlich. Im Gewölbe war es noch kälter und Ava roch dreckigen Stein. Als sie eine weitere Tür aufzog, flatterten ihr riesige Fledermäuse entgegen. Sie streiften ihr Gesicht mit den Flügeln und ließen sie rückwärts gegen die Tür taumeln. Das Herz klopfte. Es war jetzt bloß noch Feuerruß, so leicht, dass ein Flügelschlag ausreichte, es auseinanderzureißen und in diesem Kellerloch zu verteilen. Ava ließ sich nicht beirren. Sie betrat den Raum. Drei schwarze Särge standen in der Mitte, fünf weitere lehnten im Halbkreis an der Wand. Ava schluckte. Eine Grabkammer, das war wahrlich nicht erfreulich. Hoffentlich waren die Toten nicht verflucht, sonst würden ihre dürren Arme aus dem Sarg klettern und Ava die Kehle zudrücken.

Sie sollte gehen, doch sie blieb. Sie wollte wissen, was in diesem Schloss geschehen war. Wer hier gelebt hatte. Und gestorben war. Ihre zitternden Finger tasteten nach dem rechten Sarg, fuhren am Deckel entlang, hoben ihn langsam von unten an. Sie wusste, dass man Tote nicht stören durfte. Dass das, was sie tat, verboten war. Doch viel mehr als das, was sie sehen würde, fürchtete sie die Neugier in ihrem Körper, die ihr keine Ruhe ließ, wenn sie sie nicht befriedigte. Sie stellte sich auf den beißenden Gestank ein, der ihr gleich entgegenkommen würde. Vielleicht würde sie fauliges Fleisch sehen. Oder bloß noch Knochen, die ein totes Herz beschützten wie Gitterstäbe. Vielleicht ein Herz, aus dem Gänseblümchen sprossen. Oder ein Herz aus rotem Sand. Oder eine violette Kristallschicht, in der jedes Licht in bunte Farben zerbrach. Avas Magen hüpfte, als sie den Deckel mit Wucht aufstieß. Ungläubig starrte sie auf das Innere des Sargs. Auf ihrem Gesicht lag ein goldener Schimmer, das Glitzern von seichten Wellen, und eine Gänsehaut kletterte ihren Arm hinauf, als sie ihn tief in den Sarg tunkte. Mit einer Handvoll Ketten, dicken Perlenohrringen und feinen Bronzemünzen zog sie ihn wieder heraus. Sie hatte einen Schatz gefunden. Keine Leichen. Keine kalten Herzen. Ava riss die restlichen Sargdeckel auf – überall quollen wertvolle Dinge hervor. Brokatbestickte Ballkleider warfen sich aus den stehenden Särgen auf Ava, genauso wie edle

Parfümflakons und Pelze aller Art. Sie badete in den wundervollsten Saphirarmbändern und den größten Elfenbeinschnitzereien, in goldenen Taschenuhren, die schon lange nicht mehr aufgezogen worden waren und in vertrockneten Rosen, die zu Staub zerfielen, wenn Ava sie berührte. Erschrocken warf sie einen ausgestopften Adler beiseite, der ihr in die Arme gefallen war. Wem gehörte all das?

Sie griff sich eine Handvoll Münzen und steckte sie zu den Kristallkugeln in ihre Jacke, doch sie fielen gleich wieder aus ihrer Tasche auf den Boden, als wäre sie aufgerissen. Ava probierte es wieder und wieder, doch die Münzen wollten einfach nicht bei ihr bleiben. Dann legte sie sich eine Kette um den Hals. Sobald sie den Kopf drehte, löste sich der Verschluss und die Kette fiel zurück auf einen Haufen glitzerndes Gold. Zuletzt schöpfte Ava Rosenquarze mit der flachen Hand und versuchte, sie aus dem Keller zu tragen – als sie die Tür durchschritt, erhoben sich die Edelsteine in die Höhe und schwebten im dunklen Kellerraum wie kleine rosa Monde. Ava schaute ihnen zu, wie sie langsam und sanft auf den Boden hinabsegelten wie Federn und dort mit einem Klacken aufsetzten, das durch das ganze Gewölbe hallte. Sie hatte einen Schatz gefunden, der niemals das Licht der Welt erblicken würde. Einen wahrhaftigen Kellerschatz. Wenn sie ihn behalten wollte, musste sie für immer im Waldschloss bleiben. Einsam aber unglaublich reich. An Gold. An Elfenbein. An Düften. Reich an Dingen, die funkeln und schweigen.

Ava setzte sich auf einen Goldhügel und seufzte. Ihre Füße gruben sich in einen Haufen Kleider, als sie auf etwas Hartes stießen. Sie warf die Kleider beiseite, bis ein brauner Buchdeckel zum Vorschein kam. Dickes, welliges Leder. Sie hob das schwere Buch auf ihren Schoß und öffnete es ohne Zögern. Gefährlicher als das Buch zum Neidwald konnte es kaum sein.

Die Prinzessin, die vor Neid zu Staub zerfiel

Wenn du dies liest, bin ich bereits gestorben. Es wird kein schöner Tod sein, da bin ich ehrlich. Es ist nicht schön, sich in Staub zu verwandeln. Von jedem Luftzug herumgeschubst und an allen Orten dieser Welt verteilt zu werden. Doch ich kann nicht verhindern, dass mich dieses Schicksal ereilt.

Wie du siehst, war ich eine reiche Frau. Ich besaß alles, was man sich wünschen würde. Doch es war niemals genug. Ich habe meinem Volk alles genommen, denn es durfte in diesem Wald niemanden geben, der reicher oder schöner oder klüger war als ich, weder die Hexen noch die Trolle noch die speienden Drachen. Ich war neidisch auf die Füchse, weil sie ein so rotes Fell hatten. Auf die Hirsche, wegen des Geweihs. Auf die Vögel, wegen der Flügel. Und am Ende auf die Bäume, weil sie mir bunte Blätter schenkten, die sich nach weniger Zeit braun verfärbten. Jetzt am Ende ist nichts und niemand mehr übrig, auf den ich neidisch sein könnte und das lässt mich altern. Jeden Morgen erwache ich mit neuen Falten. Meine Haare werden grau und die Zähne gelb und brüchig. Der Lippenstift rutscht von den rauen Lippen und heute habe ich bemerkt, dass meine Hände zittern, wenn ich die Porzellantasse anhebe, um die Wärme des Tees auf der fahlen Haut zu spüren. Ich werde sterben. Ich werde vor Neid zu Staub zerfallen. Das ist ein Risiko, das ich eingehen muss. Wenigstens war ich die reichste Prinzessin der Welt. Und damit das niemand vergisst, bitte ich dich, dir all die Schätze einzuprägen, die ich in meinem Schloss versteckt habe. Präge sie dir ein und erzähle es allen, die dir begegnen: Ich war die, die alles besessen hat. Die Einzige, die vor Neid zu Staub zerfiel, in der Hoffnung, er möge sich in Gold verwandeln. Eines Tages.

Damit du auch keine Schätze übersiehst, findest du in diesem Buch eine Beschreibung meines Besitzes, mit Bildern und Herkunftsangaben, alphabetisch geordnet. Du magst in die Versuchung kommen, meinen Schatz zu stehlen. Das könnte ich gut verstehen. Doch ich sage dir ganz ehrlich, dass du mich nicht herausfordern solltest. Das haben schon so viele vor dir versucht. Viele, die meine Türen zerschossen und meine Fenster eingeschlagen haben. Viele, die für diesen Verrat an mir mit ihrem Leben oder ähnlichen Dingen zahlen mussten.

Abschließend bitte ich dich inständig, nicht so lieblos auf dem Staub zu trampeln, der sich endlich, all die Jahre nach meinem Tod, in meinem Schloss zur Ruhe gesetzt hat. In der Hoffnung, er möge endlich golden sein.

Voller Bewunderung und Neid,
Die Prinzessin, die zu Staub zerfiel

Ava schnaubte. Diese Schnepfe. Glaubte sie ehrlich, dass sie hinauslaufen würde in die Welt, um ihr von einer Prinzessin zu erzählen, die mehr besessen hat, als ihr gut tat? Ava hatte ganz andere Sorgen. Sorgen, die weniger golden waren. Es waren schwarze Sorgen, manchmal auch ein wenig rot. Blutrot. Heiß und kalt. Ava sehnte sich nach einer Dusche.

Sie blätterte in dem Buch. Die Prinzessin hatte sich wirklich bemüht. Alle Gegenstände waren mit Tusche umschrieben, neben jedem Text fand sich eine Zeichnung des Gegenstandes. Der eiserne Dreizack der Tümpelgötter. Die goldene Schale, aus der das erste Gefühl des *Herzens* getrunken hatte, nachdem die Architekten es erschaffen hatten. Ihr Name war Enya gewesen. Enya mit dem Herzen aus Fröhlichkeit. Ava kannte die Geschichte. Dann das Nachthemd König Quentins. Das war lange her. Es hatte seltsam rote Flecken auf Brusthöhe. War er ermordet worden? Ava hatte im Geschichtsunterricht einfach nicht gut genug aufgepasst. Sie übersprang den Teil mit den ausgestopften Tieren und stieß auf die *Gemälde der ungeschminkten Wahrheit.* Die Zeichnung der Prinzessin zeigte Bilderrahmen mit schwarzem Grund. Kein Ölporträt. Keine Aquarellzeichnung. Nur schwarzes Papier.

Nachts, wenn der Mond am Himmel steht, kann es geschehen, dass ein unsichtbarer Pinsel von einer unsichtbaren Hand getrieben, Bilder malt, die die Wahrheit sind. Wenn das Mondlicht über das raue Papier fährt, hinterlässt es eine Spur aus Farben. Eine Spur, die Fragen aufwirft. Die Fragen beantwortet. Die zeigt, was ist. Eine Nacht lang darfst du, Betrachter, Suchender, Sinnender, Bilder sehen, die jedem anderen Auge verborgen bleiben. Die Gemälde der ungeschminkten Wahrheit hingen einst in der großen Burg des Kessels, bevor sie von einem schattigen Dieb gestohlen wurden. Von Nacht zu Nacht versank er in ihren Bildern, bis er es nicht mehr aushielt, all die ungeschminkten Wahrheiten dieser Welt zu kennen. Er brachte sie mir. Ich hängte sie an eine Wand meines Schlosses. Und blickte sie seitdem nie wieder an.

Das Buch fiel von Avas Schoß, als sie aufsprang und aus dem Keller lief. Sie durchquerte lange Schlossgänge in völliger Dunkelheit. Sie stieß gegen eine Ritterrüstung und stolperte über eine Öllampe, die am

Boden lag. Sie kehrte in die Küche zurück und entzündete die Lampe. Sie wies ihr den Weg, Treppen hinauf, Treppen hinunter. Sie riss Türen auf und lief Wände ab. Sie blieb nicht stehen. Sie wollte die Wahrheit. Die ungeschminkte Wahrheit. Die kalte Luft dehnte sich in ihrer Lunge aus und Ava atmete weißen Dunst. Die nächste Tür war blau wie Tinte. Als Ava eintrat, stand sie in einer Bibliothek, einem Raum mit bodentiefen Fenstern, zusammengesetzt aus bunten Glasscherben. Der Mond schob seine Finger langsam durch die Scheiben auf die hohen Regale und Bücher, die, wie alles in diesem Schloss, ziemlich verstaubt waren. Der Gedanke, dass Avas Füße gerade ein Stückchen Prinzessin zerdrückten, war definitiv gruselig. Andererseits hatte die Gute keinen netteren Tod verdient.

Bunte Scherbenschatten tanzten über die Buchrücken. Ava blickte den Mond an, durch die Fenster sah es aus, als sei er in tausend Stücke zersprungen. Als sie sich umdrehte, glitt sein Licht lautlos über fünf schwarze Gemälde, die an der Wand hingen. Sie waren leer. Ava hielt die Luft an, während der Mond das erste Gemälde liebkoste, in seinen Armen wog, ihm Wahrheiten aufs Papier flüsterte. Ava setzte sich vor das Bild und wartete, dass das Licht weiterzog. Stück für Stück kehrte der Schatten zurück und mit ihm Pinselstriche. Ava erkannte Leons Gesicht. Er hing in einem Netz an einem Baum, unter ihm ein tiefes Loch. Er strampelte und versuchte verzweifelt, das Netz mit den Zähnen durchzubeißen. Eine blutige Wunde klaffte über seinem rechten Auge. Ava konnte ihn schluchzen hören. Sie fluchte. Auch die anderen Gemälde färbten sich langsam. Noël wanderte durch ein enges Tal. Um ihn herum wuchsen Pilze, die glühten wie Lampions. Er schwieg. Er lief bloß und schwieg. Unermüdlich.

Ava wagte es kaum, auf das dritte Bild zu schauen. Zu sehr fürchtete sie, dass Karim dort leblos liegen könnte. Ein Bein abgerissen von einem Wolf. Das Herz durchbohrt von einem Pfeil. Seine Zuversicht gestorben aus Einsamkeit und Angst.

Als Ava aufblickte, sah sie nichts dergleichen. Sie sah Zelte. Sie sah ein Lagerfeuer, an dem sich mehrere Gefühle die Gesichter wärmten. Sie sah Katzenauge. Sie sah Rumina. Und einen Mann, der mit goldenen Augen sprach. Von einem Schatz, den dieser Wald verbarg. Von dem Kristall, der sie zu Göttern machen würde. Davon, dass sie schon viel zu lange nach Elmon suchten. Davon, dass Elmon sterben würde. Im Neidwald. Durch die Hand der schwarzen Sieger. Ava starrte ungläubig auf das Bild. Die Personen bewegten sich wie im echten Leben. Es konnte doch nicht sein, dass …? Waren sie im Neidwald? Wo steckte Karim?

Das nächste Bild zeigte einen dicken Mann. Er hatte wurstige Backen und dreckige Kleidung. Er saß mitten auf einer Wiese, zwischen grauen Pusteblumen. Seine Finger umgriffen das Band um seinen Hals, an dessen Ende ein Kristall baumelte. Geschliffen wie Eis. Ava spürte, wie seine Gedanken in ihrem Kopf um sich griffen.

Sie sind bald hier. Ich kann sie nicht ewig aufhalten. Sie werden alles zerstören, was uns lieb ist. Dich. Mich. Meine Söhne. Deine Eltern. Die Liebe deines Lebens. Das Funkeln in deinen Augen, wenn du die Süße von Erdbeeren im Frühjahr schmeckst. Das werden sie zerstören. Wenn du sie nicht aufhältst.

Seine zitternden Finger streichelten den Kristall. Den Kristall der Macht.

Geschliffen zur Stunde der Mitternacht.
Enthält er alle Macht der Welt.
Und erhebt dich auf den Thron.
Der göttlichen Unzähmbarkeit.

Ava wollte es nicht glauben. Dieser Kristall existierte nur in alten Märchen, er war eine Erfindung von Träumern und Dichtern. Es durfte ihn nicht geben. Der dicke Mann auf dem Bild sah sie traurig an und nickte. Nickte einfach bloß.

Oh doch. Er existiert. Seit so vielen Jahren bricht er das Licht. Seit so vielen Jahren bricht er einen Mann wie mich. Du musst dich beeilen, mein Mädchen! Nimm deine Beine in die Hand und begib dich auf die Suche nach mir. Du musst schneller sein als sie. Du musst den Kristall aus dem Wald tragen, sonst wird er in Raven und Ruminas Händen zum Leben erwachen. Und damit alles Unheil, welches unser Herz vergiften wird.

Seine Worte trafen Ava wie ein Schlag in den Magen. Das musste ein Missverständnis sein. Sie war nicht im Neidwald, um einen Kristall zu beschützen. Sie war bloß hier, um ihrem grauen Alltag zu entfliehen!

Alles, was jetzt noch zählte, waren ihre Freunde. Alles, was sie wollte, war Karim noch einmal in die Augen sehen zu können und zu lächeln und ihm zu sagen, dass er sich nicht zum Teufel scheren sollte. Weil sie ihn doch liebte, den Geschmack von Orangenlutschern mit Vanillekern! Niemand konnte von ihr verlangen, Elmon und diesen Kristall zu suchen.

Der Mond wanderte über das letzte Gemälde. Ava kniete sich direkt davor und umklammerte es mit den Händen. Der unsichtbare Pinsel tupfte giftgrün auf das schwarze Papier. Er zeichnete einen See, der die dunkle Nacht in einen unheimlichen grünen Nebel tauchte. Der See war so groß, dass man sein Ende kaum erahnen konnte. Um ihn herum standen dünne Birken. An einer der Birken lehnte Karim. Er hatte noch alle Beine. Ava sah bloß seine Rückseite, doch sie konnte erahnen, dass sein Blick auf die Insel ging, die aus der Mitte des Sees wuchs.

Dreh dich um, wollte sie schreien. *Dreh dich um und sieh mich an und sag mir, dass es dir gut geht!* Doch das einzige Geräusch im Saal war das Rauschen der Birkenblätter auf dem Bild.

Ava schluchzte. Sie wollte loslaufen, um diesen See zu finden, doch ihr Körper wog schwer wie Blei. Also blieb sie sitzen, vor den Gemälden, die jetzt wieder schwarz waren. Sie blieb so lange sitzen, bis sich ihr Körper vor lauter Kälte schüttelte. Dann ging sie hinunter in die Küche, trug das restliche Holz in die Bibliothek und entzündete im Kamin ein Feuer. Auf dem harten Holzboden schlief sie schließlich ein. Und der Staub über ihrem Körper tanzte golden.

Die Nacht brachte den Schnee. Als Ava erwachte, war das Feuer erloschen und ihre Knochen waren aus Eis. Sie schulterte ihr letztes Hab und Gut und verließ das Märchenschloss durch das zerschossene Tor. Ein Eichhörnchen hüpfte über abgefallene Äste und wirbelte mit seinem buschigen Schwanz den pulvrigen Schnee auf. Ava stellte sich vor, wie Eichhörnchenfleisch schmeckte. Alles was sie noch zu essen hatte, waren die Kräuter aus der Schlossküche, die bitter und ziemlich staubig schmeckten. Aber wenigstens hinterließen sie eine Spur in Mund und Magen.

Die Bäume krümmten sich. Hier und da hörte Ava Äste krachen. Sie lief Hügel hinauf und rutschte Hügel hinab, immer mit dem einen Ziel vor Augen. Sie musste den See finden.

Nach einigen Stunden verließen Ava die Kräfte, doch sie kämpfte weiter. Ihre Füße waren nass, dicke Schneeflocken wirbelten durch die Luft, der weiße Winterhimmel hing so tief, dass er drohte, all das Leben im Wald zu erdrücken. Ava träumte von Sonnenblumen. Die Welt in ihrem Kopf drehte sich. Bis sie auf den Wohnwagen stieß.

Er war weiß, so wie alles um sie herum, und aus diesem Grund glaubte Ava auch, zu halluzinieren. Doch aus den Fenstern drang Licht durch orange gehäkelte Gardinen. Sie trat näher und entdeckte einen Zettel an der Tür.

Trete ein. Bin gleich zurück.

Es war einfach zu verlockend. Die Türklinke schmiegte sich in Avas Hand und duldete keinen Widerstand. Ava stieg in den Wagen und als sie die Tür wieder hinter sich schloss, überrollte sie ein wohliger Schauer. Auf einem Klapptisch stand ein Teller dampfende Brühe. Ava kniete sich davor und verschlang die warme Mahlzeit in wenigen Schlucken. Sie zog die Schuhe und Socken aus und legte sie auf einen Heizofen, der neben einem Bett mit einer unglaublich weichen Matratze stand. Als Ava sich setzte, öffnete sich die Tür erneut. Ein schlaksiger Mann in einem bodenlangen Pelzmantel trat ein. Seine Arme reichten bis zu den Kniekehlen. Als er Ava erblickte, ließ er seinen Korb fallen, riss die Arme in die Höhe und umarmte sie kräftig.

»Ich bin so glücklich, dich zu sehen!«

Ava erstarrte in seiner Umarmung.

»Es wurde aber auch Zeit.« Jetzt sah er ihr tief in die Augen und seine Stimme bekam einen tadelnden Unterton. »Ich friere mir schon seit Monaten hier den Hintern ab.«

»Seit Monaten?«

»Allerdings. Ich wurde in dieses verfluchte Waldstück bestellt, um eine kleine Lady zu dem Ort ihres Herzen zu fahren. Eigentlich bin ich Kurier, aber seit einiger Zeit ist in diesem Wald die Kundschaft rar. Also transportiere ich auch Gesocks aller Art. Meistens stinkende Moosmänner oder ungehobelte Schneekatzen, aber ich kann mit ihnen umgehen. Nun transportiere ich dich. Golo, mein Name«

Er schaute sie erfreut an und sein langer Arm wanderte am Tisch vorbei in ein Schränkchen, aus dem er zwei Flaschen Kürbislimonade zog.

»Ich liebe alles, was orange ist«, sagte er und entkorkte sie mit den Zähnen. Ava trank gierig. Das Prickeln der Limonade wärmte ihren Körper von innen und machte sie wach.

»Ava«, sagte sie dann.

»Erfreut! Du bist viel zu dürr, Kleines. Ich brate dir jetzt ein richtiges Stück Fleisch!«

»Eichhörnchen?«, fragte Ava.

»Neeein! Die schmecken nach alter Schuhsohle. Bei mir gibt es bestes Wildschwein.«

Zum Glück war Karim nicht da. Während der Mann ein ganzes Wildschweinsteak von draußen holte, wo er es im Schnee gekühlt hatte, zog Ava ihre nasse Kleidung aus und warf sich Latzhose und Pulli über, die er ihr freundlicherweise bereitgelegt hatte. Sie konnte nur hoffen, dass ihre eigene schnell trocknete, denn in Golos Kleidung fühlte sie sich doch sehr klein. Ava sah sich genauer um. Nichts deutete darauf hin, dass es sich bei Golo um einen Fiesling handelte. Er besaß gehäkelte Topflappen. Und Lampenschirme in Blumenform. Und so unglaublich schlaksige Arme. Es fiel ihm sichtlich schwer, das Wildschweinsteak anzuheben.

Sie speisten vortrefflich. Ava hatte sich noch nie so sehr über ein Stück Fleisch gefreut wie an diesem Tag. Draußen wurde der Himmel immer grauer und die Schneehügel wurden immer höher.

»Du hast gesagt, dass dir seit einiger Zeit die Kundschaft fehlt«, schmatzte Ava, »wie war es früher in diesem Wald?«

»Es war weniger lebensgefährlich.« Golo zog ein Stück Fleisch zwischen seinen Schneidezähnen hervor. »Die Tiere waren netter, ab und zu reisten Gefühle durch den Wald, um die nahen Berge zu erkunden oder ein Familientreffen in ihrem Waldhaus abzuhalten. Es gab Dörfer. Die sind jetzt leer. Es gab Schlösser und Burgen. Die sind zerstört. Sogar die Raben wurden grimmig. Sie waren gute Kunden, musst du wissen. Jetzt darf ich mich ihren Palästen keinen Meter nähern. Zu aggressiv, die Schwarzflügler.«

»Warum kam es so?«

»Tja … Es macht keinen Sinn, eine Erklärung zu suchen. Sie sind alle unbefriedigend. Manche sagen, die Regierung wartet bloß darauf, den Wald niederzumähen, um neue prächtige Städte zu errichten, Schnapsidee wenn du mich fragst. Andere sagen, der Wald wurde verflucht. Warum, wissen sie auch nicht. Ein Wolfsbarsch hat mir erst vor kurzem erzählt, er habe einen Teufel gesehen, einen dicken roten Teufel mit fleischigen Ohrläppchen, der sich in unserem Wald eingenistet hat und ihn ins Verderben führt. So ein Schwachsinn!« Golo hielt sich den Bauch vor Lachen, dann richtete er den Nachtisch an. Eispilze, die er heute Mittag erst gesammelt hatte. Wenn man ihre Eisschicht ablutschte, schmeckten sie nach Seifenblasen.

Ava wagte einen erneuten Vorstoß: »Wer hat dich beauftragt, mich durch den Wald zu fahren?«

Golo verschränkte die Arme hinterm Kopf und dachte angestrengt nach. »Ich kann mich nicht erinnern«, sagte er dann, »ich glaube, der Auftrag kam per Post.«

»Per Post?«

»Eines Morgens flatterte mir ein Zettel entgegen, auf dem stand, dass ich in dieses Waldstück reisen soll, um eine junge Dame zu kutschieren. Zu dem Ort …«

»Ihres Herzen, schon klar. Und was soll das für ein Ort sein?«

»Ich hatte gehofft, du könntest es mir sagen.« Als sie nicht antwortete, fügte er hinzu: »Greife tief in dein Herz hinein und ziehe den Ort hinaus, der ganz unten liegt, begraben unter all den anderen. Es ist der, nach dem du dich am schmerzlichsten sehnst. Aber sieh dich vor: Wenn du lügst und mir einen anderen als DEN Ort deines Herzens nennst, werden wir niemals ankommen. Wir werden im Wagen durch die Landschaft schaukeln und Runden drehen und uns grässlich langweilen. Also sprich die Wahrheit, Kleines.«

Ava wusste, welchen Ort sie nennen musste. Natürlich wollte sie zu Karim an den See. Doch wäre es nicht wichtiger für alle, dass Golo sie zu Elmon und dem Kristall brachte? Alleine würde sie ihn bestimmt nur schwerlich finden. Ava suchte fieberhaft nach einer Möglichkeit, doch sie musste sich eingestehen, dass es nicht der Kristall war, der ganz unten verschüttet in ihrem Herzen lag. Egal wie sehr sie sich das wünschte. Es war Karim.

»Ich muss zu einem giftgrünen See mit Insel und vielen dünnen Birken drumherum«, sagte sie schließlich.

Golo verschluckte sich und hustete ganz wild. Ava stand auf und klopfte ihm auf den Rücken, bis ein dicker Pilz aus seinem Mund geschossen kam. Er flog gegen das Fenster, sein Einschlag wurde von der Gardine abgefedert.

»Auf keinen Fall!«, sagte Golo dann ganz außer Atem. Ava sah ihn verständnislos an. »Auf keinen Fall fahre ich dich an diesen See!«

»Aber es ist DER Ort, Golo!«

»Es ist ein ganz schrecklicher Ort.«

»Warum? Was passiert dort?«

»Unglaublich schreckliche Sachen.«

Seine langen Arme waren jetzt nur noch Pudding. Er schaffte es nicht einmal, die Kürbislimonadenflasche beim Trinken zu halten, sodass ihm die Hälfte des Getränks übers Kinn lief und hässliche orangefarbene Streifen auf seinen Pulli malte.

»Das ist keine Antwort«, sagte Ava streng, »und wenn es dort so gefährlich ist, dann musst du mich umso schneller hinfahren. Mein bester Freund steckt dort fest. Ich muss ihn retten.«

Ihm blieb nichts anderes übrig. Er war bloß der Kutscher. Geschickt hatte ihn ein anderer.

»Zum See?«, fragte er leise wie ein Mann, der aufgegeben hatte.

»Zum giftgrünen See«, antwortete Ava.

»Dann leg dich jetzt schlafen, Kleines. Morgen früh, wenn du aufwachst, sind wir da. Ich spanne den Esel vor den Wagen und bleibe wach. Der Kunde ist König.«

Mit einem Mal war ihr fröhlicher Abend beendet. Golo ließ die Schultern hängen, jetzt streiften seine Fingerspitzen sogar den Boden. Ava griff nach seinem Pelzmantel, bevor er den Wagen verließ.

»Ich habe ein Geschenk für dich, Golo.« Aus ihrer Jacke zog sie eine Kristallkugel und drückte sie in Golos flache Hand. »Ich habe auch so eine. Sie wird uns Glück bringen, überall wo wir hingehen. Egal was wir machen. Wir sind niemals alleine.«

In seinen schwarzen Augen sah Ava die Schneeflocken, die um den Wagen getrieben wurden. Kleine, weiße Flecken auf großen, schwarzen Augen. Golos dicker Zeigefinger stupste ihr ein Eiskorn von der Nase.

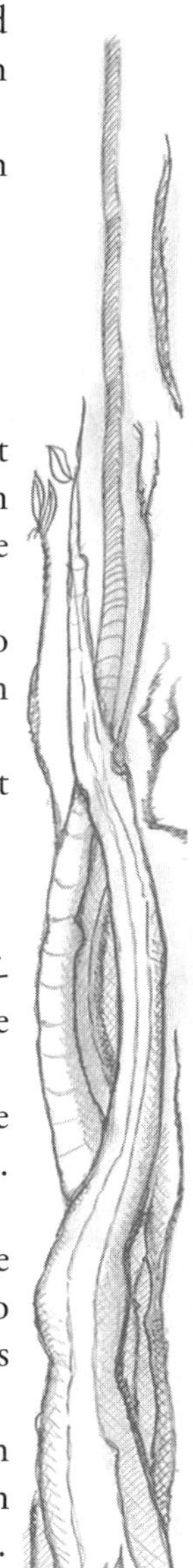
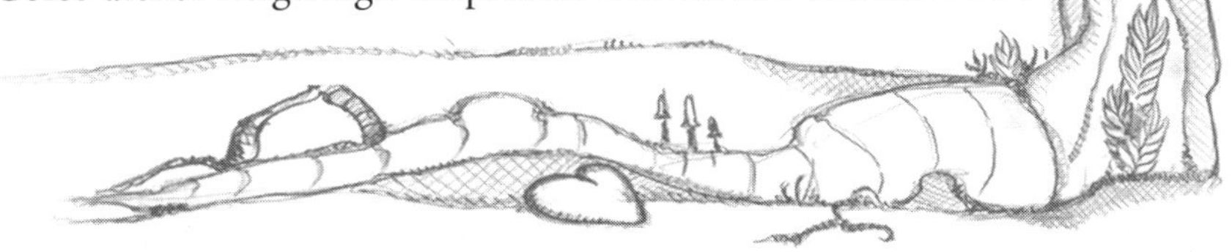

»Du bist die großartigste Reisende, die meinen Wohnwagen je betreten hat. Ich hoffe, dass wir uns wiedersehen!«

Er hob den Kristall zum Abschied in die Höhe und kämpfte sich mit großen Schritten durch den Schnee zu seinem Esel. Als er ihn vor den Wagen spannte, wackelten die Limonadenflaschen im Schrank und Ava purzelte geradewegs ins Bett. Sie löschte das Licht, kletterte unter die dicke Decke, beobachtete noch ein wenig das Schneegestöber durch die Gardinen und wurde bald von den gleichmäßigen Schritten des Esels in den Schlaf geschaukelt.

Sie erwachte erst, als durch die geöffnete Tür ein Rauschen an ihr Ohr drang. Es war das Rauschen von Birken.

29. Kapitel

Ava sprang aus dem Bett und wechselte schnell ihre Kleidung. Auf dem Tisch stand eine Schale mit Schokoladenmilchbrötchen, doch Ava musste erst draußen nachschauen, ob Karim da war. Sie schnappte sich ihre Jacke und verließ den Wagen. Von Golo war keine Spur. Dafür graste der Esel friedlich zwischen den Birken.

Ava sah den See zwischen den weißen Stämmen hervorblitzen und lief hinab ans Ufer. Der See war noch viel größer als auf dem Gemälde der ungeschminkten Wahrheit. Weiße Seerosen lagen regungslos auf der Wasseroberfläche und in der Mitte ragte die Insel empor, die ebenfalls dicht mit Birken und Brombeerbüschen bewachsen war. Auf einer kleinen Sandbank entdeckte sie ein Boot. Es bestand aus Holzplatten, unter denen Algen und schwarze Muscheln klebten, und ein abgebrochener Ast lag wie ein Paddel im Innenraum.

Als Ava aufblickte, sah sie den Schuh. Er trieb in der Mitte des Sees, nicht unweit von der Insel. Ein einzelner Schuh. Jemand war hinausgefahren. Jemand hatte seinen Schuh verloren. Was war, wenn sie zu spät kam?

Ava machte auf der Stelle kehrt und lief zurück zum Wagen. Sie musste Golo fragen, was für schreckliche Dinge an diesem See passierten. Er wusste mehr, als er letzte Nacht zugegeben hatte. Er musste ihr helfen, Karim zu finden. Irgendwann merkte Ava, dass sie schon viel zu lange lief. Sie folgte ihren Spuren zurück zum See, konnte den Wagen aber nirgendwo erkennen. Sie rief nach Golo und dem Esel. Sie rief nach Karim. Es antwortete ihr nur das Birkenrauschen.

»Er ist weggefahren«, flüsterte sie, »er hat mich bloß abgesetzt und ist weitergefahren. Ohne sich zu verabschieden.«

Jetzt bereute Ava, Golos Vorratsschränke nicht geplündert zu haben. Hätte sie sich doch wenigstens noch den weichen Teig eines Milchbrötchens unter die Nase gerieben! Jetzt besaß sie wieder einmal nichts. Kein Essen. Keine Limonade. Keine Freunde. Bloß Taschen voller Kristallkugeln.

Ava setzte sich auf die Sandbank und schaute auf die Insel. Das Giftgrün des Sees färbte sogar die grauen Wolken am Himmel bunt. Wenigstens war es hier nicht kalt. Es roch bloß ziemlich stark nach Tümpel.

Als Nächstes kletterte Ava in das Boot. Sie könnte wenigstens versuchen, bis zu dem Schuh zu paddeln. Wer weiß, vielleicht schaffte sie es auch auf die Insel, vielleicht versteckte Karim sich dort. Am Ufer hielt sie es auf keinen Fall länger aus. Ava schob das Boot in das seichte Wasser und stieß sich dann mit dem abgebrochenen Ast von der Sandbank ab. Langsam glitt das Holz durch die giftige Suppe und einige Male drückte Ava mit dem Ast weiße Seerosen unter Wasser, die nicht wieder zurück an die Oberfläche glitten. Seltsamer See, dachte Ava und achtete darauf, das Wasser nicht zu berühren. Dieses Wasser schrie nach Tod.

Ein einziges Mal nur blickte sie zurück zum Ufer. Sie wollte sichergehen, dass er nicht doch dort stand. Der Esel. Karim. Oder Golo. Doch da war nichts zwischen den Birken. Da war nichts als Rauschen. Hätte ihr vorher jemand gesagt, was passierte, wenn man auf dem Sehnsuchtstümpel den Blick zurück richtete, bloß eine Halsdrehung lang, dann hätte sie diesen Blick natürlich vermieden. So war es jedoch zu spät.

Das Erste was Ava sah, war der Schwanz. Schuppig und leuchtend violett wie ein dicker Fisch schlängelte er sich um das Boot. Erst als sie genauer hinsah, erkannte sie den schlanken Rücken und das weiße Haar – es war benetzt mit kleinen Seerosen. Die Wasserfrau blickte Ava direkt an, ihre Augen waren milchig trüb und ihre Wimpern buschig schwarz.

»Meine Schöne, wie sehr wir uns doch freuen, dich gefunden zu haben«, begann sie zu singen. Ein weiches Auf und Ab ihrer Melodie streichelte Avas Haut.

»Ich bin die mit der sanften Stimme.«

»Und ich bin die mit der schönen Stimme«, sagte eine zweite Wasserfrau mit einem Schwanz in der Farbe roter Apfelbäckchen.

Eine dritte, eine vierte, ja noch viele weitere Frauen tauchten unter dem Boot auf und sprachen wild durcheinander, bis Ava der Kopf brummte.

»Die Weiße!«

»Die Helltönende!«

»Ich bin das Lied!«

»Und ich die Mädchenstimme!«

»Die Überredende, meine Gute!«

»Und die Bezaubernde!«

»Wir freuen uns. Du hast uns gefunden!«

Ava wollte fragen, wovon sie sprachen, wollte sagen, dass sie nie nach Meeresfrauen gesucht hatte, doch sie konnte ihre Lippen nicht bewegen. Sie waren verklebt.

»Nun, da du zurückgeblickt hast, meine Schöne«, begann die Erste wieder zu singen, »wissen wir ganz sicher, dass du zu uns gehörst. Denn nur die Sehnenden werfen den Blick zurück.«

»Sie wollen bleiben, sie wollen bleiben«, stimmte eine Zweite ein.

»Sie wollen nicht ankommen, sie wollen nicht ankommen.«

Ava wollte den Kopf schütteln, doch auch dies gelang ihr nicht. Das Boot bewegte sich nicht mehr. Alles stand still und sie war festgeklebt, in der Mitte des Sees.

»Du könntest die Zärtliche werden.«

»Oder die mit der goldenen Stimme.«

»Oder die Verlockende!«

»Du wirst in Sehnsucht getränkt, meine Schöne, in Sehnsucht getränkt! Danach wird alles so viel schöner sein. Danach wirst du glitzern, aquamarin und purpurrot, so glitzern, wie du es verdient hast. Du musst nur zu uns in den Tümpel springen!«

Sie umkreisten sich freudig und kämmten einander das Haar.

»Spring, spring meine Kleine! Spring ins Paradies! Er ist leicht, der Körper im Wasser. Er ist leicht, der ewig denkende Geist. Lass all dein Gewicht im Boot und werde leicht! Leicht wie Sehnsuchtswolken! Leicht wie ein sehnender Fisch! Leicht wie das Sonnenlicht im Tümpel!«

»Du fragst dich sicher, warum, meine Schöne. Wir können dir antworten.«

Sie fassten sich an den Händen und tauchten tief unter das Boot. Wenige Wimpernschläge später streckten sie ihre weißen Arme und Hände aus dem Wasser, wie totes Schilf umgaben sie das Schiff, bis plötzlich grüne Algen aus den Poren ihrer Haut quollen. Ava beobachtete den erschreckenden Algenwuchs, bis sie es nicht mehr aushielt.

»Nun sagt es endlich! Sagt, warum ich eine von euch werden soll!« Sie war sich nicht sicher, ob sie laut gesprochen hatte. Die Wasserfrauen ließen ihre Arme zurück ins Wasser gleiten und als sie die Oberfläche durchschnitten, verschwanden die Algen wieder in ihrer Haut.

Die Frau mit den violetten Lippen, deren Wangenknochen silbrig glitzerten, legte ihre rechte Hand auf ihr Herz und sang: »Weil das Leben viel zu schwer ist für deine zarte Seele. Wirf es ab und deine Seele wird frei sein. Sie wird ewig in diesem See schwimmen und singen und von der Sehnsucht leben. Der Sehnsucht nach Leben.«

»Die so viel leichter ist, weil in Träumen nichts unmöglich ist.«

»Komm, meine Schöne, spring hinein, spring hinein«, riefen sie alle miteinander.

Ava wollte den Kopf schütteln, doch ihr Nacken fühlte sich so müde an. Der grünliche Himmel schien sich herabzusenken und wie ein Tuch über Ava zu legen, sodass sie nichts mehr sah als dicke Wolken. Was tat sie eigentlich auf diesem See? In diesem Wald? Warum quälte sie sich damit, einen Jungen zu finden, der vielleicht gar nicht von ihr gefunden werden wollte?

»Ich werde mich leicht fühlen?«, fragte sie mit schwacher Stimme. Das Himmelstuch wurde immer dicker und schwerer auf ihren Schultern und drückte sie hinab, sodass sie ihren Oberkörper auf dem Bootsrand abstützte und in ihr verworrenes Spiegelbild auf dem See blickte.

»Jawohl«, sangen die Frauen.

»Ich werde frei sein?«

»Frei von vielem, meine Schöne.«

»Ich werde alles haben können, was ich mir so sehnlich wünsche?«

»Im Kopf werden Lügen wahr, mein Mädchen.«

Die lieblichen Stimmen massierten ihren Nacken und begannen, ihr Herz zu umspielen. Sie zogen Algenseile um ihren gelben Edelstein, bis dieser nicht mehr zu sehen war und an der Stelle ihres Herzens bloß noch modriger Algensaft tropfte. Ava wollte nicht länger kämpfen, sie wollte sich ihrem Schicksal ergeben. Sie drückte gegen den Himmel und erhob sich. Ihre Beine fühlten sich taub an, ihr Magen leer. Sie wusste nicht, ob sie es schaffen würde, zu springen. Sie fühlte sich so unglaublich schwach. Dieses Boot, dieser Wald der sie quälte, dieser Kristall, der gefunden werden wollte, dieser Junge, den sie geküsst hatte und der, den sie suchte, das machte alles keinen Sinn mehr. Ava wollte nur noch nach Hause. In die Arme der Wasserfrauen. Sie wollte sich fallen lassen, im grünen See treiben und glitzern. Sie taumelte. Das Boot senkte sich bedrohlich zu ihrer Seite hinab. Sie roch bereits die Algen.

»Weil in Träumen alles so viel leichter ist«, flüsterte sie und sprang. Das Boot senkte sich zur anderen Seite. Und Ava wurde von vielen weißen Händen gepackt. Die Lippen der Wasserfrauen benetzten ihr Gesicht mit Küssen, ihre Haare wallten wie Spinnweben im trüben Wasser. Ava spürte, wie der Druck in ihrem Kopf immer größer wurde. Sie würde ersticken. Sie nahm alle Kraft zusammen, um sich an die Waldluft zu kämpfen, doch die Frauen hielten sie fest, hängten sich an ihre Beine, zerkratzten ihr die Handgelenke – und sangen.

»Du wirst so sein wie wir.«

»Du wirst nie wieder zurückkehren.«

»Du wirst nie wieder fortgehen.«

»Du wirst nie wieder ankommen.«

»Du wirst bleiben. Du wirst bleiben.«

»Und Leben träumen. Und Leben träumen.«

»Und Wahrheit vergessen. Wahrheit vergessen.«

»Oh, du wirst so schön werden, kleine Meerjungfrau.«

»Grün wird sie. Sie wird grün wie der Mai.«

»Die Hoffende. Die Hoffende.«

»Vergeblich. Vergeblich.«

Dann lachten sie. Und Ava kämpfte gegen das Wasser, das in ihre Lungen lief. Dann konnte sie die Beine nicht mehr bewegen, sie begannen miteinander zu verwachsen und glitzerten bereits grünlich im faden Sonnenlicht. Ava verwandelte sich in eine Wasserfrau.

»Ihr habt gesagt, es werde leicht«, schrie sie in Gedanken. »Ihr habt gesagt, es sei das Paradies. Aber das hier ist die Hölle! Ich will leben!«

»Du lebst in deinen Träumen.«

»Du bist frei wie ein Fisch.«

»Du bist am Ziel, kleine Meerjungfrau.«

Ava hätte weinen können, wenn das unter Wasser nicht so schwierig gewesen wäre. Es war ein ganz anderes Paradies, nach dem sie sich sehnte.

Sie sehnte sich nach dem Geruch von warmer Milch auf Karims Haut. Nach dem Clown, der sich unter Noëls Hemd versteckte, geschmiegt an seine dunkle Brust, so tröstlich im Feuerschein der Nacht. Ja selbst nach Leon, dem Lockenköpfchen, und seiner schlechten Laune. Das Paradies ist so unspektakulär, dass man es häufig übersieht. Einfach kaputt tritt. In die Ecke kickt. Oder vorbeiziehen lässt. Ava fluchte wie eine Hexe, dass ihr solch kluge Gedanken immer nur kamen, wenn alles zu spät war.

Als sich Avas Hoffnung beinahe gänzlich im trüben Seewasser verlor, griff eine Hand beherzt in ihr kurzes Haar und zog so feste daran, dass ihr Schädel brannte. Gleichzeitig fuhr ein Birkenast ins Wasser und stach den weißen Frauen in die Rippen. Sie schrien und versuchten wütend, nach dem Ast zu greifen. Dabei ließen einige von Ava ab, sodass die Hand sie ein wenig hinaufheben konnte. Kristallkugeln kullerten aus ihrer Jacke in die Tiefe des Sees und reflektierten das Licht in spitzen Strahlen. Ava schloss die Augen und wünschte sich Glück. Dann traf der Ast die erste Wasserfrau am Hals. Es war nur ein kleiner Schlag, doch er genügte, um sie verstummen zu lassen. Kein Ton entwich mehr ihrem Mund, egal wie sehr sie sich bemühte. Die violette Wasserhexe hatte ihre Stimme verloren. Sie würde nie wieder singen. Im See herrschte plötzlich Angst. Die übrigen Frauen starrten die Violette an und wimmerten.

»Ihr Herz ist fort. Ihr Herz ist fort.«

»Sie verblasst. Sie verblasst.«

»Sie träumt nicht mehr. Sie träumt nicht mehr.«

»Was tut sie dann?«

»Nichts. Sie tut gar nichts mehr. Sie schaut bloß noch.«

»Und schwimmt bloß noch.«

»Aber träumt nicht mehr.«

Alles verschwamm vor Avas Augen. Gleich würde ihre Verwandlung beendet sein. Dann würde sie die Violette ersetzen. Sie hatte keine Kraft mehr, sich länger dagegen zu wehren. Sie spürte noch, wie ein Ruck durch ihren Körper ging, dann wurde sie plötzlich geblendet, von einem Licht so weiß wie Wasserfrauenhaut. Spitze Schreie, zunächst noch laut und klar, wurden plötzlich dumpf und verhallten dann völlig. Zwei Hände packten Avas Körper und ihr Rücken schlug hart auf. Dann spürte sie Fingerspitzen, die ihren Hals berührten. Es schlägt noch, wollte sie flüstern, ich spüre, dass es noch schlägt. Doch ihr Körper gehorchte ihr nicht. Hände wurden auf ihren Brustkorb gepresst. Dann spürte Ava Lippen, die ihr Luft zwischen die Zähne pusteten.

»Wach auf, Ava, wach auf«, rief eine Stimme von fern. Ava musste würgen. Alles schmeckte nach Algen und weißen Haaren und Ava wollte sterben, um diesen Geschmack zu vergessen.

»Du darfst nicht gehen!« Schnell wurde sie auf die Seite gedreht. Sie hustete und grünes Wasser floss aus ihrem Mund. Eine starke Hand klopfte ihr auf den Rücken. Und Ava öffnete die Augen. Hinter dem Bootsrand lag ein See, grün und wellenlos. Ein paar Seerosen trieben auf dem Wasser und genossen die Stille. Bis alles erneut verschwamm.

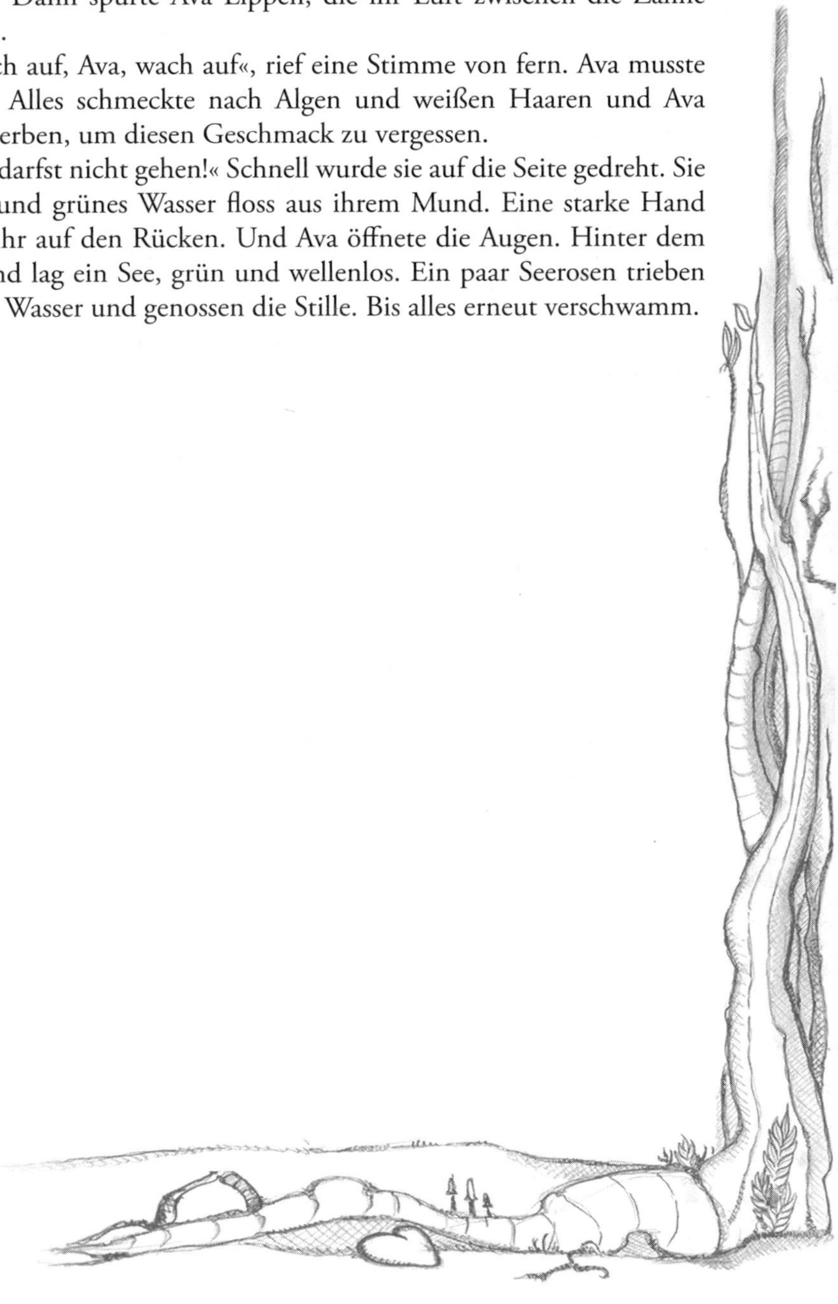

30. Kapitel

Als Ava erwachte, war es dunkel. Sie spürte ihre Beine wieder. Sie lag in einer Decke zwischen Büschen mit Blüten wie Watte. Kleine, rote Beeren neigten sich hervor, das Knistern des Feuers spiegelte sich auf ihrer glatten Haut. Ava blickte Karim an. Er saß ihr gegenüber und hielt ihre Hand.

»Ich bin so froh, dass du wieder da bist«, sagte er.

»Wo war ich?«

»Du hast geschlafen. Ziemlich lange. Manchmal hast du geschrien, dann habe ich dich in den Armen gehalten und du wurdest wieder still. So still.«

Er sah sie an. Ohne Angst. Er sah sie an und war glücklich.

»Du hast mich aus diesem See gezogen«, sagte Ava, »du hast mir das Leben gerettet.«

»Ich habe es nicht nur für dich getan.«

Ava beobachtete ihn von der Seite. Seine Haut wirkte rau. Sein Gesicht war schmal geworden in diesen Tagen im Wald.

»Was ich meine, ist: Ich habe es auch für mich getan. Weil ich ohne dich nicht mehr leben will.«

Er zwang sich, ihr fest in die Augen zu sehen und ihre Hand nicht loszulassen. Jetzt hatte er doch ein wenig Angst. Ein klein wenig stolperten sie, seine Karamellaugen, stolperten unbeholfen und fielen einfach in Avas blaue Augen hinein. So plötzlich und unvermittelt.

»Du hast mir sehr gefehlt. So sehr gefehlt, Ava. Ich dachte selbst nicht, dass ich das jemals sagen würde. Aber es ist die Wahrheit.«

Avas Arm wurde schwer, doch sie wagte es nicht, ihre Hand zurückzuziehen. Sie hörte das Knistern des Feuers und Tiere in der Dunkelheit der Nacht. Sie hörte Vögel und Hirsche, von weitem sogar das Heulen eines Wolfes. Sie hörte ihr Herz. Es schlug.

»Karim, wir sind nicht bloß hier, um ein Abenteuer zu erleben. Wir sind hier, weil es einen Kristall gibt, den wir …«

Er unterbrach sie, indem er seinen Zeigefinger auf ihre Lippen legte.

»Wovor hast du Angst, Ava?«

Die Frage überraschte sie. Wovor hatte sie Angst? Vor Wasserfrauen. Vor Rumina. Vor dem Staub und der Einsamkeit. Vor allem.

»Ich weiß, was du mir sagen willst«, sagte Karim, »ich habe Bilder auf der Oberfläche des Sees gesehen, letzte Nacht. Den Kristall hat mein Vater mir verschwiegen …«

Er nahm seinen Finger von ihren Lippen und sie bereute es sofort. Sie wollte nicht, dass er sich zurückzog. Sie wollte, dass er etwas tat. Irgendwas.

»Ich schätze, wir müssen das durchziehen«, sagte er dann, »ich schätze, du siehst das genauso.«

Ava nickte. Die Beeren um sie herum glühten, eine Watteblüte streifte weich Avas Hand, als sie sich ihre blonden Strähnen aus dem Gesicht strich.

»Karim?«, sagte sie. »Ich habe dich auch vermisst. So sehr, dass ich direkt hierher gefahren bin. So sehr, dass ich gefürchtet habe, ich würde nie wieder in deine weichen Augen sehen dürfen. Davor habe ich Angst. Davor am allermeisten.«

Die Sekunden zwischen ihnen dehnten sich zu einer Ewigkeit, bis sie zu reißen drohten. Der zarte Duft des Waldes legte sich auf Ava und sie verspürte das Bedürfnis, ihm um den Hals zu fallen. Doch sie wusste nicht, ob es richtig war. Sie wagte nicht, zu springen. Mit zitternden Fingern berührte sie sein Gesicht. Erst sein Kinn, dann die Wangen, die ganz rau waren wegen der Bartstoppeln. Avas Finger strichen über Karims Nase, über seine Stirn, sie wanderten in seine Haare, über seine geschwungenen Ohren, hinab zu seinem Mund.

»Ich wusste nicht, dass sich Liebe so anfühlt«, flüsterte sie.

»Wie fühlt es sich denn an?«, fragte Karim.

»Als könnten wir beide bei dem nächsten Lufthauch zerbrechen. Wir sind so zerbrechlich, Karim.«

Er kam ihr so nahe, dass der Atem ihrer letzten Worte gegen seine Lippen prallte. Er nahm ihren Kopf zwischen seine Hände und küsste sie vorsichtig, dann immer intensiver. Ava spürte seine Zungenspitze zwischen ihren Lippen und ein Schauer durchlief ihren ganzen Körper. Seine Lippen waren voll und schmeckten nach Leben. Nach einem Leben voller Zucker, Tränen, Regen und Glück.

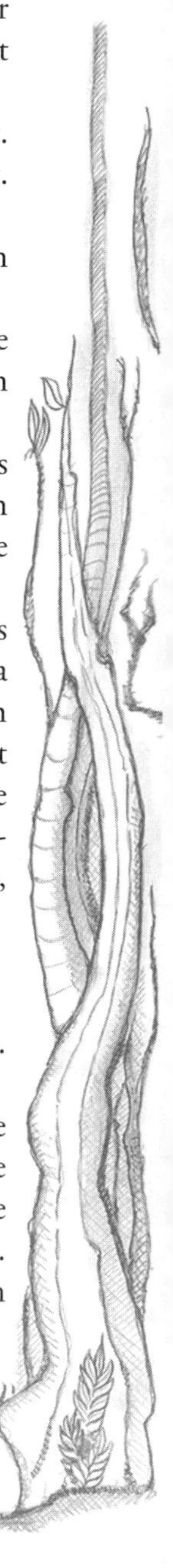
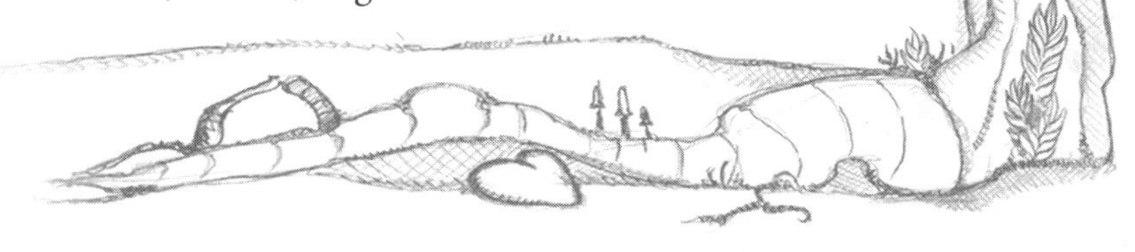

»Ich passe auf, dass du nicht zerbrichst«, flüsterte er ihr ins Ohr. »Du wirst nie mehr zerbrechen, Ava. Nie wieder.«

Ihre Hände klammerten sich an seine Jacke, als fürchtete sie, er könne sie loslassen. Doch das tat er nicht. Nicht in dieser Nacht. Sie hielten sich gegenseitig fest und wiegten sich in den Morgengrauen. Und nichts auf dieser Welt konnte den Geschmack von Avas Lippen nehmen. Sie hatte Karim geschmeckt. Und das wilde Flattern von Schmetterlingen. Vor allem aber spürte sie einen samtigen Geschmack auf der Zungenspitze: So schmeckte es, geliebt zu werden. Diesen Geschmack würde sie nicht eintauschen. Gegen nichts auf der Welt.

Sie beobachteten, wie sich die Wattebüsche um sie herum auflösten. Ihre Blüten wurden von einem Windhauch auseinandergerissen, die roten Früchte wuchsen in die Höhe, dehnten sich aus, Furchen durchzogen ihre Haut, sie wurde schokoladenbraun, ganz rau und kantig. Aus den Früchten wuchsen Bäume, klein und gekrümmt, mit Blättern, auf denen der Morgentau zu glitzern begann. Schieferstein schälte sich aus dem Boden, schichtete sich zu Mauern auf, aus deren Spalten roter Mohn und brauner Wegerich wuchsen. Die schwache Morgensonne lockte Eidechsen aus ihren Höhlen und wärmte die Früchte der wilden Beeren, deren Sträucher sich an den Stein klammerten.

Ava streckte die Hand aus und pflückte eine Erdbeere. Sie spürte Karims Wärme in ihrem Rücken und das Kratzen der Sonne auf ihrem Gesicht. Sie war so müde, dass sie gar nicht denken wollte und doch war ihr Kopf voller Worte, voller Melodien, voller Erinnerungsfetzen an Zuhause, an Zuckerkringel, an einen Mann mit Pelzmantel, an einen Kuss.

Sie aßen so viele Beeren, bis ihre Zungen lila wurden. Als sie durch den Wald wanderten, hielten sie sich an den Händen. Sie saßen auf Mauern, sie lehnten an Bäumen und sie ließen sich nicht los. Sie waren auf der Suche nach Elmon und ihren Freunden, doch insgeheim hofften sie, niemals gefunden zu werden. Sie wollten nicht aus diesem Traum erwachen. Sie wollten ewig schweben.

Schließlich war es Ava, die wieder die Augen öffnete. In einer laternengelben Nacht voller Spaziergänger.

31. Kapitel

Katzenauge legte den Kopf in den Nacken und blickte voll Bewunderung in den tintenschwarzen Himmel. Die Nacht war eine Zauberin. Sie verwandelte trockenes Gras in Maiglöckchenteppiche. Sie bog die Bäume zu gekrümmten Laternen, von deren gusseisernen Hälsen sich rosa Blumen wie tränende Herzen herabseilten und die Hüte der Spaziergänger streiften. Die Funken ihres Zauberstabs verwandelten sich zu Sternen am Himmelszelt, welche die Alleen beleuchteten, durch die Katzenauge wandelte wie ein Beseelter. Er stellte sich vor, er trage einen Hut und eine Dame an seiner Seite, die er durch dieses schimmernde Feenland führte wie eine Prinzessin. Wo eben noch Eukalyptusbäume seinen Weg gesäumt hatten, sprossen plötzlich goldene Gräser, blauer Vergissmeinnicht und zarte Krokusse in lila, orange und türkis. Die Laternen tauchten die Nacht in einen gelben Schimmer, in dem bunte Schmetterlinge und weiße Hasen zu tanzen schienen.

Katzenauge drehte sich im Kreis, immer und immer wieder, so unfassbar schön war diese Verwandlung. Er bemühte sich, aufrecht und sanft zu gehen, er richtete sein Haar und wischte sich Schweiß und Dreck aus dem Gesicht. Diese Alleen hatten einen edleren Spaziergänger verdient als ihn. Sie verlangten nach Dichtern, nach Komponisten, nach Liebestrunkenen und Liebestrauernden. Sie verlangten nach einem echten Gefühl.

Katzenauge schaute betrübt auf seine dreckigen Schuhspitzen. Den ganzen Tag lang hatte er nach Elmon gesucht. Er hatte sich dabei durch ein Labyrinth aus Riesenpilzen gekämpft, in die Augen einer Riesenspinne geschaut und er hatte die brennende Sonne auf seinem Haupt ertragen, in der kargen Savanne, in der jeder Schritt zur Qual geworden war. Er hatte ihn nicht gefunden. Dann hatte er in der Abenddämmerung aus einem Bach im Eukalyptuswald getrunken und die Umgebung hatte sich plötzlich verändert.

Die Nacht war eine Zauberin. Sie hatte ihn in einen Märchenwald gezaubert. Und nun glaubte Katzenauge kaum noch daran, dass er den Weg zurückfinden würde. Nach Hause. Zu seinem Herrn.

Durch einen Schwarm Glühwürmchen hindurch sah er in nicht weiter Ferne einen Baum, der in bunten Farben glühte. Er stand abseits der Allee zwischen Bäumen mit schwarzen Blättern. Katzenauge lief unter den tief hängenden Ästen hindurch, bis er direkt vor ihm stand. Knorrige Wurzeln erhoben sich aus der Erde, die Blätter waren warm und rund und jedes einzelne besaß eine eigene Farbe. Katzenauge pflückte ein lilafarbenes Blatt vom Ast und rieb es zwischen den Fingern. Es war dehnbar wie Gummi und pulsierte, als fließe frisches Blut durch seine Adern. Einen solchen Baum hatte Katzenauge noch nie gesehen. Er hob das Blatt an, vergrub seine Nase darin und atmete tief ein.

Als der Duft des Blattes langsam in seinen Kopf stieg, wurde es dunkel um Katzenauge. Er hatte das Gefühl, zu fallen. Gleich darauf hörte er Tanzmusik, die aus einem Akkordeon quoll, und ein verschwommenes Bild flimmerte vor seinen Augen. Es wurde schärfer. Er sah sein jüngeres Ich, vielleicht siebzehn Jahre alt. Ganz einsam hatte er auf dem Marktplatz des Kessels gestanden in dieser Nacht. Es war eine laue Nacht gewesen, es wurde getanzt, gefeiert und gelacht. Plötzlich kam das Mädchen mit dem hellblauen Rüschenkleid und dem samtschwarzen Haar, das er schon so häufig beobachtete hatte: Beim Bäcker, wenn sie Apfelteilchen kaufte. Beim Blumenhändler, der ihr feuerrote Astern zu einem Strauß band. In der Buchhandlung, wo sie gerne durch Notizbücher mit buntem Papiereinband blätterte. Er konnte sie deutlich sehen, sie tanzte vor seinen Augen und ihre Haarspitzen streiften seine Wange, so wie sie es in eben dieser Tanznacht getan hatten, in der sie sich zum ersten Mal geküsst hatten. Sie zog ihn auf die Tanzfläche. Sie hörte nicht auf zu lachen.

»Tanzen Sie mit mir, Waisenjunge?«

Da war sie, ihre Stimme aus dem Nichts, ein Klang von Glockenblumen. Katzenauge spürte, wie sein Herz anschwoll. Er hatte sich verliebt. Gleich würden sich ihre Lippen berühren. Er wollte nicht mehr loslassen, er wollte in dieser Erinnerung versinken, doch ein kräftiger Windstoß riss ihm das Blatt aus den Händen und sodann war sie fort, die Erinnerung, das Mädchen im Rüschenkleid und mit ihr der Klang ihrer Stimme.

Verärgert stand Katzenauge wieder im Märchenwald. Im Baum vor ihm regte sich kein Lüftchen. Hastig riss er ein zweites Blatt vom Ast, er achtete gar nicht darauf, dass es grau war, er steckte bloß schnell seine Nase in dieses Stück Natur, um den Zauber der Erinnerung noch einmal aufleben zu lassen. Doch als er den Duft einsog, wusste er von der ersten Sekunde an, dass sich dieses Mal keine gute Erinnerung in seinen Kopf schleichen würde.

Er war älter, vielleicht Ende zwanzig. Er war auch diesmal nicht alleine. Drei Gestalten umringten ihn in einem dunklen Hinterhof.

»Du Idiot! Du hättest den Hof der Alten abfackeln sollen, so haben wir es abgemacht! Du hast dich nicht an die Regeln gehalten. Ich werde dir zeigen, was wir mit Verrätern machen!«

Katzenauge hatte keine Chance gegen die drei starken Männer. Er sah, wie er sich vor Schmerz krümmte, als sie ihm sein Auge nahmen. Das rechte. Das schöne. Das, was hellgrün gewesen war mit einem schmalen, braunen Rand. Katzenauge konnte den Schmerz auch jetzt körperlich spüren. Aber vor allem spürte er ihn in seinem Herzen, das sich zusammenzog und schrumpfte. Schrumpfte und austrocknete und seine tausend glitzernden Farben verlor.

Einmal in seinem Leben war Katzenauge so mutig gewesen, nein zu sagen. Es hatte ihm die größte Angst und den größten Schmerz in seinem Leben beschert. Die drei Männer grölten und johlten, während Katzenauge immer weiter zu Boden sank. Plötzlich ertönte eine Stimme. Ein Mann betrat den Hinterhof, noch jünger als Katzenauge, bei ihm vier weitere Gestalten, deren Köpfe mit Kapuzen verhüllt waren.

»Hey«, rief der Mann, »lasst ihn in Ruhe!« Er hielt ein Messer in der Hand und als er seine Kapuze vom Kopf zog, erkannten Katzenauges Peiniger seine Maske. Und die goldenen Augen. Sie zögerten, ließen dann aber von ihm ab und liefen davon. Sein Retter kam zu ihm, legte ihm die Hand auf die Schulter, half ihm auf die Beine und brachte ihn nach Hause. Sein Name war Raven, der *goldene Revolutionär*. Und Katzenauge würde ihn von diesem Zeitpunkt an nie mehr vergessen.

Katzenauge spürte die Last dieser Erinnerung, die ihn flacher atmen ließ, die ihm Tränen in sein noch lebendes Auge trieb. Er wollte sie loswerden, doch er wusste nicht wie. Der Schmerz und die Angst fraßen ihn auf, bis er irgendwann schreiend und strampelnd auf dem Boden lag.

Seine Hilferufe aber wurden erhört. Zur selben Zeit spazierte nämlich ein Junge mit einem schwarz-weißen Clown auf der Brust ganz bezaubert durch den Märchenwald. Als er Katzenauge dort unter dem Baum liegen sah, riss er ihm das Blatt vom Gesicht und zog ihn damit zurück in die Gegenwart. Sie starrten sich an, Katzenauge und der Junge, beide unfähig etwas zu sagen. Dann stolperte Katzenauge davon, die Allee entlang, im Zickzackkurs über junge Maiglöckchen und Schmetterlingsstaub, nicht merkend, dass der Junge, der in Wahrheit ein Mensch war, das magische Blatt in seine Hosentasche steckte und ihm unauffällig folgte.

32. Kapitel

Ava spürte Schritte im Boden. Als sie die Augen öffnete, blickte sie in das Licht einer Laterne. Die Schritte kamen näher. Sie weckte Karim und presste ihm die Hand auf den Mund, damit er schwieg. Dann zog sie ihn aus dem Lichtkegel hinter die Baumstämme. Zu ihren Füßen hüpften Kaninchen um bunte Blumen, dann legte sich ein langer Schatten auf die Baumreihen. Ava sprang hervor und warf sich auf ihn. Sie riss den Schattenmann zu Boden und setzte sich auf seinen Rücken, damit er nicht entkommen konnte. Er stöhnte auf. Karim kam Ava zu Hilfe. Als sie ihn gemeinsam umdrehten, blickten sie geradewegs durch dicke Brillengläser in diese tiefen Augen, die schäumten wie frisch aufgebrühter Kaffee.

»Noël«, flüsterte Ava und konnte nicht verhindern, dass ihr Herz in die Höhe sprang. Er lebte! Er hielt sich die schmerzende Nase, lächelte sie aber an.

»Ich hatte nicht damit gerechnet, dass du mich überwältigen musst, um mich zu finden«, sagte er schließlich und die Grübchen um seinen Mund lachten um die Wette. Ava half ihm auf die Beine, Karim nickte ihm bloß zu.

»Bist du verletzt?«, fragte sie und betastete seine Nase. Er zuckte kurz zusammen, ließ es dann aber geschehen.

»Jetzt ist sie bestimmt wieder geheilt«, sagte er. Sein Atem kitzelte auf Avas Handgelenken.

»Du musst uns unbedingt erzählen, was du erlebt hast. Und wie du den weißen Wölfen entkommen konntest. Ich bin so froh, dich zu sehen!«

Noël nahm ihre Hände von seinem Gesicht und bedeutete ihr, zu schweigen. Dann erzählte er von dem Mann, den er verfolgte: »Wir sollten nicht länger herumstehen. Vielleicht weiß er, wie wir den Neidwald wieder verlassen können.«

Karim hatte ihn die ganze Zeit kritisch von der Seite gemustert, doch jetzt nickte er und gab das Zeichen zum Aufbruch. Zu dritt machten sie sich auf den Weg und verfolgten die Spuren, die der Fremde im goldenen Gras hinterlassen hatte.

»Er hat an dem Baum der Erinnerungen gerochen«, erklärte Karim, der demonstrativ Avas Hand in seine gelegt hatte, mit Blick auf das graue Blatt. »Jedes Blatt steht für ein Gefühl, dieses hier ist das Blatt der Angst. Er hat daran gerochen und die Erinnerung durchlebt, die für ihn am stärksten mit dem Gefühl Angst verhaftet ist. Kein schönes Erlebnis, wenn du mich fragst. Die Erinnerungen versuchen, dich in der Vergangenheit festzuhalten, aber man darf sich auf keinen Fall in ihnen verlieren, egal ob sie schön oder hässlich sind.«

»Kann man es schaffen, sich ohne Hilfe von ihnen zu lösen?«, fragte Noël.

»Kaum«, sagte Karim, »es erfordert sehr große Willensstärke, doch gerade die wird von den Erinnerungen so lange eingeseift, bis sie bloß noch Schaum ist. Ohne dich läge der Mann wohl noch immer dort, tief in seiner grauen Erinnerung.«

Ava wusste genau, was jetzt in Noëls Kopf vorging. Die Verführung, an diesem Blatt zu riechen, war mindestens genauso groß wie die Angst davor. Wer würde nicht wissen wollen, welche Erlebnisse sich so tief in die eigene Seele eingebrannt hatten, dass man sie nie mehr loswurde?

Der Wald um sie herum blinkte so stark, dass Ava bald meinte, nur noch goldene Punkte zu sehen. Irgendwann verloren sie die Spur des Mannes und wollten sich bereits unter der nächsten Laterne niederlassen, als in der Ferne, zwischen den silbernen Weiden und den champagnergelben Efeuranken, das Licht eines Lagerfeuers aufloderte. Die drei blieben stehen und horchten in den Wald. Stimmen wurden zu ihnen getragen, ein Lachen, dann loderte das Feuer kurz auf, als hätte jemand frisches Brennholz hineingeworfen. Ein plötzliches Rascheln schreckte sie auf und sie sahen eine gebückte Gestalt, die unter den tief hängenden Zweigen der Weiden in Richtung Feuer schlich. Sie folgten ihr mit etwas Abstand.

»Katzenauge, da bist du ja, du Trottel«, rief ein dickbäuchiger Mann von weitem. »Du musst dir angucken, was wir heute im Wald aufgegriffen haben. Dir fallen die Augen aus dem Kopf!« Der dicke Mann kraulte seinen Bauch, dann wurde er von einer hageren Frau zur Seite gestoßen. Ihre Haare waren lila und sie hatte unglaublich dicke Krampfadern am Hals.

»Zuerst sagt er uns, wo er sich den ganzen Tag herumgetrieben hat, so alleine. Wenn er sich weigert, erzählen wir Raven, dass er sich unerlaubt von der Gruppe entfernt hat. Das wird ihm gar nicht schmecken.« Der Dicke kicherte wie ein Mädchen.

»Spiel dich nicht so auf, Scarlett. Ich werde euch gar nichts erzählen. Ich will was essen und dann leg ich mich schlafen.«

Ava erkannte seine Stimme sofort. Katzenauge stand mit den anderen Gestalten am Rande einer Zeltstadt, die eine ganze Lichtung füllte. Von ihrem Versteck aus konnte Ava sehen, dass sich einige Meter entfernt mehrere Gefühle um ein Feuer versammelt hatten, über dem ein aufgespießtes Spanferkel seine Kreise zog. Der Geruch von knuspriger Schweinehaut lag in der Luft.

»Du bist ein Hund, Katzenauge, nichts weiter als ein schäbiger Straßenköter! Du wirst dich nicht schlafen legen. Du wirst mich jetzt zu Raven begleiten und dann wirst du ihm vorstottern, wo du dich herumgetrieben hast. Irgendwann muss doch mal der Tag kommen, an dem der Herr einsieht, wie nutzlos du bist.«

Der Dicke und Priscilla packten Katzenauge von beiden Seiten und zerrten ihn durch die Zeltgassen in Richtung Lagerfeuer.

»Was sind das für Leute?«, fragte Noël. »Können sie uns helfen?«

Ava schüttelte wild den Kopf und erzählte ihm von Elmon und dem Kristall: »Wir müssen herausfinden, was sie vorhaben.«

Die Zelte lagen verlassen da. Sie beschlossen, sich zu trennen, um das ganze Lager nach Hinweisen abzusuchen, die sie zu Elmon führen könnten. Als die Jungs sie verließen, spürte Ava die Kälte der Weiden um ihren Körper. Dieser Wald zwinkerte so golden und lieblich, dass es beinahe unmöglich war, zu frieren. Doch unter den Weiden wucherte Silber, hart wie Stahl, unnahbar wie die Sternschnuppen am Horizont.

Ava bewegte sich nah an den Zeltwänden, die nach altem Leder rochen. Sie waren wie unheimliche schwarze Schatten in einer viel zu hellen Nacht. Einen Augenblick verharrte sie und schaute zwischen den Zeltspalten hinauf in den Himmel. Er war tief heute Nacht. Er war tief und voller Punkte und Ava wünschte, sie könnte in ihn eintauchen und Sterne fischen.

Sie wurde aus ihren Gedanken gerissen, als sich Schritte näherten. Schnell schlich sie weiter, bis zu einem Zelt, das von innen erleuchtet wurde. Durch eine Lücke im Vorhang spähte sie hinein. Schwarze Kerzen standen auf einer Kiste und schenkten dem Raum ein blutrotes Licht. Der Mann drehte Ava den Rücken zu, doch sie wusste sofort, dass es der mit den Goldaugen war, den sie auf dem Gemälde im Schloss gesehen hatte. Als er zur Seite trat, gab er den Blick auf eine Frau frei, die sich das wilde Haar aus dem Gesicht kämmte. Rumina. Sie sah schön aus in diesem roten Licht. Ihre Haut war nicht mehr totenweiß, sondern rosa. Fast zart. Ihre Haare blieben ungezähmt, doch sie glänzten. In der Schönen Straße waren sie so fahl gewesen wie trockenes, schwarzes Stroh. Der Mann nahm ihre Hand und zog sie zu sich hinauf. Sie legte ihre Hand auf seinen Rücken. Weiße Hand auf schwarzem Grund. Ava musste an die Schneeflocken in Golos Augen denken. Es gab so viel weiß und schwarz in dieser Welt.

»Bist du bereit?«, fragte der Mann.

»Wenn du es bist«, antwortete sie.

»Wir müssen überzeugend sein. Die anderen dürfen nicht aufgeben. Wir brauchen die Opfer, die dieser Wald fordert.«

»Du weißt, dass du überzeugst. Du überzeugst jeden, Raven. Selbst eine Frau wie mich.«

Ihre Lippen näherten sich den seinen, bis nur noch ein Blatt Papier zwischen sie gepasst hätte.

»Du bist ein schwarzer Ritter«, flüsterte sie und ihre Stimme klang wie süßes Gift, »du bist so schwarz, dass du den Morgen zu trüben vermagst. Es gibt keinen zweiten Mann wie dich.«

»Der Kristall wird mich noch mächtiger machen.«

»Uns!« Rumina nahm die Hand von seinem Rücken und trat zurück. Der Lufthauch ihres Kleides ließ die Flammen beben.

»Es gibt kein *Ich* mehr, Raven. Es gibt nur noch uns. Hast du das vergessen?«

Er hielt eine Hand über das Feuer und erstickte die Flammen dann mit seiner bloßen Haut.

»Ich vergesse nie.«

Sie standen im Dunkeln. Kein Weiß mehr. Bloß noch Schatten. Ava zuckte zusammen, als sich eine Gestalt vom Lagerfeuer näherte. Schnell lief sie hinter das Zelt und wartete.

Ein blonder Mann rief nach Raven. Dann führte er ihn und Rumina zum Lagerfeuer. Ava folgte ihnen mit genügend Abstand. Ruminas Kleid gab ihren nackten Rücken preis, silbrig wie die Sterne.

Ava blieb erst stehen, als sie schon so nah am Feuer war, dass sie seine Wärme auf ihrer Haut spürte. Sie kauerte zwischen zwei Zelten und zählte die Gefühle, die um das Lagerfeuer saßen. Es waren fünfzehn an der Zahl, Männer und Frauen, die begierig auf das Spanferkel stierten. Katzenauge wurde noch immer von Priscilla festgehalten und ließ den Kopf hängen. Dann spürte Ava eine Hand auf ihrer Schulter.

»Hast du etwas gefunden?«, fragte Karim. Sie schüttelte den Kopf.

Auch Noël schlich sich zu ihnen und erzählte von einem Essensvorrat in Ziehwagen: »Dicke Salamiwürste, Orangen und Reisplätzchen«, flüsterte er, »wir müssen uns nachher auf jeden Fall eindecken. Ich sterbe vor Hunger.«

Sie verstummten augenblicklich, als ein Mann vortrat und zu sprechen begann: »Herr, wir haben den Gefangenen gleich nebenan im Zelt. Er ist gefesselt und trägt Knebel. Er hatte die unangenehme Sitte, jeden zu beißen, der in seine Nähe kam.«

»Bringt ihn her«, befahl Raven.

Noch immer umfassten seine Finger Ruminas Hand.

»Diese Hexe«, zischte Karim, »sie hat uns den Tipp mit dem Rubin gegeben. Wie kann es sein, dass sie jetzt selbst hier steht?«

»Sie müssen auch einen Menschen hergezaubert haben, oder?«, fragte Noël. »So muss es gewesen sein, nicht wahr?«

Karim schaute ihn missmutig an: »Das kann nicht sein. Es gibt bloß einen Rubin. Und den besitzen wir.«

»Bist du dir da sicher?«, fragte Noël.

»Natürlich bin ich mir da sicher«, sagte Karim, doch Ava merkte, dass er selbst zweifelte. An sich und an der Welt, die er zu kennen geglaubt hatte.

Karims Augen gruben sich erbarmungslos in die von Noël. Ava spürte, wie die Feindseligkeit ihre Arme um die beiden legte. Sie wünschte, sie könnte sie wegdrücken, doch die Feindseligkeit ergriff von selbst die Flucht. In dem Moment, als die Männer den Gefangenen herbeizerrten und auf einem Stuhl gegenüber von Raven und Rumina festbanden.

»Dieser Idiot«, keuchte Ava.

»Leon«, flüsterte Noël.

Karim schwieg mit zusammengekniffenen Augen.

»Wir haben ihn vor einigen Stunden aufgegriffen, Herr. Er hing in einem Netz an einem Baum und hat sich die Seele aus dem Leib geheult. Er sagt, er sei ein *Mensch.*«

Die Menge tuschelte.

»Er sagt, er wurde von zwei Gefühlen hergeholt, die dem Neidwald sein *Geheimnis* entlocken wollen. Er sagt, sie befinden sich noch immer in unserer Nähe.«

Das Murmeln wurde lauter. Die Gefühle musterten Leon mit aufgeregten Blicken.

Ravens goldene Augen verdunkelten sich. Der orangefarbene Schein des Feuers schien sich nicht länger in ihnen zu spiegeln. Sie wurden hart und undurchdringlich wie schmutzige Goldmünzen.

»Was ist …«, begann Karim wieder zu flüstern, »wenn Rumina wollte, dass wir in diesen Wald gehen? Was ist, wenn wir nichts weiter als ein Teil ihres Plans sind?« Karim griff nach Avas Hand. Seine Finger drückten sich in ihre Handfläche. »Ava«, sagte er beschwörend, »hier läuft was mächtig schief. Wir sollten gehen.«

»Sie haben Leon«, sagte Ava scharf. »Und wir müssen verhindern, dass sie den Kristall finden. Lass uns abwarten, vielleicht sind wir in ein paar Minuten klüger und wissen, was zu tun ist.«

»Oder wir sind tot.«

»Niemand hat gesagt, dass es ein Spaziergang wird. Wir müssen das durchziehen. Das waren deine Worte.«

»Ja, das waren meine Worte. Aber vielleicht waren es die falschen. Vielleicht ist es das alles nicht wert.«

»Nicht wert? Weißt du eigentlich, was passiert, wenn sie bekommen, was sie wollen?«

»Nein. Genauso wenig wie du. Wir haben keine Ahnung, Ava. Das Einzige, was ich weiß, ist, dass ich leben will. Mit dir.«

Auf der Lichtung trat Raven vor und nahm Leon den Knebel ab. Der Menschenjunge hatte Angst. Das merke Ava daran, dass er keinen Ton von sich gab, nicht einmal ein Wimmern. Er würde plaudern.

»Wie heißt du?«, fragte Raven.

»Leon Berg.« Seine Stimme zitterte. »Ich erzähle euch alles über die anderen, wenn ihr mich dafür zurückschickt.«

»Sehr gut, Leon Berg, wie ich sehe, bist du ein kluger Junge. Wer sind die anderen?«

»Ein rothaariger Kerl namens Karim und ein blondes Mädchen namens Ava.«

Rumina zuckte nur ganz kurz mit den Mundwinkeln. So kurz, dass niemand außer Ava und Karim es bemerkte.

»Sie behaupten, sie seien Gefühle und sie sagen, dass sie das Geheimnis dieses Waldes lüften wollen.« Seine blonden Locken hingen kraftlos um sein Gesicht. Was erhoffte er sich bloß von seinem Geständnis? Sie würden ihn niemals zurückschicken.

»Interessant …« Raven umkreiste das Lagerfeuer mit großen Schritten. »Aber nicht interessant genug. Du bist ein kleiner Lügner, Leon Berg! Sag uns, wer diese Gefühle wirklich sind. Du weißt doch ganz genau, dass es der Kristall ist, den sie begehren.«

Leon wurde kreidebleich, als Raven seine Fäuste auf der Stuhllehne abstützte und sich zu ihm herunterbeugte. »Das Märchen mit den Kindern ist einfallslos.«

»Aber sie sind ungefähr in meinem Alter, das schwöre ich!«

»Was wissen sie über den Kristall?«

»Ich hab keine Ahnung, sie haben nie von einem Kristall gesprochen. Sie hatten einen Rubin, mit dem haben sie uns hergeholt.«

»Uns?«, fragte Rumina.

»Ja, Noël und mich. Wir kamen zu zweit.«

Raven blickte panisch zu Rumina. Dann beugte er sich wieder zu Leon: »Es gibt also noch einen Menschen in diesem Wald?«

»Ja.«

»Das, mein lieber Leon Berg, ist eine Nachricht, die mir gar nicht gefällt.«

Er richtete sich auf und starrte ins Feuer. Ava sah bloß seinen langen Rücken und das fettige Haar in seinem Nacken. Von hinten hatte er Ähnlichkeiten mit dem Turmwärter, der sie in Trauerland fast erwischt hätte. Zufall? Irgendwie konnte Ava nicht mehr recht an Zufälle glauben.

»Bringt ihn zurück ins Zelt und sorgt dafür, dass er dort bleibt«, rief Raven plötzlich und die drei Männer machten sich wieder am schreienden Leon zu schaffen und trugen ihn davon.

In der Zwischenzeit trat Scarlett mit Katzenauge vor und richtete das Wort an ihren Herrn.

»Raven, ich muss Ihnen berichten, dass Katzenauge …«

»Halt den Mund, Scarlett! Es interessiert mich nicht, was Katzenauge tut, verstanden? Ich habe andere Probleme und ich will, dass ihr euch im Hintergrund haltet, während ich denke und spreche. Wenn ihr nicht mal dazu in der Lage seid, werde ich Vico damit beauftragen, euch zu entfernen. Haben wir uns verstanden?«

Der blonde Mann namens Vico grinste hämisch, während Katzenauge den Blick noch intensiver auf seine Schuhe heftete und Scarlett mit geschwollener Halsader von ihm abließ und zurück in den Schatten trat. Noch ein Wort mehr und die Ader wäre geplatzt, da war sich Ava sicher.

Raven umklammerte Ruminas Handgelenk und für wenige Sekunden sah er verloren aus im Schein des Feuers. Man hörte bloß das Zischen von heißem Öl, das vom Schweinekörper in die Flammen tropfte. Dann, endlich, wandte sich Raven an die Menge, die hilfesuchend an seinen Lippen hing.

»Ihr alle wisst, dass wir hier sind, weil wir betrogen wurden. Ihr wisst, dass uns die schmierigen Finger der Macht um unseren Schatz betrogen haben, in der Nacht, in der Elmon und die Regierung den Kristall in diesen Wald geschafft haben.

Wir haben einen Weg gefunden, ihre Fallen zu umgehen. Sie wiegen sich in Sicherheit, doch wir sind so viel schlauer, als sie es jemals für möglich gehalten hätten. Sie haben uns unterschätzt. Wir werden uns den Kristall der Macht mit Gewalt zurückholen, den Kristall, der um Elmons Schweinehals hängt und der uns dazu befähigen wird, über die zu herrschen, die nur mit Hohn auf uns hinabblicken. Die sagen, wir seien schäbig. Die den Hass unterdrücken wollen und sich für etwas Besseres halten.«

Die Menge jubelte.

»Wir werden diesen jämmerlichen Gefühlen und ihrer Herrschaft ein Ende setzen. Der Kristall wird den Hass in unserer Welt auf den

Thron der Macht erheben. Der Hass wird herrschen. Der Hass wird siegen. Wir werden unsterblich sein. Doch um das zu erreichen, müssen wir erbarmungslos sein. Und wachsam.

Wir haben heute erfahren, dass wir nicht die Einzigen sind, die diesen Wald durchsuchen. Wir müssen verhindern, dass irgendwer Elmon und den Kristall vor uns findet. Und wir müssen die Menschen töten, die sie hergebracht haben. Sonst wird uns der Kristall wieder entgleiten! Er darf uns nicht wieder entgleiten, habt ihr mich gehört?«

Die Menge grölte und stampfte mit den Füßen auf. Ravens Körper bebte beim Sprechen und in seine Augen war das Glühen von heißem, geschmolzenem Gold zurückgekehrt. Nur Rumina regte keine Miene. Sie krallte die Finger in ihren Rock.

»Also werden wir wachsam und unbeugsam sein. Wir werden unsere Suche intensivieren. Wir werden weniger rasten und weniger schlafen. Jeder von euch wird seine Anstrengungen verdoppeln, bis wir ihn gefunden haben. Jeder Störenfried wird augenblicklich aus dem Weg geräumt. Das ist ein Befehl. Und jetzt geht in eure Zelte. Gleich bei Sonnenaufgang brechen wir auf. Es ist Zeit, zu siegen.«

Die Menge jubelte wieder. Ava war eiskalt. Es war ein seltsames Gefühl, die Hitze des Feuers auf einer Haut aus Eis. Plötzlich erhoben sich alle und machten Anstalten, das Lagerfeuer zu verlassen. Nur Raven und Rumina blieben. Er riss ein Bein vom Spanferkel ab und biss hinein. Das Fett, das von seinen Lippen tropfte, war so golden wie seine Augen.

Sie mussten fort. So schnell wie möglich.

»Aber Leon«, sagte Noël, »wir können ihn nicht hier zurücklassen. Sie werden ihn töten!«

»Wenn sie uns erwischen, töten sie uns alle. Damit ist niemandem geholfen«, sagte Ava und zerrte Noël mit. »Wir lassen uns was einfallen und kommen wieder.«

Sie eilten durch Zeltgänge, die alle gleich aussahen. Je weiter sie sich vom Feuer entfernten, desto dunkler wurde es. Die Stimmen in ihrem Rücken aber wurden nicht leiser. Die Gefühle schwärmten aus, füllten die Zeltstadt mit Leben wie eine Kolonie Ameisen. Als sie um die nächste Ecke biegen wollten, kamen ihnen wankende Gestalten entgegen, zum Glück zu weit entfernt, um sie zu bemerken. Die drei ruderten zurück und verharrten im Schatten der Zeltwand, bis die Gestalten an ihnen vorübergezogen waren. Dann bogen sie in den Gang ein. Er führte sie geradewegs zu dem schützenden Dickicht aus silbernen Weiden, doch bevor sie diese erreichten, hielt Noël sie fest und zog sie zu mehreren Ziehwagen, die mit blauen Planen abgedeckt waren.

»Was soll das?«, zischte Karim und versuchte, Ava zum Weitergehen zu bewegen. Derweil löste Noël die Seile, schob die Planen beiseite und offenbarte ihnen tatsächlich Berge von Lebensmitteln: Neben den bereits beschriebenen Salamiwürsten und Orangen gab es runde Käseleiber, Marshmallows, Mandelschokoladenriegel, Leberwürste, Weißbrotstangen und roten Hibiskuskuchen mit weißer Schokoladenglasur. Ava musterte die leeren, schwarzen Gänge um sie herum und beschloss dann, dass gutes Essen nicht schaden konnte.

»Wir packen so viel in eine Plane, wie wir tragen können«, flüsterte sie. Karim konnte sein Fluchen nur mühsam unterdrücken. Mit verschränkten Armen schaute er dabei zu, wie Ava und Noël ihre Hände mehrmals in die Wagen wandern ließen und voller bunter Lebensmittel wieder herauszogen.

»Wir werden dafür büßen müssen«, sagte er.

»Sei still und hilf uns lieber«, erwiderte Ava.. Sie rafften die Plane zusammen und trugen sie zu dritt aus der Zeltstadt. Sie hatten die Weiden fast erreicht und in Gedanken machten sie sich schon über das Essen her. Sie bemerkten Katzenauge nicht.

Erst als Ava ein letztes Mal über die Schulter blickte, sah sie direkt in sein totes Auge. Er stand hinter ihr und starrte sie so eindringlich an, dass ihre Knie weich wurden.

»Hallo Knirps. Wie es scheint, wendet sich diese Nacht doch noch zum Guten. Zumindest für mich.« Als sich seine Lippen kräuselten, kamen faulige Zähne zum Vorschein.

Ava schrie und versuchte, seinen Händen zu entkommen. Karim und Noël ließen die Plane fallen. Orangen kullerten zwischen ihre Beine und ließen sie stolpern. Plötzlich tauchten von überall Männer und Frauen auf. Sie kreisten sie ein, schnitten ihnen den Weg ab, packten ihre Arme und Schultern. Es war eine Jagd: Sie hetzten sie um Bäume und Laternen. Die Zweige der Weiden peitschten Avas Arme und hinterließen Striemen auf ihren Handgelenken. Kaninchen flohen panisch und Krokusse wurden zertrampelt, bis die Farben aus ihren Blüten quollen wie Blut.

Ava sah Karim. Er fiel. Ava sah Noël. Er schlug und biss und kratzte, doch sie hielten ihn, drei Männer mit sechs Händen. Sie waren verloren. Ein Stechen zwischen ihren Rippen raubte Ava die Luft. Vor ihr lag eine gelbe Laternennacht, hinter ihr das Schicksal. Sie wurde niedergedrückt. Ihr Gesicht landete in Maiglöckchen, die süßlich nach Frühling dufteten. Die Sterne am Himmel lachten höhnisch auf sie herab, die Weiden weinten kaltes Silber. Und Katzenauge packte Avas Gesicht mit seinen schmutzigen Fingern.

»Ich weiß, wer sich über unsere Beute freuen wird. Er wird sich so sehr freuen, dass er mich ansehen wird. Heute Nacht wird er mich ansehen, du Knirps, und das habe ich ganz alleine dir zu verdanken.« Da war kein Platz für Mitleid in seinem toten Auge. Da war nur pure Freude. Und Wahnsinn.

Sie zerrten Ava, Karim und Noël zurück zum Lagerfeuer. Raven blickte von einer Flasche schwarzem Wein auf, die Nacht meinte es gut mit ihm. Er fragte sie immer und immer wieder nach dem Kristall, er ließ ihnen beinahe die Handgelenke zerquetschen, er stieß sie in den Dreck und seine Worte brannten sich in ihre Köpfe, doch sie schwiegen. Sie beteuerten, den Kristall nicht zu kennen. Niemals gesucht zu haben. Er glaubte ihnen nicht. Am Ende ließ er sie in das Zelt sperren, in dem bereits Leon saß. Vielleicht seien sie noch zu gebrauchen, das wisse man nie in diesem Wald.

Leons Augen waren rot. Er sah aus, als hätte er schreckliche Tage hinter sich. Doch da regte sich auch so etwas wie Erleichterung, als sie zu ihm ins Zelt geschubst wurden.

»Was macht ihr denn hier?«, fragte er.

Sie sahen ihn bloß grimmig an. Der Boden war hart, es gab kratzige Decken, in die sie sich wickeln konnten, wollten sie nachts nicht erfrieren. Vor dem Zelt postierten sich Wachen, die ihnen die Handgelenke zusammengebunden hatten. Das Seil schnitt in Avas Haut, doch sie biss die Zähne zusammen, denn sie durfte jetzt nicht aufgeben.

Sie sprachen nicht. Da waren stille Vorwürfe zwischen ihnen. Wer war schuld? Wer hatte sie alle in diese Situation gebracht? Ava wusste, dass sie die Verantwortung trug und dass es ihre Schuld war, würden sie alle sterben. Sie ertrug es nicht, Karim anzusehen. Da waren keine Vorhaltungen oder Anschuldigungen in seinem Blick. Kein *Ich habe dich gewarnt.* Dafür war da stumme Verzweiflung und zerstörtes Glück, das so viel trauriger war als jede Schuldzuweisung.

Irgendwann fing Noël an, ein Lied zu singen. Es handelte von Hoffnung, von einem sonnigen Morgen, der sich nach einer kalten Nacht erhebt. Es handelte von dem Glauben an das Gute und Schöne. Sie hörten zu, wie er leise die Worte formte und in eine Melodie brachte. Als er aufhörte, blieb der Klang seiner Stimme noch im Zelt stehen und füllte es mit Wärme. Es dauerte eine Ewigkeit, bis Ava in dieser Nacht in den Schlaf fand.

33. Kapitel

Zara drückte die Stirn ans Fenster und blickte hinunter auf die kleinen Köpfe in den engen Gassen. Gegenüber im Haus spannte eine Frau weiße Laken über eine Leine in ihrem Badezimmer und machte dabei ein Gesicht wie fünf Tage Regenwetter.

»Kaffee ist fertig«, sagte Jascha hinter ihr.

»Was für ein Segen. Ich dachte schon, du bist verschwunden, um die Bohnen selbst zu pflücken.«

»Sei froh, dass ich dich überhaupt reingelassen habe, zu dieser Folteruhrzeit.«

Zara schnaubte. Sie hätte jetzt Vieles sagen können. Zum Beispiel, dass jede normale Person um neun Uhr morgens schon einer Arbeit nachging. Oder dass sie bereits um sechs Uhr in der Frühe den gesamten Burggarten umgegraben hatte. Stattdessen leerte sie den ganzen Kaffee in wenigen Zügen. Jascha hatte ihn in Plastikbechern serviert. Geändert hatte er sich nicht wirklich.

Zara schritt in der kleinen Wohnung auf und ab. Überall an den Wänden hingen Puzzles. Die einen zeigten weiße Lilien, die anderen Vulkane, die Feuer spien, wieder andere glühende Kindergesichter in flauschigen Ohrensesseln.

»Seit wann machst du das?«, fragte sie.

»Was?«

»Puzzeln?«

»Seitdem ich Ablenkung brauche. Die Teile beschäftigen dich einen ganzen Nachmittag oder eine ganze Nacht. Das ist Therapie.«

Zara blickte Jascha an diesem Morgen zum ersten Mal richtig an. Er sah blass und etwas abgemagert aus. Auch trug er noch immer den verblichenen, braunen Pulli, den er schon als Junge besessen hatte. Er war ihm immer noch zu groß. Trotzdem sah er besser aus als noch vor einigen Monaten. Zufriedener.

»Ich brauche noch mehr Kaffee!« Zara ließ sich auf einem der harten Holzstühle nieder und beobachtete wieder die Wäschefrau gegenüber.

»Du solltest dir Vorhänge kaufen«, sagte sie, als Jascha mit der Kaffeekanne zurückkam, »so kann dir ja jeder beim Puzzeln zugucken.«

»Ist mir egal.« Auch er nahm einen großen Schluck Kaffee. »Willst du mir nicht endlich sagen, warum du hier bist? Du hast mich seit Monaten nicht mehr besucht …«

Zara blickte angestrengt auf den Tisch: »Es tut mir leid. Ich hatte viel zu tun.«

»Das nenne ich Freundschaft«, sagte Jascha und stand wieder auf. »Aber ich bin ja nicht nachtragend. Das lernt man beim Puzzeln, Zara, dass die anderen eigentlich nichts dafür können, dass sie einen schlecht behandeln. Sie sind selbst gefangen in ihrem eintönigen Leben. Sie sollten mehr puzzeln, dann würden sie wieder klar sehen.«

Zara musterte die Bilder an der Wand und stellte sich vor, wie es sein musste, Jascha zu sein. Wie es war, wenn man all seine Sorgen und Trauer und Selbstzweifel in ein Puzzle steckte, um sein Inneres zu bereinigen. Sie zog das Foto aus der Hosentasche, das sie bei Rumina gefunden hatte.

Du kannst mir nicht entkommen. Weder tot noch lebendig.

Die Worte waren ihr einfach nicht mehr aus dem Kopf gegangen.

»Kennst du diesen Mann?«, fragte sie behutsam.

Jascha nahm das Foto an sich und wurde noch bleicher. Er presste die Lippen aufeinander und verschwand in der Küche. Als er wiederkam, hatte er eine Dose mit Aprikosenkeksen dabei.

»Greif zu.«

»Ich weiß, es ist schwierig für dich, an sie zu denken. Ich möchte auch gar nicht all die Erinnerungen in dir hervorkramen, die du seit Monaten versuchst, zu vergraben, aber ich mache mir solche Sorgen um sie.«

»Um Rumina muss man sich keine Sorgen machen«, sagte Jascha.

»Dreh das Bild um und lies, was dort steht.«

Jascha tat wie geheißen, dann gab er Zara das Foto zurück. »Was willst du wissen?«

»Wer ist dieser Mann und wo ist meine Cousine?«

»Letzteres kann ich dir sicher nicht beantworten. Wie du weißt, versuche ich mich seit einigen Monaten von ihr fernzuhalten, und zwar erfolgreich.« Er stand wieder auf, um ein Puzzle an der Wand geradezurücken. »Aber den Mann kenne ich. Leider nur zu gut. Er hat sie mir ausgespannt.«

Zara trommelte nervös mit den Fingerspitzen auf dem Tisch, sie hätte Jascha am liebsten geschüttelt und ihm gesagt, dass Rumina ihn niemals geliebt hatte. Nicht einmal als sie alle drei fünf Jahre alt gewesen waren und Jascha ihr einen Strauß verwelkte Giftblumen geschenkt hatte. Sie hatte zwar zugelassen, dass er ihr einen Kuss auf die Wange drückte, doch die Blumen hatte sie zu Hause sofort ins Feuer geworfen. »Ich hasse diesen Jascha«, hatte sie dann gesagt, »der trägt immer so hässliche Pullover.« Zara hatte geschwiegen und sich heimlich vorgestellt, wie Jascha ihre Wange küsste. Ja, alles war schon immer irgendwie verkorkst gewesen.

Zara nahm Jaschas Hand: »Hör zu, du und Rumina, ihr wart niemals ein Paar. Sie mochte dich schon immer als Freund, aber eben nicht mehr. Das hast du doch mittlerweile verstanden, oder?«

»Danke für deine Offenheit.«

»Soll ich lügen?«

Jascha schüttelte den Kopf.

»Sein Name ist Raven«, sagte er dann. Er saß wieder auf dem Stuhl, hatte den Kopf in den Nacken gelegt und die Augen geschlossen. Zara sah seine Bartstoppeln. »Wir haben ihn vor zwei Jahren kennengelernt, über ein paar Leute, mit denen Rumina …«

»Mit denen meine Cousine um die Häuser zog und unschuldige Bürger des Kessels bestahl. Sag es ruhig, ich weiß Bescheid.«

»Wir haben sie nicht wirklich bestohlen, Zara, wir haben gespielt …«

»Jemanden beim Glücksspiel mit unlauteren Methoden über den Tisch zu ziehen, ist stehlen. Weißt du, ich dachte früher immer, du könntest einen guten Einfluss auf Rumina haben. Als Großmutter noch lebte, hat sie ihr die Ohren lang gezogen, wenn sie abends nicht nach Hause kam. Du weißt ja, wie gerne Rumina schon als Kind nachts im Wald war. Sie sagte, sie habe die Sterne sehen wollen, die die alte Tanne vor ihrem Zimmerfenster verdeckte. Sie hat sich immer beschwert, dass man von meinem Zimmer aus ungehindert in den Himmel schauen konnte, während sie immer bloß die Tanne gesehen hat. Wenn Großmutter schimpfte, hat Rumina immer geschwiegen.

Dann hat sie sich zu mir an den Tisch gesetzt und ihre Suppe gelöffelt. Als Großmutter starb, hat sie wochenlang kein Wort mehr mit mir gesprochen. Ich habe sie in dem Moment verloren, in dem ich Großmutter verlor. Dabei hatten wir doch nur noch uns beide nach ihrem Tod …«

»Rumina hat dich immer geliebt. Auf ihre Art.«

»Aber was ist das für eine Art, Jascha? Erklär es mir!«

Er schaute sie hilflos von der Seite an, fast schon verzweifelt. »Ich kann es nicht erklären. Man spürt es einfach zwischen ihren Anfeindungen, ihrem Sarkasmus und den giftigen Pfeilen, die sie verschickt. Da ist etwas Weiches unter der harten Oberfläche. Sie versteckt es bloß, weil sie Angst vor Schmerzen hat.«

»Ein schwarzer Engel kennt keinen Schmerz. Das möchte sie doch sein, oder? Gefürchtet, verachtet, eine Hexe und Diebin. Wenn Großmutter wüsste, dass ich es so weit habe kommen lassen.«

Als Zaras Sätze verhallten, war nur das Ticken einer Kuckucksuhr an der Wand zu hören.

»Soll ich weiter erzählen?«, fragte Jascha schließlich

Zara nickte und schwieg.

»Sie hat sich sofort in ihn verliebt. Ich habe es gesehen und es hat ganz schön wehgetan. Es war nicht nur eine ihrer üblichen Schwärmereien für große Männer mit bösen Augen und einem viel zu großen Ego. Es war Liebe. Er saß auf einer Mauer, die Ellbogen auf den Knien abgestützt, den langen Rücken gebeugt und er kaute auf einem langen Grashalm. Es war ein Tag im Mai und es war so warm, dass er die Ärmel seines Hemdes hochgekrempelt hatte. Rumina trug enge Hosen und ein schwarzes Shirt mit Fransen. Sie tanzten auf ihren Hüften, bei jeder Bewegung, die sie machte. Das Licht war irgendwie aprikosengelb und es hatte sein Haar weich scheinen lassen wie Butter. Er sah damals noch viel besser aus als auf diesem Foto. Sie hat mich einfach stehen gelassen. Du kennst sie ja. Sie kriegt, was sie will. Den ganzen Nachmittag haben sie geredet – frag mich nicht über was – anscheinend ist er nicht allzu dumm. Er kann gut reden. Die Leute hängen dann an seinen Lippen. Ich habe gesehen, wie er seine Hände um ihren Nacken gelegt hat. Sie hat es geschehen lassen. Von da an waren sie ein Paar und von da an habe ich Rumina nicht mehr oft zu Gesicht bekommen.« Er machte eine Pause und rieb sich den Nacken. »Ach Zara, ich hätte sie beschützen müssen.«

»Warum beschützen?«

»Dieser Kerl war schlimmer als ich dachte. Ich dachte, er sei ein Frauenheld, ein Mann mit goldenen Augen, der Frauenherzen bricht, weil er sich nie mit einer Frau zufrieden geben kann. Aber er war viel schlimmer …«

»Inwiefern?«

»Er hat sie ziemlich tief in das kriminelle Milieu hineingezogen, in die Unterwelt des Kessels. Rache und Gewalt, nicht mehr bloß Glücksspiel. Ab jetzt kämpfte Rumina mit ihm gegen den Rest der Welt. Gegen den, der bei Tag lebte. Sie lebte nur noch nachts. Man nannte ihn den *goldenen Revolutionär*, weil er Visionen hatte, die niemand bei Tag auszusprechen wagte. Doch in der Nacht folgten viele seinen Worten und träumten davon, das *Herz* umzustürzen. Die Regierung zu beseitigen und die Macht in die eigenen Hände zu legen.«

»Natürlich habe ich damals von dem *goldenen Revolutionär* und seinen Anhängern gehört«, unterbrach ihn Zara. »Doch wir in der Regierung dachten, es handele sich bloß um eine kleine Gruppe verzweifelter Gefühle, die keinerlei Macht besaß. Warum hast du mir nie erzählt, dass Rumina sich einem solchen Mann an den Hals geworfen hat?«

»Weil es dich nicht interessiert hat! Du hattest zu dieser Zeit bloß deinen eigenen Erfolg im Kopf.« Jascha seufzte und stützte die Ellbogen auf den Oberschenkeln ab. »Sie haben zusammen getanzt, er mit der Maske und den goldenen Augen, sie mit dem wirbelnden schwarzen Haar, sie haben geraubt und erpresst und er hat ihr das Messerwerfen beigebracht. Als ich sie darauf angesprochen habe, dass mir ihre neue Persönlichkeit gar nicht gefällt, hätte sie mich beinahe erwürgt.«

Zara vergrub die Hände in ihren Locken. Es war noch schlimmer, als sie gedacht hatte.

»Aber es kam noch dicker: Ihre Liebe ist gestorben. Frag mich nicht wie, aber plötzlich entfremdeten sie sich, sie stritten, sie wollten sich gegenseitig kontrollieren, sie wurden zu Konkurrenten und wenn sie abends nebeneinander einschliefen, dann voller Hass. Da war kein Platz mehr für Liebe. Man munkelt, er sei besessen gewesen von irgendwas, das ihm plötzlich wichtiger war als alles andere. Wichtiger als Rumina. Irgendwann hat sie ein Messer nach ihm geworfen. Dann ist sie weggelaufen und seitdem haben sie sich nicht mehr wiedergesehen. Jetzt ist Raven angeblich im Kessel aufgetaucht, ziemlich heruntergekommen soll er sein. Rumina ist seitdem zur Besinnung gekommen, das weißt du ja. Sie trinkt wohl sogar Löwenzahntee statt Rum. Aber mir ist das egal, ich habe mit dieser Frau abgeschlossen.« Er deutete mit dem Kopf zu den Wänden.

»Er war hier in der Stadt, sie ist jetzt fort und auf ihrem Tisch liegt dieses Bild. Ein bisschen viel Zufall, findest du nicht auch?«

Jascha zuckte mit den Schultern: »Ich kann dir nicht weiterhelfen. Ich muss sie aus meinem Kopf heraushalten, sonst war die ganze Puzzlelei umsonst.«

»Ich weiß. Ich habe dir schon viel zu viel zugemutet.«

Sie tranken schweigend ihren Kaffee, während die Wäschefrau gegenüber anfing, ihre Fensterscheiben einzuseifen.

»Das macht sie jeden Tag«, sagte Jascha, »sie hat einen Putzfimmel. Jeder braucht seine eigene Therapie.«

»Ihre scheint aber nicht zu wirken, sie sieht so unzufrieden aus wie ein Kaktus im Regen.«

»Manchmal sprüht sie die Scheiben nach dem Putzen sogar mit Parfum ein.«

Sie schauten der Nachbarin zu und aßen dabei die ganze Dose Aprikosenkekse leer.

»Wie geht's eigentlich Nicolas?«, fragte Jascha plötzlich.

Zara war überrascht. Sie hatte mit Jascha nie viel über Nicolas gesprochen. Eigentlich mit niemandem seit Großmutters Tod.

»Ganz gut. Er hält sich wacker. Zurzeit ist er in unserer alten Heimat und kümmert sich um die Wölfe.«

»Ah, unsere alte Heimat«, ein versonnenes Lächeln schlich sich auf Jaschas bleiches Gesicht, »wie sehr sie mir doch fehlt. Wir waren ganz schöne Wildfänge, du, Rumina und ich, damals. Erinnerst du dich noch, als wir den Todeshang hinabklettern wollten und uns in die Hosen gemacht haben, weil die Aasgeier über uns zu kreisen begannen?«

»Ich habe mir nicht in die Hosen gemacht, ich wusste ja, dass ich gut klettern kann! *Du* wärst ohne uns allerdings wirklich verloren gewesen mit deinen ungeschickten Füßen.«

Sie lachten.

»Ehrlich gesagt passt Nicolas gar nicht ins Rotgebirge. Schon gar nicht zu den Wölfen«, meinte Jascha dann.

»Er braucht die Ruhe und er braucht eine Beschäftigung nach all dem, was passiert ist. Aber er ist wirklich auf einem guten Weg. Ich habe Hoffnung, dass er bald wieder so fröhlich lachen kann wie früher.«

»Ist ja auch ziemlich heftig. Erst ist sein Vater Elmon spurlos verschwunden und dann wurde sein Bruder kaltblütig ermordet … Diese Familie scheint vom Unglück verfolgt zu werden. Wünsch dir bloß keine Kinder von ihm, vielleicht ist das erblich.«

Zara war nicht mehr zum Lachen zumute. Sie wusste ganz genau, welches Unglück Nicolas' Familie verfolgte. Es war das Unglück, das dieser Kristall brachte. Die Zeit würde hoffentlich Nicolas' Wunden heilen und vielleicht könnte er irgendwann sogar seinem Vater vergeben, der den Kristall damals erst wieder aus der Versenkung hatte auferstehen lassen. Und damit alles kaputt gemacht hatte.

Die Wäschefrau polierte die Scheibe nun mit einem Samttuch. Als sie merkte, dass Zara und Jascha ihr zusahen, wurde ihr Gesicht noch grimmiger. Schnell schloss sie das Fenster und die Fensterläden gleich mit.

»Jetzt sitzt sie im Dunkeln da«, sagte Jascha, »bedauernswert, diese Frau.« Er leerte seinen Kaffeebecher. »Ich packe jetzt mein neues Puzzle aus. Habe ich gestern erst erworben, es heißt *Sternenregen über dem Ozean*. Ziemlich viel schwarz und dunkelblau, aber ich krieg das hin. Bin ja kein Anfänger mehr.«

Als Zara unten aus dem Haus trat, richtete sie den Blick noch einmal nach oben. Jascha lehnte aus dem Fenster und winkte ihr zu. Es schien, als genieße er die schwachen Sonnenstrahlen auf seinem blassen Gesicht.

Zara lief unschlüssig die Gasse hinunter und ließ sich vom Strom der Gefühle leiten. Sie hatte keine Ahnung, wo sie mit der Suche nach Rumina beginnen sollte. Als sie den Marktplatz erreichte, stieß sie beinahe mit dem Bürgermeister zusammen.

»Ah, Ignatz, gut, dass ich Sie treffe …«

»Ich habe leider gar keine Zeit, Fräulein Zara. Sie wissen ja, mit Ihnen plaudere ich am allerliebsten, aber heute habe ich eine dringende

Verabredung mit einer Dame, und die soll man ja bekanntlich nicht warten lassen.«

Er drehte Zara bereits den Rücken zu, als sie ihn noch einmal ansprach: »Haben Sie meine Cousine Rumina gesehen?«

Er blieb stehen, drehte sich um und zwirbelte an seinem Schnurrbart: »Ihre Cousine? Nein!« Er machte schon wieder einen Schritt zurück, als ihm doch noch etwas einfiel: »Oder vielleicht doch? Lassen Sie mich überlegen …« Ignatz stampfte von einem Bein auf das andere und blickte hektisch zum Rathaus. Dann klatschte er in die Hände und bellte: »Aber natürlich, wie konnte mir das entfallen: Sie ist ins Rotgebirge gereist. In ihre Heimat.«

»Wirklich? Ins Rotgebirge?«

»Ja doch, jetzt bin ich mir wieder ganz sicher!« Er nickte energisch. »Vielleicht sehen Sie einfach mal dort nach, Fräulein Zara? Es ist doch Ihre geliebte Heimat, nicht?«

»Ja, das werde ich wohl tun müssen.«

Ignatz bellte zustimmend, verabschiedete sich mit einem erneuten Kopfnicken und lief dann im Eilschritt über den Marktplatz zum Rathaus. Dort verneigte er sich vor einer blonden Frau im Nadelstreifenanzug, die ihn tadelnd ansah.

»Priscilla, bitte entschuldigen Sie die Verspätung. Wollen wir in meinem Büro weiterreden?«

»Natürlich in Ihrem Büro, Ignatz. Wo sonst?«

Bevor sie ihm die Treppen hinauf folgte, blickte sich die Frau noch einmal zu Zara um. Ihre Augen trafen sich durch die Menge hindurch und Zara meinte, tiefe Abneigung in ihnen zu erkennen. Und hässlich triefendes Mitleid.

Im Rotgebirge. Was wollte Rumina dort? Zara stand auf dem Marktplatz, um sie herum pulsierte das Leben und sie wünschte sich, alles möge stillstehen, damit sie in ihr Inneres horchen konnte. Damit sie die innere Stimme besser hören konnte, die in ihrem Kopf wisperte, schwach und klanglos.

Sie macht Fehler. Und es gibt Fehler, die sind endgültig.

34. Kapitel

Sie liefen ohne Pause, in einen pastellblauen Tag hinein, an Baumreihen vorbei, die den Wald bevölkerten wie stumme Riesen. Avas Beine schmerzten und ihre Arme fühlten sich taub an. Sie stellte sich vor, wie es wäre, sie um Karims Körper zu schlingen, ihre Finger in seinen zu verhaken, doch die Fesseln hielten ihre Arme im Rücken verschränkt. Also blieb ihr nichts anderes übrig, als so nah wie möglich an ihn heranzutreten und nach dem Hauch seines Duftes zu suchen, der sich in der klaren Waldluft verlor. Als sie ihn einfing, roch sie ein würziges Aroma, Tannennadeln, Schweiß und warme Milch und Ava wünschte, sie könnte ihre Nase in der Kuhle zwischen seinen Schultern und seinem Hals vergraben. Dort, wo der Geruch von dampfender Milch alles überlagerte. Doch man ließ ihr keine Zeit, ständig wurde sie von hinten vorangepeitscht. Sie hatte das Gefühl, die Spitze des Astes würde ihren gesamten Oberkörper durchbohren, wenn sie noch viel länger liefen, und ein Blick zu den Jungs sagte ihr, dass sie ihre Wut nicht mehr lange würden herunterschlucken können. Sie hing bereits wie ein dickes Markklößchen in ihren Hälsen, das jede Provokation in sich aufsog und anschwoll.

An der Spitze des Zuges schritt Raven, dem die Genugtuung nicht mehr vom Gesicht zu wischen war. Das Ende bildeten die Wagen, gezogen von Eseln und Pferden, in denen sich das Essen und die Zelte stapelten. Sie glichen einer echten Karawane. Ob Raven einem Plan folgte? Ob er überhaupt wusste, was er tat? Vielleicht war es alleine die Gier, die ihn führte. Ava wusste nicht recht, was sie sich wünschen sollte. Sie wollte nicht, dass Raven den Kristall fand, doch für ihr Leben war es sicher auch abträglich, wenn er erfolglos suchte. Irgendwann würden sie seinen Frust zu spüren bekommen.

Gegen Mittag erreichten sie eine Schlucht. Der Himmel war wolkenlos und blassblau, die Luft dünn und beinahe geruchlos. Vor ihnen türmten sich Berghänge auf, an denen dichte Bäume mit braunem Laub wuchsen. Zwischen den Hängen hindurch verlief eine Kopfsteinpflasterstraße. Man betrat sie, indem man einen hölzernen Torbogen durchschritt, auf dem etwas in großen schwarzen Buchstaben geschrieben stand.

Die Straße der blutenden Träume

Ava stellte sich vor, wie rotes Blut die Hänge hinabfloss, an den Bäumen vorbei, sich in die Ritzen des Kopfsteinpflasters legte und langsam im Boden versickerte. Sie wollte diesen Weg nicht gehen, doch Raven bestand darauf. Er trieb sie alle auf die enge Straße, den einzigen Weg, der sie vor und nicht zurück führte.

»Was meint ihr, wird hier geschehen?«, fragte Noël, während sie immer tiefer in die Schlucht hineinliefen. Die Hänge um sie herum wuchsen steil in die Höhe. Was dort noch aus dem Boden spross, kämpfte täglich ums Überleben.

»Ich kann mir nicht vorstellen, wie Träume bluten können«, sagte Ava.

»Indem man sie zerstört«, antwortete Leon. Es war das Erste, was er an diesem Tag sagte. Ava war bloß froh gewesen, dass er nicht genörgelt hatte. Jetzt sahen seine wassergrauen Augen sie herausfordernd an.

»Aber dann bluten sie ja nur metaphorisch«, sagte wieder Noël, »nicht richtig. Träume können nicht richtig bluten. Dafür bräuchten sie einen Körper.«

»Ihr Körper ist dein Kopf«, sagte Karim.

Noël sah ihn unbehaglich an: »Also wenn wir heute Nacht noch auf dieser Straße festsitzen, werde ich kein Auge zutun.«

»Als gäbe es Träume nur nachts«, sagte Leon, »du bist voller Träume. Jeder von uns. Und zwar auch dann, wenn wir nicht schlafen.«

Darauf wollte keiner antworten. Das Bild von blutenden Tagträumen war einfach zu deprimierend.

»Wir sollten uns lieber darauf konzentrieren, so schnell wie möglich aus dieser Gefangenschaft zu entkommen. Die Tücken dieses Waldes durchschaut sowieso niemand.« Ava spürte wieder die Astspitze im Rücken und verzog das Gesicht.

»Um den Kristall zu suchen? Stimmt es, dass ihr deswegen hier seid?«, fragte Leon.

»Ja«, antwortete Ava.

»Nein«, erwiderte Karim, »es ist purer Zufall, dass wir hier sind. Wären wir nicht von dir verraten worden, wären wir frei zu tun und zu lassen, was wir wollen.«

Er glaubte es immer noch. Dass sie durch Zufall in den Wald gekommen waren. Er glaubte, sie könnten einfach zurück nach Hause spazieren und den Kristall und den Neidwald vergessen.

»Das war doch nicht meine Schuld«, rief Leon. »Was kann ich dafür, wenn ihr so unvorsichtig im Zeltlager herumschleicht?« Kurz darauf wurde er unsanft von hinten gepackt und durchgeschüttelt.

»Seid still, ihr Ratten«, knurrte ein zwei Meter großer Mann, »ihr schreckt die bösen Geister auf. Wenn ich euch noch einmal beim Schreien erwische, ziehe ich euch eine über die Rübe, dass es kracht. Verstanden?«

Sie hatten verstanden. Als die Nacht hereinbrach, suchten Avas Sinne vergeblich nach Karims Duft. Sie roch ihn nicht mehr. Eine plötzliche Angst überkam sie, sie könnte sich bereits an ihn gewöhnt haben und ihn nie wieder als das wahrnehmen, was er war. Als einen einzigartigen Duft, der sie dazu brachte, jedem Zentimeter seiner Haut so nahe wie möglich sein zu wollen. Betrübt schaute sie zum Mond, dem bloß noch eine kleine Scheibe seines runden Körpers fehlte. Bloß noch eine Scheibe zur Vollkommenheit. Er hing in dieser Nacht besonders tief über der Schlucht und färbte die kühle Luft um Ava gräulich. Jetzt wo die Sonne verschwunden war, sanken die Temperaturen rapide.

Da sie die Schlucht noch immer nicht ganz durchquert hatten, mussten sie die Zelte auf der Straße aufschlagen. Die Nachtwache durchtrennte ihre Fesseln und endlich konnte Ava ihre wunden Handgelenkte massieren. Im Zelt wickelten sie sich alle wieder in ihre Decken und versuchten, an etwas zu denken, was nicht im Entferntesten mit Träumen zu tun hatte. Die Zeit schritt voran und ihre Gedanken verschwammen immer mehr. Ava lag auf dem Boden neben Karim und spürte seinen Arm an ihrem Rücken. Dann drehte er sich auf die andere Seite und mit ihm verschwand die Wärme. Ava fühlte sich alleingelassen. Und während sie darüber nachdachte, warum er nicht einfach seinen Arm um sie geschlungen hatte, rutschte sie in den Schlaf.

Es gab im *Herzen* eine Geschichte, die man sich erzählte, wenn es Abend wurde und dickbäuchige Wolken jedes Mondlicht schluckten. Dann erzählte man von einer jungen Frau, die ihr Zimmer ein Leben lang nie verlassen hatte. Es war eine Frau, deren Körper aus Träumen bestand. Fünf in ihrem kleinen Finger. Sieben in der Wade. Ein endloser Traum im Kopf. Und so viele Traumstückchen im Herzen. Anstatt hinauszugehen, um das Zwitschern eines Rotkehlchens zu hören, stellte sie sich vor, wie es sein könnte, den Fuß vor die Tür zu setzen und den Stimmen der Natur zu lauschen. Sie besaß die ganze Welt, das Wahre und das Unvorstellbare, und war doch so arm, das Leben ein einziger Traum. Das allein war allerdings nicht der Grund, warum man sich, wenn es Abend wurde, ihre Geschichte erzählte. Eines Nachts, als die junge Frau in einem wunderschönen Traumbild schwelgte, verschaffte sich ein Dieb Zutritt zu ihrem Zimmer. Er suchte nicht nach Gold oder Schmuck. Er stahl ihre Träume. Er zog sie aus ihren Fingerspitzen, aus den Ohren, er presste sie aus ihren Waden und kratzte sie unter ihren Fußnägeln hervor. Dann füllte er sie in einen Sack, verschwand und verkaufte sie auf dem Schwarzmarkt an jene, die Träume inhalierten wie Drogen. Was aber passierte mit der Frau? Sie verschwand. Sie wurde durchsichtig, ihr Körper, ihre Seele existierten nicht mehr, denn sie war ein Niemand ohne Träume. Ein Niemand ohne Welt. Diejenigen, die sich die Geschichte der jungen Frau bei Kerzenschein erzählten, erschauderten an dieser Stelle. Sie verzogen das Gesicht, sie schimpften über den Traumräuber und sie wünschten sich so sehr, dass dieser Dieb sie niemals besuchen kam. Denn sie wollten ihre Träume behalten dürfen. Sie wollten sie wie einen Schatz in ihrem Inneren hüten und irgendwann vergessen, wenn genug neue Träume herangereift waren, um die alten zu verdrängen. Und so gab es im *Herz* tausende Schubladen, in denen vergessene Träume vor sich hin welkten. Tausende Schubladen voll mit schrumpfenden Luftschlössern.

Ava spürte, wie Karim sein Knie in ihren Rücken stieß. Knurrend rieb sie sich die Augen. Das Licht im Zelt brannte noch immer und blendete sie. Sie hatte von ihrem Vater geträumt. Er hatte sie einfach nur angesehen, wie immer stumm und mit dem Zwinkern in den Augen. Sonst war da nichts gewesen. Bloß Anatol am Küchentisch in Glücksland. Ava stöhnte. Sie hasste es, nachts geweckt zu werden, weil sie ganz genau wusste, dass sie nicht mehr schlafen konnte, wenn sie einmal wach war. Und es gab kaum etwas Schlimmeres als dazuliegen und darauf zu warten, dass der Schlaf sich erbarmte und in den Körper schlüpfte.

Ava drehte sich auf die Seite und im selben Moment zuckte Leon neben ihr unmerklich mit dem Kopf. Ava betrachtete ihn genauer. Was war das unter seinem Hals? Sie robbte näher zu ihm und als sie seinen Kopf vorsichtig zur Seite drehte, begann die Panik in ihrem Magen zu wirbeln. Blut. Leon lag in einer Lache Blut, die aus seinem Hinterkopf sprudelte. Ava konnte nicht anders, sie musste einfach schreien. Sie schrie so laut und so schrill, dass sie sich selbst erschreckte und schüttelte Leons Körper, als könne sie so das Monster vertreiben, das sich gerade in seinen Hinterkopf fraß. Es war ein dicker Wurm, fleischfarben. Er bestand aus mehreren Ringen, aus denen borstige Haare sprossen und er steckte schon zur Hälfte in Leons Kopf. Karim und Noël stürzten zu ihr, in den umliegenden Zelten wurde es laut und hektisch. Es gab Schreie, die Gefühle liefen hinaus auf die Straße, manche wimmerten, man hörte Schläge und Anweisungen.

»Nehmt, was ihr tragen könnt und lauft. Lauft! Sie sind überall!«

Ava liefen Tränen über die Wangen, sie wusste einfach nicht, was sie tun sollte.

»Wir müssen diesen Wurm herausziehen«, rief Karim und packte Avas Gesicht. Er zwang sie, ihn anzusehen und holte sie damit zurück aus ihrer Panik in das Zelt, in dem Leon zu verbluten drohte. Noël hielt Leons Kopf und Karim schloss seine Hand um das Hinterteil des Wurmes. Dann zog er kräftig, ein, zwei, drei Mal, bis das Tier endlich von Leon abließ. Sofort ließ Karim den Parasit fallen. Sein Gesicht bestand aus einem Loch mit zwei Schneidezähnen. Sie waren blutverschmiert und Karim würgte vor Ekel.

»Er ist riesig«, rief Ava, »er hat schon zu viel gefressen. Er hat seine Träume gefressen!« Als sie sich nach einer Decke umdrehte, um den Blutfluss aus Leons Kopf stoppen zu können, sah sie, wie weitere Würmer aus dem Kopfsteinpflaster hervorkrochen.

»Es sind so viele!«

Sie wickelten eine Decke um Leons Kopf und Karim und Noël hoben ihn hoch und trugen ihn aus dem Zelt. Ava griff nach ihrem

Rucksack und folgte ihnen mit zitternden Beinen. Was sie draußen sahen, war erschreckend. Gefühle wanden sich auf dem Boden, überall floss Blut zwischen dem Kopfsteinpflaster. Zelte wurden abgerissen und alle, die unverletzt waren, rannten hektisch zu den Wagen, versuchten, nicht auf die Opfer am Boden zu treten, wollten so schnell wie möglich aus dieser Schlucht fliehen. Die Felshänge blieben hart und kalt im Mondlicht. Das Blut am Boden färbte die Steine dunkelbraun.

Ava rannte los. Sie kniete sich auf den Boden neben eine blutende Gestalt und tastete nach dem Wurm. Dann zog sie, doch das Monster war stärker als gedacht. Sie riss mit aller Kraft, stemmte ihr ganzes Körpergewicht gegen diesen Wurm, bis er endlich aus dem Kopf seines Opfers schoss. Das Blut aber tropfte weiter.

»Ava«, rief Noël, »Ava, komm zurück. Wir müssen Leon retten! Leon braucht dich!«

Avas Kopf war leer. Sie sah, wie Karim versuchte, Leon zu einem der Wagen zu bringen. Ihr Körper steuerte sie wie von selbst, sie krabbelte über den harten Boden und tastete nach den blutenden Köpfen.

»Ava!« Noëls Hand drückte sich in ihre Schulter. »Du kannst sie nicht alle retten«, sagte er sanft. »Wir müssen gehen. Leon verliert zu viel Blut.«

»Aber sie alle hier verlieren Blut. Sie sterben«, schrie sie, ließ sich aber von Noël mitziehen.

Sie holten Karim ein und steuerten einen Wagen an, der im Begriff war, loszurollen. Karim atmete schwer unter Leons Gewicht, doch seine Arme waren stark genug, ihn zu halten. Plötzlich stellte sich ihnen Rumina in den Weg. Ihre schwarzen Perlenaugen glitten hektisch über ihre Gesichter, dann riss sie Leon die Decke vom Kopf und presste ein dunkelgrünes Blatt auf seine Wunde.

»Was tun Sie da?« Noël wollte sie wegstoßen.

»Ich versuche, die Blutung zu stoppen«, sagte sie und ihr Blick blieb auf Leons leichenblassem Gesicht liegen. Einige Zeit verweilte sie dort, dann sah sie Ava eindringlich an. »Ihr bringt ihn zu dem Wagen dort drüben und verlasst mit mir die Schlucht. Du bleibst bei ihm und betest, dass er nicht zu viel Blut verloren hat.« Ava starrte auf das Blatt in Ruminas Hand. Seltsamerweise floss kein Blut mehr aus der Wunde über ihre Finger.

»Wir müssen auch die anderen retten! Dieses Blatt kann ihre Wunden heilen.« Avas Worte schmeckten nach Hoffnung, doch Rumina stieß sie in Richtung Wagen. In der Ferne sah sie eine Gruppe um Raven, die sich bereits auf den Weg gemacht hatte. »Du kannst sie nicht alle sterben lassen!«, rief Ava, während Rumina sie in den Wagen drückte. Avas Finger waren nass. Sie hinterließen rote Flecken auf Ruminas Ärmel, doch die ließ sich nicht beirren. Karim und Noël hoben Leon hinauf und Ava legte ihn auf einen Haufen Brennholz und Decken. Dann wurden die anderen beiden von dem Zwei-Meter-Mann in die Mangel genommen und die Straße entlang zum Ende der Schlucht getrieben. Rumina stieg auf das Pferd, der Wagen setzte sich in Bewegung und Ava sah hilflos auf die Gefühle hinab, die auf dem Boden lagen.

»Du bist eine Mörderin! Wir hätten sie retten können!« Avas Worte kreischten in der Schlucht, kratzten tiefe Furchen in die Felshänge, zerrissen das braune Laub und das weiße Strahlen des großen Mondes. Die Gefühle am Boden wurden immer kleiner, während sich der Wagen entfernte und die Würmer in ihren Köpfen immer größer wurden. Sie verloren ihre Träume. Und ihr Leben. Es mussten sechs Stück an der Zahl sein.

Ava schaffte es nicht, den Blick von ihnen zu nehmen. Raven und Rumina hatten sechs Leben geopfert, um ihr eigenes zu retten. Und sie selbst? Was hatte sie getan? Sie hatte auch nur zugesehen. Sie war nicht besser als die anderen. Ava beugte sich über Leons Gesicht und strich ihm mit den zitternden Fingerspitzen über die Locken. Sein dünner Körper war ganz kalt, also wickelte sie ihn in eine Decke und griff nach seiner Hand. An seinen Ohrläppchen haftete Blut, doch seine Wunde war unter dem Wunderblatt schon beinahe verheilt.

»Sei stark, Leon. Du darfst nicht auch noch sterben«, sagte Ava. Ihre Stimme war ihr fremd. »Es sterben schon zu viele heute Nacht.« Sie tastete nach seinem Puls und erschrak, als sie ihn nicht finden konnte.

»Leon!« Verzweifelt schüttelte sie ihn und presste ihre Finger erneut an seinen Hals – doch da war nichts. Sein Herz hatte aufgehört zu schlagen. Eine kalte Welle schwappte durch Avas Brust, als sie begriff, was das bedeutete. Leon war gestorben. Er lag tot vor ihr in einem Ziehwagen auf Decken und Brennholz und atmete nicht mehr. Ava schüttelte den Kopf, als sei sie verrückt geworden. Ihre Finger zitterten, als sie die Ampulle aus ihrem Rucksack zog, die Jadon ihr gegeben hatte.

Du wirst ihn brauchen, um jemanden auf deine Seite zu ziehen. Jemand, der sehr wichtig für dich werden wird. Wahrscheinlich sogar wichtig für uns alle.

Als sie den Korken aus der Phiole riss, hätte sie beinahe alles verschüttet, doch schnell hielt sie sie über Leons Mund, öffnete seine Lippen und ließ den durchsichtigen Zaubertrank in seinen Rachen fließen. Sie hatte sich noch nie so sehnlich gewünscht, dass ein Hochstapler wie Jadon recht behalten sollte. Sein Zaubertrank musste einfach wirken!

Die Schlucht öffnete sich und vor ihnen breitete sich ein weiter Tannenwald aus. Die Nacht wandelte sich zum Tag und Ava beugte sich über Leon, um zu sehen, ob er wieder atmete. Doch seine Brust blieb regungslos und seine Augen geschlossen. Ava war so erschöpft, dass sie nichts mehr spürte, weder in ihrem Herzen noch in ihrem Kopf. Im Wald herrschte dumpfes Licht, gefiltert von dicken Tannennadeln, die aussahen, als habe ihnen die Sonne das Grün aus dem Körper geblichen. Die Bäume wuchsen so dicht, dass die Wagen Mühe hatten, sich einen Weg zu bahnen. Ava legte ihr Gesicht auf Leons Brust und schützte seines mit ihren Armen. Die Äste der Tannen wichen keinen Zentimeter aus und schlugen auf sie ein. Ava grub ihre Nase tiefer in die kratzige Decke um Leons Körper. Seltsamerweise roch sie nach dem Waschpulver, das ihre Mutter benutzte. Was würde Ava dafür geben, jetzt mit ihr am Wäschetrog stehen zu können. Die Hände gemeinsam in das warme Seifenwasser zu stecken, die schmutzigen Laken und Hemden und Socken zu kneten und abzuspülen und am Ende kräftig auszudrücken, bis sie wohlriechend über der Leine im Garten baumelten und in die fernen Berge schauen konnten. Ava sah Deboras Hände vor sich, ganz schrumpelig vom Wasser und gerötet vom Kneten. Sie vermisste diese Hände in ihrem dünnen Haar, wenn Debora hindurchfuhr und zum zehnten Mal wiederholte, sie könne gar nicht verstehen, von wem Ava eine solch glanzlose Kopfbedeckung habe. Auf ihren dünnen Schultern, wenn Debora die Finger zwischen ihre Knochen grub, um ihr eine Standpauke zu halten. Sie vermisste diese Hände in ihren eigenen, wenn Debora nach ihnen griff und sie drückte, weil sie sich freute. Über irgendetwas Belangloses. Darin war sie Weltmeister.

Raven und Rumina beschlossen, die Zelte im Tannenwald aufzuschlagen und eine Pause einzulegen. Sie fanden eine Stelle, an der die Tannen weniger dicht standen, und machten sich an die Arbeit. Alle schwiegen, an vielen Stellen zeugten Spuren noch von der letzten Nacht: zerrissene Zeltwände, Blutflecken auf Händen, Armen und Kleidung, der Schrecken in den Gesichtern. Ava stieg aus dem Wagen und ging zu einem Holzfass, in das Scarlett Wasser und flüssige Seife schüttete. Drei Männer standen um sie herum und tunkten ihre Hände in das Fass, rieben sich das Gesicht sauber und wuschen Blut und Schweiß aus ihren Haaren. Als Ava in das Fass schaute, schwamm darin bereits eine hellrote Brühe, sie ließ dennoch ihre Hände hineingleiten. Die Essenz von Flieder- und Rosenblüten spülte das Blut aus ihrer Haut. Die Bilder im Kopf blieben.

Katzenauge hatte bereits ein Feuer entfacht und einen Wasserkessel erhitzt, in den er zahlreiche Gemüseknollen warf. Während die Jungs den leblosen Leon in ein Zelt trugen, setzte sie sich zu ihm. Gemeinsam schauten sie ins Feuer.

»Ist das dein Leben, Katzenauge?« Ava sah ihn nicht an, sie stocherte mit einem Ast in der Glut. »Warum bist du hier?«, fragte sie weiter, als er nicht antwortete.

»Weil hier mein Schicksal ist«, sagte er dann mit trockener Stimme.

»Es ist dein Schicksal, zu sterben?«

»Nein, du Knirps, da verwechselst du was. Zu sterben ist dein Schicksal. Meines heißt siegen.« Er sah so viel älter aus, wenn man direkt neben ihm saß.

»Natürlich«, sagte Ava, »wie beim Kartenspielen. Da siegst du ja auch immer, Katzenauge. Es ist alles nur ein Spiel.«

Er spuckte zwischen die Tannennadeln am Boden und wischte sich den Mund mit dem Ärmel ab. »Du verstehst nichts vom Spielen. Am Ende hat man alles oder nichts. Ein echter Spieler wirft alles ins Feuer, was er besitzt. Sein Gold. Seine Ehre. Seine Seele. Entweder es verbrennt oder es wird wiedergeboren wie ein Phönix aus der Asche, so viel schöner und so viel stärker als zuvor. Ich spiele so lange, bis ich gewinne. Egal wie oft ich sterben muss.«

Der Geruch von Fenchel stieg aus dem Kessel auf und zog über ihre Köpfe hinweg. Ava sah den Dreck unter Katzenauges Fingernägeln und wie nervös seine Finger auf seinen Beinen hin- und herrutschten.

»Dieses Spiel kannst du nicht gewinnen«, sagte sie, »dieses Spiel gewinnen nur Raven und Rumina. Du bist nichts weiter als ein schäbiger Handlanger, Katzenauge. Sie hätten dich in der Schlucht sterben lassen, so wie die anderen, wenn dir ein Wurm in den Kopf gebissen hätte.«

Er ballte die Fäuste und sein lebendes Auge funkelte sie wütend an. Er wollte etwas sagen, doch er fand nicht die richtigen Worte, also fauchte er bloß: »Halt den Mund, Knirps. Halt deinen Mund oder du bist tot!«

»Ich habe keine Angst vor dir, Katzenauge. Hatte ich noch nie, erinnerst du dich? Ich habe bloß Mitleid, denn ich weiß, dass es für dich keinen Phönix gibt. Nicht in diesem Wald. Du verschwendest deine Zeit.« Ava ließ ihn zurück, ohne eine Antwort abzuwarten und verschwand im Zelt, wo sie sich neben Leon setzte, ihre Knie ganz eng an ihren Körper heranzog und betete. Zum ersten Mal in ihrem Leben. Sie flehte den Himmel an, er möge Leon wieder Leben einhauchen. Einmal kräftig pusten, sodass sich seine Augenlider unter dem Druck von innen öffneten.

Als sie den Kopf wieder erschöpft auf seinem Oberkörper ablegte, spürte sie plötzlich ein Pochen an ihrer Schläfe. Zunächst dachte sie, es sei ihr eigener Herzschlag, doch als ihre Finger zu Leons Handgelenk wanderten, spürte sie die Schläge auch dort. Ava riss den Kopf in die Höhe und starrte in sein Gesicht, in der Hoffnung dort die lebendigen Wasseraugen vorzufinden, die sie so schmerzlich vermisste. Doch sein Gesicht war noch immer totenblass und regungslos. Aber sein Herz lebte! Ganz aufgeregt umfasste Ava Leons Kopf und flehte ihn an, zurückzukehren. Ob er bewusstlos war? Oder noch immer träumte? Vielleicht steckte er in einem Traum fest und kam nicht weiter, weil der Wurm das Ende herausgebissen hatte? Sie wollte ihm so gerne sagen, dass sie alles dafür tun würde, ihn nach Hause zu schicken, wenn er erwachte und sie diesen Wald endlich verlassen würden. Fast sah er aus wie ein Engel mit dem lockigen Haar und dem Frieden im Gesicht. Ava strich mit den Fingern über seine weichen Wangen und stellte sich einmal mehr vor, wie ihre bunte, rastlose Welt in diesem Menschenkörper steckte.

»Eigentlich bist du doch zu Hause«, flüsterte sie, »du bist in deinem Herzen, Leon.« Sie betete erneut, dass Jadons Zaubertrank wirklich in der Lage war, Wunder zu vollbringen. Wie konnte es sein, dass er von alledem gewusst hatte?

Draußen schlug ihr die Kälte unbarmherzig entgegen. Es roch nach nasser Erde, wie Schlangen krochen Nebelfäden über den Boden. Am Feuer angekommen, streckte Ava ihre Hände den Flammen entgegen, erzählte von Leons Herzschlag und setzte sich absichtlich so dicht an Karim, dass ihr Oberschenkel seinen berührte. Im ersten Moment kribbelte es aufregend. Er schaute sie lange an. War das liebevoll? Oder besorgt? Dann legte er den Arm um ihren Rücken und zog sie sogar noch näher zu sich heran. Fast wären sie in der Hitze des Feuers verschmolzen, hätte Noël sich nicht umständlich geräuspert.

»Wie soll es weitergehen?«, fragte er und auf seiner Stirn zeichneten sich bereits Falten vom vielen Nachdenken ab. »Was will uns dieser Wald als nächstes nehmen?«

»Viel bleibt ja nicht mehr übrig«, sagte Ava, »die Prinzessin im Schloss hat ihren Untertanen den Besitz genommen, die Wasserfrauen wollten meine Hoffnung rauben, die Würmer unsere Träume. Bleibt nur noch unser Herz?«

»Oder unser Leben.« Noëls Stimme war voller Schmerz.

»Was aufs Gleiche hinausläuft, zumindest bei uns Gefühlen. Wir sind unser Herz. Ohne sind wir tot.« Ava spürte, wie Karims Herz klopfte, als er die Worte sprach. Sie spürte dieses Klopfen an ihrer Brust und es drang in ihren Körper ein und klopfte mit ihrem Herzen um die Wette.

Noëls Lippen formten vorsichtig die folgenden Worte: »Ich glaube, wir Menschen könnten auch ohne euch überleben. Wenn es das Herz in dieser Form nicht gäbe, wenn es bloß ein Organ wie jedes andere wäre, würden wir nicht sterben, wir wären bloß anders. Unsere Welt wäre anders. Doch ich frage mich, was für einen Sinn unser Leben hätte, wenn wir nichts mehr fühlen würden. Wir würden uns den ersten Schnee im November anschauen, wir würden sehen, dass er vom Himmel fällt und die Landschaft weiß macht und dass er kalt ist auf der Haut. Aber sonst wäre da nichts. Keine Erinnerung an das erste Schlittenfahren und wie schön es war, die frostigen Nasen danach in eine Tasse heißen Kakao tunken zu können. Kein Gefühl von Einsamkeit in einer leeren Straße bei Nacht, in der die Flocken um die Laternen wirbeln wie Glühwürmchen. Kein Fluchen, weil Schnee und Frost die Straßen rutschig machen und die Kinder den ganzen Matsch in die Wohnung tragen. Keine Reaktion. Wir wären wie Roboter und ich glaube, ich würde so nicht leben wollen.«

Ava spürte, wie ihre Hände feucht wurden vor Aufregung, als sie sich endlich traute, diese Frage zu stellen: »Dann sind wir also wirklich wichtig für euch? Wir sind von Bedeutung?«

Er schaute sie seltsam an. »Natürlich seid ihr das«, sagte er. »Mich hat nie zuvor ein Gefühl so geküsst wie du.« Seine dunklen Augen sprühten Funken wie ein heißer Kaffee, in den man ein Zuckerstück fallen ließ, und Ava meinte, wieder die Ameisen auf ihren Lippen zu spüren. Doch nur für kurze Zeit, denn Karims Griff um ihre Schulter wurde fester und lockerte sich erst, als Noël auch ihn anblickte und fortfuhr: »Und deshalb müssen wir auch um den Kristall kämpfen. Wir müssen verhindern, dass es hier und damit auch bei den Menschen nur noch Hass gibt. Das wäre eine Katastrophe.«

Der Nebel waberte um die Tannen, legte seine langen Finger um ihre Nadeln und knotete die Beine fest um die dicken Stämme. Auf Avas Gesicht hinterließ er kleine Tropfen, als sie sich Hand in Hand mit Karim auf den Weg ins Zelt machte. Dort saßen sie sich noch lange schweigend gegenüber, bevor Karim vorsichtig ihren Mund küsste. Seine Lippen streiften ihre nur wie ein dünnes, zerbrechliches Blütenblatt. Es war für Ava noch immer eine Achterbahnfahrt, wenn er ihr so nah kam. Sie griff mit beiden Händen nach seinem roten Haar: »Siehst du jetzt ein, dass wir nicht einfach abhauen können? Dass wir den Kristall finden müssen? Wenn er in Ravens Händen bleibt, gibt es für uns beide kein Glück mehr. Nirgendwo im *Herzen*.«

Karim nickte: »Bitte halte mich nicht für feige. Ich wollte nicht weglaufen. Es ist nur so, dass ich sehr an meinem Leben hänge, seitdem ich dich kenne. Du machst das Leben zu schön, um es aufs Spiel zu setzen.«

Seine Bewegungen waren zaghaft, wenn er sie berührte. Als hätte er Angst, sie zu verschrecken. Als wollte er alles richtig machen. Mit Bedacht spielten seine Finger mit ihren blonden Strähnen, bevor sie sich auf ihre Wange legten und dort verweilten. Ava drückte seine Hand fest an ihr Gesicht und ließ sich gegen seine Brust fallen. Sie hätte niemals gedacht, dass es so aufregend sein konnte, einem Jungen so nah zu sein.

Sie legten sich gemeinsam unter eine Decke und Ava klaute noch einen Kuss von Karims salzigen Lippen. Er lächelte und biss ihr zärtlich ins Ohr.

»Es gibt noch so viel, was ich mit dir teilen will. Ich will dir meine Welt zeigen, mein *Herz*, und ich will deine kennenlernen. Die Pinienwälder, deine Eltern, die Sonnenblumen, die mit dir um die Wette strahlen.« Die Worte fielen aus seinem Mund in Avas Ohr hinein.

»Ich strahle?«

»Und wie. Du bringst das Licht in mein Leben, Ava. Und so viel Kraft. Kraft, die Gegenwart zu lieben, ohne Ausnahme, selbst in schwierigen Momenten wie diesen. Einfach nur, weil es dich gibt.«

Die Tränen lagen wie ein See in Avas Augen und sie beeilte sich, sie mit ihrer Ärmelspitze wegzuwischen. Er sollte nicht sehen, was seine Worte mit ihr anstellten. So weit war sie noch nicht.

In dieser Nacht schlang Karim seine Arme um Ava und ihrem Herzen wuchsen Flügel. Es schwebte davon, flog weit aus dem Nebel hinaus in den Himmel, weit weg von der Gegenwart und dem Staub, hinein in ihre Zukunft. Rosa sollte sie sein. Und voller Sonnenblumen.

35. Kapitel

Der Schrei einer Eule drang durch den Nebel, als Ruminas Hände die harte Rinde der Tannen ertasteten. Die ganze Welt versteckte sich vor dem Nebel, nur sie gab sich ihm hin, ließ sich einwickeln und ertränken. Sie war wie die Eule. Sie liebte die vernebelte Nacht. Sie schloss die Augen und ließ sich von den Bildern in ihrem Kopf leiten. Ihre Füße knirschten auf den trockenen Nadeln am Boden, die Äste rissen an ihrem Kleid, an dem durchsichtigen Tüll um ihre Arme. Sie fror erbärmlich, das war ein gutes Gefühl. Sie lief so lange, bis sie den Waldrand erreichte. An den letzten Baum gelehnt, betrachtete sie die weite Gräserebene, die vor ihr lag. Der Nebel versuchte, sich zu strecken und zu recken, um mit den Gräsern spielen zu können, doch irgendetwas hielt ihn im Wald gefangen. Über den Gräsern lag ein von Sternen zersetzter Himmel. Rumina schaute noch einmal auf das Blatt Papier in ihren Händen, den Lexikoneintrag zum Neidwald, den ihr ein Unbekannter unter der Haustür hindurchgeschoben hatte. Oben prangte das Bild der Rose. Rumina raffte den Rock ihres Kleides und lief los. Die Gräser wuchsen über sie hinaus und streichelten ihre nackten Beine. Sie waren benetzt von Blütenstaub, rötlich glitzerndem Blütenstaub, viel heller als die Sterne. Klebrig und so süß.

»Wo bist du?«, flüsterte Rumina. »Wo bist du, Königin der Nacht?«

Ein voller, gelber Mond hing am Himmel, als sie die Felsspalte erreichte. Sie ging auf die Knie und fischte das kleine, durchsichtige Fläschchen aus ihrer Tasche.

Für immer und ein Leben
Wirst du nichts mehr sein
Ohne diese Liebe
Die wie ein taubes Gift dich zwingt
Dein Herz an mich zu geben

Du wirst gezwungen sein
Die Welt in rot zu sehen
Und dieses Rot allein
Wird dir ein Lichtlein geben
Doch weißt du nicht, es ist zugleich
Dein bittersüßes Ende
Von allem und von jedem

»Du wunderschöne Königin«, flüsterte Rumina, »endlich habe ich dich gefunden.« Vor ihr wuchs eine Rose aus der Felsspalte, deren tiefrote Blütenblätter glitzerten, als wären sie mit Feenstaub beklebt worden. Rumina pflückte ein solches Blatt von der Rosenknospe und hielt es dem Mond entgegen.

Gepflückt unter dem gelben Mond
Glitzert der Tropfen eines Rosenblattes
Im Herzen meines Liebsten
So unaufhörlich feste,
Dass er meine Hand will halten
Durch ewig während Nächte

Rumina zog den Stöpsel aus dem Fläschchen und zerdrücke das Rosenblatt zwischen ihren Fingern. Fünf rosa Tropfen lösten sich aus der Blüte und fielen in das Gefäß. Dann verschloss Rumina es wieder mit dem Korken und legte es zurück in ihre Tasche. Lautlos trat sie den Rückweg durch die Gräser an, zurück in den Tannenwald und zu dem Lager, wo Raven in einem leichten, traumlosen Schlaf weilte. Rumina schlich sich auf allen Vieren in sein Zelt und blieb reglos neben seinem Körper sitzen. Dann nahm sie das Fläschchen und entkorkte es. Sie knöpfte Ravens Hemd auf und tastete nach der Stelle, an der sein Herz schlug. Es würde nie wieder so schlagen wie in dieser Nacht.

Oh Rosengift, du bist ein Engel,
Der mein Herz in so unglücklicher Liebe
Badet und ertränkt

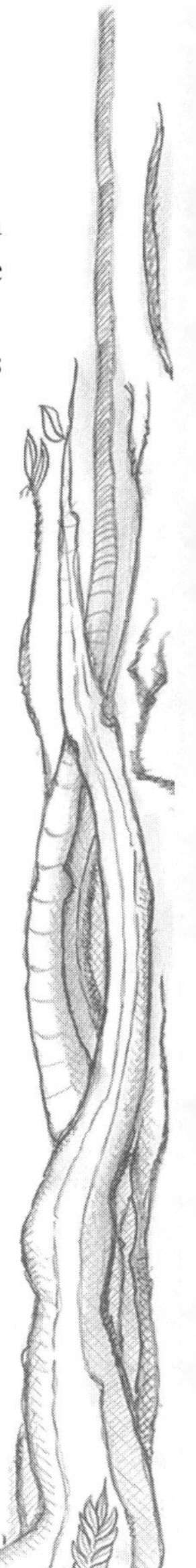
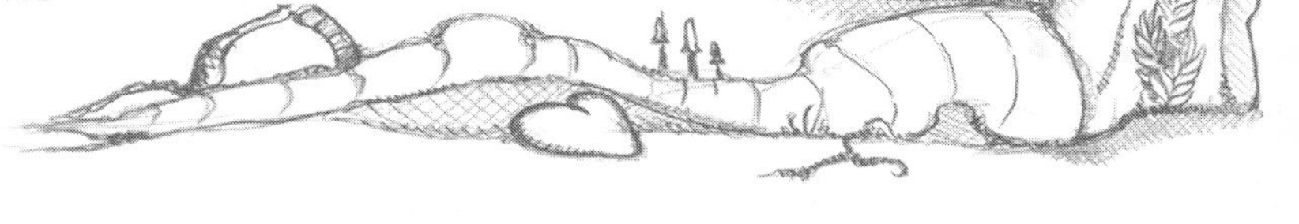

Du kommst schleichend
Du kommst still
Doch mit jedem gelben Mond
Vergesse ich so mehr und mehr,
Was ich selbst denn will
Ich sterbe ohne Rot!
Und doch ist Rot mein Tod!

Fünf rosa Tropfen fielen auf Ravens Brust hinab und versickerten in seiner Haut. Rumina knöpfte sein Hemd wieder zu und verließ das Zelt. Das Fläschchen warf sie über die Schulter in den Nebel, das Blatt Papier hielt sie in die Flammen des Lagerfeuers, bis es vollkommen verbrannte. Die Königin der Nacht hatte ihre Wurzeln ausgestreckt. Und sie würde wachsen. In seinem Herzen, das nun nicht mehr ihm gehörte. Sondern Rumina ganz allein.

Ava lag noch immer wach und beobachtete den Dunst, der sie und Karim von dem Rest der Welt abschnitt. Karim hatte sich an sie geschmiegt und atmete regelmäßig und warm.

»Der Nebelwald«, hatte Ava ein paar Gestalten vor dem Zelt flüstern hören, »der Nebelwald frisst auf, was er greifen kann. So viele sind bereits im Nebel gestorben. So viele nie wieder zurückgekehrt nach Hause, an das warme Kaminfeuer, an die Betten ihrer Kinder. Er frisst. Er frisst alles, was er kriegen kann …«

Avas Magen knurrte. Es war Folter, sich nur von Wasser und Gemüsebrühe zu ernähren. Sie schloss die Augen und stellte sich vor, wie es wäre, einzuschlafen und vor einem gedeckten Frühstückstisch wieder aufzuwachen. Sie hätte jetzt gerne Karim geweckt, um ihn zu fragen, ob er für Feigenmarmelade sterben würde, oder für Nougatcreme, für Bienenhonig mit Orangenstückchen, für Butterkuchen, für Nussplätzchen, für die Sonnenblumenkerne im Brötchenteig, oder für sie. Aber sie kam sich albern vor, also ließ sie ihn schlafen.

Vor dem Zelt bewegten sich Schatten. Ava hörte ein leises Röcheln, dann war es wieder still. Sie löste sich aus Karims Armen und stieg unter der Decke hervor. Sie kauerte mitten im Zelt, da machte sich von außen jemand an der Zeltöffnung zu schaffen. Langsam wurde der

Vorhang beiseitegeschoben. Ava grub die Finger in den Boden wie ein Tier, das bereit war, anzugreifen, als eine vermummte Gestalt in das Zelt trat. Für einen kurzen Moment verharrten sie so im Dunkeln und es bewegten sich nur die Atemwolken im Zelt, die in die Höhe stiegen und sich verloren.

»Wer ist da?«, fragte Ava leise.

Die Gestalt näherte sich und Ava griff blitzschnell in die Dunkelheit hinein und riss ihr das Tuch vom Kopf. Ihr Herz sprang so hoch und fiel so tief, als sich diese schwarzen Locken über ihre Hände ergossen.

»Sei still«, flüsterte Rumina, »sei still und ich bring dich hier raus.« Sie fühlten sich nicht an wie Stroh. Diese Haare waren aus pechgetränkter Wolle, dick und schwer vom nassen Nebel.

»Raus? Was meinst du mit raus?«

»Raus heißt raus. In die Freiheit.«

»Du glaubst doch nicht, dass ich dir noch einmal vertraue? Du hast uns in dem Moment verraten, in dem du tatenlos neben dem Feuer gestanden und zugesehen hast, wie sie uns eingesperrt haben.«

»Ich habe Leon das Leben gerettet.« Rumina streckte Ava ihren Arm entgegen, der Stoff ihres Kleides war zerrissen und ihre weiße Hand blieb in der Leere des Zeltes stehen. Eine Einladung. Eine Drohung. Ava drehte sich um und sah Karims Körper unter der Decke. Der Stoff kratzte an seinen vollen Lippen und der Arm, der eben noch um Avas Bauch gelegen hatte, ruhte neben seinem Gesicht.

»Wir müssen sie wecken«, flüsterte Ava.

»Später«, antwortete Rumina, »zunächst musst du mir zuhören.«

Sie hielt den Arm noch immer ausgestreckt. Ava wandte sich wieder zu ihr um und griff nach ihrer Hand. Sie war kälter als der Frost, der im Winter die Blumen tötete. Ruminas Finger schlossen sich fest um Avas und nahmen sie mit aus dem Zelt. Ava wollte sich noch einmal umdrehen, um sich die Konturen von Karims Körper einzuprägen, doch Rumina war so schnell, dass sie mit ihr aus dem Zelt stolperte und im Nebel verschwand. Aus den Augenwinkeln sah Ava noch die Wachen, die wie leblos vor dem Zelt lagen.

»Wenn du auch nur einen Laut von dir gibst, schneide ich dir die Kehle durch.« Rumina sah Ava warnend an. Ihre Augen waren kalt wie

Glasperlen. Vielleicht war sie wirklich dazu imstande, Kehlen durchzuschneiden. Vielleicht hatten sie sie alle unterschätzt.

Rumina warf sich wieder ihr schwarzes Tuch über den Kopf. Wie ein schwarzer Engel schwebte sie durch den Nebel, hinaus aus der Zeltstadt, wo sie Ava zwischen eng stehenden Tannen gegen einen Stamm presste.

»Mir ist kalt«, sagte Ava trotzig.

»Deine vorlaute Zunge kann eine Frau wie mich nicht beeindrucken.«

»Ach nein? Mehr als eine falsche Zunge hast du auch nicht.«

»Eine schreckliche Meinung hast du von mir.« Rumina drückte noch etwas kräftiger zu, sodass sich die Rinde in Avas Rücken grub. »Dann muss ich dir heute Nacht wohl das Gegenteil beweisen.« Ihr Atem roch nach giftigem Alkohol und Ava blickte mit Sorge auf ihre dünnen Finger, die sich so wild zwischen ihre Schulterblätter zwängten. Zu ihren Füßen schlängelte sich eine Maus durch die Tannennadeln und ließ Ava zusammenzucken. Ruminas Kirschlippen verzogen sich zu einem Grinsen.

»Du wirst uns heute Nacht verlassen, liebe Ava. Du wirst laufen, so schnell du kannst, und das kannst du doch ganz gut, nicht wahr? Du wirst dein Herz und deine vorlaute Zunge einsetzen und dann wirst du Elmon finden, bevor wir ihn finden, hast du mich verstanden?«

Ava hatte gar nichts verstanden, nickte aber dennoch.

»Du wirst Elmon finden und du wirst Elmon sagen, dass er den Kristall bloß einer einzigen Person zu übergeben hat, wenn wir eintreffen. Und zwar mir. Niemandem außer mir. Kannst du mir immer noch folgen?«

Das konnte sie. Ava lachte böse: »Du willst den Kristall ganz für dich alleine? Du willst, dass ich das möglich mache?«

»Kluges Mädchen.«

»So etwas Dummes habe ich schon lange nicht mehr gehört. Kannst du dir nicht denken, dass ich mit Elmon fliehen werde, bevor ihr eintrefft?«

»Das wirst du nicht.«

»Ach ja? Und warum, wenn ich fragen darf?«

»Weil du nicht willst, dass ich sie töte.«

Ava musste nicht fragen, sie ahnte es bereits. Rumina antwortete dennoch, Wort für Wort, wie ein süßes Bonbon auf der Zunge: »Karim oder Noël oder den träumenden Leon. Oder gleich alle drei.«

Ava schluckte. Der Nebel umschlang ihre Beine wie ein Seil, das ihr das Blut abdrückte.

»Wessen Tod würde dich am meisten treffen, liebe Ava? Der der Menschen, die du erst aus ihrem Leben gerissen hast? Oder der deines kleinen Freundes mit den Haaren so blutrot wie ein Sonnenuntergang über dem Meer? Sag es mir! Du musst wissen, die Lippen eines Toten verlieren ihr Aroma, besonders nach einem langen, qualvollen Tod. Soll ich dir erzählen, was die Schuld in deinem Körper anrichten wird? Sie legt sich über deine Seele, sodass dein Herz für immer im Schatten weilt. Und weißt du was mit einem Herzen passiert, das kein Licht mehr sieht? Es wird schwarz und schrumpelig oder trocken und grau. Es geht ein wie eine Topfpflanze! Möchtest du schuld daran sein, dass drei junge Männer sterben, Ava?«

Der Nebel war so dicht, dass Ava meinte, keine Luft mehr zu bekommen. Sie atmete hastig und viel zu flach und konnte einfach nicht aufhören, den Kopf zu schütteln. Das Nein hallte in ihrem Kopf wider, so laut und panisch, dass es schmerzte.

»Dann wirst du Elmon finden und tun, was ich dir aufgetragen habe. Wenn du dich nicht an die Abmachung hältst, wirst du sie begraben müssen.«

»Aber was ist, wenn ich Elmon nicht finde? Ich habe doch keine Ahnung, wo er ist, ich weiß doch gar nicht, wie ich …« Ava kämpfte gegen die Übelkeit. Sie konnte unmöglich die Verantwortung für drei Leben übernehmen. Es sollte doch alles bloß ein Spiel sein! Ein harmloses Abenteuer! Sie hatte niemals gewollt, dass dabei Gefühle starben. Oder Menschen. »Ich muss jemanden mitnehmen«, stammelte sie, »ich brauche die Hilfe der Jungs, sonst werde ich Elmon nicht finden.«

Rumina kräuselte die Lippen: »Netter Versuch.«

»Bitte, wenigstens Karim!«

Rumina packte Ava an den Haaren: »Was glaubst du, warum ich dich ausgewählt habe, Kleines? Weil du die einzige von euch *Kindern* bist, die das Zeug dazu hat, sich alleine bis Elmon durchzuschlagen. Auch wenn du es nicht hören willst: Du bist mir nicht allzu unähnlich. Du bekommst, was du willst. Das war schon immer so, oder? Jedes Hindernis wird aus dem Weg geräumt, ohne Rücksicht auf Verluste. Nur so bist du überhaupt in diesen Wald gekommen. So sind wir, Gefühle wie du und ich. Dein Ziel ist es ab jetzt, deine Freunde zu retten. Und dafür wirst du alles tun. *Alles*. Hast du mich verstanden?«

»Ich will mich von ihnen verabschieden«, sagte Ava mit fester Stimme.

»Zu riskant. Aber ich werde sie von dir grüßen, versprochen.«

Avas Körper wurde immer kälter. Sie wünschte, sie könnte Rumina ins Gesicht schlagen. In ihr verlogenes Lächeln.

»Ich bin nicht wie du, Rumina!« Ava nahm ihre ganze Kraft zusammen und spuckte Rumina die Worte ins Gesicht. »Ich habe kein schwarzes, verkümmertes Herz wie du. Auch wenn in meinem Herzen Staub rieselt, besteht es doch aus hellgelbem Glas, das in der Sommersonne blitzen kann wie kein anderes. Du weißt gar nicht, was es bedeutet, ein solches Herz im Körper zu tragen. Du weißt gar nicht, wie es ist, wenn es einen tanzen lässt und singen und weinen, echte Neugier, reine Freude, wahre Trauer. Du hast keine Ahnung, wie mein Herz schlägt und du wirst es auch niemals wissen!«

»Natürlich weiß ich das. Ein Herz wie deines macht dich schwach. So schwach, dass du loslaufen und alles tun wirst, was ich dir befehle. Du bist zu schwach, um sie sterben zu lassen, dein Herz ist zu zerbrechlich, Ava. Ich bin klar im Vorteil, so einfach ist das.«

Ruminas Finger strichen über Avas Wange wie über die eines kleinen Kindes. Es war eine liebevolle Geste, die in diesem Wald, in dieser Nacht nichts anderes war als blanker Hohn. Dann stieß sie Ava tiefer in den Wald hinein und trieb sie mit gezücktem Messer vor sich her: »Und jetzt lauf Mädchen, lauf und blicke nicht zurück. Lauf um ihr Leben! Und hab Acht vor dem Nebel! Er frisst alles, was er kriegen kann.«

Ava stolperte über Wurzeln und Büsche und blieb an den Ästen der Tannen hängen. Sie wirbelte den Nebel auf, bis sie kaum mehr die Hand vor Augen sah. Sie lief gegen eine weiße Wand und keuchte, weil der Nebel ihre Lunge mit Nässe füllte. Die Kälte brannte in ihren Augen, doch Ava wollte sie nicht schließen, konnte sie nicht schließen. Weil sonst die Erinnerungen kamen. An seinen Duft. An die Wärme seines Körpers an ihrem Rücken. An den sanften Druck seiner Lippen auf ihrem Mund, der sie in den Himmel zauberte.

Ava war blind und verlor sich erneut. Ihre Beine liefen, doch ihr Herz stand still. Noch nie in ihrem Leben hatte sie solche Angst verspürt, noch nicht einmal bei den Wasserfrauen. Es war keine Angst um ihr eigenes Leben. Es war die Angst, die Erwartungen nicht zu erfüllen. Die Angst, dass ihr Versagen Karim, Noël und Leon tötete.

36. Kapitel

Laufe mein Kind
Laufe durch Wälder
Der Mond ist dein Jäger
Laufe durch Schluchten
Laufe über Felder
Warum nur bleibst du stehen?
Husch, Husch
Du kennst keine Müdigkeit
Du schließt nicht die Augen
Du lässt dir nichts rauben
Du läufst
Für die Freiheit der Welt

Ava wusste nicht mehr, was sie tat. Sie hatte in ihrem Leben noch nie etwas grundlos getan. Das war Zeitverschwendung. Doch jetzt trieben sie ihre Beine von rechts nach links, sie sprang über totes Holz und Geröll, sie lief Slalom in einem Garten aus riesigen, blauen Wattebäumen, die nach frischer Wäsche dufteten, und sie wusste nicht warum. Im Großen und Ganzen ging es natürlich darum, ihre Freunde zu retten. Doch einen genauen Plan verfolgte sie nicht. Es könnte sein, dass sie Elmon eines Tages begegnen würde, wenn sie bloß weiterlief. Genauso gut könnte sie sich in den Tiefen dieses Waldes verlieren. Nie wieder einen Weg nach Hause finden.

Versagen.

Wenn überhaupt, dann schlief sie nur kurz. Ein paar Stunden, um nicht vor Erschöpfung umzufallen. Sie schlief an einem Hang mit wildem Wein und Hagebutten ein und erwachte in einem reißenden Gebirgsbach. Sie vermied es, auf Bäumen zu schlafen, da sich diese gerne in dornige Sträucher verwandelten, die sich an steile Gebirgsschluchten klammerten. Oder in Gänseblümchen. Es drohte ein tiefer Fall. Und Ava brauchte jeden Knochen.

Manchmal aß sie ein paar Früchte. Manchmal sogar Wurzeln. Die waren ziemlich zäh. Einmal gelang es ihr, ein Feuer zu entfachen, um einen gefangenen Fisch zu braten und ihre Kleidung zu trocknen. Sie fühlte sich so schmutzig wie noch nie zuvor und sehnte sich nach ihrer Zahnbürste und einem Schaumbad mit Rosenblüten, Olivenöl und Milchseife.

Karim … Wie sehr sie ihn vermisste!

Ava fürchtete diesen Teil der Liebe. Es war, als sei sie im Inneren zerrissen worden. Ein Teil von ihr klammerte sich noch an Karims Brust in der Zeltstadt, der andere Teil wandelte einsam durch den Wald. Der eine Teil wollte bleiben, der andere musste fort. In den letzten Tagen war Ava so sehr mit Karim verwachsen, dass es körperlich schmerzte, sich das Karamell seiner Augen nur vorstellen zu können. Oder das Kitzeln seines Atems in ihrem Ohr. Doch im Gegensatz zu seiner körperlichen Anwesenheit machten sie die Vorstellungen und Erinnerungen nicht satt. Sie machten sie traurig. Und rastlos.

Hin und wieder malte Ava Spuren in den Sand, ritzte ihren Namen in die Bäume, grub Steine zu Herzen in die Erde, in der Hoffnung, der Wald würde sie nicht verwischen und Karim würde sie finden, auf seinem Weg zu Elmon. Es schmerzte Ava, dass er denken musste, sie habe ihn verlassen in dieser Nebelnacht. Dass sich nachts nicht mehr derselbe Himmel über sie spannte. Dass sie nicht die gleichen Sterne sahen. Dass er sich von ihr verraten fühlte.

Im Schlaf träumte Ava oft von Karim. Es war immer der gleiche Traum, der, den sie in Trauerland zum ersten Mal geträumt hatte und der, so war ihr heute klar, ihr schon damals eine Warnung hätte sein sollen.

Der Mann mit dem Gewehr drückte ab und lachte höllisch. Die abgeschossenen Feuerbälle rasten auf den Boden zu, doch kurz bevor sie auftrafen, explodierten sie und schleuderten rote Tropfen durch die Nacht. Die Tropfen schmeckten nach Blutorange. Und Ava erwachte und schrie.

Am dritten Tag ihrer Flucht aus der Zeltstadt wanderte sie durch saftiges Gras, über dem viele Schmetterlinge und Bienen flogen. Vor ihr tauchte ein Wiesenabschnitt mit eng stehenden Obstbäumen auf. Fruchtfliegen ergötzten sich an fauligen Äpfeln, die am Boden lagen und deren Furchtfleisch explodierte und in den Himmel spritzte, wenn Ava auf sie trat. Sie sah auch Birn-, Nuss- und Kirschbäume und eine Holzhütte nahe einer Lichtung. Sie schlich sich an die Hütte heran und schaute durch ein Fenster in das Innere. Sieben Betten standen an der Wand. Sieben Holzbecher füllten ein Regal. Sieben Hüte hingen an einem Hutständer.

Ava umrundete die Hütte, als sie plötzlich vor einer langen, gedeckten Tafel stand, an der sieben kleine Männer saßen, die alle gleich aussahen. Jeder hatte eine Schüssel mit hunderten von Kirschen vor sich. Sie taten, als hätten sie Ava nicht bemerkt, aßen weiter Kirschen und spuckten die Kerne in die Mitte des Tisches.

»Die Kirschen werden von Jahr zu Jahr besser«, sagte einer und spuckte einen braunen Kern aus.

»Mmh«, brummte ein anderer und schob sich gleich drei der roten Früchte in den Mund.

»Die letztes Jahr waren auch nicht schlecht«, sagte ein Dritter.

»Ich glaube, ich habe einen Kern verschluckt«, so der Vierte.

»Das ist jetzt nicht dein Ernst.«

»Er ist aber auch zu blöd«, sagte der Siebte.

Der Sechste schwieg, weil er bemüht war, seine Schüssel als Erster zu leeren. Er schob sich die Kirschen im Sekundentakt in den Mund.

»Ich bin nicht blöd«, sagte der mit dem verschluckten Kern. »Sag nicht immer, dass ich blöd bin.«

»Doch, du bist der Dümmste von allen! Bei jedem Kirschessen verschluckst du einen Kern.«

»Weiß er eigentlich, wie viel Verlust wir machen, wenn er jedes Jahr einen Kern verschluckt?«, fragte wieder der Erste.

»Zum Rechnen ist er auch zu blöd.«

»Du bist so gemein!«

»Der Verlust ist immens. Jeder Kern macht bestimmt einen Nanoliter weniger Kirschöl aus.«

»Wir sollten überlegen, ihn aus der Gemeinschaft auszuschließen.«

»Ich kann euch den Kern wiederbesorgen! Ich verspreche es! Ich muss nur ein wenig abwarten, dann kommt er von selbst wieder heraus …«

»Du bist widerlich.«

»Du willst unser Kirschöl beschmutzen.«

»Wir sollten ihn ausschließen.«

»Fertig!«, rief der kleine Mann Nummer Sechs mit vollen Backen. »Ich habe gewonnen!«

»Glaubt er denn immer noch, dass wir ein Wettessen veranstalten?«, fragte Mann Nummer Eins.

»Er wird wohl nie erwachsen.«

»Wir sollten auch ihn ausschließen.«

Sie schwiegen einige Sekunden lang, dann füllten sich ihre Schüsseln wie von Zauberhand wieder mit tiefroten Kirschen und sie begannen ihr Gespräch von vorne.

»Die Kirschen werden aber auch wirklich von Jahr zu Jahr besser«, sagte wieder der eine und spuckte einen braunen Kern aus.

»Mmh«, brummte ein anderer und schob sich gleich drei der roten Früchte in den Mund.

»Die letztes Jahr waren auch nicht schlecht«, sagte der Dritte.

»Ich glaube, ich habe einen Kern verschluckt«, so der Vierte.

Ava wurde langsam ungeduldig. Die kleinen Kerle spulten ihre Worte ab und sie hatte keine Lust, sich das immer gleiche Gespräch wie in einer Warteschleife anzuhören. »Entschuldigt«, sagte sie und trat an den Tisch. »Kennt ihr den richtigen Weg?«

»Ach du meine Güte«, sagte Mann Nummer Vier und verschluckte sich erneut. »Habt ihr das gehört?«

»Sie fragt, ob wir den richtigen Weg kennen.«

»Das hat sie wirklich gefragt?«

»Aber ja. Ich habe doch keine Kirschen in den Ohren!«

»Aber dann hatte der Wolf ja recht.«

»Du bist wirklich der Allerdümmste. Es war kein Wolf. Es war ein Engel.«

»Der Kerl, der gesagt hat, dass ein Mädchen kommen und uns nach dem Weg fragen wird? Ich bitte euch, das war ein Maulwurf!«

»Dann können wir jetzt aufhören, Kirschen zu essen, oder?«, fragte der Sechste. »Das hat er doch gesagt, der Maulwurfsengel mit den Wolfszähnen, nicht wahr? Hört auf zu fressen und gebt ihr von all den Leckereien, die ihr habt. Sie braucht eine Stärkung.«

»Oh ja, seht sie euch nur an. So mager. So blass. Und sie hat Striemen im Gesicht. Von Dornstrauchbüschen.«

Die kleinen Männer drückten sich besorgt die Handflächen gegen die glühenden Wangen und standen hastig auf.

»Setz dich, Mädchen«, sagte der eine.

»Entspann dich, Mädchen«, sagte der andere.

»Hol die Torten, Dummkopf!«

»Koch Kaffee!«

»Gib ein wenig Kirschöl in die Sahne!«

»Und die Flügel der Marzipanfee!«

»Sie scheint mir genau so zu sein, wie vorhergesagt: stark aber verwirrt«, sagte einer der Männer und musterte Ava von oben bis unten. »Sie stinkt. Wir sollten ihr unsere Dusche überlassen.«

»Gestern erst habe ich neue Seife hergestellt, aus Kirschkernöl, ist das nicht ein Zufall?«

Die Männer nickten im Gleichklang. Sie waren sich einig, das erste Mal in ihrem Leben. In Windeseile hatten sie die Tafel mit feinem Porzellan gedeckt und eine Unmenge an Kuchen herbeigeschafft. Außerdem acht Kännchen Kaffee, goldene Löffel und kleine Silberschalen, in denen sich verschiedenfarbige Schlagsahne türmte.

»Was bitte ist eine Marzipanfee?«, fragte Ava. Sie war sich nicht sicher, ob sie die bräunliche Sahne neben ihrem Teller essen wollte.

»Das ist ein Schmetterling, der seinen Schnabel in die Rinde der Mandelbäume bohrt und ihnen den Saft aussaugt. Seine Flügel schmecken köstlich nach Marzipan - wir haben einige in die Sahne gerieben, musst du probieren.«

»Später«, schaltete sich Mann Nummer Eins ein, »zunächst haben wir etwas zu verkünden.« Er räusperte sich feierlich: »Wir werden dir einen Weg zeigen, Mädchen.«

»Wir wissen nicht, ob es der rechte Weg ist«, der kleine Mann Nummer Zwei kratzte sich hinter dem Ohr, »aber es ist der beste.«

»Es ist der, den man gehen muss, wenn man nicht mehr weiter weiß. Deswegen nennen ihn alle bloß den *Antwortenweg*.« Der Mann Nummer Vier schaute Ava stolz an. Er hatte so große, runde Augen, als hätte er sie einem Rehkitz gestohlen.

»Ihr wollt mich doch bloß aufhalten«, sagte Ava, umringt von den sieben kleinen Männern und den dreiundzwanzig Obsttorten, »ihr seid wie die Wasserfrauen: Ihr seid eine Falle.«

»Was hat sie gesagt?«

»Sie hat gesagt, wir seien eine Falle.«

»Nein, sie hat gesagt, wir seien Wasserfrauen.«

»Ach du meine Güte.«

»Wir sollten sie aus unserer Gemeinschaft ausschließen!«

Mann Nummer Eins rückte noch etwas näher an Ava heran und seine kleine, behaarte Hand legte sich auf ihren Arm: »Mädchen, ich glaube, wir sollten ehrlich zu dir sein. Wir sind keine bösartigen Wesen. Wir sind bis oben hin gefüllt mit Fruchtzucker, das macht uns nett und liebenswert. Aber deine Sorgen sind berechtigt, denn der *Antwortenweg* hat noch nie von der Süße einer Kirsche gekostet. Er führt durch einen Dschungel, in dem Kreaturen leben, die niemals das Licht der Sonne erblickt haben. Der *Antwortenweg* kann dir helfen, deine Freunde zu retten.« Bei diesen Worten streichelte die behaarte Hand sanft über Avas Arm. »Aber er kann dich genauso gut töten. Du musst entscheiden, ob du das Risiko eingehen willst.«

Der kleine Mann Nummer Vier starrte Ava noch immer mit seinen Kulleraugen an, diesmal ganz verängstigt: »Vielleicht sollte sie lieber bei uns bleiben. Ich will nicht, dass sie stirbt!«

»Der Engel hat gesagt, sie muss diesen verdammten Weg gehen, also werd jetzt nicht sentimental, du Dummkopf«.

»Aber was ist, wenn der Engel ein Lügner war?«

»Jetzt hört aber mal auf, ihr bringt sie ja ganz durcheinander. Schaut doch nur, wie blass sie bereits ist.«

»Sie sollte essen. Mit Zucker im Blut ist die Welt gleich viel einfacher.«

Da waren sie sich wieder einig. Sie schaufelten Ava fünf verschiedene Tortenstücke auf den Teller und langten selbst genauso fleißig zu. Ava nahm abwechselnd eine Gabel Erdbeertorte mit Mascarpone, dann ein Stück Apfel-Weincreme-Torte, daraufhin von dem Nussboden mit der Kirsch-Vanille-Schokocreme, von der Aprikosenkrümeltorte mit einer Portion braunen Marzipansahne (sie musste sich zwingen, beim Kauen nicht an Schmetterlinge zu denken) und schließlich von dem Schmandkuchen mit Mandarinen und einer dicken Gelatineschicht, die sich kaum von der Gabel durchtrennen ließ. Der kleine Mann Nummer Sieben schob sich grade ein Kiwimürbeteigtörtchen mit einem großen Löffel Kirschschlagsahne in den Mund, während

Mann Nummer Vier seine Heidelbeer-Joghurt-Torte nicht von vorne nach hinten sondern von oben nach unten aufaß – Schicht für Schicht.

Nach dieser Kuchenschlacht wusste Ava wieder, warum sie das Leben liebte. Sie würde diesen *Antwortenweg* gehen. Sie musste alles dafür tun, dass Karim, Noël und Leon bald wieder Obsttorten essen konnten. So viele bis sie umfielen und sich vor Schmerzen die Bäuche hielten. Das war ihr sehnlichster Wunsch.

Nachdem sie sich gestärkt hatte, führten die Zwerge Ava in ihre Hütte. Sie musste den Kopf einziehen, um nicht gegen den Türrahmen zu stoßen. Für sieben Leute war der Raum sehr klein, Ava stellte sich vor, wie sich die Männer beim Zähneputzen alle vor das einzige Waschbecken drängten. Es roch nach vergorenem Obst und Zimt und muffiger Wäsche und Ava zwängte sich unter die kleine Dusche, während sich die kleinen Männer wieder an ihrer Tafel versammelten. Das Wasser floss heiß über Avas Körper und sie verharrte viele Minuten unbeweglich unter dem Strahl. Es war eine Erleichterung, die Haut schaumig von der Kirschkernseife, nach diesen anstrengenden Tagen im Wald.

Als sie genug vom warmen Wasser hatte, führten die sieben kleinen Männer Ava zum *Antwortenweg*. Er begann gleich hinter einer weiten Wiese nahe der Obstbäume. Über den Himmel trieben runde Schäfchenwolken und in der warmen Luft um sie herum vermengten sich die Gerüche zu einem Sommercocktail. Ava nahm einen tiefen Zug und spürte, wie die Süße der Luft die letzten Reste kalten Nebels aus ihrer Lunge spülten. Die kleinen Männer versanken im hochgewachsenen Gras und stimmten ein Lied an. Als der letzte Ton in den Himmel entwich, hatten sie das Ende der Wiese erreicht und standen vor einer exotischen Blume mit blauen Blättern, so scharf wie Messerspitzen.

»Hier beginnt er, der *Antwortenweg*. Hier beginnt der Dschungel.«

Sie blickten über eine kahle Fläche auf eine riesige Dschungelwand, die sich von Nord nach Süd zog und weit in den Himmel hinaufreichte. Verschlungene Bäume beugten sich wie ein Dach über eine bunte Pflanzenwelt, in der es tropfte, surrte und knackte. Der Boden schien feucht und matschig zu sein und er gab immer wieder Farne, Pilze und bunte Blüten preis, die Ava noch nie in ihrem Leben gesehen hatte. Hin und wieder kreischte ein Vogel. Oder ein Affe. Oder ein

Frosch. Oder irgendetwas anderes, was den sieben kleinen Männern einen riesigen Schrecken ins Gesicht malte.

»Wo ist hier bitte ein Weg?«, fragte Ava, die bloß ein heilloses Durcheinander erkennen konnte.

»Na da drin. Da drin liegt der *Antwortenweg.*«

»Du darfst ihn dir natürlich nicht als Weg im engeren Sinne des Wortes vorstellen«, sagte Mann Nummer Sieben. Ava musste ihn ziemlich verwirrt angeschaut haben, denn er fuhr genervt fort: »Ich meine, du wirst keinen ausgetretenen Pfad im Dschungel finden, der dich zu den Antworten führt. So einfach geht es ja nicht.«

»Ach nein?«, fragte Ava, in der langsam die Wut hinauf kroch. »Der *Antwortenweg* ist also ein Weg, der eigentlich keiner ist, und ich soll jetzt an jeder Kreuzung erraten, welche Richtung die richtige ist?«

Die sieben Männer nickten.

»Du schaffst das!«

»Du wirst die Antworten auf deine Fragen finden, Mädchen!«

»Du musst nur dran glauben!«

»Höre auf dein Herz!«

»Und auf deinen Bauch!«

»Und wenn du Angst hast und meinst, das Leben sei ein tiefes schwarzes Loch, dann greif in diesen Sack und lutsche eine Kirsche.«

»Wir denken an dich!«

Sie übergaben Ava einen Leinensack voller Obst und Nüsse und Schokolade und schauten ihr alle nach, als sie mit versteinerter Miene näher an den Dschungel trat. Und Ava dachte an ihre Freunde und Obsttorten und setzte den ersten Fuß in das Dickicht. Als sie sich noch einmal umdrehte, verwandelten sich die winkenden Zwerge in grüne Farne und die Konturen der Obstbäume und der Hütte im Hintergrund verschwammen, bis sich der Dschungel vollends um Ava schloss und sie alleine war. Mit sich und all den Stimmen des Waldes.

37. Kapitel

Tropfen liefen über Avas nackte Haut. Sie trafen ihren Nacken und suchten sich von dort aus ihren Weg hinab. Wie Fingerspitzen streichelten sie ihre Wirbelsäule und ließen sie erzittern, obwohl in diesem Dschungel eine unerträglich schwere Hitze herrschte, die selbst die bunten Blüten ganz kraftlos machte. Sie ließen die Blätter hängen und ihre Schweißperlen bildeten kleine Teiche zu ihren Wurzeln, in denen sich Mücken und Käfer suhlten. Ava schlug verzweifelt um sich. Sie spürte, wie die Mückenstiche auf ihren Armen anschwollen und juckten. Der Matsch am Boden war in ihre Schuhe gelaufen, sodass sie sie von den Füßen genommen hatte und nun ihren Weg barfuß fortsetzte. Die ganze Zeit starrte sie auf den Boden, aus Angst, auf eine Schlange oder Spinne zu treten und zuckte zusammen, wenn sie in Pfützen trat oder die Blätter der vielen Farne ihre Füße streiften.

Während Ava so durch die grüne Hölle lief, ohne zu wissen, welchen Weg sie ging, dachte sie über ihr Leben nach. Sie war bisher immer sehr stolz gewesen, die Fäden in der Hand zu halten. Bisher hatte Ava gedacht, sie wüsste ganz genau, wie ihr perfektes Leben verlaufen würde. Sie hatte gemeint, sich selbst so gut zu kennen, dass nichts auf der Welt sie noch überraschen konnte. Dann kam Karim. Dann kam der Wald. Und dann kam Rumina. Ava wusste, dass sie die schwierigste Entscheidung ihres Lebens würde treffen müssen, in dem Moment, in dem sie Elmon fand. Sie musste zwischen Karims Leben und der Freiheit ihrer Welt entscheiden. Dieser Entschluss würde Ava auf einen Weg stoßen, den sie nie wieder verlassen konnte. Und es verschaffte ihr Bauchschmerzen, dass sie noch nicht wusste, wie sie handeln würde. Dass sie den Gedanken zuließ, sich gegen Karim zu entscheiden. Sie ging in die Hocke. Ihr Magen verkrampfte und der Schweiß rann wie Wasser über ihr Gesicht. Was war, wenn sie sich falsch entschied? Welche Schuld wog schwerer?

Ava lehnte zitternd an dem riesigen Baum, der von Lianen umschlungen in den grauen Himmel ragte. Es würde Regen geben.

Die ganze Luft roch danach, der Wald war nervös. Frösche so groß wie Avas Zeigefinger huschten an den Bäumen hinauf, bunte Tupfen in schrillen Farben. Ameisen trugen Blattstücke zu ihrem Bau. Wie eine Perlenkette schoben sie sich über den Boden, an Avas nackten Füßen vorbei, die sich nach einer Massage sehnten. In der Ferne rief ein Vogel, ein langgezogener Schrei, der Avas Trommelfell zerkratzte. War es egoistisch, Karim am Leben halten zu wollen, weil sie ihn liebte? Weil sie es liebte, geliebt zu werden? Und dafür Rumina den Kristall zu überlassen?

Während Ava so dasaß, fielen die ersten Regentropfen auf das Blätterdach. In der Ferne grollte der Donner und übertönte das Plätschern des Wassers. Ava zog die Beine an und blieb im Schutz des Baumes sitzen. Um sie herum wurde alles weggespült, was zu schwach war, dem Regen zu widerstehen. Ava hatte Regen anders in Erinnerung. In ihrem Leben war er niemals so warm gewesen, dass er dampfte, wenn er auf ihre Haut traf. Der Regen, den sie kannte, erfrischte. Dieser hier raubte ihr den letzten Fetzen Sauerstoff. Erneut schmeckte Ava Schweiß auf ihren Lippen und beschloss, dass es keinen Sinn machte, weiter zu warten. Der *Antwortenweg* würde nicht zu ihr kommen. Wenn sie ihn bis zum Ende gehen wollte, musste sie laufen. Das hatte sie schließlich schon immer geliebt. Zu laufen und nicht anzuhalten, die Kraft in den Beinen zu spüren und schneller zu sein als die zerrinnenden Sekunden. Die Welt wie flüssige Farbe verschwimmen zu lassen. Nur noch den Herzschlag zu hören. Ava wollte bloß noch laufen.

Plötzlich raschelte es hinter ihr. Ava drehte sich sofort um, konnte aber nichts erkennen. Langsam ging sie weiter, ihre nackten Füße auf den rauen Farnen, als das Geräusch erneut ertönte. Diesmal blieb sie einfach nur stehen und wartete, wissend, dass etwas hinter ihrem Rücken atmete. Die kleinen Männer hatten sie gewarnt. Es gab in diesem Wald Wesen, die noch nie die Süße einer Kirsche geschmeckt hatten. Flucht war so gut wie unmöglich, egal wer oder was hinter Ava stand, es kannte den Dschungel sicher besser als sie. Also ließ sie den Leinensack zu Boden sinken und drehte sich langsam um. Der Regen klatschte in ihr Gesicht und brannte auf der Haut. Und Ava sah in die Augen eines Panthers, gelb wie grüner Tee. Sein schwarzer Körper triefte vor Nässe. Jeder Muskel in seinem langen Körper war

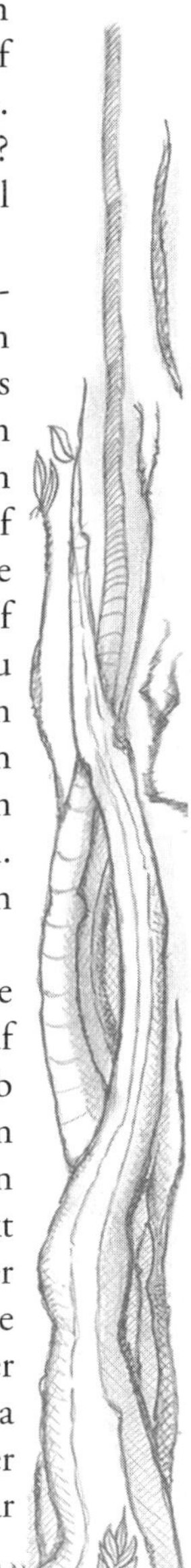

angespannt und Ava erkannte mit Schrecken, dass er fast nur aus Muskeln bestand. Dass er groß genug war, um sie zu verspeisen. Dass ihr Kopf in sein Maul passte, eingeklemmt zwischen den spitzen Zähnen. Dass es egal war, wie schnell sie lief, er würde sie einholen. Immer und überall. Sie versuchte es mit einem Lächeln, in der Hoffnung das Tier würde dies als Freundschaftsangebot verstehen. Doch der Panther sah sie bloß weiter unter seinen schweren Augenlidern an und begann, sie zu umkreisen. Traurigkeit sprach aus seinem Blick, Hoffnungslosigkeit wogte in seinen Bewegungen auf und ab. Er roch nach nassem Fell und auf einmal berührten seine Barthaare Avas Hand – zu kurz, um den Moment festzuhalten, aber lang genug, um einen Blick in seine Seele zu werfen. Sie war voller Regen und dampfendem grünen Tee. Der Panther blickte noch einmal zu Ava auf, dann schritt er voran. Sie konnte kaum glauben, dass er sich von ihr abwendete, doch er verschwand einfach im grünen Dickicht. Und bevor er sich ihrem Blick ganz entzog, meinte Ava zu verstehen. Da war Golo gewesen, in seinem Wohnwagen. Der Engel, von dem die kleinen Männer gesprochen hatten. Da war ein Panther, der sie berührte, der sich nach ihr umschaute und mit wiegenden Schritten durch den Dschungel schlich. Sofort setzte sich Ava in Bewegung. Sie holte das schwarze Tier ein und folgte ihm mit etwas Abstand. Es ließ sie gewähren und wählte seinen Weg, als wüsste es genau, wohin es sie führte. Das war alles kein Zufall. Weder Golo, noch der Engel, noch der Panther. Es gab jemanden, der sie beobachtete und der wollte, dass sie den Weg ging. Den einen. Den richtigen. Und Ava war sich sicher, dass es Elmon war. Er hatte zu ihr gesprochen, über die Gemälde der ungeschminkten Wahrheit. Er hatte ihre Gedanken gelesen und er wusste, dass Raven ihn und den Kristall bedrohte. Und nun führte er sie durch diesen Wald, ließ sie zweifeln und straucheln und hoffen, damit sie ihn am Ende rettete. Und wer rettete Ava? Wenn sie am Ende alles gegeben und so viel verloren hatte? »Niemand«, flüsterte sie und schritt erhobenen Hauptes weiter. »Niemand. Ich kann mich nur selber retten. Weil ich es bin, die entscheidet. Ich ganz allein.«

Ava folgte dem Panther über umgestürzte Baumstämme, die Brücken bildeten, über stehende Flüsse mit trübem Wasser, in dem sie kleine hungrige Augen zu erkennen meinte. Sie wählte ihre Schritte mit Bedacht. Noch immer tobte ein Gewitter hoch oben über den Bäumen und Avas Kleidung klebte an ihrem Körper wie nasses Papier. Das große Tier vor ihr lief langsam aber stetig. Es machte keine Pause, es sah sich auch nicht mehr um, es ging mal rechts, mal links, mal kreuz und quer, bis sie das Ufer eines großen Flusslaufes erreichten. Eine Hängebrücke führte hinüber auf die andere Seite, wo die Bäume noch dichter standen und einen undurchsichtigen Vorhang bildeten. Der Panther setzte sich und sah auf die andere Seite. Kurz verspürte Ava das Verlangen, ihre Hand auf seinen Kopf zu legen, ihn zu streicheln wie eine Hauskatze. Als ihre Handfläche das nasse Fell zwischen seinen Ohren berührte, schloss er die Augen und für diesen kurzen Moment verwandelte sich der Regen in seiner Seele zu Schnee. Dann schüttelte er ihre Hand ab und starrte wieder hinüber.

Die Brücke schaukelte, als Ava sie betrat. An manchen Stellen klafften große Löcher zwischen den Holzbalken, sodass sie springen musste. Ihre Hände klammerten sich an die Seile zu beiden Seiten und sie zwang sich, nicht nach unten zu schauen. Als sie das andere Ufer erreichte, atmete sie erleichtert auf. Der Panther war verschwunden. Dafür schwammen Krokodile im Fluss, deren schuppige Rücken aus dem Wasser ragten wie Flöße. Ob der Panther ihr geholfen hätte, wenn sie in den Fluss gefallen wäre? Sie verdrängte den Gedanken und schob die dicken Blätter zur Seite, um das Dickicht aus Bäumen und Lianen zu betreten, das an den Fluss grenzte. Betrat sie nun den Antwortenweg? Oder war sie ihn bereits bis zum Ende gegangen?

Die Lianen lagen glitschig in Avas Hand, als sie sich durch den Vorhang schob. Er schloss sich wieder hinter ihr und sie stand in einem schwach erleuchteten Kreis aus kahler Erde, umgeben von den Pflanzen des Dschungels. Es herrschte Totenstille. Ava vermisste den Donner und betrachtete die exotischen Blüten, die aus der Baumrinde um sie herum zu wachsen schienen und die sich ihr zugewendet hatten, in dem Moment, als sie die kleine Lichtung betreten hatte. Sie leuchteten wie Lampenschirme in zitronengelb, purpurfarben und eisblau. Kein einziger Regentropfen fiel mehr durch das Blätterdach auf sie hinab.

»Guten Tag.«

Die Worte waren leise gesprochen worden, Ava erschreckten sie dennoch.

»Es ist das erste Mal, dass ich Besuch bekomme. Das ehrt mich.«

So schnell sie konnte, ließ Ava den Blick über die Pflanzen gleiten. Sie konnte nicht sagen, woher die Stimme kam. Sie war überall um sie herum wie eine Käseglocke, die sich über sie legte, um sie einzusperren.

»Es ehrt mich wirklich. Ich hoffe, du bereust es nicht, nachher, wenn du wieder gehst. Dass du mich besucht hast, meine ich. Das kann man vorher nie wissen.«

Mehlig hörte sie sich an, mehlig und gleichzeitig jung, wie die Stimme eines Mannes, die noch nicht gebrochen worden war. Die Worte waren wohlgeformt und am Ende spitz über die Zunge gebracht, mit einem Nachklang, der unter den Nägeln vibrierte.

»Wer bist du?«, fragte Ava.

»Mein Name ist Basil.«

»Und warum zeigst du dich nicht, Basil? Das ist feige.«

»Oh, es ist so wundervoll, eine Stimme wie deine zu hören. Besonders wenn sie wütend ist. Möchtest du mich wirklich sehen?«

Ava nickte. Sie war sich sicher, dass er sie beobachtete.

»Dann musst du mir etwas versprechen. Du wirst nicht weglaufen, wenn du mich siehst. Versprichst du mir das?«

»Warum sollte ich weglaufen?«

»Weil ich böse bin.« Die mehligen Worte legten sich in Avas Ohren, als habe er sie direkt hineingeflüstert. »Ich bin so unglaublich böse. Deshalb besucht mich auch keiner. Keiner außer dir.«

»Ich bin hier, weil ich Hilfe brauche«, sagte Ava, »ich brauche Antworten. Bist du derjenige, der mir Antworten geben kann?«

»Oh, oh, oh ja. Natürlich bin ich derjenige. Eine Antwort gegen ein kleines Stückchen Herz. Es ist ein böser Tausch.«

Ava sah, wie sich über ihr in den Blättern etwas bewegte. Dann fiel es hinunter und noch bevor Ava aufschreien konnte, hing der Kopf einer riesigen Schlange vor ihrem Gesicht. Das Ende ihres Körpers hing noch oben an einem Ast und sie ließ den Kopf leicht von rechts nach links schwingen, während sie Ava aufmerksam beobachtete. Immer wieder schoss ihre gespaltene Zunge hervor und zischte in der feuchten Luft.

»Es ist wirklich ein Wunder«, sagte Basil, ohne eine Regung im Gesicht, »du bist ein Wunder. Ein kleines, fleischliches Wunder.«

Er wickelte seinen langen Schlangenkörper um sie und sein schmaler Kopf kam wieder vor ihrer Nase zum Stehen. »Nun sag schon. Was möchtest du wissen?«

»Ich möchte den Weg zu Elmon und dem Kristall kennen.« Basils Haut glänzte wie rotbraune Pomade und seine schwarze Zunge, die gegen Avas Nasenspitze tippte, fühlte sich an wie altes Leder. »Kannst du mir diesen Weg zeigen?«

»Oh, das kann ich, das werde ich. Du wirst ihn finden, Elmon und den Kristall, ja das wirst du.«

Ava wartete gespannt, dass er weitersprach, doch sein Schlangengesicht grinste sie bloß an.

»Und?«, fragte sie schließlich. »Wie lautet der Weg?«

»Ach, meine schöne Besucherin …« Basil löste Ava aus seiner Umarmung und wickelte sich um einen der Bäume. »Ich bin so böse. Ich gebe mich mit nichts Geringerem zufrieden als der schönsten, zärtlichsten, lebenswertesten aller Erfahrungen. Ich beneide diejenigen, die solch eine Erfahrung in sich tragen. Ich nehme sie ihnen, wenn ich kann. Doch ich kann so selten. Weil sie mich nicht besuchen kommen.« Langsam kam sein Körper wieder auf sie zu. »Aber du bist hier. Das ehrt mich. Und deswegen möchte ich dich behandeln wie eine Königin. Bevor ich dir gebe, wonach du verlangst. Und mir nehme, was dir gebührt.«

Während Basil die letzten Worte sprach, lösten sich bunte Lianen von den Bäumen und verknoteten sich zu einer mit Blüten überzogenen Schaukel, die vor Ava zum Stehen kam.

»Setz dich, meine Königin.« Sie tat wie geheißen und der Duft der vielen kleinen Blüten stieg ihr unangenehm zu Kopf. Langsam schaukelte sie vor und zurück.

»Warum lebst du so versteckt, wenn du dir eigentlich mehr Besuch wünschst?«

»Oh, das ist einfach: Ich will, dass mich nur die besuchen, die wirklich verzweifelt sind. Die es ernst mit mir meinen.«

»Und vor mir war wirklich noch niemand hier?«

»Nicht nach meiner letzten Wiedergeburt, nein.«

»Du wurdest wiedergeboren?«, fragte Ava, während sie so hoch schaukelte, dass sie das Blätterdach mit den Zehenspitzen berühren konnte.

»Aber ja. Ich wechsle die Haut. Und mit ihr gehen sie verloren, die Spuren, die die Besucher hinterlassen.«

»Das ist traurig.«

»Wohl wahr.«

»Warum weißt du so viel?«, fragte Ava und musste niesen, weil ihr der Blütenstaub in die Nase flog.

»Ich weiß nicht so viel. Ich weiß alles.«

»Aber wie kann das sein?«

»Das Geheimnis liegt auf meiner Zunge. Sie spricht mit der Luft, jedes Mal, wenn sie aus meinem Mund fährt. Luft ist überall. Die Luft erzählt mir alles, bedingungslos und ehrlich. Sie ist ein so gutes Wesen. Eigentlich zu gut für mich, findest du nicht?«

Ava tastete mit den Füßen nach dem Boden und brachte die Schaukel holpernd zum Stehen. »Wenn du mir meine Antwort gibst, kann ich diese Frage verneinen.«

Basil lachte leise, so als würde er das nur für sich selber tun. Dann wurde ihm bewusst, dass Ava ihn noch immer anstarrte, und er räusperte sich.

»Du möchtest also, dass wir es jetzt tun?«, fragte er ganz weich.

»Was tun? Ich möchte, dass du mir meine Antwort gibst!« Ava ließ die Schaukel los und trat auf die Schlange zu.

»Du möchtest nicht mehr schaukeln? Plaudern? Ich könnte die Lianen zu einem Sessel formen. Ich könnte die Blumen zu Kelchen verwandeln, aus denen du …«

»Nein!«, sagte Ava.

»Oh, na gut. Na gut, dann ist es wohl soweit.«

Basils glänzender Körper schlängelte in der Luft auf Ava zu und sein Kopf blieb auf Höhe ihres Halses stehen.

»Was tust du da?«, fragte Ava panisch, als seine Zunge leicht gegen ihren Nacken stieß. »Was soll das?«

Er fuhr mit seinem schuppigen Kopf über ihren Hals und seine hohe Stimme sagte leise: »Ich werde dich beißen und das Wissen, welchen Weg du gehen musst, wird sich über dein Blut in deinem ganzen

Körper verteilen. Es wird deine Beine und deinen Kopf lenken. So wirst du ihn finden, den Mann mit dem Kristall.« Sein Kopf wanderte wieder zu ihrem Gesicht, sodass sie in seine toten Augen blicken musste. »Während ich dir das Wissen gebe, nehme ich dir das Schönste, was du bisher erlebt hast. Eine Erfahrung. Eine Erinnerung. Denn ich will nicht, dass du so viel Schönheit besitzt und ich nicht. Ich bin böse. Ich will dir etwas nehmen, das du so nie wieder erleben kannst. Ein verloren gegangener Moment. Ein Stück Herz aus dem Körper gerissen. Nur das macht mich glücklich.«

Ava bewegte sich nicht. Basils Worte schlugen auf sie ein, doch sie dachte nicht daran, fortzulaufen. »Du bist verrückt«, sagte sie tonlos. Ihr Hals war rau und jedes Wort rieb schmerzhaft in der Kehle. »Du bist verrückt und bösartig und wenn ich könnte, wie ich wollte, würde ich dich enttäuschen und verschwinden und dafür sorgen, dass dich niemals wieder jemand besucht.«

Basil ließ den Kopf von rechts nach links wandern und schaute sie lange an. So lange, bis sie sich nackt und durchsichtig fühlte. »Wenn das so ist«, flötete er, »wenn das wirklich dein Wille ist, dann solltest du mich verlassen. Zieh den Vorhang auf und gehe, es zwingt dich keiner, diesen Weg zu nehmen. Verlass mich und behalte, was dir gehört. Doch dann wirst du niemals finden, was du suchst. Das sollte dir klar sein, wenn du entscheidest. Ja, das sollte es.« Er zog sich langsam zurück in das Blätterdach und seine Stimme klang verletzt.

»Wer sagt, dass ich ihn nicht auch ohne dich finden kann?« Ava machte einen Schritt nach vorne, ihre Stimme bebte. »Ja, vielleicht sollte ich wirklich gehen. Vielleicht kann ich Karim retten, auf meine Art!«

»Oh nein, das kannst du nicht. Das kannst du einfach nicht. In diesem Wald herrschen nicht deine Spielregeln. Aber es ist ja auch nicht schlimm, nicht wahr? Dann wird er eben nicht gerettet.« Basil seilte sich wieder herab. »Dafür kannst du behalten, was dir gehört. Alles hat seinen Preis.«

Ava presste die Lippen so fest aufeinander, dass sie ganz weiß wurden. Dann griff sie mit beiden Händen nach Basils langem Körper und schoss die Faust um seine Pomadenhaut. »Dann tu es«, fauchte sie ihm ins Gesicht, »aber tu es schnell und sag kein Wort mehr. Ich kann deine Stimme nicht mehr hören.«

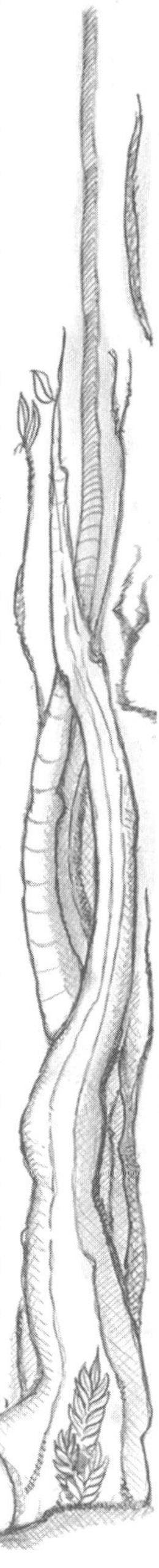

Sie fühlte sich erstaunlich ruhig im Inneren, als sie ihre Hände von Basils Körper löste. Ruhig und klar, wie ein wellenloser Teich mit schweren Kieselsteinen am Grund. Sie erinnerte sich an den grünen Geschmack des Sehnsuchtstümpels und an die Wasserfrauen und an Karim, der sie gerettet hatte.

»Wo war ich?«

»Du hast geschlafen. Ziemlich lange. Manchmal hast du geschrien, dann habe ich dich in den Armen gehalten und du wurdest wieder still. So still.«

»Du hast mich aus diesem See gezogen, du hast mir das Leben gerettet.«

»Ich habe es nicht nur für dich getan … Was ich meine, ist: Ich habe es auch für mich getan. Weil ich ohne dich nicht mehr leben will.«

Ava schloss die Augen und hielt still, alle Muskeln angespannt, als sich die Schlange wieder um ihren Körper legte, warm und schwer. »Danke, meine Besucherin«, flüsterte Basil und schlug seine giftigen Zähne tief in Avas dünnen Hals. Genau an die Stelle, die Karim so gerne geküsst hatte.

Der Druck in Avas Hals drohte, ihr die Luft abzuschneiden. Sie wurde vom Schwindel erfasst und Basils Zähne griffen tief in ihren Körper hinein und rissen etwas hinaus, das Ava noch ein letztes Mal vor Augen sah, bevor es für immer aus ihrem Bewusstsein verschwand.

Sie sah Karim im warmen Licht des Feuers, sie hörte ihr Herz klopfen vor Aufregung und dann spürte sie die Schmetterlinge im Bauch, als er zum ersten Mal ihren Mund berührte, mit seinen Lippen, mit seiner Zunge. Sie vernahm einen samtigen Geschmack auf ihrer eigenen Zungenspitze. Was war das? Es wurde immer schwächer. Wonach schmeckte es? Kurz bevor Basil es ihr ganz entriss, erinnerte sie sich. So schmeckte es, geliebt zu werden. Sie hatte sich mal geschworen, diesen Geschmack nicht einzutauschen. Gegen nichts auf der Welt. Nun hatte sie es getan. Nun hatte sie ihn verloren.

»Ich wusste nicht, dass sich Liebe so anfühlt.«

»Wie fühlt es sich denn an?«

»Als könnten wir beide bei dem nächsten Lufthauch zerbrechen. Wir sind so zerbrechlich, Karim.«

»Ich passe auf, dass du nicht zerbrichst. Du wirst nie mehr zerbrechen, Ava. Nie wieder.«

Ava wollte sich ein letztes Mal aufbäumen, sich an diese Erinnerung hängen, nicht hergeben, was ihr gehörte. Doch es war schon zu spät. Da blieb ein Stückchen Nichts – in ihrem Herzen, in ihrer Erinnerung.

Basil zog die Zähne aus Avas Hals, zischte genüsslich und verschwand im Blätterdach. Und Ava lief davon, stützte sich mit den Händen an den Bäumen ab, lief tiefer in den Dschungel hinein und kämpfte gegen die Ohnmacht, die ihren Körper übermannte.

»Danke, meine Besucherin«, hörte sie Basil immer wieder sagen. »Alles hat seinen Preis.«

Ava stolperte und fiel mit dem Kopf auf einen niedergestreckten Baumstamm. Sie tastete nach der Wunde an ihrem Hals und sah ihr eigenes Blut, das zu Boden rann. Plötzlich konnte sie ihre Glieder nicht mehr bewegen. Er hatte sie vergiftet. Avas Augen wurden stumpf und die Augenlider schlossen sich wie in Zeitlupe. Die Schlange hatte sie getötet.

Teil Drei

Falle!

38. Kapitel

Ein gelber Vogel schickte einen Ruf in den Himmel. Viele weitere hüpften von den Ästen und spazierten über den mit weißen Blättern bedeckten Boden. Sie begannen zu singen, ein Kanon aus trauernden Vogelstimmen, der anschwoll und den gesamten Wald mit Tränen füllte. Der Kleinste unter ihnen breitete seine Flügel aus und flog zwischen den Baumstämmen davon, bis er sich über dem Kopf eines rothaarigen Jungen niederließ, der mit hängenden Schultern am Ende einer Karawane ging, die sich schon seit geraumer Zeit im Kreise drehte. Der kleine Vogel seufzte ein letztes Mal, bevor er in den weißen Himmel schwebte.

Raven lehnte an einem schwarzen Baum und starrte auf die drei Jungen, die von seinen Männern mit Stöcken vorangescheucht wurden. Der dritte mit den blonden Locken war erst am Tag zuvor aus seinem Tiefschlaf erwacht und hörte nicht auf zu erzählen, er habe in einer Besenkammer festgesteckt, die sich von innen einfach nicht mehr hatte öffnen lassen. Von dem Mädchen, das es gewagt hatte, aus seiner Gefangenschaft zu fliehen, fehlte jede Spur und das ließ Raven nachts schweißgebadet aus dem Schlaf fahren. Dann tasteten seine zitternden Hände nach Ruminas Locken, die auf seiner nackten Brust lagen, während ihr warmer Atem regelmäßig über seinen Hals strich. Dann erst entspannten sich seine Muskeln wieder. Und gleichzeitig machte ihn der Gedanke rasend, dass er ihre Nähe brauchte, um schlafen zu können.

Raven fand, Ruminas Augen funkelten umso stärker, je tiefer sie in den Wald schritten. Er fand ihre Schönheit so unerträglich, dass er am Tag ihre Nähe mied, weil sie ihm die Hoffnung raubte. Und dennoch griff ab und zu sein ganzer Körper mit so einer Kraft nach ihr, dass Raven es nicht verhindern konnte. Dann lag er in ihren Armen. Dann linderte sie den Schmerz in seiner Brust, der dort seit einigen Tagen wucherte wie die sehnigen Wurzeln einer Pflanze. Und er hasste sich umso mehr.

»Herr«, sagte Vico vorsichtig, »Herr, wir waren schon einmal hier. Wir laufen noch immer im Kreis.«

»Ich weiß«, brüllte Raven. »Ich weiß es und es ist mir egal! Er ist ganz in der Nähe, ich spüre es. Sie umgibt uns, die Aura des Kristalls, ich muss sie nur noch greifen.« Er packte Vico am Kragen und zog ihn dicht heran. »Und jetzt lass dich nicht mehr in meiner Nähe blicken.«

Vico verschwand kopfschüttelnd zwischen den streichholzdünnen Baumstämmen, die mal rot und mal schwarz gefärbt waren. Zusammen mit dem schneeweißen Himmel wirkte es, als hätten sie sich in einem Kartenspiel verloren. An den roten Bäumen wucherten schwarze Blätter wie Schimmel. Und von den schwarzen Ästen fiel schwaches, dünnes Laub, das sich perlweiß auf Ravens dunkle Kleidung legte. Er zerriss einen Haufen Blätter und ließ die toten Schnipsel auf den Boden segeln, der bereits bedeckt war von Leichen.

»Was plagt dich?«, fragte Rumina, die hinter einem Baumstamm hervortrat. »Warum weißt du weder vor noch zurück?«

»Sag du es mir!«

»Ich?«

»Du ganz allein! Es ist doch deine Nähe, die meine Sinne verwirrt. Du bist es, die mich zweifeln lässt und mich daran hindert, nach ihm zu greifen.«

»Was redest du da, Raven?«

»Ich sage nur, was du längst schon weißt, Rumina. So ist es doch. Du bist pures Gift.«

»Wie kannst du so etwas behaupten?«

»Warum bist du mit mir in diesen Wald gegangen und nicht alleine?«, fragte er. Mit offenstehendem Mund schaute sie ihn an, die Lippen voller Entrüstung.

»Weil ich dich liebe. Das weißt du doch, Raven. Wir lieben uns und wollen den Kristall teilen. Du kannst mir vertrauen.« Sie legte ihre kalte Hand auf seine Wange und der Schmerz in seinem Herzen wurde immer größer. Als würde es mit Säure verätzt. »Wir lieben uns doch, Raven. Sag es! Sag mir, dass du mich liebst«, flüsterte sie. Doch er tat es nicht, er stieß ihren Arm weg und lief mit bebenden Schritten voran. Alles in seinem Körper zog ihn zurück zu ihr, doch das Verlangen nach dem Kristall war stärker.

»Warum lässt du dich von den trüben Gedanken leiten?«, rief sie ihm hinterher. »Warum lässt du deine Liebe für mich nicht einfach frei?«

»Weil ich sonst innerlich explodiere!« Abrupt drehte er sich zu ihr um und seine ganze furchteinflößende Gestalt stand zwischen perlweißen Blättern, die das Fliegen lernten. »Weil ich immer älter und gebrechlicher werde, je näher ich dich an mich heranlasse. Meine Haut wird fahl, meine Muskeln schwach, das Essen verliert seinen Geschmack auf meiner Zunge und wenn ich es heruntergeschluckt habe, steigt sein Geruch wie Moder meine Kehle hinauf. Ich verliere mich immer mehr, je länger du an meiner Seite bist. Es ist, als saugst du alles aus mir heraus, was mich noch zu einem ansehnlichen Mann macht. So war es doch schon damals.« Drohend hob er die Hand und fegte die Blätter um sich mit einem Schlag davon. »So war es doch schon immer, wenn ich versucht habe, zu lieben. Du hast mich ruiniert, vollkommen, meinen guten Ruf, meinen Körper, meinen Willen. Und ich habe mir damals geschworen, dich zu töten, wenn ich dich wiedersehe. So weit hast du mich gebracht. Aber dieses Mal, das schwöre ich dir, dieses Mal gewinnst du nicht.«

Sie lächelte süßlich: »Niemand macht dich zu dem, was du bist. Deine Schwächlichkeit, deinen Berg an Verachtung, deine Unbeherrschtheit und diese Sucht nach dem Kristall hast du ganz alleine dir zu verdanken. Du bist verachtenswert, Raven. Und wenn das erst einmal jeder gemerkt hat, wirst du ganz alleine sein. Es sei denn, du bleibst bei mir. Man könnte jetzt sagen, du hast die Wahl, aber das wäre sicher etwas übertrieben.« Sie spuckte zwischen seine Füße und rauschte mit wehenden Haaren davon. Der schlanke Rücken gerade, der Kopf aufrecht wie immer. Sie würde niemals den Blick senken. Sie kannte keine Gnade.

Raven wünschte, das schmerzhafte Feuer in ihm würde alles niederbrennen, damit er mit neuer Stärke aus der Asche erwachsen und endlich der Mann sein konnte, der er zu sein wünschte. Der Mann mit dem Kristall.

Plötzlich blieb er vor einem umgestürzten Baumstamm stehen. Die Rinde zerfiel wie schwarze Kohle, doch Raven erkannte ganz deutlich das frische Blut, das dort und auf dem Boden klebte. Und das Paar

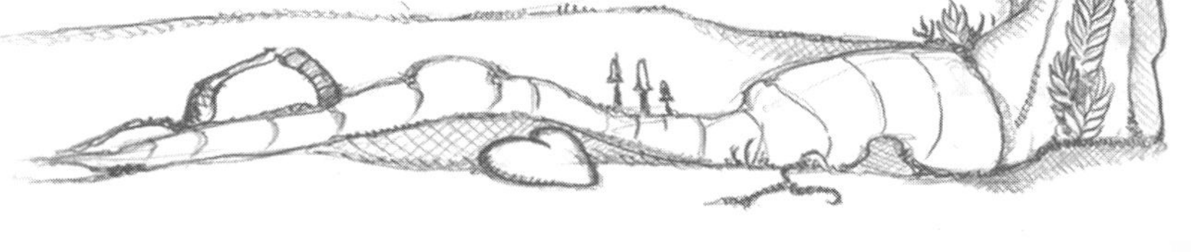

Schuhe, das säuberlich neben dem Baum aufgestellt worden war. Lauthals rief er seine Truppe herbei und wartete, bis sie auch die Gefangenen herbeigeschafft hatten. Dann hielt er dem Rothaarigen die Schuhe vor die Nase und freute sich über die Bestürzung in seinen Augen. Rumina kam langsam näher und betastete das Leder der Schuhe. Ihren Kirschlippen entfuhr kein Laut, doch ihre Pupillen begannen zu zittern, wie immer, wenn sie nervös war.

»Wie ich sehe, wurde unsere Ausreißerin angemessen bestraft. Wir können nur hoffen, dass der, der ihr das angetan hat, sie nicht zu lange hat leiden lassen.« Raven konnte seine Schadenfreude kaum verbergen. Die Menschenjungen starrten auf den Baum mit den Blutflecken, nur Karim nahm den Blick nicht von Ravens Gesicht.

»Das sind nur Schuhe«, sagte er, »hier liegt keine Leiche, also ist sie auch nicht tot!«

»Natürlich, du musst es wissen, schließlich seid ihr seelenverwandt. Selbst jetzt noch, wo sie sich heimlich aus dem Staub gemacht und dich nicht mitgenommen hat.«

Katzenauge trat von hinten an die Gruppe heran und begann, an einem Fingernagel zu kauen.

»Sie hat sich nicht aus dem Staub gemacht«, rief Karim.

»Wie würdest du es nennen?«

»Sie holt Hilfe!«

»Jetzt wohl nicht mehr.« Raven deutete genüsslich auf Blut und Schuhe. »Jetzt ist sie wohl einfach nur noch tot. Das werdet ihr drei im Übrigen auch sein, wenn ich den Kristall gefunden habe.« Sein letzter triumphierender Blick galt Rumina. Sie nickte ihm anerkennend zu und stellte sich neben ihn.

»Siehst du«, hauchte sie, »dir gelingt doch alles. Den ersten kleinen Störenfried hast du außer Gefecht gesetzt. Was soll dich, Raven, denn bitte noch aufhalten? Glaubst du wirklich, eine Frau könnte dein Verderben sein?« Ihre Hand legte sich vorsichtig in seine und ein schmerzhaftes Ziehen wanderte seinen Arm hinauf. Er verzog keine Miene. Die Gefangenen hielten einer nach dem anderen die Schuhe in den Händen und schüttelten ungläubig den Kopf. Der Schmerz in ihnen schien überzulaufen, sich wie eine dreckige Suppe zwischen ihren Füßen zu verteilen und die weißen Blätter in Kummer zu ertränken.

Als Katzenauge nach einem Schuh griff, schlug ihm der Rothaarige in den Bauch, sodass ihn einige Männer mit Gewalt zurückhalten mussten. Wie sehr Raven solche Momente genoss.

»Nein«, sagte er an Rumina gewandt, »du hast vollkommen recht. Ein Mann wie ich hat nichts zu fürchten. Ich spüre sie nämlich, die Macht des Kristalls. Ich spüre sie so deutlich wie nie zuvor.« Während seine goldenen Augen Rumina durchbohrten wie Messer, flogen über den Bäumen fünf Raben enge Kreise und beobachteten jede seiner Bewegungen, ohne dass irgendwer es merkte.

Karim ließ sich auf dem harten Waldboden im Zelt nieder. Sein Körper war taub, die Stimmen der anderen schienen so fern und unbedeutend.

»Wenn die uns noch einen Tag länger durch diesen irren Wald scheuchen, kann ich für nichts mehr garantieren.« Leon verzog das Gesicht, als er seine Hose hochkrempelte und sein aufgeschlagenes Knie begutachtete. »Kopf, Ellbogen, Knie, was kommt als Nächstes?«

»Klar Leon, dann sagst du ihnen deine Meinung. Darüber werden sie sich freuen. Danach geht's uns allen bestimmt gleich besser …« Noël wickelte sich in eine Decke. »Das Beste was wir tun können, ist zu hoffen.«

»Worauf? Dass Ava wiederkommt? Das glaubt doch nicht mal der Rothaarige neben mir. Sie ist tot.«

»Sei still, Leon!« Noël blickte ihn so böse an, dass er sich augenblicklich auf die Zunge biss.

Dann ging ihr Blick zu Karim. Er wich ihnen aus, schaute durch den Zeltspalt nach draußen in die Nacht, die sich wie schwarzes Pech zwischen die Bäume legte. Vor dem Eingang saß wie immer ihr ganz persönlicher Wachmann und kaute auf einem Pfefferminzblatt.

»Ich habe dieses Warten so satt«, knurrte Leon, »ich wünschte, sie würden den Kristall endlich finden. Dann könnten wir wenigstens raus aus diesem Wald.«

Karim fuhr ihn an: »Das glaubst du doch nicht wirklich, oder? Wenn sie ihn gefunden haben, brauchen sie uns nicht mehr. Dann werden wir sterben.« Eine unangenehme Stille machte sich im Zelt breit. Aus den Untiefen des rot-schwarzen Waldes drang Wolfsheulen zu ihnen herüber. »Deswegen müssen wir alles dafür tun, dass sie den

Kristall nicht so einfach in die Hände bekommen. Habt ihr verstanden? Wenn wir schon sterben, dann wenigstens sinnvoll.«

Noël nickte. »Für Ava«, sagte er.

»Sprich nicht von ihr, als sei sie tot«, fauchte Karim. Er konnte es nicht länger ertragen, diese stille Gewissheit zwischen ihnen.

»Ich habe nicht gesagt, dass sie tot ist! Ich bin der festen Überzeugung, dass sie lebt und uns nicht verraten hat. Doch ich habe das Gefühl, dass du daran zweifelst. Und das ist ungerecht.«

Verbittert spielten Karims Finger mit den Blättern am Boden. Sie waren kraftlos. Wie ihr Blut, das am Baum geklebt hatte. Warum war sie weggelaufen? Er konnte nicht aufhören, danach zu fragen. Es war nicht schön gewesen, alleine aufzuwachen und seitdem nicht zu wissen, was geschehen war. Diese Ungewissheit, ob er sie jemals wiedersehen würde. Ob sie noch an ihn dachte. Ob sie ihn noch liebte. Wer hatte sie verletzt? Warum hatten ihre Schuhe so brav dagestanden, als sei nichts geschehen?

Jeder von ihnen hing seinen Gedanken nach. Karim dachte an seinen Vater und wie wahrscheinlich es war, dass bereits jemand ihre Spur aufgenommen hatte. Schließlich fehlte der Menschenrubin in Trauerland. Schließlich waren er und Ava seit Tagen verschwunden. Könnte er doch bloß eine Nachricht überbringen, einen Hinweis, irgendetwas …

Noël zog das graue Blatt der Erinnerung aus seiner Hosentasche, das er schon seit Tagen mit sich trug, und drehte es im Kreis. »Ich will es ausprobieren«, sagte er.

»Jetzt?«, fragte Karim. »Hast du nicht schon genug Angst?«

»Nein, Angst habe ich nicht. Ich bin bloß verzweifelt, das ist etwas anderes.« Mit verschränkten Armen saß er da und forderte Karim heraus.

»Tu, was du nicht lassen kannst. Aber erwarte nicht, dass ich dich danach tröste.«

Leon starrte die beiden an, während Noël die Nase tief in das Blatt drückte – und darin versank.

»Was passiert mit ihm?«

»Er durchlebt eine Erinnerung. Seine größte Angst.«

Noël begann zu zucken und sank auf den Boden. Die Decke rutschte von seinem Körper.

»Ach wirklich? Das hätte ich ihm nicht zugetraut.«

Er wälzte sich hin und her, seine Hände, die das Blatt noch immer an sein Gesicht pressten, zitterten und aus seinem Mund sprangen undeutliche Worte mit weinerlicher Stimme.

»Wie lange willst du ihn denn leiden lassen?«, fragte Leon, dem Noëls Schmerzen sichtlich unangenehm waren.

»Er will es so. Wenn, dann muss er es auch durchziehen, bis zum bitteren Schluss.«

»Ist doch klar, was er da sieht. Seine Mutter natürlich. Wie sie aus der Haustür geht und nie wiederkommt. Ich habe ihn so oft damit provoziert. Ich wollte, dass er ausspricht, dass sie eine schlechte Mutter ist. Dass er einsieht, dass sie den ganzen Kummer nicht wert ist. Aber er hat ja immer bloß alles runtergeschluckt. Kein einziges Mal hat er sich gegen meine Sticheleien gewehrt. Und jetzt riecht er an einem Blatt. Nicht zu fassen.«

»Ich glaube, er hält dich für den größten Kotzbrocken aller Zeiten«, sagte Karim und grub seine Finger in die Erde.

»Das hat er wahrscheinlich wirklich. Aber nur, bis er dich kennengelernt hat.« In Leons Augen blitzt es kurz auf, als hätte man einen Kieselstein in den grauen See geworfen.

»Hast du eine Mutter?«, fragte Karim und belegte Leon mit einem bösen Blick.

»Natürlich. Ich kann sie dir gerne ausleihen. Sie ist nicht so prickelnd.« Er stützte das Kinn auf dem Knie ab.

»Wie meinst du das?«

»Ich meine damit, dass sie zwar körperlich immer da ist, mir Essen kocht, das Haus sauber hält und jeden Monat mehrere Scheine Taschengeld überreicht, dass sie mit dem Herzen aber woanders ist.«

»Wo?«

»Bei Dingen, die spannender sind als ein Sohn. Oder schöner und netter. Bei Dingen, die einen nicht enttäuschen können. Bei teuren Porzellanvasen zum Beispiel. Bei den Rosen im Vorgarten, die man als Sohn nicht einmal ansehen darf, sonst könnten sie ja eingehen. Oder bei der grauen Siamkatze. Die gibt keine Widerworte. Die ist makellos.«

»Das ist traurig …«

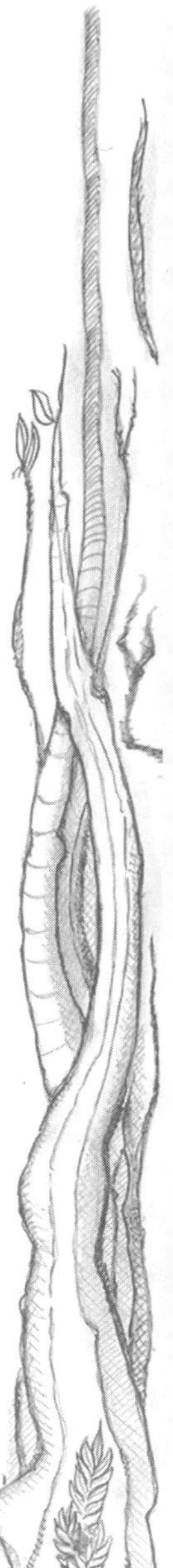

»Nicht wirklich. Ich komme gut alleine klar.«

Noël schrie kurz auf und warf sich auf den Bauch, wo er mit zuckenden Schultern liegen blieb. Sein Nacken glänzte feucht vom Schweiß.

»Glaubst du wirklich, dass Ava nicht zurückkommt?«, fragte Karim plötzlich.

»Sie ist selbstsüchtig.«

»Aber doch nicht skrupellos!«

»Es sieht so aus, als habe sie sich befreit und weggeschlichen, während wir schliefen. Sie hätte uns wecken und mitnehmen müssen! Sie hat uns zurückgelassen. Warum sollte sie sich noch mal blicken lassen?«

»Vielleicht ist sie gegangen, um Hilfe zu holen und es war zu riskant, auf uns zu warten.«

»Selbst wenn, es könnte Jahre dauern, bis sie den Weg aus diesem Wald findet. Und das Blut …«

Noël wurde wieder unruhig. Karim hatte genug von seinem Wimmern, er beugte sich vor und riss ihm das Blatt aus den Händen. Noël öffnete die Augen und drehte sich auf den Rücken. Mit geröteten Augen lag er auf dem Boden und starrte an die Zeltdecke. Sein Brustkorb hob und senkte sich, doch langsam wurde sein Atem wieder ruhiger. Leon wendete den Blick ab.

»Ich dachte immer, die größte Angst hätte ich durchlebt, als sie gegangen ist«, sagte Noël irgendwann kaum hörbar. »Doch es ist nicht so. Meine größte Angst ist die Vorstellung, dass sie zurückkommt und ich ihr gegenübertreten muss. Ich habe Angst vor einer Fantasie.«

Er schob sich die Decke unter den Kopf und schloss die Augen. Karim warf das Blatt in eine Ecke des Zeltes und schaute wieder durch den Zeltspalt. Das Wolfsgeheul entfernte sich. Hatte ein solches Rudel Ava angegriffen? Karim konnte nicht akzeptieren, dass sie tot sein sollte. Er brauchte sie doch! Wie sollte sein Herz jemals wieder so fest schlagen, wenn sie nicht da war, um seine Lippen zu küssen? Um ihm ein Lachen zu schenken? Oder einen bösen Blick aus frühlingsblauen Augen? Karim wünschte, er könnte sie in dieser Nacht im Arm halten. Ihr Körper durfte nicht alleine auf einem harten Boden liegen, ihr Herz durfte einfach nicht aufgehört haben zu schlagen. Denn er wollte nicht wieder ertrinken.

Während Karim die Sterne am Himmel zählte, hoffte er, sie würden ihm ein Zeichen geben. Ihr Leben besingen. Ihr lebendig klopfendes Herz. Doch er hörte keinen einzigen Stern. Er sah sie bloß glitzern, wie tausend Kristalle, sterbendes Licht.

39. Kapitel

Wie ein Paukenschlag schmerzte das Pochen in Avas Kopf. Sie richtete sich auf und hielt sich fluchend die Hände an die Schläfen. Warum bloß pochten sie, als hätte sie in altem Rum gebadet? Die Augenlider waren verklebt und erst, als Ava sie von den Resten des Tiefschlafs befreit hatte, konnte sie sie langsam öffnen. Erst einmal war alles in gleißendes Licht getaucht, dann erkannte Ava die verschnörkelten Bilderrahmen an der hölzernen Wand. Schließlich die rosa Bettwäsche, die nach verwelkten Blumen duftete und unter der Avas nackte Füße hervorschauten. Die senfgelben Blüten auf der Decke sahen aus wie hässliche Flecken, die sich in den Stoff gefressen hatten. Ava saß in einem riesigen Himmelbett in einem Raum mit Dachschrägen, neben einem Nachttisch, auf dem eine heiße Tasse Kakao darauf wartete, verzehrt zu werden und jeder Knochen in ihrem Körper fühlte sich an, als sei er zunächst gebrochen und dann notdürftig wieder zusammengeflickt worden. Mit Sekundenkleber.

Das konnte doch alles nicht wahr sein. Ava hatte keine Ahnung, wie sie in dieses Bett gekommen war. Sie wusste nicht einmal, wer sie war! Ihr Körper steckte in einem sauberen Schlafanzug – ebenfalls rosa – aus Seide und sie zermarterte sich das Hirn, ob das hier vielleicht ihr Zuhause war. Sie trank den Kakao als wäre er Wasser und wartete auf eine Eingebung, doch ihr Kopf war leer.

Langsam stieg sie aus dem Bett und ignorierte das Kribbeln in ihren Fußsohlen. Sie stellte sich auf die Zehnspitzen, um die Bilder an der Wand besser betrachten zu können. Alle zeigten ein und dasselbe Backsteinhaus. Es hatte ein riesiges Strohdach und einen schönen kleinen Garten, der von einem Holzzaun umfasst wurde. Auf dem einen Bild kletterten Buschröschen an den Steinen hinauf, auf dem anderen roter Wein. Das dritte Bild zeigte bunte Lampions, die über dem schneebedeckten Rasen baumelten, das Vierte Windlichter, die den Eingang säumten. Auf jedem Bild war die Umgebung um das Haus eine andere. Mal Tannen, mal Laubbäume in gelb und grün, mal lag es an einer

Flussböschung voller Schilf und Enten. Ava trat an die Tür und drückte die Klinke hinunter. Lautlos huschte sie in den dunklen Flur und blieb an einem Treppengeländer stehen. Von unten waren Stimmen zu hören.

»Wir könnten den Montag zum Backtag erklären. Ich besitze dieses Buch mit den Plätzchenrezepten. Man kann sie köstlich dekorieren – mit Zuckerguss, mit den Haselnüssen aus dem Garten, oder mit Schokoladenstreuseln, wenn sie das lieber hat. Das wäre doch herzallerliebst.«

»Das ist ein guter Plan. Ich habe daran gedacht, abends die Schallplatte mit der alten Tanzmusik aufzulegen, weißt du noch? Zu der wir früher getanzt haben, als wir noch jung waren …«

»Und verliebt …«

»Und während wir die Tanzmusik hören, sitzen wir vor dem Kamin, du strickst, ich lese und sie schaukelt mit dem Stuhl auf und ab.«

»Sie wird wunderschön aussehen in dem Schaukelstuhl meiner Mutter. Er ist ja ein echtes Familienerbstück. Ach, wie herrlich das doch ist, Norwin. Eine echte Familie.«

»Ich freue mich schon darauf, mit ihr die Lichterkette in die Baumkronen zu hängen. Meinst du, sie braucht eine Leiter oder wächst sie noch? Ich kann sie natürlich auch hinaufheben, das macht man doch als Vater, nicht? An den Lampiontagen im Herbst musst du unbedingt dein Pilzragout kochen und uns durch das Küchenfenster zuschauen.«

»Das wäre wirklich herzallerliebst.«

»Das wäre es nicht nur, Herlinde! Sprich nicht im Konjunktiv. Sie ist doch hier!«

Ava lief auf Zehenspitzen die Stufen hinab. Unten angekommen stand sie mit nackten Füßen auf kalten Fliesen aus Terrakotta und folgte den Stimmen in die Küche.

»Oh Norwin, sieh doch, sie ist erwacht.«

»Nein, das ist ja wunderbar. Alles Gute zum Geburtstag, mein Kind!« Der Mann namens Norwin sprang vom Stuhl und zog Ava an der Hand zum Tisch, auf dem sich viele bunte Geschenkpäckchen stapelten. Die Frau im seidenen Bademantel erhob sich ebenfalls und nahm Avas Kopf zwischen ihre Hände, die nach süßem Teig rochen.

»Wir wünschen dir, dass du ewig glücklich bleibst«, sagte sie unter Tränen. Sie hatte ein rundes Gesicht und einen langen geflochtenen

Zopf, den sie über ihre Schulter legte, während Ava erstaunt durch die Küche blickte. Nichts in diesem Raum kam ihr bekannt vor. Weder die alten Bauernschränke, noch das cremefarbene Geschirr, noch diese Personen, die mit ihr Geburtstag feiern wollten.

»Wer seid ihr?«, fragte Ava unbehaglich.

Norwin mit dem freundlichen Gesicht, das zur Hälfte von einem dunklen Vollbart bedeckt war, tätschelte ihr beruhigend die Schulter.

»Wir sind deine Familie und das hier ist dein Zuhause.«

»Aber ich kenne euch gar nicht.«

»Sei unbesorgt«, sagte Herlinde, »du hattest einen Unfall im Wald, seitdem kannst du dich leider nicht mehr an die Vergangenheit erinnern, mein Schatz. Aber ich verspreche dir, wir werden deinen hübschen Kopf mit so vielen neuen Erinnerungen füllen, dass du die alten gar nicht mehr vermisst!«

»Was für einen Unfall?«, fragte Ava leise und setzte sich auf einen Stuhl.

»Du wurdest von einer giftigen Schlange gebissen. Zum Glück hat dich der Herr im langen Pelzmantel rechtzeitig gefunden, sodass wir dich retten konnten. Schlangengift ist eine ganz böse Sache.«

»Ein Mann im Pelzmantel?«

»Ach, irgendein Landstreicher, der in seinem Wohnwagen lebt. Er ist längst weitergezogen.«

»Warum fühle ich mich so krank?«

»Du warst lange ohnmächtig. Wir konnten das Gift aus deinem Körper ziehen, doch es hatte schon viel Schaden angerichtet. Da am Hals hat sie dich gebissen, diese bösartige Kreatur.«

Norwin deutete auf Avas Hals und sie griff an die Stelle. Tatsächlich war eine kleine Narbe auf der Haut zu spüren. Ava erschauderte. Sie versuchte, sich auf den Gedanken an eine Schlange zu konzentrieren, doch es gelang ihr nicht, Bilder aus ihrem Bewusstsein hervorzukramen. Es war wirklich erbärmlich, ein Niemand zu sein. Unschlüssig legte Ava ihre Hände auf den Tisch. »Ich erinnere mich wirklich an gar nichts«, sagte sie.

Norwin und Herlinde wechselten einen Blick.

»Deswegen ist es umso wichtiger, dass wir unser Leben zu dritt wieder aufnehmen, als eine wunderschöne Familie. Da wirst du dich ganz schnell wieder einleben«, sagte die Frau und streichelte Avas Wange.

»Ist es …«, Ava stockte, »ich meine, ist es in Ordnung, wenn ich euch nicht sofort Mama und Papa nenne? Das wäre irgendwie noch … ungewohnt.«

»Aber natürlich! Nenn uns wie du willst, Zuckerpüppchen. Wir haben doch alle Zeit der Welt. Und jetzt pack deine Geschenke aus.«

Irgendetwas in Ava wehrte sich gegen diese Bezeichnung. Sie hatte nicht den Eindruck, dass *Zuckerpüppchen* wirklich zu ihrem wahren Ich passte. Aber woher wollte sie das wissen? Sie hatte gerade keine Ahnung, wer sie war. Vielleicht war sie ein Zuckerpüppchen, das gerne seidene Schlafanzüge trug und seine Geburtstagsgeschenke am liebsten in rosa Schleifen eingewickelt sah. Es hätte sie schlimmer treffen können. Bisher wirkte doch alles sehr *nett*. Ava räumte ihre Bedenken beiseite und begann, die Päckchen aufzureißen. Norwin und Herlinde beschenkten sie wirklich reichlich. Sie erhielt ein Schmuckkästchen mit einer goldenen Kette, an der ein kleines Herz baumelte. Außerdem einen selbstgestrickten Pulli mit Elchen und Schneeflocken, Bücher, Schokoladenseife, ein Kochbuch (O-Ton Herlinde: »Damit wir schöne Stunden zu zweit vor dem Herd verbringen können«), eine Bürste aus Pferdehaar, Blumensamen, damit sie ihr eigenes Beet im Garten bepflanzen konnte und ein Paar lederne Schnürschuhe (O-Ton Norwin: »Weil du dein altes Paar doch im Wald verloren hast«).

Ava wusste nichts Anderes zu tun, als sich zu bedanken. Nach dieser Geschenkeschlacht frühstückten sie und für einen kurzen Augenblick fragte Ava sich, ob sie nicht doch gestorben sei: Es gab dicke Spiegeleier auf knusprigem Toast mit Ahornsirup und Schinken. Außerdem Marmorkuchen mit einer Schokoladenglasur, die knackte, wenn man sie mit den Zähnen durchbrach. Herlinde hatte frischen Zitronensaft gepresst, den Ava mit fünf Löffeln Zucker trank, und Norwin kochte ihr eine Tasse Kakao nach der anderen, die er mit frischem Muskat, Zimt und einem Haufen Vanilleschlagsahne verfeinerte. Ava leckte sich den Schaum von den Lippen und seufzte. »Ich glaube, ich kann mich daran gewöhnen«, sagte sie und lächelte den beiden zu.

Nach dem Frühstück trat sie nach draußen und setzte sich auf eine Bank vor dem Küchenfenster. Vor ihr lag der Garten, den sie von den

Bildern kannte, das Gras noch nass vom nächtlichen Regen, die Blätter der Hecken angefressen vom Wind, der durch den Garten fegte. Er wehte Ava das Haar in die Augen und sie ließ es geschehen. Sie hockte im dünnen Schlafanzug auf der Bank und fühlte sich so leer. Ihre Augen wanderten über die Blumenknospen, die sich um den Zaun wanden, über die Fußmatte, die zum Eintreten aufforderte, die große Glocke neben der Tür, die leicht im Wind hin und her schaukelte und ihre Finger, die dünn und rau auf dem seidenen Stoff lagen, und sie suchte nach einem Anker in ihrem Inneren, der all diese Dinge mit Leben füllen konnte. Sie hatten keine Bedeutung für Ava und das machte sie traurig. Sie war eine Fremde in ihrem eigenen Leben.

In den nächsten Tagen setzten Norwin und Herlinde alles daran, dies zu ändern. Sie erfüllten Ava jeden Wunsch. Sie lasen ihre Sehnsüchte in den Abdrücken, die ihre schokoladigen Lippen am Glasrand hinterließen. In den Tupfen von Fingerspitzen im Mehl, wenn Ava Kuchenteig naschen kam, in der Art, wie ihre Füße auf den Treppenstufen hallten. Sie füllten Avas Kopf mit Bildern, mit Gerüchen, Worten und Träumen. Und je mehr das Backsteinhaus zu Avas Zuhause wurde, desto schneller wuchs eine Art Geschwür in ihrem Körper, das das neue Glück zu vergiften versuchte. Es flüsterte nachts heimlich unter der Bettdecke, dass Ava verraten wurde. Dass sich Wahrheit anders anfühlte. Dass Glück ein schöner Schein sei, der das Herz einlullte, um es einzusperren und nie wieder gehen zu lassen. Dass das Herz das Schlagen verlerne, wenn es immer bloß gestreichelt würde.

An einem regnerischen Tag spannte Ava mit Norwins Hilfe die Lampions zwischen die Äste der Bäume im Garten. Sie kniete in der Baumkrone einer alten Eiche, als ihr Blick in das Dunkel des Nadelwaldes glitt, der das Haus umgab. Seit sie wieder zu sich gekommen war, hatte sie das Grundstück des Hauses nicht verlassen, seltsamerweise niemals das Bedürfnis verspürt, es zu tun. Doch jetzt zog sie etwas mit magischer Kraft hinaus in diesen dunklen, gefährlichen Wald.

»Komm herunter, mein Zuckerpüppchen. Herlinde hat ein Pilzragout zubereitet, das wird uns guttun nach dieser Gartenarbeit«, rief Norwin von unten den schmutzigen Regentropfen entgegen, die jetzt wie ein Perlenvorhang den Garten vom Wald abschnitten.

»Ich komme«, sagte Ava und nahm den Blick nicht von den Tannen. »Geh schon mal vor!« Als Norwin verschwunden war, ließ sie sich vom Baum auf den Boden fallen und ging langsam in Richtung Zaun. Dort krallte sie die Finger in das Holz und blieb so lange stehen, bis der Regen ihren Pullover durchweichte. Als sich ein Tropfen zwischen ihre Lippen legte, meinte sie einen Hauch traurige Orange zu schmecken, doch dieser Gedanke verschwand sogleich, als Herlinde kräftig gegen das Küchenfenster klopfte und Ava ins Haus rief.

Drinnen war es so heiß, dass die Fensterscheiben beschlagen waren. Es roch nach Wald und Herbst und Gemütlichkeit und als Norwin und Herlinde sie so warm und liebevoll anstrahlten, drehte sich Ava schnell zum Schrank, um Teller und Besteck herauszuholen. Einen Moment lang starrte sie noch auf das Porzellanherz mit dem moosgrünen Spruch, das über der Spüle hing.

Zuhause ist, wo dein Herz ist

Dann holte sie tief Luft und setzte sich zu den beiden an den Esstisch.

»Ich habe mir etwas überlegt«, sagte sie schließlich. Norwin und Herlinde ließen von ihren Tellern ab und sahen sie erwartungsvoll an. Es überraschte Ava, wie sehr es sie störte, immer und überall die ungeteilte Aufmerksamkeit der beiden zu haben. »Esst ruhig weiter«, sagte sie also, schärfer als beabsichtigt, »es ist nichts Großartiges! Ich dachte nur, dass ich von nun an die Einkäufe übernehmen könnte. Bisher zieht immer einer von euch beiden los. Ich würde euch die Arbeit gerne abnehmen.«

»Aber das brauchst du doch nicht, mein Schatz. Wir sorgen gerne für dich.«

»Ich will aber«, entfuhr es Ava.

»Aber hast du vergessen, was das letzte Mal passiert ist, als du in den Wald gegangen bist? Deine Mutter und ich wollen wirklich nicht noch einmal riskieren, dass dir etwas zustößt.«

»Und deshalb wollt ihr mich für immer in diesem Haus einsperren?«, schrie Ava. Die beiden sahen sie erschrocken an.

»Aber Kindchen, was ist denn los mit dir?«, fragte Herlinde, wieder einmal den Tränen nahe. »Magst du dein Zuhause denn nicht mehr?«

Ava rutschte unbehaglich auf dem Stuhl hin und her. »Nicht, wenn ich darin eingesperrt werde«, sagte sie schließlich so gelassen wie möglich.

»Aber wer redet denn von Einsperren?«, rief Norwin und Herlinde griff mit beiden Händen nach Avas Gesicht: »Jetzt iss erst mal von deinem Pilzragout und heute Abend machen wir drei, was du möchtest. Wir spielen Karten oder ein Ratespiel oder wir mischen fruchtige Cocktails mit Vanilleeis! Wir haben doch alles hier, was man zum Leben braucht. Wozu das Haus verlassen?«

Ava schüttelte ihre Hände ab und schob den vollen Teller von sich: »Ich werde gar nichts mit euch *spielen.* Ich werde morgen dieses Haus verlassen!«

Herlinde sprang auf und stellte sich Ava in den Weg: »Wenn du das tust, wirst du alles Glück verlieren, das du in diesem Haus erfahren hast!« Ihr weiches Gesicht hatte tiefe Risse bekommen, als sie die Worte sprach, und mit einem Mal verwandelte sich die wohlige Wärme der Küche in stickigen Rauch.

»Glück lässt sich nicht erzwingen«, sagte Ava und hielt ihren stechenden Augen stand. »Und Glück ist kein Gefängnis aus Schokolade, Streicheleinheiten und Schmeicheleien. Glück ist so viel ehrlicher als das.«

Ohne sich noch einmal umzusehen, rannte sie die Treppen in ihr Zimmer hinauf und verriegelte die Tür. Unschlüssig stand sie in der Mitte des Raums und wusste nicht wohin. Sie mochte sich nicht mehr in dieses Bett mit der muffigen Decke legen, sie mochte nicht mehr zwischen den Kissen auf der breiten Fensterbank sitzen und auf den Garten schauen, oder in den Büchern lesen, die man ihr geschenkt hatte. Sie riss die Schranktür auf und warf all die schönen Kleidungsstücke, die sie besaß, auf den Boden, um nach Lust und Laune auf ihnen herumzutrampeln. Dann beförderte sie die Teddybären, den Schmuck, die Bilderrahmen und alles, was nicht niet- und nagelfest war, in eine Ecke und ließ sich schließlich erschöpft auf dem Teppichboden nieder. Sie blieb dort so lange sitzen, bis Norwin und Herlinde schlafen gegangen waren und das große Haus in unheilvolle Stille getaucht war.

Dann schlich sie sich ins Untergeschoss und musste feststellen, dass Haustür und Fenster abgeschlossen waren. Ava wünschte Norwin und

Herlinde die Pest an den Hals und öffnete den Kühlschrank. Dass sie das Abendessen ausgelassen hatte, gefiel ihrem Bauch gar nicht. Er würde sich umso mehr über eine große Schüssel Schokoladenpudding freuen. Als Ava mit Schüssel und Löffel am Tisch Platz nahm, fiel ihr Blick auf eine Holzkiste, die ganz oben auf einem Schrank stand. Sie hatte diese Kiste schon so oft gesehen, doch jetzt im mondbeschienenen Dämmerlicht der Küche wirkte sie irgendwie fehl am Platz. Ava kletterte auf einen Stuhl, griff nach der Kiste und stellte sie auf den Terrakottafliesen ab. Draußen rüttelte der Wind an den Fensterläden. Und in der Kiste lag ordentlich gefaltete Kleidung.

Ava hob einen dunklen Wollpullover in die Höhe, der sich filzig und schmutzig unter ihren Fingern anfühlte. Darunter befanden sich eine Hose, ebenfalls voller Erdflecken, eine grüne Lederjacke, an der ein Ärmel aufgerissen war, und ein zerlumpter Leinensack. Ava entzündete eine Kerze in der Küche und nahm den Pullover genauer unter die Lupe. Er hatte ihre Größe. Eine braunrote Kruste hatte sich am Kragen in die Wolle gegraben, alte rostige Flecken auf der Brust – von Blut?

Als Ava nach der Hose griff, raschelte es in der Seitentasche. Sie zog einen Zettel mit schwarzer Kohleschrift, krakelig wie von einem kleinen Schuljungen geschrieben, daraus hervor.

Liebe Ava,

Ich wollte dich auch diesmal so gerne zu dem Ort deines Herzens fahren, doch dort hätte man dir nicht helfen können. Dort wärst du am Schlangengift gestorben. Also brachte ich dich zu diesem Backsteinhaus und hoffte, eines Tages würdest du auf deinen Pfad zurückkehren. Ich als Kutscher kann dir mit Gewissheit sagen, dass man oftmals viele verschlungene Wege gehen muss, um am Ende die richtige Entscheidung treffen zu können. Deshalb bleib nicht aus Verzweiflung stehen. Gehe fort im größten Sturm und kehre heim in tiefster Nacht. Ich glaube an deine Kraft!

In tiefer Freundschaft, dein Golo

Verständnislos schaute Ava auf diese Zeilen und dachte, wie weiß dieser Zettel doch war. Weiß wie pulvriger Schnee. Schwarze Kohlestriche wie Wagenfurchen, die sich durch Schneemassen zogen. Ava schüttelte verzweifelt den Kopf: »Wer bist du, Golo? Wer bist du und was weißt du, was ich nicht weiß?«

Der Wind um das Haus riss gnadenlos an den dünnen Blumenstielen, die sich ängstlich an den Gartenzaun klammerten. Kalte Luft schlüpfte unter der Haustür hindurch und schlich über den nackten Fußboden, bis Ava sie auf ihren Knöcheln spürte. Sie hob den Pullover an, vergrub ihre Nase im Stoff und atmete ein. Er roch nach Schmerz und Hoffnung zugleich. Ava hielt es nicht länger aus, unwissend zu sein. Sie ahnte, dass der Inhalt dieser Kiste eine Geschichte zu erzählen hatte. Vielleicht ihre eigene. Also nahm sie sich ihre Sachen und stellte die leere Kiste zurück auf den Schrank. Die Zeit des Wartens hatte ein Ende.

Am nächsten Tag überzog ein Sturm das Haus. Orkanböen ließen die Bäume im Wald einknicken und rissen die Lampionkette im Garten hinfort. Herlinde war zufrieden: Bei Sturm musste man das Haus hüten. Sie saß Ava gegenüber, die lustlos ihr Hafermüsli löffelte.

»Hast du eingesehen, dass du gestern Unrecht hattest, mein Schatz?«

Ava brummte.

»Es ist alles gut so, wie es ist. Es gibt keinen Grund, etwas an unserer Familie ändern zu wollen. Norwin sieht das genauso.«

Ava brummte erneut und stellte ihre Schüssel in die Spüle. Ohne ein weiteres Wort zu verlieren, verließ sie die Küche und stieg hinauf in ihr Zimmer. Der Leinensack war gepackt, mit ihren alten Klamotten. Sie alleine waren für Ava von Bedeutung. Durch das Fenster blickte sie auf die wütende Natur und schickte ein Stoßgebet zum Himmel, dass sie stark genug sein möge, ihr Vorhaben durchzuziehen. Dann ging sie ohne Hast hinunter und öffnete die Tür zum Garten.

Der Wind heulte auf und feuerte Regentropfen wie Dolche auf Ava ab. Sie lief ihnen entgegen, ohne zu zögern, den Leinensack über die Schulter gelegt. Sie lief in ihre Freiheit.

»Bleib stehen! Du kannst das Grundstück nicht verlassen. Niemand kann das«, hörte sie hinter sich Norwin rufen. Sie wischte sich das Nass aus den Augen und ignorierte seine Worte. »Wir sind doch eine Familie!«

Sie erreichte den Gartenzaun, der sich bereits voll Wasser gesogen hatte, und rüttelte an dem kleinen Tor. Es klemmte.

»Hast du nicht gehört, was dein Vater gesagt hat? Er hat dir befohlen, ins Haus zu kommen! Wenn du nicht auf der Stelle …«

Als Ava sich umschaute, war Herlinde schon gefährlich nahe. Sie hatte sich die Schürze vom Körper gerissen und war hochrot angelaufen. Ihr nettes Haar sträubte sich an den Schläfen und ihre Gesichtszüge wurden vom Sturm aus den Angeln gehoben.

Ava schaffte es nicht, das Tor zu öffnen. Der Baum über ihrem Kopf krümmte sich furchterregend, alles ächzte und stöhnte und es schmerzte in Avas Seele, als der Wind die Buschröschen aus der Mauer hob und in tausend Fetzen riss.

»Bleib hier!«, schrie Norwin und der Wind trug seine Verzweiflung über die Tannen hinaus in die Welt.

Ava versuchte, über den Zaun zu klettern, doch es war, als wäre eine unsichtbare Mauer gewachsen, die das Verlassen des Gartens unmöglich machte.

»Nein«, flüsterte Ava und trat einige Schritte zurück. Sie würde springen, komme was wolle.

»Jetzt hab ich dich, du ungezogenes Kind! Nie wirst du mich verlassen. Du gehörst mir, hast du verstanden? Mir oder keiner Mutter dieser Welt.« Herlinde schrie Ava ins Gesicht und warf sich auf sie. Ihre duftenden Finger gruben sich in Avas Wangen, sie zerrte an ihren Haaren und Kleidern und Ava hatte alle Mühe, sich zu wehren.

»Ich gehöre niemandem«, schleuderte sie ihr entgegen. Beide waren durchtränkt vom Regen, der jetzt aus Kübeln vom Himmel fiel. »Ich gehöre nur mir allein!«

Eine Windwelle ließ sie beide taumeln und zu Boden gehen. Schnell befreite sich Ava aus Herlindes Klauen und setzte zum Spurt an. Für die Wahrheit. Für alles, was sie wirklich war. Ein Schritt, ein zweiter, ein dritter, dann der Sprung, so fest sie konnte, drückte sie sich vom Boden ab, sie ging in die Höhe, sie fiel, sie spürte Herlindes Griff in ihrem Rücken, der den Zipfel ihres Pullis verfehlte und in die Leere des Gartens zurückrutschte. Ava flog. Sie flog über den Gartenzaun, weg vom Backsteinhaus, sie durchbrach die Mauer und landete in der Freiheit. Die Stimmen verstummten. Der Wind ebenfalls. Genauso wie der Regen. Und Ava geriet in einen Strudel aus verwirrtem, glitzerndem Gold.

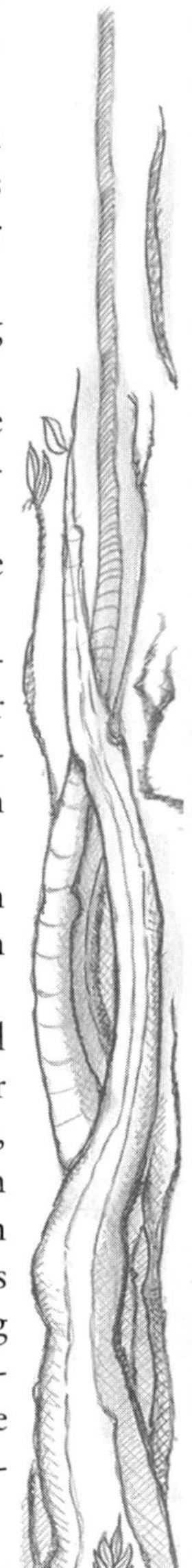

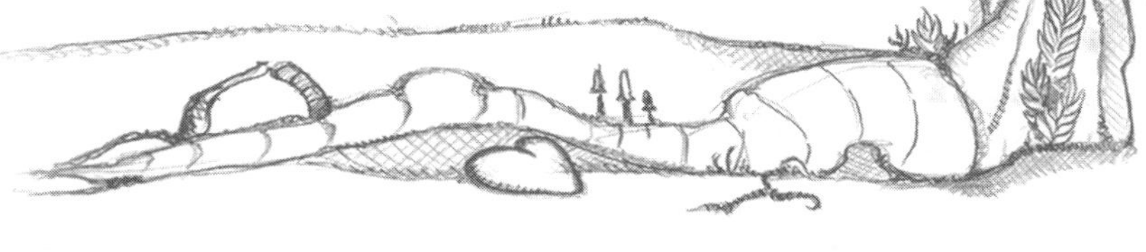

40. Kapitel

Der goldene Strudel riss sie fort. Ava bewegte die Arme wie beim Schwimmen und glitzernde Pailletten glitten durch ihre Finger. Sie ließen sich nicht fangen, dafür drangen sie durch Mund, Nase und Ohren in Avas Körper ein. Sie schlossen sich zusammen und flossen als dickflüssiger Sirup durch ihr Blut. Wie goldenes Magma schlug er Blasen und spie Funken und als er ihr Herz erreichte, wurde die Hitze so unerträglich groß, dass die gelben Wände ihres Edelsteins zersprangen und schmolzen.

Ava kniff die Augen zu und lauschte dem leisen Rieseln von Staubkörnern in ihrem Inneren. Sie fielen allesamt in das flüssige Magma hinab und ertranken. Ava fühlte sich, als sei sie schwerelos. Für einen kurzen Moment befand sie sich in einem luftleeren Raum, ganz ohne Gedanken, ganz ohne Vergangenheit, und ohne Zukunft. Und dann, nach einer gefühlten Ewigkeit, begannen Bilder durch ihren Kopf zu laufen wie ein wackeliger Schwarz-Weiß-Film, auf den langsam aber stetig wässrige Farbe tropfte, sodass ihre Welt bald wie ein Regenbogen erstrahlte. Debora stand im Garten, die rechte Hand schützend über die Augen gelegt, um Anatol im grellen Sonnenlicht Anweisungen zum Gartenzaun zuzurufen. Ihr weicher Körper steckte in einem alten Wollkleid, so rot wie die Farbe auf Anatols Pinsel, der zärtlich über das Holz des Zaunes strich. Das Zirpen der Zikaden wuchs in Avas Kopf zu einem Sturm an, der ihre Schädeldecke zu sprengen drohte. Der Film wackelte weiter und zeigte Ava selbst. Sie rannte und sprang, durch Mauern, über Schatten und in Wälder. Im Herbst stellte sie sich in den kalten Regen, bis sie zitterte, im Sommer legte sie sich auf den rissigen Lehmboden, bis sie trocknete. Sie kostete von den süßesten Früchten, den bittersten Schokoladen und den schärfsten Chilis, die ihre Welt zu bieten hatte. Sie war immerzu auf der Suche – nach dem Besonderen, dem Gefährlichen, nach dem, was ihr Herz befriedigen konnte. Doch sie hatte es nie gefunden. Weil sie jedes Mal vorbeigelaufen war. Dabei hatte ihr Leben doch immer zu ihren Füßen gelegen. Sie hätte nur einmal anhalten und danach greifen müssen.

Plötzlich drang ein kalter Luftzug durch Avas Ohren, lichtete den Paillettenstrudel und ließ das dampfende Magma in ihrem Inneren erkalten. Eine feste, goldene Kugel, gesprenkelt von lichtgelben Glasscherben, blieb dort stehen, wo einst ihr Herz gewesen war, fruchtbare Erde am Grund und der kleine, grüne Trieb einer Sonnenblume, der neugierig das Licht der Welt erblickte. Ava fiel vornüber auf die Knie und keuchte. Sie konnte ihre Umgebung nicht sehen, weil noch immer Bilder durch ihren Kopf sausten. Sie schmeckte den feuchten Ruß des Kessels, den Waldmeistertee in Jadons Laden, den Geschmack von kribbelnden Ameisenfüßen auf ihren Lippen, den Kuss eines Menschen. Ava spürte das Kitzeln in ihren Füßen, das sie in den Neidwald getrieben hatte, die brutalen Hände, mit denen Katzenauge sie in Ravens Zelt schleifte, Ruminas Locken auf ihrem Gesicht und Leons Atemzüge, die viel zu lange stockten. Ihre zitternden Arme gaben unter ihr nach und Ava musste würgen, übergab sich, während in ihrem Kopf der Film zum Stehen kam und ein Bild in ihrem Kopf hämmerte, viel zu laut und grell. Es war das Bild eines Kristalls, so schön geschliffen wie dünnes, verästeltes Eis. Dann wurde es schwarz in Avas Kopf, es folgten weder Abspann noch Musik, stattdessen glitt sie langsam zurück in die Realität des Waldes, der sie umgab. Sie hockte in einem Feld aus Pusteblumen, deren Köpfe das Mondlicht silbern färbte. Alles stand still, kein einziger Lufthauch spielte mit den Sporen, die sich zu Tausenden von den Stielen lösten, sobald Ava sich bewegte. Sie fielen einfach zu Boden und bildeten einen Teppich, der unter ihren Füßen knirschte, als sie loslief.

Der Staub.

Er war fort.

Ihr Leben.

Es war wieder da – so viel bunter als zuvor.

Ava horchte in ihren Brustkorb hinein und fand ihr schlagendes, goldüberzogenes Herz. Ihr Leben war wie ein Wasserfall auf sie eingeprasselt und hatte all die Erinnerungen zurückgebracht, die ihr im Backsteinhaus so gefehlt hatten. Ava war die Tochter einer Frau, die es liebte, mit ihr zu streiten. Sie war die Tochter eines Mannes, der es liebte, mit ihr zu schweigen. Und sie war diejenige, die Elmon und den Kristall finden musste, bevor Raven und Rumina es taten.

Der Staub war vom Magma aus Avas Herzen gespült worden und mit einem Mal meinte sie, zu verstehen: Sie hatte erst alles verlieren müssen, um zu begreifen, wer sie wirklich war. Um zu begreifen, dass der Staub in ihrem Herzen gefallen war, weil sie vor lauter Suche nach dem echten Leben vergessen hatte, ihr eigenes zu leben.

Einzig ein kleiner, schwarzer Fleck blieb auf Avas Herzen liegen, doch sie dachte sich nichts dabei. Die Zeit würde alles zurückbringen und jedes Loch mit Erinnerungen stopfen, davon war sie überzeugt.

Dunkle Bäume säumten das Feld und Ava lief zwischen ihren Stämmen entlang wie ein Reh, sprang über totes Holz und zertrampelte weitere Blumen. Weit und breit war nichts zu hören, bis auf ihre Schritte, ihr keuchender Atem und das Pochen in ihrem Kopf. Ihre Beine führten sie, wie durch eine unsichtbare Kraft getragen, als wüsste ihr Körper genau, wo er in dieser Dunkelheit Elmon finden konnte.

Häuserruinen, wie ausgebrannt, traten plötzlich aus der Dunkelheit hervor. Ava passierte ein großes Holzschild, das sie in eine Siedlung führte, die einmal von zahlreichen Gefühlen bewohnt gewesen sein musste. »Dies ist die Heimat der besten Kaninchenzüchter des *Herzens*«, war in das Holz geritzt und mit dunkelblauer Farbe nachgemalt worden. Vorsichtig setzte Ava einen Fuß vor den anderen, denn sie wurde das Gefühl nicht los, dass sich trübe Augen in den Steinruinen der Häuser versteckten und ihren Bewegungen folgten. Überall waren Schieferschindeln zu Boden gestürzt, Häuserfassaden waren eingebrochen, in einigen Räumen entdeckte Ava noch die Überreste eines Schaukelstuhls oder die ersten Stufen einer Wendeltreppe, die wie abgebrochen in der Luft stehen blieben und den Blick auf Verwesung und Schutt am Boden freigaben. Was war bloß mit den Gefühlen geschehen, die einst in diesem Dorf gelebt hatten? Ava musste an Golos Worte denken. Die Dörfer seien zerstört worden, der Wald verflucht. Hatte die Regierung die Bewohner gezwungen, ihr Zuhause zu verlassen? Alles nur wegen des Kristalls?

Ava schritt über eine kleine Wiese, die mal ein Garten gewesen war. Noch immer wuchsen Kräuter wie Pfefferminze, Petersilie und Lorbeer aus der Erde, doch die Beete waren von der wilden Natur eingenommen worden, die ihre Disteln und Löwenzahnblätter überall sprießen ließ. Am Ende des Gartens befanden sich die ehemaligen Kaninchenställe. Ava stellte sich vor, wie sich zu guten Zeiten zwanzig der langohrigen Tiere in diesen Käfigen getummelt hatten, mit weichem Fell in allen erdenklichen Farben. Sie ging vor den Stallungen in die Hocke und griff nach einem bunten Stück Stoff, das auf dem Boden zwischen dem Unkraut lag. Es war eine Puppe, kaum größer als ihre Hand, in einem Kleid, das mal rot gewesen sein musste. Sie hatte nur noch ein Auge und schaute ganz vorwurfsvoll. Ava erschauderte. Augen in den Schatten, trüb von Schmutz und Schmerz, unter den dunklen Treppenresten, hinter den aufgerissenen Käfigtüren, deren Gitterfenster vom Wind zerschnitten worden waren.

Der Schrei eines Raben ließ Ava zusammenzucken und sie ließ die Puppe fallen. Als sie sich erhob, entdeckte sie das große, schwarze Tier auf der Spitze eines Daches, das zur Hälfte eingefallen war. Seine gelben Glasaugen ruhten auf ihr, dann breitete er die Flügel aus und segelte davon. Ava folgte ihm, umrundete mehrere Häuser, bis sie vor einem weiten Hügel zum Stehen kam, an dessen Ende sich Gesteinshänge auftürmten, die weit oben im Himmel spitz zusammenliefen und den Mond zu zerspießen drohten. Davor erkannte Ava ein Haus, das im Gegensatz zum restlichen Dorf nicht zerstört war. Wie durch Zauberhand setzten sich ihre Beine in Bewegung und führten sie den Hügel hinauf, durch ein weiteres Feld aus Pusteblumen, die den ganzen Boden bevölkerten. Jetzt spürte sie einen kalten Wind im Nacken, der sich im Norden erhoben hatte und immer stärker über das Dorf strich. Als sie das Haus erreichte, sah Ava, wie sich der Rabe auf einem Felsvorsprung niederließ, wo bereits zahlreiche Artgenossen auf ihn warteten. Sie übersäten die Felsvorsprünge wie verdorrte Blumen und ihr Gefieder bauschte sich im Wind auf. Als seien sie bereit zum Angriff. Einige von ihnen hatten sich auch auf dem Spitzdach des Hauses niedergelassen, das mit den Gesteinshängen im Rücken verwachsen schien, und legten den Kopf mit den gelben Augen schief, als Ava sie herausfordernd ansah. So viele Augen, so viel Misstrauen, und doch keine Angst in Avas Herzen. Die Phase der Angst hatte sie längst überschritten. Jetzt war es bloß noch wilde Verzweiflung, die sie handeln ließ. Und die machte unglaublich mutig.

Ava drückte die eiserne Klinke der Tür nach unten und betrat das Haus. Im Inneren war es noch dunkler als draußen und es roch muffig, als habe lange Zeit niemand die Fenster geöffnet, um frische Luft einzulassen. Wahrscheinlich war dieses Haus ebenso wenig bewohnt wie die Ruinen im Dorf. Die Tür fiel mit einem Knall ins Schloss zurück und Ava stand und hörte das Knirschen der Rabenfüße auf dem Dach. Sie spürte das Blut unter ihrer Narbe am Hals pochen. Sie fuhr sich noch einmal durchs Haar und ging dann auf einen Raum am Ende des Ganges zu, der ebenfalls im Dunkeln lag.

»Ich hatte schon aufgegeben«, hörte sie eine schwache Stimme aus einer Ecke des Raumes sprechen. Ava erstarrte und tastete mit den Fingern an der Wand entlang, doch sie konnte keinen Lichtschalter finden.

»Wirklich. Wenn du in dieser Nacht nicht gekommen wärst, hätte ich mit dem Schlimmsten gerechnet.«

Ava war sich sicher, dass sie diese Stimme kannte. Sie hatte schon einmal zu ihr gesprochen, von einem Gemälde im Waldschloss. Sie holte tief Luft und antwortete in die Dunkelheit: »Das war voreilig. Ich bekomme immer, was ich will.«

Während ihr Gegenüber leise mit den Fingern auf Holz trommelte, lehnte sich Ava gegen die Wand und verschränkte ihre kalten Finger.

»Dann kann ich mich ja glücklich schätzen, dass wir auf derselben Seite stehen. Das tun wir doch, oder?«, fragte er.

»Ja. Das glaube ich zumindest.« Seine Stimme war schwächer als noch vor ein paar Tagen. Im Waldschloss hatte Elmon die Worte eindringlich in ihren Kopf gepflanzt, jetzt gab er bloß noch ein Hauchen von sich, wie ein alter Mann, dessen Stimmbänder langsam ergrauten.

»Ich hoffe, deine Reise war nicht zu beschwerlich?«

»Sie hätte einfacher sein können«, sagte Ava und schritt weiter an der Wand entlang, die Handflächen an den Stein gepresst, noch immer auf der Suche nach einem Lichtschalter.

»Die Dinge liegen nun mal nicht immer in unserer Hand.«

»Nein, nicht immer. Aber wohl öfter, als wir es zugeben.« Ava stieß gegen ein Möbelstück und unterdrückte einen Fluch.

»Ist das so?«

»Das müssten Sie doch besser wissen als ich, Elmon.«

In der Stille, die Avas Satz folgte, lag mehr, als er jemals mit Worten hätte sagen können. Avas Finger glitten im Dunkeln über eine Holzplatte und blieben an den Stacheln eines Kaktus' hängen. Schon wieder hätte sie beinahe aufgeheult. Als sie den Daumen in den Mund steckte, schmeckte sie Blut.

»Nun denn«, murmelte Elmon, »wie ich sehe, hast du deine Schlagfertigkeit nicht eingebüßt. Das freut mich. Freut mich wirklich.«

Ava hörte, wie der Sessel ächzte, als er sich erhob.

»Wir dürfen hier unten kein Licht machen«, sagte er, »sonst finden sie uns allzu leicht. Aber oben gibt es einen Raum ohne Fenster, der in den Felsen hineingebaut wurde. Dort können wir uns weiter unterhalten.«

Als er an ihr vorbeiging, wehte ein Hauch Angstschweiß in Avas Nase. Sie folgte seinem Schatten und stieg im Flur die Treppe hinauf. Im besagten Zimmer schloss Elmon die Tür und entzündete eine Lampe. Es war klein und quadratisch, aber es gab Licht, und das bot Ava den Blick auf einen Mann, dessen Wangen schlaff und leblos an einem von Sorge gezeichneten Gesicht herabhingen.

»Haben Sie hier nichts zu essen?«, fragte Ava. Sie hatte den Vertreter des Neides zwar noch nie persönlich gesehen, doch auf Bildern hatte er immer gut genährt gewirkt.

Er winkte ab: »Doch, doch, einmal die Woche kommt ein Mann mit seinem Wohnwagen vorbei und bringt mir Dinge. Ich habe bloß keinen Appetit mehr.«

»Golo?«, fragte Ava.

»Ich weiß nicht, wie der heißt, bloß, dass er ziemlich vorwitzig ist, der Kerl. Er versucht immer, mir seine Kürbislimonade aufzuschwatzen …«

»Aber Sie haben ihn mir doch geschickt, oder? Im Winterwald? Als ich von Basil gebissen wurde?« Ava suchte nach seinem Blick, doch er wandte sich ab und begann, in einer Kiste zu wühlen.

»Ich konnte dich ja nicht vor die Hunde gehen lassen, du bist die einzige Chance, die wir noch haben.« Er presste die Worte mit Unbehagen hervor und als er sich wieder umdrehte, schaute er Ava zum ersten Mal richtig an. Seine Augen zuckten zwar nervös, doch er riss sich zusammen: »Nimm die«, sagte er und reichte ihr eine Wolldecke, »damit du nicht frierst.« Dann bedeutete er ihr, in einem der Sessel Platz zu nehmen.

Sie ließ sich in einem Ungetüm aus schmutzig gelbem Plüsch nieder, zog die Beine an und wickelte sich in die Decke. Elmon nahm zwei Becher aus dem Schrank und erhitzte Wasser auf einem kleinen Herd. Dann servierte er Rabentee, seine eigene Kreation aus Rabenfedern, Kräutern und Pusteblumen, wie er verriet. Danach schwieg er wieder. Ava musterte seine kurzen Beine, die in einer grauen Jogginghose steckten, die Filzpantoffel an seinen Füßen und die fleckige Haut, die um seine Handgelenke baumelte. Hier, in der Einsamkeit des Neidwaldes, schienen ihm fast alle Haare ausgefallen zu sein. Ava pustete in ihren Tee und zuckte zusammen, als ein heißer Wassertropfen auf ihre Nase spritzte. Wie lange saß er wohl schon in diesem Wald fest?

Als Elmon bewusst wurde, dass Ava ihn anstarrte, seufzte er.

»Es ist alles nicht so einfach, weißt du …«

»Ja, ich glaube, das ist mir mittlerweile klar geworden.« Ava tunkte die Lippen in ihre Tasse und schmeckte Dunkelheit.

»Was erwarten denn jetzt alle noch von mir? Warum werde ich erneut geprüft? Ich meine, ich bin freiwillig in diesen Wald gegangen, ich habe mein Leben aufgeben und meine Aufgabe zum Besten erfüllt. Was soll ich denn noch tun?«

Avas Blick glitt durch den beengten Raum, dessen Wand aus ungeschliffenen Gesteinsbrocken bestand. »Mir den Kristall zeigen, zum Beispiel«, sagte sie dann und war überrascht, wie sehr ihr Magen zu rumoren begann, als sie das aussprach. »Schließlich würde ich gerne wissen, wofür ich die letzten Tage durch die Hölle gegangen bin.«

Elmon schaute sie mit verzerrten Gesichtszügen an. Als würde es ihm im ganzen Körper Schmerzen bereiten, Ava diesen Gefallen zu tun. Er seufzte erneut.

»Früher oder später muss ich das ja tun …« Er griff unter seinen Pullover und zog einen weißlich glitzernden Kristall hervor, der an einer Kordel um seinen Hals hing. »Bitte schön, schau es dir genau an, das gute Ding.«

Ava schälte sich aus der Decke und trat an seinen Sessel. Mit zappelnden Füßen ließ sie sich auf die Armlehne sinken und griff mit beiden Händen nach dem Edelstein. Während ihre Finger den kalten Kristall berührten, zog sich ihr Herz für einen kurzen Moment zusammen.

»Für dieses Stück Stein laufen wir alle durch einen tödlichen Wald?«

Elmon schwieg und starrte an Ava vorbei auf die Wand.

»Für dieses Stück Stein haben Sie Ihr Leben weggeworfen?«

Er zeigte noch immer keine Regung.

»Und für dieses Stück Stein sollen meine Freunde sterben? Das werde ich nicht zulassen!«

Elmon schluckte laut und knetete seine Hände.

»Er sieht aus wie gepresster Schnee«, flüsterte Ava nach einigen Sekunden der Stille.

»So habe ich das noch gar nicht betrachtet. Aber tatsächlich, man könnte auf eine solche Idee kommen«, grummelte Elmon. Avas Finger glitten weiter über die dünnen Verästelungen und die wohlgeschwungenen Kurven des Kristalls.

»Ist es normal, dass er … so kalt ist?«

»Was hast du erwartet, Mädchen?«

»Ich weiß nicht. Dass er glüht. Dass man das Leben in ihm spürt. Irgendwas, das ihn so besonders macht.«

»Glaub mir, Kälte passt ganz gut zu diesem Ding.«

Ava stand auf und musterte den erschöpft aussehenden Elmon mit diesem Schatz am Hals. Welch schwere Bürde musste er für ihn sein. Wie konnte ein so zerbrechlich wirkendes Schmuckstück aus Eis und Licht einen Mann wie ihn zu Boden ziehen?

»Man kann doch auch Gutes mit ihm bewirken, oder nicht?«, fragte Ava und glitt zurück in ihren Sessel. Elmon hatte bloß ein gehässiges Hüsteln für sie übrig.

»Ich bitte dich, das ist wirklich eine naive Vorstellung. Niemand könnte das. Niemand ist in der Lage nur Gutes zu tun, wenn er einmal die Macht hat. Dieser Kristall ist eine Plage und das einzig Gute, was man tun kann, ist ihn zu vernichten.«

»Warum hat man das nicht schon längst getan?«

Elmons Augen wurden so hellblau wie ein Eismeer, als er ins Nichts starrte und sprach: »Man hat es versucht. Meinst du, ich bin gerne mit diesem Ding um den Hals in diesen Wald gekommen? Nein, ich bin es nur, weil es keine andere Möglichkeit gab. Er lässt sich nicht zerstören, weder mit Feuer, noch mit Wasser, noch mit der Axt aus meinem Garten. Er ist eine Ausgeburt des Bösen und der Tag, an dem er erschaffen wurde, ist der traurigste Tag der Geschichte unserer Welt.«

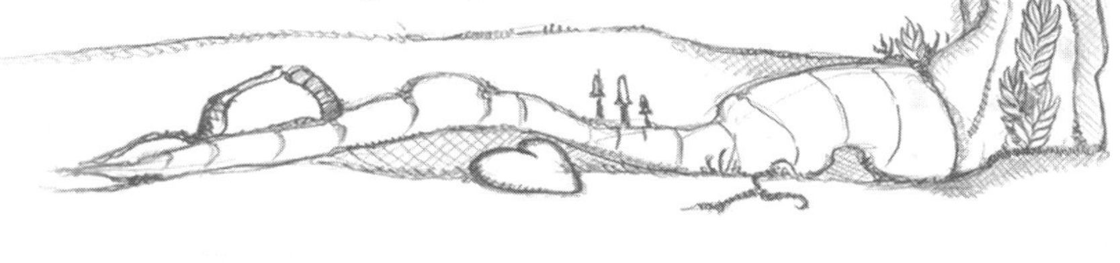

»Die Legenden sagen nicht viel über seine Erschaffung. *Geschliffen zur Stunde der Mitternacht enthält er alle Macht der Welt und erhebt dich auf den Thron der göttlichen Unzähmbarkeit.* Wie ist es dazu gekommen?«

»Es ist alles in den Steinen«, sagte Elmon mit seiner schwachen Stimme. Ava wünschte, sie könnte ihn schütteln, damit die Kraft in seine Worte zurückkehrte, doch sie bezweifelte, dass sich die Bürden des Neidwaldes so einfach von ihm lösen würden. »Alles wächst aus dem Stein, den die Architekten unermüdlich bearbeiten, damit er so lebenswert wird«, fuhr er fort. »Bei ihrer Arbeit fanden sie im Fels einen Rohling, einen Kristall, der so viel Energie in sich barg, dass sich sogar emotionslose Wesen wie die Architekten für ihn begeisterten. Sie wollten ihm eine Form geben. Durch das Schleifen erhielt er aber nicht bloß sein schönes Aussehen. Die Macht, die in ihm geschlummert hatte, wurde damit auch zum Leben erweckt. Sie wurde nicht neu erschaffen, verstehst du, sie wurde von der Leine gelassen.« Elmon trank einen großen Schluck Tee und vergrub danach das Gesicht in den Händen. »Das ist alles so lange her, so schrecklich lange her.«

»Was ist passiert, als sie merkten, wie gefährlich er ist?«

»Sie haben ihn weggesperrt. Wo konnte er sicherer sein als bei den Architekten? Bei uns labilen Gefühlen bestimmt nicht. Niemand sollte von diesem Ding erfahren, das in einem Kerker tief unter der Erde in einem lebensfeindlichen Gebirge gehortet wurde. Aber es gab Probleme. Ein Mädchen mit so rotem Haar wie eine brennende Orange hat ihn im Traum gesehen.«

Ava fragte sich, wie wahrscheinlich es war, in der Einsamkeit des Neidwaldes überzuschnappen. Elmon musste dringend feste Nahrung zu sich nehmen, sonst wusste sie am Ende gar nicht mehr, was sie ihm glauben konnte und was sie als bloßes Phantasieren abtun sollte. Er musste ihre Gedanken erraten haben.

»Du kannst mir ruhig glauben! Sie wusste alles, weil sie es geträumt hatte. Zum Glück hat sie es nicht herumerzählt. Sie hat die Regierung damit konfrontiert und es zeigte sich, dass sie wirklich erstaunliche Kenntnisse über den Kristall besaß.«

»Woher?«

»Es gab wohl … eine Verbindung. Die Architekten haben es ausprobiert. Sie spürte es, als man den Kristall aus dem Kerker holte. Ihr flirrten Bilder vor Augen. Das war eine Sensation.«

Ava war noch immer nicht überzeugt. »Und was hat man mit ihr gemacht? Sie zu dem Kristall in den Kerker gesperrt?«

Elmon schüttelte den Kopf. Er überlegte kurz, dann setzte er wieder an: »Man hat sie zur Wächterin des Kristalls erklärt. Sie war die Einzige, die ihn wirklich schützen konnte, die Erste, die wusste, wenn er gestohlen und missbraucht werden würde. Und ihre Gabe zu sehen, konnte es ermöglichen, das Schlimmste abzuwenden. Es hat sich dann gezeigt, dass dieses Talent erblich ist, von Mutter zu Tochter.«

»Ist? Das heißt, es gibt Nachfahren? Es gibt da draußen eine Wächterin, die uns helfen kann?« Ava hatte sich auf die Sesselkante rutschen lassen und ihre Finger spielten nervös mit der Keramiktasse in ihrer Hand. Elmon aber schloss die Augen, lang genug, um ihr zu signalisieren, dass er über seinen Schatten springen musste, um zu antworten.

»Jahrhundertelang gab es welche. Doch die letzte Wächterin ist vor kurzem gestorben. Sie … sie wurde ermordet, weil es keine Scherereien geben sollte, als Raven und ich den Kristall gestohlen haben.«

Ava konnte nicht verhindern, dass sich ihr Magen zusammenzog. »Wer war sie?«, fragte sie tonlos.

»Sie war die wunderschöne Frau eines Regierungsmitglieds. Sie wurde von Auftragsmördern erschossen. Es tut mir so leid, mein Mädchen, das musst du mir glauben, ich wollte das alles nicht!« Elmon schniefte und wischte sich die Nase mit dem Handrücken ab. Seine blauen Augen zerliefen, als er die letzten Worte sprach: »Ihr Name war Anais. Sie war Karims Mutter.«

Während Elmon unter Tränen zitterte, meinte Ava nichts zu fühlen außer einer Übelkeit, die ihre Speiseröhre hinaufstieg. Der Name Karim hämmerte in ihrem Kopf, doch sie wusste nichts mit ihm anzufangen. Und das Letzte, was sie noch sah, bevor sie in ihrem Sessel zusammenklappte, waren die schmerzverzerrten Augen eines Mannes, der sich nichts lieber wünschte, als die Zeit zurückdrehen zu können.

Als Ava wieder zu sich kam, hatte Elmon ihr einen nassen Lappen auf den Kopf gelegt.

»Zum Kühlen«, sagte er und begutachtete sie fachmännisch, »die Gesichtsfarbe ist zumindest wieder da.«

»Was ist passiert?«, fragte Ava.

»Ich glaube, meine Geschichte über Anais hat dich ziemlich schockiert. Es wäre aber, denke ich, besser, dem armen Karim nichts von alledem zu erzählen. Er glaubt doch an die Geschichte mit dem Jagdunfall.«

»Wer ist Karim?«, fragte Ava verständnislos.

Kurz wirkte es, als wolle Elmon ihr väterlich zulächeln, doch dann schluckte er schwer und massierte seine Schläfen. »Du hast anscheinend immer noch kleine Gedächtnislücken. Karim und du, ihr seid befreundet. Er ist auch hier im Wald. Er wird zusammen mit Raven und den Menschen hier eintreffen.«

»Er ist auch eine Geisel?«

Elmon nickte zögerlich. Das Wort *Geisel* schien ihm nicht zu behagen.

»Ich kann mich an nichts erinnern.«

»Vielleicht ist das auch besser so.« Als Ava ihn böse anblickte, setzte er hinzu: »Ich meine, wir müssen sehr stark sein, wenn Raven hier eintrifft. Wir können es uns nicht leisten, Rücksicht zu nehmen.«

»Sie wollen den Kristall um keinen Preis hergeben?«

»Er wird in deinen Händen aus diesem Wald getragen oder wir sterben alle.«

Erschrocken sah Ava in seine Augen, die mit einem Mal erfroren schienen.

»Hör mir zu, Ava: Du darfst dich um nichts anderes kümmern, als um diesen Kristall. Du wirst ihn fortbringen, während ich versuche, die Jungs aus Ravens Gewalt zu befreien. Du darfst nicht zurückschauen, kein einziges Mal! Sonst sind wir alle verloren.«

»Sie spinnen!« Ava schleuderte ihm das nasse Tuch ins Gesicht. Es blieb auf seiner schlaffen Gesichtshaut kleben. »Sie glauben doch nicht im Ernst, dass Sie es alleine mit Raven und den anderen aufnehmen können! Sie werden alle sterben, dieser Karim, Noël und Leon, Sie selbst, und ich soll einfach davonlaufen?«

Elmon wischte sich das Tuch aus dem Gesicht und nahm alle Kraft zusammen: »Ja, du hast mich schon richtig verstanden. Einmal in meinem Leben werden wir das Richtige tun. Wenn du das Unheil von unserer Welt abwendest, kann auch ich in Frieden sterben.«

»Und noch mehr Unschuldige sollen für die schlimmen Taten aus Ihrer Vergangenheit büßen? Das nenne ich mal einen ganz schlechten Plan. Und ob ich laufe, mich umschaue, meine Freunde rette oder nicht, das entscheiden nicht Sie, sondern ich ganz allein!«

Ava sprang aus dem Sessel und stieß dabei einen Becher Tee zu Boden. Die schwarze Brühe verteilte sich auf dem kalten Steinboden zu einer Pfütze, gesprenkelt von dicken Scherben.

Ava lehnte sich an die Tür und schloss die Augen, um nachzudenken, während Elmon wie ein Häufchen Elend in seinem Sessel hockte.

»Was ist mit Rumina? Kennen Sie sie? Wozu ist sie imstande?«

»Zu allem, fürchte ich. Sie war schon früher Ravens Geliebte. Sie bekommt den Kristall auf keinen Fall.«

»Sie müssen mir mehr über ihn erzählen. Ich muss alles wissen. Auch wie Sie damals an den Kristall gekommen sind. Und welche Macht er wirklich hat. Und dann müssen wir uns einen Plan überlegen, und zwar einen guten.«

Elmon seufzte wieder, nickte dann aber unter ihrem strengen Blick. »Ein paar Absprachen können wahrscheinlich nicht schaden.«

Er setzte neuen Tee auf und begann, zu erzählen.

Je länger Elmon erzählte, desto mehr kam Ava zu dem Schluss, dass er ein allzu leichtes Opfer für Raven gewesen war. Zwei Söhne hatte er besessen und zwei Söhne hatte er im Stich gelassen, bei jeder Gelegenheit, die sich geboten hat, nur um seine Zeit dem einzigen Begehren zu widmen, das – wie er glaubte - nach dem Tod seiner Frau sein Leben wieder lebenswert machen konnte: dem Begehren nach Macht und Verehrung. Beides Dinge, die er trotz Regierungsamt nie besessen hatte. Beides Dinge, die halfen, Leere und Orientierungslosigkeit zu füllen. Elmon hatte wieder eine Aufgabe und Raven hatte ein williges Opfer.

»Wie haben Sie sich kennengelernt?«, fragte Ava.

»Er hat mich über einen Boten in ein ziemlich düsteres Hinterzimmer einer heruntergewirtschafteten Spelunke bestellt.« Elmon verzog bei dem Gedanken an dieses Treffen angewidert das Gesicht. »Dort hat er mich mit seinem Wissen über den Kristall konfrontiert und mir ein Angebot gemacht: Wenn ich ihm helfe, den Kristall zu stehlen, soll er uns beiden gehören. Er und ich als mächtigste Männer der Welt. Ich hatte schon immer eine Schwäche für Superlative.«

»Wie konnte er sich sicher sein, dass Sie ihn nicht gleich verhaften lassen?«

»Es ehrt dich, dass du diese Möglichkeit überhaupt in Erwägung ziehst. Aber da musste er sich bei mir wirklich keine Sorgen machen. Ich war bekannt für meine Schwächen, Ava. Er wusste, dass ich nicht ablehnen würde.«

»Und Sie hatten wirklich keine Skrupel?«

»Ich hatte Ohren. Ich habe seine Worte gehört, von der glänzenden Zukunft, die uns bevorstehen könnte, dass ich größer und mächtiger werden könnte als jeder andere Bewohner des *Herzens*, dass alles, was ich mir heimlich wünschte, in Erfüllung gehen würde. Ich habe mich so sehr nach einem Sinn für mein Leben gesehnt, dass die Skrupel binnen Sekunden zerschlagen waren. Du weißt ja nicht, was für eine Macht er hat, wenn er spricht …«

Ava wünschte, es wäre anders, doch in diesem Moment hatte sie nur Verachtung für Elmon übrig. Während er weiter über Raven sprach, über die Kraft seiner Augen und seinen Willen, der mal dem eines unzähmbaren Wolfes glich und mal so listig daherkam wie eine diebische Krähe, sah sie sein bleiches Gesicht mit diesen kranken, goldberauschten Augen, sie roch seinen Pfefferminzatem und spürte, wie er seine Zähne in das ölige Spanferkel grub. Die blutleeren Lippen auf Ruminas Kirschmund. Sein Lachen, als er ihnen die Handgelenke zerquetschen ließ.

»Wir sind zu den Architekten gereist. Der Kristall lag noch immer in seinem Kerker tief unter der Erde, nördlich des Nordgebirges, einem Gebiet, das für Gefühle nicht zugänglich ist. Doch ich war die Regierung, so öffneten die Architekten uns ihre Tore und ließen mich hinunter zu dem Kristall. Es war sehr bedrückend, so weit in den Stein hinunterzufahren. Dort unten herrscht ja kein Fitzel Licht und man hat das Gefühl, der Sauerstoff ist tausendmal staubiger als bei uns hier oben.« Elmon wirkte fast ein wenig stolz, als er das erzählte. »Ich habe ihnen gesagt, ich hätte die Aufgabe, den Kristall in die Hauptstadt zu bringen, wo man endlich ein Verfahren entwickelt habe, ihn zu zerstören. Ich habe sie mit einer beglaubigten Urkunde mit den Unterschriften aller Ratsmitglieder von der Richtigkeit meiner Angaben überzeugt. Sie mischen sich nicht in die Politik der Gefühle ein, weißt du. Es war eigentlich zu einfach.« Er fummelte nervös an seinem fleischigen Ohrläppchen. »In dem Moment, in dem ich meine Hand um den Kristall geschlossen habe, wurde Anais im dunklen Nadelwald des Nordgebirges eine Kugel in den Kopf gejagt. Sie starb sofort. In ihrem blauen Ballkleid mit dem Lächeln auf den Lippen.«

Ava stellte sich vor, wie sehr Raven in diesem Moment gelacht hatte, als Elmon ihm den Kristall auf dem Silbertablett servierte, und das Leben aus dieser Frau im Kleid wich wie ein schwächliches, gekrümmtes Wesen.

Es gab keine Entschuldigung für das, was Elmon getan hatte.

Auch wenn er nicht geschossen hatte.

Er trug die gleiche Schuld wie Raven.

Weil er hätte Nein sagen müssen.

Ava wusste nicht, ob sie ihm das je verzeihen konnte.

»Was ist schiefgelaufen?«, fragte sie. »Warum haben Sie nicht einfach die Weltherrschaft an sich gerissen?«

»Der Kristall schien nicht zu funktionieren. Ich vermute, er muss irgendwie *aktiviert* werden, aber wie genau, das wussten wir nicht. Raven ist ausgezogen, um es herauszufinden.«

»Und in der Zeit hat Sie Ihr schlechtes Gewissen besucht?«

Er schaute sie an wie ein Hund, den man geohrfeigt hatte. »Ich weiß, dass du eine schlechte Meinung von mir hast. Ihr alle. Am meisten meine Söhne. Ich weiß, dass ich das nicht mehr ändern kann. Und obwohl mir das bewusst war, habe ich mich dem gestellt, indem ich dem Rat alles gestanden habe. Zusammen mit den Architekten haben sie den Plan ausgeheckt, den Neidwald in ein todsicheres Verlies zu verwandeln, das nicht einmal der Rat unbeschadet betreten kann.«

»So sicher ist dieses Verlies nun auch wieder nicht …«

»Die Architekten haben auf die Zugangsmöglichkeit durch die Menschen bestanden. Sie wollten sich gegenüber der Regierung absichern, der sie nun auch nicht mehr trauen konnten. Kein Ratsmitglied außer Esra hat je erfahren, dass man durch einen Menschenkuss in den Wald gelangen kann.«

»Wirklich niemand?«

Elmon schüttelte den Kopf und Avas Gedanken begannen, zu rotieren.

»Glauben Sie, dass Esra eine Verräterin ist? Dass sie Rumina das Geheimnis verraten hat?«

Elmon zuckte kraftlos mit den Schultern: »Ich weiß nicht mehr, woran ich glauben soll, Ava. Ich habe mein Leben lang an zu viele falsche Dinge geglaubt. Ich denke, jetzt bin ich wirklich vollkommen leer. Das ist schlimmer als tot sein, das kannst du mir glauben.«

Ava strafte ihn mit einem bösen Blick, Selbstmitleid hatte er schließlich am wenigsten verdient.

»Der Kristall funktioniert zur Zeit also gar nicht«, dachte sie laut.

»Nein, aber Raven wird mittlerweile eine Aktivierungsmöglichkeit gefunden haben.«

»Aber das heißt auch, dass niemand weiß, wozu er wirklich fähig ist, oder?«

»Das stimmt. Niemand weiß, wie weit der Kristall wirklich gehen kann. Man vermutet, dass der Besitzer des Kristalls die Kraft hat, Gefühle zu manipulieren, ihren Gehorsam und ihre Gefolgschaft zu erzwingen, ihre Herzen zu verändern oder sogar zu zerstören. Dass niemand auf der Welt mächtiger sein kann als der Kristallträger. Und dass ihm dies die ewige, gottgleiche Herrschaft sichert.«

»Das ist alles sehr schwammig.«

»So ist das Leben.« Elmon schaute betrübt auf seine Knie.

»Ihres vielleicht, aber meines bestimmt nicht!« Ava ertrug seine Art nicht länger, das Leben einfach hinzunehmen. Sie wollte, dass dieser Mann kämpfte, anstatt ständig zu seufzen. Wütend öffnete sie die Tür, trat in den dunklen Korridor und ließ Elmon alleine im Zimmer zurück. Sie ging nach unten, stand eine Zeit lang verloren im Flur und setzte sich schließlich im großen Salon auf den kalten Fußboden. Das Mondlicht erhellte ihr Gesicht, während auf dem Dach weiterhin die Rabenfüße zu hören waren. Sie musste nachdenken. Einfach über so vieles nachdenken.

41. Kapitel

Am nächsten Tag fiel weißes Licht durch die schmutzigen Fenster in das Haus. Elmon war noch nicht aus dem Zimmer im Fels hervorgekommen, also erkundete Ava die untere Etage. Sie ließ sich von ihrer Neugier leiten, zog Gardinen auf, fegte verwelkte Blütenblätter vom großen Esstisch im Salon und hüpfte auf den verschiedenen Sesseln und Kanapees auf und ab. Die vielen Schränke und Kommoden im Haus waren leer, nur der Kühlschrank war voll mit Kürbislimonade, Orangengelee und Möhrenbrot. Ein orangefarbenes Frühstück, das Ava mit baumelnden Beinen auf dem Küchentresen einnahm. Elmon schien keine persönlichen Dinge in den Neidwald mitgenommen zu haben. Er führte hier ein Leben wie ein Fremder in einem Hotelzimmer, der nur darauf wartete, endlich wieder nach Hause fahren zu können. Der einzige Ort im Haus, der nicht mit einer dicken Staubschicht bedeckt war, war ein Sessel aus rubinrotem Samt in der Ecke des Salons, in der Elmon Ava in der letzten Nacht empfangen hatte. Ob er immerzu dort saß, tagein, tagaus? Alleine und verbittert, nur von der Hoffnung lebend, dass er irgendwann sterben durfte? Jetzt sah der Sessel so unheimlich traurig aus, ganz leer und verlassen mit eingedrücktem Polster und abgegriffener Armlehne, sodass Ava den Salon lieber verließ, bevor die schlechte Stimmung in ihrem Inneren übermächtig wurde.

Auf der anderen Seite des Flurs öffnete sie eine weiße Tür und trat in einen winzigen Raum mit einer umlaufenden Fensterfront. Die Scheiben waren noch schmutziger als im Salon. Auf der Fensterbank hockten vertrocknete Kakteen und in der Mitte des Raumes stand als einziges Möbelstück ein großer Flügel, dessen tiefschwarzes Glänzen von fingerdickem Staub erstickt wurde. Ava setzte sich auf den Schemel und hob den Deckel an. Die Tasten darunter sahen aus, als hätte bisher noch niemand auf ihnen gespielt.

»Wenn du willst, dass es sich schön anhört, dann spielst du nur die schwarzen Tasten. Wenn du uns alle ärgern willst, haust du mit aller Kraft mittenrein.« Ava sah das glückliche Gesicht ihres Onkels Landolin vor sich. Landolin der Lautenspieler, so betitelte er sich gerne selbst. Anatols Bruder lebte von nichts als Luft und Musik und war Ava nur allzu häufig auf die Nerven gegangen mit seinem Gedudel und seinen schnulzigen Liedtexten. Einige Male hatte er sogar versucht, ihr Musikunterricht zu geben. Sie hatte es ihm meist damit gedankt, dass sie unkontrolliert in die Klaviertasten gehauen hatte. Einmal war sogar seine Gitarre zu Bruch gegangen, weil Ava sie auf den Boden geschleudert hatte, um ihren Unmut über die dummen Saiten auszudrücken, die niemals das taten, was sie von ihnen verlangte. Sie war wirklich fürchterlich gewesen, vor allem wenn man bedachte, dass es Landolins Lebensglück war, das sie immer in den Schmutz gezogen hatte. Wie sehr wünschte sie sich, er könnte jetzt da sein, um ihr etwas vorzuspielen. Irgendeine belanglose Melodie, ein Sicherheitsnetz, das sie auffangen und ihren endlosen Fall abschwächen konnte. Eine Melodie, die ihr zeigte, dass sie noch am Leben war. Würde er dann noch wie früher über seine runden Apfelbäckchen lächeln und ihr sagen, dass sie alles schaffen konnte, was sie sich im Leben vornahm, selbst das Musizieren, dann würde sie ihm vielleicht glauben. Wenigstens für einen kurzen Augenblick.

Ava legte vorsichtig die Hände auf die schwarzen Tasten und begann, zu spielen. Sie hatte keine Ahnung, ob das, was sie da tat, Musik war, doch Landolin hatte recht gehabt. Es hörte sich schön an. Und so viel ehrlicher als alles, was Ava sagen oder denken konnte. Es folgte keinen Regeln, es folgte ihrem Herzen, das die Finger wandern ließ und Klänge erzeugte, die sich an die Scheiben schmiegten und den ganzen Raum in Trance versetzten.

Als sie sich leer gespielt hatte, blieb sie noch lange auf dem Schemel sitzen und schaute durch die schmutzigen Fenster auf die weiße Welt außerhalb des Hauses. Ihre Hände lagen in ihrem Schoß und sie wünschte sich, es gäbe jemanden, der seine Finger um sie legen und sie so lange wärmen könnte, bis ihre Hände mit den seinen verwuchsen.

Betrübt schüttelte sie den Kopf, so lange bis jeder einzelne Gedankenfetzen verflogen war, trat aus dem Flügelzimmer und griff im Salon nach ihrer Jacke. Ein Blatt Papier raschelte unter ihren Füßen, als sie den Raum wieder verlassen wollte. Überrascht ging sie zu Boden und hob es auf. Sie war sich sicher, dass es am Morgen noch nicht auf dem Stein im Salon gelegen hatte. Schnell glitten ihre Augen über das Geschriebene, das sie gleich als Liste identifizierte. Hier hatte jemand einige Gründe notiert, warum es nicht ratsam war, mit dem Kristall um den Hals aus dem Wald fliehen zu wollen. Punkt Eins war mit roter Farbe markiert worden.

1. Der Kristall steht unter dem Schutz der Raben. Wie Roboter attackieren sie jeden Kristallträger, der seine Füße weiter als zehn Meter vom Haus entfernt, und sie schrecken nicht davor zurück, ihre Klauen und Schnäbel einzusetzen, um den Flüchtigen zu töten. Die Raben verweilen mit immerwachen Augen in ihren Palästen, den Gesteinshängen oberhalb des Hauses, und leisten absoluten Gehorsam. Sie kennen weder Freund noch Feind.

Ava hörte ihre Schritte auf dem Dach, während sie das Blatt sinken ließ. Diese schwarzen Tiere, die sie mit ihren Glasaugen gelöchert hatten, waren nichts anderes als Leibwächter des Kristalls? Ava kniff die Augen zusammen und begann, an einem Fingernagel zu kauen. Als der Schmerz eines eingerissenen Nagels durch ihren Körper fuhr, sprang sie auf, zog sich ihre Jacke über und rannte durch den Flur nach draußen. Die Schwarzflügler belauerten jede ihrer Bewegungen, als sie einen schmalen Pfad betrat, der sie am Gesteinshang hinaufführte. Eng an den Fels gepresst, stieg Ava dem weißen Wolkenhimmel entgegen, immer darauf bedacht, den Blick niemals nach unten auf das Haus und die Pusteblumen zu richten. Dann endlich erreichte sie die runden Löcher im Stein. Sie kletterte das letzte Stück über spitze Gesteinsbrocken und drückte sich durch ein Loch in die Rabenhöhlen. Sie hockten überall. Auf dem Boden, auf Vorsprüngen, die aus der Wand ragten wie Balkone, auf einem Berg an Abfall, den sie herbeigeschafft haben mussten. Gelbe Augen überall, wie die Knospen einer geheimnisvollen Blume, die erst in der Dunkelheit richtig erstrahlte. Manche von ihnen spreizten die Flügel und schlugen sie auf und ab, als wollten sie Ava vertreiben. Wer war bloß auf die Idee gekommen, diese Höhlen als Paläste zu bezeichnen? Überall klebten Federn und weißer Kot und die Raben zerpickten alles mit ihren Schnäbeln, was sich ihnen in den Weg stellte. Einen schäbigeren Wohnort konnte Ava sich gar nicht vorstellen. Schnell steckte sie den Kopf wieder durch das Loch nach draußen und atmete frische Luft ein. Das Licht war heute so gleichmäßig weiß, dass selbst die Konturen der Wolken verschwanden und die dunklen Baumkreise um das Dorf grau erschienen. Avas Blick fiel hinab auf das Hausdach, unter dem sich Elmon versteckte, direkt an den Stein geschmiegt, und die Pusteblumenwiese davor.

Zehn Meter.

Ein Rabe hüpfte neben ihrem Kopf aus dem Loch, spreizte die Flügel und segelte davon. Aus den anderen Löchern im Fels glimmten gelbe Augen auf, Ava war unfähig, sie zu zählen. Dieses Gestein war der reinste Rabenhort. Sie würden sich aus ihren Löchern stürzten, wenn Ava das Haus mit dem Kristall um den Hals verließ.

Zehn Meter. Und einen Schritt mehr.

Es war ein todesmutiger Plan. Aber es war der einzige, den sie hatte.

Am Abend trat Elmon aus der Haustür und setzte sich neben Ava auf das Treppengeländer, das die wenigen Stufen zu den Pusteblumen hinab säumte. Er schwieg und zusammen schauten sie auf die wogenden Sporenköpfe, die den Hügel in ein wildes Meer verwandelten. Ava ließ sich den kalten Wind um die Nase wehen und ignorierte, dass sie bereits seit Stunden in dieser Kälte saß. Nach ihrem Besuch bei den Raben hatte sie das Haus nicht mehr betreten. Elmon griff plötzlich unter seinen Pullover und zog die Kordel mit dem Kristall über den Kopf. Dann legte er sie Ava um, sodass das Stück Edelstein auf ihrer rauen Lederjacke lag wie eine verirrte Schneeflocke.

»Sie werden bald da sein«, sagte er mit belegter Stimme.

Ava nickte.

»Du hast den Zettel gefunden?«

Sie nickte ein zweites Mal.

»Was wirst du tun?«

Avas Finger berührten den Kristall. Sie hob ihn so weit an, dass sie durch seine Verästelungen auf die Pusteblumen schauen konnte wie durch ein Schlüsselloch. Die aufkommende Nacht verwandelte ihre Köpfe von grau zu weiß.

»Das Richtige, hoffe ich«, sagte sie dann und ließ ihn auf ihre Brust zurückfallen. »Und vielleicht wird es sogar gelingen. Wenn Sie tun, was ich Ihnen sage.« Sie suchte nach seinen abschweifenden Augen. »Kann ich mich auf Sie verlassen, Elmon?«

»Ja«, sagte er schwach, nach einer langen Pause, und Ava wusste, dass er endgültig aufgegeben hatte.

Gemeinsam nahmen sie ein letztes Mahl ein, dann setzte Elmon sich in seinen Sessel im Salon, legte den Kopf zurück und schloss die Augen. Ava ließ sich auf einem Kanapee am Fenster nieder, stützte die Arme auf der Fensterbank ab und schaute draußen den Pusteblumen zu, wie sie im Wind tanzten wie dicke Staubballen. Der Kristall lag kalt auf ihrer Haut. Und Ava schlief ein, mit einem eisigen Luftzug im Gesicht, der durch die morschen Fensterrahmen schlich und von den Besuchern kündete, die sich langsam aber sicher aus den schwarzen Dorfschatten schälten und auf das Haus am Fels zuschritten. Durch die Pusteblumen. Durch die Rabenblicke. Durch die leisen Töne von Fingern auf schwarzen Klaviertasten. Direkt zum Kristall.

42. Kapitel

Eine Hand packte Ava an der Schulter und riss sie auf die Beine, wo sie einige Sekunden taumelte und vornüber zu fallen drohte.

»Sie sind da«, sagte Elmon hart. Zu hart für Avas Geschmack. Als sei das alles ihre Schuld. Sie legte den Kopf auf das Fensterbrett und versuchte, ihre Situation mit einem Blick zu erfassen. Dunkle Gestalten standen im Halbkreis vor dem Haus am Felsen, viel zu viele für zwei so schwache Gegner wie sie und Elmon.

»Dann müssen wir eben umso stärker sein«, flüsterte Ava und griff sich ihre Lederjacke vom Sessel. Im Flur warf sie sie über ihre Schultern und zog den Reißverschluss bis zu ihrem Kinn hinauf, sodass der Kristall um ihren Hals nicht mehr zu sehen war. Im einfallenden Mondlicht betrachtete sie sich im Spiegel gegenüber an der Wand. Sie sah tiefe Augenringe und eine noch tiefer sitzende Angst, die nur mühsam vom harten Leder der Jacke kaschiert wurde. Sie strich sich die hellblonden Ponysträhnen tief in die Stirn, sodass die Spitzen ihre Wimpern berührten. Ihre Augen wirkten unnatürlich blau im Mondlicht. Dann trat sie hinaus auf die Veranda, die wenigen Stufen hinunter zum Pusteblumenfeld, dicht gefolgt von Elmon, und blieb mit einigen Metern Abstand vor der schwarzen Meute stehen.

Unbewaffnet. Schutzlos.

Mit einem Plan.

An den nur sie selbst glaubte.

Der Nordwind fuhr ihr in die Glieder und nagte an den Knochen. Fast war es Ava, als fielen kleine Schneeflocken vom Himmel, doch es konnten genauso gut die Sporen der Blumen sein, die um Ravens Beine wuchsen. Er hatte die Fäuste geballt und die dünnen Haarsträhnen wehten ihm über die Wangen und die Augen. Wie explodierte Sterne im freien Fall. War das Überraschung in seinem Gesicht? Vielleicht sogar Panik? Wenigstens für den Bruchteil einer Sekunde?

»Sieh mal einer an. Wenn das nicht das Mädchen ist, das eigentlich tot sein sollte. Wie schön, dich wiederzusehen.«

»Die Freude liegt ganz auf meiner Seite«, sagte Ava und war stolz, dass sie genau den richtigen Ton traf. »Wie schön, dass ihr alle hergefunden habt.« Im Hintergrund erkannte sie Noël und Leon. Sie sahen erschöpft aus, ihre Kleidung war zerrissen und auf Leons Knie klaffte eine verkrustete Wunde. Neben ihm stand ein junger Mann mit Haaren, die in der Dunkelheit loderten wie Feuer. Das musste Karim sein. Ava stellte sich vor, wie sie sein Feuer mit ihren wasserblauen Augen löschte und für einen kurzen Augenblick drohte sich ihr Magen wieder umzudrehen. Doch sie behielt die Kontrolle. Selbst als Karim sie so komisch ansah, als erwarte er etwas von ihr. Ein Erkennungszeichen? Einen Tipp ihren Plan betreffend? Sie wusste ja nicht mehr, was sie mit ihm besprochen hatte, bevor Rumina sie aus der Zeltstadt gescheucht hatte. Auf jeden Fall wirkte er auf seltsame Art glücklich.

Ich kenne dich nicht, dachte sie, ich habe keine Ahnung, was du von mir willst, und sie hoffte, er würde irgendwie verstehen.

»Ihr seid hier, weil ihr den Kristall wollt, und wisst ihr was? Ihr sollt ihn bekommen«, sagte Ava und ignorierte ihr klopfendes Herz. Ihre Worte bildeten kleine Wolken in der kalten Luft und an Ravens Lauerstellung erkannte sie, dass er ihr keinen Meter über den Weg traute.

»Ihr sollt ihn haben, unter einer Bedingung: Ihr lasst Noël, Leon und Karim gehen. Sie werden zusammen mit Elmon diesen Ort verlassen und sobald sie die Baumgrenze erreichen, dürft ihr ihn mir vom Hals reißen. Wie findet ihr das?«

Keiner wagte es, ein Wort zu sagen. Auf Karims Gesicht erkannte Ava Entsetzen, das sich zunächst in Panik und dann in Wut verwandelte, doch als er losstürzen wollte, hielt ihn ein großgewachsener Mann mit Keule zurück und verpasste ihm einen Schlag in den Rücken. Er hätte sie sowieso nicht umstimmen können. Dieser Plan oder kein anderer. Manche aus Ravens Team starrten Ava ehrfürchtig an, als verspürten sie Respekt für das, was sie tat. Ava selbst hätte sie am liebsten gebeten, irgendetwas anderes anzustarren, denn sie hatte nicht den geringsten Respekt für sich oder ihre Lage. Sie war selbstsüchtig. Sie wusste genau, dass sie kein schönes Leben mehr würde führen können, wenn sie ihre Freunde in den Tod gehen ließe. Um sie zu retten, nahm sie das Risiko in Kauf, dass das ganze Herz unter die Herrschaft des Kristalls fallen könnte. Sie selbst würde das Elend nicht mehr quälen, denn sie wäre dann ja tot. Müsste nichts mehr fühlen. Kein Gewissen mehr, das sie piesacken könnte. Früher hatte sie nur Verachtung übriggehabt für die, die den leichteren Weg wählten. Heute gehörte sie dazu.

»Sie blufft«, sagte Rumina schließlich in die Stille hinein, die Ava und Elmon mit ihren Gegnern verband. Sie fuhr sich mit der weißen Hand durch die schwarzen Locken, in denen sich weiche Sporen der Pusteblumen verfangen hatten. »Sie wird uns den Kristall aushändigen und erst dann werden wir ihre Liebsten gehen lassen.« Sie zückte ihr Messer und strich damit nacheinander den Menschen und Karim über den schutzlosen Hals.

»Tu das nicht, Ava«, rief Leon plötzlich und sein Adamsapfel zuckte nervös. »Du darfst ihnen den Kristall überhaupt nicht geben! Lieber kämpfen wir alle! Wir müssen es doch wenigstens versuchen!«

Ava schloss die Augen, um seine fuchtelnden Arme nicht länger sehen zu müssen. Was sollte das? Warum sagte ausgerechnet ein Feigling wie Leon solche Dinge?

»Er hat recht«, mischte Karim sich ein, »du hast es selbst gesagt: Wenn der Kristall in Ravens Hände gelangt, gibt es für uns beide kein Glück mehr. Nirgendwo im *Herzen*. Ava, bitte sieh mich an!«

Ehrlich gesagt war Ava froh, dass sie ihnen den Mund knebelten. Wer weiß, vielleicht hatte sie solche Dinge gesagt. Aber das war jetzt nicht mehr wichtig, denn sie hatte ihre Entscheidung getroffen. Und warum zum Teufel sollte sie ihn ansehen?

Weil seine Augen schmecken wie Karamell, schoss es ihr durch den Kopf.

Und ich liebe Karamell.

Ava holte tief Luft, weil ihre Beine wankten. »Nein«, sagte sie, »es wird genau so gemacht, wie ich es gesagt habe.«

Raven kam einen Schritt auf sie zu. Seine goldenen Augen waren Schlitze und musterten Ava von oben bis unten, bevor sie zu Elmon glitten.

»Hallo, mein alter Freund«, sagte er dann grinsend. Im Mondlicht schien es fast, als seien seine Lippen blutleer. Als seien sie aus dem hellen Holz der Birken geschnitzt, die den Sehnsuchtstümpel umgeben hatten. Ava schloss kurz die Augen und dachte an das Rauschen der Birkenblätter.

»Wie erbärmlich, bloß noch in der zweiten Reihe zu stehen und sich alles von einem Mädchen sagen lassen zu müssen«, fuhr Raven fort. »Funktionierst du überhaupt noch ohne deinen neuen Boss?«

Aus den Augenwinkeln sah Ava, dass Elmon rot anlief und die zitternden Hände verknotete.

»Sag mir, Elmon, wo habt ihr beide den Kristall versteckt?«

Bevor er irgendetwas antworten konnte, zog Ava den Reißverschluss ihrer Jacke auf, sodass der Kristall gut sichtbar auf ihrer Brust für alle zu sehen war.

»Ich bluffe nicht«, fauchte sie, »ihr könnt ihn haben, sobald ihr die anderen gehen lasst. Oder habt ihr etwa Angst, es mit einem Mädchen aufzunehmen? Ihr sieben oder acht mit den Messern und den Keulen gegen mich ganz alleine? Macht dir das Angst, Raven?«

Rumina lachte im Hintergrund wie ein verrückt gewordenes Huhn: »Oh Kleines, wie naiv du doch bist! Ich habe eine viel bessere Idee.« Sie kam tänzelnd auf Raven zu, legte ihm eine Hand auf die Wange und säuselte: »Wir erledigen sie einfach einen nach dem anderen und am Schluss bleibt das Mädchen mit dem Kristall übrig. Das ist doch viel spannender, als sie laufen zu lassen. Besonders Elmons Hals müsste dir am Herzen liegen, Liebster. War es nicht so, dass du noch eine Rechnung offen hast?«

»Ja«, flüsterte er, »so war das. Aber es wird mir noch viel mehr Vergnügen bereiten, ihn am Leben zu lassen. Genau wie die anderen. Denn wenn ich Herrscher über den Kristall bin, werden sie zehnfach für das büßen müssen, was sie mir angetan haben. Ich werde sie versklaven. Ich werde ihren Willen brechen. Und es wird so viel großartiger sein, als ein einziger Mord es je sein könnte.« Er stieß Rumina mit Gewalt von sich, schüttelte sein Haar aus dem Gesicht und lächelte Ava unter seinen Augenlidern an. Sie hatte das Gefühl, im Inneren zu frieren. Wie erstarrt brachte sie nichts zustande, als den Blick zu senken. Was hatte sie bloß angerichtet?

»Lasst sie gehen«, herrschte Raven seine Leute an. »Doch wenn sie auf die Idee kommen sollten, Ärger zu machen, werden sie sofort getötet.«

Elmon bewegte sich unbeholfen aus Avas Windschatten und warf ihr einen letzten gequälten Blick zu. Dann griff er nach Noël und Leon und zog sie mit sich. Karim blieb kurz stehen, obwohl ihn der Mann wieder mit der Keule bedrohte. Er blieb einfach nur stehen und seine Lippen formten lautlos ein klagendes »Warum?«

Warum?, dachte Ava. Ich rette dir das Leben! Ich rette dein Leben und gebe dafür vielleicht meines her und du klagst mich an? Sie ertrug es nicht länger, den Schmerz in seinen Augen zu sehen, also nickte sie Elmon ein letztes Mal zu, bevor er auch Karim packte und mit den drei langsam aber stetig in Richtung Baumgrenze verschwand. Ava hielt die Luft an. Keiner sagte ein Wort, nur die Spannung flirrte zwischen ihnen in der kalten Luft. Gleich würden sie es geschafft haben. Gleich waren sie in Sicherheit. Gleich war sie allein, so allein wie nie zuvor in diesem Wald. Es war so endgültig, dass ihr fast die Tränen kamen, als Noël sich noch einmal nach ihr umsah und sich mit seinen braunen Augen von ihr verabschiedete. Dann fiel der Schuss. Und Elmon blieb stehen, bäumte seinen schweren Körper auf und brach auf dem Boden zusammen.

Ava blieben nur wenige Sekunden, ehe der Tumult losbrach. Noch immer fassungslos starrte sie auf die Gruppe um Elmon.

War er tot?

Dann fiel ihr Blick auf Rumina, die ein Gewehr in der Hand hielt. Sie hatte geschossen. Sie hatte die Abmachung gebrochen und Elmon getötet! Und jetzt zielte sie schon wieder, auf einen der Jungs, die versuchten, Elmon zu schultern und zum Wald zu tragen. Ohne nachzudenken lief Ava los. Sie stürzte sich auf Rumina und krallte ihr die Fingernägel ins Haar. Sie schaffte es, sie zu Boden zu reißen, sodass der nächste Schuss quer über das Feld ging und einen aus ihrer Truppe im Oberschenkel traf. Schreiend ging auch er zu Boden.

»Du wirst sie nicht töten!«, schrie Ava und versuchte, Rumina das Gewehr aus den Händen zu reißen. Doch im nächsten Moment wurde sie von hinten gepackt und brutal festgehalten. Es war Raven. Sie roch Pfefferminz.

»Nimm ihn«, sagte er in ruhigem Ton zu Rumina und presste Ava die Klinge eines Dolches an den Hals. »Nimm ihn ihr ab.«

Ruminas Augen weiteten sich. Dann kamen ihre bleichen Handgelenke näher und ihre Hände schlossen sich um den Kristall auf Avas Brust. Als sie ihren Herzschlag spürte, kräuselte sie die Kirschlippen. »Du musst noch lernen, wer die Spielregeln bestimmt, Avalein«, hauchte sie.

Ava konnte nichts dagegen tun, als Rumina ihr den Kristall vom Hals riss und ihn sich vor die funkelnden Augen hielt. Sie sah bloß das schwache Scheinen ihrer dunkelroten Lippen, das wie durch Schneegestöber durch den Kristallkörper drang, bevor sie von einem Schrei abgelenkt wurde. Hatte da jemand ihren Namen gerufen? Als sie zur Seite blickte, sah sie Karims Rotschopf. Er war zurückgekehrt und versuchte, sich den Weg zu ihr freizukämpfen. Lauf weg, dachte Ava. Lauf doch einfach weg! Doch er erhörte sie nicht. »Ava«, schrie er ein zweites Mal, doch sie nahm den Blick von ihm, als Raven einen Arm ausfuhr und den Griff fest um Ruminas Handgelenk schloss. Ava war noch immer in seinem rechten Ellbogen mit der bedolchten Hand gefangen und konnte sich kaum bewegen.

»Jetzt gehört er uns«, sagte Raven und zwang Ruminas Hand näher an seinen Körper. »Jetzt kannst du ihn mir übergeben.«

Doch sie reagierte nicht. Ihr Blick schien in der Ferne kleben zu bleiben – auf dem Haus, auf dem Fels, auf dem, was zu Scharen mit schwarzen Flügelschlägen auf sie zugerauscht kam. Raven riss ihr den Kristall aus der Hand und stieß sie zu Boden. Einen Moment stand er breitbeinig zwischen den Pusteblumen, den Kristall in die Höhe erhoben wie ein Gott, Gold und Silber vereint. Bis der erste Rabe im Sturzflug auf ihn herabfiel.

Ava warf sich zurück und prallte gegen Karim. Er hielt sie an den Schultern und verursachte ein Ziehen in ihrer Brust. Als hinge ihr Herz an einem Faden, der zu reißen drohte. Mit aufgerissenen Augen starrte sie auf die Vögel, die den Himmel über ihnen wie schwarze Wolken verdunkelten und gelbe Augen wie Regen auf sie hinabtropfen ließen. Raven schrie auf. Mehrere Raben gruben ihre Füße und Schnäbel in seinen Körper, auch Rumina duckte sich neben ihm zu Boden und versuchte, den geschärften Krallen der Vögel auszuweichen. Die ganze Lichtung war erfüllt von einem grauenvollen Kreischen. Ava sah, wie der Kristall zu Boden fiel. Daneben wand sich Raven, nur eine Armlänge von dem glitzernden Stück Mondlicht entfernt, unter den schwarzen Federn der Kristallwächter. Avas Plan war aufgegangen. Doch jetzt folgte der schwierigste Teil ihres Vorhabens. Karim drängte sie, mit ihm fortzulaufen, doch Ava stieß ihn von sich. Wie benommen krabbelte sie näher an das Schlachtfeld heran und streckte den Arm aus, bis sie den Kristall zu fassen bekam. Dies war der Moment, in dem alles enden konnte. Doch Ava schaffte es noch, sich auf die Beine zu hieven und einige Schritte zu laufen.

»Hau ab!«, schrie sie Karim zu. »Und halt dich fern von mir!«

Dann traf sie der erste Rabe mit voller Wucht. Sie stolperte vorwärts. Ein zweiter landete auf ihrer Schulter und grub seine Krallen so tief in ihr Fleisch, dass sie glaubte, in Flammen aufzugehen. Jetzt war sie die Kristalldiebin. Sie schlug wild um sich und fokussierte den Waldrand. Sie musste das schützende Blätterdickicht erreichen, koste es, was es wolle. Doch eine Wolke aus schwarzen, stinkenden Federn hüllte sie ein, die Tiere rissen an ihrem Haar und ihrer Kleidung, sie bissen in ihre Haut und versuchten, ihr den Kristall aus der Faust zu reißen. Ava taumelte. Sie würde es nicht schaffen. Es waren einfach zu viele.

Ich will ihn doch bloß schützen, schrie sie in Gedanken, doch die Tiere erhörten sie nicht. Wie unbarmherzig abgerichtete Roboter schlugen sie auf sie ein und ließen sie nicht entkommen. Bis der erste Rabe leblos neben ihr zu Boden fiel. Es folgte noch einer und noch einer, begleitet von donnernden Schüssen, die die ganze Rabenschar aufschrecken ließ. Plötzlich hatte Ava wieder Platz zum Laufen. Einen kurzen Moment schwankte sie, warf einen Blick zurück und sah Rumina. Mit wehendem Haar und aufgerichtetem Gewehr stand sie einige Meter von ihr entfernt und schoss auf die Raben. Ihr Kleid hing in Fetzen an ihrem weiblichen Körper und aus ihren Handgelenken troff Blut. Ava würgte. Dann bemerkte sie Raven. Die Vögel hatten von ihm abgelassen und nun hatte er sich auf die Beine gekämpft und torkelte hinter ihr her. Eingewickelt in den Staub der Blumen schrie er so laut, dass der Boden und die Häuserruinen vibrierten.

Ava erreichte Karim, Noël und Leon, die Elmon trotz seines Gewichts zu tragen versuchten. Er war noch bei Bewusstsein und als er Ava erkannte, zeigten seine Gesichtszüge eine kurze Regung. Auf Brusthöhe klaffte eine Wunde im Rücken, aus der hässlich dickflüssiges Blut rann wie ein Wasserfall.

»So überlebt er das auf keinen Fall«, sagte Ava, hitziger als beabsichtigt.

»Wenn wir ihn nicht aus der Schusslinie schaffen, wird es auch nicht besser«, sagte Karim und musterte sie besorgt. »Geht es dir gut?«, fragte er.

Ava wimmelte ihn mit einer Handbewegung ab und versicherte sich, dass sie sich die Konturen des Kristalls in ihrer Hand nicht bloß einbildete. Ihr Körper musste von Rabenbissen überzogen sein, doch sie spürte in diesem Moment keinerlei Schmerz. Ihr Äußeres war taub.

Von hinten näherte sich ihnen wieder ein Schwall Raben und Ava hielt nach Rumina Ausschau, die ihnen Rückendeckung geben konnte, doch sie war damit beschäftigt, ihre eigenen Leute vor den Tieren zu schützen. Wenigstens die, die noch am Leben waren, was nicht allzu viele zu sein schienen. Wie morsches Holz lagen tote Körper zwischen den Pusteblumen.

»Leon, du musst mir helfen«, rief Ava. Gemeinsam versuchten sie, die Raben abzuwehren, Leon mit einer Keule, die er Katzenauge entwendet hatte, Ava mit den bloßen Händen, damit Karim und Noël Elmon in Sicherheit bringen konnten. Der Kristall lag nun wieder auf Avas Brust. Dieses Mal spürte sie seine Kälte nicht auf der nackten Haut.

Wenn sie das Blätterdach erst mal erreicht hatten, waren sie den Vögeln nicht mehr schutzlos ausgesetzt. Wenn Elmon doch bloß laufen könnte … Ava fluchte, dass sie in den letzten Stunden so viel Zeit mit diesem Mann verbracht hatte. Wenn er ein Fremder für sie wäre, würde es ihr leicht fallen, ihn zurückzulassen und mit den Jungs zu fliehen, aber so … So mussten sie versuchen, ihn durchzubringen.

Die Erde unter ihren Füßen knirschte, als sie die Baumgrenze überschritten. Hier wuchsen keine Pusteblumen mehr. Hier war alles tot, was auf dem Boden lag. Einige Raben folgten ihnen in den Wald, doch die meisten hatten das Gefühl, gegen eine Wand zu fliegen und zogen ihre Körper mit fürchterlichen Schreien hinauf, um über den Baumkronen zu segeln.

»Wo sollen wir hin?«, rief Noël und taumelte unter Elmons Gewicht. Ava eilte ihm zur Hilfe und löste ihn ab, damit er neue Kraft tanken konnte.

»Elmon, wenn Sie mich hören«, flüsterte sie, »dann sagen Sie mir, wie wir aus diesem Wald herauskommen. Seit Tagen durchkämmen wir ihn und sind niemals auf ein Ende gestoßen. Elmon, wir haben den Kristall! Wir können ihn noch immer retten!« Er ließ so sehr den Kopf hängen, dass keiner mit einer Antwort rechnete. Stattdessen sprach der Wald zu ihnen. Indem er zunächst verstummte. Und dann in Flammen stand.

Ava entfuhr ein spitzer Schrei, als ein Donnern durch die Erde ging und den Boden zu ihren Füßen aufbrechen ließ. Sie verloren das Gleichgewicht und Elmon landete unsanft zwischen den Tannennadeln.

»Ava!« Sofort war Karim bei ihr. Er nahm ihre Hand und wollte sie hinaufziehen, doch sie hatte bloß Augen für das Spektakel, das sich in seinem Rücken abspielte.

»Wo kommt das Feuer her?«, fragte sie fassungslos. Die Bäume um sie herum gingen langsam in Flammen auf. Das Feuer schien aus den Kratern im Boden zu kommen und sich an den Stämmen hinaufzuziehen. Von dort aus sprang es über. Es kreiste sie ein. Und raubte ihnen die Luft.

Elmon röchelte: »Der Wald …« Ava kniete sich neben ihn und hielt ihr Ohr direkt an seine Lippen. »Der Wald zerstört sich selbst. Er will dich daran hindern, mit dem Kristall zu fliehen.«

»Nicht nur mich Elmon! Uns alle!«

»Wir sind nicht wichtig, Ava. Du musst gehen. Bevor er dir um die Ohren fliegt.«

Das Feuer knisterte so laut, dass Ava nichts anderes mehr wahrnahm. Für einen kurzen Augenblick hatte sie das Gefühl, dass ihr Leben stehenblieb und sie zwang, dabei zuzusehen, wie es niederbrannte. Wie die Flammen alles auffraßen und nichts übrig ließen als Asche und eine unerträglich rote Hitze. Sie sah wie Noël und Leon Elmon durch das letzte Schlupfloch schleiften, das ihnen im Feuerring noch blieb. Ihre Gesichter waren schwarz vom Ruß. Sie sah Karim, der vor ihr hockte und verzweifelt auf sie einredete. Wie konnte ein Gefühl so schöne Augen haben? Augen wie das süße Karamell, das in den Zinntöpfen des Landes auf heißer Flamme unter ständigem Rühren zu den leckersten Naschereien zubereitet wurde. Ob sie wohl schmelzen würden, seine Augen, wenn er im Feuer gefangen blieb?

»Ich will nicht, dass sie schmelzen«, flüsterte sie. Er starrte sie verständnislos an.

»Was ist nur geschehen, Ava?«, fragte er. »Du kannst nicht alles vergessen haben! Sag mir, dass es nicht so ist!«

Sie sah ihn an und wünschte sich, da wäre eine Füllung. Doch sie sah nur einen Körper und Karamell und das Feuer und schüttelte den Kopf.

Vielleicht lag es am Rauch, der ihnen langsam jeden Gedanken raubte, oder es lag an ihr, auf jeden Fall war es nicht zu übersehen, wie Karims Welt zerschlagen wurde und er fiel und fiel und fiel wie die Äste um sie herum, die das Feuer von den Bäumen trennte. Nur noch wenige Sekunden und sie würden vollkommen eingekreist sein. Karim hob die Hand und berührte den Kristall auf Avas Brust, der sich unter ihrem Pulli abzeichnete.

»Dafür hast du gekämpft, Ava. Irgendwie hast du von Anfang an gewusst, dass er dich braucht. Ich war nur eine Station auf deinem Weg dorthin. Jetzt kommst du alleine klar, auch ohne mich. Und deswegen gehst du jetzt. Du gehst und führst es zu Ende.«

Ava fror. Sie saß im Feuer und fror.

»Ich habe gesagt, ich würde dich beschützen. Ich habe gesagt, du würdest nie zerbrechen. Ich glaube, ich habe mein Wort nicht gehalten. Aber wie es scheint, kommst du damit klar.«

Avas Gedanken tanzten. Sie vollführten einen wilden Tanz, dem sie nicht mehr folgen konnte. Sie erhob sich und schloss den Reißverschluss ihrer Lederjacke. Schweiß rann ihre Wangen hinab und sie zog Karim auf die Beine. Dann schubste sie ihn durch den kleinen Spalt, der ihnen blieb, hinaus aus dem Feuerkreis. In letzter Sekunde sprang sie selbst hindurch. Das Feuer versengte ihre Haarspitzen und brannte Löcher in ihre Jacke, doch das war nichts gegen die Vorstellung, komplett aufgefressen zu werden von diesem teuflischen Zucken und Zischen und den lodernden Farben. Ava zerrte Karim mit sich, sie liefen und stolperten so schnell sie konnten. Vor ihnen humpelten die anderen drei. Um sie herum war Krieg. Als würden Bomben in den Wald einschlagen, explodierte der Boden um sie herum und Erde und Sand flogen um ihre Köpfe. Überall mischten sich Rabenschreie in das Inferno und hinter ihnen meinte Ava sogar Raven und seine Leute zu hören.

Es war ein Wettlauf gegen die Zeit und die Natur, gegen das Gefängnis, das die Architekten errichtet hatten, um genau das zu verhindern, was Ava gerade tat.

Wenn sie so schlau sind, wie alle denken, haben wir keine Chance, schoss es Ava durch den Kopf. Ihre Augen tränten von der vielen Erde, die ihr ins Gesicht geschleudert wurde, und ein Krampf durchfuhr ihre linke Wade, doch sie lief weiter. Sie hielt Karims Hand, als plötzlich Leon und Noël vor ihr stehenblieben.

»Wir haben ein Problem«, sagte Leon.

»Was?« Ava wollte ihn von hinten stoßen, damit er endlich weiterlief. Doch dann sah sie den Fluss. Und den Wohnwagen, der auf der anderen Seite auf sie wartete.

43. Kapitel

Golo stand in der Tür und ruderte mit den Armen. Vor den Wagen gespannt, tänzelte sein Esel nervös mit den Beinen. So wie damals im Schnee kam ihr der Wagen vor wie eine Fata Morgana, eine Halluzination, ein Traum, zu schön um wahr zu sein. Doch dieses Mal war Ava nicht die Einzige, die ihn sehen konnte.

»Wer ist das?«, fragte Karim, doch Ava ignorierte ihn. Ein starker Wind hatte eingesetzt und trieb die Flammen nun noch schneller durch den Wald.

»Wir müssen hier raus, nicht wahr?«, fragte Ava. »Vielleicht kann er uns helfen.«

»Wie bitte? Ein Mann mit einem Wohnwagen, der von einem Esel gezogen wird? Da sind wir doch schneller zu Fuß!«

»Vertrau mir, Karim! Geh du als Erster hinüber.« Als er sie noch immer kritisch ansah, wurde sie ungehalten: »Alles für den Kristall. Das hast du doch eben im Feuer gemeint, oder? Dann tu jetzt, was ich dir sage.«

»Du hast nichts von dem verstanden, was ich im Feuer gesagt habe, Ava. Wie könntest du auch.« Mit zitternden Armen stand er vor ihr und presste die Lippen aufeinander. »Du hast unsere Liebe verloren, irgendwo in diesem Wald. Hier wird sie bleiben und hier wird sie untergehen.« Ava wollte etwas erwidern, doch seine bebende Stimme erklang erneut: »Weißt du, wenn ich könnte, wie ich wollte, dann würde ich dich hier stehen lassen und sie suchen. Das würde ich tun! Ich würde erst zurückkommen, wenn ich sie wieder in meinen Händen halte. Aber wahrscheinlich, sogar sehr wahrscheinlich, wärst du dann nicht mehr am Leben. Also gehe ich durch diesen Fluss, für dich, ganz so wie du es möchtest.«

Ava spürte ein Brennen auf den Wangen, als er in den Fluss stieg, es war eine Mischung aus Scham, Wut und Verwirrung. Was maßte er sich an? Sie hatte schon genug gelitten für diesen Kristall und damit für das ganze *Herz*. Sie hatte keine Vorwürfe verdient, schon gar nicht von jemandem, an den sie sich nicht erinnern konnte.

Du hast die Liebe verloren.

»Was weißt du schon, was ich alles verloren habe?«, schrie sie ihm hinterher, doch er hörte es nicht mehr. Golo scheuchte ihn in den Wohnwagen und er stieg ein, ohne sich umzudrehen, als würde es ihn nicht interessieren, ob Noël und Leon es schafften, Elmon hinüberzutragen. Als würde es ihn nicht interessieren, ob sie selbst es schaffte, bevor die Flammen kamen oder Raven und Rumina.

»Ava!« Noël wollte sie sanft mit sich ziehen, doch sie schüttelte seine Hand ab. Er und Leon wateten in den Fluss und hatten alle Mühe, Elmon über Wasser zu halten.

»Warum ist er so?«, fragte Ava scharf. Die beiden schwiegen betreten. »Warum ist er so?«, wiederholte Ava.

»Nun komm schon! Wir müssen auf die andere Seite, Ava«, rief Leon aus der Mitte des Flusses. Kleine Rinnsale roten Bluts verließen Elmons Körper und trieben im klaren Wasser wie Fäden.

»Erst wenn ihr mir geantwortet habt!«

»Du musst ihn verstehen«, sagte Noël zögerlich, »er dachte, deine Liebe für ihn sei unsterblich.«

Es war kein Schlag in den Magen, vielmehr ein kurzer Moment, in dem Ava nicht mehr wusste, wo sie war. Sie spürte eine Watteblüte im Gesicht und Feuer, das es gut mit ihr meinte und Lippen, die auf Lippen trafen. Wie durch einen Schleier sah sie, dass Noël und Leon Elmon aus dem Wasser hievten, dass Golo ihnen half, ihn in den Wagen zu tragen, dass sie sich hektisch nach ihr umschauten, mit den Armen ruderten, die Münder ganz verzerrt von Schreien, die nicht bis an ihr Ohr drangen. Denn Ava hörte gar nichts. Reine Stille. Und das Knistern eines Feuers.

Plötzlich, wie mit einem Knall, war der Lärm wieder da. Ihre Freunde schrien sich die Lungen aus dem Leib und als Ava sich umdrehte, stand Raven bereits direkt vor ihr.

»Ich habe nicht mein Leben lang um diesen Kristall gekämpft, nur um dich jetzt damit gehen zu lassen.«

Zum ersten Mal schaute ihm Ava so lange in die Augen, dass sie die schwarzen Splitter in seiner goldenen Iris erkannte. Wie Fremdkörper saßen sie in seinen Augen.

»Gibst du ihn mir jetzt freiwillig? Oder muss ich dir erst den Hals umdrehen?«

Hinter ihm näherten sich weitere Gestalten. Ava erkannte Katzenauge, der mit gekrümmtem Rücken lief und Rumina, die sich wie ein lauerndes Tier heranpirschte.

»Ich denke, da musst du mir schon den Hals umdrehen.« Ava wirbelte herum, bereit sich in den Fluss zu stürzen, doch sie prallte gegen eine Wand. Eine Wand aus dornigen Rosen, die plötzlich aus der Uferböschung hoch in den Himmel gewachsen war.

»Wenn du es so möchtest«, lachte Raven hinter ihr, »dann werde ich deinem schmalen Hals den Gefallen tun. Warum schaust du denn so verzweifelt? Rosen sind die schönsten Blumen auf der ganzen Welt! Ihr Anblick müsste dich verzaubern.«

Hektisch wanderten Avas Augen über die Rosenwand. Überall erblühten neue Knospen in schneeweiß und weinrot, sodass alles verschwand, was dahinter lag. Die Ranken wuchsen so dicht, dass ein Entkommen unmöglich war. Ava drehte sich wieder um. Sie spürte die Dornen in ihrem Rücken und Ravens Pfefferminzatem auf den Wangen.

»Ich für meinen Teil liebe diese Blumen. Denn sie sind gut zu mir.«

Er zuckte zusammen, als Rumina ihn von hinten berührte.

»Raven«, flüsterte sie ihm ins Ohr. »Lass mich ihn ihr abnehmen.«

Wie benommen starrte Ava auf Ruminas weiße Finger, die immer näher kamen. Gleich war es vorbei. Gleich gehörte der Kristall ihnen. Und damit ihr aller Schicksal.

Ava schloss die Augen, um dieses Grauen nicht mit ansehen zu müssen. Doch plötzlich spürte sie Fingerspitzen, die sich von hinten in ihre Schulterblätter bohrten. Und dann wurde sie mit einem heftigen Ruck nach hinten gerissen. Sie rechnete damit, in die dornigen Rosen zu fallen, doch stattdessen landete sie mit einem lauten Klatschen im Flusswasser und starrte wie entgeistert auf das große Loch in der Rosenwand vor ihr.

»Golo«, rief sie, als sie die schlaksigen Arme erkannte, die sich um ihren Oberkörper legten und sie mit aller Kraft durch den Fluss zogen. Seine Gesichtszüge waren wie versteinert, so sehr konzentrierte er sich darauf, Ava heile zum Wohnwagen zu bringen, wo die Jungs auf sie warteten. In der einen Hand hielt er ein Messer, an dessen Klinge noch der grüne Saft der Rosenstiele hing, die er zerschlagen hatte. Ava rang nach Atem und schlang ihre kleinen Finger um den Kristall. Beinahe wäre er zu spät gekommen.

»Golo, sag mir, dass du uns hier rausbringst«, bettelte sie.

Er gab ihr einen Schubs und schob sie zusammen mit den Jungs, die am Ufer gekauert hatten, in den Wohnwagen. Gerade sah sie noch, wie die Rosenwand niedergemetzelt wurde und Raven und Rumina in den Fluss sprangen.

»Haltet euch fest. Ich kann euch nichts versprechen, aber ich tu mein Bestes.« Seine runden Augen waren vor Entschlossenheit zusammengekniffen und zum zweiten Mal an diesem Tag sah Ava eine gewisse Spannung in seinen Armen. »Ich hab dich nicht umsonst zum See und aus der Schlangengrube gekarrt, mein Mädchen. Das seh ich gar nicht ein. Jetzt geb ich die Richtung vor!«

Sie schlossen die Tür. Elmon lag auf dem Bett, in dem Ava bereits eine Nacht verbracht hatte. Karim hockte daneben. Er hatte nicht draußen am Ufer gesessen und gebetet, dass Golo es schaffte, Ava zu retten.

»Jetzt mach schon«, knurrte Leon, der durch die Gardinen starrte, »sonst haben sie uns gleich.« Tatsächlich kletterte Raven bereits aus dem Fluss und war drauf und dran, sich an den Wohnwagen zu hängen.

»Haltet die Tür zu!«, befahl Ava.

»Wenn sie schlau sind, erledigen sie unseren Kutscher«, sagte Leon. »Wie soll der uns heile aus dem Wald bringen, Ava? Mit einem alten Esel!«

»Ich … ich weiß es nicht«, sagte sie erschöpft. »Er war immer am richtigen Ort, wenn ich ihn gebraucht habe. Ich glaube, er ist mein Schutzengel.«

In diesem Moment wurde die Tür von außen aufgerissen und Rumina versuchte, in den Wagen zu klettern. Karim versetzte ihr einen Tritt gegen die Brust und im selben Moment zischte der Wagen los wie eine Rakete.

»Die Tür!«, schrie Ava gegen den Sog an und die drei Jungs zerrten sie mit aller Kraft zu. Durch das Fenster sah Ava noch das goldene Kreischen des Zorns in Ravens Augen, doch er war machtlos. Er blieb zurück, während Golo den Wagen in eine Rakete verwandelt hatte, die den Tücken des Waldes davonlief. Ava setzte sich auf den Boden und klammerte sich an das Spülbecken. Der Wagen wurde hin und her geschüttelt, Geschirr, Limonadenflaschen und Pelzmützen flogen aus den Schränken und verteilten blaue Flecken. Draußen bäumte sich der Wald gegen diese Flüchtlinge auf, die Verräter, die Kristallräuber. Er ließ die Äste der Bäume auf sie niederpeitschen, er versuchte, die Wege und Brücken zu sprengen, über die Golo rechtzeitig hinwegrauschte, bevor sie für immer von der Bildfläche verschwanden. Ava hielt sich die Ohren zu, denn sie hatte das Gefühl, die Explosionen würden ihr Trommelfell hinfortreißen. Immer wieder hörte sie das Knistern von Feuer und die Schreie von Raben und das Röcheln von Elmon, der ansonsten wie tot auf dem Bett lag. Karim hatte sich über ihn geworfen, damit er nicht herunterfiel. Die orangefarbene Bettwäsche hatte sich längst dunkelrot verfärbt. Und plötzlich musste Ava an all die Wesen denken, die unweigerlich in diesem Wald sterben würden. Für die Raben empfand sie kein Mitleid, genauso wenig wie für Basil oder die träumefressenden Würmer. Aber was war mit Norwin und Herlinde? Was war mit den sieben Zwergen, die sie mit Kuchen gefüttert hatten? Was war mit den Moosmännern und den Schneekatzen, von denen Golo erzählt hatte, mit dem Schatz der Prinzessin und dem Staub ihres Körpers, der in diesen Feuerstunden ein letztes Mal wirklich golden glitzern würde? Und was war mit Katzenauge? Und Rumina? Und selbst mit Raven? Egal wie sehr Ava es sich wünschte, die Vorstellung, wie diese drei im Wald verbrannten, machte sie nicht glücklich.

Als hätte Karim ihre Gedanken erraten, sagte er: »Das werden sie nicht überleben. Die sind wir für immer los. Wir können nur hoffen, dass dein Kutscher nichts Böses im Schilde führt.«

»MEIN Kutscher rettet uns gerade das Leben, falls es dir noch nicht aufgefallen ist.«

Draußen vor den Fenstern wirbelte ein Sturm aus buntem Herbstlaub, gespickt mit Rosenköpfen, weißen Watteballen, den Blättern silberner Weidenzweige und dem Blütensaft lilafarbener Krokusse. Ava meinte, Bienenkörper zu erkennen, die genauso durch die Luft geschleudert wurden wie Kirschkerne und pergamentfarbene Schmetterlinge, die eben noch an den Stämmen von Mandelbäumen gesessen und ihnen das Aroma aus dem Holz gesaugt hatten. Ava verbarg das Gesicht hinter ihren Handflächen.

Einige Minuten später wurde der Wagen langsamer. Jetzt hatte Ava das Gefühl, wieder gleichmäßig atmen zu können. Sie drängten sich alle an die kleinen Fenster und sahen im Dämmerlicht des aufkommenden Morgens, wie sie die letzten Bäume hinter sich ließen und auf eine weite Ebene zusteuerten, auf der wilde Kräuter zwischen Gräsern und Roggen wuchsen.

»Wir haben es geschafft« rief Ava. »Wir haben den Neidwald verlassen! Wir sind in Sicherheit!« Sie wagten es kaum, sich zu rühren und sahen aus dem hinteren Fenster das, was einmal der berüchtigte Neidwald gewesen war. Riesige Rauchwolken stiegen dort in die Luft, das Gebiet glich einem Trümmerfeld. Und über alledem kreisten schwarze Raben und sangen ihre Klagelieder.

Plötzlich stieß Elmon einen schmerzhaften Laut aus. Ava kauerte sich vor ihn ans Bett und führte ihr Ohr wieder ganz nah an seine Lippen.

»Seien Sie stark, Elmon! Sie müssen ein klein wenig durchhalten, dann haben wir es geschafft und Sie bekommen Hilfe.«

»Der Kristall?«, röchelte er.

»Ist hier!« Sie nahm ihn vom Hals und legte ihn in seine geöffnete Hand. »Wir haben ihn gerettet, Elmon. Gemeinsam.«

Er bekam kaum noch Luft. »Ava … Gib ihn nicht her, hörst du! Du darfst niemandem vertrauen. Du musst ihn zerstören.«

»Was? Sie haben selbst gesagt, dass es nicht geht.«

»Es muss. Es muss, hörst du?«

»Aber wir haben Raven und Rumina besiegt! Der Kristall ist außer Gefahr!«

»Er wird es niemals sein, mein Kind. Niemals, solange noch Gefühle im *Herzen* leben. Wenn du Hilfe brauchst, wende dich an Zara. Nur im äußersten Notfall. An niemanden sonst.«

»Aber sie ist Ruminas Cousine!«

»Sie ist die Einzige, der ich noch trauen würde. Vertrau mir. Es ist das Vorletzte, um das ich dich bitte.«

»Und das Letzte?«

»Sag meinen Söhnen, dass ich sie geliebt habe. Und dass ich mich schäme, für alles, was ich ihnen angetan habe.«

»Aber das werden Sie ihnen doch bald selbst sagen können!«

»Nein. Auch dafür bin ich zu feige.«

Ava sah, wie das Licht langsam aus Elmons Augen wich.

»Danke, mein Kind. Ohne dich hätte ich das nie geschafft.«

»Was?«

»Wenigstens ein bisschen Zuversicht zu verspüren, während ich sterbe.«

Seine Hand glitt langsam an der Bettkante hinunter und sein Mund blieb einfach offen stehen, als würde er noch weiter sprechen wollen. Doch kein Luftzug erreichte mehr Avas Ohr.

Von außen öffnete sich die Tür und Golo strahlte über beide Ohren: »Sooo meine Lieben! Ich würde mal sagen, das haben wir super hinbekommen!« Als er Elmon erblickte, blieben ihm die Worte im Hals stecken.

»Er ist tot«, brach es aus Ava heraus und im nächsten Moment lag sie schluchzend in Golos Armen. Er wiegte sie hin und her wie ein kleines Kind und redete beruhigend auf sie ein, während die Jungs wie benommen um sie herum saßen und abwechselnd Elmon und den Boden anstarrten. Ava ließ sich fallen. Sie ließ das Seil los, an dem sie die ganzen letzten Tage gehangen hatte und ließ sich auffangen, von Golos Wärme und dem Schmerz, der sie in eine weiche Decke hüllte und durchtränkte. Wie lange hatte sie ihn zurückgehalten, um stark zu sein. Jetzt überrollte er sie wie eine Sturmflut. Und Ava dankte wem auch immer, dass in diesem Moment ein Schutzengel an ihrer Seite stand und ihr seine Flügel lieh.

44. Kapitel

Rumina spürte ihre Beine nicht mehr. Ein Ast hatte sie begraben und nun atmete sie trockene Erde und Ruß. Der Fluss zu ihrer Rechten rauschte unangenehm laut. Oder war es das Blut in ihrem Kopf? Asche regnete von einem weißen Himmel auf sie hinab und bedeckte ihr blutbespritztes Kleid. Sie hatte den Kampf verloren.

Ein lautes Knacken riss sie aus ihren Gedanken und als Rumina den Kopf hob, blickte sie auf schwarze, vom Feuer versengte Stiefel. Sie sagte nichts. Sie starrte ihn nur weiter an, als er sich auf die Knie sinken ließ und ihr seine Hand entgegenstreckte.

»Komm«, sagte er mit rauer Stimme, »ich hole dich hier raus.«

»Aber … Der Kristall!«

»Nicht ohne dich, Rumina.«

Er drückte seinen ganzen Körper gegen den Ast und befreite sie aus ihrem Gefängnis. Keuchend wälzte sich Rumina auf den Rücken und massierte ihre Beine. Er nahm ihr Gesicht zwischen seine Hände, die so kalt waren, als seien sie tot.

»Gemeinsam werden wir uns den Kristall zurückholen. Nur du und ich. Für immer.«

Ihr Herz schlug aufgeregt, als sie in seine goldenen Augen blickte. Denn auf seinen Pupillen wucherten kleine, rote Adern wie die Wurzeln einer Blume. Und wenn er den Mund öffnete, strömte der Duft einer Rose aus seinem Inneren wie ein betörendes Parfum. Die Königin der Nacht hatte sich ausgebreitet. Und wenn er es zuließ, würden sich ihre Wurzeln und Dornen bald durch seinen ganzen Körper strecken. Sein Herz war das Beet, seine Knochen der Stein, um den sich Ranken wickelten, sein Blut war der Dünger und Ruminas Küsse Sonne und Regen zugleich.

Sie lachte, als er sie auf die Beine zog und mit ihr durch den sterbenden Wald humpelte. Sie lachte so laut und schrill, dass die letzten verkohlten Körper der Bäume zerfielen und als schwarzer Staub in den Himmel stiegen.

45. Kapitel

Glücksland lag unter schweren Gewitterwolken, zwischen denen zitronenfarbene Sonnenstrahlen hindurchbrachen und die Köpfe der nassen Sonnenblumen erleuchteten. Ava trat aus der Kutsche, die Golo auf einer Anhöhe gestoppt hatte, von wo aus sie das ganze Tal überblicken konnte. Die weiten Felder, das verschlafene Mandelrund und schließlich das kleine Steinhaus mit dem rot gestrichenen Zaun – alles war noch genau so wie am Tag ihrer Abreise.

»Es ist so still hier«, sagte Noël, der neben sie getreten war. »Und es wirkt so freundlich. Fast wie zu Hause.«

»Ich bin ja froh, dass es in dieser Welt auch nette Orte gibt und nicht bloß mörderische Wälder und gestörte Gefühle«, sagte Leon.

Sie standen alle in einer Reihe und genossen die milde Regenluft auf den Wangen. Karim schwieg noch immer, wie die letzten Stunden in der Kutsche, in der sie den langen Weg vom Neidwald nach Glücksland zurückgelegt hatten. Doch auch an ihm schien das Glück nicht abzuprallen, das dieser Ort verströmte, denn seine Augen hingen gebannt an den Blumen und dem unwirklichen Licht, das von den steilen Berghängen auf der anderen Seite reflektiert wurde.

Plötzlich hatte Ava eine Eingebung. »Würdest du es gerne malen?«, fragte sie ihn. Im ersten Moment schaute er sie abweisend an, doch dann wurde ihm bewusst, dass sie sich erinnern musste.

»Ich glaube schon«, sagte er, »die Atmosphäre schreit danach, mit Farbe auf Papier gebannt zu werden.«

»Aber ein Meer haben wir hier nicht.« Ava erinnerte sich, Bilder in der Hand gehalten zu haben, die den einen Ort zeigten, an dem Karim wirklich zu Hause war: Das weite, unbegrenzte Wasser.

»Natürlich habt ihr hier ein Meer«, erwiderte er, »es ist bloß nicht blau, sondern gelb. Es passt so gut zu dir.«

Ava starrte auf die Sonnenblumen unter ihr und überlegte fieberhaft, was sie mit ihnen gemeinsam hatte. Sie waren so makellos schön, selbst der Regen konnte ihrer Kraft nichts anhaben. Er sorgte nur dafür, dass sie noch weiter in den Himmel wuchsen.

»Ich fühle mich grade eher wie diese Sonnenblumenleichen in unserem Garten«, sagte Ava und deutete auf einige sonnenverkohlte Exemplare.

»Die sind ganz schön hässlich«, sagte Leon irgendwann, »aber mit ein bisschen Wasser und Dünger kann man bestimmt noch etwas aus ihnen machen.«

Sie sahen sich alle an und mussten lachen. Zum ersten Mal seit langem.

Dann war es an der Zeit, sich von Golo zu verabschieden. Er würde Elmons einzigen noch lebenden Sohn Nicolas suchen, um ihm die Möglichkeit zu geben, sich von seinem Vater zu verabschieden.

»Er soll das Recht haben, zu entscheiden, wo sein Vater beerdigt wird«, hatte Golo gesagt und keiner hatte widersprochen. Ava war das nur recht. Sie wollte nicht, dass sein Körper der Regierung in die Hände fiel, denn die hatte bestimmt nicht viel Mitgefühl für ihn übrig. Sie stieg noch einmal in den Wagen und drückte Elmons kalte Hand. Dann umarmte sie Golo ganz fest und wünschte ihm eine gute Reise.

»Pass auf dich auf, Mädchen«, murmelte er in ihr Haar, »die Regierung wird schnell dahinterkommen, was im Neidwald geschehen ist. Und sie werden nicht ruhen, bevor sie dich und den Kristall gefunden haben.«

»Wer weiß, vielleicht bist du ja wieder zur richtigen Zeit am richtigen Ort, wenn ich dich brauche. Und brätst mir ein Wildschweinsteak. Oder rettest mir das Leben.«

Er lächelte traurig: »Ich glaube, meine Rolle in dieser Geschichte ist zu Ende erzählt. Ich muss mir eine neue suchen. Vielleicht baue ich ein Haus und werde sesshaft. Oder ich mache groß Karriere bei der Post. Wer weiß, vielleicht finde ich sogar eine Frau, die meine Leidenschaft für Kürbislimonade teilt?«

»Das wäre toll.«

»Oh ja, das wäre es wahrlich.«

Er schob eine Hand in seine Manteltasche und zum Vorschein kam die Kristallkugel, die Ava ihm damals im Schnee geschenkt hatte.

»Egal wie meine Geschichte aussehen wird, ich weiß, dass wir niemals alleine sind. Denn wenn sich jemand einmal in unserem Herzen niedergelassen hat, geht er immer mit uns. Selbst in Momenten, in denen wir denken, dass er uns verlassen hat.«

Ava wollte ihn festhalten, doch Golo löste sich, winkte ihnen noch einmal zum Abschied, stieg dann auf seinen Esel und gab das Kommando zum Aufbruch. Der Wohnwagen zockelte langsam davon und sie schauten ihm nach, bis er schließlich ins gelbe Sonnenlicht eintauchte und nicht mehr zu sehen war.

Auf dem Weg zu ihrem Elternhaus beschlich Ava ein ungutes Gefühl. Sie betrachtete ihre Freunde, die hungrig und erschöpft aussahen, mit den Striemen im Gesicht, dem verbundenen Handgelenk, den aufgeschlagenen Knien, die Blutflecken auf ihren Hosen hinterlassen hatten. Was bloß sollte sie ihren Eltern erzählen? Die Wahrheit? Dass sie einen Kristall um den Hals trug, den sie ganz alleine zerstören musste? Alles in Ava sträubte sich dagegen und dieses Sträuben wurde immer stärker, je roter der Zaun wurde, auf den sie zusteuerten, je mehr die Luft nach Regen und Wärme duftete, je tiefer sie in den friedlichen Dunst des Steinhauses eindrangen.

»Sie leben in einer Idylle«, sagte Ava plötzlich. »Sie glauben, die Welt sei in Ordnung. Deswegen werden wir ihnen nicht die Wahrheit sagen.« Die Jungs schauten sie überrascht an, verstanden aber, wovon sie sprach. »Wir werden ihnen sagen, dass ihr Menschen seid und dass wir im Neidwald waren und dort mächtig gefährliche Dinge erlebt haben. Aber wir erwähnen den Kristall mit keinem Wort. Und auch nicht, dass mein Aufenthalt zu Hause nur von kurzer Dauer sein wird.«

»Glaubst du, sie würden es so wollen?«, fragte Noël.

»Es ist egal, was sie wollen und was nicht. Ich muss sie schützen. Je weniger sie wissen, desto besser.«

»Damit nimmst du ihnen aber auch die Möglichkeit, zu handeln«, warf Karim ein. »Was, wenn doch jemand hinter uns her ist und unsere Spur verfolgt? Willst du deine Eltern ahnungslos deinen Feinden überlassen?«

»So ein Quatsch! Wer soll denn hinter uns her sein? Die Regierung wird meinen Eltern wohl kaum etwas Böses wollen.«

Es fiel Ava unheimlich schwer, das Paradies ihrer Eltern zu zerstören. Es würde ihr im Herzen wehtun, Angst und Sorge auf ihren Gesichtern zu sehen. Sie leise im Schlafzimmer flüstern zu hören, dass sie nicht zulassen durften, dass Ava eine solch schwere Bürde auf sich nahm. Und ihnen schließlich das Herz brechen zu müssen, wenn sie gegen ihren Willen mit dem Kristall auszog und ihnen befahl, sie nicht aufzuhalten. Nein, das würde Ava nicht ertragen.

Kurz bevor sie das Tor zum Grundstück öffneten, fiel ihr noch etwas ein. Sie drehte sich zu Leon und Noël: »Ich habe euch versprochen, dass ihr wieder nach Hause kommt, sobald wir den Wald verlassen haben. Und ich halte mein Versprechen. Karim und ich werden dafür sorgen, dass ihr in eure Welt zurückkehrt. Ich weiß zwar noch nicht genau wie, aber uns wird etwas einfallen.«

Leon und Noël tauschten Blicke aus und hinderten Ava daran, durch das Tor zu gehen.

»Hör mal zu, Ava«, sagte Noël, »lange Zeit wollten wir nichts anderes als aus dem *Herzen* zu verschwinden. Jetzt ist es anders. Leon und ich werden bleiben, bis wir gemeinsam den Kristall zerstört haben. Wir lassen euch nicht im Stich.«

Ava starrte sie mit offenem Mund an. »Das kommt überhaupt nicht in Frage«, sagte sie energisch, doch Noël legte ihr den Zeigefinger auf die Lippen.

»Du musst nicht für uns entscheiden, Ava. Wir wissen selbst, was wir tun.«

»Außerdem fürchten wir, dass du es ohne uns ganz schön verbockst«, witzelte Leon, »und wir haben ehrlich gesagt keine Lust, in einer Welt zu leben, in der ein Gefühl alle anderen beherrscht. Ihr habt überhaupt kein Recht, uns aus der Sache herauszuhalten. Denn sie geht uns mindestens genauso viel an wie euch.«

Ava setzte zu einem neuen Schwall an aufgebrachten Worten an, doch Karim kam ihr zuvor und legte seine Hand beschwichtigend auf ihre Schulter: »Sie haben recht, Ava. Zu viert haben wir größere Chancen als alleine. Du musst dir helfen lassen.«

Ihr Magen, der sich wieder drehte, als Karim sie berührte. Die Beine, die plötzlich weich wurden. Eine Unruhe in ihrem Herzen. All das ausgelöst von einer einzigen Hand, die auf ihrer Schulter lag, führte dazu, dass Ava nicht weiter protestierte. Hauptsache, sie konnte sich schnell aus Karims Griff befreien und wieder frei atmen.

»Na gut …«, murmelte sie und stieß das Tor auf.

Sie sah die Bilder ihrer Kindheit vor sich. Wie oft war sie auf dieses Steinhaus zugerannt, hatte die Tür aufgerissen und nach ihren Eltern gerufen. Immer hatte sie ihnen von Dingen erzählen wollen, die sie nicht die Bohne interessierten. Dass sie zum Beispiel eine Schnecke mit den nackten Füßen zertreten hatte und dass sich das sehr glitschig zwischen den Zehen angefühlt hatte. Oder dass ihre Urgroßmutter Babette beim Kartenspielen eingeschlafen war und Ava heimlich ihren gesamten Keksvorrat geplündert hatte. Heute fiel es ihr schwer, durch diese Tür zu treten. Die Leichtigkeit war verflogen.

Anatol saß auf dem Sofa und blätterte in der Zeitung, während Debora mit einem Korb Stoffe beladen die Treppe heruntergestolpert kam. Als sie den Korb auf dem Esstisch absetzte, glitt ihr Blick fassungslos über Ava und ihre Freunde. Dann fiel sie zunächst Ava und danach all ihren männlichen Begleitern um den Hals, erdrückte sie mit ihren starken Armen und wünschte ihnen zeitgleich Verwünschungen und Liebesschwüre an den Hals. Am Ende dieses Vorgangs war sie hochrot und hatte Tränen in den Augen. Anatol hatte sich erhoben und lächelte Ava bloß zu. Sie wusste, dass er sie nicht umarmen würde. Sie kommunizierten in Gedanken und Ava wusste genau, dass Anatol sich gerade vorstellte, wie er gleich morgen früh mit ihr losziehen würde in den Wald – zur Pinienernte. Und obwohl Ava die Nase gestrichen voll hatte von Wald, freute sie sich schon riesig darauf.

Debora übertraf sich selbst. Während sich alle vier nacheinander die Überreste des Neidwalds vom Körper wuschen, bereitete sie ein Festessen zu Ehren der Heimgekehrten vor und bestand als Gegenleistung darauf, alles haarklein erzählt zu bekommen. Während sie Ava und den Jungs einen deftigen Haseneintopf vom Vortag, sowie in Öl gebratene Fenchelscheiben und haufenweise Kartoffeln servierte (Karim schob Ava seinen Eintopf zu), erzählten die Heimkehrer abwechselnd von ihrem Abenteuer im Neidwald. Anatol schaufelte ihnen immer wieder die Teller voll, sodass sie zwischen Essen und Reden kaum dazu kamen, Luft zu holen, und als er und Debora erfuhren, dass ihnen zwei Menschen gegenübersaßen, schienen ihre Augen überzuquellen

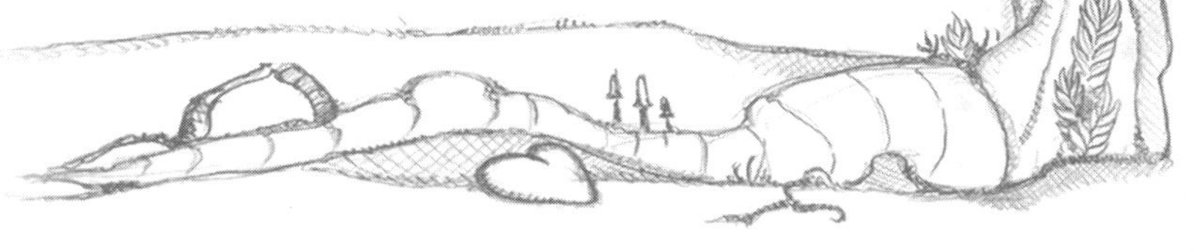

vor Begeisterung. Menschen hatte man im *Herzen* schließlich nicht oft zu Gast, da zeigte sogar Anatol unverhohlene Neugier und Debora vergaß völlig, Ava eine Standpauke zu halten.

Während Leon die Hyäne imitierte, die an seinen Zehen geleckt hatte, tastete Ava nach dem Kristall, der noch immer unter dem Pulli auf ihrer Brust lag. Er war wie ein Andenken an den Neidwald, das sie nicht mehr loswurde. Dann schob sie sich eine Gabel karamellisierte Birne in den Mund und ließ den Blick durch das Zimmer schweifen. Noch immer war alles an seinem alten Platz, zu voll und unaufgeräumt, aber gemütlich und irgendwie richtig, denn das war ihr Zuhause. Ava musste an die Nacht denken, in der ihr Abenteuer begonnen hatte. An diesem Tisch hatte sie gesessen und dem Basilikum zugeschaut, das in der heißen Sommerluft gezittert hatte. So wie der Staub in ihrem Herzen. Sie wollte damals alles, bloß nicht noch einen langweiligen Ferientag in Glücksland verbringen. Bloß nicht immer Frieden und Gemütlichkeit. Das Basilikum stand noch immer am Fenster, doch Avas Herz war nicht mehr dasselbe. Langsam aber stetig begann die Sonnenblume zu wachsen und ihre Blüte zu öffnen, der Staub war nicht zurückgekehrt. Warum?, dachte Ava. Warum musste ich erst alles verlieren, um mich zu finden?

»Da kommt wieder ein Gewitter«, sagte Debora plötzlich, »das geht heute schon den ganzen Tag so. Ich mache euch Jungs mal die Betten in unserem Gästezimmer fertig. Einer muss wohl oder übel mit einer Matte auf dem Boden Vorlieb nehmen.«

Ja, damals hätte Ava alles gegeben für ein bisschen Krieg und Nervenkitzel. Jetzt griff sie mit aller Macht nach jedem Stückchen Frieden, das sie bekommen konnte. In diesem Moment wünschte sie sich, nie wieder fortgehen zu müssen. Und sie war heilfroh, als sie endlich in ihr eigenes Bett fallen konnte.

Es musste früh am Morgen sein, als Ava erwachte, denn draußen war es noch dunkel. Ein paar Mal drehte sie sich im Bett hin und her und versuchte, wieder einzuschlafen. Doch als sich die Bilder aus dem Neidwald in ihren Kopf schlichen, gab sie auf und verließ ihr Zimmer. Sie wollte nicht länger an die Raben, das Feuer und Elmon denken. Auf dem dunklen Flur regte sich nichts, doch Ava hörte Stimmen durch die Tür zum Gästezimmer. Sie war nur angelehnt, also schmiegte sie sich an die Wand und lauschte. Es waren Karim und Noël, die sich im Flüsterton unterhielten.

»Du kannst sie nicht für etwas bestrafen, an dem sie nicht schuld ist, Karim.«

»Das weiß ich. Aber es schlägt auf mein Herz ein, jede Sekunde, in der sie mich ansieht, als sei ich ein Niemand für sie. Wenn sie mich wirklich geliebt hat, wie kann das plötzlich komplett ausgelöscht sein?«

»Sie hat ihr Gedächtnis verloren.«

»Nein, sie hat bloß mich verloren! Und alles, was sie jemals für mich empfunden hat.«

»Vielleicht kommt es wieder, wenn du ihr Zeit lässt.«

»Ich weiß wirklich nicht, ob ich das aushalte. Immer in ihrer Nähe zu sein und doch so weit von ihr entfernt. Für sie ist das alles ganz einfach. Aber für mich ist das Folter.«

»Dir bleibt nichts anderes übrig. Entweder gehst du ganz normal mit ihr um und hoffst, dass sie sich wieder in dich verliebt, oder du hältst dich von ihr fern.«

»Natürlich. Damit du sie in der Zeit um den Finger wickeln kannst. Ich weiß doch genau, dass sie dir nicht gleichgültig ist.«

»Ja, stell dir vor, das ist sie mir nicht. Jetzt erfährst du wenigstens mal am eigenen Leib, wie ich mich die ganze Zeit fühle!«

»Sie wird sich dir nicht an den Hals werfen, bloß weil sie meine Küsse vergessen hat.«

»Nein, sicher nicht.«

»Dann gib endlich auf und lass sie in Ruhe.«

»Das habe ich doch schon längst, Karim. Von Anfang an wusste ich, dass sie dich liebt. Ich habe schon aufgegeben, bevor sie mich überhaupt richtig gesehen hat.«

Ava musste husten. Ein erstickter Laut entfuhr ihrer Kehle und im selben Augenblick wurde es still im Zimmer. Sie hastete zur Treppe und lief nach unten, hinaus aus dem Steinhaus und barfuß über das nasse Gras. Auf der Rückseite lehnte sie sich an die Mauer und ließ sich auf den Boden sinken. In Kürze war ihre Schlafanzughose völlig durchnässt, doch das war ihr egal. Im grauen Licht des Morgens saß sie da und schaute auf die Berge in der Ferne. Über ihnen lag ein orangefarbener Streifen, der von der aufgehenden Sonne kündete. Der Himmel würde blau werden, die Gewitterwolken hatten sich verzogen und bloß einen feuchten Dunst hinterlassen, der alle Konturen und Farben weichzeichnete. Ava fühlte sich plötzlich sehr müde. Sie schloss die Augen und entschied, nicht über all das nachdenken zu wollen, was Karim und Noël gesagt hatten. Von Liebe und Küssen hatten sie gesprochen. Von Folter und von ihr. Was hatte der Wald bloß aus ihrem Leben gemacht?

Plötzlich bog Karim um die Ecke, ebenfalls barfüßig.

»Darf ich?«, fragte er und sie nickte. Schweigend saßen sie nebeneinander und rupften Gras aus der Erde.

»Wir haben uns geküsst?«, fragte Ava schließlich. Diesmal war er es, der nickte.

»Wie hat sich das angefühlt?«

»Wie der Moment, wenn du nach einem Kopfsprung aus dem Wasser auftauchst und die Sonne das Salz auf deinem Gesicht trocknet.«

»Wirklich?«

»Ganz genau so.«

»Dann war es also ein gutes Gefühl?«

»Das beste.«

Sie schauten zu, wie der Himmel von rosaroten Bändern eingenommen wurde.

Es war ein so schönes Bild, dass Ava nach Karims Hand griff.

»Es ist viel passiert im Neidwald. An einiges mag ich mich nicht mehr erinnern, aber das Wichtigste ist doch, dass wir jetzt zusammen hier sitzen.«

»Vielleicht hast du recht.«

»Es ist schon seltsam«, sagte sie und wickelte den Finger um das Unkraut auf der Wiese, »ich habe den Kristall aus dem Neidwald getragen. Ich habe ihn vor Raven und Rumina gerettet und dennoch fühle ich mich erbärmlich und überhaupt nicht wie ein Held. Und weißt du warum? Weil so viele darunter leiden mussten.«

»Was aber nicht deine Schuld ist!«

»Ich glaube, Helden sind aus einem ganz anderen Holz geschnitzt. Es sind diejenigen, die im richtigen Augenblick eine Tasse Himbeermilch reichen. Die an einen glauben oder einfach nur da sind, jeden Morgen beim Aufwachen und jeden Abend beim Einschlafen.«

Karim strich ihr eine Strähne aus dem Gesicht und in diesem Moment prasselten so viele Fragen auf Ava ein, die sie ihm am liebsten gleich gestellt hätte. Zum Beispiel was seine Lieblingsnachspeise war. Wie er es schaffte, die Bilder aus dem Neidwald aus seinem Kopf zu verdrängen. Ob er sie in den Armen halten würde, in den Nächten, die noch kommen würden. Und ob er sie liebte. Doch sie brachte keinen einzigen Ton über die Lippen. Und seltsamerweise schienen sie es beide zu genießen, gemeinsam zu schweigen.

Karim nahm ihre Hand und gemeinsam ließen sie sich von der aufgehenden Sonne in Gold baden. Dieser Moment war so vollkommen, dass Ava ihn in ihrem Herzen abspeicherte, wo er eine Ecke des schwarzen Lochs füllte, das ihr Besuch bei der Schlange hinterlassen hatte. Es war nur ein kleiner Anfang für eine große Leere, aber es war ein besonders goldener.

Plötzlich beuge Karim sich vor und biss in ihr Ohrläppchen. Ava schrie auf, doch als er lachte, stimmte sie mit ein.

»Ich habe mir schon gedacht, dass es so sein würde«, sagte er.

»Dass was wie sein würde?«, fragte sie und machte Anstalten, ihn zu kneifen.

»Dass du jetzt einen Geschmack hast.«

»Ist das so?«

»Allerdings. Du schmeckst nach Erdbeerseife.«

»Nach Erdbeerseife?«, fragte sie und lehnte sich wieder grinsend an die Hauswand.

»Ja, wirklich. Du schmeckst gut.«

Sie schaute zu, wie das Sonnenlicht seine Haarspitzen zum Leuchten brachte, und schloss dann wieder die Augen. Erdbeerseife also. Das gefiel ihr. Das gefiel ihr sogar richtig gut.

ENDE

Die wichtigsten Figuren

<u>**Hauptfiguren**</u>**:**

Ava
Neugier, stammt aus Glücksland

Karim
Sehnsucht, lebt mit seinem Vater **Auron** im Kessel

Raven
Hass, ist auf der Jagd nach dem Kristall

Rumina
Stolz, **Zaras** Cousine und **Ravens** ehemalige Geliebte

Katzenauge
Scham, Spieler und Betrüger, Handlanger von **Raven**

Noël
Mensch

Leon
Mensch

<u>**Der Rat:**</u>

Auron
Vertreter des Vertrauens, Karims Vater

Elmon
Vertreter des Neids, beurlaubt

Esra
Vertreterin des Hasses

Dorette
Vertreterin der Neugier

Fridolin
Vertreter der Angst

Galahad
Vertreter des Stolzes

Mirabelle
Vertreterin der Freude, Patentante von **Ava**

Océane
Vertreterin der Trauer

Phineas
Vertreter der Liebe

Zara
Vertreterin des Mutes, Ruminas Cousine

Zoran
Vertreter der Wut

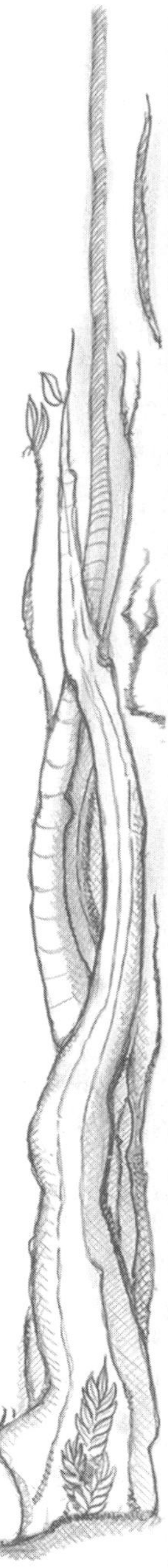

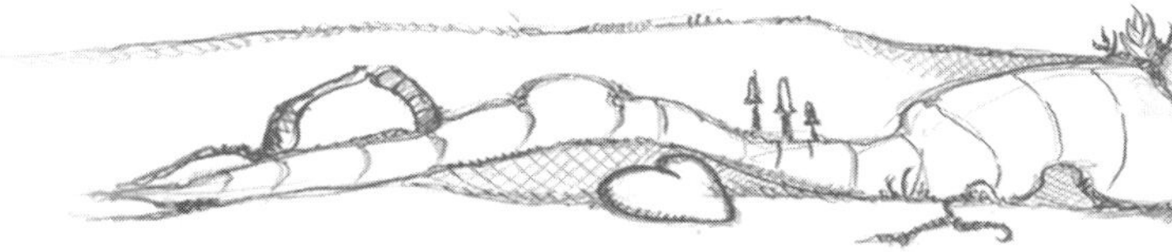

Weitere Figuren:

Anais
Karims verstorbene Mutter

Anatol
Avas Vater

Debora
Avas Mutter

Der Meister
Spieler im Kessel

Dickbauch
Spieler im Kessel

Filunzius
Sicherheitsbeauftragter der Burg, Monokelmännchen

Golo
Kutscher im Neidwald, lebt in einem Wohnwagen

Holm
Trinker, Handlanger von Raven

Ida
Köchin in der Burg des Kessels

Ignatz
Bürgermeister des Kessels

Jadon
Besitzer des »Zauberkessels«, am Neidwald interessiert

Jascha
Jugendfreund von Zara und Rumina

Landolin
Avas Onkel, Musiker

Levi
Philosoph, Freund von Galahad

Lysander
ältester Sohn von Elmon

Nicolas
jüngster Sohn von Elmon, Zaras Lebensgefährte

Priscilla
reiche Bürgerin des Kessels, Ravens Verbündete

Scarlett
Handlangerin von Raven

Sophus
Geschichtsschreiber

Vico
Sohn des Weißbrotbäckers, Handlanger von Raven

Walburga
Schneiderin im Kessel, Schwester von Esra

Nachwort: So tickt das Herz

Das *Herz* ist eine einzige große Welt, in der Gefühle leben. Jeder Mensch trägt diese Welt in seinem Körper und die Tatsache, dass all die verschiedenen Gefühle im Menschen leben und dort ihrem Alltag nachgehen, führt dazu, dass der Mensch fühlen kann. Stirbt ein Mensch, so führt dies nicht dazu, dass auch im *Herzen* Gefühle sterben, denn keines der Gefühle ist einem bestimmten Menschen zugeordnet – sie leben ganz allgemein, damit die Menschheit fühlen kann. Gäbe es im *Herzen* jedoch plötzlich keine Liebe, keine Angst oder keinen Mut mehr, so könnten auch die Menschen diese Emotionen nicht mehr empfinden.

Das *Herz* wurde vor Tausenden von Jahren von den Architekten erbaut, gefühllosen Wesen, die dem rauen Stein, der am Anfang an der Stelle des *Herzens* war, seine Form gegeben haben. Sie haben die Edelsteine aus dem Felsen geschlagen, die die Grundlage eines jeden Gefühls bilden, haben Samen gestreut, die Sonne aufgehen und den Regen fallen lassen. So ist die blühende Landschaft des *Herzens* entstanden. Dadurch, dass die Architekten die Edelsteine zurechtgeschliffen haben, haben sie den Kern der Gefühle freigelegt und diese konnten beginnen, das *Herz* zu bevölkern, ihr eigenes Leben zu leben und ihre eigene Geschichte zu schreiben. Es gibt die unterschiedlichsten Gefühle, von Ekel über Scham, Sehnsucht, Hass, Freude und Langeweile bis zu Eifersucht, Neugier, Stolz, Liebe und Neid, und noch viele mehr. Die Gefühle haben sich nach dem Großen Krieg eine Verfassung gegeben, seitdem werden sie vom Rat der Elf, bestehend aus den elf wichtigsten Gefühlen, regiert.

Die Grundlage eines jeden Gefühls ist also ein Edelstein, den es selbst wie ein kleines Herz im Körper trägt. Dieser Edelstein hat eine ganz individuelle Füllung (bei jedem Gefühl eine andere) und bestimmt, welches Gefühl der Träger ist. Ava besitzt einen gelben Citrin, ist also die Neugier in Person. Dies hat sie von ihrer Mutter Debora geerbt. Jedoch ist sie nicht ganz zufrieden mit der Füllung: In ihrem Edelstein fällt ein grauer Staub, der jegliches Licht schluckt, wodurch die Sonnenblume, die aus dem Edelsteinboden wächst, zu verkümmern droht. Sie macht sich aus diesem Grund auf den Weg zum Neidwald, weil sie überzeugt ist, dass nur das größte Abenteuer ihrer Welt den Staub aus ihrem Leben pusten kann.

Danksagung

Zuallererst danke ich dir, Marie, weil du das *Herz* gemeinsam mit mir erkundet hast. Danke für Lob und Kritik, für deine Ideen und Inspirationen, für den sicheren Blick auf Fehler und Ungereimtheiten und deine Meinung, die das *Herz* immer wieder ein kleines Stück besser gemacht hat. Ich habe die beste Schwester der Welt und ich freue mich auf viele weitere inspirierende Plotgespräche in Cafés oder Wohnzimmern oder irgendwo am anderen Ende der Welt.

Ich danke auch Florian. Du bist mein Herz. Ich kann meist nicht genau sagen, was mich dazu trieb, Dunkelherz zu schreiben, doch ich weiß, dass du einen großen Anteil an meiner Schreibsucht hast. Denn Liebe ist die größte Inspiration von allen. Ich danke dir, dass du an mich glaubst, mich immer unterstützt, auch wenn ich ziemlich oft abwesend vor dem Laptop sitze und durch andere Welten reise. Danke, dass du Dunkelherz gelesen und mir so viele gute Tipps gegeben hast. Wenn du nicht aufpasst, ernenne ich dich zum Chefkritiker.

Ich danke Lisa. Du bist mein Glücksbringer. Danke fürs Mitfiebern und Mitfreuen, danke, dass du immer da bist, wie früher schon im Sandkasten. Du hast live mitverfolgt, wie Dunkelherz seinen steinigen Weg angetreten hat – ich werde diesen Nachmittag auf dem Domplatz nie vergessen!

Ich danke Julia Adrian. Du bist eine wundervolle Autorin und ein wundervoller Mensch! Danke, dass du mir Alex als Coverdesigner empfohlen hast, danke, dass du mich auf Astrid und den Drachenmond Verlag aufmerksam gemacht hast, danke, dass du all deine Erfahrungen so offen mit anderen Autoren teilst.

Ich danke Alexander Kopainski von Kopainski Artwork für das wundervolle Dunkelherz-Cover, das er gezaubert hat. Die Zusammenarbeit hat wirklich Spaß gemacht!

Ich danke Astrid Behrendt, die so viel Herzblut in ihre Drachenmond-Bücher steckt und bei der Dunkelherz nun das perfekte Zuhause gefunden hat. Danke für dein Vertrauen!

Ich danke allen Autoren, die mir in den letzten Monaten über die sozialen Netzwerke so viele Ratschläge zum Thema Selfpublishing gegeben haben. Ich danke den Buchbloggern für ihre Rezensionen und Unterstützung und natürlich jedem einzelnen Leser. Ihr füllt das *Herz* mit Leben.

Das letzte Wort aber gebührt meinen Eltern. Laurence und Karl-Peter, ich danke euch für eine Kindheit voller Träume und Bücher. Irgendwie habt ihr sie in mir wachsen lassen, die vielen Geschichten, die nun zu Papier gebracht werden wollen. Danke, dass ihr mich auf diesem Weg begleitet. Jede einzelne Geschichte ist auch für euch.

Sandra Bäumler
Feenglut
ISBN: 978-3-931989-71-2
Softcover, EUR 14,90

Die Schwertkämpferin Kayla führt ein entbehrungsreiches, aber freies Leben. Zusammen mit ihrer Schwester Naias zieht sie von Arena zu Arena, um ihrer beider Lebensunterhalt zu bestreiten.

Während die eine Schwester eine außergewöhnliche Kriegerin ist, vermag die andere durch Magie zu heilen. Naias Gabe muss jedoch ein Geheimnis bleiben.

Als Kayla in der Arena von Ro'an zu ihrem bisher schwersten Kampf antritt, nimmt das Schicksal seinen Lauf. Naias gerät in Gefahr und Kayla verliert ihre Freiheit. Doch welche Rolle spielt der geheimnisvolle Krieger, dem sie während der Kämpfe in Ro'an immer wieder begegnet?

Asuka Lionera
Divinitas
ISBN: 978-3-95991-022-4
Softcover, EUR 14,90

„Eine Halbelfe!“, ruft der Ritter angewidert und spuckt
auf den Boden neben mir aus. „Ich dachte, diese Missgeburten
hätte man ausgerottet!“
Sie haben sie gesehen! Sie haben meine Ohren gesehen!
Sie wissen, was ich bin!“

Von den Elfen verachtet und den Menschen gefürchtet hat sich die Halbelfe
Fye in die Abgeschiedenheit zurückgezogen.
Doch sie wird enttarnt und gefangen genommen und an der Schwelle von
Leben und Tod gerät sie in eine uralte Fehde.
Wer meint es ehrlich mit ihr –
der verfluchte Prinz oder der strahlende Ritter?

Julia Dessalles
Rubinsplitter
Funkenschlag
ISBN: 978-3-95991-046-0
Softcover, EUR 12,90

Jeder sieht, was du scheinst. Nur wenige fühlen, was du bist.
N. Machiavelli

Das Überleben von Salvya, einer magischen Welt voll ungezügelter Phantasie, liegt in Rubys Hand. Ausgerechnet sie, Miss Unsichtbar, soll die Prinzessin aus der Prophezeiung sein und die finstere Herrscherin Thyra vernichten. Wäre da nicht Rockstar Kai mit seinen verdammten Kusslippen, hätte sie längst aufgegeben. Doch auf einmal überschlagen sich die fürchterlichen Ereignisse und die Rettung Salvyas wird für Ruby zur Herzensangelegenheit. Wird es ihr gelingen, den Funken zu zünden, der Salvyas Schicksal besiegelt?

Eine magische Geschichte voll Gefühlschaos, Phantasie und Musik die zum Mitfiebern und Weiterträumen einlädt.

Lisa Rosenbecker
Arya & Finn
Im Sonnenlicht
ISBN: 978-3-95991-134-4
Softcover, EUR 14,90

Arya hat ihre Zukunft als Leibwächterin klar vor Augen:
Sie will ihrer Freundin Elena um jeden Preis zur Seite stehen.
Schon seit vielen Jahren bereitet sie sich darauf vor und nimmt sogar
ihre verhasste Gabe in Kauf, die ein gut behütetes Geheimnis ist.
Ebenso wie Elenas wahre Herkunft.

Aus diesem Grund lässt sich Arya auf eine Reise ein,
bei der sie nicht nur mit ihrer Vergangenheit,
sondern auch mit der Zukunft konfrontiert wird.
Denn ihr Reisegefährte Finn weckt unbekannte Gefühle in ihr.
Während Arya versucht auf ihr Herz zu hören,
kristallisiert sich eine Bedrohung für das gesamte Königreich heraus,
der sich die Gefährten am Ende gemeinsam stellen müssen.

Britta Strauss
Indigo und Jade
ISBN: 978-3-931989-93-4
Softcover, EUR 14,90

Als die heimatlose Jade nach einem misslungenen Diebstahl von den Häschern der grausamen Königin Scylla gefangengenommen und misshandelt wird, glaubt sie, ihr Dasein sei zu Ende.

Halbtot in den von gefährlichen Kreaturen bevölkerten Wäldern ausgesetzt, schließt sie mit ihrem Leben ab.

Doch Indigo, ein mysteriöser Vagabund, scheint nur auf sie gewartet zu haben. Er rettet Jade das Leben und zwingt sie dazu, an seiner Seite auf eine lange Reise zu gehen. Eine Reise voller tödlicher Gefahren, deren Sinn und Ziel sie nicht kennt.

Tausend Geheimnisse umgeben Indigo,
unzählige Feinde verfolgen seine Spur.

Jeder Tag und jede Nacht machen Jades Reisegefährten nur noch rätselhafter, doch sie ist entschlossen, die Wahrheit über ihn herauszufinden.

Larissa Wolf
Kateryna - Die Reise des Protektors
mit Kurzroman Leben oder Sterben?
ISBN: 978-3-95991-161-0
Softcover, EUR 14,90

In den Wäldern von Brigansk ist kein wohlhabender Bürger sicher. Dort kommt es immer wieder zu Überfällen durch die Robins, eine Diebesgruppe, die sich für die Armen einsetzt. Die Waise Kateryna ist deren unumstrittene Anführerin, was ihr den Hass des Fürsten von Templow einbringt. Als hätte sie damit nicht schon genügend Probleme, taucht ein junger Mann auf und bittet sie um Hilfe. Nash gehört den seltenen Protektoren an, die die Magie beschützen, und ist verzweifelt auf der Suche nach seiner entführten Großmutter. Kat willigt ein und zusammen mit ihrem besten Freund Juri begleitet sie Nash auf eine gefährliche Reise. Bald stellen sie jedoch fest, dass hinter der Entführung viel mehr steckt und ihnen mächtige Gegner gegenüber stehen – Könige, Protektoren, Assassinen und die Zeit selbst. Obwohl Kat geschworen hat, sich niemals wieder zu verlieben, beginnt sie Gefühle für Nash zu entwickeln. Als dann ihre kleinen Drachen erkranken, muss Kat sich entscheiden. Rettet sie ihre einzige Familie oder öffnet sie ihr Herz für Nash? Eines weiß sie mit Sicherheit: Jede Entscheidung kann ihr Untergang sein.

DRACHENMOND VERLAG
BÜCHER MIT HERZBLUT